Thomas Pynchon

Shinchosha

Against

Thomas Pynchon

Shinchosha

Against

Thomas Pynchon Complete Collection
2006

Against the Day I

Thomas Pynchon

『逆光』［上］

トマス・ピンチョン

木原善彦 訳

新潮社

目次

Against the Day
by Thomas Pynchon

Illustration by Hiroshi Kan
Design by Shinchosha Book Design Division

世界はいつだって夜だ。じゃなきゃ光なんて要らないさ。

——セロニアス・モンク

逆光　［上］

第一部　山並みの上の光

「さあ、すべての綱をまとめろ！」

「元気出していこう……気をつけろ……よーし！　もやい綱を解いて出港準備！」

「風の街か、待ってろよ！」

「よーし！　上昇だ！」

そんな威勢のいい声が交わされる中、ゴンドラに愛国的な旗を掲げ、その名も高き〈偶然の仲間〉という航空クラブに所属する若き五人の乗組員を乗せた水素飛行船〈不《ふ》都《つ》号《ごう》〉が朝の空へと勢いよく上昇し、間もなく南からの風に乗った。

船が巡航高度に達し、後にした土地の凹凸が微視的レベルにまで縮んだとき、司令官のランドルフ・セントコズモが「さあ、離陸時特別任務は終了だ」と言うと、赤と白の縞《しま》模様のブレザーと空色のズボンという夏の制服をきっちり身に着けた乗組員たちは元気よく命令に応じ、通常任務に戻った。

今日の彼らは、シカゴの街、そして最近そこで開幕した〈コロンブス記念世界博覧会〉に向かうことになっていた。命令が届いてからというもの、興奮と好奇心に胸を躍らせた乗組員たちが噂《うわさ》することといえば、彼らを待ち受けている伝説的な〈ホワイトシティー〉*、有名な大観覧車、白亜に輝く商工業の神殿、きらきらと輝く人工池、その他もろもろの科学や芸術に関する驚異の事物のことばかりだった。

＊　シカゴ博覧会のメイン会場のこと。

「ああ、もう！」はるか下に広がる緑の渦のかなたにぼんやりと浮かんできた国の心臓部を見ようと命綱から身を乗り出しながら、ダービー・サックリングが叫んだ。二色に染まった彼の髪はゴンドラを吹き抜ける風に旗のようにたなびいていた（ダービーは、私の忠実なる読者諸賢ならきっとご記憶の通り、この乗組員たちの中の「末っ子」であり、雑用係兼マスコット的な存在で、若き飛行士たちがこらえきれずにある種の歌を歌いだしたときには、難しい高音部を歌うのが彼の務めだった）。「全然わくわくしてきたぞ！」と彼は大声で言った。

「今の発言でおまえはマイナス五点！」彼の耳元で厳しい声がそう言い、彼は後ろから引っつかまれて、命綱よりも高く持ち上げられた。「いや、マイナス十点かな？　何回言えば分かるんだ」あらゆるたるみに我慢できないたちの副司令官、リンジー・ノーズワースが言った。「だらしのない言葉遣いをするなと何度注意されたんだ、サックリング？」彼は熟練の手つきでサックリングをひょいとさかさまにし、フライ級の少年の足首をつかんでゴンドラの外に吊るし――今や大地までゆうに半マイル[*1]もあった――そのままの状態で、いい加減な言葉遣いがいかに数多くの害悪をもたらすかについてお説教を始めた。ときにはそれが冒瀆やもっとひどいことにだって容易につながるのだ、と。しかしながら、その間ずっとダービーは恐怖の中で叫び続けていたので、ありがたいお説教がどれだけ彼の耳に届いたかはかなり怪しい。

「おい、もう十分だ、リンジー」とランドルフ・セントコズモが言った。「その坊主にも仕事がある。そんなに怖がらせたら使い物にならん」

「よし、坊や、仕事に戻れ」おびえたダービーを立たせながらリンジーが言った。彼は、船上の規律を任された先任衛兵長[*2]として、少しのユーモアも交えることのない厳格さで任務を遂行していた。その姿には、第三者から見れば、ある種の偏執狂を思わせるところさえあった。しかし、ここにいるテンションの高いメンバーが何かにつけて悪ふざけをしている――その結果、飛行士たちが恐怖で凍りつくような「間一髪」の状態に一度ならず陥っている——ことを考えてランドルフは、副司令官が少しやりすぎているようでも、甘すぎるよりはましとその過ちには目をつぶることにしていた。

今度はゴンドラの反対側からガチャーンという音が響き、それに続いて乱暴なつぶやき声が聞こえると、いつものようにランドルフが顔をしかめ、胃のあたりに手を伸ばした。「ピクニック用のかごの一つにつまずいただけです」と、雑役夫見習いのマイルズ・ブランデルが言った。「瀬戸物が全部入ってたかごみたいなんですけど……多分、僕には見えてなかったんです、教授」

「ひょっとすると、見慣れていたせいで一時的に見えなくなったのかもしれん」と悲しげな口調でランドルフが言った。彼の小言はかなり辛辣《しんらつ》だったが、それも無理のないことだった。というのもマイルズに悪気はないのだが——彼は乗組員の中でも最も思いやりのあるメンバーだった——時折運動神経が混乱をきたすことがあって、その結果笑える出来事が生じることもしばしばあるものの、乗組員の身体的安全を脅やかす事態に至ることも多かったからだ。マイルズが壊れた磁器の破片を拾い集めていると、支索にもたれてその姿を見ていたいちばん新しいメンバーのチック・カウンターフライが笑った。

「はっはっは」カウンターフライ青年が言った。「なあ、おまえ最高にどんくさいな！　はっはっは！」

反撃の言葉がマイルズの唇まで出かかったが、この新参者の出身階級では侮辱と挑発の言葉が自然に身に着いているのだから、彼の口の悪さについて責められるべきは彼の不健康な過去なのだと思い返して彼は口答えをしなかった。

「例のおしゃれな銀器をちょっとだけおれによこせよ、ブランデル」とカウンターフライ青年は話を続けた。「そうすりゃ、シカゴに着いたら質屋を見つけて、そんで……」

「忘れちゃいけないよ」と丁寧な口調でマイルズが答えた。「〈偶然の仲間〉の記章の入った食器類はす

＊1　約八百メートル。
＊2　訓練・管理・保安を受け持つ役割。

べて組織の財産だし、公式な食事の際に使えるよう船に常備しておかなければならないんだ」
「ここって日曜学校みたいだな」と厄介な若者がつぶやいた。

ゴンドラの一方の端には、デッキ上の出来事などほとんど気に留めることなく時々外板に表情豊かな尻尾を打ちつけ、ヘンリー・ジェイムズ氏の本に鼻を突っ込んだまま寝そべっている雑種の犬がおり、どこからどう見ても目の前のテキストに没頭しているようだった。わが国の首都における極秘任務を遂行中だった〈偶然の仲間〉が（『〈偶然の仲間〉と邪悪なうすのろ』を参照）、ワシントン記念塔のそばで首都の野犬の群れ同士の間で繰り広げられた激しい遭遇戦の中から当時はまだ子犬だったパグナックスを救出して以来、〈不都号〉に積まれた印刷物ならどんなものでもその中身を読むのがこの犬の習慣となっていた。ときには航空技術に関する論文、そして頻繁に、「三文小説」のようなあまりこの場所にふさわしくない類いの本――とはいえ、人間の極端な振る舞いを描いたものは彼には少しどぎつく感じられるらしく、どちらかというと彼の同類に関する感傷的な物語の方が好みに合っていたようだ。彼は犬特有の速さで、非常に繊細な手つきで鼻か前足を使ってページをめくる方法を習得した。彼が本に向かっている姿を見ていると、その表情の変化、特にとても分かりやすい眉毛の動きに気づかずにはいられなかった。その顔つきからは物語への興味と共感、そして――おそらく避けられない結論として――内容を理解している様子さえ感じられた。

パグナックスはベテランの軽航空機乗組員として、他の乗組員と同様に「自然の呼び声」に対してはゴンドラの風下側への移動で応じるという習慣を身に着けていた。その結果、下の地表人がびっくりすることになったのだが、誰かがこうした空からの排便攻撃の記録を残そうと考えたり、ましてや報告例を体系化しようと考えたりするほど回数も多くなかったし、量も大したことはなかった。そうした体験はむしろ伝説や迷信の領域、あるいは単語の定義の拡張を許すなら、ときには「宗教的」な領域に組み入れられたのだった。

先ほどの空中遊覧から立ち直ったダービー・サックリングが勉強好きな犬に声を掛けた。「なあ、パグナックス――今、何読んでんだい？」

「グルルル・グルルグルン」パグナックスは顔も上げずに答えた。他の乗組員と同じようにパグナックスの声を聞き慣れていた――実際、旅の途中で耳にしたある種の方言よりも聞き取りやすいくらいだった――ダービーにはそれが『カサマシマ公爵夫人』だと分かった。

「へえ。さしずめ……イタリアの恋愛物語ってところか？」

「その本のテーマはだな」やり取りを聞いていたリンジー・ノーズワースがすぐに彼に教えてくれた。「容赦なく台頭しつつある世界的な無政府主義だよ、実際、今私たちが向かっている場所では特に激しいその一例が見られる――できれば、その不吉な病には危ない距離にまで接近する機会がないことを祈るがね、そこのパグナックスと同じように何かの本の作り事のページの中で触れるだけにしたいもんだ」「本」という言葉を強調するときにそこに込められた軽蔑《けいべつ》の度合いは、幹部に特有のものだった。パグナックスは他の人間に対して探り慣れていた「特徴《しるし》」を探ろうとして、少しの間リンジーのいる方向のにおいを嗅いだ。しかしいつものようにそのにおいは嗅ぎとれなかった。においのしない原因を説明することは可能かもしれないが、彼はあえてどれかの説明が正しいと言い張るつもりはなかった。彼が理解するかぎりでは犬には説明は必要ないし、犬には説明を聞く資格もないように思われたからだ。とりわけ今ここにいるパグナックスのように、下の惑星の表面で遭遇する無数の複雑なにおいから遠く離れた空中で大半の時間を過ごしている犬にとっては。

先ほどまで右舷後方からずっと吹き付けていた風の向きが変わり始めた。遅滞なくシカゴに向かえという命令だったので、ランドルフは今いる場所の地図を精査してから呼びかけた。「おい、サックリング――風速計を上げろ――ブランデルとカウンターフライはスクリューを準備」スクリューとは〈不都号〉の巡航速度を補助するための空中推進装置のことで、科学に興味がおありの若き読者は以前の彼らの冒険にも登場したことを覚えておいでだろう（『〈偶然の仲間〉とクラカタウ火山』『〈偶然の仲間〉のアトランティス探索』）。装置を発明したのは彼らの昔からの友人で、ニューヘイヴン[*1]に住むヘイノ・ヴァンダージュース教授。動力は、特殊なバルブ構造を通して気嚢《きのう》から取り出した余剰水素ガスを燃焼させてボイラーを加熱するという独創的なタービンエンジンだった。この発明品は、予想にたがわず、たくさんいるヴァンダージュース博士のライバルたちから批判を浴びた。装置は明らかに熱力学の法則に反しており、永久機関と同じレベルのおとぎ話にすぎない、と。

最低レベルの運動神経を持つマイルズと、彼に劣らず機敏さに欠けるチックが推進装置の操作パネルの前の定位置に就き、その間にダービー・サックリングはゴンドラを吊るしている段索と横静索をよじ登り、空気の流れを遮るもののない巨大な楕円形の気嚢のてっぺんまで行って、船の進行速度の指標としてロビンソン式の風力計から正確な計測値を読み取り、メモした紙を入れたテニスボールを長い糸の先にぶら下げて値を船橋《ブリッジ》に伝えた。読者諸賢はご記憶だろうが、情報を伝える方法として乗組員たちがこのやり方を採用したのは彼らが「国境の南」に短い期間だがだらだらと滞在したときのことだった。かの国では、ペロタ[*2]の試合結果に賭《か》けをして人生を浪費している卑しい連中の間でこの方式が使われていた（われらの若き仲間たちの冒険を初めてお読みになっている読者の皆さんのためにここで急いで強調しておくと――まだ十分になじみのないチック・カウンターフライは例外かもしれないが――当時〈仲間〉が請け負っていた、ポルフィリオ・ディアス大統領政権の内務大臣に情報を提供するという契約に必要でなかったなら、あちらで〝ハイアライ〟と呼ばれている溜まり場の道徳的に有害な雰囲気の中に彼らが足を踏み入れることはありえなかった。彼らのお手柄の詳細については『〈偶然の仲間〉とオールドメキシコ』を参照）。

それが大変危険な行動であることは誰の目にも明らかだったが、目の前の任務に対するダービーの熱意によって、小柄な彼の妖精のような体の周りにはいつも彼を守るマントができているかのようだった

――チック・カウンターフライの皮肉にはそのマントも効果がなかったが。上から降りてきたマスコットに向かってまたチックが呼びかけた。「おい！　サックリング！　風が吹いてる速さを測るだけのために命を賭けるなんてばかのやることだぜ！」

　これを聞いたリンジー・ノーズワースは困惑して顔をしかめた。カウンターフライの特殊な来歴――母親は彼が赤ん坊のころに失踪し、評判のよろしくない父親は旧南部連合国内のどこかをさまよっている――を考慮に入れたとしても、余計な侮辱を口にしすぎるせいで、皆の士気に影響するとは言わないまでも〈偶然の仲間〉の見習いという彼の地位は危ういものになり始めていた。

　この二週間前、深南部にある黒い川のそばで〈仲間〉が三十年前の〈反乱〉[*3]以来の憎悪に満ちた未解決の「用事」――まだここに記すには時期尚早だろう――を処理していたところ、ある晩、チックがひどくおびえた様子で彼らの野営地に現れた。彼は白いローブと先の尖った不気味なフードを身にまとった騎馬暴力団《ナイトライダー》に追われていたのだった。泣く子も黙る「クークラックスクラン」だと少年たちにはすぐに分かった。

　この若者に特徴的な、急に乱暴になったり丁寧になったりする語り口で語られ、さらにまた、状況が切迫しているために混乱して要領を得ない本人の説明によると、事のあらましは次のようなことらしい。〝ディック〟という愛称で知られるチックの父リチャードはもともと北部の出身だったが、数年前から旧南部連合国内でいくつかの事業に手を出すようになった。残念ながらどれもうまくいかず、実際、よくある言い回しを借りるなら、何度か〝刑務所の門に近づく〟羽目にもなったのだった。やがて、彼がメキシコのティファナに本部のある謎の中国系共同企業体にミシシッピ州を売り飛ばそうとしていたこ

*1　コネチカット州南部の町で、イエール大学の所在地。
*2　ハンドボールの一種。
*3　この小説の中では、南北戦争（一八六一―六五）はしばしば〈反乱〉と呼ばれる。

とを知った民警団の追及の手が伸びてくると、ポケットに入るだけの現金とやさしい忠告のみを息子に残して〝ディック〟・カウンターフライはすぐさま夜の闇にまぎれて逃亡したのだった。「ずらからなきゃならんのだ、坊や――仕事が見つかったら手紙をよこせよ」それ以来、チックはその日暮らしだったのだが、〈仲間〉の野営地に近いシックブッシュの町で、よそから来た悪名高いお尋ね者の息子だということがばれ、体中にタールを塗るという私刑《リンチ》にかけられそうになったのだった。

「保護して差し上げたいのはやまやまだが」と興奮した若者に向かってリンジーは言った。「私たちの行動は地上では憲章によって制約されていて、いかなる場所に停泊していようとも、その土地の法的慣習には決して介入しないことになっているのだ」

「あんたら、このへんの人間じゃねえだろ」といささかきつい口調でチックが答えた。「やつらが誰かを追ってるときには、法律も何もありゃしねえんだよ――やばいぞ、北部人《ヤンキー》、逃げろって、逃げるだけさ」

「丁寧に話すときには」とすぐにリンジーが言葉遣いを訂正した。「『しねえ』よりも『しない』の方が好ましい」

「ノーズワース、もういいじゃないか！」野営地のすぐそばまで迫っているローブとフードをまとった人影を不安げに見やっていたランドルフ・セントコズモが叫んだ。彼らが手にした赤々と燃える松明《たいまつ》が、芝居がかった精密さで彼らの野蛮な衣装のひだの一つ一つをくっきりと浮かび上がらせ、ヌマミズキとイトスギとヒッコリーの茂る森に不気味な影を投げかけていた。「これ以上の議論は無用だ――この者には一時的な庇護を与えることとする、そして本人の希望があれば、本部隊への仮入隊をも許可する。どう見ても地上に彼の未来はないからな」

その夜は、暴徒が掲げる松明の火花が水素発生装置のそばまで飛んで最悪の結果をもたらすことのないよう、不寝で警戒がなされた。しかししばらくすると、不気味ないでたちの田舎者たちは、おそらく飛行船自体に迷信じみた恐れをなして、家や溜まり場へと散っていった。そしてチック・カウンターフライは、それで良かったのか悪かったのかはさておき、船に残ることとなった……。

間もなく、後方からの風に加え、スクリュー装置による加速で船は地上からほとんど見えないほどの速度に達した。「分速一マイル*は優に超えてるな」とチック・カウンターフライは操作パネルを見ながら驚きを隠せない声で言った。

「このぶんなら、日暮れまでにはシカゴに着けそうだ」とランドルフ・セントコズモが言った。「気分はどうだ、カウンターフライ？」

「最高！」チックは言った。

組織の〝新米〟はたいていそうだが、チックも、速度よりも高度に慣れるのが大変で、高度とともに変化する気圧と気温が苦手だった。最初の何回かの飛行は文句を言わずに何とか仕事をこなしていたが、ある日、各種の極地用装備が収められたロッカーを許可なく掻き回しているのが見つかってしまった。リンジー・ノーズワースに問い詰められた若者が言い訳をするのに発することができた言葉は、「ささ、寒い！」だけだった。

「いいか」リンジーは言った。「〈不都号〉に乗ったからといって非現実的な世界に逃げ込めるわけではないんだ。ここには確かにマングローブの生い茂る沼地やリンチなんかはない、でも、この世界の制約から逃れることはできないのさ、高度とともに気温が低下するのも分かりやすい法則の一つ。そのうち気温の変化にも慣れてくる。それまでの間は」と、背中に鮮やかな黄色で〈偶仲備品〉と刷り込まれた日本製のヤギ革の荒天用コートを放り渡した。「これはあくまで高高度に体が適応するまでの一時的な服だと考えてくれ。そのうち、運がよければ、高高度における自然発生的教訓も学べるだろう」

「それは要するにこういうことだ」とランドルフが後でそっと教えてくれた。「上に上がるのは北に向

＊　時速約九十七キロメートル。

からのと似てるってこと」彼はコメントを期待するかのように目をぱちくりさせた。「でも」とチックは考えて言った。「ずっと北に向かって行ったら、最後には北極を越えて、また南に向かうことになるんじゃないかな」

「そうだ」飛行船の司令官は居心地悪そうに肩をすくめた。

「じゃあ……ずっと上に上がって行ったら、また下に行くことになるわけ?」

「しーっ!」とランドルフ・セントコズモが言った。

「別の惑星の表面に近づくってことかな、ひょっとして?」チックはしつこく聞いた。

「ちょっと違う。そうじゃない。別の『地表』だが、地球のものだ。残念ながら、ものすごく世俗的なところだ。それだけじゃないぞ、あまり教えたくないんだが――」

「この業界の秘密ってわけだね」とチックは言った。

「今に分かるさ。いつか、きっと」

彼らが〈家畜置き場《ストックヤード》〉*1の上空で高度を下げたとき、においが、運命を悟った肉の喧噪《けんそう》とにおいが彼らをとらえた——彼らがこの地へやって来たのは昼間の虚構を助長するのが任務らしいと徐々に明らかになってきたのだが、そのにおいはまるで、そんな虚構と対を成す闇のようだった。〈コロンブス記念世界博覧会〉のパンフレットに約束された〈ホワイトシティー〉がその下のどこかにあった。休むことなく黒い油煙を吐き出す背の高い煙突と、食肉解体の絶え間のない臭気。子供が昼間からの救済をもたらしてくれるわけではない眠りに逃げ込むのと同じように、風下に当たる建物は何リーグ*2にもわたって引きこもっていた。〈家畜置き場〉では、勤務を終えた労働者たちが——圧倒的にカトリックが多いのだが——ほんの少しの間だけ土と血から解放されて、驚異の目で飛行船を見上げ、必ずしも味方とは限らない天使の到来を思い描いた。

物見高い〈偶然の仲間〉の下では、街の通りがセピア色のデカルト座標のように何マイルも先まで広がっていた。「世界一の牛の街だ」とリンジーが息をのんだ。実際、人間の帽子の数よりも牛の背中の数の方がはるかに多かった。巨大な牛の群れが変幻自在の雲のような形を描きながら西部の平原を移動するのを過去の冒険で何度も見たことがある〈偶然の仲間〉がこの高さから見下ろしていると、その様

*1　食肉加工場へ送る前に一時的に家畜を置いておく場所。シカゴには大規模な家畜市場がある。
*2　一リーグは約四・八キロメートル。

子はまるで、無定形だった自由が直線と直角と選択肢の漸減を通じて合理的な動きに変えられていき、最後のゲートをくぐって最後の角を曲がるとそこに食肉加工場が待っているかのようだった。

　夕暮れが近づき、〈博覧会〉に合わせて今週開かれている国際的な飛行家の集会の会場となっている街の南側の広大な草原の上で〈不都号〉が突風にあおられて上下していると、既に下に停泊している多数の飛行船の間に空いているスペースをセントコズモ「教授」がようやく見つけ、命令を下した。「下降準備」命令の後に続いた彼の低注意状態は不機嫌そうなリンジーの進言によってすぐに断ち切られた。「もちろん船長もお気づきでしょうが、メインバルブを操作するブランデルのいつもながらの不手際のせいで、下降速度が危険なほどとは申しませんが、かなり目立って増加しております」

　実際、いつも善意で行動しているのだが決して器用とは言えないマイルズ・ブランデルの足の周りには、なぜかバルブ機構につながる引き縄が絡んでいて、ばねの付いたバルブが再び閉じることを期待してか、彼は正直そうな大きな顔に困惑した表情を浮かべたままその足を振り回していた――というのも、バルブが開きっぱなしになっているおかげで大量の水素ガスが気嚢から一気に放出されて、まるで宇宙にいるいたずら小僧がおもちゃを落としたように船が湖畔めがけて真っすぐに墜《お》ち始めていたからだ。「ブランデル、いったい何してる!」とランドルフは叫んだ。「おいおい、おまえのせいでみんなが死んでしまうぞ」

「あのー、勝手に絡んじゃったんです、教授」と言いながらマイルズはとぐろを巻いた縄を引っぱるが、頑張れば頑張るほどさらにもつれていく。

　リンジーは害のない悪罵をうっかり漏らしながらブランデル青年の脇に飛んでいき、太い脇腹に腕を回して彼を体ごと持ち上げようとした。そうすれば引き縄が緩んでバルブが閉じると考えたのだ。「おい、カウンターフライ」備品の入ったロッカーにもたれてあざ笑っていたチックに向かって副司令官が言った。「しゃんとしろ、ブランデルに手を貸してやれ」くすぐったがりの不器用男は、そうしている間にもリンジーの腕から逃れようとして叫び声を上げ、のたうち回っていた。チック・カウンターフライはだらだらと立ち上がり、よろめく二人に少し用心しながら近づいたが、マイルズがさらに興奮するとまずいのでどこに手をやるべきか決めかねた。

心を乱す音を立てながら頭上のバルブから大事なガスが漏れ続け、船がますます速度を上げて地表方向に突進するにつれて、無益な取っ組み合いを見つめていたランドルフは、間もなく皆に降りかかる災難の責任がいつものように自分自身にあることを十分に理解していた。今回は不慣れな者に仕事を任せたのが悪かったのだ、と……。

彼のそんな思索を遮ったのは、走り寄って彼のブレザーの袖口を引っぱったダービーだった——「教授、教授！　リンジーが今、マイルズの母親に関して侮辱的なことを言ったよ、なのにリンジーは、いつも僕が『俗語』を使うとか言って怒るんだ、フェアじゃないよね、そうでしょ？」

「サックリングよ、反抗的な戯言《たわごと》ばかり言ってると、いつか」と厳しい口調でリンジーが言った。「柄《がら》のよろしくない船乗り連中が〝リバプール・キス〟と呼んでいるタイプのキス*をもらうことになるぞ、普通のキスもまだ経験してないっていうのに。ただしおまえのお母さんが、驚くべき、しかし残念ながら——かわいそうなお母さん！——間違った愛情の印として、きっとうっかりしたときにおまえにしてやったかもしれないキスは別だがな」

「ほら、ほら！」とダービーは金切り声を上げる。「人の母親の悪口を言うのは——」

「後にしろ！」とランドルフが叫んで若きマスコットを震え上がらせ、しつこくしがみついてくる彼を振り切った。「カウンターフライ、バラストだ！　くすぐったがりのとんまのことは放っておいて、砂袋を投下しろ、早くしないとお陀仏だぞ！」

チックは肩をすくめ、マイルズをつかんでいた手を離し、気乗りしない様子でそばの船べりまで行っ

＊　頭突きのこと。

てバラスト袋を固定している縄をほどき始めた。後に残されたリンジーは、備える間もなく急に荷重が増したために慌てて悲鳴を上げながらデッキに倒れこみ、その上に、もう完全にヒステリー状態に陥っていたマイルズ・ブランデルが落ちてきた。この世の終わりの雷鳴とも思えるようなビーンという大音響とともに彼の足に絡んでいた綱がメインバルブから外れたが、既にバルブを安全な閉鎖状態に戻すためのばねは弾性限界を超えてしまっていた。バルブはもう開きっぱなし——まさに地獄の口!

「サックリング! 上がれ、急げ!」

機敏なちびすけが綱を素早くよじ登る間、危機に気を取られてデッキをよろよろと歩いていたランドルフは、身をよじるマイルズ・ブランデルの巨体の下から脱出しようと奮闘中のリンジー・ノーズワースにつまずき、寝転がっている乗組員の仲間に加わった。仰向けになったランドルフの目に、何かを聞きたそうにこちらを見下ろしているダービー・サックリングの顔が映った。

「ここで僕は何をやったらいいんですか、教授?」と無邪気なマスコットが聞いた。

思うようにならないことばかりでランドルフの目には涙がこみ上げてきた。司令官がいつもの無力症に陥っているのを察知したリンジーは、マイルズの肘で一時的に口を押さえられていたが、空位となった指揮官の座に急いで飛び込んだ、というより這いずり込んだ。「手でバルブを戻すんだ」とダービーに向かって叫んだ。「しっかり閉めろ」そしてかろうじて聞こえる程度の声で「このばかちびすけ」ダービーは、噴出するガスに制服をなびかせながら、直ちに勇敢に命令に従った。

「パラシュートの装備でも用意しようか、ノーズワース?」チックはゆっくりした口調で言った。

「ノーズワースさんだ」とリンジーは間違いを指摘した。「いいや、カウンターフライ、その必要はない。時間がないからな——それに、必要な装備をブランデルに取り付けるには、リーマン氏*のような位相幾何学の才能がなければ無理だろう」しかし、この皮肉はチックにもブランデルにも通じなかった。ブランデルはようやく何とか立ち上がり、何事もなかったようにのんきに手すりのところまで行き、風景を眺め始めた。彼の上ではダービーが「やったー！」という勝ち誇った叫び声とともにバルブの閉鎖に成功し、おかげで巨大な飛行船の落下速度は不吉さのレベルを秋の枯れ葉程度にまで低下させた。

「ねえ教授、僕らのせいで下のみんながすっかりびびっちゃったみたいですよ」と船べりから下を見ていたマイルズが言った。「砂袋をたくさん落としたからですね、きっと」

「え？」ランドルフは沈着冷静な威厳を取り戻し始めた。「どういうことだ？」

「あのー、みんな全速力で逃げ惑ってるんです」とマイルズが続けて言った。「そ、それにほら、一人は素っ裸ですよ、まさにパニックだ！」彼はそばの道具箱から高性能な望遠鏡を取り出し、いちばんの興味の対象にそれを向けた。

「おい、ブランデル」ランドルフは倒れた場所から立ち上がるが「くだらない悪ふざけをやってる時間はない、やるべき仕事がたくさんあるんだ――」という彼の言葉を遮るように、マイルズが驚きに息をのんだ。

「教授！」磨かれた筒を覗きながら、信じられないという様子で少年が叫んだ。「さっき言った裸の人ですけど――よく見たら男の人じゃなくて、あの……若い女ですよ！」

そう言ったとたん、手すりに皆が殺到し、一致協力してマイルズから望遠鏡を奪おうとしたが、マイルズは頑固にそれを手放さなかった。そうこうしている間も、皆は貪欲《どんよく》に目を凝らし、先ほど報告のあった幻を確認しようとしていた。

薄れゆく光の中で、けば立ったように見える草原の上に、破裂したバラスト袋が点々と白い星の模様を描いていた。地表に広がるその天空を一目散に走っているのは、ノーフォークジャケットと半ズボンというスタイルのがっちりした紳士で、片方の手で後頭部の麦わら帽子を押さえ、もう片方の手でカメラと三脚を肩に担いでいた。そのすぐ後ろを走っているのが先ほどブランデルが言っていた女性で、今

＊　ベルンハルト・リーマン（一八二六―六六）はドイツの数学者でリーマン幾何学の創始者。

は豊かな金髪の上にかわいらしく斜めにかぶった花の冠しか身にまとっていなかったが、束にした女性用の衣服をしっかり脇に抱えていた。二人はそばの木立ちの中に避難しようとしている様子で、時折、下降してくる〈不都号〉の巨大な気嚢を不安そうに見上げていた。その気嚢はまるで、実際には監視していないのに監視していると思わせて人を萎縮させるのが目的で常に上空から見下ろしている巨大な目、〈社会〉そのものの目のようだった。リンジーがマイルズ・ブランデルの汗ばんだ手から光学器具を取り上げ、不満そうな若者に四つ爪アンカーを投じるように命じ、ダービーと一緒に「母なる大地」に巨大飛行船を固定するよう指示を与えたときには、既にはしたない二人組は木の葉の陰に消えていた。そして共和国のこの地域も、間もなく夜のとばりの中に消えていった。

ダービーは交互に手を出しながら本物の小猿のように錨綱《いかりづな》を伝って地面に降り、〈不都号〉の下をきびきびと走り回ってマイルズ・ブランデルが上から投げた係留索を器用にキャッチした。彼は麻縄の端にある索眼の一つ一つに木づちを使って丈夫な木杭を打ち込み、まるで小柄な猛獣使いが魔法で獣を手なずけるかのように、巨大な船体を上空につなぎ留めた。

縄ばしごがガチャガチャと船べりから下ろされ、間もなく頼りない足取りでそこを降りてきたのは、汚れた洗濯物の山を背負ったマイルズだった。西の空には深紅色の夕映えだけが残されていて、丸みを帯びたゴンドラの縁の上に出ている少年たちの頭の影とマイルズのシルエットとがそこに浮かび上がって見えた。

その朝は、最初の光が差す前からさまざまなタイプの飛行愛好家の集団が陽気な遠足気分でここに集まり始め、一日中、次から次へとやって来て、日没をかなり過ぎてからも、中西部の夏の夕暮れ時に漂う憂鬱《ゆううつ》な気分を味わうゆとりもなく、静止翼と羽ばたき翼、カモメ形とアホウドリ形とコウモリ形の翼、牛の大腸から取った薄膜と竹で作った翼、セルロイドの羽毛を念入りに植えつけた翼などをきらきらと輝かせながら空一面を覆う。そこに乗る飛行家の種類もいろいろで、実験室にこもる懐疑派からイエスを奉じる昇天信者までいて、飛行犬を連れている者も多かった。訓練された犬たちは、小さな飛行船の操舵室に人間と一緒にぎゅうぎゅう詰めになってもおとなしく座ったまま計器盤を見て、パイロットが見落とした異変があれば吠えて知らせた——中には船べりや船橋《ブリッジ》から流れる空気の中に顔を出し、至福の表情を浮かべるだけの犬もいたのだが。時折、飛行士たちはメガホンを使って言葉を交わしていたので、夜の草原は家の近所の街路樹のように飛行士たちの冗談でざわついていた。

　少年たちは時を置かず、〈不都号〉と水素発生装置から離れた風下の場所に食事用テントを設置し、薪を集め、こんろに小さな火を入れた。マイルズが慌ただしくミニキッチンで働いてナマズのフライらしきものをこしらえた。朝に捕まえたナマズは丸一日氷の上に置かれていたが、上空の極寒が氷をなかなか溶かさなかった。彼らの周囲では他の〈空の友〉の団体もそれぞれ食事の準備に忙しそうで、肉を焼いたり、タマネギをいためたり、パンを焼いたりするにおいが大きな野営地の隅々まで広がっていた。

　夕食と夜のミーティングを終えた後、好みの違う団体なら祈りに捧げるであろう時間を使って、少年たちは歌を歌った。数年前のハワイでの冒険（『〈偶然の仲間〉と偉大なる祈禱師《きとうし》の呪《のろ》い』）以来、マイルズはウクレレにすっかり惚れ込んでいて、今夜も洗い場を片付けて食堂をいつものようなぴかぴかの状態に戻した後、船内の自分のロッカーに集めているたくさんの四弦楽器の中から一本を取り出し、短いイントロを掻き鳴らしてから少年たちの歌の伴奏をした。

小さな町に住むやつらも
田舎の畑に住むやつらも
笑顔と愛する人の腕から
遠く離れることはない——

自分がいったい何者なのかも
先の人生がどうなるのかも、最初っから分かってる——
だけどおれたちみたいな連中は
こんにちはを言う前にはもうさようなら
だっておれたち
天空《そら》のヒーロー
虚空の放浪者……
他のやつらがひるむときだって
おれたちちっとも怖くない
強風、暴風、何のその
夜の暗闇、何のその
光れ、稲妻
とどろけ、雷鳴
おれたちのハートはいつだって陽気ではつらつ！
だって……
〈偶然の仲間〉は勇敢だから
泣き言もなし、悲鳴もなし
だってその、真っ赤な血と澄んだ心は
縞の模様のブレザーみたいに、染み一つないから！

その夜は乗組員の中の左舷組に当たるチックとダービーが見張り番を務め、マイルズとリンジーがシに行けることになって興奮した二人はすぐに礼服に着替えたが、マイルズはゲートルに紐《ひも》を通すこともできず、左右対称にネッカチーフを結ぶこともできず、胸当ての四十四個のボタン――一つ一つが合衆国の州を表している*――を正しく組み合わせることもできなかったので、リンジーが自分の頭に整髪油をつけて念入りに髪形を整えた後で不器用なカゴでの「上陸許可」をもらうことになった。〈博覧会〉仲間を手伝ってやらなければならなかった。

マイルズが何とか「風の街」の人に見られても恥ずかしくない姿になると、二人は素早く丸い火明かりのすぐそばに移動し、「気をつけ」の姿勢でくっついて横に整列し、検査を待った。パグナックスも何かを期待するような目つきで、しっぽも振らずにそこにやって来た。ランドルフも地上で果たすべき用事があったので上陸許可組と同じく念入りに身なりを整えて、私服で自分のテントから現れた。さっきまでの〈偶然の仲間〉の飛行用制服が、今は趣味のよいチェック柄のケンタッキー麻のスーツとアスコットタイに替わり、おしゃれなソフト帽がコーディネートを仕上げていた。

「よう、ランドルフ」とダービーが声を掛けた。「女とデートに行くみたいな格好だな!」

しかし、その冷やかしの中には男としての賞賛も混じっていないわけではなかったので、ランドルフは本来ならば腹を立てるべき当てこすりに対して「君のような年齢の坊やに男女の見分けがつくとは思わなかったな」と軽く言い返すことで応じた。この皮肉はリンジーには一瞬受けたが、すぐに彼も元の品行方正な顔に戻った。

「この〈博覧会〉のような大規模な人の集まりにおいては」とランドルフは上陸組に言った。「周縁部分にたちの悪い卑しい分子が潜んでいることが多い。油断している人をだますのがそういう連中の目的だ。そんな危険が潜んでいそうな不吉な場所の名前をここで挙げれば、かえってはくを付けているみたいになるので名前は挙げない。一見すれば、特に夜なら外見の俗悪さでそれと分かるだろう。そういう

* 一八九〇年に四十四番目の州ワイオミングが加わった。

誘いに乗って、そこにある無益な歓喜を想像したり、ましてや実際に確かめてみようとするのは、身の安全を省みない連中だけだ。賢者には一言で足りる……というか、この件に関して言うなら……ふむむ、ふんん、とにかく……楽しんできたまえ、諸君、そして幸運を祈る」その言葉とともにランドルフは敬礼し、後ろを向き、かぐわしい巨大な闇の中へと音もなく消え去った。

「見張りを怠るなよ、サックリング」と出発前にリンジーが言った。「居眠りしたらどうなるかも心得ているはずだ——見張りの相棒のカウンターフライにもしっかり教えておけ、あいつはどうやら怠け癖があるみたいだからな。一時間ごとに気嚢の周長をチェックすること、ガス圧も調べろよ、言うまでもないことだが、夜になると気温が下がるから数値は補正するんだぞ」彼は向こうを向いて歩きだし、マイルズに追いついた。後に残されたパグナックスは、しっぽにいつものような元気を取り戻して野営地の周囲の偵察を始め、無許可進入を試みる犬や人間の兆候を探した。

かがり火の明かりの中に一人残されたダービーは、いつもの元気でメインの水素バルブの修理に取り掛かった。さっきはその装置の故障のせいで、危うく皆が命を落とすところだったのだ。そんな不愉快な記憶も、ダービーの器用な指が直している損傷と同じようにすぐに消してしまえる……まるでそれが彼の読んでいる少年向けの冒険物語に出てきた出来事でしかなかったかのように……まるで物語のそのページをめくり終わり、目には見えないが強力な〈この世の司令官〉が「回れ右」の命令を発し、ダービーがおとなしく命令に従って回れ右をするみたいに……。

彼が修理を終えて顔を上げると、チックが火のそばに座ってコーヒーを沸かしていた。

「飲むかい?」とチックが言った。「それとも、おまえの年じゃまだコーヒーは禁止ってことになってるのかな?」

そのからかいにはどことなく、ダービーくらいの年の少年なら調子を合わせて聞き流さなくてはならない親しみがこもっていた。「ありがとう。いただきます」

二人はしばらく、西部の大草原で野営している牛追いの相棒同士のように黙ったまま、火のそばに座っていた。やがて突然、「パパと離れ離れになって、おれ、寂しいんだ」とチックが打ち明け話を始めたのでダービーは驚いた。

「そりゃきっとすごくつらいんだろうね、チック。僕は自分の父親のことは覚えてないけど」

チックは悲しげに焚き火を見つめた。少し経ってから、「本当はな、パパはきっと逃げたくなかったんだ。できることなら。おれとパパは相棒だったんだよ。いつも二人で何かをやってた。ちょっとした金儲けを。保安官がいい顔をするような商売ばかりじゃなかったけど、食うに困らないだけの金は稼いでた。夜逃げなんてちっとも苦にならなかった、でも、小さな町の裁判所だけはどうしても好きになれなかったな。判事はおれたちの顔を一目見ただけで、即判決。町を追い出されて、また次の町でも即判決」

「いい運動になりそうだね」

「ああ、でもちょっとだけパパの勢いがなくなってきてたんだ。おれのせいかなって思ったりもした。子供がいると面倒なのかな、とか」

「どっちかって言うと、この前話してた中国人絡みのトラブルのせいじゃないかな」とダービーが言った。「あんたのせいじゃないよ。はい、こういうの吸う?」と紙巻たばこの一種に火をつけてチックに差し出した。

「うわうわ!」とチックが叫んだ。「何だ、そのにおい?」

「うん、クベバ*さ。ただの薬用だよ。〈偶然の仲間〉の入会の誓いを覚えてるだろうけど、乗船中は禁煙だからね」

「そんな誓いを立てたっけ? きっと頭が混乱してたんだ。禁煙! なあ、それじゃまるでキーリー式

* コショウ科の蔓性植物で、乾燥した実を香辛料や薬として用いる。

療法[*1]みたいじゃないか。おまえたちみんな、どうやって一日過ごしてるんだ？」

突然、犬の群れが一斉に激しく吠えだしたような声が聞こえた。「パグナックスだ」チックの不安そうな顔を見てダービーが言った。

「パグナックスだけじゃないだろ？」

「いや、パグナックスだけさ。あれもあいつの数ある才能の一つだよ。でも見に行った方がよさそうだね」

行ってみるとパグナックスが歯を食いしばり、警戒した様子で四肢を踏んばり、闇の奥をじっと見ていた――少年たちに分かる範囲では、彼らの縄張りに接近している存在に対して大々的な反撃の構えをしているようだった。

「ほうら」と姿の見えない声が言った。「お利口さん！」パグナックスはその場から動かなかったが、においで来訪者を大丈夫と判断したらしく、吠えるのをやめた。ダービーとチックが見ていると、夜の闇から巨大なビーフステーキが現れ、ゆっくりと回転しながら弧を描き、ほぼ正確にパグナックスの両前足の間の地面に落ちた。彼は片方の眉をつり上げ、軽蔑したような顔つきでそれを見つめた。

「よう、誰かいるかい？」火明かりの中に現れたのは二人の少年と一人の少女だった。彼らはピクニック用のかごを抱え、緋色の縞の入った藍色のブリリアンティーン地の飛行用制服を身に着け、あの有名なトルコ帽のようにシンプルな形状にはなりそこねている帽子をかぶっていた。帽子は装飾過多で、いくらこの時代のものとは言ってもおそらく趣味がいいとは言えないような代物だった。例えば、帽子のてっぺんからはドイツ風に大きすぎるとんがりが出ていて、薄いエクリプスグリーンに染められた羽飾りまで何本か付いていた。「よう、ダーブ！　元気かい、病気かい？」

彼らが〈偶然の仲間〉と何度も冒険をともにしたオレゴン州の飛行クラブ〈青天の浮浪者〉のメンバーだと気づいて、ダービーの表情は歓迎の笑顔に変わった。笑顔は特にペネロペ（ペニー）・ブラックに向けられていた。彼女の妖精のような外見の裏側には大胆な精神と強靱《きょうじん》な意志が隠されていたが、気づいたときにはダービーはもう、そんな彼女に「ぞっこん」だった。「やあ、ライリー、ジップ……ペニー」と、彼は照れながら言い足した。

「船長と呼んで」彼女は袖に光る四本の金筋を見せた。その縁にはつい最近の針細工の跡がうかがえた。〈浮浪者〉は、あらゆる昇進の機会を含め、おしゃべりな性に対しても男性とまったく同じ扱いをすることで有名な団体で、またそのために尊敬も集めていた。「そうよ」ペニーはにやりと笑い、「〈チガーヌ号〉[*2]の船長に任命されたの――さっきユージーン[*3]からおでぶちゃんを連れて来たばかり、あの小さな木立ちの向こうに停泊させてる。乗員はみんな無事」

「わあ！　初めて指揮したんだ！　すごい！」気がついてみると彼は足をもぞもぞ動かしていたが、手はどうしたらいいのか分からなかった。

「キスして」と彼女が言った。「一応、しきたりだから」

それを聞いた他の少年たちが声を合わせて二人を冷やかしたが、そばかすだらけの彼女の頰が彼の唇の下で一瞬紅潮したことは、ダービーにとって挑発に耐える以上の価値があることだった。仲間の紹介を終えると、チックとダービーは折り畳み式のキャンプ用いすを取り出し、〈浮浪者〉たちはごちそうのかごを開き、皆で腰を落ち着けて噂話や仕事の話や空の冒険話を始めた。

『『エジプト』を通ったときのことさ、『エジプト』ってイリノイ州の南部にあるんだけど、ディケーターのそばのトウモロコシ畑で上昇気流につかまっちゃって、もう、くそ、月まで飛ばされるって思った

＊1　一八七九年ごろからアルコール中毒やアヘン中毒に対してレスリー・キーリー医師が行なった塩化金療法。後に彼はペテン師として追放された。
＊2　「チガーヌ」とはロマニ（ジプシー）のこと。
＊3　オレゴン州西部の町。

よ——失礼」——くしゃみをして——「鼻水がベルトのところまでつららになって、おれたちの頭の中に渦巻いてる例の電気を帯びた液体から出る光で青く光ってた——アアアプシュン！」

「お大事に、ライリー」とジップが言った。「でも前回その話を聞いたときは、妙な声が聞こえたとか言ってたぞ——」

「おれたちもここに来るときにガルヴァーニ電気の光輪が体の周りにできてたぞ」チックが言った。「スピードなんかのせいで」

「ああ、そんなのどうってことないさ」とライリーが声を上げた。「こっちは一日中竜巻をかわし続けたんだ！　ほんとの電気ってものを経験したいのならいつかオクラホマに行ってみろ、おまけに耳にもいい経験だ、妙な人の声なんか消し飛ぶようなすごい音さ」

「声と言えば」とペニーが言った。「何か話は聞いてる？　例の……次々に報告が上がってる『目撃事件』のこと。空を飛んでる乗組員ばかりじゃなくて、ときには地上の一般市民からも報告があるらしいけど」

「それはつまり」とダービーが言った。「普通の蜃気楼《しんきろう》とか極光《オーロラ》とか、そういうのじゃないものの話？」

「そういうのとは違う」とジップが低い気味の悪い声で言った。「光があるだけじゃなく、音もするんだ。ほとんどの場合は、昼間でも空が青黒く見えるようなかなりの高度。一緒に呼びかけるような声。同時に四方八方から。学校の合唱隊みたいな感じかな、でもメロディーはなくて、ただこう、何て言うか——」

「警告を与えてる」とライリー。

ダービーは肩をすくめた。「初耳だなあ。僕ら〈不都号〉は〈組織〉の中でもおちびさん扱いだから、どんなときでも後回し、誰も何も教えてくれない——上は次から次に命令を出して、僕らはただそれに従うだけ」

「この前の春、エトナ山の方に行ったのよ」とペニーが言った。「〈71年の少年〉のことは覚えてるでしょ?」

チックのためにダービーがこの団体のことを説明した。〈71年の少年〉は二十年以上前の「パリ包囲」の際に結成された。当時は有人気球がパリ内外を結ぶ唯一の伝達手段だった。包囲の試練が続くにつれ、死の危険と常に隣り合わせで上空から事態を眺めている気球乗りが気づき始めたのは、現代の「国家」は恒常的な包囲の状態を維持することによって――人民を体系的に囲い込み、身体と精神を飢えさせ、礼儀を堕落させて市民同士を敵対させ、悪名高いパリの火炎瓶投擲《とうてき》のような残虐行為にまで追いやって――生き延びているということだった。パリ包囲が終わるとそうした気球乗りは、これまで以上に支配力を強めた政治的な幻惑から遠く離れて空を飛び続ける道を選び、仲間とだけ厳粛な誓いを交わして、全世界が果てしのない包囲状態にあるかのように振る舞い続けたのだった。

「最近じゃあ」とペニーは言った。「彼らは必要とされているところならどこへでも行くのよ、要塞《ようさい》の壁や国境のはるか上空を飛んで、港湾封鎖を破って、飢えた人に食料を配って、病気の人や迫害された人をかくまって……だから当然どこに行っても敵ばかり、いつも地上から対空砲火を浴びるの。でもそのときは違ったわ。たまたまある日、私たちは彼らと一緒に空にいたんだけど、すごく変なことがあった。砲弾みたいな投射物は何も見えなかった、でも……何かの力みたいな……エネルギーを感じたのよ、私たちに個人的に向けられた力を……」

「誰かいるんだ」とジップが重々しく言った。「何もない空間に。誰かがいる」

「怖くなったのかい、チック?」とダービーがからかった。

「いいや。そこのアップルフリッターの最後の一切れは誰が食べるのかなって考えてただけさ」

* イタリアのシシリー島にある欧州最大の活火山。

同じころ、マイルズとリンジーは〈博覧会〉に向かっていた。二人が乗った鉄道馬車は、人でごった返すシカゴ南部の通りを抜けていった。マイルズは興味津々《しんしん》で街を眺めていたが、リンジーは不機嫌そうな目で風景を見ていた。

「なんか浮かない顔だね、リンジー」

「私か？　いや、全然――カウンターフライみたいな素人《しろうと》に船を任せて、あいつを監督する人間もいないとなると当然、ある程度の不安は避けられないが、それを除けば気分は上々さ」

「でも、ダービーも一緒だし」

「おいおい。サックリングがあの不良に及ぼすことのできる影響なんて、どう考えても微々たるものだ」

「うん、でもほら」と人のよいマイルズが言った。「カウンターフライって、ほんとはいいやつみたいだし、きっとすぐに溶け込むと思うよ」

「先任衛兵長の私としては」とリンジーが独り言のようにつぶやいた。「人間性に関する見方は当然もっと悲観的だよ」

しばらくして車両が二人をある街角で降ろした。そこから博覧会場までは歩いてすぐだと車掌は言った――あるいはひょっとすると、夜の更け具合によってはダッシュしなきゃならんかもな、と彼は笑いながら付け加えて、金属同士がぶつかる音とひづめの音を響かせながら去っていった。遠くの空には〈博覧会〉の電気の明かりが映っていたが、少年たちの周りはすっかり闇に包まれていた。やがて二人はフェンスの切れ目と、短いろうそくが一本立っているだけの、間に合わせに作られた感じの入場門を見つけた。門番は目つきの悪いアジア系の小人で、差し出された五十セント硬貨は喜んで受け取るくせに、几帳面なリンジーが求めても正式な領収書はなかなか出そうとしなかった。やっと領収書を書いた小柄な番人は心付けを要求するように手を差し出したが、少年たちは無視した。「料金踏み倒しだ！」という彼の叫び声とともに、二人はコロンブスのアメリカ大陸到達四百年祭へと足を踏み入れた。

暗くて見えない前方のどこかから、シンコペーションの効いた小規模なオーケストラの音楽が聞こえた。音はだんだんと大きくなり、ほとんど明かりのない小さな屋外ダンスフロアが見えてきた。そこではたくさんのカップルが踊り、周囲には至るところに密集した人の流れができていて、ビールやにんにくやたばこの煙や安物の香水のにおいが充満し、先の方にある〈バッファロー・ビルの大西部ショー〉の会場からはまとまった家畜の紛れもないにおいが漂っていた。

〈博覧会〉を見に来た人なら気づくことだが、〈中央通り遊園地《ミッドウェイ・プレザンス》〉*を歩き回っていると、よりヨーロッパ的な、文明的な、そして……はっきり言ってしまえば、白い展示が〈ホワイトシティー〉の中心部近辺に集まっているように思えるのに対して、白亜の中枢部から離れれば離れるほど、文化的な暗闇と野蛮の兆候が明白になるのだった。少年たちにとってはまるで、知らないうちに境界を踏み越えて、明かりのない別の世界へ入ったかのようで、独自の経済生活や社会的慣習やしきたりを持つその世界は、公式な〈博覧会〉とはほとんど関係のないことを自覚していた……まるで、ひょっとすると地図にさえ載

＊　シカゴ博覧会の目玉は、工芸館などの白亜のパビリオン群から成る〈ホワイトシティー〉と、大通りに沿って雑多な娯楽施設が並ぶ〈ミッドウェイ・プレザンス〉の二つだった。

っていないこの周縁部を支配している薄明は、単に街灯が少ないことによるのではなく、ここに集う人――何かの理由で昼の日の光が苦手だったり、コダックのカメラや日傘を持ってここをうろついている無邪気なアメリカ市民と顔を合わせたくない人々――の顔を隠すのに必要なベールとして、慈悲のために故意に与えられているかのようだった。この薄暗がりの中で通りすがる顔はどれも、リンジーとマイルズを見ると、まるで二人のことを知っているかのようにほほ笑みかけたり、しかめ面をしたり、にらみつけたりした。まるで、少年たちが昔から世界の隅々で繰り広げてきた冒険の中で、いつの間にか誤訳や誤解や恩義が溜め込まれていて、この奇妙な辺土《リンボ》でそれが再現されているかのようだった。二人はその中を、明かりのある遠くの安全地帯にたどり着くまで、昔の敵といつけんかになるかもしれないと思いながらうまく切り抜けなければならなかった。

シカゴ警察出身の武装した用心棒たちが絶え間なく暗がりをパトロールしていた。ズールー族の劇団はイサンドルワナでの英国軍による住民虐殺を再現していた。ピグミー族はピグミーの方言でキリスト教の聖歌を歌い、ユダヤの民俗音楽を奏でるアンサンブルは夜の闇を崇高なクラリネットソロで満たし、ブラジルのインディオは巨大なアナコンダにわざと飲み込まれて、消化されることもヘビに不快感を催させることもなく、再び胃袋から這い出てきた。インドのヨガ行者は空中に浮遊し、中国の拳法使いはフェイントをかけ、蹴りを出し、互いを方々に投げ飛ばしていた。

リンジーにとっては大層無念なことだったが、あたりには一歩進むごとに誘惑が潜んでいた。ここにあるパビリオンは、世界の各国を代表しているというより、〈七つの大罪〉を代表しているようだった。必死の呼び込みたちはぶらぶらと歩いているこの二人の襟をつかまんばかりだった。

「異国のいろんな煙が吸えるよ、人類学的な値打ちのある経験だよ！」

「君たち、科学的な展示だぞ、皮下注射とその数々の応用に関する最新の研究成果だ」

こちらではワジリスタン人が旅人を待ち伏せする多様なやり方を仲間を使って実演してみせていたが、

彼らの国ではそれが主な収入源らしい……メキシコ北部から来たタラウマラ族は、生地シエラマドレの洞窟を模したレプリカの中で、全裸に見える格好でうずくまり、幻覚誘発性のサボテンを食べるふりをして、アメリカの見世物好きにはなじみの深い「奇人」と見分けがつかないような劇的なけいれんを起こす演技をしていた……ツングースのトナカイ飼いは〈スペシャル・トナカイ・ショー〉と書いた巨大な看板を指差しながら、前に集まった見物人に向かって母国語で呼び込みをし、その脇では、かなり露出の多い衣装を着た二人の若い女性が——ブロンドだったりするので、ツングース族とはあまり人種的特徴を共有しているようには見えないのだが——隣にいる非常におとなしい雄のトナカイを恥ずかしいほどねんごろに愛撫《あいぶ》しながら腰をくねらせ、「シベリアでの楽しみ方を中でいろいろと教えてあげるわよ」とか「長い冬の夜の間にほんとは何をやっているのか知りたくない?」などと、通行人に英語で思わせぶりな誘惑の言葉を掛けていた。

「これは何だか」と、リンジーは魅惑と不信の間で宙吊りになって言った。「とても……本物っぽくない気がする」

「こっちへおいで、君たち、一回目はタダだ、赤が出たら頭をなでてあげよう、黒が出たらご褒美はなしだよ!」フェルトのソフト帽をかぶった陽気な黒人が言った。彼はそばの折り畳み机の向こう側に立ち、トランプのカードを机から集めていた。

「失礼ですが、これはモンテという名のカード賭博ではありませんか」と丁寧に非難の口調を抑えながらリンジーが小さな声で言った。

「違うよ、だんな、古代のアフリカから伝わる占いさ、ツキが変わるんだ」彼らに声を掛けたペテン師は驚くべきスピードでカードを動かし始めた。カードが数えきれないほどの数に増えたかと思うと、次の瞬間には、第三の次元を超えた高位の次元の中に消え去ったかのように、ほとんど一枚も見えなくなった。乏しい光のせいでそう見えただけのことだったのかもしれないが。

「OK! 今夜は君たちツイてるかもしれないよ、さっきの赤はどこに行ったか当ててごらん、さあ」二人の前には三枚のカードが伏せて置かれていた。

一瞬の沈黙の後、マイルズがはっきりした声で自信たっぷりに言った。「あなたがそこに置いたのは、全部黒のカードだ――さっきの『赤』はスコットランドの呪《のろ》いとも呼ばれるダイヤの九、今それがあるのはここ」と手を伸ばしてペテン師の帽子を持ち上げ、頭の上に載った問題のカードを手に取って見せた。

「こりゃ参った。前回ばれたときには結構長い間、クック郡の刑務所に厄介になったんだ。あんたの見事な目に対する敬意の印だ、お兄さん、これで忘れてくれ」と十ドル紙幣を差し出した。

「ちょっと、それは……」と探るようにリンジーが言いかけたが、マイルズは既にその口止め料をポケットに納め、笑顔で「じゃあ、さようなら」と言っていて、二人はその場を離れた。

リンジーの顔には驚きの表情がうかがえた。「さっきのは……見事だったぞ、ブランデル。どうやってあのカードの場所が分かったんだ?」

「時々」と、妙に不安の混じる声でマイルズが言った。「僕は不思議な感覚に包まれるんだよ、リンジー……電気が点くときみたいに――すごくはっきりとすべてのものが見えるみたいな……あらゆる物事がどう組み合わさってるか、どうつながってるかが分かるんだ。長い間は続かないんだけど。あっという間にいつもの僕に逆戻りして、自分の足につまずいてるってわけ」

やがて二人は工業館と学芸館の巨大な建物――都市の中の都市である〈博覧会〉そのものの中に埋め込まれた、さらにミニチュアの都市――の屋根から空に延びるサーチライトが見えるところまでたどり着き、肩マントを羽織った巡回中の博覧会警備員の姿が見え始め、少なくともリンジーはそれを見てほっとした。

「さあ、リンジー」マイルズは思いがけず手に入れたお札を振り回した。「ありがたいたなぼただ、ルートビア[*1]を飲みに行こう、それからクラッカージャック[*2]も食べよう。なあ、どうだい！　来たぞ！〈博覧会〉に来たぞ！」

　そのころランドルフ・セントコズモは、制服は脱いでいたものの、まだ任務を遂行中だった。彼が探していた探偵事務所はニューレヴィー地区のいかがわしい一角にあって、爆発する葉巻を作るたばこ屋と怪しい酒場との間に挟まれていた。看板には「ホワイトシティー調査局」とあった。ランドルフは帽子のつばを少し下げ、ごみの散らかる暗い通りを素早く見渡し、横歩きでドアをくぐった。上品ぶりつつ大胆に振舞うという器用な芸当をこなす若い女のタイピストが花柄模様の付いたタイプライターから顔を上げた。「もう寝る時間を過ぎてるわよ、坊や」

「ドアが開いてたんで――」

「ええ、でもここはエプワース同盟[*3]みたいな子供の駆け込み寺じゃないの」

「プリヴェット氏とお会いすることになってるんですが」

「ネイト！」と彼女が大声を出したので、ランドルフは飛び上がった。彼女のほほ笑みには茶目っ気がないわけでもなかった。「ご両親からのお手紙は持ってきたの、坊ちゃん？」

　ネイトのオフィスを構成していたのは食器棚と本棚と書類整理棚、さまざまなウィスキーのボトル、部屋の隅に置かれた寝いす、籐《とう》製のいす二つ、約千個の小仕切りの付いた覆いのある机、通りの反対側にあるドイツ風酒場の見える窓、黒っぽい壁板に張られた地元商工会の賞状と証明書、その横には有名な依頼人の写真が飾られていて、中にはネイト本人と一緒のものもあった。写真の一つには、トゥーム

＊1　ノンアルコールのコーラに似た炭酸飲料。

＊2　ポップコーンとピーナツをカラメルで固めた菓子。

＊3　一八八九年オハイオ州クリーブランドに設立されたメソジスト派の青年団体。

ストーンの〈西部酒場〉の前でドク・ホリデー[*1]とネイトが四十四口径のコルトを互いの頭に突きつけ、すごい顔でにらみ合うふりをする様子が写っていた。その写真には、「おれはどちらかと言うとショットガン派、よろしく　ドク」と記されていた。

「ヘイマーケットの爆弾事件以来[*2]」とネイトが説明を続けた。「さばききれないほどの依頼が来ていて、州知事が無政府主義の殺人者どもに恩赦を与える決定を下したりすればもっとひどいことになる。そんなことをしたらどんなやつらがシカゴの街に放たれるか、分かったものじゃない。しかも〈博覧会〉の最中に。今こそこの街には、反テロリズムの保安体制がこれまで以上に必要なんだ。そして、そう、君たちは、探偵業界のわれわれ全員がのどから手が出るほど欲しいと思っている視点を持っている――つまり上空からの眺めをな。大手のピンカートン探偵社みたいなギャラは出せないが、繰り延べ払いの形ならそこそこ払えるぞ、今すぐ現金で払うのじゃなく、儲けの一部をずっと払うって形で。もちろん、君らが仕事の際に受け取るチップや他の帳簿外の収入に口は出さない」

「そういうことはそちらと本部との間で相談してください」とランドルフは言った。「部隊レベルでの私たちの報酬は正当な費用を超過してはならないんです」

「ばかばかしい。しかし、法律に詳しいやつに契約書を書かせよう、皆が満足できる内容になるはずだ、どうかな?」彼は軽蔑と哀れみのこもった目でランドルフを見た。〈仲間〉が地上人と接触するときには、遅かれ早かれ、いつもそんな目を向けられる。ランドルフはそれに慣れっこになっていたが、プロの態度に徹することにした。

「私たちの仕事は正確にはどういう内容なんです?」

「君らの船には余分に人を乗せる余地があるかね?」

「体格のよい大人を十二人乗せても浮力が目に見えて低下することはありません」とランドルフは答えたが、どうしても視線は肉付きのよいプリヴェット氏の体に向いてしまった。

「うちの部下を一度か二度ほど近所まで乗せてもらいたい、ほぼそれだけのことだよ」そう言うと、探偵局長は少しこそこそした顔つきに変わった。「〈博覧会〉会場まで。ひょっとしたら、〈家畜置き場〉にも。朝飯前だろ」

＊1 ワイアット・アープとともにアリゾナ州トゥームストーンにあるＯＫ牧場の決闘（一八八一）に加わった歯科医（一八五二—八七）。

＊2 一八八六年五月、イリノイ州シカゴのヘイマーケット広場での労働者集会で何者かが警官隊に爆弾を投げつけ双方に多数の死傷者が出た事件。

翌朝、各種の航空機が離陸するにつれ徐々に混雑し始めた円い空の下、〈仲間〉が飛行船の間を歩き回って、良きにつけ悪しきにつけ冒険をともにしたことのある多くの知人と改めてあいさつを交わしていると、一組のカップルが彼らに近づいてきた。彼らが二人を認識するのにさほど時間はかからなかったのだが、それは前の日に彼らがうっかり爆撃してしまった写真家とモデルだった。

ひょうきんな写真家はマール・ライダウトと名乗った。「そして、こちらの美人が……ええと――」

「とんまね」若い女性は優雅な蹴りを彼に向けたが、そこには愛情がこもっていないわけでもなかった。「私はシヴォレット・マカドゥー、あなたたちに会えてとてもうれしいわ、昨日は、危うくあなたたちの砂袋のせいであの世に送られそうになったけど」

服を完全に着ている彼女は、女性雑誌から飛び出してきたみたいだった。今朝のアンサンブルは夏のファッションの先端を行っていた。三角形の袖の流行が復活したために肩の部分が半分透けたブラウスが大はやりで――女性のスタイルを熱心に観察しているチック・カウンターフライの言葉を借りるなら「町中が気球だらけ」――マカドゥー嬢の場合にはそれが鮮やかな赤紫色、しかも同じ色に染めたダチョウの羽毛でできた長いボア襟巻きを巻いていた。そして、悪ぶった感じに斜めにかぶった彼女の帽子の上の、頭を動かすたびに大きな弧を描くシラサギの羽毛飾りを見れば、熱心な野鳥保護活動家でも魅惑されてしまっただろう。

「見事なコーディネート」とチックが感心してうなずいた。

「〈南の海〉パビリオンで彼女がやってるステージはまだ見たことないんだろ」とマール・ライダウトがマカドゥー嬢に気を遣って言った。「すごいぞ、リトル・エジプトとかいう踊り子なんぞ女の牧師みたいに見えてくる」

「ダンサーなんですか、マカドゥーさん？」

「ラーヴァラーヴァっていう火山の女神様の踊りをやってるの」と彼女は答えた。

「僕はあの地域の音楽が大好きなんです」とマイルズが言った。「特にウクレレが」

「うちの劇場のオーケストラにもウクレレを弾いてる人がいるわ」とマカドゥー嬢が言った。「テナーとバリトンとソプラノと」

「それって本物の現地の音楽なんですか？」

「どっちかって言うとメドレーね、多分。ハワイとフィリピンの曲のモチーフがいろいろ入ってて、締めくくりは、最近パリのオペラ座で演奏された、ムッシュ・サンサーンスの『バカナル』*っていうすてきな曲のおしゃれなアレンジ」

「もちろん僕はまだ素人」と、名誉あるウクレレ奏者国際協会のメンバーにずいぶん前から加わっているマイルズが謙遜《けんそん》して言った。「時々どこ弾いてるのか分からなくなるし。でも、もしも僕が主音に戻って音が合うのを待つって約束したら、僕なんかでも一緒に演奏させてもらえるかな？」

「私からしっかり口添えしておくわ」とシヴォレットが言った。

マール・ライダウトは手持ちカメラを持参していて、見たところ次々に離着陸しているさまざまな飛行装置の——上空のものも地上のものも——スナップ写真を撮影していた。「パーティーみたいだね！ほら、ここから地の果てまで、あらゆる場所の飛行研究家が勢ぞろいしてるみたいじゃないか」

* カミーユ・サンサーンス（一八三五—一九二一）のオペラ『サムソンとデリラ』（初演・一八七七）の中の一曲。

朝食のキャンプファイアからの煙がかぐわしく立ち上っていた。不平を訴える赤ん坊の声と浮かれ騒ぐ赤ん坊の声がともに響いた。鉄道と湖の船舶の音が遠くから聞こえた。湖の向こうのまだ低い位置にある太陽を背景に、朝露に輝く翼が長い影を落としていた。蒸気飛行船、電気飛行船、マクシムの旋回飛行機、*綿火薬を使ったレシプロエンジンや石油エンジンを動力に使った船、空に向けられたねじのように見える奇妙な双曲面の形をした上昇用電動スクリュー、羽根の付いた流線型の軽航空機、鳥類的飛行術を用いた羽ばたき型の機械。しまいには目のやり場に困るようないでたちの人もいたりして……。

「パパ！」燃えるような赤い髪をした四、五歳ほどの魅力的な少女が高速で彼らの方へ向かってきた。「ねえ、パパ！ のど渇いた！」

「いたずら小僧のダリーちゃん」とマールが彼女を迎えた。「コーンウィスキーは今切らしてるんだよ、悪いね、また昔みたいに牛乳を飲んでもらうことになるけどいいかな、ごめんね」と言って、氷を詰めた最新式弁当箱の中を掻き回した。そうしている間に、子供は夏の制服を身に着けた〈仲間〉の姿を見つけ、どの程度行儀よく振舞うべきかを見定めている様子で目を大きく見開いて彼らを見つめた。

「こちらの無力な天使をアルコールで毒しているんですか？」とリンジー・ノーズワースが叫んだ。「よくないですよ！」興味をそそられたダリーが駆け寄ってきて彼の前に立ち、まるで手の込んだジョークの続きを待ち受けるかのように上目遣いに彼の顔を見た。

リンジーは目をぱちくりさせた。「こんなことがあってはならない」とぼやいた。「どうせ私は小さな子供には嫌われるんだ」

「美人ですね」とランドルフが優しい態度で言った。「あなたがこの子のおじいさんなんですね」

「は！ 聞いたか、ニンジンちゃん？ おじいさんだってさ。ありがとう、坊や、でもこの子は私の娘だよ、ダリアっていうんだ。この子の母親は、ああ――」彼は溜め息をつき、天を見上げ、遠くを見つめた。

「ご愁傷さまです」とランドルフが慌てて言った。「でも、測り知れない天《ヘブン》の意志は――」

「天国《ヘブン》だって？　けっ《ヘル》」マール・ライダウトは笑った。「彼女はアメリカ合衆国のどこかでぴんぴんしてるよ、手をつないで駆け落ちした催眠術師みたいな芸人と一緒にいるのさ、〈神秘のゾンビーニ〉とかいうやつだ」

「知ってるよ、そいつ！」チック・カウンターフライがうんうんとうなずいた。「アシスタントを普通の台所のじょうごの中に入れて、消しちゃうんだ！『ボトル詰め完了！』とか言って。で、ケープを振る。おれ、自分の目ん玉でニューオーリンズで見たよ。すごいショーだった！」

「そいつ、そいつ」マールはにやりと笑って、「君が見た、そのうっとりするほどきれいなアシスタントが多分問題のアーリスだ、それから、ハエが口に入る前に口を閉じたほうがいいぞ、お兄さん」――不義密通の話を聞いたせいでランドルフの顔には、残念ながら「いつもの」と言わざるをえない茫然自失の表情が浮かんでいた。あまり動じていないチック・カウンターフライはちゃんと受け答えを続けた。

「うん――とても賞賛に値する女性だった。彼女が人間的にどうかはさておいて」

「賞賛ときたか――じゃあ、このダリアをよく見てごらん、ママに瓜二つだ、それが嘘なら私に雷が落ちてもいい、実際、十年、十二年後にすれ違ってみろ、思わず足を止めて、振り返って、結婚を申し込むこと間違いなし、結納金は少なくたって悪気には思わないぞ、いくらであっても一応考えてやる。それか、もしも待つ気があるのなら、今のうちに買っておくっていうのはどうだ、今日明日限りの特別価格、一ドル九十八セントでこの子は君のもの、どきっとする笑顔もすべて。ほら、見て、この笑顔。おまけに帽子も付けるよ、大勉強だ、この子が十六歳の誕生日のろうそくの火を消したらすぐに列車で送

＊　米国出身の発明家ハイラム・マクシム（一八四〇―一九一六）は飛行機の開発を試みた。しかしここで言及されているのは、おそらく、現在でも遊園地にあるような遊具で、中央の軸となる柱からたこ足状に延びる支柱にロープで乗り物を吊り、メリーゴーラウンドのように回転させるもののこと。

り届ける、君がどこにいても速達で送るよ」

「ずいぶん待たなきゃならないんだなあ」とチック・カウンターフライが横目で見ながら言った。

「――じゃあ、十五歳ってことにしてもいい」マールは、怒りで窒息しそうになっているリンジー・ノーズワースを見て目を輝かせながら言った。「でも支払いは今すぐ現金、受け取りのときは自腹で切符を買って迎えに来るっていう条件だ……ところで、こっちのトルーヴェ式スクリュー装置[*1]の前でみんなの写真を撮らせてもらいたいんだけど、どうかな？」

写真術のような現代科学にいつも目がない少年たちは、もちろん喜んで応じた。シヴォレットはリンジーから麦わら帽を借りて、まるでこっそりキスしているかのように二人の顔の前にそれをかざすことで、何とかリンジーもなだめた。陽気なダービー・サックリングは――彼のひょうきんなおどけなしにはどんな団体写真も完璧とは言えない――野球のバットを手に、無邪気なその頭で嫉妬《しっと》に狂った表情だと信じるこっけいな顔をして二人を脅すふりをしていた。

昼食の時間が来て、それとともにリンジーが少し早めに上陸許可を宣言した。

「やったぁ！」とチック・カウンターフライが叫んだ。「おれとサックリングの右舷組が〈中央通り遊園地〉に行く番だ、リトル・エジプトとポリネシアの展示をのぞいて、時間があったらアフリカ・アマゾンもちょっと見て――ああ、心配ないぞ、坊や、聞きたいことがあったら何でも教えてやるからな」

「さあ、坊やたち」シヴォレット・マカドゥーが、ラインストーンを一面に埋め込んだケースから取り出した紙巻きたばこで会場の方を指し示した。「私はそろそろ仕事に行くから、ついでに〈南の海〉の舞台裏を見せてあげる」

「わーい、わーい」ダービーは鼻水が出っぱなしになった。

「サックリーング！」とリンジーが叫んだが無駄だった。船が離着陸するたびに色とりどりの服を着た飛行士の群れが彼らの間に流れ込み、巨大な臨時空港は騒動と偶然の出会いとであふれかえっていた……。

　実際、ちょうどそのときイタリア風デザインの堂々たる半硬式飛行船に乗って現れたのは、誰あろう、少年たちの昔からの友人であり師でもある、イエール大学のヘイノ・ヴァンダージュース教授だった。顔にはかろうじて抑えられた恐怖の表情を浮かべ、飛行船の降下時にシルクハットが飛ばされないように頭を必死に押さえていたが、その時代遅れな帽子のへこみや傷や正確な円筒形からの逸脱は長い冒険の歴史を物語っていた。

「飛行船がひしめいててな、でも、また君たちに会えて最高の気分だよ!」と教授が彼らに声を掛けた。

「最近聞いた話では、ニューオーリンズで災難に遭ったそうじゃないか、ワニのシチューを船に載せすぎて〈不都号〉が飛べなくなってしまったのかな」

「ああ、ちょっと一、二時間ほど不安な思いをしました」と、胃の痛い記憶を感じさせる表情でランドルフは認めた。「いかがですか、教授、研究の方は? スローン研究所[*2]では最近、どんな驚異が誕生してるんですか?」

「そうだな、ギブズ教授のところの学生に一人注目すべきやつがおって、デ・フォレストっていう青年[*3]なんだが、電気に関してはかなりのすご腕だ……日本から来てる研究員の木村さん[*4]もなかなかいい――ところで、このあたりに腹ペコの教師と飛行士がかの有名なシカゴ・ビーフステーキにありつける店はないかな。みんなにレイ・イプソウを紹介しよう、彼がいなかったら、私は今ごろまだインディア

＊1　フランス人の発明家ギュスターヴ・トルーヴェは軽量の電動モーターにヘリコプターのような回転翼を取り付けた模型を空中に浮かせることに成功した。
＊2　イエール大学の物理学の実験所。
＊3　リー・デ・フォレスト（一八七三―一九六一）は米国の発明家で、無線電信の先駆。ウィラード・ギブズ（一八三九―一九〇三）は米国の数学者・物理学者。
＊4　木村駿吉。後出（上494頁）。

ナポリスにいて、いつまで経っても来ない都市間連絡列車を待ち続けていただろう」

「以前、君たちとすれ違ったことがあるよ、ハルトゥームの騒動*のときに」と愛想のよい飛行士が言った。「マフディーの軍がやってくる直前に町から逃げ出したんだ――君たちが頭上を飛んでるのが見えてね、『私もあそこに乗ってたらよかったのに』って思ったよ、結局、仕方がないから川に飛び込んで、騒動が少し治まるまで待ったんだけど」

「ところがですね」と、部隊で最も歴史に詳しいリンジーが思い起こしながら言った。「あの時は私たちも逆風に遭って、本当ならフランスのアレックスに行って数週間の教育的娯楽と健康的気候を楽しむはずでしたのに、とんでもないことにソマリアのオルトレ・ジューバにたどり着いてしまったんです」

「おや、これはこれは」と教授が声を上げた。「そこにいるのはマール・ライダウトじゃないか！」

「相変わらずくだらないことをやってるよ」マールがほほ笑んだ。

「じゃあ、紹介は必要ありませんね」とリンジーが言った。

「ああ、私たちはコネチカットにいたころから一緒に悪さをした仲だ、君らが生まれるずっと前のことだな、時々教授のために私が工作をしたこともあった。君たちのうちの誰か、私ら二人の写真を撮ってもらえるかな？」

「いいですよ！」とマイルズが買って出た。

彼らは昼食をとりに近くのステーキハウスに出かけた。教授との再会はいつもは楽しいものだったが、今回は少し違っていた。再会を温かく祝う気分の背後には秋めいた不安が漂い、ランドルフは心理・胃腺的な痛みを感じた。本当の危機に陥ったとき以外にはそのような不安を無視すべきではないことを、彼は経験から学んでいた。

飛行船の司令官のための心理的動揺隠蔽《いんぺい》法に関する有益なシンポジウムにいくつか参加した経験を持つランドルフは、何かが教授の心を悩ませていることを察知した。気のいい友人同士のいつもの調子とは異なり、今日の昼食時の教授の発言はますます短くなり、ほとんどそっけない返事だけとなり、パイ・アラモードが出されたときにはもう勘定を済ませようとしていた。

「悪いね、みんな」と、彼は顔をしかめ、古風な鉄道時計を取り出してこれ見よがしに時間を確かめた。「本当はもっと一緒におしゃべりをしていたいんだが、ちょっと外せない用事があってね」　彼はレイ・イプソウと一緒にいきなり立ち上がった。レイは少年たちに同情するように肩をすくめ、ランドルフに「教授のことは私が見張っておくから」と言って、イエール大学の著名な天才学者の後を追った。教授は外に出るとすぐに馬車を呼び止め、ドル札を差し出して目いっぱい急ぐように指示し、二人はその場を去った。彼らが〈パーマーハウスホテル〉に着くと、デスクのところにいた職員が存在しない帽子のつばに手を当てて会釈した。「最上階のスイートルームです、教授、そちらのエレベーターでどうぞ、途中では止まりません。皆さん、お待ちかねです」　彼の声に面白がっているような軽蔑の口調が混じっていたとしても、ヴァンダージュース教授は他のことで頭がいっぱいでそれには気づかなかった。

教授が街に来た理由は、邪悪と言ってもほとんど過言ではないような勢力と契約を交わすのが目的だったのだと、すぐにレイ・イプソウには分かった。スイートルームに上がってみると、にぎやかな街に対しては分厚いカーテンが引かれ、たばこの煙による恒常的薄暮の中に明かりがまばらに置かれ、切り花も鉢植えもなく、まれに声が、しかもほとんどが電話を通した声が響くだけの静寂が広がっていた。

スカーズデール・ヴァイブのような広く知られた大物が〈コロンブス記念博覧会〉に参加しないとは考えられなかった。シカゴ万博が持っている何千という商業的なチャンスに魅力があるのは当然だが、それに加えて、そこに集まったたくさんの人の流れが生む匿名性によって他人の目に触れずに人と会って商売ができるという利点があった。つい前日の晩にニューヨークのグランドセントラル駅を発ったば

＊　一八八〇年代に、スーダンの首都ハルトゥームでは、イスラム教の救世主「マフディー」を自称する人物に率いられた軍隊が政府に対する反乱を起こした。

かりのヴァイブは、この日の午前中に自家用列車「ジャガナート号」から降り立った。いつも通り変装し、ボディーガードと秘書を連れていた。彼の持っている黒檀《こくたん》製の杖《ステッキ》の金と銀でできた球形の握りには、地球の姿を正確かつ詳細に再現した打ち出し模様が施してあった。杖本体にはばねとピストンとシリンダーが仕込まれていて、腹の立つ人物がいればそいつに向かって小口径の弾丸を撃てるだけの空気が圧搾できるようになっていた。紋章の入った自動車がヴァイブを待ち受け、彼はまるで超自然的な力に運ばれるかのように、ステート通りとモンロー通りとウォバッシュ通りに囲まれた壮麗なホテルまで移動した。ロビーに入る途中で、ぜいたくとは言えないが見苦しくない格好をした年配の女性が彼に近づき、「私があんたの母親なら、あんたが揺りかごの中にいるうちに絞め殺しただろうね」と叫んだ。スカーズデール・ヴァイブは静かにうなずき、黒檀の空気杖の先を上げ、発射ボタンに指を掛け、ボタンを押した。老女は体を傾け、よろめき、木のように倒れた。

「弾を探すなら足だけでいいとホテルの医者に伝えとけ」とスカーズデール・ヴァイブは役に立つ情報を提供したのだった。

誰も帽子を受け取ろうとしなかったので、ヴァンダージュース教授は自信のない若い役者が小道具を置くときのように、脱いだ帽子を自分の膝の上に置いた。

「〈牧畜業者《ストックメン》ホテル〉の泊まり心地はどうだ?」と大事業家が尋ねた。

「はあ、というか、四十七番街とアシュランド通りが交わるところの〈精肉出荷業者《パッカー》イン〉に泊まっています。〈家畜置き場〉とかのど真ん中にあって――」

「ほお」と大柄で犯罪者的な風貌《ふうぼう》をした人物が言った。男はわが国の刑務所で〝アーカンソー爪楊枝〟という名で知られるナイフを使って薪を削り、ミニチュアの蒸気機関車を作っていた。「先生はまさか菜食主義?」

「彼はフォーリー・ウォーカー」とスカーズデール・ヴァイブが言った。「母親の話では、こいつにも外から見ただけじゃ分からないいいところがいろいろあるらしい」

「先生の泊まってるホテルなら家畜の声がよく聞こえるんじゃないか」フォーリーは話を続けた。「きっと眠れなくなるお客さんもいるだろうな、でも、なぜか妙に心が休まるっていう人もやっぱりたくさんいる。考えてみたら、この〈パーマーハウス〉だって同じことだ。騒音のレベルは変わらない」

「やってることのレベルも似たようなもの」とレイ・イプソウがつぶやいた。彼らは居間にある大理石の机の周りに集まって葉巻を吸い、ウィスキーを飲んでいた。雑談の話題が、あり余る富の問題へと移った。「ニュージャージーの知り合いがな」とスカーズデール・ヴァイブが言った。「鉄道を集めとる。車両だけじゃないぞ、駅や格納庫や線路や操車場や鉄道職員や何もかもだ」

「金のかかる趣味ですね」と教授は驚いて言った。「そんな人がいるんですか？」

「遊んどる金がこの国にどれだけあるか、あんたにもある程度見当はつくだろう。好きな教会に寄付したり、邸宅やヨットを買ったり、犬小屋の周りを金《きん》で舗装したり、そんなことをやったって、全部を使い切るのは無理だ、そうだろ。いずれ買いたいものは全部買ってしまって、金が残る……使い切れなかった山ほどの財産が毎日毎日積み重なって、やれ大変それ大変、さてそこで、ビジネスマンとしてはどうすべきかって問題だ」

「何なんだ、それなら私に送ればいいだろう」とレイ・イプソウが口を挟んだ。「それか、本当に金に困っている人に送ったらいい、そんな人はたくさんいるはずだ」

「金とはそういうものじゃない」とスカーズデール・ヴァイブが言った。

「おかげで私たちはいつも大富豪からそんな愚痴を聞かされる」

「金を必要としている人間が必ずしもそれに値するとは限らんとわしは信じとるからな、分かりやすい理屈だろ」

「ところが最近では、金持ちによる犯罪的な行為がまかり通っているせいで金を必要とする人が生まれている。だから、困っている人は、額にかかわらず、必要な金を受け取るに値するんだ。分かりやすい理屈だろ？」

「おたくは社会主義者でいらっしゃるのかな」

「富によって日々の苦労から隔てられていない人間なら誰でも社会主義者さ。お分かりでいらっしゃるかな」

フォーリーは彫刻の手を止め、急に興味が高まったかのように顔を上げた。

「なあ、レイ」と教授が諭すように言った。「私たちがここに来たのは電磁気学の話をするのが目的なんだ、政治の話をしに来たわけじゃない」

ヴァイブがくすくすと笑ったので少し空気が和らいだ。「教授はあんたの過激な話のせいでわしが帰ってしまうんじゃないかと心配なんだ。しかし、わしはそこまで繊細じゃない。わしはいつもコリントの信徒への手紙二[*1]に従うことにしとる」彼は机の周囲を見回して、聴衆の聖書に関する理解度を推し量った。

「愚か者を我慢するのは仕方がないとしても」とレイ・イプソウが言った。「喜んで我慢するのは私には無理だ」

ドアのそばに控えていたボディーガードが警戒態勢に入った。フォーリーは立ち上がり、窓辺へ行った。スカーズデールは今の発言が彼の信念に対する侮辱と受け取るべきかどうか判断しかねて、横目で様子をうかがった。

レイは帽子を手に取って立った。「分かったよ。私はバーで待ってるからな」と部屋を出ながら言い、最後に一言、「神に祈って、英知を求めるよ」と付け加えた。

優雅な社交室に行ったレイは、マール・ライダウトとシヴォレット・マカドゥーに出くわした。二人はマールがここに来る前に当てた賭けのおかげで「ちょいと街へ」来ていたのだ。

ボタン穴に花を飾った男とダチョウの羽根飾りの付いた帽子をかぶった女のカップルが背の低いヤシの木の間を静かに散歩したり、まるで飛び込もうかどうしようか考えているかのようにイタリア風の噴水のそばに立ち止まったりしていた。どこかで小編成の弦楽オーケストラが、アレンジを加えた「オールド・ジップ・クーン」[*2]を演奏していた。

レイ・イプソウは自分のビールの表面を見つめた。「最近、教授は様子が変なんだ。何か気づいたことはないかい？」

マールはうなずいた。「何か足りない気がするね。あの人は昔ならもっと何にでも夢中になっていた――何かを設計しているときなんか、紙が足りなくなって、シャツのカラーを外してそこにまで図を描いてみたりしてたほどさ」

「最近は、アイデアが浮かんでも秘密にしてることが多い。やっとその値打ちに気づき始めたみたいに。よくあることだけどね、そういうのは。今の時代、景気のいい行進曲に合わせて発明家が続々と登場、大衆は『へえ』とか『ほお』とか感心してる、でも目に見えない舞台裏にはいつも弁護士や会計士がいて、時計みたいに四分の二拍子を刻みながら、ショーを裏で支えてるってわけ」

「踊りたい人、いませんか？」とシヴォレットが言った。

最上階のスイートルームで、スカーズデールは懸案の商談を始めた。「この前の春、テスラ博士[*3]が変

＊1　コリントの信徒への手紙二の一一の一九に「賢いあなたがたのことだから、喜んで愚か者たちを我慢してくれるでしょう」とある。
＊2　ミンストレル・ショーなどで十九世紀から歌われていた有名なコミックソング。
＊3　クロアチア生まれの米国の電気技術者・発明家（一八五六―一九四三）。

圧器で百万ボルトの電圧発生に成功した。この先がどうなるかは予言者じゃなくても見当がつく。既にあの男は親しい人間に、『世界システム』とかいうものの話をしているようだ。巨大な電力を生み出して、地球そのものを巨大な共振回路に使って、誰でも、世界のどこででも電気が利用できるようにするつもりらしい。やつはナイーブだから、ピアポント*かわしか、他の誰かがその計画に金を出してくれると思っておる。そんな発明じゃあ全然金儲けにならんということが、あの優秀な知能でも分かっとらんらしい。自由エネルギーのシステムの研究に金をつぎ込むことは、金をどぶに捨てるのと同じこと、そして、現代の歴史の本質だと考えられているすべての原理から逸脱している――いや、原理を裏切る行為だ」

　教授は文字通り吐き気に襲われていた。テスラの名を耳にするたびに体が嘔吐《おうと》反応を示すことは予想できた。発明家テスラの夢の大胆さと壮大さを見ていると、ヘイノ・ヴァンダージュースはいつも、スローン研究所のオフィスによろよろした足取りで戻りながら、失敗者の気分というよりも、〈時間〉の迷宮の中で道を選び間違えた場所まで戻れなくなった気分を味わったのだった。

「もしもそんなものができたら」とスカーズデールが話を続けていた。「世界のおしまいだ。わしらの知る世界がおしまいってだけじゃない、皆の世界がおしまいだ。それは武器だよ、教授、お分かりだろう――世界で最も強力な武器だ、それが破壊するのは軍隊や設備だけじゃない、等価交換の性質そのものも破壊されるんだ。周りは全部敵だらけという魚市場みたいな無政府状態から、わしらが今その恩恵にあずかっておる合理的な制御システムへと進化を遂げた、今の経済の長きにわたる闘争が無に帰することになる」

「しかし」空気の中の煙がかなり増えてきたので、早めに切り上げる必要が出てきた。「私に何ができるとおっしゃるんです?」

「はっきり言わせてもらっていいかな?　逆変圧器を作ってもらいたい。テスラの装置が作動したらそれを察知して、同じだけの逆のパワーを発生させて、システムを無力化するんだ」

「んんん。テスラ博士の設計図とか計算のメモがあれば助かるんですが」

「そのためにピアポントがその計画に関わっとる。その計画と、エジソンとの契約と——いや、またやってしまった、これは秘密の話だ。テスラに資金を提供することで、モーガンはテスラの技術上の秘密事項を目にすることができるんだ。加えて、彼の身辺にはスパイが置かれているから、わしらが知りたいことがあれば昼夜を問わず、何でも写真に撮って送ってくる」

「まあ理論上は、あまり大きな障害はなさそうですね。単純な位相反転の問題です。何か非線形の現象があるとすれば、実際に動く〈装置〉を作ってみるまでは予測できませんが——」

「細かいことは後で教えてくれればいい。では——あんたの予想では、そのような機械を作るのに実際どれほどの、ううん」と声を落として「金がかかると思う?」

「費用ですか? あの、それは何とも——というか、あまりそういうことは——」

「いいから、教授」と、フォーリー・ウォーカーが、ホテル備え付けのウィスキーのデカンターをまるでそこから直接飲もうとするかのように持ち上げながら、どすの利いた声で言った。「十万ドル以下のけたは四捨五入でいい。おおよその見当で」

「んんん……じゃあ……参考までに……釣り合いも考えて……テスラ君はモーガン氏からどれくらいもらっているんです?」

「こんちくしょうめ」ヴァイブの目の奥がさげすんだような光で輝いた。その光は彼が望むものを見つけたことを意味するものだと彼の仲間は知っていた。「学者さんなんてもっともっと高尚なことばかり考えとるもんだと思っとったが、何のことはない、あんたも抜け目のない商売人と一緒だな。じゃあ早速、弁護士を集めることにしよう、そうせんと身ぐるみはがれてしまうかもしれんからな。フォーリー、そこの電話で長距離を頼む、〈ソンブル、ストルール&フレッシュウェイ法律事務所〉を呼び出し

＊ ジョン・ピアポント・モーガン(一八三七—一九一三)は米国の金融資本家。

てくれんか？　この規模のプロジェクトを立ち上げるのにいちばんいい方法を連中なら考えてくれるだろう」

電話はすぐにつながり、スカーズデールが「失礼」と言ってスイートルームの別の部屋に置かれた電話に向かった。部屋に残された教授は年季の入った帽子の奥を、まるでそれが彼が現在置かれている状況を表しているかのようにじっと見つめていた。ここ数週間、彼は自分が空っぽの筒――たまに知的な思考がそこに入ってくるだけの――に近づいているような気がしていた。こんなことをしていいのだろうか？　そもそもこんな場所にいていいのか？　部屋の中に漂う犯罪性はほとんど手で触れるほどだった。レイはこの雰囲気になじめなかったし、いつものように浮世離れしている少年たちも、今日は不安そうな目で彼のことを見ていた。ニューヨークの弁護士たちが今ごろ提案しているであろう金額は、いくらであれ、この友情を失うに値するのだろうか？

〈偶然の仲間〉が与えられる「上陸許可」としては、〈シカゴ万博〉以上にふさわしいものはなかっただろう。大々的な国家的祝典はある種の虚構性を帯びていて、少年たちはそれに触れたり働きかけたりすることができたからだ。〈ホワイトシティー〉の境界の外側には、この短い夏の間は押しとどめられていた非虚構的な厳しい世界が待ち受けていた。そしてミシガン湖畔での記念すべき季節は、夢のようでありながら同時に現実でもある経験に変わった。

〈博覧会〉に爆弾を仕掛けたり、騒動を起こしたりする企みが進行していたとすれば、〈不都号〉は、会場を隅から隅まで調べるにしても、湖側の水上からの攻撃に目を光らせるにしても、理想的だった。〈博覧会〉を訪れた人たちには頭上の船が目に入ったが、見えてはいなかった。というのもこの夏、そこら中に奇跡が転がっている〈博覧会〉では、次々に驚異が目に飛び込んでくるので、どんなに大きなものでも、どんなに速いものでも、どんなに奇抜な機械でも、九十秒以上、人の目を引きつけておくことはかなわなかったからだ。〈不都号〉は娯楽のための演出の一つとしてこの場所に溶け込んでいた。

少年たちは翌日から定期的な監視活動を始めた。ホワイトシティー調査局の探偵は小さな天文観測所が開けそうなほどの望遠鏡装備を持って、夜明けとともにやって来た。「観覧車で使う練習をやってきたんだよ」と彼が言った。「でも動きの補正の仕方が分からなかった。ぶれたりするんだ」

ルー・バズナイトは人好きのする若者だった。ただし、すぐに分かったのだが、今まで〈偶然の仲間〉のことは話にも聞いたことがなかった。

「〈偶然の仲間〉のことは男の子なら誰でも知っているはずです」と、困惑したようにリンジー・ノーズワースが言った。「今までどんな本を読んできたんですか、子供のころ?」

ルーは親切に質問に答え、記憶をたどった。「西部ものとか、アフリカ探検ものとか、よくある冒険物語かな。でも、おまえたち――まさかおまえたちが物語の登場人物ってわけじゃないだろう?」 彼は思い直して言った。「ひょっとしてそうなのか?」

「ワイアット・アープ[*1]やネリー・ブライ[*2]なんかと同じです」とランドルフが言った。「長い間雑誌に取り上げられている名前ほど、事実と虚構の見分けが付きにくくなるんですがね」

「おれが読むのはほとんどスポーツの記事ばかりでね」

「よし!」とチック・カウンターフライが言った。「それなら少なくとも、無政府主義者がどうこうとかいう話をしなくて済むな」

ルーにとっても、確かに最近はやりの言葉だが「無政府主義者」がどんなものかよく分かっていなかったから結構なことだった。彼は政治的信念から探偵稼業を選んだわけではなかった。彼は、以前犯したことになっている罪のために、この道に迷い込んだようなものだった。その過ちの詳細については、おあいにく。ルーは自分が何をやったのか、あるいはやらなかったのか、そしてそれがいつのことなのかも覚えていなかった。同様に何も覚えていない周囲の人間は、まるで彼が不法の光線を放っているかのように戸惑っていた。ありありと覚えていると称する人々は彼に悲しげな目を向けたが、厳格なイリノイ州にあっては、その視線はいわゆる「道徳的脅威」を物語るものへと変化していった。

彼は地方新聞で非難された。新聞の売り子が彼におどろおどろしい呼び名を付け、朝も晩も人込みの中で、必ず軽蔑の念を込めてその名を連呼した。人を威圧する帽子をかぶった女性たちが嫌悪の目で彼をにらみつけた。

彼は〈イリノイの野獣〉と呼ばれるようになった。

記憶がよみがえれば多少は助けになったのかもしれないが、彼の記憶の中には奇妙な靄《もや》がかかっていた。助言を求めて訪ねた専門家たちもほとんど役に立たなかった。「前世の問題だ」という者もいた。ヨガの行者は「来世の問題だ」と言った。より科学的な人物は「自然発生的幻覚作用だ」と言った。

「ひょっとすると」と、ある東洋人が笑みを浮かべて言った。「あなたがその幻覚を見ていたのではなく、それがあなたの幻覚を見ていたのかも」

「とても参考になったよ、どうも」とルーはつぶやき、部屋を出ようとすると、ドアが開かなかった。

「一応、慣例ですから。銀行為替は支払いがなされないことが多いもので」

「じゃあ現金で。もういいかな？」

「怒りが静まったら、私が言ったことをよく考えてごらんなさい」

「おれには役に立ちそうにない」

彼はすぐに戻るというメモを職場に残し、シカゴの摩天楼の中に逃げ込んだ。だが失敗。親しい商売仲間が後を追ってきて、彼を問い詰め、人前でののしり、彼の帽子をたたき落とし、それをクラーク通りの真ん中まで蹴飛ばし、帽子はビールを積んだ馬車にひかれた。

「ここまでやることないだろう、ウェンズレーデール」

「おまえは自分の名前を台無しにしたんだ」そしてそれ以上は何も言わず、街の人通りの中で向こうを向いて歩き出し、すぐに騒々しい夏の光の中に消え去った。

最悪だったのは、ルーの愛する若妻トロースが彼の短い書き置きを見つけた後、戻ってきてほしいと言うためにすぐに都市間連絡列車に乗ってシカゴにやって来たことだった。線路のリズムに合わせて熟

＊1　西部のガンマン（一八四八―一九二九）で、ＯＫ牧場の決闘の主役。
＊2　米国の女性ジャーナリスト（一八六七―一九二二）で、世界一周旅行の新記録を樹立し、その記録を刊行した。

考を重ねた彼女がユニオン駅で列車を降りるころには、もう心は固まっていた。

「もう終わりよ、ルイス、分かってくれる？　二度と同じ屋根の下で過ごすことはないわ、絶対に」

「でも、おれが何をしたって言うんだ？　本当なんだよ、トロース、覚えていないんだ」

「もし私があなたに話したら、私はまたその話を聞かなきゃならない。一回聞いたらもうそれでたくさんよ」

「じゃあおれはどこに住んだらいい？」　長い話し合いの間、二人はずっと地図にできない都会の中を歩いていたのだが、いつの間にか辺鄙《へんぴ》な見慣れない区画にたどり着いていた――実際、その一角はかなり広いのに、今まで二人ともその存在を知らなかった。

「知らないわよ。何人いるか知らないけど他の奥さんのところに戻ったら？」

「おい！　おれには何人奥さんがいることになってるんだよ？」

「シカゴにいたけりゃいればいいじゃない。私には関係ない。今いるこのあたりなんか、あなたにぴったしじゃないの、私は二度とここには戻ってきませんからね」

　夜のように真っ暗な無意識の中で、彼は彼女を激しくぶってしまったこと、そしてそれを理解したとしても後悔したとしても取り返しがつかなくなったことを理解した。彼は既に傷ついた彼女の姿に耐えられなくなっていた――涙は何かの絶望的な魔法によって彼女の下まぶたに凍りついていた。彼女は彼が視界から消え去るまで、涙が流れるのを許さなかったのだ。

「いい考えだな、トロース、じゃあ、この街で居場所を探すことにするよ、ありがとう……」　しかし彼女はもう後ろを振り向くこともなく、呼び止めた辻馬車に乗って、あっという間に去っていった。

　ルーは辺りを見回した。ここもシカゴなのだろうか？　再び歩き出したとき、最初に気づいたのはその周辺の道路がシカゴの他の部分とは異なり、碁盤の目のような配置になっていないことだった――すべての通りが斜めに走り、細い小路が小さな広場から星のように放射状に広がり、路面電車の線路は乗客を元来た方向へ連れ戻すヘアピンカーブを描いているために交通事故の可能性が高く、通りの名前を示す標識には、交通量の比較的多い道路でも、彼の知っている名前は一つもなかった……まるで外国の言葉のようだった。初めてのことではなかったが、彼は意識のあるまま卒倒しそうな気分を経験した。それに後押しされて、というよりそのおかげで、彼は新たな都市空間に入ることができた。そこは彼が後にした世界と似ているが、細かい部分は異なっていて、数々の相違はすぐに明らかになった。

　通りを先に進むと、小さな広場があったり道が他の通りと交わっていたりした。そこでは人形遣いやミュージシャンやダンサーやいろいろな売り子が店を出していた――売られていたのは占いの本、トーストに載せたひな鳥のグリル、オカリナとカズー、焼きトウモロコシ、夏の帽子と麦わら帽子、レモネードとレモンアイス。どっちを向いても目新しいものばかりだった。ある中庭の中にある小さな庭では、男女の集団がカントリーダンスに似たゆっくりとした儀式的な動きをしていた*――ルーは立ち止まってそれを見ていたが、どこの国《カントリー》の踊りなのかは見当がつかなかった。しばらくすると、まるでルーと彼の抱える問題をなぜか知っているかのように、皆がこちらを見返していた。彼らは、踊りのような動きを終えると、日除けの下に置かれたテーブルに彼を招いた。気がつくとルーはそこで、ポテトチップをつまみにルートビアを飲みながら、すぐに「すべて」を打ち明けていた。「すべて」とは言っても実際には短い話で――「今のおれに必要なのは、何であれ、おれがやってしまったことの償いなんです。今のままの人生は続けられない……」。

「あなたに仕事を教えることならできる」と、ドレイヴとだけ名乗ったリーダー格の人物が言った。

「おれには――」

「目的のない後悔は救いへの入り口だ」

＊　カントリーダンスは男女が向かい合って二列になって踊る、イングランド起源のダンス。ここでの「儀式的な動き」はおそらく太極拳のようなもの。

「ええ、でも教えてもらってもそのお礼を支払うことはできません、住むところだってないんです」

「お礼を支払う！」テーブルの周囲に居並ぶ達人たちが彼の言葉を面白がった。「支払うって！　支払いなら当然できる！　誰だってできる！」

「途中で出ていくことはできないぞ。手順を覚えるまでは」とルーは言われた。「それだけじゃなく、私たちがあなたに確信を持てるようになるまでは。この近くに〈エストニア〉というホテルがある。私たちのところに来た悔悟者がよく利用するところだ。ホテルで、私たちに言われて来たと言いなさい、そうすれば宿泊代はかなり負けてもらえる」

ルーは手続きのため、背が高くて倒れそうな〈エストニアホテル〉に行った。ロビーの係員やベルボーイは皆、彼が来ることを知っていたかのように振る舞った。記入するようにと渡された書類は非常に長く、特に「長期滞在の理由」と題された項が長かった。質問はとても個人的で、プライバシーに関わる項目もあったが、できるだけ正直に答えるように指示された——実際、書類のいちばん上に大きな文字で印刷された法律上の注意書きによると、真正直な告白と言えない記載をすれば法的処罰を受ける可能性がありますとのことだった。彼はどうしても使うようにと言われたペン——インクの出方がおかしくて、書類のあちこちに染みや汚れが残ったのだが——と格闘しながら正直に答えようと努力した。

気送管の向こう側にある目に見えないデスクに送られた申請書がしばらくして「承認」のスタンプ付きで送り返されてきたとき、ルーは部屋までベルボーイに案内してもらうように言われた。あなた一人では部屋を見つけることはできないだろうから、と。

「でも、おれは手ぶらですよ、荷物もないし、お金だって持ってない——それで思い出したけど、ここの支払いはどうしたらいいのかな？」

「手はずはできています。では、ハーシェルと一緒にお部屋へどうぞ、道順を記憶してください、ハーシェルももう一度あなたをご案内するのは気が進まないでしょうから」

ハーシェルはベルボーイにしては大柄で、制服を着た下っ端というより元拳闘家に見えた。二人が乗るといっぱいになった小さな電動エレベーターはルーが今までに遊園地で乗った最悪の乗り物よりもスリリングだった。絶縁が不完全でねばねばしたほこりに覆われたワイヤからだらりとぶら下がった青いアーク灯の光が、狭い空間を強烈なオゾンのにおいで満たしていた。ハーシェルには彼なりのエレベーター内での礼儀があるらしく、国の政策や労働者の不満や宗教的な論争に関する話を始めたが、どの話題も、少し議論を始めるだけでもエレベーターが何時間も上昇し続けなければならないようなものばかりで、今までの高層建築家が挑戦したこともない高さが建物に必要だった。一度ならず、二人はゴミだらけの廊下に出ることを強いられ、鉄のはしごを登り、道路からは見えない危険なキャットウォークを渡り、再び別の階で同じ悪魔のようなエレベーターに乗ったが、それは時には垂直に上昇していない部分もあった。最後にやっと、ミシガン湖から吹いてくる風の中に突き出した部屋のあるフロアにたどり着いた。今日の風は間断なく吹きつけ、秋めいていた。

ドアが開くと、そこにあるのはベッドといすとテーブルだけで、他の家具はなくがらんとしていた。他の状況であれば、ルーはこの部屋を愁いを帯びた空間だと思ったかもしれないが、このときは完璧な部屋に見えた。

「ハーシェル、あんたにはどうやってチップを渡せばいいのかな」

ハーシェルはドル札を差し出して言った。「逆チップだ。〈オールドギデオン〉と氷を持ってきてほしい。おつりがあったら取っといてくれ。倹約を身に着けること。だんだんとルールが見えてきたかな?」

「お使いってこと?」

「そう、それとちょっとした魔法だ。妖精みたいに姿を消す。ドアや階段に一体化するんだ。より自然にできた方がいい。再び姿を現すときは、ウィスキーを持ってくる、もちろん氷も一緒に。分かったかな？」

「おれはベルボーイだ、バズナイトさん、客じゃない。客の居場所だったら限られてるが、ベルボーイならどこにいてもおかしくない」

ハーシェルのためのバーボンを探すのは容易だった。この辺りでは、服地屋から歯医者までどこの店先でもウィスキーが売られていた。誰もハーシェルのドル札を受け取ろうとはせず、なぜか喜んでルーの勘定を付けにしてくれた。再びハーシェルを見つけ出したころには、氷はすべて溶けていた。どういうわけかこの一件がドレイヴの耳に入り、彼はおそらく不健康な動機からだろうが非常に面白がりながら、ルーを禅杖《ぜんじょう》で繰り返し戒めた。ルーは、これは自分が受け入れられた印だと考え、与えられた仕事を果たし続けた。ありふれた用事もあれば、容易に理解できないような用事もあり、そこで交わされる言葉も彼が理解できる言語とは限らなかった。やがて彼の意識の周縁部に何かが近づいてくるのを感じ始めた。街の中で遠くから路面電車が近づいてくるように、そしてひょっとすると危険な運命の手招きに応じて電車に乗り込み、見知らぬ場所へと連れて行かれるように……。

いつものシカゴの冬、つまり「氷点下版の地獄」と変わらないように思えた冬の間、ルーは銀行の預金残高がゼロに近づくのを見ながら、できるだけ切り詰めた生活をした。寝ているときも起きているときも異常に鮮明なトロースの幻が彼を襲ったが、その彼女には実際に一緒に暮らしていたときには彼が気づかなかった優しさがあった。窓の外を見ると遠くには、大草原の風景と対照的に、シカゴの中心部の蜃気楼がけばけばしい城砦《じょうさい》のように浮かんでいた。夜ごとのいけにえから発する街の光は赤寄りのスペクトルを帯び、いつも今にも炎を上げそうな様子でくすぶっていた。

時々ドレイヴがルーの進捗状況を確かめるために予告もなく現れた。

「いちばん大事なのは」と彼は助言した。「私も神様じゃないから断言はできないが、奥さんがあなたを許す可能性はないということだ。彼女は戻ってこない。もしもここの仕事を続けていればそんなご褒美がもらえると思っているのなら、考え直した方がいい」

ルーの足の裏は、まるで地球の中心まで墜《お》ちていきたがっているかのように痛み始めた。

「彼女を取り戻すためなら何でもするって言ったら？」

「罪の償いか？　それならどっちにしてもあなたはするだろう。あなた、カトリックなのか、バズナイトさん」

「長老派教会だ」

「罪と償いと救いとの間に数学的な相関関係があると思っている人が多い。罪の多い人はその分たくさんの償いが必要だとか。私たちの考えでは、そこに関係はない。すべての変数は独立なのだ。罪を犯したから償いをするのではない、償いをするのが運命《さだめ》だから償いをする。償いをすることで救われるのではなく、たまたま救われる。あるいはたまたま救われない。

何も超自然的な問題ではない。ほとんどの人は、まるで車輪でワイヤからぶら下がるか、線路の上に乗っているみたいに何かの誘導装置に導かれながら、運命に定められた方向へと動き続ける。ところが往々にして脱線もある。償いから逃れ、そうすることで運命から逃れる」

「おれは脱線した。だからあんたが普通の人と同じ線路に戻してくれる、そういうこと？」

「〝普通の人〟」と、ドレイヴが声の大きさを変えずに言った。しかし、まるで怒鳴り返されたかのように、ルーの中の何かがびくっとした。「彼らは従順で無口だ。錯乱《デリリウム》とは文字通りには畑の畝《うね》と畝の間の溝から鋤《すき》が外れるという意味だ。今回の経験は生産的な錯乱と考えればいい」

「その錯乱はどう使ったらいい？」

「要らないというのかね？」

「あんたなら要るか？」

「さあ。要るかも」

春が来て、派手な縞の靴下をはき、つばの長い「スコーチャー」帽をかぶった人々が自転車に乗って通りや公園に現れた。湖からの風も和らいだ。日傘や目配せが戻ってきた。トロースが去ってから長い時間が経ち、離婚が成立した途端に彼女は再婚したらしく、噂では、オーク通りの北の方にある湖畔通りに住んでいるということだった。夫は副社長か何かだそうだ。

いつもの穏やかなシカゴの平日の朝、ルーが特にどこに目を向けるということもなく公共の交通機関に乗っていると、ほんの一瞬、ある状態に包み込まれた。後に彼はそれが神の恩寵《おんちょう》だったと考えるようになったが、恩寵を求めた記憶はなかった。衝突や負傷や死の頻発と集団的放置というこの町の高速輸送の悲しい歴史にもかかわらず、平日の朝の序曲はいつものように鳴り響いていた。男たちは灰色の手袋をした指でひげを整えていた。巻いた傘が山高帽に当たり、言葉が交わされた。イタリア製の小さな麦わら帽をかぶり、車両の中で天使の羽よりも場所を取る巨大な肩当ての付いた縞のブラウスを着た若い女性秘書たちが、できたての鉄骨製の「摩天楼」の上の方の階で彼女たちを待ち受けているものを、相反する感情を抱きながら夢見ていた。馬は自分自身の時間と空間の中で歩み続けた。乗客の中には、鼻を鳴らす者、体を掻く者、新聞を読む者、時には一度にそれを全部している者、そして立ったままでも何とか眠れるのではないかと想像する者などがいた。われに返ると、ルーは今までに経験したことのない光輝に囲まれていた。夢の中でも見たことのない光、シカゴを照らし始めた太陽の光が煙で屈折したとは考えにくい光だった。

彼は、すべてのものがまさにあるがままのものであることを理解した。彼はその事実に耐えられそうになかった。

彼は路面電車から歩道に降り、葉巻屋に入った。まだ街中の葉巻屋が開店の準備をする時間だったので、一晩バケツの水に浸《つ》けておいた煉瓦を小僧が取りに行って、商品が乾燥しないようにそれをショーケースの中に入れているところだった。店では、粋な身なりのふっくらした人物が国内産の両切り葉巻を買っていた。彼はじろじろとまではいかないものの、しばらくルーを見てから、ショーケースをあごで示しながら尋ねた。「下の棚のあの箱――あの中には、コロラド葉巻が何本残ってる？　見ないで答えてくれ」

「十七本」その男に見て取れるようなためらいはまったくなしにルーは答えた。

「それは誰にでもできる芸当じゃない」

「え？」

「物事に注意を払うことがだ。今、窓の外を通ったのは何だ？」

「ぴかぴかの黒い軽馬車、ばねは三つ、金具は真鍮《しんちゅう》、鹿毛《かげ》の去勢馬、四歳ぐらい、縁の垂れたソフト帽をかぶって黄色のちり除けコートを羽織った恰幅《かっぷく》のいい紳士。それが何か？」

「すごい」

「大したことはない。ただ、誰も尋ねないだけのことだ」

「もう朝食は済んだかね？」

隣のカフェテリアでは、朝の混雑が終わっていた。いつもならここの客は全員ルーのことを知っていたが、今朝は、彼が変貌したのか、誰も彼に気づいていないようだった。

彼の連れはネイト・プリヴェットと名乗った。ホワイトシティー調査局という探偵事務所の人事部長だという。

翌日の新聞に載るとは限らない爆発音が遠くでも近くでも時折響き、日常という織物をびりびりと引き裂いていた。ネイト・プリヴェットはその音を聞くふりをした。「鉄工組合だ」と彼はうなずきながら言った。「何回も聞いていると、聞き分けられるようになってくる」彼はバターが溶けて流れているパンケーキの塔にシロップをかけた。「いいか、金庫破りとか横領とか殺人とか夫捜しとか妻捜しとか、三文小説に出てくるような話とは違うぞ、そういう連想は全部頭から取り除いてくれ。シカゴでは今年はとにかく労働問題のことばかりだ。私らの好きな言い方を使えば、〝無政府主義のくず野郎〟の問題さ」とネイト・プリヴェットが言った。

「その手の仕事は経験がない」

「資格は十分だ」ネイトの口は一瞬、ずるそうな表情を浮かべた。「ピンカートン探偵社から声が掛からなかったなんて信じられんね、あそこは給料がかなりいいから誘われたら断れないぞ」

「さあ。現代の経済の話はおれにはよく分からない。給料だけが人生だとは思えないから」

「へえ。金以外に何がある?」

「ええと、それはちょっと考えさせてくれ」

「探偵稼業は道徳的に汚れた仕事ってわけか。とにかく事務所を見に来てくれないか」

ルーはうなずき、言われる通りにした。気がついてみると彼は事務所に雇われていて、あいさつに行った部屋ではどこでも、必ず誰かが他の誰かにこれ見よがしに「やめとけ、そんな場所に行ったら殺されるぞ!」と言っていることに気づいた。それが冗談だと分かったころには、ルーは肩をすくめてやり過ごせるようになっていた。彼のオフィスと捜査能力はそれほどぱっとしなかったが、彼の抜きんでた能力は目に見えないものに対する調和能力にあるのだと彼自身も心得ていた。

ホワイトシティー調査局では、不可視というのは聖なる状態で、オフィスビルのフロアがいくつか丸ごと、不可視の技術と科学に捧げられていた――ハドソン川より西にある劇場のどの衣装室にも負けない変装道具、遠い暗がりの中まで続く整理だんすと姿見、何エーカーもの衣装、「帽子の歴史博物館」がたわわに実る帽子掛けの森、無数の飾り棚に詰め込まれたかつら、付けひげ、パテ、白粉《おしろい》、コール墨、口紅、肌と髪の毛の着色剤、そして、すべての鏡の脇にはガス灯が付いていて、ニューポートにある億万長者の別荘で開かれる園遊会から、暗黒街の深夜の酒場まで、バルブを少しひねるだけでさまざまな光を再現できた。ルーは毎日がハロウィンであるかのようにいろいろなかつらをかぶってみたりして楽しみながら中を回ったが、しばらく経つと自分には変装の必要がないのだと分かった。彼は昼間の世界の横に踏み出す方法を知っていた。彼が入り込む場所には、巨大で理解不可能な独自の歴史と、危険と悦楽、思いがけない恋愛と早世の可能性があったが、彼がそこにいる間は、「シカゴ」の人間が彼の居場所を知ることは困難だった。必ずしも不可視というわけではなかった。いわば脱線だった。

ある日ネイトが、双頭のワシを描いた王家の紋章らしきものが付された分厚いフォルダーを抱えてルーのデスクにやって来た。

「勘弁してくれ」とルーが逃げ腰になった。

「オーストリア皇太子が街に来てる、だから監視役がほしい」

「そういう連中にはボディーガードがもともと付いてるんじゃないの？」

「もちろんだ、向こうじゃ『護衛《トラバント》』って言うらしい。しかし、市民としての法律上の責任ってものがあるだろ、ルー、私はしがない探偵だからよく分からんが、法律家に聞いてみろ。私が知っているのはこういうことだ。〈家畜置き場〉には、このワシとその一族に理不尽とも言えない恨みを抱いたままアメリカに渡ってきたハンガリー系の移民が二千人ほどいる。彼が〈博覧会〉の健全な展示だけを見に来たっていうのなら私が心配することは別にないんだが、フランツ・フェルディナント[*1]に関する情報によると、彼はこの町のニューレヴィー地区とか、そういう品のいい場所に顔を出すのが好きらしい。だから、恨みを持った暗殺者が隠れることのできるあの辺の小路とか物陰は、歴史を書き替えたいと思っている連中にとっては格好の場所なんだ」

「誰かおれに手を貸してくれるやつは？」

「クワーケルなら付けてやってもいい」

「誰か、書き替えを！」とルーが冗談めかして叫ぶふりをした。

書類の中でFFと略された人物は現在世界周遊中で、その目的は公式には「外国の人々について知ること」となっていた。シカゴがそれにどう当てはまるのかは間もなく明らかになった。皇太子はオーストリア館に少し顔を出し、かなりじれったそうに〈バッファロー・ビルの大西部ショー〉を観賞し、〈コロラド銀山集落《キャンプ》〉の展示ではずいぶん粘った。鉱山集落《キャンプ》といえば当然それに付き物の女性たちがいるはずだと思いこんだ彼は、側近を率いて熱心に売春婦探しを始めたのだった。それはかなり老練の探偵の能力をもってしても大変な捜索で、ましてやルーのような新米にはきつかった——皇太子は、建物を上から下まで駆け回り、最後には〈中央通り遊園地〉にまで飛び出して、ジョリエット*2より西に行ったことのない素人役者を捕まえて、身振り手振りを交えながら翻訳不可能なことをウィーン方言でわめき散らして問い詰めたが、それは誤解を招きやすい——というか、招く——行動だった。制服を着た付き添いたちは、念入りにほおひげをいじりながら、半狂乱の小君主から目をそらしていた。ルーはヘビのように滑らかに次々と模造建築物に滑り込み、彼の仕事用のスーツは、毎日仕事の終わるころには「スタッフ」と呼ばれる石膏《せっこう》に麻くずを混ぜたものにこすれたせいで真っ白になっていた。その建築材料はこの夏、不死の白い石を模倣するために〈ホワイトシティー〉の至る所で使われていたものだった。

「私がシカゴで本当に探しているのはな」と、ようやく皇太子が口を割った。「殺すための、新しい面白い獲物なんだ。母国では、イノシシとかクマとかシカとか普通の動物ばかり——でもアメリカじゃあ、聞いた話だと、巨大な野牛《バイソン》の群れがいるとか、な《ヤー》？」

*1 オーストリア＝ハンガリー帝国の皇位継承者（一八六三—一九一四）で、セルビアの民族主義者にサラエボで暗殺され、これが第一次世界大戦の直接の契機となった。

*2 シカゴの南西にある市。

「もうシカゴの周りにはいませんよ、殿下、残念ながら」とルーが返答した。

「へえ。しかし今は、この有名な食肉解体の町には……いるんだろ、たくさん……ハンガリー人が、労働者として。違うか？」

「は――かもしれません。人数は調べないと分かりませんが」ルーはこの男とは視線を合わせないようにした。

「オーストリアではな」と皇太子は説明を続けた。「獲物がたくさんいる森があちこちにある。勢子《せこ》って呼ばれる人夫が何百人もいて、その連中が動物を駆りたてて私のようなハンターが銃を持って待ちかまえているところに追ってくるんだ」彼はまるで冗談の最後の落ちの前にわざとためているかのように、ルーに向かってほほ笑んだ。ルーの耳がうずうずしてきた。「ハンガリー人は最低レベルの野蛮な生活を送っている」とフランツ・フェルディナントは断言し――「洗練と高潔という点では、イノシシの方がまだ彼らよりもましだ――どうだろう、週末の娯楽のために、シカゴの〈家畜置き場〉を私と私の友人に貸してもらうことはできないだろうか？　もちろん損失の埋め合わせはする」と言った。

「殿下、その件は私からちゃんと問い合わせをしておきます、誰かから殿下に返事が届くでしょう」

ネイト・プリヴェットはこの話を聞いて「傑作だ」と言った。「いつかそいつが皇帝になるんだろ、たまげた！」

「ハンガリー人なら母国にだってたくさんいるだろうに」とルーは疑問に思った。

「うん、アメリカ人に対するサービスなのかもな」

「どういうことです、ボス」

「四十七番街よりも南には、外国生まれの無政府主義者が多すぎていちいちライフルを向けていられないだろ」とネイトは笑い、「私たちの悩みの種が少しだけ減ることになるじゃないか、な？」

この身辺警護にあたっては、オーストリア側の護衛がどんな人物なのか個人的にも興味があったので、ルーはいろいろ嗅ぎ回り、いくつか情報を得た。マックス・カウチ青年は最近護衛隊の隊長に任命されたばかりで、海外での任務はこれが初めてだった。「K＆K＊特別警備隊」の現場責任者を務める彼は、母国では既に暗殺者としての腕――すご腕――を認められているようだった。ハプスブルク家の通常の手続きに従えば、彼のような人物は徐々に役に立たなくなってくるとある一定の時点で「消す」はずだったのだが、手を下す人間がいなかった。彼は、若さにもかかわらず、自分以外の何ものかの力を借りているという印象を与えた。闇を恐れず、無節操で、生と死の区別に対してはずっと軽蔑の目を向けていると言われていた。今回彼をアメリカに送り出したのは渡りに船の出来事だった。

ルーは彼と気が合った……彼の鋭い顔つきは、ヨーロッパの広大なスラブ語圏の中で、娯楽を求める観光客がまだほとんど訪れていないような土地の出身を思わせた……二人はオーストリア館で一緒に早朝のコーヒーを飲みながら、各種の焼き菓子を食べるのが習慣になった。「これなんか、あんたの好みに合うんじゃないかなあ、バズナイトさん、だって、アメリカの探偵ってクーヘンタイクス・フェアデルプトハイト、つまり甘いものに目がないって有名だから……」

「え、おれたち……その話はやめとこう」

「どうして？　オーストリアではみんなそう言ってるけど」

カウチ青年の警備手腕を物ともせず、皇太子はしょっちゅう彼をまいて脱走した。「ハプスブルク家のばかを相手にするには、おれの頭はよすぎるのかもしれない」とカウチはつくづく考えて言った。ある夜、フランツ・フェルディナントがシカゴ圏の地図から抜け出したと思われたとき、カウチは電話を手に取り、町中の心当たりに電話を掛け、最後にホワイトシティー調査局に連絡してきた。

「調べてみる」とルーが言った。

〈シルバー・ダラー〉や〈エヴァーリー・ハウス〉のようないかにも彼が好きそうな場所を延々と探

＊　K＆Kは「オーストリア皇帝兼ハンガリー王」の意の略語。

した後、ルーは〈ボル・ウィーヴル・ラウンジ〉[*1]でようやく皇太子を見つけた。そこはサウステート通りと三十番街が交わる辺りにある黒人バーで、当時はボードビルと黒人娯楽が盛んだったその地域の中心だった。皇太子はそこで大声を上げながら、やっかいな瞬間を経験せずには過ごせるはずのない夜を迎えていた。安酒場のピアノ、グリーンビール[*2]、ビリヤードのテーブルが二つ、二階の部屋には若い女たち、二本で一セントの安葉巻から立ち上る煙。「むさ苦しい！」と皇太子は叫んだ。「最高だ！」

　最近になって南部から続々とやって来るようになった黒人におじけづいているホワイトシティー調査局の他の探偵とは違い、ルーはこの界隈《かいわい》の雰囲気が嫌いではなかった。この地区にある何かが彼を引きつけた。ひょっとするとそれは食べ物だったかもしれない——まともなオレンジソーダが飲めるのは間違いなくシカゴでここだけだったから。ただし今は、店の雰囲気は決していいとは言えなかった。

「何をじろじろ見てるんだ、まさか盗もうっていうんじゃないだろうな……ヴァッサーメローネ[*3]を？」

「おおおおお」と、皇太子の言葉を聞いた何人かが声を上げた。侮辱を受けた男は柄の悪そうな太った男で、今耳にした言葉を信じられずにいた。彼の口がゆっくりと開いても、オーストリアの王子はまだしゃべり続けて——

「おまえの……おまえの……ちょっと待て……ダイネ・ムティ[*4]、おまえたちの言葉だと、おまえの……おまえの母ちゃん、シカゴ・ホワイト・ストッキングズの三塁だろ、そうじゃないか《ニヒト・ヴァール》？」店の客がじりじりと出口の方に移動を始めた。「まったく色気のない女、すごいでぶだから、おっぱいから尻まで行くのに高架鉄道に乗らなきゃいけない。おまえの母ちゃんが〈博覧会〉の会場に入ろうとしたら、言われたんだってな、駄目駄目、奥さん、ここは〈万国博覧会〉ですよ、〈満腹博覧会〉じゃありませんって」

「何言ってやがる、ぼけ、そんな口をきいてると痛い目に遭うぞ、何なんだ、てめえ、イギリスかどっかから来たのか？」

「あの、殿下？」ルーはつぶやいた。「ちょっとお話ししたいことが――」

「大丈夫！　この連中とどうやって話せばいいか、知ってるぞ。彼らの文化はちゃんと勉強したんだ。いいか――元気か《スト・ロース》、犬公《フント》？　黒んぼ、黒んぼ、な《ヤー》？」

ルーは東洋の術を心得ていたのでパニックに陥ることはなかったが、今回のような場合には、免疫を保つために同毒療法《ホメオパシー》*5を用いることもあった。「狂ってるんだ、治らないらしい」と、FFの方を親指で示しながら言った。「ヨーロッパの変な精神病院を抜け出してきたんだってさ、生まれたときの脳味噌もほとんど残ってない。ただ一つ、あいつのいいところは」と声を潜めて「殿下、お金はいくら持ってきました？」

「ああ、分かった分かった」と皇帝一族のごくつぶしがつぶやいた。部屋の方を向き、「フランツ・フェルディナントが飲むときには」と彼は叫んだ。「みんなも飲め！」

この宣言によって店には一定レベルの礼儀が戻り、すぐに元気も戻ってきた。流行のネクタイがビールの泡に浸かり、ピアニストがバーの奥から持ち場に戻り、店の客はシンコペーションの利いたツーステップを再び踊りだした。しばらく経つと誰かが「ポン引きはみんな同じ顔に見える」を歌い始め、客の半分が声を合わせた。しかしルーは皇太子がこっそりと、しかし間違いなく店の入り口に向かってじりじりと移動していることに気づき、同じ行動を取るのが賢明だと判断した。思った通り、ドアから飛

*1　「ボル・ウィーヴル」とは綿花に付く害虫のワタミハナゾウムシのこと。
*2　簡単な仕込みによる非常に安価なビール。
*3　ドイツ語で「スイカ」の意。
*4　現在ある野球チームの「シカゴ・ホワイト・ソックス」の前身。
*5　治療対象の疾患と同じ症状を起こさせる薬物を少量投与する治療法。

び出る直前に、ＦＦが悪魔のような笑みを浮かべて叫んだ。「それからもう一つ。フランツ・フェルディナントが金を払うときには、みんなも払え！」そう言った途端、彼は消えうせ、間一髪でルーも無事に脱出した。

外では警備隊のカウチが、いつでも出発できるよう二頭立ての貸し馬車に乗って待機していた。彼は皇太子の二連式のライフルをさりげなく、しかし人から見えるように肩にもたせかけていた。彼らがベルを鳴らしたり叫んだりしながらケーブルカーや自家用馬車や警察の巡回馬車をかわして疾走しているとき、カウチがさらっと言った。「もしもあんたがウィーンに来ることがあって、何かの助けが必要になったら、遠慮なく言ってくれ」

「ワルツを覚えたらすぐに行くよ」

皇太子はいたずらを邪魔された子供のように口を尖らせ、何も言わなかった。

ルーは遅い夕食にステーキを食べようと思ってキンズレーの店に向かうところだったが、ネイトに見つかってオフィスに呼ばれた。ネイトは手を伸ばして新しいフォルダーを取った。「ＦＦはあと二、三日したら町を出るらしいぞ、ルー、それはさておき、今晩やってほしい仕事がある」

「ちょっと眠りたいんだけど」

「無政府主義は眠らないんだよ、坊や。ここから高架鉄道に乗って二駅か三駅先でやつらの集会がある、君に様子を見てきてもらいたい。勉強にもなるぞ」

最初、ルーはそこが教会かと思った――音の響き方とにおいのせいで――が、実際には、少なくとも週末は小さな演芸場として使われる建物だった。今、舞台の上では、二つのウェルズバハ灯[*1]の間に置かれた演台に、つなぎの作業着を着た背の高い人物が立っていた。間もなく、男は無政府主義者の巡回説教師モス・ガトリン師だと紹介された。聴衆は――一握りの不満分子が集まる程度だろうとルーは高をくくっていたのだが――非常に多数で、しばらく経つと通りにまであふれていた。疲弊し、風呂にも入らず、ガスが溜まって、不機嫌な、町から来た失業者……騒ぎを起こすきっかけを求めてここを覗きに来た大学生……精肉機械による傷跡、夜昼となく暗い光の中で睡眠を削ってなされた針仕事による斜視など、職業別の目印を体に刻んだ驚くほどの数の女性、ヘッドスカーフやかぎ針編みのスカーフや花だらけの帽子をかぶった女性、何もかぶっていない女性、一日中重いものを持ち、雑用をし、仕事探しに歩き回り、今日の侮辱に耐え忍んだ後で一休みしようとここに立ち寄った女性たち……。

　アコーディオンを持ったイタリア人がいた。会衆は「労働者ソングブック」を開き、ブレイクの詩「エルサレム」に最近ヒューバート・パリーが音楽を付けた合唱曲の抜粋を歌い始めたが、テキストの助けを借りている者はわずかだった。聖歌に見せかけた偉大なる反資本主義的賛美歌としてこの歌が選ばれているのは当然といえば当然のことだったが、最後の一行は少し改変されていた――「緑あふれ、心地よい、われらの大地に」*2と。

　そしてもう一つ、別の歌は、

冬の嵐のように激しく
大地を埋め尽くす雪のように冷たく
〈貪欲《どんよく》〉の機械がぎりぎりと回り
冷たい目をした敵がのさばり続ける……
慈悲の手はどこに

*1　炎から白熱光を得るガス灯。
*2　元の詩は「私が心の戦いをやめることはない／私の剣が手の中で眠ることもない／エルサレムを打ち立てるまでは／緑あふれ、心地よい、イングランドの大地に」。

救いの笑顔はどこに
血も涙もない虐殺の世界のどこに
約束の土地があるのか？
汗と侮辱と非情にまみれ
銀行家には踏みにじられて
霜で凍りついた窓辺に立ち尽くす——
やつらは血まみれの略奪品で遊んでいる——
罪人が愛で救われたことはない
聖人が憎悪で癒されたこともない
裁きの夜はもうすぐだ
だから、くじけるな
避難所から飛び出そう
寒さを愛そう
生は、恐れを知らぬ自由な人のもの——
死は、売られた人間、買われた人間のもの！

と、途中までずっと短調だった曲が長調に変わり、最後はピカルディー三度[*1]で締めくくった。歌は、ルーの心を見事に打ち砕いたとは言わないまでも、彼の心に大きなひび割れを残し、やがてそれは修復不能な傷であることが判明する……。

というのもルーは、奇妙としか言いようのないこの場の雰囲気に圧倒されていたからだ。ネイト・プリヴェット、WCI[*2]の全職員、そして言うまでもなく調査局の顧客のほとんどが、労働組合のことをよく思っていなかったし、ましてや無政府主義者のことは多少の主張の違いにかかわらず——彼らにその違いが分かったとしての話だが——嫌悪していた。労働者は皆多かれ少なかれ邪悪な心を持っていて、考え方が間違っているし、アメリカ人にふさわしくない、ひょっとすると人間にもふさわしくない存在だ、というのが事務所周辺のもっぱらの見方だった。しかし、このホールいっぱいに集まったアメリカ人は、外国生まれの人々も含め——彼らがどこの出身で、アメリカに何を求めているかを考えると——ともかくその祈りにおいてはアメリカ的そのものだった。そして、無精ひげの伸びた者も何人かいるものの、「ひげを生やした、狂った目つきの、爆弾をもてあそぶアカ」という描写に当てはまりそうな人間は一人もいなかった。実際、彼らを一晩ゆっくり眠らせ、まともな食事を一、二度食べさせれば、老練の探偵でも彼らを普通のアメリカ人と見分けるのは困難だっただろう。しかしここに集った彼らは、普通の人が作物の出来や前夜の野球の試合の勝敗について話すときのような口調で過激な思想を表明していた。今晩この建物を出て、高架鉄道に乗って、次の任務に取りかかったとしても、この問題と自分との縁が切れることはない、とルーは理解した。

すべてはきっと例のオーストリア皇太子のせいだった。一度王族の面倒を見ると、皆が勝手なことを考えるようになる。最近では無政府主義者と国家元首は互いに天敵同士と見なされているから、同じ理屈で、日々の歴史という射撃場に出没する無政府主義者を相手にする探偵は当然ルーだということになった。無政府主義者関係の仕事が定期的に彼のデスクに届き始めた。彼は、工場の柵に張り付いて石炭の煙を吸い、WCIにある無数の小道具で変装してピケを通り抜け、食肉加工場に勤める指のない老人、悲しみの軍隊の不正規兵やアメリカの監督者が許すことのできないアメリカの未来像を思い描いた予言

＊1　本来、短三主和音を持つ短調の終止に使用された長三和音の長三度。
＊2　ホワイトシティー調査局（White City Investigations）の略。

者など、やけになった不満分子が集う酒場で怪しまれない程度にスラブ系の言語を身に着けた。

　間もなく、持ち帰った情報が詰まった数十の書類棚と一緒にルーは自分専用のオフィスに移り、やがてその戸口には、受付に帽子を預けた政府の役人や財界の役員が恭《うやうや》しく助言を求めて顔を出すようになった。ネイト・プリヴェットはこの種の相談の市場価値に目を付けていた。もちろんこれは同業者、特にピンカートン探偵社からの不平を招いた。彼らにしてみればアメリカの無政府主義は得意のドル箱だったから、ホワイトシティー調査局のような新参者がおこぼれ以上の仕事にありつこうとするのを見過ごすわけはなかった。不満はホワイトシティー調査局内でも明らかになった。〈眠らない目〉[*1]が職員の引き抜きを始め、やがてそれがネイトが黙っていられないほどの数に達した。ある日、ネイトが安物の香水のようなインチキくさい陽気さをまとってルーのオフィスに飛び込んできた――「いい知らせだぞ、バズナイト君、またまた昇進だ！　いいか……『地区局長』だ」

　ルーはポーカーフェイスで顔を上げた。「おれはどこの『地区』に飛ばされるのかな、ネイト？」

「君も面白いやつだな。真剣な話だぞ」　WCIはデンバー[*2]に事務所を開くことになったのだが、向こうでは無政府主義者の人口密度が異常に高いので、事業を進めるのにルーほど適任な人物が他にいるだろうか、というのがネイトの説明だった。

　まるでそれが本当の疑問文であるかのように、ルーは自分より年長の妥当な同僚の名を順に挙げていったが、ネイトのしかめ面はいよいよ深まるばかりだった。「OK、ボス、転勤の指示に従うよ。おれに選択の余地はないって、そう言いたそうだな」

「ルー、向こうは金山と銀山の町だ。金塊は拾い放題。こっちの言い値で何でも手に入る」

　ルーは細巻きの葉巻に手を伸ばし、火を点けた。二、三度ゆっくりとふかしてから言った。「仕事が終わって外に出るときにこんな光景を見たことがあるか？　まだ空が明るくて、大きな通りの街灯と湖のほとりの明かりが点き始めたばかりで、女の子たちが事務所や店から出てきて家に向かい、ステーキハウスが夜の準備をしていて、店のウィンドーのガラスがきらきらして、ホテルの前には馬車が列を作ってる、そして——」

「いいや」と、ネイトはもどかしそうにルーを見た。「まずないね、仕事が終わるのはいつももっと遅いから」

ルーは丸い煙を吐き出し、同心円状にさらに二つ、三つ煙で輪を描いた。「そうだろ、ちくしょう。それが問題なんだ、ネイト」

なぜかこの転勤の件は〈偶然の仲間〉に話しにくかった。〈仲間〉とともに空で過ごした短い間に、ルーにとっては局よりも〈不都号〉の方が居心地がよくなっていた。今日の視界は果てしなく、〈湖〉には無数の光がきらめき、小さな電動ボートやゴンドラ、巨大なパビリオンの横にある広場に集まった人込み、その周辺の耐えがたいほどの白さ……〈中央通り遊園地〉からかすかに響いてくる音楽の中のバスドラムの音は、そこに生息する集合的生物の鼓動のように聞こえた。

ヴァンダージュース教授は、彼をシカゴに引き留めていた仕事を終え、この日は飛行船に来ていた。このお人好しの学者は何か重大なことを隠している、と探偵としての本能がルーに告げた。きっと少年たちも気づいているのだろうが、それをどうするかは彼ら自身の問題だとルーは思った。教授がそこにいても、やはり転勤の話をしづらいことに変わりはなかったが、何とか切り出した。「まったく忌ま忌ましい。寂しくなりそうだ」

「〈博覧会〉が終わるまでにはまだ何週間かあるじゃないですか[*3]」とランドルフが言った。

＊1　ピンカートン探偵社のこと。
＊2　コロラド州の州都。
＊3　博覧会の閉幕は一八九三年十月三十日。

「それまでにここを発つことになる。西に転勤するんだよ、当分戻ってくることはないと思う」

ランドルフは同情の表情を浮かべた。「少なくとも行き先ははっきりしてるんでしょう？　ここの閉会式が終わった後は、私たちの未来の予定は完全な白紙ですよ」

「あなたが向かう先はそれほど西じゃないかもしれないよ」とヴァンダージュース教授が言った。「七月に私の同僚のフレディー・ターナーがハーバードからこっちへ来て、学会と〈博覧会〉のためにシカゴに集まっていた人類学者の前で講演をやったんだ。内容は要するに、私たちが歌や物語で知っていると思っていた西部の辺境《フロンティア》がもはや地図の上には残されていない、なくなった、消えたっていう話さ――もう西部は死んだってこと」

「もっと分かりやすく説明するとこういうこと」とランドルフが言って、舵を切ると、〈不都号〉が北西の〈ユニオン家畜置き場〉に進路を向けた。

「そう、ここ」と、下に見えてきた〈家畜置き場〉に向かってうなずきながら教授が話を続けた。「ここが旅の終点だ、アメリカのカウボーイの生活の場所であり生活の手段だった西部もここで終わり。どれほど名声があろうと、何人の悪党を仕留めようと、馬にどんなにひどい目に遭わされようと、どんな娘に汚れのないキスをし、ギターで口説き、一緒に大騒ぎをしようと、そんなことはすべて土ぼこりの中に消えてしまって、全然問題にならない。だって西の方では、カウボーイのひからびた物語と報われない仕事とが収束して大詰めを迎えてるんだ、逆立ちした〈バッファロー・ビルの大西部ショー〉みたいに。観客の姿は見えず、声も聞こえない。みんなの記憶に残ることも起こらない。見える範囲の武器といえば、動物を気絶させるための『ブリッツ処理機』や『ワケット打撃機』と、みんなが使ってる精肉用のナイフだけ。牛の気をそらすために訳の分からない言葉をしゃべっていたロデオの名人が、今では目の前の流れ作業に集中するためにぶつぶつ何かを言いながら、牛に最後の門をくぐらせて、最後の通路の奥で待つ気絶装置と解体と血へと追い込むんだ。カウボーイも一緒に。ほら」彼はルーに双眼鏡を手渡した。「今ちょうど四十七番街を曲がろうとしてる遊覧バスをご覧」

　飛行船が降下すると、ハルステッド通りに面した門の中で屋根のないバスが停車し、客を降ろすのが見え、それが解体場とソーセージ工場を見学するために町に来たツアーの団体だと分かり、ルーは少し困惑を覚えた。彼らは、喉を切り、頭部を切り落とし、皮をむき、内臓を出し、解体する過程を見学するのだ――「ほら、ママ、あわれなこいつら見てよ！」ツアー客が鉄道で到着した家畜の流れについて行くと、その陰鬱《いんうつ》な歩みの先には、糞《ふん》と薬品と古い脂肪と病んだり死にかけたり死んだりしている組織のにおいが漂い、今まで耳にしたことがないような人間の言葉で叫ぶ動物の恐怖の合唱がBGMのように徐々に高まり、最後に、鉤《かぎ》に掛けられた死体が、動くチェーンに吊るされて堂々たるパレードを繰り広げながら冷凍室に入っていく。出口には見学者のための土産物店があって、立体スライド、絵はがき、〈トップ・グルメ・グレード〉ブランドの土産用ランチョンミート缶詰が売られていたが、その缶詰は不注意な労働者の指やその他の部分が入っていることで有名だった。*

「今すぐステーキをやめようとまでは思わないが」とルーは言った。「下の人間がどうして感情を遮断せずにはいられないのか、分かる気がするよな」

「そういうことさ」と教授はうなずいた。「辺境が終わり、分断が始まる。原因と結果ってことかもな。私には分からないが。君がこれから行こうとしているのは、私がむちゃくちゃな子供時代を過ごしたのと同じ場所なんだ。デンバー、クリプルクリーク、コロラドスプリングズ。当時はまだ辺境があった。どこが辺境か、辺境にはどう行けばいいか、ちゃんと分かっていたし、その境界線のある場所は必ずしも、先住民とよそ者の間とか、アングロサクソン系とメキシコ系の間とか、騎兵隊とインディアンの間とかとは限らなかった。でも間違いなく感じたんだ、分水嶺みたいに、立ち小便したら右と左に分かれ

＊　この時点から約十年後、シカゴの食肉加工場の劣悪な労働環境を告発したアプトン・シンクレアの小説『ジャングル』（一九〇五年に雑誌掲載）が発表され、それをきっかけに全米で労働環境と食品の安全性が大問題となった。

て流れるのが分かる境界線を」

しかし、もはや〝辺境〟がないのだとすれば、ルーも自分自身から分断されることになるのだろうか？　いつも記憶がよみがえりそうになる遠い昔の悪徳の報いとして、沈黙を超えた沈黙の中へと追放されて、半ば茫然としたまま、時間という生体組織に素早くきれいに作られた外科結びのような夢うつつの中で、彼のことをよく思わぬ労働者たちの強い勢力下に送り届けられることになるのか？

少年たちはルーに、襟の下に付けるための金とエナメルでできた〈偶然の仲間〉名誉会員ピンを授与した。世界のどこでも、支部でそのピンを見せれば、〈偶仲〉憲章に定められた来客特権を与えられることになっている。お礼にルーは彼らに、時計の小鎖に見せかけた探偵用ミニ望遠鏡をプレゼントし、緊急時にはその望遠鏡から発射できる二十二口径の弾丸も一緒に渡した。少年たちは彼に心から感謝したが、通常の夜のミーティングの後、〈不都号〉に火器を持ち込むことを許可すべきかどうかというこつもの問題を遅くまで議論することになった。ルーのプレゼントに関しては、解決は容易だった——弾丸は込めないということで。しかしより大きな問題は残った。「今現在、私たちは皆友人であり、兄弟だ」とランドルフは言った。「しかし歴史的には、船に積まれた武器はただそこにあるというだけで潜在的なトラブルの塊だ——反乱志望者の興味を引くだけで、それ以外には何の役にも立たない。武器は、使われる瞬間までそこに置かれたままで、もっと有効に——特に飛行船では——使えるスペースを占めることになる」　もう一つの危険はもっと言葉にしにくい種類のもので、誰もが——何を考えているか測りがたいパグナックスは例外かもしれないが——遠回しにしか言わなかった。単なる噂や空のほら話よりも確かな話として、長期にわたり高い士気を必要とする任務のために、時折、不幸な〈偶然の仲間〉が自らの生に終止符を打つことを決意することが知られていて、多くの場合はその手段として「深夜のジャンプ」——夜間飛行中に船べりを乗り越えるというシンプルな手法——が選ばれるのだが、高度に頼らない方法を好む者の目には船上の銃は抗しがたい魅力に映るだろう。

かつて〈不都号〉での船上生活の条件とされた陽気さは、最近では不安定なものであることが徐々に明らかになってきた。少年たちは何か明かされざるまじないによってここに閉じこめられているようだった。わびしい街の中で秋が深まり、街のにぎわいにも陰りが見えた。陰りの兆候は時には目には見えず、少年たちが出掛けた立派なアーケードの曲がり角で履き古したブーツのかかとが消えるようにひそかに忍び寄っていた。そこでは、大きな暗い部屋の中にすえた動物の脂肪とアンモニアのにおいが漂い、ガラスに覆われた蒸気保温台ではラムとハムとビーフの三種類のサンドイッチが出されていたが、どれも脂肪と筋が多く、すえたにおいがし、しかめ面のようなしわの入った女たちが一日中下を向いたままパンで肉を挟み、小麦粉の多いグレービーソースを壁土のようにスプーンで塗りたくり、その後ろの鏡の前には、この辺りでは〝ミッキー〟という名で知られている安いミニボトルがピラミッド状に積まれていて、赤と白とマスカテルの三種類のワインがあった。

酔っ払いのように自制の利かないままふらふらと歩き回っているとき以外、少年たちは皆でそんなとんでもないぱさぱさかつべとべとのサンドイッチを食べつつ安いワインを飲み、冴えないユーモアを交えながら、メンバーの誰かがいかに見る見る太ってきたかを論じた。「みんな、いい加減にしろ」とランドルフが諭した。「こういうのはもうやめようじゃないか!」彼らは皆そろって、そしてばらばらに空想を始めた。この状況から彼らを助け出してくれる人が誰か仲間に加わり、行動を共にし、誰を救うべきか、共に悩み、一緒に考えてくれたらいいのに、と。想像上の存在が現れ、その力を借りて、彼ら一人一人が、長い年月の間にいつの間にか失った無邪気さを取り戻し、当てにならない身体を脱ぎ捨て、失われた勇気を再び手に入れることを頭に思い描いた——ただし、乗組員全員の尊敬を得てはいたものの、ルー・バズナイトは結局、その待望の人物ではなかった。彼は他の多くの者がそうだったように去って行き、彼らは断片的な夢想を抱き続けた。そうした夢想は進行中の変化を告げていることが多いことを彼らは知っていた。

そして案の定、ある朝、少年たちは、夜の間に音もなく届けられた命令書が係留索の二本の子縄の間にさりげなく押し込んである——いつものように思いがけない方法だ——のを発見した。

「東に向かえということらしい」と、動揺を隠してランドルフは言った。「南東だ」

リンジーは地図を取り出した。じっくり時間をかけた思索が始まった。かつては、どこに向かうのかをざっと知るためには、風を調べ、季節ごとの風速と風向を知るだけで十分だった。しかし〈不都号〉が内的な動力源を獲得するようになると、他の地球的な流れも考慮に入れなければならなくなった——電磁気的力線《りきせん》、エーテル嵐警報、人口や資本の移動など。それはもう、以前少年たちが学んだ気球術とは異なるものになっていた。


その後、閉会日も過ぎ、枯れ果てた草原に秋が深まり、悪名高い〝鷹《たか》〟*が何マイルも上空で、急上昇と容赦ない攻撃と魂の誘拐という極寒の演目のリハーサルを重ねていたころ、人気《ひとけ》のなくなった〈博覧会〉の建物には、終わったばかりの奇跡の季節の最盛期にもずっとそこにいた、職もなく腹を空かせた人々が住み着いた。他の元パビリオンと同様に、今、〈コロラド銀山集落《キャンプ》〉を占拠していたのは、浮浪者や不法居住者、乳児を抱えた母親、〈博覧会〉を盛り上げるために雇われたがもはや市場価値がなくなって再び酒に慰めを求めるようになったお騒がせ屋たち、同類との共生を好む犬や猫だった。その中にはパグナックスと交わした会話や一緒に出掛けた遠足の記憶をいまだにとどめるものもいた。気温が下がるにつれ、誰もが焚き火に近づいた。その炎の中では、かつては奇跡の実体だった〈博覧会〉の残骸が燃えていた。

＊ 身を切るような冬の突風をシカゴではこう呼ぶ。

アーリスが〈神秘のゾンビーニ〉と一緒に姿を消してしばらくしたころ、マール・ライダウトは夢を見た。夢の中の彼は、あらゆる博物館を寄せ集めたような大きな博物館の内部にいて、立像、絵画、陶磁器、魔除け、古風な機械類、鳥獣の剝製《はくせい》、現代では使われない楽器などが彼を取り囲み、彼が見きれないほどたくさんのものがホールいっぱいに陳列されていた。夢の中では知っていることになっているが実際には見たこともない人たちが彼と一緒のグループだった。突然、日本の武器の展示の前で、みすぼらしい私服を着て、無精ひげを生やし、人を信用せず、ユーモアのかけらもない一人の職員が――博物館の警備員なのかもしれず、違うのかもしれない――小さな美術品を盗んだのではないかと言って彼の腕をつかみ、ポケットの中身を出すよう要求した。円く膨らんだぼろぼろの牛革財布の中身も出すようにとその「警備員」は言った。周りには、彼と一緒にここに来た知人兼他人のグループを含む人垣ができ、誰もが黙ったまま事の成り行きを見守っていた。財布そのものが一種の小規模な博物館――彼の人生の博物館――になっていた。古いチケットの半券や領収書、自分用のメモや、過去に出会ったうろ覚えの人や完全に忘れてしまった人の名前や住所。こうした伝記的紙くずの中から、彼女の小さな写真が出てきた。彼は目を覚まし、悪魔のように手の込んだこの夢の目的はアーリス・ミルズを思い出させることだったのだとすぐに理解した。

彼女の名前は日常の会話にもしばしば登場した。ダリーは話すことができるようになるとすぐに、さまざまな興味深い質問を巧みに彼にぶつけた。

「じゃあ、そもそもパパはどこに引かれたの？」

「私が自分の気持ちを伝えたときに、あの人はキャーッて言って逃げ出したりしなかったんだ」

「一目ぼれってこと？」

「自分の気持ちを隠してたって無駄だと思った。どうせもう少ししたら彼女も気づいてただろうから」

「で……」

「そもそもクリーブランドで私が何してたかって？」

いつもこんな具合に断片的にダリーは母親の話を聞いていた。ある日、「ハートフォード新報」を読んでいたマールは、クリーブランドのケース研究所で二人の教授がある実験を計画していることを知った。光を伝える〈エーテル〉の中を移動する地球の動きが光の速度に与える影響あるいはその有無を調べる実験だった。エーテルに関しては彼もぼんやりした説明を耳にしたことがあったが、物事の実用的な面を重要視する彼の目にはあまり役に立たないものに見えた。それが存在してもしなくても、基本的にはカブの値段に影響はない。それに、光速で起きている出来事なんてそもそも不可知な要素が多すぎる——科学というより宗教に近い。彼はある日、イエール大学の友人ヴァンダージュース教授とこの問題を論じた。教授は実験中にしばしば事故を起こすことで有名だったが、このときも事故の直後で、いつものように塩化アンモニウムと焦げた髪の毛のにおいを周囲にまき散らしていた。

「テプラー静電起電機にちょっとしたトラブルがあってね、心配ご無用」

「私が行って調べた方がよさそうだな。どうせまた原因は例の歯車列だ」

二人はニレの木陰を歩きながら、教授が「逍遥的野外食」と呼ぶスタイルで紙袋から出したサンドイッチとリンゴをほおばった。教授はおもむろに講義調で話し始めた。

「もちろん君の言う通りだ。エーテルは昔から宗教上の問題だ。信じる者もいれば信じない者もいる。

どちらも相手方を説き伏せることはない。今現在も単なる信念の問題だ。『エーテルというのは、「波打つ」という動詞の主語に過ぎない』とソールズベリー卿は言った。オリバー・ロッジ卿の定義によると、それは『すべての空間を満たし、光の振動を伝える連続的な物質で……ずれによって正負の電荷を帯びるもの』だ。エーテルの定義には切りがない。使徒信条[*1]みたいなものさ。問題は光が波であることを信じるかどうかだ――光が粒子なら真空の中を突き進むことができるから、媒体となるエーテルなんか必要ない。実際、熱烈なエーテル信者の性格を見ていると、不連続なものを嫌い、連続性を好む傾向が見られるよ。もちろん、エーテル理論に必要とされる無数の小さな渦巻きに耐えられるだけの大変な忍耐力も備えている」

「クリーブランドまで行ってみる価値はあるかな？」

「ライダウトさん、私たちは今、一種の渦巻き主義の薄暮の中をさまよっているんだ、マクスウェルの電磁方程式という手提げランプを手に、目を凝らして道を探している。マイケルソンは以前ベルリンでも同じ実験をやっている、今回ほどきちんとしたものではなかったがね。今回の実験は、来るべき二十世紀に向かう道を照らすのに必要な巨大なアーク灯になるかもしれない。彼のことは直接は知らないが、私から紹介状を書いてあげよう、少しは役に立つかもしれないから」

マールは時計職人や鉄砲鍛冶や勘のいい修繕屋が多く暮らすコネチカット州の北西部で生まれ育った。だから「西部保留地」[*2]への旅は北部人《ヤンキー》一般の移動の個人的再現となった。コネチカット州の真西に当たるオハイオ州のこの地域は、アメリカ独立以前から長年にわたって、もともとコネチカット州の払い下げ公有地だと考えられていた。そのためマールは何日もかけて旅をしても、コネチカット州から一歩も出ていないような奇妙な錯覚を覚えた――同じような簡素な破風造りの家といい、白い会衆派教会の尖

*1　使徒たちが教え定めたものとされる信仰告白文。
*2　オハイオ州北東部エリー湖南岸の地域。一八〇〇年にコネチカット州からオハイオ州に移譲。

塔といい、石塀までもそっくりだった。どこまで行ってもコネチカットで、ただ西に移動しただけのように感じられた。

マールがたどり着いた〝森の都《クリーブランド》〟は、毛皮強奪の容疑で逮捕された部下を救出しようとして警察官一人を殺害したと言われている気のいい無法者のブリンキー・モーガンの捜索に血眼になっていた。新聞の売り子が大きな声で話を語り、夏の虫のように噂が増殖した。刑事が至るところをうろつき、黒く硬い帽子がかつての兵士のヘルメットのように輝いていた。シュミット署長が派遣した青い刺客たちが気に入らない顔つきの人間を誰彼となく引き留め、らちもない質問に延々と答えさせていたが、警官に目を付けられる顔は人口のかなりの割合を占め、そこにはマールも含まれていた。ケース研究所に向かっていた彼はロックビル通りで止められた。

「おいおまえ、荷馬車には何を積んでる?」

「大したものはないよ。調べてもらってもかまわんよ」

「へえ、珍しいやつだな。ブリンキーのことで冗談を言うやつが多いのに」

マールはマイケルソン＝モーリーの実験とそれに対する興味について長々と込み入った説明をしたが、警官にとっては興味のない話で、途中から気がそれ、やがてけんか腰になってきた。

「ニューバーグ行きの候補者かな、こいつも」

「ああ、調べてみよう。やぶにらみで、舌が出てて、ナポレオンハット?」彼らが言っているのは、町の南東数マイルのところにある北オハイオ精神病院のことだった。そこには、最近急にクリーブランドに増えてきた厄介な変人科学者――ケース研究所で行われる有名なエーテル移動《ドリフト》率の実験の光輝に浸ろうと、国内外の至る所からやってきた熱狂者――が収容されていた。一日中自転車を動かすことのできる光エンジンの発明者もいた。ただしこのエンジンは日暮れとともに停止し、注意していないと乗り手も自転車ごと放り出されてしまうのだった。光には意識と人格があり、会話も可能だし、正しい方法で接すればしばしば深遠なる秘密をも明かしてくれると主張する者もいた。そう信じる人々が夜明けのころに記念公園に集まって、窮屈な姿勢で座り、声もなく唇を動かしながら朝露にまみれている姿が見られた。光食主義者《ライタリアン》と名乗る健康食マニアもいて、彼らは光以外は何も口にせず、キッチンに相当する研究所を設立して、光の調理法を研究し、さまざまな種類のランプのフィラメントとさまざまな色のガラス管球を用いて光のフライ、光の煮込み、光アラモードを作っていた。当時はエジソンのランプが最新のものだったが、研究対象はそれに限られてはいなかった。日没が近づくと汗とかゆみが止まらなくなり、電気式の手提げランプを持ってトイレに閉じこもる光中毒もいた。大気圏の天候に関する情報ではなく、光を伝えるエーテル圏の「気象情報」を伝える長いメッセージが謎の経路を通って届くのを横目で見ながら、電報局で一日の大半を過ごす者もいた。「そう、すべてがそろってるんだ」と〈油井酒場〉の常連のエド・アドルは言った。「エーテル風速、エーテル気圧、そういうのを測る機械もある。気温に相当するものもあるぞ。微視的渦巻きの相互作用の活性度を測るんだ……」

マールが皆のお代わりのビールを持って戻ってきた。「湿度は？」

「議論が分かれてる」とエドが言った。「エーテルの中で、大気中の水蒸気に当たるものは何か？　真空だと信じている者もいる。無の微小な飛沫《ひまつ》が、全体に行き渡っているエーテルという媒体と混ざり合ってるって。もちろんある量に達すれば飽和状態になる。それに凝結も起こるし、嵐もある。雨じゃなくて、無がある地域に降り注ぐんだ。低気圧に当たるものも高気圧に当たるものもある、惑星表面みたいな局所的な分布じゃなくて、その外の、宇宙空間にもそんな分布が広がってるのさ」

「そういう報告を担当してる部局が合衆国にあるのかい？」と、写真で生計を立てているロズウェル・バウンスが尋ねた。「観測所のネットワークとか？　船とか気球とか？」

エドは身構えた。「また人の話にけちをつけようってのか、それとも本当に聞きたいのか？」

「信頼できる光測定器があったら」とロズウェルが言った。「光の伝播状態が分かっていいなあって思ったださ」

それはちょっとしたエーテル主義者の共同体のようなもので、教会には加わろうと思ったことのないマールもそこには入信しそうになった。ウィスキーヒルの酒場にたむろしていたエーテル主義者は、無政府主義以外の極端な信仰を嫌う職工ばかりの常連たちに特に愛されたわけではないが、大目に見てもらっていた。

そのころマールは多くの時間を、そしてもちろん金も、マッジ・カルペパーとミーア・カルペパー[*1]という姉妹に注ぎ込んでいた。姉妹はハミルトン通りにある、ブリンキー・モーガンの恋人のネリー・ラウリーの店で働いていた。マールも実際に派手な格好をしたブリンキーが二、三度、店に出入りするのを見かけた。店は厳重に監視されていたので、おそらく警察もそれを見ていたのだろうが、当時は職務への専念度も交渉次第だったため、経済的な力さえあれば不可視の時間を手に入れることができたのだ。

マールは「モンキー・イン・ザ・ミドル[*2]」の鬼のように周囲に振り回されている気分を味わうことが多かった。危険なほど熱の入った人をなだめ、金に困った人に仕事を見つけてやり、大家がうるさいことを言い始めたら荷馬車に泊めてやり、その一方では理性的に、妙な儲け話には首を突っ込まないようにしていた。おいしい話は雨後の筍のように無数にあったが、率直に言うと、その多くは残念ながら実現不可能なほど常軌を逸したものだった。「……宇宙の中の光の量は限られていて、その量は急速に減りつつある。だからダムや分水路を造ったり、配給制にしたり、もちろん汚染が起こったり、そういうことが可能になるわけだ、水の権利と同じようなものさ、きっと国際的に力を合わせて光を追い詰めるってことも行われるだろう。私たちにはそのノウハウがある。世界で最も創意に富んだエンジニアと機械工だからね。あと必要なのは、大きな流れを捕まえるために遠くまで行かなきゃならないってこと……」

「飛行船？」

「もっといいものさ。心霊的な反重力」　ここまで取りつかれたエーテル主義者は普通、ニューバーグに送り込まれることになり、そこから出るには誰かが脱走を手伝ってやらなくてはならなかった。しばらくすると、たまに脱走者が出ても気にしない――その分仕事が減るので――タイプの職員とコネができて、収容されたときにはマールに相談すれば大丈夫ということが広く知れ渡った。

「逃げてきたぞ！」

「エド、人に聞かれてしまうぞ、そんな大きな声で――」

「自由だ！　鳥のように自由だ！」

「シーッ！　頼むから――」と、そのときにはもう、制服を着た警備員が「適度」と呼べる速度で近づいていた。


　マールの頭にはなぜか、マイケルソン＝モーリーの実験とブリンキー・モーガンの捜索との間に関連があるという考えが思い浮かんだ。もしもブリンキーが逮捕されることがあれば、エーテルが存在しないことも明らかになるだろう、と。必ずしもそこに因果関係があるわけではないが、どちらも同じ原理の異なる現れなのだと感じられた。

「そりゃ、原始的な魔教だよ」とロズウェル・バウンスが言った。「ジャングルの奥に分け入って、森の木々と議論するのと変わらない。この町じゃ、そんな考え方は通用しないね、駄目駄目」

「でも、君も新聞に載ったあいつの写真を見ただろ？」　ブリンキーの二つの目は、報道によると、違う世界を見ているらしい。左の目は、金庫破りの際に爆発が早すぎたか、あるいは〈反乱〉軍に加わってい

＊1　ラテン語の“mea culpa”「私の過ちによって」という告白の祈りの決まり文句をもじった名。
＊2　数人が輪になって鬼を取り囲み、鬼に取られないようにボールをパスして回すゲーム。

たときに軍艦の榴弾砲《りゅうだんほう》を受けたかして、外傷を受けていた。ブリンキー自身は原因についていくつかの説明を使い分けていた。

「歩く干渉計ってところかな」エド・アドルが言った。

「ていうか、複屈折器だな」

「言った通りだろ。とにかく光に関する非対称性があるってことさ」ある日、マールは驚くべきことにそれが真実であることを悟った——ただしその晩は、本人も認めているように、ウィスキーヒルの酒場を次々にはしごしていたのだが。どうして今まで気づかなかったのだろう? 明々白々じゃないか! エドワード・モーリー教授とチャールズ・〝ブリンキー〟・モーガンは同一人物なんだ! いわばアルファベット的に複屈折を受けて名前の文字が少し違ってはいるけれども……。

「それに二人ともぼさぼさの長髪で、赤い口ひげがふさふさして——」

「いやいや、ありえないよ、ブリンキーは服装がおしゃれだが、モーリー教授の身なりはどっちかって言うとあまり形式ばらない感じの……」

「うんうん、でもほら、ほらこう考えたらどうかな、例の実験で光線を二つに分けるだろ、片方がマイケルソンの光、もう片方が相棒のモーリーの光だとしよう、結果として、戻ってきたときに二つは位相が完璧にそろってたわけだ——でも条件が少し違ってたら、違う原理の下だったら、二つの光の組の位相が異なることもありえる、な、そんな組が無数にある、そうなったらエーテルが原因だと考えてもいい、でも、光がどこか別の場所に行って回り道をしてたのかもしれない、それで遅れて戻ってきて位相がそろわないのかもしれないじゃないか。ブリンキーが不可視の状態にあるときに別の空間に行ってるとすれば、同じ場所に光が行ってたのかもしれないだろ、だとすると——」

六月の終わりの、マイケルソンとモーリーが最後の観測を行なっていたころ、ブリンキー・モーガンはミシガン州のアルピーナという、インディアンの墓地だった場所に造られたリゾート地で逮捕された。

「ブリンキーは不可視の世界から出現したんだから、彼がマイケルソンとモーリーのいる世界に再び現れた時点で、実験が否定的な結果に終わることは定まっていたのさ、エーテルは消え去る運命だったんだ……」

というのも、マイケルソンとモーリーの実験の結果から、軌道上を移動する地球に対して、順方向でも逆方向でも横方向でも光の速さが変わらないことが分かったという噂が広まっていたからだ。エーテルが存在しているとしても、それが動いているにせよ静止しているにせよ、伝える光の速度にはまったく影響していなかった。エーテル主義者が通う酒場の雰囲気は暗くなった。否定的な実験結果は、まるでそこには創造と闘争の本質が含まれているかのように、新たに解明された光の謎としてクリーブランドの歴史の中に刻まれた。

「世界が何月何日に終末を迎えるって信じてるカルト宗教みたいなものさ」とロズウェルは言った。「俗世の所有物はすべて手放して、みんなでどこかの山のてっぺんに登って待ち受ける、けど、終末は来ない。世界はいつも通り。がっかりだ！　仕方なくみんなで魂のしっぽを引きずりながらぞろぞろと山を下りてくる、でも一人か二人、救いようのないばかが笑みを浮かべて、今こそ新しい人生をゼロから始めるチャンスだと考える、邪魔ものもいない、生まれ変わるチャンスだって。

今回のマイケルソン＝モーリーの実験結果も同じこと。おれたちはみんな信念を注ぎ込んだ。でも、動いているにせよ静止しているにせよ、どうやらエーテルは存在しないらしい。さてどうする？」

「逆の見方をすれば」と、インドのボンベイからクリーブランドまではるばるやって来たO・D・チャンドラセカールが言った。彼はあまりしゃべらなかったが、たまにしゃべったときには誰にも意味が分からなかった。「ゼロという今回の結果はエーテルの存在を証明するものだと容易に読み替えることもできる。そこには何もない、しかし光は伝わる。光を伝える媒体の不在は、私の宗教が虚空《アーカーシャ》と呼ぶものと同じなのだ。それは私たちが〝存在する〟と考えるすべてのものの基礎であり基盤でもある」

この言葉を吟味するかのように、皆が一瞬黙り込んだ。「おれが心配なのは」とロズウェルがようやく口を開いた。「エーテルは結局、神のようなものだってことになってしまうんじゃないかってことなんだ。それがなくても説明したい事柄が全部説明できるなら、そんな仮定的存在は要らないんじゃないかってことさ」

「ただし」とエドが指摘した。「エーテル自体が神だという可能性もある」なぜかこの言葉をきっかけに乱闘が起こり、参加している人間ばかりか、店の内装やグラスまでがひどい目に遭った。こんな振舞いはエーテル主義者には珍しいことだったが、最近では誰もが自らを持て余していた。

マールにとって現在の状態は方向性の定まらない漂流のようなもので、占星術好きなミーア・カルペパーに言わせれば、「月の空隙《ヴォイド》」*らしい。そんな状態が十月半ばのニューバーグ精神病院の火事のときまで続いた。たまたまその日はマールが現場に居合わせて、収容者たちのダンスパーティーに乗じてロズウェル・バウンスの脱走に手を貸していた。ロズウェルは、ふさわしくない娯楽施設から警官が出てくるところを写真に撮ったために、怒った警官によってそこに放り込まれたのだった。病院はパニックに陥っていた。患者も管理人も大声を上げながら駆け回っていた。ニューバーグで大きな火事が起こるのは十五年ぶりで、前回の火事の恐怖がまだ完全には収まっていなかった。騒ぎを見ようと近所からやじ馬が集まっていた。火の粉が飛び、燃えさしが降った。熱い赤い光の疾風が絶望にくれる目の中で明るく反射し、地をなめ、影が形と大きさを変えながら至る所に映っていた。マールとロズウェルは川まで行ってバケツリレーに加わった。ホースが消火栓につながれ、しばらくすると消防車が何台かクリーブランドからやって来た。火が収まるころには誰もがすっかり疲労し混乱していたので、マールとロズウェルがいなくなっていることには誰も気づかなかった。

二人はウィスキーヒルに戻ると一直線に〈モーティ・ヴィッカーの酒場〉に向かった。「ひどい夜だ」とロズウェルが言った。「ひょっとしたら、おれもダンスパーティーに行って、あの火事の火元になった礼拝堂にいたかもしれなかった。あんたはおれの命の恩人だ」

「じゃあ次の酒は君がおごってくれ。それでチャラにしよう」

「もっといい考えがある。おまわりが姿を見せたときにおれの弟子が逃げ出してしまったんだ。写真屋の仕事の深遠なる秘密を学んでみたいとは思わないかい？」

ロズウェルが病院にいたのはわずか一日、二日のことだったから、道具一式が掃除夫や大家に持って行かれたりはしなかった。マールは以前にカメラを目にしたことはあったし、一、二度写真を撮ってもらったこともあったが、写真については門外漢だった。写真屋の仕事と言えば、カメラをまっすぐに向け、バルブを握り、金を受け取るだけの愚か者のゲームのようなものだと以前から思っていた。もちろん、感光板から印画紙に画像を移す神秘に包まれた秘密の手法について人並みに興味を抱いたことはあったが、暗室の禁じられた扉をくぐって中を覗いてみるほどの興味ではなかった。彼は一人の機械工として、自分の目で見て自分の手で操ることのできるすっきりした因果の鎖を尊重していたが、写真のような化学反応は人の制御をはるかに超えたところで起こるので、人はただそばに突っ立って反応が起こるに任せるしかなく、トウモロコシの生長を待つのと同じくらいつまらないものに思われた。

「さあ、始めるぞ」ロズウェルは暗室の赤いランプを灯し、キャリングケースから乾板を取り出した。「ちょっと持っててくれ」二つか三つの異なる瓶から液体を測りながら、呪文《じゅもん》のような言葉を早口で唱えていたが、マールにはほとんど理解できなかった——「ピロガロール、何とかかんとかクエン酸、臭化カリウム……アンモニア……」彼は全部をビーカーの中で混ぜ合わせ、現像トレーに乾板を入れ、混合液をかけた。「よく見てて」するとマールには像が現れるのが見えた。無からの出現。薄暗い〈不可視の世界〉から、現実よりも鮮明な、説明可能なこの世界の中への出現。そこに写っていた

＊　占星術で、「月が他の惑星とアスペクトを作っていない状態」を指す言葉で、この時間帯は物事がうまくいかないと言われている。

のはニューバーグ精神病院だった。二、三人の患者が前景に立ち、こちらをじっと見ていた。マールは落ち着かない気分で見つめた。何となく顔の辺りが変だった。彼らの目の白目の部分が濃い灰色だったのだ。背の高いぎざぎざした屋根の背後の空は真っ黒に近く、明るい色をしているはずの窓が暗かった。まるで魔法によって光が逆転したかのように……。

「どうなってるんだ？　幽霊か亡霊みたいじゃないか」

「これがネガだ。これを焼き付けると、明暗が逆転して普通に戻る。その前に定着作業がある。そこのハイポを取ってくれ」

こんな調子で夜が更けていった。ほとんどの時間は、さまざまな異なる溶液で物を洗い、乾くのを待って過ごした。シェーカーハイツ*の向こうから太陽が昇るころには、ロズウェル・バウンスの手によって、マールと写真術との初顔合わせが完了していた。「写真術君、こちらがマール君だ。マール君、こちらが――」

「分かった分かった。で、本当にこれ、銀でできてるのか？」

「あんたのポケットに入ってるものと同じようにな」

「最近は空っぽ」

やれやれ。

「もう一度やって見せてくれ」彼は縁日の見物人のように引き込まれているのが声に出ていることは分かっていたが、どうにもならなかった。仮にそれが純粋に世俗的な手先の奇術に過ぎないとしても、ぜひその技術を学びたかった。

「最初の日焼けのときから人間は気づいていたんだ」ロズウェルは肩をすくめて言った。「光によってものの色が変化するってことに。学者はその現象を『光化学』と呼んでる」

マールの徹夜の学習が灯した明かりは必然的にそのまま白熱し、彼は眠れなくなった。彼はマレーヒルの空き地に荷馬車を置き、そのときの理解に基づいて光肖像画法の謎の探求を始めた。ロズウェル・バウンスからクリーブランド図書館まで、できる限り多くの場所から、指をなめ、恥を恐れず、情報を集めた。マールは間もなく知ったのだが、クリーブランド図書館は十年ほど前に書庫を開架にするという革命的な一歩を踏み出していたので、誰でも中に入って一日中、何でも知りたいことについて調べることができた。

可能性のある銀化合物をすべて試した後、マールは金、プラチナ、銅、ニッケル、ウラン、モリブデン、アンチモンの塩《えん》を使い、しばらくすると金属化合物はあきらめて樹脂、潰した虫、コールタール染料、葉巻の煙、野草のエキス、自分も含めたさまざまな生き物の尿を試した。肖像写真で稼いだわずかの金をレンズとフィルターとガラス板と引き伸ばし器に再投資したので、荷馬車はあっという間に単なる動く現像所になった。彼は目に入るものなら何でも、ピントなどお構いなしに、写真に撮《は》った――人がひしめく町の通り、何も動いていないように見える曇り空の山腹、彼を無視して草を食む牛、わざわざレンズの前まで近づいて変な顔をする頭のおかしなリス、ロッキー川のほとりでピクニックをする人々、捨てられた手押し車、屋外に放り出されて錆《さ》び付いている、有刺鉄線を張るための装置、壁に掛かった時計、台所のコンロ、点灯した街灯、点灯していない街灯、警棒を振り回しながら彼を追ってくる警官、昼食の時間にウィンドーショッピングをしながら腕を組んで歩いている女の子たち、仕事帰りに湖のほとりを歩いている女の子たち、電動式小型自動車、水洗トイレ、千二百ボルトの路面電車用発電機やその他の現代の驚異、建設中の新しい〈高架橋〉、週末に何か楽しいことはないかと貯水池に集まった人々。そして気がついてみると、既に冬と春が過ぎ、彼は独立して、巡回写真師として生計を立てていた。ときには荷馬車に乗り、ときには手持ちカメラと十枚ほどの乾板だけを持って身軽に自分の足で移動した。町同士を結ぶ大きな道路をたどりながら、サンダスキーからアシュタビュラへ、ブルッ

＊　クリーブランドの東にある町。

クリンからカイヤホガフォールズとアクロン[1]へと行き、結果として「鉄道ユーカー」[2]の勝負を何度もやることになり、旅に出るたびに賭けでも少しずつ儲けた。

八月には彼はコロンバスにいた。町の新聞はもっぱら、州立刑務所で間もなく執行されるブリンキー・モーガンの死刑と、それを食い止めようとするぎりぎりの努力に関する記事ばかりだった。暑さにあてられたような夢遊病が町に取り憑いていた。どこに行ってもまともな食事は食べられず、まともな軽食さえ手に入らなかった。焦げたホットケーキや加硫処理したステーキでさえ食欲をそそるほどだった。すぐに明らかになった――恐ろしいほど明らかになった――ことだが、この町の人間は誰もコーヒーの淹《い》れ方を知らなかった。まるで決して目を覚まさないというばかげた合意か条例でも存在しているかのようだった。橋の欄干はサイオト川のゆっくりした流れを眺める人でごった返していた。酒場は静かな客でいっぱいで、最後に倒れるまでとてもゆっくりしたペースで酒を飲んでいた。客が倒れるのは大体八時ごろで、どうやらこの町ではその時間が閉店時間のようだった。昼夜を問わず何千もの人々が州議会議事堂の門に殺到し、絞首刑執行に立ち会う許可を求めていた。土産物を売る屋台がブリンキーの関連商品を売っておいしい商売をしていた――ブリンキーのトランプセットとボードゲーム、時計の小鎖とシガーカッター、ブリンキーのロケットとアクセサリー、記念の瀬戸物と壁紙、小さなおもちゃの絞首台から紐で首を吊られたブリンキーのぬいぐるみをはじめとする各種のブリンキーおもちゃ、そして、ラヴェンナでの血なまぐさい殺人がフルカラーで描かれていて、親指でぱらぱらとめくると動いているように見える大人気のブリンキーのぱらぱら絵本。マールはその様子に見とれて売店や出店の間を歩き回り、カメラをセットして、どの店でも同じように並べられたブリンキー・モーガンの記念品の写真を次々に撮っていたが、しばらくすると誰かが彼に、処刑を撮影するために中に入ればいいじゃないか、どうしてそうしないんだ、と尋ねた。「だって、その」と、まるでようやく正気に戻ったかのように言った。「分かりません」「プレーンディーラー」[3]新聞社で働いている知り合いに電報を送って、ちょっとチップでも渡せばひょっとして……。かなり病的な気の迷いと思われる状態からわれに返った彼は、撮影したすべての乾板を取り出し、空き地で日光にさらして、真っ白な無垢の状態に戻した。

天国の光が彼の脳にも同じ作用を及ぼしたかのように、マールは、自分はできることなら二度とこの土地には足を踏み入れてはならないのだということを理解した。「もしも合衆国が一人の人間で」と彼は後に好んで語った。「トイレに行くことがあるとしたら、オハイオ州コロンバスはあっという間に暗闇に沈むことになるだろうな」

結局、マールはヴァンダージュース教授が書いてくれたマイケルソン宛ての紹介状を使うことはなかった。彼が「元の軌道」に戻ったころには、エーテル移動率《ドリフト》の実験は科学雑誌に結果が掲載され、マイケルソンはクリーブランドを去ってクラーク大学の教壇に立っており、既に大変な有名人となった彼が地方回りの機械技師を相手にしてくれるはずもなかった。

そんなこんなで、まるで若気の至りの有効期限が切れたかのように、先に進むべきときがやって来た――マッジとミーアの二人は裕福な恋人を見つけ、警察の目は路面電車労働組合の無政府主義に向けられ、ブリンキーのファンは町を去り、その多くはブリンキー一味が莫大な財宝を隠したと噂されているロレーン郡に向かい、エーテル主義者を含む光マニアはそもそも彼らがここに来るきっかけとなった元の逸脱生活に戻るために散っていった――特許に関する争いでピッツバーグの法廷に召喚されたロズウェル・バウンスもその一人だった。そして、マールがアーリス・ミルズ・スナイデルに出会ったのはちょうど、日々の混乱の中に訪れたこの至福の中休みの時期だった。マールはふと気づくと、まるで暗闇

＊1　いずれもオハイオ州の北部にある町。
＊2　トランプゲームの一種。
＊3　クリーブランドで発行されている朝刊紙。

の中で地図にない分かれ道に出会ったかのように、見知らぬ道を何マイルも進んでしまっていた。「エーテルの不在についてはまだ議論の余地があったけど」と、何年もたってから彼はダリーに語った。「アーリスがいなくなったことは間違いない事実だったね」

「じゃあ――」

「去った理由か？　うん、ナスビちゃん、私に分かるはずないだろう？　ある日、家に戻ったらもう彼女はいなかった、それだけのこと。おまえはベッドの上で、幸せそうにぐっすり眠ってた、幼い人生で初めて、疳《かん》の虫を起こさずに眠ってた――」

「ちょっと待って。ママのせいで私が疳の虫を起こしてたってこと？」

「そうは言ってない。そんなこと言ったっけ？　ただの偶然だ、きっと。おまえのママはよく頑張ってたと思うよ、ダリー、私たちの当時の生活のことを考えたらなかなか勇敢だったと言ってもいい。朝飯の前だっていうのに裁判所命令を持った代理人やら特許専門の弁護士やらショットガンを担いだ自警団員やらが家に来るし、最悪なのは町の女どもだ、イナゴの群れみたいに無数に湧いてくるし、夜の集会では〝恥知らずな野獣〟とか書いたプラカードを振り回してた――私を追ってるのが男たちだけだったら彼女も堂々としていられたんだ、でも憤懣《ふんまん》に燃える女たちが相手となると彼女もつらかったみたいだ、女が怒ると大変だぞ、〝女よ、女に気をつけろ〟ってね。あ、でもすまんすまん、おまえももうすぐ女になるんだったな、ごめん――」

「待って待って、少し話が戻るけど、ゾンビーニってやつは今の話とどうつながるの？」

「ああ、あいつか。愛情に飢えた彼女を出しゃばりな悪い男が突然かっさらっていったっていう単純な話にしてもいいんだけど、おまえも大きくなったから、そろそろ本当のことを話してやるべきだろう。でももちろん、そうは言っても私に分かったらってことだ、だっておまえのママの気持ちだって代弁してやらないと不公平だし、それに第一――」

「分かったわ、パパ。言いたくないならいいよ、いつかママの口から聞くから」

「私が言いたいのは――」

「いいの。ほんとに。いつかってことで」

とはいえ、少しずつ彼女は物語の断片を手に入れた。ルカ・ゾンビーニは当時、しがない舞台奇術師で、中西部で巡業バラエティーショーをやっていた。ある日のこと、アイオワ州のイーストフルムーンの町で舞台助手のロクサーナが地元オペラハウスのオーケストラに所属するテナーサックス奏者と駆け落ちしてしまい、この辺鄙な町の地平では代理の助手が見つかる可能性はほとんどなかった。折も折、それだけではまだ不幸が足りなかったかのように、磁石を使った舞台用のからくりまで故障してしまった。途方に暮れて、わらにもすがる思いだったルカは、町の外れに止まっていたマールの荷馬車を見つけた。靴下を繕っていたアーリスが顔を上げると、彼が帽子を手に持って戸口に立っていた。「ひょっとして予備の電気コイルをお持ちではありませんか?」

マールはオペラハウスを覗いたことがあったので、ルカの顔を覚えていた。「その辺を見て、要るものがあったら持ってってっていいよ――何に使うのかな?」

「〝香港のミステリー現象〟。もしよろしければどんなものかお見せしましょう」

「種は知らない方が楽しいからね。今お昼にするけど、もしよかったらいかが?」

「ミネストローネのにおいのようですね」

「クリーブランドではそんな呼び方してたかな。向こうで作り方を教わったんだ。最初に材料を全部いためるのが基本」

「クリーブランドの町ならマリーヒルはご存じ? あそこにいとこが住んでいるんです」

二人ともアーリスが急に静かになったことに気づいていたが、その原因についてはそれぞれ勝手に解釈をしていた。マールはその原因がまさか神秘のゾンビーニにあるとは思わなかった――とりわけ、巻き毛や黒く輝く目やおもねるような物腰といったイタリア系特有の危ない兆候をルカがまったく見せていなかったから。それどころかルカは、容姿も人並みで、助手がいなくなったという話が出るまではアーリスの存在に気づいてもいない様子だった。助手の話になった途端、彼はアーリスの方を向き、テーブルの端でぐつぐついっているスープ鍋のように興奮して――「すみません、奥さん、変な質問かもしれませんが……一瞬で姿を消してみたいって思ったことはありませんか、人がたくさんいる部屋から、こう」――手で煙が消える様子を表現しながら――「消えちゃいたいっていう願望は？」

「私？　いつもそう思ってるわ。どうしてそんなことを？」

「誰かがあなためがけてナイフを投げてもじっと動かずに立っていられます？」

「もっとひどい状況でもたじろがないわよ」と、マールの方にちらっと目をやった。ちょうどそのとき、まるでずっと話を聞いていて、このタイミングを狙っていたかのように、ダリーが目を覚ました。

「この子は私が見ておくよ」マールがぶつぶつ言いながら脇を通り過ぎた。時々電気が走ったように思いがけず起こることだが、このときも彼女の顔は急に美しさを増していて、それに気づいたマールは胸が痛んだ。彼女のすらっとした体の方は、顔とは逆に明るく輝くのではなく、ぞくぞくするような黒い密度を高め、その特徴は直接じっくりと観察しなければ見ることのできないものだったが、そのときにはとてもじっと見ていられる気分ではなかった。彼には何が起きているのか分からなかった。彼には分かっていた。

　ロクサーナは、おそらくサックス奏者の言葉に従って、衣装を持って出ていったので、その夜の公演のためにアーリスはあり合わせの衣装を準備しなければならなかった。踊り子からタイツを借り、曲芸師からスパンコールの付いた短いドレスを借りた。舞台の照明の中に彼女が姿を現すと、マールは首から股間《こかん》まで欲望と絶望で空っぽになる感覚を覚えた。単に口紅のせいだったかもしれないが、彼は以前あまり見たことのないような、残忍と言ってもよい笑みを見たような気がした。そこには間違いなくうぬぼれもあったが、別の運命を歩む決意を固めた顔であることも否定できなかった。煙突のすすとワセリンで念入りに黒く塗ったまぶたとまつげに囲まれた彼女の目からは何も読み取れなかった。翌日、魔法の呪文も特別な仕掛けもなしに、彼女と奇術師は姿を消していた。ダリーは後に残され、彼女の毛布にはピンでメモが留められていた。「ときが来たらこの子を引き取りに来ます」と。「幸運を祈ります」や「愛しているわ、アーリスより」のような言葉は何も添えられていなかった。

マールはできるだけ長い間イーストフルムーンで待っていた。手紙か、電報か、馬に乗った旅人か、冬の空に舞う伝書バトが来るのを。そうしながら彼は、赤ん坊の世話だって何だって、すべては簡単な問題だと思うようになっていった。大きな夢——アーリスのいない今、そんなものは窓の外、というか道の脇に捨ててしまったのだが——のために必要な時間や物が足りないと言っていらいらしたりせず、日々の用事だけを片付けながらちゃんと息ができていれば、幼いダリアとの生活はほとんど何の文句もない暮らしになりそうだ、と。

〈コロンブス記念博覧会〉が閉会した後、シカゴを出て再び田舎に向かったダリーとマールは、〈中央通り遊園地〉に並んでいた「国」別展示から逃げてきた亡命者の姿を時折見かけるようになった。中西部の人間とは異なるタイプのその人々の中には、何人かまとまっているグループもあったし、一人で行動している者もあった。マールはスナップ写真を撮るためにカメラを取りに走ったが、準備ができたころには大体彼らはいなくなっていた。ダリーは雪の降る中で、犬の群れとエスキモーが静かに北へ戻っていくのを見たような気がした。カバノキの森の中で、ダリーは木々の間からこちらを覗いているピグミーを見つけ、マールに教えた。川に面した町の酒場で、どことなく見覚えのある顔をした南の島の入れ墨師が川舟の船員の上腕に、思いがけないときにささやかだが重要な魔法の力を発揮する神聖なる図形を刻んでいた。ダリーはこの放浪者たちも特にこれといった理由もなく〈ホワイトシティー〉から追い出されたのだと思っていたので、自分と父親もある意味でエスキモーみたいな存在だし、今いるこの場所もどこまで行っても亡命の地なのだと感じていた。セントルイス、ウィチタ、デンバーと次々に都会に行くたびに、彼女はそのどこかに、送電線の先のどこかに、再び本物の〈ホワイトシティー〉が自分を待っているんじゃないか、という期待を抱いていた。涼しい夜にはさまざまな色の光に照らされ、クモの巣のような運河のせいで明るく蒸し蒸しする日中には光が揺らめき、日傘を差した女性と麦わら帽子をかぶった男性とクラッカージャックのかけらを髪に付けた小さな子供を乗せた電動ボートが静かに水面を動く、そんな世界を期待していた。

一年、また一年と時が経つにつれ、それは徐々に前世の記憶に似てきた。歪曲され、偽装され、所々が欠落したその夢の首都にかつて彼女は暮らし、ひょっとするとその世界では高貴な身分をも有していたのかもしれない。最初のころ彼女はマールに、わざと泣きながら、お願いだからあそこに連れて帰ってと頼み、マールとしては説明に窮したものだった。博覧会場のほとんどはもう燃やされ、取り壊され、部品回収場に送られ、売られ、錆びつき、石膏と角材は雨風と、シカゴとアメリカを襲った人の手による破壊とにさらされていたのだから。しばらく経つと、彼女の涙も目の中で光るだけで流れなくなり、ただ黙り込むようになったが、やがてそこからも徐々に怒りの刃が失われていった。

整然と作物が植えられた農場が巨大なスポークのように通り過ぎるのを見ながら、彼らはあちこちを放浪した。融解した石のような液状の曲線的な変形が加わった黒い嵐の雲が空を覆い、その合間から差す光は、暗い畑では失われているが白っぽい道路では輝きを集めていたので、ときには道路とその先の地平線しか目に見えなかった。時折彼女は、風に大きく揺れる植物が自己を主張する様子に圧倒され、外を見ていられないこともあった。のこぎりの歯のような木の葉、スペード形の葉、細長い葉と短い葉、先の丸い葉、綿毛に覆われた葉と葉脈の浮き出た葉、つるつるの葉とほこりの積もった葉——釣り鐘形の花と鈴なりの花、紫と白、バターのような黄色、暗く湿った場所には星形のシダ、コケの中と倒木の下の婚礼の秘儀の前に広がる数百万の緑のベールなどが車輪の脇を通り過ぎていった。車輪はきしみ、わだちの中の石にぶつかり、日陰でだけ見える火花を散らした。細い道の脇では放り出されたごみが慎重に並べたとしか思えない小さな山になりつつあった。山菜採りだけが名前と値段を知る薬草、そして、山のふもとに住む口数の少ない女性たち――決して出会うことはないが山菜採りとこの女たちは同類だ――だけがその魔力を知る薬草が生えていた。両者は異なった未来のために生きていた。しかし当人たちは気づいていなかったがどちらも互いの分身だったし、両者の間に生まれた絆《きずな》はもちろん、神の恩《おん》寵《ちょう》に照らされていた。

　マールは報われることのないこの仕事に時間を費やし、倉庫の積荷場で山菜の仲買人と議論を交わし、見分け方をいくつか覚えたが、しっかりした足腰と確かな鼻という本物の山菜採りの才能は彼にはなかった。

「ほら。嗅いでみろ」

　かすかに彼女を思い出させるにおい。まるで前世から来た霊気が横を通ったような、ぼんやりしたにおい……アーリス。「スズラン。みたい」

「薬用ニンジンだ。いちばん金になる。これを見つけたらしばらく食っていける。見ろ。あそこの赤い実」

「どうしてひそひそしゃべってるの?」花を飾ったボンネットの縁から見上げながらダリーが言った。

「草の根っこは小さな人間だと中国人は信じてるんだ。誰かが近づいたりするのを聞いてるらしい」

「私たち、中国人?」

　彼はよく分からないという様子で肩をすくめた。「だからといって、その話が間違いだってことにはならないだろ」

「で、ここでの収穫をお金に換えたとしても、そのお金でママを探しに行くわけじゃないのよね?」

この質問が来ることを予測しておくべきだった。「うん」

「じゃあ、いつ？」

「私の番が終わったら、ちゃんとおまえの順番も回ってくるよ。きっと思ったよりも早い時期にな」

「約束してくれる？」

「私が約束することじゃない。ただそういうものだってことさ」

「へえ、あんまりうれしくないなあ」

　彼らは朝の野原に出た。そこは三六〇度すべての地平線まで草原が広がる〝アメリカの内なる海〟で、ニシンの代わりにニワトリが群れをなし、ハタやタラの代わりにブタやウシが餌を探し、草を食《は》み、サメはシカゴかカンザスシティーから来ることが多かった——農場主の家や町が島のように道沿いに並び、当然目ざといマールはチェックしていたのだがどの島にも若い女性がいた。無茶な約束を守らせる島の女性、町同士を結ぶ快適な電車に乗った女性、川辺の酒場で静かにトランプをやっている女性、赤煉瓦の通りから階段を下りて入ったカフェテリアで働いているウェイトレス、シーダーラピッズ[*1]で網扉の外を見ている女性、黄色い光の当たる外野のフェンスに張り付いた女性、ライザやチャスティーナという名の女性、大草原の女性、実際にはそれほどではなかったかもしれないが花が咲き誇る季節に生まれた女性、脱穀する人のために収穫の日の夜遅くまで、あるいは夜通し料理の支度をする女性、路面電車が行き来するのを見ている女性、よその町に行った騎兵を夢に見る女性、地方独自の健脳剤を飲む女性、街角でにこやかな目をきょろきょろさせながらトウモロコシがいっぱいに入った湯気の立つ洗い桶を見ている女性、オタムワ[*2]の町の庭で敷物を叩いている女性、イリノイ州南部の蚊の多い夕暮れの中で人を待っている女性、ルリツグミが気ままな兄弟が戻るのを待って巣ごもりをしている柵柱のそばで人を待っている女性、アルバータリー[*3]で列車が合唱のような音を響かせながら通り過ぎるのを窓から見ている女性。

町の中では、鉄製の外輪が付いた馬車の車輪が舗道の砂利の上で大きな音を立て、後のダリーの記憶の中では、馬が彼女の方を向いてウィンクをした。キバシリがさえずりながら公園の木の幹を上り下りしていた。橋の下で川舟が笛を鳴らすと、支柱に音が響いた。彼らはときには町にとどまり、ときには太陽が角度にして一分も昇らないうちに旅立っていった。太陽はすすで黒くなったトロッコの軌道を照らし、建物の正面の高いところに掲げられた時計を照らし、知る必要のあるすべてのものを照らしていた——しかししばらくすると、彼女が大きな町を嫌うことはなくなり、そこがシカゴでなくても腹が立たなくなり、繁華街の店に漂う反物や消毒用石鹸《せっけん》のにおいや床の黒いリノリウムを楽しむようになった。砂岩でできた階段を下りて、ホテルの地下のいいにおいのする美容院で髪を切った。そこは、嵐の日に備えて明るく照らされ、さまざまなランクの葉巻のにおいがし、奥の部屋ではマンサク*4を煎《せん》じてエキスを取り出していた。クッションの利いた革張りのいすには、間もなく終わるこの世紀らしいバラのつぼみとルリツグミの柄《がら》に念入りに細工された年代物の足置きが付いていて、まるで棘《とげ》のあるらせん状のつるの中に絡め取られているかのようだった……気がつくと、散髪は終わっていた。背中の毛を払う手ぼうき、もうもうと宙に舞ういい香りのする粉。そしてチップを要求する手のひら。

彼女が眠るのを見ていると、男らしくないことだが目の周りが熱くなってきて、マール自身もそれに驚くことがよくあった。炉床の色をした彼女の髪は子供らしく無造作にもつれていた。彼女はどこか別の場所で危険な野をさまよいながら、悲しい真実、失われた真実、見いだされた真実の中で、ひょっと

*1　アイオワ州東部の町。
*2　アイオワ州南東部の町。
*3　ミネソタ州の町。
*4　エキスは収斂剤に使われる。

すると夢の中のマールを見つけているかもしれないし、夢の中のアーリスを見つけているかもしれないが、アーリスの夢を見たとしてもマールには教えてくれないだろう。ダリーは夢の中で空を飛び、現実としか思えないほど細かい部分がはっきりした場所に旅し、敵と遭遇し、死に、再び生まれ、それを繰り返した……。マールは何とかその中に入る方法を知りたかった。そして少なくとも彼女を見守り、最悪の事態が彼女を襲うのを防ぎたかった……。

　毎日そこで夜明け——緑色でしっとりした、あるいは葉もなく凍りついた夜明け——とともに彼らを待ち受けていたのは、有料道路と幹線道路と農業道路が縦横に刻まれた地図だった。彼らは眠い目をこすりながらその地図を開いて眺めた。まるで世界を上から見るかのように、まるでオレンジ色の夜明けの空に上って空中に停止しているかのように、翌日の仕事場を必死に探す日雇い労働者のように。仕事の中身はこのころにはたいてい、平原の中の小さな町の街角で客の写真を撮って二、三食分の食費を稼ぐというパターンだった。時が経つにつれフィルムが高感度になり、露光時間が短縮し、カメラが軽くなった。一度に十二枚が撮影できるセルロイドのフィルムパック〈プレモ〉が発売されて*1乾板が消え去り、実質的に重さがゼロに近いボックスカメラの〈ブローニー〉シリーズの最初のカメラをコダック社が売り出した。*2マールはカメラを構えることができる場所ならどこにでもそれを携帯して行った。そのころには彼は——ガラス乾板を使う折り畳み式カメラは重さが三ポンド、*3そこに乾板の重さが加わるが——狙撃兵のような静かな息遣いができるようになっていて、それが写真にも、安定した、奥行きのある映像として現れた。ときにはより「リアル」に感じられるとダリーとマールの意見が一致したこともあるが、まだまだ本当の「リアル」からは程遠かった。

　呼び鈴の工事の仕事なら——電気式呼び鈴、玄関の呼び鈴、ホテルの呼び出し器、エレベーターの呼び鈴、火事の警報機と泥棒の警報機など——いつでもたくさんあった。その場で売って取り付け、受け取った代金から手数料を抜き取りながら立ち去る。そのころ客は自分でブザーを押してみて、音が小さいなあと思いながら玄関に立っているというわけだ。そして屋根の葺《ふ》き替え、柵の修繕、路面電車が走る大きな町ではレールに静電気が蓄積するのを防止する接続導体の取り付け、発電所や車庫には修理を要する機械が山のようにあった……。ある夏、マールは避雷針のセールスマンとして少しの間働いたが、電気の性質について同僚たちのように恥知らずな嘘をつくことができず、結局仕事を辞めた。

「どんな種類の稲妻でもＯＫ――フォーク形、鎖形、熱型、薄型、何でも来い、本来の居場所である土の中に戻して差し上げます」

「球電」[*4]と、しばらくの沈黙の後で誰かが言った。「この辺りで心配なのは球電だよ。それ用の道具はある？」

マールは急に素《す》に戻った。「この近くで球電が見られるんですか？」

「球電ばかりさ。球電専門。この国の球電の都だな、ここは」

「球電の都はイーストモリーン[*5]だと思ってました」

「まだしばらくこの町にいるのかい？」

その週が終わらないうちに、マールは仕事で初めて、そしてそれが最後にもなったのだが、球電を扱った。それは農家の家の二階に幽霊のようにしつこく出没していた。彼は考えられる装備をすべて持参した。アース用の銅製の釘、ケーブル、獲物を捕らえるためにその場でこしらえた絶縁ケージとそれを接続する塩化アンモニウム電池。

＊1　一九〇三年のこと。
＊2　一九〇〇年のこと。
＊3　約一・四キログラム。
＊4　火の玉の正体とも考えられている現象で、現在では、自然発生したプラズマの塊だとする説が有力。
＊5　イリノイ州北西部の町。

それは廊下を行き来しながら部屋から部屋へ移動し、彼は注意深く、忍耐強く様子を観察した。向こうを驚かすような動きは控えた。それの動きは彼に、人間に対して非常に警戒心が強い野生の夜行性動物を思い起こさせた。少しずつ少しずつそれが彼に近づき、最後には顔のすぐ前にまで来て、ゆっくり回転し、球電とマールはこの小さな木造家屋の中で向かい合ったまま、まるで互いを信じることを学んでいるかのように、しばらくの間その状態でじっとしていた。カーテンを閉めた窓の外では、細長い草の葉がいつもと変わらず風になびいていた。ニワトリが庭で地面をつつき、互いの声を比べあっていた。マールは少し熱を感じるような気がして、もちろん髪の毛も逆立っていた。彼は対話を始めたものかどうか迷っていた。この球電は話ができるようには見えなかったし、少なくとも、人間と同じように話ができるとは思えなかった。結局、彼は一か八かやってみることにして話しかけた。「なあ、私は君に危害を加えるつもりはない、だから君も無茶はしないでほしい」

驚いたことに球電が、声を出したというわけではないが、返事をした。「いいだろう。おれの名前はスキップ。あんたの名は?」

「ありがとう、スキップ。私はマール」とマールは言った。

「お願いだからおれを地面に送り込まないでくれ、あそこはつまらないから」

「OK」

「それから、その檻《おり》を使うのもなしだ」

「いいだろう」

時間はかかったが、二人は親友になった。それ以来、その球電、すなわち「スキップ」は決してマールのそばを離れることはなかった。マールは自分がある行動規範に従わなければならないとは分かっていたものの、その詳細についてはほとんどまったく知らなかった。スキップを怒らせるような違反があれば、この電気現象はどこかへ行ってしまうという可能性もあったし、ひょっとすると二度と戻ってこない、ひょっとするとその場でマールをフライにしてから立ち去るという可能性もあって、どうなるか見当もつかなかった。最初、ダリーの目には、マールの乗ったトロッコがとうとう帰り道のない軌道に乗ってしまったように見えた。

「他の子にはみんなきょうだいがいるっていうのに」と彼女は慎重に言った。「何なの、これは?」

「同じようなもんだ、ちょっとだけ――」

「ちょっとだけ違うけどね、うん、でも――」

「彼にもチャンスをやってくれ、そうすれば――」

「『彼』? へえ、なるほどね、男の子がほしいっていつも言ってたもんね」

「外れだよ、ダリア。私が昔から望んでいたものは、おまえさんには分からないよ」

彼女もスキップが親切なやつだと認めないわけにはいかなかった。料理の火を一瞬で点け、マールの葉巻に火を点け、明かりを灯すために暗闇の中を歩かなければならないときには頼まなくても自分から荷馬車の後ろにぶら下がっているランタンの中に入ってくれた。しばらく経つと、彼女が夜遅くまで読書しているとスキップが横に来て、ふわふわとまるで一緒に読書しているかのように揺れながらページを照らしてくれることもあった。

そしてある夜、カンザス州のとある場所で、雷の鳴る激しい嵐の最中に、「みんながおれを呼んでる」とスキップが言った。「行かなきゃ」

「家族?」とダリーが言った。

「説明しにくいなあ」

「やっとあなたのこと、好きになってきたところなのに。ひょっとしたらまた――」

「戻ってくるかって? あっちに行ったらみんなと一つに集められちゃうんだ、だからほんとのとこ、もうおれじゃなくなるのさ」

「じゃあキスでもしておこうかしら、ね？」

その後の数か月間、彼女は、きょうだいのこと、そしてアーリスと神秘のゾンビーニの間に子供が生まれたかどうか、生まれているとしたら何人いるのか、どんな様子で暮らしているのか、といった事柄を今まで以上に考えた。彼女はそうしたことをパパにも聞いてみようとはまったく思わなかった。

「ほら」と、マールがピクルス用の瓶を取り出してきて、中に二十五セントを入れた。「あのな、私がばかなことをやるたびに、毎回二十五セントずつ貯金をしてやる。いつか、おまえがママのところに行けるだけの交通費が貯まるだろう」

「二、三日で貯まるんじゃない、たぶん」

未開墾の土地で過ごした最後のころ、風が丈の高いインディアングラスの野原を揺らすのを見ながら、父親が言った。「金《きん》だぞ、ダリア、本物だ」 彼女はいつものように好奇の目で彼を見た。このころにはもう錬金術師がどういうものかを彼女はおおよそ知っていたし、錬金術師は口も達者なので、普通のものの言い方をしないことも知っていた――彼らの言葉はいつも何か別のことを意味していた。ときにはその「何か別のこと」は言葉を超えたものであり、ひょっとするとこの世を去った魂が「あの世」にいるというのと同じ意味で言葉を超えたものなのかもしれない。彼女は馬に乗った人ほどの丈の草が百万本茂る野原に目に見えない力が作用しているのを見た。秋の太陽の下で何マイルにもわたって流れる力、息よりも、潮の子守歌よりも、誰の目も届かない場所に隠された、なくてはならない海のリズムよりも大きな力。

二人は間もなくコロラド州の州境を越え、石炭の産地に入り、サングレデクリスト山脈[*1]に向かった――彼らはずっと西を目指し、ようやくある日、サンファン山脈[*2]にたどり着いた。旅の途中、ダリーが仮の宿に戻ってくるたび、マールは顔を上げ、どんどん変わっていく娘の姿を見て、彼女が家を出て、道行くロデオクラウン[*3]の人生を狂わせることになるのはもはや時間の問題だと知った。

そしてそれだけでは足りなかったかのように、ある日、デンバーでマールが葉巻屋に入り、何か月も前に東部で発行された「週刊ディッシュフォース写真入り」を雑誌の棚で見つけた。中には有名な奇術師ルカ・ゾンビーニと、その元助手だった美人妻と、子供たちと、ニューヨークのすてきな自宅に関する記事が載っていた。そのときのマールの懐具合は今ひとつだったが、その雑誌を買うだけのお金は持っていた。吸いたかったキューバ産の細巻きのことは忘れて、三セントの国内産葉巻で我慢し、火を点け、外に出て、記事を読んだ。新しいタイプのグラビア印刷を用いたらしく非常に粒子が細かくて、彼が目を凝らしてもスクリーン印刷の痕跡が見つけられなかった写真の多くには、十人以上いそうな子供たちに囲まれたアーリスが写っていた。彼はシカゴ以来のいやな風を避けるために少し路地を入ったところに立っていた。氷の結晶と敵意が混じるその風は自分を目覚めさせようとしているのだと彼は感じた。彼は人間の画像をきれいに見せるために暗室で実行することのできる技術をよく知っていたし、アーリスももともと美人だったが、写真の彼女はそれ以上に美しかった。マールは彼女が彼を愛していなかったという長年にわたる苦い思いから脱し、長い旅の果てに単純な真実を悟った。それはつまり、アーリスが亡きバート・スナイデルのものではなかったのと同じように「彼のもの」でもなかったということ、そして今さらそんな考えに固執するのは精神病院の門に近づくことにしかならないということだった。

彼が次に考えたのは「これはダリーに見せない方がいい」ということだったが、すぐに思い直した。「せいぜい頑張るかな」ちょうどそのとき彼の目には通りの向こうから彼を見つけた彼女の姿が見えた。

＊1　コロラド州南部とニューメキシコ州北部にまたがるロッキー山脈の一部。
＊2　これもコロラド州とニューメキシコ州にまたがるロッキー山脈の一部。
＊3　ロデオ競技場内にピエロの格好で待機し、落ちた乗り手を襲おうとする牛の気をそらす危険な役割を担う人物。

彼女の髪は、彼が忠誠を誓った――しぶしぶそうしたのだと彼は言っていたのだが――唯一の力である風によって旗のようになびいていた。彼女には私の口から言うしかない、と彼は思った。

彼女は話を聞いてもあっさりしていて、彼に対しても気を遣いながら、最初から最後まで記事に目を通した。結局彼はその雑誌を再び目にすることはなかったが、きっと彼女が大事な持ち物の中にしまい込んだのだろうと察した。そしてそれ以来、コンデンサー板にゆっくりと電荷が蓄積するように、抗しがたい大きな放電とともに彼女がニューヨークへと旅立つのは単なる時間の問題となった。

二人はコロラドで一軒の農家の離れを見つけた。そこは何年も前に農場が駄目になり、居宅が燃え落ちて、草に覆われたその建物だけが残されていたのだった。マールはその建物の天井近くまで写真道具、あるいは考えようによっては錬金術道具を積み上げた――潰れかけた野菜の缶詰、さまざまな色の液体や粉末の入った壺や瓶、空《から》なら持ち上げることができそうだがとてもその気にはならないような五十ガロン*以上入りのつやのある大がめ、注意深く曲げられたガラス管、そこら中にとぐろを巻く銅線、片隅には小さな炉、古い自転車につながれた発電機、乾電池と湿電池、電磁石、バーナー、焼きなまし用オーブン、レンズが散らかる作業台、現像タンク、露光計、焼き枠、マグネシウムを使ったフラッシュ、ガス加熱ドラム式つや出し機、そして、自分が持っていることさえほとんど忘れていたいろいろな道具。野いちごのつるが壁の割れ目から侵入し、クモが窓のサッシを、朝日の当たり加減では見とれてしまうような巣で飾った。ここを訪れるほとんどの人は彼を写真屋だと思っていた。保安官の部下たちは変な時間にやってきたり、ときにはその日の気分次第で姿を見せたりしたが、そんなときはいつも、マールは小難しい科学談義で彼らを催眠術にかけて撃退した。また他方で客が、法律に関して言うと、警察とは逆の方向に偏光していることも多かった。

「ここの料理のにおいがどうしても気になってね。実を言うと、山の尾根の向こうの、川を渡ったところからわざわざ来たんだ。そこにあるのはニトロじゃないかな?」

マールは既に山奥の狂気の例は十分に見てきていたので、机の下のショットガンからは常に目を離さないようにしていた。「近いね。ニトロの一族だよ。遠い親戚かな。町に近づいてほしくないから金を渡して遠ざけてるタイプの親戚」

「仕事で使うんだ、しょっちゅう」

「仕事って……」

「一種の鉱山技師。給料はもう一つ、でも同類。テリュライドのそばのリトルヘルカイトの工場は？」しゃべり方が簡略で、マールが見る限りでは火器は携帯していなさそうなその男は、ようやくウェブ・トラヴァースだと自己紹介した。

ダリーが、藪の中で何ものかと遭遇したせいで不機嫌な顔をして、家に入ってきた。「あれ、お父さん、お客さんがいるとは知らなかった。お茶とビスケットを持ってくるわね。今すぐ」

「ところで、その」と、ウェブは彼女を用心深く見た。「おれとしたことが。あんたも忙しいだろうから今日のところは——」

「長口上結構。今週のおしゃべりのノルマをこなさなきゃ。ゆっくりしてってください。あなたが興味を持つのも当然だ」マールは、テントの中の集会で有望な罪人《つみびと》に向かって説教をする牧師のようにほほ笑んだ。

ウェブは机の上に置かれた既製の瓶入り水銀に向かってうなずいた。「それと同じのが試金所にたくさんある」

「昔の人はね」と、マールも感触を探りながら言った。「こう信じていたんだ。水銀のいろいろな性質の中から本質的でないもの、例えば、液体金属の性質とか輝きとかすべすべした感触とか重さとか水銀を水銀にしているすべての性質を取り除いたら、超自然的な純粋な形相が得られるってね。まだそれを

＊　一ガロンは約三・八リットル。

取り出す灰吹き炉は作られていないが、取り出せたらこの水銀なんて火成岩並みの精錬度に見えるだろう。〝賢者の水銀〟と呼ばれるその金属は、冶金学で学ぶ金属には含まれていないし、周期表の元素にもそんなものはないし、工業用カタログにもない。それは実際には、かの有名な〈賢者の石〉と同じように言葉のあやみたいなものだと言う者も多い。賢者の石は神を意味するとか、幸福の秘訣を意味するとか、万物との合一を意味するとか、いろいろ言われてる。屁理屈さ。本当は、そういうものはずっと昔からそこにあったんだ、本当の質料が。ただ近づくのが難しかっただけ。でも錬金術師は努力を続ける。それが私たちの仕事ってわけさ」

「ここでは錬金術師の仕事をやってるのか？　へえ、しかし水銀の話だが、時々おれが出くわす興味深い化合物が一つあって、確か名前は雷酸塩……」

「デュポンの爆破用雷管に使われる基本的成分だね、もちろん私たちが普通に見かける有名な四十四口径の弾薬にも使われてる。雷酸銀というのもあるし、それとはちょっと違う雷銀は羽毛で触れただけでも爆発する。雷金だってあるぞ、もしも高価な爆薬が好みなら」

「作るのは難しい？」

「基本的には金とアンモニアを使う。あるいは銀と硝酸、あるいは水銀鉱石と雷酸。雷酸は、自殺者の友、シアン族の長たる青酸に酸素を一つ足したもので、蒸気を吸うだけでも青酸に劣らない毒性がある」

ウェブはこの世の皮肉に当惑したかのように首を振ったが、マールは彼の目が無防備な鶏小屋を見つけた獣のように輝くのを見て取った。「要するに金とか銀とか、きれいに輝く金属、すべての世界経済の基盤となっている金属を実験室に持ち込んで、酸や何かを混ぜてちょこちょこっと細工したら、すごい爆薬ができるってわけか？　油断してくしゃみなんかしようもんなら、さようなら《アディオス》、みんな《ムチャーチョウス》？」

マールは話の展開を読んでうなずいた。「いわば地獄的側面ってことだね」

「するとどうしても気になるのは、もしも賢者の石があるのなら、ひょっとしたら逆に――」

「その話はちょっと」

ウェブはほとんど面白がっている様子で彼を見た。「あんた方は口に出さない話題ってわけ?」

「口にできない。というか、そういう伝統なんだ」

「その方がややこしくなくていいいんだろうな」

「誰にとって?」

ウェブは彼の口調に混じる警戒心に気づいていたかもしれないが、先を続けた。「もし万が一、誰かが誘惑に負けて……」

「んんん。そりゃないとは言えない」

「だろうな」一瞬考え込んでから、まるでそこから先を考えずにはいられないかのように、「しかし、もしも〈賢者の石〉が神とか救済とかそういうものの比喩《ひゆ》だとしたら、じゃあ、その反対の――」

「よろしい。でも、一応みんなのことも考えて、〈逆の石〉と呼ぶことにしておこう。本当はちゃんとした別の名前があるんだけど、口に出すと問題があるんだ。あなたの言う通り、おそらく通常の錬金術師に劣らぬ数の迷える魂たちが逆の石を探し求めている。だって手に入る力のことを考えてごらんなさい。その報酬の魅力たるや、とても逆らいがたい」

「あんたは逆らってる、だろ?」

「もちろん」

「気を悪くしないでくれ」ウェブは小屋の中をじろじろと眺めた。

「ここは仮の住まい」とマールが説明した。「屋敷の方にはネズミが出るんでね、不動産屋に新しい家を探してもらってる」

「ゾウのパジャマが二セントするから」とダリーが口を挟んだ。「雑魚《ざこ》には帽子を買ってやるお金もなしいの」

「水銀にはかなりお詳しいのかな？　アマルガム化装置を扱ったことは？」

「たまに」と用心深くマールが言った。「レッドヴィル[*1]とか、他にも何か所かで。触ってるときは楽しいけど、あまり大した仕事じゃない」

「リトルヘルカイトではアマルガム化装置を扱える人間を探してる、町が高地にあるから高山病と水銀の蒸気を吸ったせいで、今の技師はおかしくなっちゃって、自分が〝大統領〟だって言いだしたんだ」

「ほう。どこの……？」

「つまりこんな感じなのさ。どこへ行くときもハーモニカを持った手伝いの小僧にお供をさせて『大統領万歳[*2]』を吹かせるんだ。音程の外れた曲を。誰も理解できない演説を延々とやって、先週はコロラド州に対して宣戦布告した。早いとこ交代させたいんだが、こっちとしても実力行使はしたくない、ああいう連中は超人的な力を発揮したりするらしいからな」

「なるほど。で、その鉱山はテリュライドの町の近くにあるんだね」

「小さいけどいい町だ、教会も、学校もある。若いお嬢さんには最適の環境さ」

ダリーが鼻を鳴らした。「電気の明かりなんてくそ食らえ、それに学校なんか大嫌いよ、おじさん。教室で無駄な時間を過ごすくらいなら、ダイナマイト係の仕事をする方がましだわ」

「もちろん、それだってやらせてもらえるさ」とウェブが言った。「でも、リトルヘルカイト周辺ではおれの名前は出さないでくれ、いいか？　おれは特に評判のいい鉱夫でもないからな」

「分かった」とマールが言った。「錬金術の話もしない」

二人は互いに相手の正体を見極めて、顔を見合わせた。「鉱山技師はものの見方があまり科学的じゃないんだ」とマールが説明を加えるふりをした。「中世の暗黒時代からの古い迷信が残ってたりして、現代の冶金学みたいな科学からは程遠い」彼は息継ぎをするかのように間を取った。「しかし歴史を見れば、現代の化学が錬金術に取って代わるようになったのは、つい最近、資本主義が本当に軌道に乗りだしたのとほぼ同じ時期だ。奇妙だと思わないかい？　どういうことだと思う？」

ウェブは同意してうなずいた。「ひょっとすると、資本主義自身が錬金術っていう古い魔術を必要としなくなったってことかもな」それはマールが気がつくことを意図した強調の置き方だった。「だってそうだろ？　資本主義は独自の魔術を持ってて、それで十分間に合ってる。鉛を金に変えなくたって、貧しい人間の汗を搾り取って、それをドル札に換えて、鉛は治安維持のためにそのまま取っておくんだから」

「そして、その金と銀は……」

「連中は気づいていないがそこには呪《のろ》いがこもってるかもな。金庫の中に蓄えられてるが、それがいつか――」

「言っちゃいけない！」

しかし馬車で帰っていくウェブの頭の中では、大きな可能性が心臓の鼓動のように拍動していた――〈逆の石〉。逆の石。広く賞賛されているメキシコ的な政治原理のさらに上を行く魔法、化学を用いた実用的な魔法。山の中の生活は既に十分に奇妙なことだらけだが、このたび水銀を携えた早口の魔法使いが現れたことによって、運がよければ、さらに奇妙なものになるだろう。そして民主国家と約束の日、〈強欲の神〉の神殿が木っ端微塵《みじん》に砕かれる日――コクシーの軍勢*3を上回る数の貧しい人々がその瓦礫《がれき》の中を行進する日――が、それだけ近づくことになる。あるいはあの男も、現在のリトルヘルカイトのアマ

＊1　コロラド州中部、デンバー南西のロッキー山脈中にある鉱山町。
＊2　大統領就任式で大統領が登場するときに演奏される行進曲。
＊3　米国の実業家・政治家のジェイコブ・コクシー（一八五四―一九五一）は、一八九四年に、「コクシーの軍勢」と呼ばれる失業者の一群を率いて、オハイオ州から首都ワシントンまでデモ行進をして失業者救済を訴えた。

ルガム技師と同じく頭がおかしいだけなのかもしれない。結局、そのアマルガム技師は間もなく元アマルガム技師となった。というのも、次にウェブが鉱山に寄ったときには、〝大統領〟に代わって、思った通りマール・ライダウトがその任に当たっていたからだ。

こうしてマールとダリーは職を転々とする長い放浪の時期を終え、二、三年はサンミゲル郡にとどまることになった——結局この時期が、その不幸な山間の歴史の中で最悪の時期の一つとなった。最近、マールは「写真」と「錬金術」が同じものに到達するための二つの方法に過ぎない——どちらも不活性な貴金属から光を救い出す作業だ——という奇妙な感覚に襲われていた。そしてひょっとすると、マールとダリーが遠路ここまでやって来たのは無為な放浪の結果ではなく、今までに何年も撮ってきた写真に焼き付けてきたすべての銀が発する秘密の命令によって、重力に引かれるように導かれた結果なのかもしれない。まるで銀が魂と声を持った生き物で、銀が彼のために働いてくれたのと同時に、彼も銀のために働いたかのように。

独立記念日の七月四日は暑く始まり、さらに暑さを増した。山の頂に差した曙光《しょこう》が里に下り、占領を進め、わずかに浮かぶ雲は白く形もきれいで雨を降らせる様子もなく、太陽が完全に尾根から離れる前にもうダイナマイトからニトロが染み出していた。牧夫やロデオの乗り手の間では、この日は〝カウボーイのクリスマス〟として知られていたが、ウェブ・トラヴァースにとっては〝ダイナマイトの国民的祭日〟のように思われた。ただし、カトリック信者の多くが信じるところではダイナマイトの祭日は、砲手と鉄砲鍛冶の守護聖人、そしてそのちょっとした延長としてダイナマイト使用者の守護聖人でもある聖バルバラの祝日、つまり十二月四日のはずだった。

今日は、牛追いやバーテンダー、会社員や犯罪者、優しい老人やがつがつした向こう見ずな若者など誰もが、遅かれ早かれ、はやりのダイナマイト遊びに取り憑かれることになるだろう。皆がダイナマイトの棒から小さなかけらを取って、雷管と導火線を取り付け、点火し、互いに投げ合ったり、貯水池に放り込んで一日中魚のフライを食べたり、次の日にはほとんど消え去る絵画的な模様を風景の中に刻んだり、空《から》のビヤ樽に火の点いたものを入れて山の上から転がしてどれほど町に迫ってから爆発するかで賭けをしたりしていた——どこへ行っても他のさまざまな衝撃音に見事に紛れるため、〝行為によるプロパガンダ〟*にはうってつけの日だった。

＊ 無政府主義者が自分たちの主張をアピールする手段として「直接行動」、すなわちテロを行うことを指す言葉。

眠るというよりも断続的に時間を意識する夜を過ごしたウェブは、寝袋の中からよろよろと這い出した。谷のあちこちからウォーミングアップの爆発音が聞こえていた。今日の仕事はかなり決まりきったもので、ウェブは仕事が終わった後の酒場の時間を楽しみにしていた。サルスエラがフェンスのそばで待っていた。サルスエラはウェブとは古くからの付き合いなので、今日の予定がどんなものであれ、そこには爆発が含まれているだろうと察しがついた。この子馬は爆発に慣れていたし、それどころか爆発を楽しみにするほどだった。

ウェブは谷沿いに馬で登り、レッドマウンテン峠を越えた。セミがいつまでも跳ね続ける弾丸のような声で鳴いていた。しばらくして彼が水を飲むために止まっていると、長手袋をはめて革ズボンをはき、帽子のつばを下に向けたロバ追いに出会った。犬を連れたその男は、この辺りでは「ロッキー山脈のカナリア」と呼ばれる小型のロバの列を手綱なしに従えていた。愛嬌のあるロバたちは、ダイナマイトと雷管と導火線の詰まった箱を背負ったまま、あちこちで野草を食《は》んでいた。ウェブは高度とは無関係に息苦しさとめまいを覚えた。ニトロのにおいがした。いいにおいだ！　アヘンと中国人との間にどれほど親密な関係があろうと、そこで繊細なバランスを保っている化学作用とウェブとの間にある関係には及ばないだろう。彼は馬に少し水を飲ませたが、鼻孔的誘惑が心を掻き乱すこの状況では自分の声さえあまり信頼できず、鞍に座ったまま、心の中とは裏腹に表情を崩さなかった。ロバ追いもうなずくだけで満足し、声は手綱代わりに使うために取っておいた。ウェブが去った後、犬が立ち上がってしばらくの間吠えていたが、それは警告のためでも怒りのためでもなく、単なるプロとしての行動だった。

約束通り、エクリプスユニオン鉱山から出た廃石の山の脇でヴェイッコが待っていた。百ヤード離れたところからでもこのフィンランド人のその日の気分を見抜くことができるウェブは、彼の鞍の前橋《ぜんきょう》から二ガロン入りの水筒がぶら下がっているのに気づいた。そこには二人の大好物、ジャガイモから造った自家製の蒸留酒がたっぷり入っているに違いない。加えて、彼の頭からは炎が上がっているようにも見えたが、ウェブはそれは光の加減のせいだと考えることにした。彼の表情には、ニトロの蒸気を長い間吸って待っていたためにそろそろダイナマイト頭痛が来そうな兆候が見られた。

「遅刻だぞ、兄弟」

「おれだって、今日みたいな日はピクニックに行きたい気分だ」とウェブ。

「おれは今日、すごく機嫌が悪いんだ」

「おれとは関係ないだろ？」

「いつもおまえのせいでもっと機嫌が悪くなるのさ」

二人は週に一回か二回はこんな会話をしていた。二人がうまくやっていくためには、愚痴をこぼすことが関係の潤滑剤になるのだった。

ヴェイッコはコーダレーン*留置場の常連で、一日八時間労働を要求するストに参加していた。彼はすぐに当地の警察からならず者に至るあらゆるレベルの人間からマークされるようになり、特に、彼がどれほどの暴行に耐えられるかを試そうとする州兵のお気に入りとなった。結局彼は一斉検挙で逮捕され、他の二十五人ほどの鉱山組合員とともに有蓋《ゆうがい》貨車に押し込まれ、デンバー&リオグランデ鉄道で南に運ばれ、目に見えない州境を越えてニューメキシコまで移送された。機関銃を構えた警備員が上から見張り、囚人は小便をするのもその場で、ときには暗闇の中で仲間の上にするしかなかった。真夜中にサンファンの町の南部で列車が止まると、頭上で金属的などしんどしんという音がしてドアが開いた。「みんな、ここが終点だ」と敵意に満ちた声が呼びかけ、ほとんどの囚人はそれを最悪の意味に解釈した。しかし次は、さらに意地悪くブーツも取り上げられて歩かされる番だった。次回、棺桶に入って出て行くことになるのがいやなら、コロラドには二度と戻ってくるなと言われた。そこはアパッチ族特別保留地に近い場所で、インディアンがヴェイッコたち数人にしばらくの間寝泊まりする場所を与え、サボテ

＊　アイダホ州北部のコーダレーン湖に臨む町。

ンのビールも底なしに飲ませてくれた。彼らは白人同士が互いにひどいことをし、仲間をまるでインディアン並みに扱っていることはこっけいだと考えていた。コロラド州はその形からして、白人のための保留地として作られたのではないかと考えるインディアンもいた。誰かが州の地図と保留地の境界線の載った昔の地理の教科書を取り出した。地図に描かれたコロラド州は経度にして七度の幅、緯度にして四度の高さの長方形だった。[*1]紙の上の四本の直線がヴェイッコが立ち入ることを禁じられた境界線を構成していた。彼が足を踏み入れた瞬間に銃撃しようと州兵が待ちかまえる川や尾根があるようには思えなかった。それを見ていた彼は、コロラドからの追放があれほど観念的なものだったのなら、幹線道路に近づきさえしなければ、いつでもコロラドに戻って以前と同様に働き続けることができるのではないかと考えた。

ヴェイッコと話をするときは、二つの話題のどちらかを選ぶことができた。起爆の技術の話か、ヴェイッコの遠い故郷とその追い詰められた政体の話[*2]かだ。例えばウェブは、ロシア皇帝と邪悪なボブリコフ総督の死に捧げられていないグラスをヴェイッコが手にするのを見たことがなかった。しかし時折、ヴェイッコが哲学的な話題にまで踏み込むこともあった。彼はロシア帝国とアメリカの資本主義との間に大きな違いを見ていなかった。一種の世界的な視野から見て、一方に抗することは他方に抗することと同じだと考えていた。「〝自由の国〟っていう話をたくさん聞かされてからアメリカに来たおれたちにとってはそれがちょっとよくなかったのかもな」何かを逃れてきたと思ったら、こっちの生活も相変わらず寒くてみじめで、同じように良心なき富裕層と困窮した貧困層がいて、盗んだものを守るためなら手段を選ばないボスがいて、ボスのために残虐な行為を働くオオカミのような軍と警察がいた。彼が見るところでは、二つの国のいちばんの違いは、ロシアの貴族社会は、称号以外には何も信じられない状態が何世紀も続いてきたので弱体化し神経衰弱にかかっているという点だった。「でも、アメリカの貴族社会はまだ生まれてから一世紀も経っていない。戦闘能力は最高潮、富を獲得するための努力でしっかり鍛えられていて、さらに手強い。厳しい敵だ」

「労働者が立ち向かっても無駄だってことか？」

それを聞いてヴェイッコの目の色が変わり、内側から光が差した。彼が最も落ち着いている日でも狂気を感じさせる、乱れた豊かなひげの奥から彼の声が響いた。「おれたちがやつらの力なんだ。おれたちがいなけりゃやつらは無力。やつらっていうのはおれたちのことなのさ」などなど。ウェブは、ただ黙って待っていればこういう話がやがて終わり、このフィンランド人もいつものぼんやりした調子に戻って、愛想よくウオツカに手を伸ばすことになるのだと知っていた。

しかし今、ヴェイッコはフィンランドから届いたくしゃくしゃのはがきを黙ったまま何度も読み返していた。その顔には悩ましげな表情が浮かび、目の周りにはゆっくりと赤みが差してきたことにウェブは気づいた。

「見てくれ。これは本物の切手じゃない」とヴェイッコは言った。「これは切手の絵だ。ロシア人はもうフィンランドの切手を認めなくなったんだ。おれたちはロシアの切手を使わなきゃならない。消印？これも本物じゃない。消印の絵だ。これは一九〇〇年八月十四日のはがきだが、この日が海外向け郵便に自分の国の切手が使えた最後の日だったのさ」

「じゃあ、これはロシア人が禁止する前のはがきを再現したはがきってことか？　そういうのを〝ミネスコルト〟って言うのか？」

＊1　コロラドは緯線と経線で囲まれている。北緯三七度から四一度まで、西経一〇二度から一〇九度までの範囲を占める。アリゾナ州、ニューメキシコ州、ユタ州とコロラド州が一点で接する北緯三七度、西経一〇九度の地点は、「フォー・コーナーズ」と呼ばれている。

＊2　十九世紀にロシア帝国の支配下にあったフィンランドは、一八九九年に自治権が廃止されるなど、一九〇〇年前後にはロシアからの圧力が強まっていた。

「そう、英語では〝メモリーカード〟。記憶の記憶さ」それはフィンランドにいる妹からのはがきだった。「内容は特に何ってこともない。やつらがすべて検閲してるからな。トラブルの原因になるようなことは何も書いてない。家族の近況だけ。うちの狂った家族の」ウオツカの入った水筒をウェブに差し出した。

「おれはまだいい」

「じゃあ先に飲《や》らせてもらう」

ヴェイッコはその瞬間を自分の目で見るのを好むタイプの発破工で、オーク製の高圧磁石発電機と大きな巻きワイヤを持参していた。ウェブはより慎重で十分に距離を取るタイプだったので、インガソルの二ドルの時計か遅延爆破法を選ぶことが多かった。

彼らの標的はシルバートンの北東にある鉱山の町レランパゴスと本線を結ぶ分岐線の途中にある小さな峡谷にかかる鉄道橋だった。かなり簡単な造りの橋で、高さの異なる四本の木の構脚が鉄製のフィンクトラス*を支えていた。ウェブとヴェイッコは、今すぐ爆破するか、列車が来るのを待って爆破するかでいつものように言い争いになった。「怠け者の糞ったれどもは馬に鞍を付けるのもめんどくさがるから、どこに行くにも列車に乗るんだ。列車を吹き飛ばせば、そういうやつらも道連れにできるだろ」

「一日中こんなところに座ってきっと来やしない列車を待つなんて嫌だぞ、三連休なんだからな」

「アイティシ・ナイ・ポローヤ」とヴェイッコが答えた。それはかなり前からふざけて使っている決まり文句で、「おまえの母ちゃんはトナカイとファックする」という意味だった。

難しいのは標的の選択だと、しばらく前からウェブは思うようになっていた。日々の務めと重労働と――意外に頻繁に――悲しみという重圧の下でじっくり考慮するだけの時間を見つけるのは困難だったからだ。鉱山の所有者や経営者が爆破されるにふさわしいかどうかは神のみぞ知る。いずれにせよ彼らは身辺の警備を厳重に固めていた。かといって工場や鉱山など、彼らの資産を狙うのもいい考えとは言えなかった。というのも、会社というものの貪欲な性質を考えれば、そうした場所には、おそらく死ぬまで鉱夫として働くことになる人々や、道具運び係や鉱車運転助手として働く子供たち――軍隊が踏み込んだときに死ぬのと同じ人々――が三交代で働いていたからだ。もちろん鉱山主が労働者の命をネズミの糞ほども気にかけているわけではない。ただ、彼らを〝罪のない犠牲者〟と呼び、その名を口実にして、制服を着たちんぴらが〝手を下した怪物〟探しを始めるだけのことだ。

そしてさらに悪いことには、本当の爆破人としては非常に腹立たしいのだが、そもそもそうした爆破事件、特にむごい爆破事件を仕掛けたのは、実際には無政府主義者ではなく、鉱山主自身だった。考えてみてほしい。真実の媒体たるニトロを用いて、犯罪的畜生が嘘をまき散らしているのだ。糞。そうした企みの確かな証拠を初めて見つけたとき、ウェブは子供のように泣きだしそうになった。誰が味方で誰が敵か、世の中が何も知らないなんて。

そうなると残された標的は数が少なく貴重だったが、まだ鉄道という標的があった。いいじゃないか、とウェブは思った。鉄道も何世代も前からずっと敵だったのだから。農夫であれ、牧夫であれ、バッファロー狩りをするインディアンであれ、線路工事の中国人であれ、転覆した列車に乗り合わせた乗客であれ、ここにいる人間なら誰でも遅かれ早かれ、列車との間に嫌な歴史を抱えることになった。彼は保線工として働いた経験もあったので、少なくとも、どこに爆薬を仕掛ければ最大の効果が得られるかが分かった。

二人は紐を手に取り、ダイナマイトの棒を束ねた。ウェブは本当ならゼラチンで束ねるのが好みだった。それで爆薬の形を整え、爆風の向きをコントロールすることができるからだ。しかし、もっと涼しい天候の下でなければゼラチンを使っても意味がなかった。二人はヘビを警戒しながら川沿いを進み、日陰を見つけて爆薬を仕掛け、石ころと土を周囲に積んだ。辺りは静かで、風もなかった。アカオノス

＊　米国の技師アルバート・フィンクが鉄橋建設のために考案した特殊なトラス。

リが二人を見下ろすように宙に浮かび、二人は野ネズミと同じ立場に置かれた。するとノスリは鉱山経営者と同じ立場にいることになる……ウェブはいらついた様子で頭《かぶり》を振った。彼はこんなふうに思考が漂流してしまう自分に感心しなかった。作業は一分一分、一段階一段階がすべて勝負で、注意散漫の代償として泥の中や、立て坑の底知れない闇の中で最期を迎える兄弟姉妹をあまりにも多く見てきた。事実、彼がその代償を——一生の中で支払う代償の総額を——最初に知っていたなら、この道に入っていなかったのではないかと考えることが時々あった。

ウェブが人生を懸けた苦役の共有へと向かっていった軌跡は、クリプルクリークでのストの最中に始まった。当時の彼は、廃石の山や売春宿や酒場や賭博場の中で、毒のある快楽の花のように花開いていた。その時期はちょうど男たちが、クリプルとヴィクター、レッドヴィルとクリード[*1]で、それぞれの秘密を抱えた破砕不可能な鉱脈にたどり着く方法を模索していたころでもあった。欲望の真の名前を知り、それを口にすれば、山の中に道が開けて、今まで手が届かなかったすべてのものを得ることができるのだと彼らは夢見ていた。とぎれとぎれの、特に夜明け近くに見てすぐに中断された夢の中で、ウェブはどこかの分水嶺に西を向いて立ち、大きな約束の流れを見ていた。それは風のようで、光のようで、そこより東にある挫折や有害な煙とは無縁だった。東の煙はいけにえの煙なのかもしれないが、天には昇らず、低い場所で人に吸い込まれ、無数の人をむかつかせ、人生を縮め、日の光の色を変え、夜に散歩する人間からは子供のころの記憶にある星空を奪った。彼は日の光とその恐ろしさに目を覚ました。あの分水嶺と光り輝く約束の場所へ戻る道は、クリプルを通ってはいなかったが、希望が粉々についえた今、クリプルで満足せざるをえなかった——徹夜のウィスキー、奴隷の娘、いかさまの銀行賭博[*2]、現金で働く女たち。

ある夜、〈ショーティーのビリヤード酒場〉で、誰かが最初にブレークするときに、最新の特殊なセルロイドで作られたぴかぴかの球が三角形に並べられたところをめがけて、手球を引くこともせずに強く突いた。ひょっとするとそれが強すぎたのかもしれない。当たった瞬間、一番ボールが爆発し、ビリヤード台上で次々に同様の爆発の連鎖反応が起こったのだ。それを発砲音と勘違いした数人の客が拳銃を抜き、何も考えずにそれぞれの方法で騒動に貢献し始めた。音が大きくなりすぎないうちに、誰かが「ナイス・ブレーク」と言うのが聞こえた。ウェブは恐怖に凍りついたまま、すべてが収まるまで床に伏せるのを遅らせていたのだが、しばらくしてから、店中鉛玉が飛び交っている中に突っ立っていたのに一つも弾が当たらなかったことに気づいた。こんなことがあるなんて！ 彼は帽子もかぶらず、頭がこんがらがったまま通りをふらふら歩いていたが、やがてモス・ガトリン師にぶつかった。牧師は〈フルーレットの雲の上の別荘〉での滞在を終え、長い木の階段を下りてきたところで、そのときは必ずしも迷える魂を探していたわけではなかったのだが、ウェブの方から勝手に猛烈な勢いで奇跡的な脱出について牧師に語り始めた。「兄弟よ、私たちは地上的存在というビリヤード台の上のカラーボールだ」と牧師が説明した。「そして神と天使が、私たちを常に動かすハスラーなのだ」 これはおそらく間違いなく即席ででっち上げた説教まがいの戯言《たわごと》なのだが、受容性が昂進状態にあったと言わざるをえないこのときのウェブは、それを戯言として切り捨てることはせず、まるでプロの手で生命を抜かれたかのように、マイヤーズ通りの悪質な人込みにも無視されたまま、牧師が立ち去ってからもさらに十五分ほどそこに立ち尽くしていた。次の日曜、彼は銀行賭博の店に現れ、ガトリン師が聖職者たちを相手に説教をしている奥の部屋に入り、人生の大部分、あるいはすべてがそこにかかっているかのように説教を聞いていた。たまたまそのときテキストに取り上げていたのは、マタイによる福音書の第四章第一八節と一九節だった。「イエスは、ガリラヤ湖のほとりを歩いておられたとき、二人の兄弟、ペトロと呼ばれるシモンとその兄弟アンデレが、湖で網を打っているのをご覧になった。彼らは漁師だった。

＊1 いずれもコロラド州の鉱山町。
＊2 賭けトランプの一種。

イエスは、『わたしについて来なさい。人間をとる漁師にしよう』と言われた。

「そしてイエスが」とモスが詳しい説明を加えた。「あるアメリカの湖、山間の貯水池のそばを歩いておられると、二人の兄弟、ビリーとピートが湖にダイナマイトの棒を投げ込んでいた。彼らは発破工だった。そして彼らは水面に浮かび上がるものを集めていた。イエスはこれを見てどう思われるだろうか、そして、彼らに何と声をお掛けになるだろうか？　彼らを何をとる漁師にするだろうか？　というのもダイナマイトは、鉱夫の呪《のろ》い、鉱夫の鉱石採取への隷属の外面的かつ聴覚的な印であるのみならず、それを使う勇気さえあればアメリカの労働者の平等化装置、救いの主ともなるからだ……。鉱山主の手によって棒が爆発し、何段階もの会計事務を経て、鉱夫が目にすることのない額のお金に換算されるとき、反対側の、神の台帳の中にもそれに対応するものが記帳される。それは、鉱山主が決して与えたくないと考えている人間の自由に換算されるのだ。

　皆さんは『罪のないブルジョアジーなんていない』という言葉をお聞きになったことがあるだろう。フランスの無政府主義者の誰か、ギロチンにかけられる直前のエミール・アンリ[*1]だと言う者もあるし、ヴァイヤン[*2]だと言う者もあるが、その誰かが、『罪のない生命を奪う爆弾を爆発させるなんてどうしたらできるのか？』という質問に答えたときの言葉だ」

「導火線を長くしたらいい」と誰かが大きな声で答えた。

「タイマーを使う方が簡単だ！」

「では」と、聴衆の発言が少し収まってから言った。「それは例外付きの原罪のようなものだと考えてみよう。労働者に生まれたからといって自動的に罪がなくなるわけじゃない。人生の中のある段階で、誰が誰をファックしているかが——神よお許しを——誰が得して誰が損しているかが分かった時点で、どこまで同調するかを選ばなければならない。小切手に署名するのと同じくらい簡単に罪なき人を虐殺している連中を滅ぼすために、寝ても覚めても、毎日のすべての時間を費やすのでなければ、あなた方自身だってどこまで罪がないと言えるだろうか？　そういう極端な考え方をすれば、罪の軽重は日々の交渉で決まるということだ」

ペンシルヴェニア南部のメイスン＝ディクスン線《ライン》に近い場所に住んでいた田舎者の家族と同様に、ウェブは特に信仰が厚いわけではなかったのだが、この説教を聞いたことはほとんど生まれ変わるような経験だった。ウェブの子供時代の大半を占めた南北戦争は、彼の一族をも分断し、終戦後すぐに彼は荷馬車の後ろに乗せられて西へ向かっていた。同じころ、他のトラヴァース一族の非妥協派はメキシコを目指すことを選んでいた。しかし、どっちみち同じことだった。

オハイオ川を渡ったところの、すぐに名前も忘れてしまった丘の上の町には、ウェブと同じ年ごろの黒髪の少女がいて、彼はテレサというその名を決して忘れなかった。二人は馬車のわだちをたどって散歩に出掛けた。柵がとぎれて丘がずっと続き、空は一面曇り、今にもにわか雨が降りだしそうだった。ウェブはその雲のように今にも何かその向こうにあるものを暴露しそうな心の中の重荷を吐き出したかった。彼は彼女にほとんど告白しそうになった。二人ともすぐ目の前に現れかけているものに気づいていたようだったが、その後も彼は沈黙を保ったまま、もう考えても仕方がないという所まで西進を続けた。あるいは、彼はそこに残ってもよかったかもしれない。こっそり馬車から降りて、彼女のもとに戻ってもよかったかも。彼女の方が何とかして彼を追ってきてくれてもよかったかもしれない。しかし、それは実際には夢に過ぎなかった。彼は彼女の気持ちを知らなかった。決して知ることはないだろう。

それからさらに九年か十年、西に向かって放浪し、うねる大草原を越え、スズメノチャヒキの草むらを抜けた。キジオライチョウが花火のように空に飛び立ち、そんな田舎の風景のただ中で空が暗くなる

＊1　フランスの無政府主義者（一八七二―一九四）。
＊2　オーギュスト・ヴァイヤンはフランスの無政府主義者で、一八九三年に下院に爆弾を投じ、死者は出なかったにもかかわらず死刑になった。エミール・アンリは、この処刑に抗議する爆弾テロを実行した。

と恐ろしい沈黙が辺りに広がった。旋風と山火事から逃げ、ロッキー山脈の東斜面をジグザグに登り、ミュールイヤーやダンゴギク[*1]の野を抜け、ごつごつした巨大な尾根を越え、ようやくこの不浄な山間の町にたどり着いた。ウェブはここで一人前になり、ここを離れたこともなかった。金や銀を探して山の奥に分け入ったこともあったし、息をするために山の上に上るのはいつものことだった。

そのころには彼の両親は亡くなっていて、彼のもとに残された数少ないものの一つは十二発装填《そうてん》できる南軍用コルト拳銃だった。彼はこの真鍮《しんちゅう》細工をまめに手入れし、この銃のために「ウェビー、銃の方がおまえよりでかいじゃねえか」などと言われても我慢した。とはいっても、彼は時間があれば射撃の練習をし、並べた豆の缶を半分以上は撃ち落とせる腕にまで上達した。

レッドヴィルの町でガスの街灯がともった年[*2]に、彼はメイヴァ・ダッシュと出会った。彼女はロングブーツと黒玉製のネックレスを身に着けて〈ワイマンおやじの酒場〉のカウンターの上で踊っていた。そのそばでは、彼女が足を蹴り、向きを変えたりするたびに、貨物運びや雑用人足や汚いひげを生やした新顔たちが、ときにはくわえた葉巻をわざわざ口から外して歓声を上げた。

「そうなんだよ、おまえたちのママは、こんなことを言うのも妙だが、おれと初めて出会ったときには酒場の女だったんだ」

「勘違いさせるようなこと言わないでよ」と彼女は異議を唱えるふりをした。「あたしは昔から自分のために働いてきたのよ」

「踊りで稼いでたってことか」

「女はみんなそうだったわ」

「あのバーテンは、おまえはやつのために働いているんだって言ってたがな」

「そんなこと言ってた？」

「アドルフじゃない、もう一人の方、アーネストだったかな？」

「すごくぼさぼさのひげを伸ばした男、外国人みたいなしゃべり方の?」

「そいつ」

「寂しかったのね。あたしたちがみんな自分の女になるって思ってたみたい。彼の話だと、あの人の国じゃそういうのが普通らしいわ、どこの国かは知らないけど」

この町は最近できたばかりだったが、既にどの道も鉱滓《こうさい》で黒ずみはじめ、黒い道をたどって町の外まで出ると、そこには鉱滓が毒入りの大きな山となってそびえていた。そこはロマンスが花開くとはまったく思えない場所だったが、気がついてみると二人は結婚して、東五番街の廃石の山の間にあるフィンランド人街で暮らしていた。ある晩、ウェブが仕事を終えて家に向かっていると、セントルイス通りという名の小路からわめき声が聞こえ、ヴェイッコ・ラウタヴァーラが片手にウオッカの入ったボトルをこぼさないように持ったまま、反対の手で何人かの鉱山の警備員と戦っていた。ウェブは小柄で貧弱な体つきにもかかわらずこうした場面ではかなりの実力を発揮できるタイプだったのだが、彼が割って入ったころにはもう、ほとんど片が付いていた。ヴェイッコは出血していたものの足元はしっかりしていて、金で雇われた連中の方は路上に伸びるか、足を引きずりながら逃げていくかしていた。ウェブが彼を家に連れて帰ったとき、メイヴァは少し眉を上げたかもしれない。「結婚しても相変わらずお盛んってわけね、結構なことだわ、ハニー」

彼女は最初、〈ワイマンおやじの酒場〉での仕事を続けていたが、お腹にリーフが宿ったことに気づいて仕事を辞めた。子供たちは皆、銀景気時代に生まれ、シャーマン銀購入法撤回*3のころにはもう辺り

*1 いずれも米国西部に見られる野草。
*2 一八七九年。
*3 一八九〇年に、西部の銀採掘業者の掘り出す銀を政府が高値で買い取る「シャーマン銀購入法」が制定されたが、政府が保有する金が減ることになり、九三年に恐慌が発生し、法律も撤回された。

を走り回るようになっていた。「うちの中がフルハウスだったんだ」とウェブは好んで言った。「悪党《ジャック》が三枚と女王《クイーン》が二枚——ひょっとしたらママはスペードのエースかもしれないけどな」

「死のカードね」彼女はつぶやいた。「ありがたいわ」

「そうじゃないよ」と悪気のなかったウェブが言った。「お世辞のつもりで言ったんだ」

彼らはさほど絶望的とも言えない状況で一年か二年を過ごした。ウェブは家族全員をデンバーに連れて行き、メイヴァにいつも使っているくたびれたコーンパイプの代わりにおしゃれなブライアーパイプを買ってプレゼントした。一家はソーダ水売り場でアイスクリームを食べた。皆でコロラドスプリングズに行き、〈アントラーズホテル〉に泊まり、歯軌条鉄道に乗ってパイクス山[*1]にも登った。

二年ほどの間、時折鉄道の仕事をすることもあったウェブにはいくらか光明が見えていたかもしれないが、いつも最後にはどこかの山の穴の底に戻って、廃石を取り除いたり、支えの杭を立てたり、仕事がもらえるのならどんな仕事でもした。レッドヴィルは古い鉱脈が再発見されたときにはまさに神からの贈り物だったが、銀購入法撤回によってすっかり寂《さび》れてしまい、クリードの町も同様に、ボブ・フォード[*2]の葬儀のときに丸一週間ばか騒ぎをやってからはいきなり元気がなくなった。それと比較するとデュランゴ、グランドジャンクション、モントローズなどの鉄道の町はまだにぎやかで、ウェブの記憶にいちばん残っているのは太陽の光だった。テリュライドは堕落した娯楽のために足を延ばすリゾート地で、夜になると、容赦なく極端に白い電気の明かりが、夢に輝くごろつきの溜まり場を作り出していた。そこでは夜通しポーカーが行われ、裏の離れでは性的な実践が行われ、町の中国人の多くは賢明にも近寄らない中国系のアヘン窟《くつ》があり、スキーを履いた頭のおかしな外国人が真っ暗な中で訳の分からないことを叫び散らしながら山の斜面を負傷覚悟で滑り降りてくることもあった。

国全体が「銀購入法」の撤回を巡って退屈な道徳の修練を受け、金本位制が昔ながらの専制を取り戻した一八九三年以後、しばらくの間は景気が停滞し、ウェブ一家はあちこちを転々とした。シマロンの町のそばで列車強盗に撃ち殺される前のエド・ファーがまだ保安官を務めていたフェルファーノ郡でしばらく石炭を掘ったころは、誰だか分からないほど真っ黒になった顔で帰宅すると、子供たちは笑い転げるか、叫び声を上げて逃げ出した。その後、モントローズでは、それ自体掘っ立て小屋のような下宿屋の裏の、半分テント、半分掘っ立て小屋のようなところに一家で暮らした。レイクは家事を手伝い、リーフとフランクはジャガイモ袋を荷馬車から降ろし、ときには三交代制で流し場を手伝ったり、金鉱山に活気が戻り始めたときには、山の仕事に戻ったりした。リーフは家を出て独り立ちする前に、しばらく父と同じシフトで勤務し、落ちた鉱石を拾い集めてトロッコに載せ、巻き上げ機まで押していく作業を何度も何度も繰り返した。彼はすぐにその仕事が嫌になったが、ウェブもそれに理解を示し、腹を立てることはなかった。ウェブと息子たちが違うシフトに就いたときには、メイヴァは四六時中、穴に持って行くコーニッシュパイを十個単位で作ることに追われた——ジャックタウンでコーンウォール出身の奥様方から学んだレシピで、彼女は肉とジャガイモの他に、リンゴを薄切りにしたものも中に入れた。そして男たちが一人ずつ、クマよりもお腹をすかせて再び帰宅したときのために、何か温かい料理も準備していた。

ウェブが巻き上げ係から穴開け係へ、そしてさらに現場監督補佐にまで昇進したころ、彼はダイナマイトの秘密に詳しくなった。あるいはそれらしく振る舞った。彼は仕事以外の自分の時間でもその粗末な代物をいじり回し、それを見ているとメイヴァはおかしくなりそうだったが、何を言っても効果はなく、彼はいつも山の上の草原か廃石場の裏に出掛け、キツネのように目を輝かせて岩の後ろに隠れ、震えながら、爆発が起こるのを待っていた。子供たちがふさわしい年齢に達したと考えると、彼は一人ずつ子供をそこに連れて行ったが、受け止め方は一人一人違っていた。もちろん、ただ見ているだけでは、

＊1　コロラド州中部、ロッキー山脈中にある山（標高四三〇一メートル）。
＊2　無法者ジェシー・ジェイムズを賞金目当てに殺した無法者（一八六〇―九二）。

この中の誰が将来立派な発破工になるかは分かるはずもなかった。事実ウェブは、子供が苦しい思いまでして発破工になることを望んでいるのかどうか、自分でも分からなかった。

　リーフはあまり口をきかなかったが、彼の目は少し斜視気味になることがあって、そんなときには用心した方がよかった。フランクはリーフに比べると、工作好きな子供らしく好奇心を持ったようだった。彼は言葉巧みにウェブを遠くまで誘って、一般的な規則性があるかどうかを確かめるだけの目的でいろいろな地形の場所を爆破しようとした。幼いキットの番になったとき、その頭には既にオレーセ*のサーカスで見たイメージがあった。ダイナマイトで吹き飛ばされたサーカスの芸人がまったく無傷で飛び出してくるイメージだ。それはあまりにも簡単そうに見え、何回吹き飛ばされても、最悪の場合でも笑える程度のけがで済むように見えた。だから父から一度教わった後はすぐに外に飛び出して、学校の教師やシフト係や店の主人やその日たまたま腹が立った人なら誰でもダイナマイトで吹き飛ばそうとした。彼がウェブの私用爆弾小屋の道具に近づかないよう、よほど注意して見張る必要があった。レイクは――彼女の心に神のご加護を――顔をしかめることもなく、耳を指でふさぐこともなく、退屈して溜め息をつくこともなく、兄たちが予想したような反応はまったく見せなかった。彼女はすぐに手順を覚えた。一回目はいきなり大爆発で、かなり広範囲に脳震盪《のうしんとう》を引き起こし、一度で道路工事用の砂利が何トンもできた……ひょっとするとそのときも少しほほ笑んでいたかもしれない。その後もずっとそうだったから。

　誰に忠誠を誓うべきか――今誰に誓っているかではなく――という問題が、クリプルの〈ショーティーのビリヤード酒場〉以来、長い間ウェブを悩ませてきた。誰もこの問題に解答を与えてくれなかった。確かに、時間というぜいたくさえ与えられれば、玄関の手すりに足を掛け、たばこを巻き、丘を眺めながら、ただ風に当たってあれこれ考えることもできただろう。しかし実際には、彼の時間はすべて彼以外の誰かのものだった。どこにハンマーを向けるべきか、どの手を離すのか、今誰にどれだけの借りがあるのかといった話よりも深い問題は、彼のことを密告しなさそうな人物との間で、人目を避けて追究しなければならなかった。

「家族みたいなしがらみはない方がいいんじゃないかって思うことがあるんです」と彼はモス牧師に認めたことがある。モス牧師は発破工たちの罪を許す権威を持ってはいなかったが、その代わりに彼らの不平をいつまででも聞いてやった。「一人でやりたい」とウェブはつぶやいた。「家族がいると動きがとれない」

「無理だろうな」そして牧師は、権力に対する抵抗の理論と実践を説き始めた。「何か秘密の生活を送ろうとすれば、きっとやつらに見つかる。やつらは単独行動を嫌うんだ。やつらはにおいで気づく。最善の変装は変装しないことだ。あなたはこの日常的世界の中にいなければならない――中にいて溶け込むこと。あなたみたいに妻も子供もいる人間はやつらに怪しまれない、だって失うものが多すぎる、人はなかなかそこまで非情になれない、そこまで犠牲にするやつがいるはずない、やつらはそう思うからだ」

「うん、その通りだ、おれにはできない」

彼は肩をすくめた。「じゃあ、今の姿のままでいたらいい」

「でも嫌なんだ、ただじっと座って――」

牧師はいつも笑顔など見せたことがなかったが、このときは最もそれに近い表情を浮かべた。「そう、じっと座って見ていることはできない」彼はうなずいた。「その言葉を神は祝福なさるだろう、階級の兄弟よ」

「いつ眠ったらいいのか、教えてもらえないか?」

「眠る? 眠っているときに眠るだけだよ。そんなことが心配なのか?」

＊ カンザス州北東部、カンザスシティーの南西にある町。

「無防備な場所で居眠りしたくないだけだ――どこかに安全な寝床がほしい」

「どこか秘密の場所にな。でもまたこの言葉を言ってしまったな――普通に振る舞おうと思ったら、『秘密』は持ちすぎちゃいけない」

しかし、死があらゆる街角に潜み、雪崩《なだれ》のように一瞬で息つく間もなく事が終わるかもしれないというのに、このコロラドの〈普通の世界〉の安全性がどこまで信頼できるというのか？　牧師は天国を望んでいたわけではない。せいぜい日給三ドル五十セントの、肺に悪い仕事ほしさに闘犬場の犬のように人間同士で争ったりする必要のない世界であれば彼にとっては満足だっただろう――生きていくだけの賃金と団結する権利はなければならない。なぜなら人は一人では人生という細い山道を踏み外し、崖から落ちてぺしゃんこに潰れるか、虚無の中に投げ出されるかのどちらかしかないからだ。

後に分かったのだが、牧師もまた〈反乱〉の犠牲者だった。「こうして私たちはまた失われた南部を見つけだしたってわけだ。思っていたような形ではなかったがね。以前は大農園があったが、今回は銀山だ、そして黒人奴隷が私たちってわけさ。鉱山主たちは私たちを黒人同様に働かせることができると気づいたんだ、もっと情け容赦なくな。私たち白人が一世代前に奴隷をあざけり、恐れたのと同じように、鉱山主も私たちをあざけり、また恐れている――ただ大きく違うのは、私たちが逃げ出しても、彼らは絶対に追ってきたりはしないってことさ。逃亡者を取り締まる法律はないからね。やつらはこう言うだけだ、『結構。厄介払いができた。もっと安く働くっていう連中はここには山ほどいるからな』ってな」

「ひどい話だね、牧師」

「かもしれない。しかしそれもある意味、当然の報いなんだ」

最近ではコロラドの雰囲気がかなり悪化し、鉱山主たちは誰に関するどんな噂でもうのみにする様子だった。彼らは「探偵」と呼ばれる人間を雇い、探偵は要注意人物について書類を作成し始めた。そうした作業があっという間に珍しいものではなくなった。官僚的手続きとしては最初のケースでも、さほど過激な変化ではなかったし、誰もが予想もしなかったスピードで機械的な手順が定まり、ほとんど目に見えなくなった。

こうして間もなくウェブについての記録も作成された。しかし、いったい彼のどこが危険だというのか？　西部鉱山労働者同盟の一般組合員に過ぎないのに――しかし無政府主義者のろくでなしどもは記録を隠しているのかもしれない。こいつはこっそり陰謀を企てているかもしれない。真夜中の誓い、目に見えないインク。こいつが初めてじゃないし、こいつに限ったことでもない。それにあちこち動き回っている、家族がいる男にしては動きすぎだ、それにいつも金を持ってる、たくさんじゃないが、鉱山労働者の賃金で働いてるやつにしては多額だ……働き手としては問題ない、しょっちゅう首になってるなんてこともない、自分から仕事を辞めているだけだ、次々に鉱山町に移り住んでる、そして、なぜかいつも問題が起こる。いや、いつもというわけではない。しかし何回までが偶然で、何回目からが規則性に変わるのだろう？

そういうわけで、彼らが探りを入れ始めた。ささいなことだ。シフト係の親方から忠告を聞かされたり、事務所で少し話がしたいと呼び出されたり、量目不足に関する注意や怠けていた時間の分を給料から差し引くという話などの、よくある形のはずかしめを受けたり、酒場から追い出されたり、突然店でツケが効かなくなったり、困難でときには危険な岩石面やトンネルの担当に回されたり。子供たち、特にフランクは、ウェブがいろいろな場所から放り出されるのを、しかもその回数が徐々に増えていくのをしばしば目の前で見て育った。父に帽子を拾ってやり、立ち上がらせるために手を貸した。誰か他人に見られているときには、ウェブはできるだけおどけたふりをして見せた。

「どうしてみんなパパにあんなことするの？」

「ああ……何か教育的な目的があるんだろうな。おれが言ったようにちゃんと記録は付けてるか、誰にやられたかって?」

「ほとんどはお店と酒場と食堂」

「名前と顔は?」 すると子供たちは記憶にある人物を次々に挙げた。「中には妙な理屈を付けるやつもいるし、ただ出て行けって言うやつもいるだろ、そのことには気づいたか?」

「うん、でも――」

「うん、そこのところはよく注意して見るだけの値打ちがあるんだぞ、おまえたち。偽善者にもいろいろあるってことだ。いろいろな種類の毒のある植物を覚えるのと同じことさ。食べると家畜が死ぬ草、人間が死ぬ草、でも量に注意して正しく使えば、信じようと信じまいと、逆に薬になるものだってある。植物でも人間でも、何の役にも立たないものはないってことが言いたいのさ。でも、鉱山主は例外かもな、それと密告屋は」

彼は暇さえあれば――結局、十分な時間はなかったのだが――子供たちが知るべきだと思ったことを伝えようとしていた。「ほら。おれが持っているいちばん貴重なものだ」 彼は財布から組合員証を取り出し、子供たち一人一人に見せた。「ここに書いてある言葉」――カードの裏面に書かれたスローガンを指さしながら――「結局、これに尽きるんだ。学校じゃ習わない。ゲティスバーグの演説とか独立宣言なんかもいいけど、どれか一つだけ覚えるってことならこれを暗記しろ、ここにある言葉を――『労働がすべての富を生む。富はその生産者のものだ』。分かりやすいだろ。金持ちの得意なあいまいな言い回しとは全然違う。だって連中の話ときたら、いつだって言ってることの逆の意味だと思って聞かなきゃならないからな。『自由』なんてやつらが言いだしたら特に気をつけた方がいい――いかにみんなが自由かって話が始まって、何か事があったらいつの間にか門が閉まっちゃってて、偉そうなやつが急ににらみを利かせるようになっている。『改革』? 新たに密告屋を増やすだけのことさ。『同情』って言葉の意味は、腹を空かせた人、家を失った人、死んでしまった人がそれぞれまた次の段階に飛び移るってことだ。万事この調子さ。そう、共和党の言葉遣いだけでも外国語慣用表現集が一冊できそうなほどだ」

フランクはいつも、ウェブを見たままの人物――正直で、熱心で、とことん搾取され、自分の労働の正当な対価の一部分しか手にすることのない鉱夫――だと考えていた。彼はかなり若いころから、父と同じ轍《てつ》は踏むまいと心に決めていた。少なくとも少しは将来を見通して、いつか技師としての資格を取り、少なくとも父のように四六時中働きづめになるのは嫌だと思っていた。彼はこの考え方に何の問題もないと思っていたし、ウェブも彼と議論をするだけの気力はなかった。

リーフは逆に、早い時期から、家庭を大事にする肉体労働者という表面的な愛想のよさの裏側にある怒りに気がついていた。リーフ自身もそうした怒りを知っていた。侮辱を受ける機会が増えるにつれ、ますます破壊する能力を手に入れたいと思うようになった。純粋に欲望の力だけで、鉱山主の手下どもを激しくにらみつけるだけで、彼らが明るい――そしてできれば大音響を伴う――爆発の炎の中で消え去ればいいのにと望んだ。なぜか彼には、ウェブがそんな即時的な正義を行使する能力は持っていないとしても、少なくとも秘密の生活を持っているという確信があった。秘密の生活の中の父は、夜になると透明人間になるための帽子とコートを羽織り、山に分け入り、一心不乱に、神の務めとは言わないまでも人民の務めを――ガトリン牧師によれば、神の力も人民の力も同じ声を持っているらしいが――果たしていた。あるいは、父には分身の術を使う力があって、同時に違う場所に存在することができるのではないか……。しかし、リーフはどうすればウェブとそんな話ができるのか分からなかった。彼が何でも面倒なことは手伝うからと言って、弟子兼相棒として一緒に働かせてもらいたいと父に頼み込んだとしても、ウェブはそんな願いを受けつけるタイプではまったくなかった――ときには厳しいほどのはねつけ方さえした。「お願いなんかするな、いいか？　おまえたちは絶対に、ちくしょう、おれにでも誰にでも、何かをお願いしたりするんじゃない」ウェブの教育理論の一つとして、教訓を叩き込むために適切なタイミングでののしり言葉を挟むべしというのがあった。しかしリーフが父の真夜中の相棒になるには、さらに大きな障害が立ちはだかっていた。それは父親だけに特権的に与えられている猛烈な癇癪《かんしゃく》の引き金を自分の手では引きたくないという気持ちだった。父の癇癪はリーフの目には便宜上用いられた下手な演技として映ることもあったが、ウェブの憤りの真の深みも知っている彼は、やはりその矢面に立つことはしたくなかったのだ。だから彼はその代わりに、時折父が偶然に漏らす秘密の話を聞くことで我慢していた。

「大本になるリストがあるんだ」ある日、ウェブが言った。「首都のワシントンに。ろくでもないことを企んでいると目を付けられた人間のリストがな。合衆国の秘密検察局《シークレット・サービス》が管理してる名簿だ」

「シークレット・サービスって大統領が撃たれたりしないように警備するのが仕事だと思ってた」とリーフが言った。

「法律上は、大統領の護衛と通貨なんかの偽造を取り締まるのが仕事だ。だけど、そこのエージェントを、その、例えば、秘密の人間を必要としているやつらに貸し出すことを禁じる法律はない。だから本当に、連邦政府を後ろ盾にした探偵たちがそこら中にいるのさ、その密度がいちばん高いのがコロラドの山腹だ」

「ねえ、パパ、ここはどこなの、ロシア?」

「おい、しっかり目を覚ませ、その調子じゃ崖から落っこっちまうぞ」

それはいつもの冗談とは違っていた。ウェブは本気で心配していた。リーフは、父はその自分がブラックリストに載っているかもしれないと心配しているのだと推察した。ウェブは最近では何日も続けてむっつりとしていることが増えたが、笑っていないときの彼は年よりも老けて見えた。もちろんにっこりしたときには、とがった耳、鼻、あご、あちこちに走る長いしわ、陽気にもつれた眉毛など、すべてがキツネのような魅力に輝き、内緒の話をしても安心だし、助言もしてもらえるし、気軽に一杯おごってくれるという雰囲気が漂っていた。しかし、リーフは気づいていたのだが、その奥には常にどうしても立ち入ることのできない部分があった。夜に馬で出ていく、姿の見えないもう一人のウェブ。彼はこう言いたかった。「そんなことして頭がどうにかならないの、パパ、いっそのこと、やつらを何人か殺してしまいたいと思わないの、次々に殺していったらいいじゃないか、やつらはあんなひどいことをやってるのにどうしてみんな黙ってるの？」彼は同年代の遊び好きな発破工や、少し年上の仲間とつるむようになった。彼らの遊びの一つは、廃石場までぶらぶらと歩いていって、ウィスキーをボトルから飲み、爆発するときには近くにいないように計算しながら導火線に火の点いたダイナマイトを皆でパスして遊ぶというものだった。

驚いたメイヴァはこの遊びのことをウェブに相談したが、彼はただ肩をすくめただけだった。「不良がダイナマイトで遊んでるだけのことだ。どこの郡にもそういう若者が十人はいる。リーフもばかじゃないから十分に用心はしてるはずだ。おれは信頼してる」

「でも、あたしとしてはやっぱり心配だから――」

「うん、それならあいつと話してみるよ」

彼はユーレイの町の近郊にある小規模な地滑り跡のそばでリーフを見つけた。彼はまるで何かを待っているかのようにじっとそこに座っていた。「聞いた話だが、おまえとオーティスと他の連中は爆弾パスごっこを始めたらしいな。面白いか？」

「今のところね」にやっとしたリーフの笑いは、ウェブにも分かるほどわざとらしかった。

「で、怖くないのか、おまえは？」

「全然。ちょっと。大したことない、かな」と言って、自分のたどたどしい物言いを若者らしく狂ったように笑った。

「おれは怖い」

「ああ、そうだね」彼はジョークの続きを待って、父親の顔を見た。将来リーフがどれほどダイナマイトのことを真面目に受け取るようになったとしても、自分はいつまで経ってもダイナマイトを息子ほど軽く考えることはないだろうとウェブは思った。彼は羨望《せんぼう》の色をほとんど隠すこともせず、リーフをじっと見つめた。しかしウェブは、リーフの中のより暗い存在、願望、ある範囲を完全破壊したい——殲滅《せんめつ》に値する人物がそこに含まれないなら自分が滅びてもよい——という渇望にはまったく気づいていなかった。

　ウェブは学者タイプではなかったので、辛抱強く子供たちに同じ教訓を教え込むことしかできなかった。同じ明白な不正義の例を示し、いつかその一部が子供の心の中で芽吹くことを祈り、自分は黙って、ポーカーフェイスで、誰の手も借りずに自分の仕事を続け、役に立つ仕事ができるようになるまで怒りの圧力が高まるのを待つ。もしもダイナマイトに犠牲が伴うなら、それは仕方のないことだ。もしもダイナマイトのせいで子供たちとの間に距離が生まれ、家に帰っても声の大きな狂人扱いをされて、遅かれ早かれいつか子供たちを——その若く澄んだ目、その愛と期待、彼の名を呼ぶときの全面的な信頼、父親の心を打ち砕くすべてのものを——失うことになるとしたら、いや、子供は成長するものだし、それも代償として計算に入れなければならない。懲役、留置場、暴行、締め出し、その他もろもろに加え、それも代償の一つなのだ。そういうものだ。ウェブは自分の感情には目をつぶらなければならないだろう。子供じみた感傷的な気持ちばかりではなく、そうした喪失の意味を立ち止まって考えたときに体の真ん中にぽっかりと空いたように感じる恐ろしい虚無感も退けなければならない。彼に立ち止まる時間ができたらの話だが。しかも子供たちもいい子ばかりなのに。彼に考えられるやり方は、何の術《すべ》もなく家の中で誰彼かまわず八つ当たりし、本当に自分に怒りが向けられていると家族が思い込むことも覚悟の上で当たり散らすというものだった。メイヴァも自分自身がしばしば標的になるからには彼をなだめることもあるかもしれないが、家族に対しては本当のことは言えなかった。仮に話したとしても信じなかっただろう。無理だ。すぐに、信じてもらえるような状況ではなくなった。

「用意はいいか？」

ヴェイッコが肩をすくめ、高圧磁石発電機のピストンの持ち手に手を伸ばした。

「やろうぜ」

四つの近接した爆風。空気と時間の織物に入った、無慈悲で骨を震わせるひび割れ。息をすることさえ的外れな行為に感じられた。木っ端だらけの黄色い雲がもうもうと舞い上がり、それをどこかへ追いやる風も吹いていなかった。ほこりで息の詰まりそうな涸《か》れ谷に、線路とトラスが垂れ下がっていた。

ウェブとヴェイッコがヒエンソウとカステラソウの茂る草原の向こうに目をやると、その背後の丘の斜面から小川が湧いていた。「悪くないな」としばらく経ってからウェブがうなずいた。

「きれいじゃないか！　これ以上、何が望みだ？　世界の終わりが見たいのか？」

「今日はこれで十分だ」とウェブは肩をすくめた。「もちろん」

ヴェイッコはウオツカを注いでいた。「独立記念日おめでとう、ウェブ」

コロラドで長年語りぐさになっていたのは、一八九九年の独立記念日の前日、七月三日の夜の、世界を逆転させるような驚異の出来事だった。翌日はロデオやマーチングバンドやダイナマイトの爆発などが催される予定になっていた――しかしこの夜、人工の稲妻が輝き、蹄鉄を通じて感電した馬が狂ったように何マイルも先の草原まで駆けだした。ようやく最後に蹄鉄が外されると、フルータからシャイアンウェルズ[*1]までの重要な地区トーナメントも含めた蹄鉄投げゲームのために大事に保管された。蹄鉄は地面に刺された釘まで真っすぐに飛んでいってくっつき、あるいは鉄や鋼でできたものがそばにあれば何にでもくっつき、空中を飛んでいる途中でもお土産を集めたのだった――ガンマンのホルスターからは銃、ズボンの下からはバックナイフ、女性専用ホテルや事務所の鍵、鉱夫の名札、フェンスの釘、ヘアピンなどが昔の電撃の磁気的記憶を求めて飛んだ。〈反乱〉の兵役経験者たちは翌日に行進を予定していたが、血液中の金属要素がハミングを始めてしまい、寝つけなかった。そばで草を食んだ乳牛の乳を飲んだ子供は電信柱に耳をくっつけて頭上の電線を行き来する通信を聞き、あるいは日々の値動きに妙に詳しくなって、株式仲買人の事務所に行き、誰にも気づかれないうちにひと儲け、ふた儲けした。

実はこの夏、コロラドスプリングズのテスラ博士の下で働いていたキット・トラヴァース青年は、こうした現象を引き起こした高電圧実験の現場に居合わせたのだった。このころにはキットは自らを〈ベクトル主義者〉と考えるようになっていたが、この数学的教派に付いたのは、抽象的な思考を通じてではなく、当時の多くの者がそうだったように、電気を通じてのことだった。彼の子供時代には、以前は電気を知らなかった生活の中に、電気がますます実用的に導入されるようになったからだ。

当時、彼はあちこちを放浪しながら電気のことを学んでいた――「まさに巡回路男だね」――谷から谷へ旅し、鉱山の仕事には近づかないように気をつけながら、電気と少しでも関係のある仕事に空きがあればどんな仕事にでも就いた。そのころのコロラド州南西部では電気が大流行で、ほとんどすべての川には遅かれ早かれ私有の発電所が設置され、鉱山や工場の機械を動かしたり、町に明かりを灯したりするために使われた――基本的には落水の下にタービン発電機を設置するだけだったので、この地域の高度のことを考えれば、ほとんどどこでも造りたい場所に発電所ができたのだった。キットは年の割に大柄だったし、現場監督は彼が書類に何歳と書き込もうと――書類があった場合の話だが――その年齢に何の文句も言わなかった。

あまり経歴のない労働者に限って献身的に組合への忠誠を誓ったりするのと似た現象で、少し年上の工学部の学生が夏の間、東部のコーネル大学やイエール大学などからこちらへアルバイトに来ていて、キットの勉強を手伝ってくれたり、一八七三年のマクスウェルの『電気磁気論』やもっと新しいヘビサイド*2の『電磁気の理論』（一八九三）など、必要な本を貸してくれたりした。キットはいったん表記法をのみ込むと――それにはあまり時間はかからなかったが――すぐに荒海に漕ぎ出していった。

彼の印象では、電気は宗教のようだった――光をたたえない者、戒律を守らない者には死で報いる〈電流〉の神が存在し、聖なるベクトル主義者の言語で書かれた聖書と戒律と祈禱書《きとうしょ》があった。キットはそのテキストに頭を突っ込み、眠るべき時間に鉱夫用のろうそくや灯油の明かりで勉強し、ときには

*1　それぞれ、コロラド州の西端に近い町と東端に近い町。
*2　ジェイムズ・クラーク・マクスウェルはスコットランドの物理学者（一八三一―七九）。オリバー・ヘビサイドは英国の物理学者（一八五〇―一九二五）。

勉強中の電気の神秘と同じ白熱電球を使うこともあった。相手にしている回路の内部で何が起こっているのかを何とか目で見る——伝説で言われているファラデーと同じように数式を用いないでじかに見る——ことに日々あこがれながら、行き当たりばったりで徐々に理解を深めていった。悪くない勉強の環境だった。しばらくすると、いつの間にかお利口な大学生に彼が何かを教えてやっているということも増えてきて——もちろん何でもということではない、学生は何でも知っていたから——時々ちょっとしたことを説明してやり、目に見えない——容易に感じられるが、しかしときには危険を伴う——電気的事件を示すベクトルの兆候を巧みに処理することもあった。それは実際にやってみれば、落水の下にホイールケースを設置したり、タービンを水平にしっかり固定したり、タービンの羽根の形を整えたり、水圧管や吸い込み管やホイールケースなどをつないだりするような退屈な作業だった。そのすべて、あるいはほとんどは、汗をかいたり、筋肉を酷使したり、親方ともめたり、危ないところに上り下りして滑車を探し、巻き上げ装置を取り付けたりするようなことばかりだった。言うまでもなく、必要に応じて煉瓦を積んだり、大工仕事をしたり、鋲《びょう》を打ったり、溶接をしたりもした——ろくに睡眠も取らず、怒鳴られっぱなしだったが、この仕事には何ら神秘的なところはなかった。ある晩、リコ何とかという場所の西で彼の前に〈不可視の世界〉への窓が開き、ある声か、声のようなものが彼にこうささやいた。「水は落ち、電気が流れる——一つの流れが別の流れに変わり、さらに光に変わる。こうして高度は常に光に姿を変えるのだ」およそそういった意味の言葉、というか、正確には言葉とは言えないかもしれないが……。そして気がつくと彼は、ランプのフィラメントのいつもと変わらない目のくらむ輝きを見つめていたが、その光はなぜかドアの隙間から見える明かりのように少し柔らかで、彼を居心地のよい家に招いているようだった。わずか数フィート先では、話に登場した流れが激しい音を立てて落ちていた。それは夢ではなかったし、一八四五年にアイルランドのブルーアム橋でハミルトン[*1]が経験したと後にキットが学んだような啓示でもなかった——そうではなくそれは、危険なエーテルが逆巻く谷をうまく飛び越えたことを表す経験だった。彼にはそれが見えた。本の中のベクトル表現や面積分やポテンシャル関数などが、このときから、彼が確固として内側に得た真理をぎこちなく再現するだけのものに見えるようになったのだ。

ある日、電気技術者の情報網に、かの有名なニコラ・テスラ博士が実験基地を作るために間もなくコロラドスプリングズに来るという噂が流れた。キットの相棒のジャック・ギグはじっとしていられなくなった。彼はキットの周りを何度も行ったり来たりした。「なあ、キット、もう準備はいいだろ、な、キット、向こうに行ってキャンプ暮らしをしようぜ、僕らみたいな経験者なら仕事はいくらでも見つかるさ」

「ジャック、僕らはまだ十七だぞ」

「だからこそ今、決断しなきゃ。パイクス山か破産か[*2]、だよ」

キットは子供のころにコロラドスプリングズを訪れたときのことを覚えていた。路面電車と七階建てのビル。パイクス山の向こうに沈む真っ赤な夕日。同じ色の屋根の歯軌条鉄道。頂上の駅とその屋上のクモの巣だらけの展望デッキ。フランクはそこに上るのを怖がり、以来ずっとその件では容赦なく家族にからかわれた。

二人が行ってみると、テスラの実験所は町から一マイルほど離れた、ユニオン・プリンターズ老人ホームのそばに建てられていた。二人に声を掛けてきたのは刑務所暮らしの経験を感じさせるぶっきらぼ

*1　アイルランドの数学者・物理学者のウィリアム・ローワン・ハミルトン（一八〇五—六五）は、運河のほとりを散歩していたときに突然、四元数のアイデアが思い浮かび、橋のたもとに $i^2 = j^2 = k^2 = ijk = -1$ と書き込んだと言われている。この挿話は後で再び言及される。

*2　一八五九年のコロラドのゴールドラッシュの際に使われた標語。

うな男で、フォーリー・ウォーカーと名乗った。キットとジャックは彼が採用担当係だと思った。後に分かったことだが、彼は有名な資本家スカーズデール・ヴァイブの特殊な補佐役で、この実験所で使われている金——大半がヴァイブのものだった——の使い道に目を光らせるためにここに来ていたのだった。

翌日、食事用テントに向かう途中で、キットはフォーリーに呼び止められた。「おまえさんは何とかして家を出たいんだろ」と富の代理人が言った。「そして、小間使いみたいな仕事はしたくないと思ってる。当たりかな?」

若い娘を引っかけるのに使いそうな言葉だとキットは思った——自分でもやってみたことはあるが、うまくいった例《ため》しはない。「あなたの言い方で言うと、僕が『家を出た』のは、もう二、三年も前のことです」

「気を悪くしないでくれ」とフォーリーが言った。「ヴァイブさんのやってる〝産業界副官養成奨学金プログラム〟っていうのを聞いたことがあるかなと思ってね」

「はい。この前入った安酒場で、周りの連中がそんな話をしてました」

フォーリーの辛抱強い説明によれば、そのプログラムは隠れた工学的才能を持つ若者を常に探していて、大学に通う資金を援助してくれるのだという。

「鉱山学校とか、そういうのですか?」キットはわれ知らず興味を抱いていた。

「もっといいところだ」とフォーリーが言った。「イエール大学なんか、興味があるんじゃないか?」

「『メリウェル[*1]君、どうしてもここでタッチダウンが欲しいんだ』って?」と、東部訛り風のしゃべり方でキットが言った。

「まじめな話だ」

「学費を出してもらえるんですか? 部屋代や食事代は?」

「全部込み」

「自動車は？　シャンパンの宅配は？　昼でも夜でも？　大きな文字でYって書いてあるセーターも？」

「どうにかしよう」とフォーリーが言った。

「よく言うよ。スカーズデール・ヴァイブさんご本人にしかそんなことできっこない」

「私が彼だ」

「あなたは彼じゃない。僕だって新聞や雑誌は読みますよ。あなたは彼にちっとも似てない」

「いいことを教えてやろう」フォーリーはまたしても南北戦争における身代わり兵の物語を説明しなくてはならなかった――この話をするのは年々面倒になってきていたのだが。〈反乱〉の時代、アンティータムの戦い[*2]のすぐ後、ちょうどイエール大学で二年生になったばかりのころ、スカーズデール・ヴァイブは兵役の年齢に達し、徴兵の通知を受け取った。彼の父は常套《じょうとう》手段に訴えて、息子の代わりに戦地に赴く身代わり兵を金で買い、三百ドルの支払いに対する正式な領収書を受け取った瞬間にもうその問題は決着したものと考えていた。二十年たったある朝早く、ヴァイブ企業グループの外郭組織にフォーリーが姿を現し、自分がヴァイブの身代わり兵だったと話し、それを証明する書類を差し出したときの皆の驚きは大変なものだった。「私は忙しいんだ」とスカーズデールが言う可能性もあったし、「いくら欲しいと言ってるんだ、小切手でもいいのか？」と言う可能性もあった。しかし、興味をそそられたヴァイブはその男に直接会ってみることにした。

＊1　通俗小説作家のギルバート・パッテン（筆名バート・スタンディッシュ）が一八九六年に創作した人物フランク・メリウェルはイエール大学の健康的な学生でフットボールの花形選手。彼を主人公とするシリーズは大ヒットし、漫画やラジオにも登場した。

＊2　南北戦争でリー将軍の北進が阻止された戦い（一八六二）。

フォーリーはまだ二人の奇妙な慈悲の年月が彼に与えることになるすごみの利いた表情はしておらず、外見的には至って普通だった——例外的に感じられたのは、社交的会話あるいは交感的な会話に関する彼の考え方だった。「反乱軍の弾丸をあなたの代わりに受けました」というのが彼の口から最初に出た言葉だった。「お目にかかれて光栄です、申し遅れましたが」

「弾丸。どこ?」

「コールドハーバー[*1]です」

「なるほど、でも体のどこ?」

フォーリーは左のこめかみの脇をたたいた。「おれに当たる前にかなり勢いがなくなってたみたいです——だから貫通しなかった、でも弾をどうやって取り出したらいいか誰にも分からないんです。おれがその場にいるのもお構いなしに、みんながおれの周りに集まって〝脳とその神秘〟について議論したりしてました。そんな話をよく聞いてたら、ただで医学校に通ってるみたいに勉強になりましたよ。実はおれ、そうやって枕元で聞いた医者の話の記憶だけを頼りにして、簡単な頭の手術をやったことも何度かあるんです、以前」

「じゃあ弾はまだそこに?」

「ミニエ式銃弾[*2]です、当時の他のみんなの傷から判断すると」

「それで困ったことは?」

満足げな彼の笑顔はスカーズデールの目にも恐ろしいものに映った。「困ったって感じじゃないですね。おかげですごいものが見えるようになった」

「しかも……聞こえる?」

「ずっとずっと遠い場所からの通信みたいなものです」

「陸軍年金をもらってるのか?　何か足りないものはあるか?」

スカーズデールの手が拳銃か小切手帳に伸びようとするのをフォーリーは見た。「西部のインディアンがこんなことを信じてるのをご存じですか？　人は一度他の人の命を救ったら、永遠にその人を守る責任を負うんだって」

「私は結構。自分の面倒は自分で見る。必要な護衛はちゃんと付いているし」

「おれがお世話するように言われたのは身体的な安寧とは違うんです」

「え。ああ、さっきの頭の中の声のことか。じゃあ、その声は何て言ってるんだ、ウォーカーさん」

「最近ですか？　クリーブランドの石油会社に関する話が多いですね。実際、毎日何かそんな話が聞こえるんです。あなたの方がよくご存じでしょうけど。『スタンダード石油』とか？　『資本を拡張』すべきだとか？　意味は分かりませんが。声によると、今が買い時らしい」

「何かこちらで問題はありませんか、ヴァイブ会長？」

「大丈夫だ、ブルーノ、問題ない、ありがとう。こちらの紳士のご意見を聞こうじゃないか。その石油株を、もしそんな会社があるなら百株買ってみよう、そして様子を見ることにしよう」

「声によれば、五百株の方がいいみたいです」

「朝食はもうお食べになったかな、ウォーカーさん。悪いがこちらを食堂にご案内してくれないか、ブルーノ」

その日のフォーリー・ウォーカーの助言は、伝説的なヴァイブ資産の成長に決定的な加速を与えることになった。彼は本社屋上の会社所有の鶏小屋から今朝採ったばかりの卵を使ったベーコンエッグをさっさと平らげ、その上、パン一斤、コーヒー十ガロン（誤差プラスマイナス一カップ）を胃袋におさめ、最後にようやくブルーノが二度と彼と顔を合わせないことを祈りながら外に連れ出すと、フォーリーは

＊1　バージニア州東部リッチモンドの北東郊外の地。南北戦争では、南軍がここで二度北軍に勝利した（一八六二、六四）。
＊2　円錐形の先端をした銃弾。

スカーズデールの二番目にいいハバナ葉巻を片手いっぱいに握りしめ、その一本をふかしながら去っていった。一週間後、さまざまなアヘン窟《くつ》と音楽酒場を死に物狂いで捜索した結果、彼が見つかった。フォーリーは「調査コンサルタント」として雇われ、以来、スカーズデールは何か仕事上の戦略を考えるにあたってはフォーリーに相談するようになり、最近ではますますその機会が増えていた。最初は仕事上の相談に限られていたが、歳月の経過とともに、ボクシングや野球の試合結果や、特に競馬のレースの結果についても伺いを立てるようになった。それらに関するフォーリーの助言が間違うことはほとんどなかった。

二人はやがて〈双子のヴァイブ〉として知られるようになり、黄色と藍色の格子柄のそろいの運動着を着て、いっぱいの馬券を握った手を振りながら喚声を上げている姿がしばしばモンマス公園やシープスヘッド湾やさらに離れた競馬場で見かけられるようになった――そうでないときの二人は白いちり除けのコートを羽織って、金具部分が目がくらむほどぴかぴかに磨かれた海老茶色の二頭立て四輪馬車に並んで乗り、マンハッタンの通りを過度な速度で縦横に駆け回っていた。その様子は、不注意な通行人の目には、黙示録の騎手に劣らず避けることのできないものに見えた。

「だから、考えようによっては」とフォーリーが結論を言った。「おれの方がスカーズデール・ヴァイブ本人よりスカーズデール・ヴァイブだってことだ」

キットは敬意は示したものの、納得はしていなかった。「でも、僕がためらうのも分かってもらいたいんです。三年か四年の間ずっと、毎月決まった日に金が届くことを信じなきゃならないわけでしょ。そこまで一つのことを信じられるんだったら、どこかのサーカスでヘビ使いでもして名を挙げることだってできるんじゃないかなあ」

ちょうどそのとき、有名な発明家が左から右へ足早に通り過ぎていくのが見えた。「すみません《イズヴィニテ》、ちょっと、テスラ博士！」とフォーリーが呼びかけた。「――博士の電信機を使わせていただいてかまいませんか？」

「オフィスのをどうぞ」と、そのひょろっとしたセルビア人が後ろを振り返りながら答え、この日の次の困難な課題に向かって歩き去った。

「ありがとう《フヴァラ》！　さあ来い、坊や、驚くなよ」

フォーリーはテスラの小屋に入るとすぐに電信機のキーを叩き始め、東部にあるヴァイブのオフィスと連絡を取った。それから少しして、まるでキットの存在を思い出したように、「この取引でおまえさんが考えてる金額は、真面目な話、どのくらいだ？」

「え？」

「とりあえず、五百ドルあれば間に合うか？」フォーリーの指が再び、目で追うことができないほどの速さで電鍵を叩き始めた――そして向こうからの返事が響く間は静かに聞き入った。「万事ＯＫ。明日にはコロラドスプリングズ銀行の口座に金が振り込まれる、おまえさん個人宛てだ。窓口に行ってサインするだけ」

キットはポーカーフェイスを保った。「長い夜になりそうです」

思った以上に長い夜だった。八時ごろに、ここで使われる低周波に必要な何マイルもの長さのコイルの途中のどこかを狂ったヘラジカが角で何度もつついたことが原因で、一台の送信機の補助の巻き線が故障した。真夜中近くには、まるで電気的放蕩《ほうとう》に耽《ふけ》る仲間が欲しくて高さ二百フィート＊1の送信塔に立ち寄ったかのように、草原特有の竜巻が通り過ぎた。夜半直＊2の中ごろにはレッドヴィルから来た二人の興奮した運搬人が口論から撃ち合いを始めたが、いつものように大事には至らなかった。この周囲の磁場は非常に強力で不安定なため、拳銃で何発銃弾を撃っても的からそれてしまうからだ。人工の雷鳴を伴

＊1　約六十一メートル。
＊2　午前零時から四時の夜警。

う青、赤、緑の不気味な光の噴出によって空は明け方までにぎやかだった。隣接する聾啞《ろうあ》学校の生徒たちはある波長の光や音を見聞きしたと報告したが、それについては現代の医学でもいまだに説明が付いていない。

朝になって出がらしのコーヒーを飲んだ後、キットが馬に鞍を付けて銀行まで行ってみると、万事フォーリーが言った通りになっていた。おでこに緑のセルロイド眼鏡を引っかけた出納係が興味深そうにキットを見つめた。今までキットはそれほどの好奇の目で人に見られた経験などほとんどなかった。

「テスラ博士のお弟子さんかい？」三十六時間にわたる電気的狂乱と人と獣の奇妙な行動を目にした後の睡眠不足状態にあったキットは、この言葉は本当はさらに遠い場所からのメッセージなのだと考えた。銀行から帰る途中のイーストプラット通りのどこかで、草原を渡る太陽の光を反射している、塔のてっぺんに置かれた直径約三フィートの銅製の球を目印にして歩いていると、キットは突然、エーテルの世界とその謎に挑む冒険家の一団に加わりたい、何とかして、テスラ博士の弟子になりたい、という気持ち――はっきりした欲望――に襲われた。あるいは後にそう考えるようになった。実験所から一マイルほどのところまで戻ったときには、なぜか彼はフォーリーのプランに乗る気持ちがすっかり固まっていた。

「僕が大学を卒業したら、奨学金を返済し終わるまではヴァイブさんのところで働くってことですね」

「そうだ――それからここにもサインしてくれるかな、よくある権利放棄証書だ……そう、金で徴兵を逃れるんだと考えるといい。おれたちみたいに〈反乱〉を経験したおっさんには、世界の仕組みがそんなふうに見えるんだ。社会の中の一人が不愉快な時間を過ごすことを嫌がったとする――おまえさんの場合は静かに大学で勉強したいっていうことだな――そうしたら、別のやつに金を払って嫌なことを引き受けてもらうわけだ。基本的にはそれだけのこと。上の人間は誰にも邪魔されない自由な時間を手に入れて、下にいるおれたちは目の前の現金を受け取る、そして仕事の内容によっては、時々スリルも味わえるってことさ」

「でもあなたの話だと、戦争の後も、あなたはまだ彼に貸しがあると思っていたんでしょう？」

「ヴァイブさんや同じ時代に身代わり兵を買った他の有名人たちが相変わらず勝手なことをやってるのを見たせいかもしれない。彼らの収益曲線が右肩上がりだったことは言うまでもないし、みんな軽快に踊り続けて、今でも深刻な苦労を一つも知らないようなやつもいる。戦地に行って耐えがたいほどの苦労を味わったおれたちとしては、賠償を求めても当然だろうっていう気になるじゃないか。彼らの財産が帳簿の貸方に当たるとするなら、おれたちが体や魂に受けた傷はその反対の借方に当たるって言ってもいい」

「社会主義者ならそんな言い方をするかもしれませんね」とキットは言った。

「そうさ、それこそが階級システムってものだろ？　他の誰かの病気と死によって永遠の若さを買うってこと。呼び名は何でもいい。東部に行けば同じような考え方にもっといろいろ出会うだろう。だからもしそれが気にくわないって言うなら、今のうちにおれに聞かせてくれ、何か別のやり方を考えるから」

「いえいえ、これでかまいません」

「ヴァイブさんもそう考えてる」

「僕のことは知らないのに」

「すぐに知ることになる」

その後、小屋の中でキットは偶然、鉛筆のスケッチとにらめっこをしているテスラに出会った。「あ。すみません、僕が今探していたのは——」

「このトロイド*は形がまずい」とテスラが言った。「ほら、ちょっとこれを見てくれ」

＊　ドーナツ形のコイルのこと。

キットは見た。「ひょっとしたらベクトルで解決できるかも」

「どうやって？」

「磁場がそれぞれの場所でどんな形になってほしいかは分かっているわけですよね。だからその磁場の形になるような表面形状を作ればいいのかもしれません」

「君には形が見える」と、テスラは少し興味を持ってキットの顔を見ながら半分疑問文のように言った。

「何かは見えます」とキットは肩をすくめた。

「君ぐらいの年のころ、私にも同じようなことが起こった」テスラは回想した。「じっと座る時間があると、いろんなイメージが湧いてきたものさ。でも、いつだって問題はなかなかそんな時間なんかないこと、そうだろ」

「ですね。いつも何か……雑用とか、いろいろ」

「十分の一税みたいなものだね」とテスラが言った。「毎日その日に返上しなけりゃならない時間」

「ここの勤務時間に文句があるわけじゃありませんよ、そんな意味で言ったんじゃありません」

「時間に文句がないって？　私は文句が大ありさ。基本的には時間が足りないってことだがね」


キットがフォーリーからの申し出という知らせを持って意気揚々とコロラドスプリングズから戻ったとき、ウェブははなから取り合わなかった。「おまえ、頭がどうかしたのか？　おれから誰かに頼んで返事を書いてもらうからな、断るって」

「向こうは父さんに尋ねてるわけじゃないよ」

「連中が狙ってるのはおれだ」

「あの人たちは父さんのことなんて知らないさ」とキットは反論した。

「ここの鉱山を所有してるのはやつらだ。やつらのリストにおれが載ってないとでも思ってるのか？

おれはどのリストにでも載ってるんだ。やつらはおれの家族を買収する気だ。もしも金《きん》でうまく釣ることができなければ次は鉛を使うのさ」

「父さんには分かってないんだよ、今回の話が」

「誰にでも知らないことはある。おれは電気のことは知らん。おまえには金持ちのことが分かってない」

「あの人たちは学費を払うことが簡単にできる。父さんにはそれができる？」

崩壊寸前だった。ウェブは自分が議論に負けているのを感じ、息子を失おうとしているのを感じた。

「じゃあ、どうやって金を返すんだ？」とあまりにも急いで彼は聞いてしまった。

「卒業したらヴァイブ社に勤める。何か問題ある？」

ウェブは肩をすくめた。「やつらはおまえを所有するわけだ」

「安定した仕事がもらえるってことじゃないか。わけが違うんだよ……」

「この辺の鉱夫の仕事とはわけが違うってことか」キットはじっと見つめ返していた。おしまいだとウェブは思った。「OK、よし。おまえはうちの息子なのか、それともやつらの息子なのか、どっちだ、両方ってのはなしだぞ」

「どっちか選べってこと？」

「行くな、キット」

「ああ、行かせてよ」キットが考える間もなく、その声で勝負が付いていた。まだ伸び続けている身長のせいで最近ではキットを見上げるようになったウェブの目に悲しみがあふれるのをキットが深く気にとめることもなかった。

「それなら」と、ウェブはシフト表を調べるふりをしながら言った。「いつでも好きなときに出て行け。おれはかまわん」そのときから二人は視線を合わせることがなくなり、結局そのまま、すぐ後ろに死が控えるこの荒れた危険地帯では、二人が互いの目を見ることは二度となかった。

「ちょっと厳しすぎるんじゃないの」とメイヴァは思ったことを言った。

「おまえもか？　最近のあいつを見たか、メイヴァ、あいつはもう赤ん坊じゃない、いつまでも甘やかすわけにはいかないんだ、あいつが駄目になるからな」

「でもあたしたちの赤ん坊なのよ、ウェブ」

「赤ん坊なものか。あいつは大人だ、今ならもう、これがどういうことか分かるはずだ。この取引の意味が」

しばらく経ってキットが去り、感情からナイフの刃が少し失われたころ、ウェブは自分と自分の父クーリーが同じように声を荒らげて延々と同じように意味のない口論をした時期のことを思い出した。何のことでけんかをしたのか思い出せないときもあった。そして、クーリーが死んだときウェブは今のキットよりも若かったが、あの日から今まで、クーリーが今の自分のような気持ちを味わったのではないかという思いがウェブの頭をよぎったことは一度もなかった。おれは死ぬまでずっとこの調子なのだろうか、と彼は考えた——おれは結局親父とちゃんと和解したことがなかった、そして今、同じことが何かの呪《のろ》いのようにおれとキットの間に起きている……。

メイヴァはキットを駅で見送ったが、それは寒々とした別れで、あまり希望にあふれたものでもなかった。彼は他の家族が見送りに来ていない理由が分からないふりをしていた。彼女は教会用の帽子をかぶっていた——「教会」は屋外で開かれることが多かったので、年季の入った海老茶色のビロードには何年にもわたる土ぼこりが混じり、小さな山脈模様のしわに沿って色があせていた。ほんの少し昔なら彼の身長はもっと低くて、上から見下ろしてそれに気づくなどとは考えられなかったのに。彼女は停車場に出たり入ったりして、時計がちゃんと動いていることを確かめ、女性の電信技師とその助手に列車の現在位置を聞き、自分が用意した旅の食料は足りるだろうかと一度ならずキットに尋ねた。コーニッシュパイなどの弁当は足りるかと。

「永久《とわ》の別れじゃあるまいし、ママ」

「そうね。もちろんよ。いつものことよ、ちょっと、よく分からないけど……」

「うまくいかないかも分からないしね。ほんと言うと、うまくいかないような気がするんだ」

「そうね、字は、字はきれいに書くようにしなさい。学校に通ってたときはおまえは字がきれいだった」

「手紙を書くよ、ママ、定期的に、ちゃんときれいな字を書いてるかどうかママが確かめられるように」

列車を見に来た町の人々の列が少し動いた。それはまるで、集合的な白昼夢の中で目に見えない遠方からの信号を見たかのようだった。あるいは、何人かが神に誓って言ったように、遠くに最初の煙が上ったり警笛が聞こえたりするよりずいぶん前に線路が髪の毛一本ほど動くのを目で見たかのようだった。「あたしがおまえに会うことは二度とないわ」いや。彼女はそうは言わなかった。しかし、そう言っていたかもしれない。言おうと思えば簡単に言えた。彼と目が合えば。彼の用心深い若者らしい態度が崩れて、いろいろあっても結局は彼女が大事に守りたいと思っていた少年に戻るしぐさが少しでも見られたら。

呼び出しがかかったのはその一週間前の夜半直のことだった。夜警がすっかり廃れたこの時代にあっても、〈仲間〉は毎晩警備を怠っていなかった。昔の絵画に出てくる天使のような顔をして、ぶかぶかの帽子をつばを横に向けてかぶった少年が受話器を持って現れた。そのコードは入り口のドアからほとんど明かりのない暗闇の中へと続いていた。夜更かしをしすぎた誰かが仕掛けたたちの悪いいたずらのようにも思われた。実際、水っぽいオートミールとブタの背脂と前日のコーヒーの残りを飲み食いしながらの翌朝のミーティングでは意見が割れた。彼らが進路を探すことのできる地図はなかった。与えられた唯一の指示は、南西に航路を定め、未確定の距離を進んだところで未指定の局からの進路変更の指示を待つようにとのことだった。ある場所まで行けば、飛行船に積まれた最新のテスラ装置を通じて連絡が入ることになっていたのだが、装置は設置されたときからずっとスイッチを入れ、きっちりと目盛りも合わせてあったにもかかわらず、これまでのところ何の音も発しないままだった。

次の二、三日の間に届いた声は、物理的圏域に起源があるとは考えにくいものばかりだった。想像力の貧困なリンジー・ノーズワースでも、装置がしゃがれ声で何かをささやき始めるとしばらく背筋の寒気が止まらないと言った。

やがて彼らは偏西風に乗り、ほぼ幾何学的な正確さで、アムステルダム島やサンポール島などの最近フランス領になったばかりのあまり知られていないインド洋の無人島に運ばれていった。

彼らは、人も住まず植物も生えていない、黒っぽい岩がむき出しになった島が散在する荒海のわずか数十フィート上空を風に運ばれていた。「かつて」とマイルズ・ブランデルが言った。「最初の探検家がこの辺りに来たときには、これらの島々の一つ一つに、どれほど小さな島でも名前が付けられた。島が海の中に無数に存在していることに対する畏敬の念もあったし、探検家たちはどんな陸地であってもその発見を神に感謝していたからね……ところが最近では名前はどんどん失われて、この海は再び匿名の存在に逆戻りしつつある、海から顔を覗かせる一つ一つの島は今では黒い不毛の地でしかない」そしてもはや名前を持たない島々は海図から消え去り、いつか光のある世界からも消え去り、〈不可視の世界〉に戻っていくのだった。

吹きさらしの岩島の上で〈仲間〉は特別任務に取りかかり、安全索をつなぎ、かろうじて全員が上に立てる小さな島の表面を這うようにしながら、素早くてきぱきと動いた。しかし、彼らが身の安全を懸けるほどのものは何も——糞化石《グアノ》さえ——見あたらなかった。近くに錨を降ろしている船はどれも最新型で、ヨーロッパ列強にしか手に入らない武器を備えていた。この海域にそのような船がいくつも来ていることは〈仲間本部〉から少年たちに届く長々とした公式発表ではまったく触れられることもなく、嵐に照らされた海の風景と同じほど計り知れない謎だった。

彼らが牛乳のような生鮮食品を入手できた最後の島はセントマスク島だった。最初に彼らが上陸したときには、島は誰も住んでいないように見えた。その後ゆっくりと、一人二人と人が姿を現し、しまいに〈仲間〉はかなりの人数の人々とそれに見合うだけの都市に囲まれていた。それはまるで、町はずっと前からそこに存在していて、彼らが来るのを待っていたかのようだった……町はそこそこの規模で、英語が話され、清潔でごみも散らかっていないために、どんなにかしこまった身なりをしている人でも——きっちりしたスーツでも茶会服でも何でも——足だけは裸足《はだし》で外を歩いていた。靴を履いているよそ者の方がじろじろと見られる立場だった。町の中心部では巨大な地下工事が進行中で、人々が陸橋や足場の上からコンクリートの穴を覗き込み、蒸気の出る機械や荷を引く動物や瓦礫を見下ろしていた。工事の目的を尋ねられると彼らは顔をしかめ、まるでよそから来た人間のことなど聞いていなかったかのように当惑した様子を見せた。「家」と誰かが言った。「家だよ。あなた方の故郷では家はこういうのと違うのかい?」しかし、少年たちの誰かが答えを言う前にその人物は立ち去っていた。

チック・カウンターフライは波止場のそばにある船乗りの酒場――少年たちが世界のどこに行こうと彼にはそんな低級な溜まり場を必ず見つけだす本能がある――で怪しげな海の浮浪者と出会った。彼は自分は約三十年前にアムステルダム島で坐礁したフリゲート艦〈メガイラ号〉の生存者だと言った。

「悲惨な場所さ。救助されるまでに何か月もかかった。国外任務と同じことだけどな……ああ、もちろん船みたいに動いたりしないし、当たり前だけど食事は魚中心だ……。見張りはずっと怠らなかったし、船のときと同じ連中とスペースを共有し続けた――既に我慢し慣れたり、嫌い慣れたり、あるいはその両方を同時にするようになっていた連中とな。純粋に生存っていう点だけから考えたら、それはとてもありがたいことだったよ――〈メガイラ号〉が客船で、互いに知らない者同士が乗ってたとしたらどうなったことか――最初の一週間で半分の搭乗者が残りの半分を殺してただろうな、ひょっとしたら殺して食ってたかもしれない。でも四百人が生き延びたんだ」

「興味深い」とチックが言った。「セントマスク島の人口も大体それくらいじゃないかなあと思ってたんだ」

そして、海が再び空虚を主張したために名前を失ったこれらの島々を後にしたわずか数時間後に、彼らは暗く破滅的な火山に登っていた。そこが彼らの目的地だった。テスラ博士がコロラドスプリングズで実験を行なっているときに、地球の正反対の場所では何が起こるかを観察するのが彼らの任務だ。彼らは、何も問い合わせをしなくても必ず間に合うように必要なものを届けてくれる〈偶然の仲間〉の兵《へい》站《たん》部門を通じて、現在の技術的知識が及ぶすべての数値を考慮した高価な電気的な装置をひとそろい受け取っていた。それを送り状なしに送り届けたのは東洋人の労働者たちで、彼らはときには足元がふらつくほどの重い荷物を担いで、シフト制で交代しながら野営地に出入りして荷物を運んだ。開けた荷物の木枠の板と釘がすぐにそこら中に散らかった。人夫の帽子から少しずつ落ちたわらのくずが積もって、あちこちで足首ほどの深さに達した。船荷と一緒に陸に上がった害虫は――中にはカリフォルニアからはるばる来たものもいたのだが――あわてて地を這って火山の斜面にねぐらを見いだし、深夜の一斉攻撃のときだけ野営地まで下りてきた。

ようやく荷下ろしが済むと、巡回作業メンバーは手漕ぎの船で静かに島を離れ、沖合に停泊した旗のない船に向かい、この半球の別の場所へと運ばれていった。おそらく南アフリカへ。残された少年たちは、頭上約一千フィートまでそびえる悪臭漂う火山のふもとでひとところに寄り集まっていた。強烈な日の光を浴びてほとんど無色に見える砂浜は、何となくダイヤモンドの中心にありそうな盲目を思わせた。海の波はこの地域の神の呼吸のように正確に、一つまた一つと打ち寄せていた。最初は誰も口を開こうとしなかった。それは砂浜に寄せる波の音が大きいせいではなかった。

最近の食事の時間は政治的な不安定さをはらんでいた。原因は船の新しい船首像をどんなものにするかという議論になかなか決着が付かなかったことだ。以前の船首像はマッキンリー大統領*の頭部を表象するものだったが、それが、少年たちが知る限りでは前日まで存在しなかったはずのシカゴの摩天楼との思いがけない衝突事故によって深刻な損傷を受けたのだった。

チック・カウンターフライとダービー・サックリングは裸婦像がいいという意見だった。「曲線美を感じさせるものならなおいい！」この問題に関する特別会議が頻繁に開かれるたびにダービーが言った。

＊　ウィリアム・マッキンリー（一八四三―一九〇一）は米国第二十五代大統領（在任・一八九七―一九〇一）。暗殺された。

それを聞くとほとんど反射的に非難の言葉がリンジー・ノーズワースの唇から飛び出した——「サックリング、サックリング……おまえのマイナスポイントは、あまりのショックにめまいがするような速度で膨れ上がっているぞ」

「船の上の力関係で決めるのはいやだ」とダービーが真っ赤な顔で異議を唱えた。彼の声はかつてはかわいらしくて素直な悪くない声だったのだが、声変わりしてからはより思慮深い調子になり、それに応じて、人を不安にさせる声になった。かつて陽気なマスコットだった彼は政治的無垢を卒業し、短い思春期の不確定な時期を通り抜け、権威に対する不信にまで突き進み、虚無主義の坂を上りかけていた。船員仲間たちは——常にユーモラスな言動を当てにできるチック・カウンターフライさえ——決まりきった冗談を言うときでも、サックリングに聞こえる場所では彼が腹を立てるのではないかと心配で、口にする前に少し考えてしまうのだった。

ランドルフ・セントコズモは船首像の選択に関しては、無難かつ愛国的な選択として国鳥[*1]を推していた。マイルズ・ブランデルは、船首像は何でもいい、食べられるものの像だったら何でも、という立場だった——リンジーはこれらの選択が世俗的なものであることが気に入らないかのように、いつものように純粋な抽象を好んだ——「プラトンの多面体[*2]のどれか一つにしたらどうかな」

「まじめくさっちゃって」とダービーがにやにやと笑った。「あいつ、きっと小便のときにしか一物を触ったことがないんだぜ！」

「まったくだ！」とチックがさげすんだようにばか笑いをした。

船首像をめぐる議論は、最初は単なる装飾に関する趣味の違い程度の軽い問題だったのだが、いつの間にか憎しみと複雑性を増してきて、気がついたときには誰もが驚くような激しさに達していた。昔の恨みがよみがえり、何かにつけ互いを突き飛ばし、ときには殴り合いにもなった。食堂には大きなクラレンドン体の活字でこんな看板が掲げられた——

「食事の列」において
臀部《でんぶ》をつかむ行為を固く禁ず!!!
違反者は余分に十週間の任務延長!!!
一回ごとに!!!
先任将校がここに命ず。
追伸――そう、十週間!!!

にもかかわらず、彼らは先任衛兵長の目を盗んでけんかをし、陰口を言い、アスパラガスのムースやクレオール風のオクラシチューやすりつぶしたカブなどから指ほどの大きさの塊を盗み続けた――食べるために盗むわけではなく、こっそりと互いに飛ばし合ってちょっかいを出すためだ。船の物資係のマイルズ・ブランデルは困惑しながらもにこにことそれを見守っていた。「ザンブルディー・ボンボン」と、食べ物が宙に舞うたびに彼はそれを励ますかのように言った。「ヴァンブル、ヴァンブル！」[*3]

幽霊の密集地帯をさまよっていたためか、マイルズは船乗り仲間を驚かせることがますます多くなっていた。マイルズがその日にどこに食材の調達に出掛けていたかによって、食事の時間が深遠なる不確定性――ときには致命的な不確定性――に関する実習の時間と化すことも多かった。彼の料理は魂の変位次第で、一流の料理人を思わせるときもあれば、まったく食べられないこともあり、その極性は日々まったく予想のできない変化を見せた。マイルズは故意にスープを駄目にしたり、ミートローフを焦が

＊1　米国の国鳥はハクトウワシ。
＊2　プラトンが定義した正多面体のこと。正四面体、正六面体（立方体）、正八面体、正十二面体、正二十面体の五つ。
＊3　マイルズの言葉は意味不明。

したりしたわけではない——彼がそれほどあからさまなミスをすることはめったになく、うっかり何かを入れ忘れたり、分量や入れるタイミングを間違えたりということが多かった。「不可逆過程と言うなら、料理こそまさにそうだ！」と、熱力学士官のチック・カウンターフライが一席ぶった。慰めの言葉のつもりだったのだが、どうしても少し熱が入ってしまう。「あぶり焼きした七面鳥を元には戻せないし、いろいろ混ぜて失敗したソースを元の材料に分けることもできない——時間はすべてのレシピに内在しているのに、人はピンチに陥るとそれを忘れてしまうんだ」

ときにはマイルズがこう答えることもあった。「知的な助言をありがとう、チック……みんなも……みんないつも驚くほど辛抱強く僕の失敗に付き合ってくれて、僕もできるだけ進歩するように努力するよ」と言って、ときには叫び声を上げ、「ブリブフロスゼップの超震音にかけて！」とコック帽を激しく振り回しながら、顔には謎の笑みを浮かべた。

しかし、仲間の中で唯一失望を味わうことがなかったのはパグナックスだった。マイルズは味にうるさいパグナックスには、彼の機嫌にかかわらず、一目置いていた。ビンテージシャンパンやスッポンのシチューやアスパラガスのオランデーズソース添えを含む、人間の好みに似た各種の料理を好むばかりでなく、パグナックスは一品一品が別の皿に盛られることを要求し、皿も特定の年の名のある銘柄のボーンチャイナでなければならず、おかげで、残飯を意味していた「犬の食事」という表現に新しい意味が加わったのだった。

アメリカ合衆国では、もうすぐ七月四日になろうとしていた。それはつまり今夜、服務規程によって、好むと好まざるとにかかわらず、船上でもお祝いをしなければならないことを意味していた。

「光と音でにぎやかにしていれば、おれたちがしつけのいいサルみたいにおとなしく飛び回ると思ってるんだ」というのがダービーの意見だった。

「教養ある人間なら誰でも知っていることだが」とリンジーが反論した。「七月四日の花火は私たちの国の歴史における注目すべき軍事的爆発の瞬間の愛国的な象徴だし、周囲を取り囲む敵対的な闇の世界から突きつけられる脅威に対してアメリカ本土の完全性を守るために必要だと考えられている儀式だ」

「目的のない爆発は」とマイルズ・ブランデルが断じた。「最も純粋な形の政治そのものだ」

「気をつけないと」と科学士官のカウンターフライが意見を述べた。「みんなが僕らのことをアナルコサンディカリスト*だと思っちゃうよ」

「遅すぎたくらいじゃないか」とダービーがうなるように言った。「今夜の花火はヘイマーケットの爆弾事件を記念して打ち上げることにしよう。あれはアメリカの歴史の転換点だった。あのみじめな経済システムの下で労働者が正当な取り分を手に入れようと思ったらその唯一の手段は――化学の奇跡を使うしかない！」

「サックリング！」仰天したリンジー・ノーズワースは必死に平静を保とうとしながら言った。「しかし今の発言はあからさまに反米的だぞ！」

「えっへっへ、あんたの母ちゃんはどうせピンカートンの探偵だろ」

「おい、この、共産主義の――」

「あいつらが何をもめているのか私にはさっぱり分からない」と、特に誰に向かってということもなく、ランドルフ・セントコズモがぼやいた。そのぼんやりした視線から考えると、ひょっとすると風に向かって言っただけなのかもしれない。

しかし今夜の花火の打ち上げは、結局、ただの爆発にはとどまらなかった。激しく燃えるろうそく形の花火が耳をつんざきながら一本一本荒れた火山の上に花を咲かせていたとき、マイルズが、今までに彼の口から聞いたことがないようなせっぱ詰まった口調で、空中ロケットの上昇の意味について皆で考

＊　すべての政治権力を排除し、労働組合の指導による無政府主義的な社会を想定する主義を奉じる人々。

えようと言いだしたのだった。特に打ち上げ用の火薬が燃え尽きた後の、しかし導火線が花火玉を割る前の、目に見える航跡の不可視の延長について——暗い空の中で上昇を続けていると推定される時間、百個単位の光が出現する直前の、不可視だが存在する点の直線的連続について——考えよう、と。

「やめてくれ、やめてくれ！」ダービーはおどけたしぐさで耳をふさいで言った。「中国語みたいだ」

「花火を発明したのは中国人だ」とマイルズがうなずいた。「それにしても、花火を見ていると自分の人生の軌跡について何かが見えてこないか？　どうかな？　しゃべり好きな皆さん、考えてみてくれ！」

地球の正反対での偉大な実験の時刻が近づいた。まるで何か時間のかかる化学的過程が何度実験してもあいまいさのない結果を出してくれないかのように、食事の準備とは異なるにおいが荒れた火山の風下に集まっていた。電極がぱちぱちと音を立ててまぶしく光り、近くの温泉からの蒸気で動く発電機から電力を得ていた巨大な変圧コイルはほとんど人間のような声で苦しそうにうなっていた。無線装置のための送信用と受信用のアンテナは溶岩丘の横に設置され、通信が始まっていた。ほぼ正確に地球の反対側では〈偶然の仲間〉のモニター要員がパイクス山の頂上にある全天候型無線室で待機していた。しかし、この奇妙な通信の性質については考え方が分かれていた——信号は地球の表面に沿って円弧状に伝わっているのか、それとも地球の中を真っすぐ突き抜けているのか、あるいはそもそも線的に進んでいるという考え方自体が的外れで、回路のすべての部分においてすべてが同時に起きているのではないか？

〈不都号〉が再び飛び立つ準備が整うころには、船首像に関する議論は平和的な決着を見て——少年たちは服をまとった女体像、エロチックというよりも母性的な像で妥協したのだ——互いに謝罪を交わし、謝罪を繰り返し、しまいに退屈するほど延々と謝罪し、またその繰り返しに対する新たな謝罪が必要となった。就業日には空《そら》の作法の細目が几帳面に守られた。しばらくすると少年たちは今回の仲間内の不和を、病気にかかっていた時期、あるいは若気の至りのようなものと考えるようになった。リンジー・ノーズワースが彼ら全員に思い起こさせたように、そうした困難が訪れることにはいつでもちゃんとした理由があるのだ——すなわち、警告的な教訓を与えるという理由が。

「教訓って?」とダービーが皮肉な態度で言った。「〝人には優しく〟とか?」

「私たちはいつ何時も、あんな振る舞いをするレベルよりも高いところにいることになっているんだ——誰がそう決めたかはあまりはっきりしないが」と副長が厳粛な声で言った。「文字通り、高いレベルに。あの種ののしり合いは地上人の間ではあるとしても、私たちにはふさわしくない」

「え、それはどうかな、それなりに楽しかったけど」とダービーが言った。

「そうだとしても、私たちは世俗的なものによる感染を最小化するよう常に努力を怠ってはならないのだ」とリンジーは宣言した。

少年たちはそれぞれ自分なりの考えからその意見に同意した。「危機一髪だったんだぞ、諸君」とランドルフ・セントコズモが言った。

「議定書を作ろう」とチック・カウンターフライが言った。「二度とあんなことにならないように」

「グロインブルーグニッツ・シドファスプ」と、マイルズが熱心にうなずいた。

間もなく実際にその機会が訪れたとき、少年たちが自分たちの属する組織や国や人類さえも裏切る形であっさりと「世俗的なもの」を乗り越える機会に飛びついたのは、果たして驚くべきことだったのだろうか?

命令は、いつものように何の儀式もなく、通常の儀礼も伴わずに、マイルズ・ブランデルが木曜に〝本日の特別料理〟として伝統的な方法で調理した牡蠣《かき》のシチューを通じて届いた。その朝、日の出よりもずいぶん前にマイルズは、少年たちが数日間の上陸許可を楽しんでいた東ジャワのスラバヤにある古い町の込み入った小路の中の貝類市場を訪れていた。そこで一人の口のうまい日本人紳士がマイルズに近づいてきて、非常に魅力的と思われる値段で、バケツ二杯分の「特別な日本の牡蠣《スペシャル・ジャパニーズ・オイスター》」を彼に売ってくれた。日本人は何度も「スペシャル・ジャパニーズ・オイスター」だと繰り返していたが、マイルズが思い返してみると、彼がしゃべった英語はそれがすべてだった。リンジー・ノーズワースの苦しそうな叫び声によって昼食が中断されるまで、マイルズはそのことを忘れていた。リンジーは叫び声に続いて三十秒ほど、彼らしからぬ悪態をついた。彼の前のトレーには、ようやく頑張って口から取り出した、サイズの点でも光沢の点でも常軌を逸した真珠が置かれていた。それは実際、内側から輝いているように見えた。周囲に集まった少年たちには、それが〈偶然の仲間の上位階層〉からの通信だとすぐに分かった。

「その牡蠣商人の名前か住所はまさか聞いてないだろうなあ」とランドルフ・セントコズモが言った。

「これだけ」マイルズは日本の文字が書かれた小さな名刺を取り出したが、残念なことに日本語が読める者はいなかった。

「役に立つ手がかりだな」とダービー・サックリングが皮肉を言った。「けど、みんなもうパターンは分かってるじゃないか」チック・カウンターフライが既に保管用ロッカーから奇妙な形の光学装置を持ち出していた。装置にはプリズムとレンズとネルンスト灯と調整ねじがついていた。彼は装置の受け皿に慎重に真珠を置いた。まだ歯が痛そうにあごをさすりながらぶつぶつとぼやいていたリンジーが食堂の日除けを下げて熱帯の昼の日差しを遮り、少年たちは隔壁に設置した反射スクリーンに注意を向けた。すると徐々に、溶液の中から写真の画像が現れるように、文字で書かれた伝言が現れ始めた。

この暗号化には、御木本《みきもと》博士が最初の養殖真珠を作ったのと同じころに日本で開発された極秘の技術的プロセスが用いられていた。元のアラゴナイト——それが真珠の光沢の成分なのだが——の一部が選択的に、器用な日本人職人の知る「誘導同質仮像形成」によって異なる形の炭酸カルシウムに――すなわち、氷州石の名で知られる複屈折性方解石の微細な結晶に――変えられていたのだ。普通の光がこの鉱物を通過すると、常光線と異常光線という二つの光に分かれる。日本の科学者はこの属性を利用して、真珠の層構造の中で微小な結晶が巧妙に配置された新たな光学的通信手段を生み出した。そうして加工された真珠は、ある方法で光を当て、複雑に屈折した光を適当なスクリーンに投射すると、メッセージを映し出すことができるのだ。

悪魔のように切れる東洋人の頭脳からすれば、この同質仮像形成による暗号化と御木本の真珠養殖法とを組み合わせるのは簡単なステップだった。こうして、世界中にある普通の市場のすべての牡蠣が一気に秘密情報の潜在的な担い手となった。もしもこうして細工した真珠がさらに宝石に加工されたら、工業化された西洋の富裕な女性たちの首や耳たぶが一種の媒体になるのではないか――愛や救助を求める伝言が瓶詰めにして流されている荒々しい海の流れよりさらにいっそう無慈悲な媒体となるのではないか――と独創的な日本人は考えたのだった。真珠が行うとされる無数のいたずらからどんな救いが得られるのか？　そして、そのお礼としてどんな感謝の品を捧げればよいのか？

上位階層からの伝言は、乗組員は直ちに空に飛び立ち、「地球内部」を経て北極圏に移動するようにという指示だった。そして、北極圏でスクーナー船〈エティエンヌ＝ルイ・マリュス号〉*を引き留め、武力以外のあらゆる手段を講じて司令官のオールデン・ヴォーマンス博士を説得し、彼が現在従事している遠征をやめさせせよ、とのことだった――〈偶然の仲間〉はもとより武力行使を禁じられていたわけではないが、それは当然ひどく〝悪趣味〟な行為と考えられていて、〈仲間〉は昔からの伝統で、どんな場合でもというわけではないが、武力行使を避けることを誓っていた。

＊　エティエンヌ＝ルイ・マリュス（一七七五―一八一二）はフランスの物理学者で、偏光現象を発見したり（一八〇八）、結晶中の複屈折に関する理論を作ったり（一八一〇）した。

ケプラー、ハレー、オイラーをはじめとして科学史における偉人の中には、いわゆる「空洞地球」の存在を考えた人がいた。彼らの期待によれば、今から少年たちが行おうとしている地球内「近道」の技術がいつか日常的なものとなり、地表での船旅におけるスエズ運河やパナマ運河の利便性に匹敵する航路となると考えられていた。しかしながらこの物語の時代においては、その旅はわれらが乗組員たちにとって度肝を抜かれるような驚異の経験だった。〈不都号〉は南インド洋の太陽の領域を離れ、南極大陸上空に入り、高くそびえる黒い山並みに遮られた茫漠《ぼうばく》たる白い広がりを横切って、彼らの前方数マイルのところで深呼吸をしている巨大で暗い内部へと向かった。

しかし何かがおかしかった。「今回は針路の取り方が難しいな」とランドルフが少し困惑した様子で海図台に向かいながらつぶやいた。「ノーズワース、君も昔のことを覚えているだろ。昔なら何時間も前にあそこがそうだって分かったものなのにな」この土地にすむ鳥たちがまるで鳥だけが感じる地球内部の渦に引き込まれるのを避けようとするかのように群れをなして細長いらせんを描いている姿は、この辺りの空を飛ぶ人々が見慣れた光景となっていた。そして、地球内部の温和な気候の地域に達するしばらく前から万年雪が減り始め、それがツンドラに変わり、さらに草地、森、農園へと変わり、最後に〈縁《へり》〉のそばには辺境の町のような入植地が一つ二つあって、以前ならそこに年に一度の市《いち》が立ち、光る魚や占いに使える巨大な結晶やさまざまな役に立つ金属の精錬されていない鉱石や地表世界の菌類学者には知られていないキノコなどを内部の住人が売りにきたものだった。地上の菌類学者はかつては、新たな幻覚強化作用を持った新種のキノコを発見することを当て込んで定期的に内部を探査していた。

ところが今回の旅では、極地の氷は巨大な入り口のすぐそばまで続いており、入り口そのものも明らかに小さくなったようだった。周辺には、地表の風景とよく似た色の奇妙な氷の靄《もや》がかかっていた。そのの上空で少しホバリングした後、中へと降下を始めると靄はますます深くなったので、しばらくの間〈不都号〉は無視界飛行同然の状態で、頼りになるのは嗅覚だけだった。硫黄の燃焼のにおい、キノコの収穫のにおい、そして、靄の中から気まぐれに姿を現し始めるトウヒのような針葉樹の巨大な森から漂う樹脂の蒸散のにおい。

飛行船はエンジンの音を激しく響かせながら惑星の内部に進入した。アンテナや索具装置は以前の横断のときよりもさらにはっきりと青白い光に包まれた。「南半球が今、冬だと言っても」と、光度計で測定を行なっていたチック・カウンターフライが言った。「ここは以前よりもずっと暗くなってる。おそらく、入り口が狭くなったせいで外からの光が入りにくくなったってことだろう」

「どうしてそんなことになったんだろう」とランドルフが顔をしかめた。「気に入らないな、あんまり」

「中緯度地域からの注目度が高まりすぎたってことだよ」と予言者めいた余韻の残る声でマイルズが言った。「内部は自らが脅威にさらされていることを感じて、自己防衛的な反射が起きたってことさ、すべての生物にはある種の防衛本能があるからね……」

ずっと「下」の、惑星内的薄闇の中を進んでいると、はるか先まで続く内側の巨大な凹面の上で、まだ農地化されておらず光もない荒野の中にリン光を発する定住地が鎖や網のように広がっているのが見えた。飛行船乗りたちは船のニトロ＝石松子《せきしょうし》*エンジンが許す限り静かに航行を続けた。「彼らは私たちがここにいることを知っていると思うか？」リンジーはこの横断の間中そうしていたのだが、夜間用望遠鏡を覗きながらそうささやいた。

「他に空を飛ぶ交通機関はまったくないようだから」とランドルフが肩をすくめた。「現実離れした問題ってことになるだろうな」

「下の誰かが長距離兵器を持っているとしたら」とチックがふざけて言った。「——破壊光線とか、オーロラのエネルギーを集めておれたちの頼りない気嚢《きのう》に当てるレンズとか——そんなのを持ってるとしたら、おれたちが射程圏内に入るのを待ち受けているだけかもしれない」

＊ ヒカゲノカズラの胞子嚢から採れる可燃性の粉末で、花火などに用いられる。

「かもしれん、だから、十分な警戒を怠ってはいけないんだ」とリンジー・ノーズワースが言った。

「へえええ、そろいもそろって女々しい心配屋ばかりだな」とダービー・サックリングがあざけった。

「そうやってくだくだ言ってるがいいさ、お嬢さんたち、そんなに心配ばかりしてるとしまいにほんとに大変なことが起こるぞ」

「テスラ装置にメッセージだ」と、〈不都号〉の無線装置に向かっていたマイルズが抑えた声で言った。

「どうして分かる、のろま君?」

「よく聞け」マイルズは、もっと地上的な価値に重点を置く人物なら挑発と受け取ったかもしれない発言を冷静に笑みでやり過ごし、手を伸ばして目の前の操作盤の刃形スイッチをいくつか切り替えると、そばの電気的音声増幅器のスイッチが入った。

最初、その「ノイズ」は少年たちの聞き慣れた磁気大気圏の擾乱《じょうらん》の合奏のようにしか聞こえず、彼らがさらに奥深く進もうとしているこの場所ではそれが巨大な反響空間によって増幅されているだけではないかと思われた。しかし、その発信音は徐々に一体化して人間的な音質とリズムを持ち始めた——言葉というよりも音楽に近かった。まるで下に広がる薄闇の同盟が歌で結束しているかのように。

通信士官のリンジーはテスラ装置に耳を近づけ、目を細めて注意を傾けたが、最後には一歩下がって首を振った。「何を言っているか分からん」

「助けを求めてるんだ」とマイルズが断言した。「間違いない、しかもかなり絶望的な叫びだ。敵対的なノームの群れに襲われてると言っている、そして同心円状に並んだ赤い信号灯を灯しているらしい」

「あそこだ!」とチック・カウンターフライが叫んで、右舷後半部を指さした。

「じゃあもう議論の余地はない」とランドルフ・セントコズモが宣言した。「降下して救助活動に当たるぞ」

彼らは、とんがり帽をかぶって変わった武器――それは電気石弓だと後で判明した――を持った小柄な戦士がひしめく戦場へと降下していった。ノームが時折その石弓から強烈な緑の電光を飛ばすと、それが流れ星のように辺りを不気味に照らした。

「彼らを攻撃することはできない」とリンジーが抗議した。「彼らは私たちより小柄だから、交戦規則に明確に定められているように――」

「緊急時には、選択は司令官の判断に任されている」とランドルフは答えた。

彼らは今、紅の遭難信号が燃えている城らしき建物の、金属でできた小塔と胸壁の上空に近づいていた。下には〈不都号〉を見上げる人影が見えた。司令塔に立って夜間用望遠鏡で彼らを見ていたマイルズの目は、高いところにあるバルコニーに立つ女性の姿に釘付けになった。「何てこった、すごい美人だ!」しばらくしてから彼がそう叫んだ。

着陸するという運命の決断によって、直ちに彼らはこの地域の複雑な政治に巻き込まれることになった。そして結局、気がついたときには、〝高度の違いによる不干渉〟という指令に対する違反すれすれの状態に陥っていて、下手をすると公聴会が開かれることになったり、国家組織から除名されたりする恐れもあった。この後に続く、さらに怒り狂った〈ノームの軍団〉の攻撃からのぎりぎりの脱出劇と、恥知らずにもノームと共謀していた国際的な鉱業カルテルと、プルートニアの王女ソニカの宮殿に入り込んだみだらな邪悪と、キルケー*のように〈不都号〉の乗組員の心を(既に見たように、特にマイルズを)とりこにした地下の支配者たる彼女の抵抗しがたい魅力について詳しいことをお知りになりたい読者には、『〈偶然の仲間〉と地球のはらわた』をお読みいただきたい。ただし、なぜかこの巻はシリーズ中ではあまり人気がない。地球内冒険に関して私が少しばかり調子に乗っていろいろと書いたために、はるか英国はターンブリッジウェルズからも不満の声を表すかなり厳しい口調の読者の手紙が届いてい

* 『オデュッセイア』で、オデュッセウスを自分の島に引き留め、部下たちをブタに変えた魔女。

る。

がっしりした体格の原住民の、敵意に満ちた集団から命からがら逃げ出した後、さらに地表時間で一昼夜が経過したころ、〈仲間〉は地球内部を通り抜け、ようやく北の入り口がはるか前方の小さな明るい円として見えてきた。南極のときと同じく、誰もがこの惑星の出口が小さくなっていることに気づいた。穴を出ると、急に広がった明るい世界の中で、最短の時間でスクーナー船〈エティエンヌ＝ルイ・マリュス号〉の近くまで行くにはどのような航路を取るべきかというのは少しコツの要る舵取りだった。そのころスクーナー船はヴォーマンス遠征隊を、その乗員のほとんどが決して自分から選びはしないであろう運命へと導いていた。

第二部　氷州石

ランドルフ・セントコズモは自ら最上船橋から鋭い目を光らせるだけではなく、前方と後方に船で最強の双眼鏡を持たせた見張りを配した。この北極圏内では、すべての〈偶然の仲間〉の乗り物は「見慣れない飛行体は友好的と判明するまで敵対的と考えよ」という慣習的な指令に従うことになっていた。最近はもはや領土や物資に関してではなく、電磁気的情報を求めて日常的な小競り合いが起きるようになっていた。それは、地球を取り囲むことが既に明らかになっていた謎の数学的格子模様の各点における場の係数を最も正確に測定し地図化しようとする国際的な競争の結果だった。「帆船の時代」が地球上の海と海岸線の地図と風配図の風に頼っていたように、間もなくここに訪れる歴史は新しい変数に頼ることになる。磁気的異常が暗礁に相当し、最小のインピーダンスが海峡に当たり、太陽へと向かうまだ名前のない激しい光線は嵐に相当するのだった。今はゴールドラッシュならぬ「光線ラッシュ」の真っただ中だった――ヘルツ*が想定した以外のあらゆる種類の光線を含め、光と磁気が誰にでも取り放題で、山師がそこに殺到していた。野蛮な力で他人の土地を分捕ろうとするプロも多く交じり、あらゆる周波数の光を探す純粋な能力のある者はわずかで、ほとんどの人にはその才能も良心もなく、一心に理性からの逃走を図ろうとする周囲の流行に乗っただけの連中ばかりだった。それはかつて金や銀を夢見た人々が病んでいたのと似た病気だった。大気圏の最上層に次の辺境、まだ手なずけられていない辺境

＊ ドイツの物理学者ハインリヒ・ヘルツ（一八五七―九四）は電磁波の存在を実証した。

があった。開拓者が、馬車ではなく飛行船でやって来ては、その場所の所有権に関する言い争いを始め、それが後に何世代も続くことになった。子供時代の深い冬の夜に高緯度地域でしばしばベッドから出て眺めた北極光《オーロラ》、そしてその子供の両親に漠然とした恐れの念を抱かせた北極光は、この高高度においては四六時中内側から見ることができた。全天に光が脈打ち、膜や波や柱のような光と流れが絶え間なく形を変えていた。

誰も注意を向けていない地球の片隅では、誰も知らない党派の間で、宣戦布告もなくほとんど感知されることもない戦争が何年も前から始まっていた。氷の尖塔と尖塔の間、鉱山跡地、鉄器時代の要塞の秘密の庭園、人のいる場所やいない場所、寂しい場所や氷映[*1]の中の超自然的な場所など、北極圏の至る所に秘密の発信機が設置されていた。岩というよりも凍った海鳥の糞化石《グアノ》のような尖った岩の上で、地球磁場の偵察者が絶望と不眠症に陥りながら地平線に目をやり、何年も前からずっとやって来ない救援を探していた……。そして実際、極地の夜が永遠に続くことになる者もいた――空ではオーロラが可視から不可視に至るあらゆるスペクトルの間を荒れ狂い、彼らは報告しようのない光輝の中で地球を去ったのだ。魂は惑星的力線に引き寄せられ、伝説的な地球の内部を通って両極の間を一瞬で運ばれる……。

科学者＝飛行士たちは色彩豊かに輝く雲の中で、実際に船体の一部が消えたり見えたりする海軍式の「迷彩」で偽装した乗り物を操りながら、生真面目にデータを集めた。何リーグも下の地表の情報センターに集まっている起業家にとってはそのデータのすべてが重要な関心事項だった。そうしたセンターの一つが、北アラスカにある放射線情報センターの光学磁気観測合同実験所（略してＩＧＬＯＯ[*2]）だ。最近ではこの施設が高波長域のロイズのようになり始めていて、誰もが次の運命の鐘が鳴らされるのを不安混じりに待っていた。[*3]

「最近は危険な状況が続いていますね」

「ほお、調子のいいときには、何でもやるからスリルが欲しいって言ってるおまえさんとは思えないな」

「こんな状態が続いてもらっちゃ困るんですよ」

何人かが振り向いたが、重苦しい口調はずいぶん前から珍しいものではなくなっていた。「生意気なガキだな、おまえに何が分かる、前回の日食のときにはおまえさんはまだここにいなかったじゃないか」

そこは暗い会議室だった。窓には鉄のシャッターが下ろされ、部屋の中では緑のかさをかぶった電気とガスの明かりが所々に灯り、黒いベストに付いた懐中時計の鎖とペン先、硬貨と食器、グラスと瓶のわずかな輝きでかろうじて闇が和らげられていた。外では、凍結した雪に覆われた通りの上で、遠くから餌をあさりに来たオオカミが雄弁に吠えていた。

「そう――最近この業界には君くらいの年齢の人間が多すぎる。思慮の足りない行動はするし、おかげで有害な結果がもたらされるし、歴史や昔の人が払った犠牲に対する敬意もないし……」

「昔も今も同じですよ、古株さん」

「おまえはこの前、おれの部下たちを煮込み料理にしそうになったそうじゃないか。あれはどういうことなんだ?」

「あそこは進入禁止です。警告だって何度もした。実験の日に船を出す方がどうかしてるんだ」

「考え方が逆さまなんだよ、毎度のことだけどな。船が出てるときには実験をするもんじゃない。無防備な小艇が――」

「無防備! 攻撃艦並みの装備でしたよ」

「――遊覧船みたいに無邪気に巡航してたのに、おまえたちが攻撃を仕掛けたんだ、悪魔の光線で」

＊1　海氷や氷原に反射して水平線近くの空が明るく見える現象のこと。
＊2　普通名詞の igloo はエスキモーの氷雪塊の家のこと。
＊3　ロイズはロンドンにある損害保険引受業者たちの組合。船の遭難などの重大発表前には鐘が鳴らされた。

「あの船は不審な行動を取ったんだ。私たちは手順に従っただけです」

「どうだ――不審な行動ってこんな感じか？」

「誰か、誰か来てくれ！」

このようないざこざはすっかりありふれたものになっていたので、後部を見張るパグナックスの尾につながっている電信機のゴングが鳴り始めても、ランドルフはほとんど驚かなかった。

「急げ、双眼鏡だ……。おい、いったい何なんだ、これは？」遠くに見える船は、東方正教会のドームのようなタマネギ形の――大きさもドームに匹敵しそうな――気嚢《きのう》が目立っていた。その鮮やかな赤色の表面にはロマノフ家の紋章が黒で描かれ、その上には金のキリル文字で〈ボリシャーヤ・イグラ〉すなわち「大いなる《グレート》ゲーム」[*1]と記されていた。それはロシアでちょうどランドルフに似た立場にいる――そして宿敵でもある――謎の人物イゴール・パジトノフの乗る旗艦だとすぐに判明した。彼との以前の対決（特に『〈偶然の仲間〉と氷の海賊』と『〈偶然の仲間〉、危うくクレムリン宮殿に衝突』を参照）は少年たちに生き生きとした記憶を呼び起こしたが、それは同時に不安な記憶でもあった。

「パジーのやつ、どうしたのかな？」とランドルフがつぶやいた。「すごいスピードで接近してくるぞ」

サンクトペテルブルクにある〈たまたま同志《タヴァーリシチ・スルチャイニ》〉という名の〈偶然の仲間〉に似た組織は、どこでも好きな場所でいたずらを繰り広げることで有名だったが、その動機は少年たちにはほとんど理解できなかった。パジトノフ自身の得意技は、いつも四個で一組になった煉瓦や石――それが彼の「署名《サイン》」となっていた――を上官が指示する標的の上に落としてダメージを与えることだった。[*2]その殺人的破片は、以前に気まぐれな標的となった丈夫な壁から調達したものだった。

「私たちは何としても彼らを回避すべきだ」とリンジーが苦々しそうに言った。「連中は私たちがまた領空侵犯をしていると考えるだろうからな。例のポーランドでの事故をめぐっては少なからず腹を立てているだろうし――もちろん私たちの側には何の落ち度もなかったんだが――とはいっても今回は、向こうに邪魔されないうちにこっちから正直に事情を説明した方がよさそうだ、と思っていたら、あっという間に――あ、本当に――」 突然、ロシアの飛行船が手荒に横付けしてくると同時に、激しい衝撃が〈不都号〉の船体を揺らした。

「ああ、来た」とランドルフがつぶやいた。

「おーい！ 気球少年！」 パジトノフ船長は亜麻色の髪をしたスポーツマンタイプで、いつも陽気だった――実際、普通の飛行船任務が必要とするレベルをはるかに超えて陽気だった。「またおれの先手を取ろうとしてるな！ 何かあったのか？ おれは年寄りだから教えてくれないってわけか？」 彼の笑顔は地表上で狂人の集団の中にいれば目立たなかったかもしれないが、理性の前哨地点をはるかに離れた地上数千フィートのこの場所では、彼の部下たちが今並んで〈不都号〉に向けているライフル――おそらくモーゼル社が作った最新型ライフルのトルコ版、それに加え、他にもすぐには見分けのつかない武器――よりもさらに不気味に思われた。

「空の友よ《ナ・ソブラチャ・ボ・ネボ》！」とランドルフは平静を装ってあいさつをした。

「どこに向かってる？」とロシアの司令官が中国銀製の巨大なメガホンを使って叫んだ。

「南です、見ての通り」

「さっき当局が緊急規制域を宣言したぞ」パジトノフは下の氷原の広い範囲を指し示すように大きく腕を広げて言った。「迂回した方がいい」

「当局？」 まるで親しい知人の名に気づいたかのようにリンジーが抜け目なく聞き返した。

「ＩＧＬＯＯだ」とロシアの司令官は肩をすくめた。「おれたちは全然気にしてないが、おまえたちは気にするかと思ってな」

＊1　世界史における「グレート・ゲーム」とは、中央アジアの覇権をめぐる大英帝国とロシア帝国の政治的抗争を指す。

＊2　ここには、旧ソ連の科学者アレクセイ・パジトノフが開発したゲーム「テトリス」のイメージが重ねられている。

「緊急って、どういうことです」とランドルフが尋ねた。「何か言ってましたか?」

モスクワの飛行船乗りたちは、発作を起こしたように不気味に笑いだした。「ロシアのおれの育った地方では」とパジトノフ船長がようやくしゃべれる状態に戻った。「すべての動物が、どんなに大きなものでもどんなに危険なものでもみんな名前を持っていた――クマでもオオカミでもシベリアトラでも……ただ一つだけ例外がある。人間も含め、他のあらゆる動物が恐れる生き物だ。それは他の動物を見つけると食うんだ。殺してから食うとは限らない。そいつは苦痛の味が分かるんだ。苦痛は……塩の味がするらしい。スパイスみたいなものかな。その生き物だ。おれの故郷では名前がなかったその動物。名なし。分かったか?」

「まったく」とリンジーが船長にささやいた。「聞いたことだけ答えてくれればいいのに」

「ありがとう」とランドルフが答えた。「特に注意して進むことにしよう。そちらの船で補給したいものがあればお礼に供給させてもらいたい。何か足りなくなってきてるものはないですか?」

「おまえたちの盲目的な無邪気さには敬意を表するよ」とロシアのランドルフが笑顔で言った――それは初めての言葉ではなく、儀礼的なやり取りとなっている言葉だった。〈ボリシャーヤ・イグラ号〉は徐々に離れ始めた。船長と先任士官は船橋の手すりのそばに立ち、〈不都号〉をじっと見ながら何かを話し合っていた。二つの船がほぼ声が聞こえない距離まで離れると、パジトノフが手を振って「道中ご無事に!」と叫んだ。極地の広大な空の中では彼の声は小さくもの悲しかった。

「んん、あれはいったいどういうことだ? もしも警告で私たちを遠ざけるつもりだったのなら……」

「ヴォーマンス隊のことは何も言っていなかったし」

「何か別のことがあるんでしょう」と、乗組員の中でただ一人警告を本気で受け取ったらしいマイルズ・ブランデルが言った。他の少年たちが自分の仕事に戻ると、マイルズも昼食の準備に戻り、パグナックスは再びムッシュ・ユージェーヌ・シュー[*1]の連載小説に鼻を差し込んだ。パグナックスはどうやらフランス語の原文でその小説を読んでいるようだった。

こうして彼らは、テスラ装置からの音には最大の注意を払い、下の無色の氷原も注意深く調べながら緊急規制域に進入した。そして何時間もの間、夕食時をかなり過ぎてからも、謎のライバル〈ボリシャーヤ・イグラ号〉が右舷はるか後方にしつこくついてきていた。それは不可解な偶像の額にある第三の目を表す呪《のろ》われたルビーのように赤かった。


少年たちはもう少しというところでイーサフィヨルズル[*2]で〈遠征隊〉を捕まえそこなって再び北へ向かい、追跡を続けたが、どこまで行ってもぎりぎり間に合わなかった。その原因は逆風のせいだったり、無線の報告が間違っていたせいだったり、夜遅くまで帰ってこない乗組員を待っていたために港を出るのが遅れたせいだったりしたが、確かめてみるとそのメンバーは極地の神話に登場する「余分な男」のような幽霊だった。この地方ではよくある話だ。しかし、そうはいっても心を乱す出来事だった。というのも時折、〈不都号〉には余分な乗組員がいるように思われたからだ。しかし朝の点呼で記録が残されることはなかった。少年たちはさっきまでしゃべっていた相手の顔が本物の顔ではない——あるいは知っている顔ではない——ことに後から気づくこともあった。

ある日、〈不都号〉が小さな入植地の上を飛んでいると、通りや小路にろう人形がたくさん置かれているのが見えた。音もなく上空を飛ぶ巨大な乗り物を住民がそれほど凍りついたようにじっと見ていたのだ。

ランドルフ・セントコズモは上陸許可を与えることにした。「彼らは北の人間たちだ、忘れるなよ」と彼は助言した。「彼らは私たちのことを神様だと思ったりはしない、以前の東インド諸島の住民とは

＊1　フランスの小説家（一八〇四―五七）。
＊2　アイスランドの北西部フィヨルド半島最大の町。

違うんだ」

「あそこは天国だった！」とダービー・サックリングが大きな声で言った。

船が着陸し、係留が終わると、少年たちは何でもいいから土産を買おうと思いながら陸に降りた。

「これ、トルコ石？」

「ここでは青い象牙《ブルー・アイボリー》って呼んでる。先史時代のマンモスの骨、本物だ。もっと南の地方で見かけるような色つきのセルロイドとはものが違う」

「こっちは――」

「これはここからずっと内陸に入った尾根に実際に立っているイヌクシュクのミニチュアだ、人間みたいな形に岩を積んであるんだ、よそ者を脅かそうってんじゃない、よそから来た人の案内をする彫刻なのさ、道標《みちしるべ》が少なすぎる場所や多すぎてわけが分からない場所なんかに立ってるんだ」

「何だか僕の日常みたいな話だ」

「だからミニチュアがこんなに売れるのかもしれないな。だって島の南にある町でも、いつ何時、一瞬のうちに氷原に変わるかもしれないんだから」

この先、困難なことがあるたびに、少年たちは彼が買った謎のミニチュア――おそらく彼らが実際に目にすることのない彼方《かなた》にある石積み彫刻を再現したもの――に目をやって、かなり間接的な形ではあってもそこに表現されている世俗的なものを超えた真理を垣間見ようと努力したのだった。

〈エティエンヌ＝ルイ・マリュス号〉はナポレオン軍の工兵兼物理学者にちなんで名付けられた。マリュスは、一八〇八年末にリュクサンブール宮殿の窓に反射した夕日を氷州石越しに見ていたときに偏光を発見した人物だ。〈エティエンヌ＝ルイ・マリュス号〉はオーク材と鉄で建造され、全長三七六フィート六インチ[*1]、波除け甲板と端艇甲板があり、マストは二本、貨物用の腕木が二本、背の高い黒い煙突が一本あった。何十本もある送受信用のアンテナの支え綱が露天甲板の至るところに固定されていた。船首は喫水線に対して垂直よりも少し斜めになっていて、まるで氷を切って進もうとしているかのようだった。

氷の国《アイスランド》の海岸、すなわち人の住む氷の断崖を目指して船が北への長い航海を続けている間、見張り役でもなく眠ってもいない乗員たちは扇形船尾に腰を下ろし、低緯度地方が水平線に沈んでいくのを眺めながら、マンドリンやマホガニー製のコンサーティーナ*2を弾き、歌を歌っていた。

若い娘はもういない
いるのはアイスランドの娘だけ
夜はもうない
あるのは凍《い》てついた夜だけ
だって、もう二度と戻らないかもしれない
おれたちの船は
魂さえも凍らせる
風の中へと突き進むから

彼らの間にはいろいろな噂が流れていた――船長がまた発狂したとか、捕鯨船が鯨を追うように氷の海賊が〈マリュス号〉を追っていて、万一捕まれば乗組員は鯨よりもひどい目に遭わされるだろうとか。自分たちは実はヘルグスタジル鉱山の伝説的な結晶に劣らない純粋な氷州石、近年ミズーリ州やグアナ

＊1　約百十五メートル。
＊2　アコーディオンに似た小型で六角形の楽器。

ファト州[*1]で産出しているものよりももっと純粋な氷州石の産地を探す探検に参加しているのだと信じている乗員もいた……しかし、それは数多くある疑念の一つでしかなかった。この探検はそもそも氷州石とは無関係なのかもしれなかった。

ある日、北の薄暮の中ではほとんど目に見えない緑色の氷の壁が船の脇を通り過ぎるようになった。船は緑の岬に近づいた。緑色の氷の壁は、海面に近いところでは緑色のにおいを発しているようだった。それは深い腐蝕と再生を感じさせる海のにおいだった。

島の、町とは反対にある岬の先祖伝来の家から、今や伝説と化した——本人は地元民の尊敬を集めようというわずかな野心さえ持っていなかったのだが——コンスタンス・ペンハローが〈マリュス号〉の到着を見つめていた。彼女は必要とあれば、島でいちばん高貴とされる人物と一緒に明るい氷映を背景にしてポーズを取ることもあった。彼女はまるで、不安げに肖像画の枠から身を乗り出すかのようで、目は助けを求めるのではなく、理解を求めていた。背後から半分横を向いて描かれた彼女の首の筋はチタンのような白で縁取られ、ブラシの通った髪と頭の暗影部と三日月ほどの顔だけが見える。真鍮色の影は本棚の方を向いていたが、棚にはガラスの覆いがなかったのでそこに顔は映っておらず、結局背中しか見えない。彼女の孫のハンターはそのように彼女を描いたのだった。千の花を描いた緑と黄色のゆったりした簡素なドレスを着た彼女の姿、塀で囲われた庭の外の道から馬や風によって巻き上げられた土ぼこり——記憶の中のよその国から来た、午後に観測される土ぼこり——を通して見た姿……背景にはいろいろな角度の切り立った破風が付いた木骨造りの家があり、トカゲの鱗《うろこ》状に並んだ灰色のスレートが雨の後のように光っている……屋根という未探査の荒れ地が夕日に向かって延びている……。

ここには最初の千年紀から伝わる物語があった。最初にこの島を訪れたのは無法者の一団だった。彼らはキリストの再来という約束に苛《さいな》まれることもなく、後ろから追いかけてくる斧《おの》を持った復讐者《ふくしゅうしゃ》のことだけを心配しながら、自殺的に陽気に、ほとんど脳天気と言ってもよい心境で西へ向かったのだった……シグルズ王の息子、苛烈王ハーラルは不可解な欲望に衝《つ》き動かされて船で北へ向かい、日が暮れるたびにあらゆる慰みや親切から遠ざかり、恐ろしい崖っぷちまで到達した。あと何回かオールを漕げば光のない深淵〈ギンヌンガガップ〉[*2]に墜《お》ちてしまうところだった。北極の暗がりを通して見えたその裂け目は、遭難した漁師や略奪者や神に憑《つ》かれた逃亡者によって昔から語り継がれていた……ハーラルが舵から手を離し、部下たちが逆向きに船を漕ぐと、霧の中で運命の境界線が彼らから遠ざかった。世界の終わりを背にしたその思いがけない慈悲の瞬間、苛烈王ハーラルは、歴史と血に対する義務に服従し自分の欲望を捨て去るべきだと――おそらくおのれが望む以上に――理解した。水煙の湧く無限空間から何かが彼に呼びかけ、彼は夢の中でそれに応え、ぎりぎりの瞬間に目覚め、引き返したのだ。というのも古代北欧の言葉で「ガップ」とは、巨人イミル[*3]を通じて大地と大地にあるすべてのものとを生んだ氷の混沌《こんとん》そのものであるこの割れ目のことだけでなく、大きく開いた人間の口――死すべき運命の口、大声を上げ、叫び、呼びかけ、呼び戻す口――をも意味していたからだ。

ブレーメンのアダムの『ハンブルク司教教会史』[*4]にはそう書かれている。

そしてこの遠征は、公式な指令においては〈ギンヌンガガップ〉を目指すものではないとしても、前方の霧の中にはその空隙の存在を認めざるをえなかった。ひょっとするとある日突然、謎の〈内部〉が映って水空[*5]が暗く見えるかもしれない。現代では船が世界の表面からはみ出ると、単純な円盤や楕円体よりももっと位相幾何学的に最新式の環状体《トロイド》的な世界に引き込まれることになるのかもしれない。

＊1　メキシコ中部の内陸州。
＊2　北欧神話で、氷寒・暗黒の世界ニヴルヘイムと炎熱の世界ムスペルヘイムとの間にあるとされる太古の空所。
＊3　北欧神話で、巨人族の祖。彼の死体で世界は作られた。
＊4　一〇七〇年頃にブレーメンのアダムによって書かれた『ハンブルク司教教会史』は、当時の北欧の事情を知る数少ない文献史料。
＊5　極地方の水平線近くの空が周りより暗く見える現象。

かつては恐ろしかったその虚空も、苛烈王ハーラルの時代には既に申し訳程度しか残っていなかった。それは世界の創造とイミルとアウズフムラ*の時代のドラマのかすかな残余であり、もはやニヴルヘイムの氷とムスペルヘイムの火の交わりではなく、破壊的な誕生の残骸でしかなかった。

ペンハロー家の先祖も同じような遠征を試みてもおかしくなかったのだが、これまでのところ、皆が何かと理由を付けてそうしていなかった。未来に備えて、北方への航海を禁じるような陰謀が先祖の間にあったのではないかという推測もあった……。ペンハロー家の資産は氷州石から生まれていた――一族は北極圏にたくさんの採掘地を所有していた。一人の船乗りがレールフォルド湾のそばで方解石を発見し、初めてこの複屈折性の鉱物をコペンハーゲンに持ち込んだことをきっかけに方解石ブームが起こり、ブームに乗った最初のペンハロー一族が十七世紀末にアイスランドに来て以来、一族は結晶長者となっていたのだ。

ヴォーマンス遠征隊が到着すると、コンスタンスの孫のハンター・ペンハローはひどく興奮し、毎日仕事をサボッて画架と絵筆を放り出し、本土行きのフェリーに乗った。彼はマンハッタン八十丁目あたりの奇妙な訛《なま》りで話す科学者たちの手伝いをしようと、波止場でどんな半端な仕事でも引き受けた。彼の両親は彼の物心がつく前に亡くなって、船乗りの語る不確かな物語やほら話の領域に「引きこもって」しまっていたので、コンスタンスが――この子はいずれ先祖とまったく同じ道とは言わないまでも似た道を歩むことになるだろうと、彼女らしい予知能力によって察していながらも、居ても立ってもいられずに彼を引き取ったこの祖母が――彼の家と呼べる唯一の存在だった。もちろん彼はここを去ることになるだろう――それはただの予感だったが――、しかし、それは彼女の愛の妨げにはならなかった。彼は〈マリュス号〉にこっそり乗り込み、ヴォーマンス遠征隊と一緒に船出するだろう。いつかどれかの船できっと彼は旅立つだろうと、コンスタンスが昔から恐れ、知っていたように。乗組員も科学者たちも誰も彼の乗船を妨げようとしなかった――こうした遠征の際には、たとえマスコット的な役割を与えられるだけだとしても、信頼できる原住民が船に同行するというのは慣習となっているのではないか？　彼がついに岬を周って外洋に出たとき、その航海は、息もできないほど結晶の詰まった洞窟が最初に見つかったときからこの場所の歴史の基盤となっている、静かなる闘争という呪《のろ》いを彼とともに――最初は北へ、そして再び低緯度地方へ――運ぶことになった。

〈遠征隊〉の本部が置かれた〈北極ホテル〉はわずか二、三年前に建てられたばかりで、壁面には鮮やかなクリーム色の羽目板が張られ、屋根は周囲の露頭や石壁よりもわずかに明るい灰色の屋根板に覆われていた。ホテルの一角には奇妙な形の小塔があり、細くて白い円柱が半円形のバルコニーを一階と二階で支えていた。その上には尖塔のような円錐形の屋根が載り、頂部には風見鶏と無線アンテナが据え付けられていた。ホテルの裏には急峻な緑の山がそびえていた。至るところで靄《もや》が湧き、流れていた。

ハンターは道の反対に画架を構えてホテルの絵を描こうとしたが、塩の混じった霧の微視的な飛沫《ひまつ》がどうしても灰色と黄色の絵の具にからみついて――混ざるわけではなく――しまう。そのため、年月が経ってこの時期の小さなキャンバスが値打ちを増しながら世界中に出回るにつれて、新しいタイプの造形や陰影や空間の再定義を世に広めることになった。そうした微妙な色使いは物理的にはもともとそこにあったのだが、当時のハンターには見えていなかった――それに本人が気づくには後の「ベニス時代」と「ロンドン時代」を待たなければならなかった。

巨大なフィヨルドでは一晩中、氷の音がしていた。隊員たちは目を覚まし、再び寝入った。氷の声が夢に入ってきて、彼らが夢で見るものや夢の中で起きる出来事を左右し、夢見る目は抵抗することなく、ただ見せられるものを見ていた。真北には氷河が一面に広がっていたが、それはこの氷の領土で唯一名

＊　北欧神話で、溶けた雪から生まれた最初の牛。

付けられたことのない氷河だった。それはまるで、古代から生き延びた高貴な存在を恐れると同時に、氷が何らかの計画を意識的に遂行しようとしていることを認めているかのようだった……。

「ここで冬を越すのは無理です。まだ海に出られるうちに移動した方がいい」

「かまわんよ。私だってこれから一週間我慢できるかどうか怪しいからね。何と言っても食べ物が――」

「ミートローフが苦手なんですね」

「何とかならないのかね」

「はあ、実は緊急用なんですが、今の状態だって緊急事態みたいなものですよね」黒いスーツケースの鍵を開け、少し中を覗き、「どうぞ」と年季の入った手吹きのガラス瓶を手渡した。色あせしていない熱帯風のカラフルな色使いで慎重に印刷されたラベルには、噴火する火山とあざけるような笑みを浮かべたオウムが描かれ、「用心しろ、ばか野郎！　オリジナルの爆発ソース！」とスペイン語で書かれていた。「二、三滴加えるだけで、あのミートローフが見違えるほどうまくなります。二、三滴ってケチで言ってるんじゃありませんよ。これは父にもらったんです、そして父は祖父にもらった、でもまだ一インチの四分の一も減ってない。つまり用心して使った方がいいって言いたいだけなんです」

予想通りこの助言は無視されて、次の食事時には瓶が回され、皆がソースをたっぷりかけていた。結果としてその晩は、ヒステリーと後悔に満ちた忘れられない夜となった。

ラベルに描かれたオウムのいる豊かな世界は、この厳しい氷の世界からは程遠いもののように思われたが、実はほんの紙一重で隔てられているだけだった。一方の世界から他方の世界に移るには、ずっと鳥のイメージを思い浮かべたまま精神を集中して、偉そうな鳥の前でへりくだり、できればオウムの訛りで、言葉の意味が分からなくなるまで「用心しろ、ばか野郎！」と繰り返すだけでよかった――ただし、もちろん実際には、繰り返しの数が数百万回に達することもあり、聞いている人の方が耐えられなくなった。チベットの地蔵車のようなマントラの力を借りたこの実践は、ツァンポ＝ブラマプトラ川[*1]流域への「開け、ゴマ」的な鍵にもなると考えられた。〈遠征隊〉のベテランメンバーはそうした話題を持ち出すことに躊躇《ちゅうちょ》しなかった。

〈遠征隊〉に加わった科学者は、一目見ただけでは部屋いっぱいに集まった黒っぽいスーツとそれに合ったコートを着たひげの紳士たちとしか見えなかったが、実際には国籍においても動機においても奇抜さにおいてもばらばらだった。ヴォーマンス博士は、彼が鉱物学部長を務めるキャンドルブラウ大学から長期有給休暇《サバティカル》をもらって参加していた。カルカッタ大学に勤める著名な四元数《しげんすう》主義者のV・ガネーシュ・ラオ博士は、自らは沈黙して数学と歴史にすべての成り行きを任せるという英知を悟っていて、今回の旅では、彼の好む言い方を使うなら〝向こう側〟への入り口を探していた。他方、アメリカの酒場のならず者、ドッジ・フラネレットはどんな発見であれ儲けにつなげようという魂胆でここに来ていた。例えば、彼がこっそり仕入れた情報によると、氷州石は何千マイルも離れた場所に――世界中のどこにでもというわけではないが――動く映像を送る手段を開発するのに欠かせないという話だった。そしてここに来ていた。フリートウッド・ヴァイブ青年は、ウォール街の有名人である父スカーズデール・ヴァイブに命じられてここに来ていた。この〈遠征隊〉の資金を提供していたのは事実上スカーズデール・ヴァイブだったからだ。フリートウッドの任務の一つは、資金の無責任な使い方を自分の目で確認し、書き留めることだった。父ヴァイブは息子からの報告を受けて、いつかそれにふさわしい復讐《ふくしゅう》を加えるつもりだった。

「だが、おまえにいちばんしっかり見てきてほしいのは」と実業界の大物が言った。彼はさまざまな遠い場所に目をやっていたが、息子のいる場所だけは見なかった。それはスカーズデールが息子である自分たちを完全には信用しておらず、隠し事をしている証拠だと、フリートウッドや彼の兄弟には分かっていた。「あの一帯が鉄道敷設に適しているかどうかということだ。ちょうど今、ハリマン君[*2]が科学者

*1　ともにチベット近辺を流れる川。ツァンポ渓谷にはシャンバラへの入り口があると言われていた。
*2　エドワード・ヘンリー・ハリマン（一八四八―一九〇九）は米国鉄道界の大立者。

たちを船単位で買いあさって、アラスカ方面で探検旅行をさせておる。いつものようにハリマンとシフだ、仲良し二人組。おそらく、アラスカからシベリアまでベーリング海峡を渡る鉄道を計画しとるんだろう。それをシベリア横断鉄道につないで、さらにそこからどこかへつなぐ気だ。もちろん、鉄橋を渡ってベーリング海峡を越える列車はおそらくとんでもない気象状況に見舞われるだろうが、それは別問題だ」

こうしていると一見、重要なビジネス上の極秘事項を息子に打ち明けているかのようだが、実はその本当の意味は重要なことがまだ隠されているということであり、もっと詳しく知りたければおまえが自分で調べろという命令だった。「じゃあ……彼を出し抜いてやりたいってこと?」

「彼ら、だ」とスカーズデールが訂正した。「成り上がり者とユダヤ人。これじゃあ、世界が地獄に向かうのも当然といえば当然だな」

＊

〈夜毎の審議団〉がホテルの地下のラウンジに集まった。そこであれば例えば、眠りたいと思っているホテルの他の客に声が聞こえることはなかった。予告されていた今晩の話題は、「遠征とは何か」だった。

「かつて私たちは馬を馬具に慣らして、馬で遠い旅に出た。外洋に出る船が手に入ると、私たちは平らな地表を去って、リーマン空間に踏み出した。私たちは固い大地を横切り、深い海を渡り、見つけた土地を植民地化した」とヴォーマンス博士が言った。「今や私たちは〈空〉を植民地化するための最初の羽ばたきを始めている。〈空〉のどこかに神の住む〈天の街〉がある。〈空〉という地図のない荒野のどこまで行けば神が見つかるのだろうか? 〝彼〟は私たちの前進に合わせて後退するのか、無限のかなたまで後退し続けるのか? 〝彼〟は神聖なる代理人を私たちの元に遣わすのか? それは私たちを助けるためか、欺くためか、追い払うためか? 私たちは侵略した経路を逆にたどって〈空〉の開拓地を去ることになるのか、それとも放浪者となる道を選んで、天の都《シオン》以外の土地では満足せず、毎朝野営地を引き払って各地を転々とするのか？　そして第三の次元を超える次の次元を植民地化するというアイデアについてはどう考えるのか？　時間を植民地化すること。なぜそうしないのか？」

「それは、先生」と、アウターヘブリディーズ大学のテンプルトン・ブロープ博士が異を唱えた。「――私たちが三つの次元に限定されているからですよ」

「四元数主義者らしい考え方だな」と彼の大学での宿敵であるヘイスティングズ・スロイルが大声で言った。「肉体的なものであれ精神的なものであれ、すべてを所与の三次元の中で考えてる――おたくのテート教授も言っていたね、『三次元よりも次元を増やして何の役に立つのか？』って」

「その通りです。お分かりじゃないようだから言わせていただくが、所与の世界とはこの惑星、地球のことですからな」

「それもつい最近まで平らな表面だと信じられていたがね」

などなど。いつも繰り返される議論だった。この時代には四元数主義はまだ陽気な真昼の光と暖かさを享受していた。面倒な属性があったためにそれに対抗する体系も時折認められることがあったが、ハミルトンを信奉する四元数主義者たちは、自分が永遠に生きると思い込んでいる子供のように、自分たちの信念が時代遅れになることはないと思っていた――とはいえ〈マリュス号〉に乗っている科学者の中にも、固く守られている特命文書において現在の旅が「時間の流れに対して垂直に」進むものと記されていることの意味がよく理解できない者がかなりいたのだが。

「時間はただ一つの軸の上を動きます」とブロープ博士が説明した。「過去から未来へ――唯一可能な回転は一八〇度です。四元数においては、九〇度の方向が新たな軸に対応して、その単位は$\sqrt{-1}$です。他

＊　ジェイコブ・シフ（一八四七―一九二〇）は、ドイツ生まれのユダヤ人で、ニューヨークで銀行家になった。慈善家でもある。

の回転はどんな角度でも単位に複素数が必要になります」

「しかし、直線の軸が曲線になる写像——z平面上の直線がw平面上の円に写像される $w=e^z$ のような複素変数の関数——が存在するということは」とラオ博士が言った。「直線的時間が円環的時間に変化する可能性を暗示している。そして永劫《えいごう》回帰を単純に、というか複雑に成し遂げることになるかもしれないわけだ」

　安物の葉巻の煙が濃くなり、輸入物のデンマーク産アクアヴィット*の十五セント瓶がすべて空《から》になり、それに代わって少し大きめの陶製の壺に入った地元の蒸留酒が出てきた。外の暗闇の中では、自分の主張を表明しようとするかのように、古代の氷がきしんでいた。

　まるで、時刻が遅くなってきたせいでもともとくすぶっていた因縁に再び火が点いたかのように、議論は光を伝えるエーテルの話題に移った。これに関しては、意見の交換が——四元数のようにかなり信仰に左右される問題だったので——しばしばある種の熱を帯びることは避けられなかった。

「とんでもないばかだ！」とブロープ博士が叫んだ。マイケルソン＝モーリーの実験の後にできた英国学派に属する彼は、エーテルに対する地球の速度の測定を妨げるために共謀している秘密の自然の力があると信じていた。フィッツジェラルドが考えたように、そのような速度によって同じ方向に縮みが生じるとすれば測定装置も縮むため、移動率を測定することはできない。「私たちがそれを知ることを何かが嫌がっているのは明らかだ」

「イギリス人が考えそうなことだね」と、ヴォーマンス博士が思慮深く反論した。「ブリテン島にある建物の半分には、目に見える幽霊が出たことがあるらしいじゃないか。イギリス人には幽霊が見える。イギリス人には食用キノコや毒キノコの下に妖精が見える。彼らは幽体離脱や予知、輪廻《りんね》転生《てんしょう》や他の〈時間〉に対する免疫の証拠を信じているんだ」

「私のことをおっしゃってるんですか？」

「いや、違いますよ、ブロープ、全然そんなつもりで言ったんじゃない」

ブロープ博士を除く全員が、見下したようにくすくすと笑った。

「精神の中で解決できないことは」と、〈遠征隊〉の精神科医が口を挟んだ。「外の世界に現れて、物理的、客観的な現実に姿を変えるんです。例えば光の、こう言ってよければ不気味な不可知性を受け入れることのできない人は、エーテルを投影するのです。それはすべての点において現実的な存在だ、ただし検知不能なんですが」

「検知できないなんて重要な属性を欠いていると思いませんか？　それじゃあ、神の同類ですね、霊魂なんかと一緒――」

「キノコの下にいる妖精も一緒」とグループの中の誰かがやじを飛ばしたが、奇妙なことに誰の発言なのか誰にも分からなかった。

しかしながら、アイスランド人には幽霊に関する長い伝統があって、それに比べればイギリス人は合理主義の鑑《かがみ》だった。〈遠征隊〉メンバーはこの日の昼間に、太陽に照らされた海に面した半透明の緑の壁の背後にあるアイスランド図書館を訪れていた。十階を容易に超える高さの大きな絶壁の上まで積み重ねられた図書館のスペースの一部は作業部屋や食堂や司令室に充てられていた。図書館の棚には、『ユングリング家のサガ』に匹敵する大作」と呼ばれることの多い『氷州石物語』があった。そこには氷州石の最初の発見から現在に至る採掘の歴史が記され、現在行われているこの遠征の日々の記録も含め、まだ来ていない、いない日々の歴史までが書かれていた。

「まるで占いだ！　ありえない！」

「しかし、ある種の文書はときに――」

「時間の外に存在するんです」と司書の一人が言った。

＊　ジャガイモを主原料とする北欧の透明な蒸留酒。

「聖書とかそういう本はね」

「とにかく時間を超越してるんです。ひょっとすると、あなた方が探しに来たと噂されている種類の方解石のレンズを通して、氷州石を媒介にして全編を読むべきなのかもしれません」

「『魔法の結晶の探求物語』か。戯言だよ。契約の前にそんな話を聞いていたら、この旅には参加しなかったのに。ところであなた、まさか〝感覚を持つ石〟の信者じゃないでしょうね？」

この当時でも、意識を持った鉱物というのは冗談の種にされていた——そのカテゴリーにどんなものが潜んでいるか、どんなものが待ちかまえているかを彼らが知っていたなら、にやけた笑いは凍りつき、くすくす笑う声も乾いた咳払いに変わっていただろう。

「もちろん」と司書が言った。「氷州石は世界の至るところにあります。しばしば亜鉛や銀の鉱床に付随して見つかって、中には光学装置に使えるほど良質なものもあります。しかしここでは、氷州石がメインなんです、他の鉱物と一緒に見つかるのではなく、独立して見つかる。それは純粋な品で、現実の下部構造となっています。創造の反復なんです。一つ一つの映像がクリアで信用できる……皆さんは数学がお得意ですからお気づきでしょうが、氷州石がこの世に現れたのは不思議と虚数が発見されたのとほぼ同じ時期なんです。虚数もまた数学的創造の反復だった。

というのも、ここはただ単に地理的にアイスランドだというだけではなく、複数の世界が収束する場所でもあるんです。地下にある通路のように、目に見える世界の背後にあることが時折明らかになるもう一つの世界がここで私たちの世界と交わっている。もう一つの世界の地下通路が氷州石の洞窟につながり、人の手が触れたことのない結晶の間をめぐっているんです。そしておそらく、そこには光が触れることもない。地下には岩の中に秘密のすみかがあって、〈隠れた人々〉が住んでいます。彼らのもとを訪れた人間はそこに閉じ込められて、出口は二度と見つかりません。〈隠れた人々〉は氷州石の力によって隠れているんです。自らを現実と思い込んでいるこの世界の中を彼らが動き回れるのも、彼らの光に重要な九〇度のひねりを加えている氷州石の力のおかげです。それによって、彼らは私たちの世界と平行して存在しながら、見えずにいることが可能になる。彼らだけではなく、他の、別の場所から来た、人間とは異なる外見の訪問者たちも。

彼らは何世代も前から、あちらとこちらの世界の間を行き来しています。私たちの先祖は彼らを知っていました。千年前にさかのぼれば、最初にここに来たスカンジナビア人と、私たちの世界の岸に侵入してきた彼らとが、消失点のように交わる時期があるんです。

彼らは犯罪者のような心構えでここに来ています。その点、故郷で犯した犯罪の復讐《ふくしゅう》を逃れてここに来たり、新しい海岸で略奪をするつもりでやって来た初期のスカンジナビア人と似たようなものです。文明の発達した私たちの目から見れば、彼らは情けを知らない野蛮な連中です。しかし他の〈侵入者〉と比べれば、はるかに礼儀正しい人々なのです」

太陽が不吉な染みのように空に昇った。形がすっかり崩れているわけではなく、一目で見分けはつくけれども名前の分からない機械のように見えた。あまりにも見慣れた感じがするせいで、名前が思い出せないことがただのいらいらから恐怖へと変化し、機械の複雑さも一秒ごとに増していった……その名前は魔法の力のこもった言葉だった。口に出してはならないし、黙って頭の中で思い浮かべてもならない言葉だった。周囲では、危険な氷や隠れた存在がすべての動きを監視し、待ち伏せしていた。その一つ一つが、ゼロに収束しようとする無限小の円——時折数学者が使い道を見つける近似——のような罠だった。においもなく音もない、銀色がかった灰色の、上の世界からの出口……。時々、雲のない日や雲の合間に太陽が顔を覗かせることがあったが、空は青というよりも中性フィルターをかけたような灰色だった。岬には均質的な葉が茂っていて、この光の中では影のない燃えるような緑に見え、岬の下では海緑色と氷緑色とガラス緑色の波が砕けていた。

ハンターは朝から晩までスケッチブックを持って外に出掛け、旅に持って行くためにできる限り多くのものをスケッチした。その夜は、彼とコンスタンスが出発前に一緒に過ごす最後の夜だった。「今日はおまえの出発を祝うパーティーにしたかったんだけど」と彼女が言った。「でも、食べるものが何もなくてね」

「ナルヴィクの店に買い物に行ってこようか?」

「もう遅いよ。真夜中を過ぎたら氷が危ないから」

「今夜は外がそんなに暗くないよ、おばあちゃん。すぐに戻るから」

普段なら、夜になって定時便の渡し船が係留された後、乗客を向こう岸まで乗せるボート屋が海岸に立っていた――まるで知る人ぞ知る秘密のすてきな盛り場が本土にあるかのように、一晩中、盛況とは言わないまでも安定した客が見込めたからだ。冬が沖合まで迫ったこの時期、港を出る船はなかなか見つからなかった。蒸気船が欲求不満の猟犬のようなエンジン音を鳴らしながら滑らかに行き来し、浮氷の漂う海の上で水先案内人が声を掛け合った。氷の中のリン光性の何かが夜を明るく照らしていた。

しかし、今夜の町は物思いに沈んでいた。往来も少なかった。〈マリュス号〉の出発が近づいてきたせいで誰もが自らをもてあましているようだった。まるで何か目に見えないものの歓迎会を準備しているかのように、明かりがあちこちに灯っていた。不眠症が汗ばんだ毛布のように町を覆った。ケチなチンピラが時々姿を見せたが、彼らがやるのはせいぜい人をじろじろにらむだけのことだった。眠れない住人たちは一時的に家を居酒屋のようにして新参者を招き入れ、黙ったまま座り込み、法外に値の張るアルコールはほとんど出さず、暗闇で紙幣による支払いだけを受け付けた。広大な静寂の中では金貨の音が減衰することなくどこまでも聞こえるからだ。

夜のこの時間にまだ開いている食堂は〈ナルヴィクの犬橇用ドライブスルー北極料理〉だけだった。この店は四六時中混雑し、いつもドアの外まで列ができていた。ハンターは長く待たされそうだと思った。行列の進み方が耐えがたいほど遅いばかりではなく――十五分経ってもまったく動かないこともあった――動いたとしても、人一人分の何分の一かのわずかなスペースしか前に進まなかった。まるで待っている人間の一部は、なぜか分数的にしか存在していないかのようだった。

のろのろの行列の横では、蒸気駆動の精巧なコンベヤーが行列とは逆の向きにずっと動いていて、客に今日のメニューを見せていた。鯨の脂肪の蒸し煮のキイチゴ添え、客が調理法を選べるトウゾクカモメの卵、セイウチの厚切り肉、雪のパフェ、そして言うまでもなく、皆に大好評のミートローフ。このミートローフが〝今週のスペシャル〟だった――実は〝毎週のスペシャル〟だったのだが。それらの料理ががちゃがちゃと音を立てながら、よだれを垂らしている客のすぐ鼻先のウィンドーの中を動いていた。しかし、この辺りの人間は十分に衝動を抑制できないことで悪名高かったので、ガラスで仕切られている程度では安全とは言えなかった。行列に活気を与えたのは、つまみ食いのエピソードに加え、順番抜かし、料理の投げつけ、母親に対する中傷、ナルヴィクの桟橋からの思わぬ踏み外しなどの事件だった。

　眠らないと噂されていたナルヴィク自身は夜通しずっとせかせかと動き回り、客にあいさつをし、厨《ちゅう》房《ぼう》から注文の料理を出し、金を受け取り、長すぎる行列に並んでいる客をいつも極寒のユーモアで元気づけようとしていた。「カナダ人がバーを探していたら、ちょうど看板が目に入った――『痛《いた》っ』。二人のイタリア人がユーコン川で金を掘ってた。一人が走ってキャンプに戻ってきてこう言った。『金を見つけたぞ《アイ・ファウンド・ゴールド》！』――するともう一人が言った。『死んじまえだと《アイ・ファングーラ》？』おまえこそ死んじまえ、ついでにおまえの母ちゃんも』。アラスカでいちばん人気のある口説き文句はなーんだ？『うー、うー、わんわん』」

「ミートローフを二つ」とようやくハンターが注文した。「それと一緒に根セロリのコールスロー、あ、それからおまけに〝ミステリーソース〟を付けてもらえるかな？」

彼は真夜中に島に戻った。その寒さと人気《ひとけ》のなさは来るべき冬を約束していた。船は、まるで悪意を持った流砂のように何の警告もなしに無警戒な人間を引き込もうとする危険な氷原を渡った。

絶え間なく氷が漂流し、無数の移動と回転、融解と氷結を繰り返す中で、いつかこの「北極のベニス」の塊体の形と大きさが現実のベニスとその周辺の島々とまったく同じものになる瞬間が一瞬だけ、あるいは二瞬だけあるだろう。その形を成しているものはもちろんすべてが乾いた陸地というわけではなく、一部は氷なのだが、多重連結された空間と考えれば氷も陸地も同じだった。ムラーノ島、ブラーノ島、サンミケーレ島、大運河《カナル・グランデ》、そして一つ一つの小さな水路が入念に再現され、この短い一瞬の間だけは、一方のベニスから他方のベニスに瞬間移動することができる。子供のころのハンター・ペンハローは、ずっと海を見つめながら、そんな運命の瞬間が訪れ、雷鳴とともに彼の感覚を襲うことを祈っていた。そして一瞬で、この場所から何マイルも何年も離れたアドリア海の〝沈黙と女王の都市〟へと運ばれることを祈っていた。彼は、旅の自覚なしに到着したという感覚に近いのかもしれないが、〈バウアーグリュンワルトホテル〉の部屋で「目を覚ます」だろう。窓の下ではコンサーティーナの伴奏に合わせてテノール歌手が胸を締め付ける歌声を上げ、太陽がメストレ*の向こうに沈むだろう。

しかし、彼が夜見る夢の中にはいつも氷が忍び込んできた。凍った運河。安全な氷の世界。毎晩家に帰るように、氷に帰る。表面の下で氷のように水平に横たわり、鍵もなく破られることもない、昔から探し求めてきた眠りの世界に入る……。子供時代と夢という別世界では、ホッキョクグマはもはやのしのしと歩いたり、生き物を殺したりはせず、氷の下の海に飛び込んだ瞬間にイルカのように優雅な、海に棲む白くて巨大な両生類に変わる。

彼が祖母から聞いた話では、彼女が幼かったころ、同級生の女の子たちが「生き物」を勉強のテーマに取り上げようと言いだしたことがあったそうだ。「私は、じゃあ、氷にしようって言ったの。そうしたらクラスから追い出されたわ」

午前の半ばごろ、コンスタンスは尾根のてっぺんに登り、長い下り斜面を見、裸の山肌を眺めた。ずっとそこに待機し、軽い小錨だけで港の海底に固定され、時々動きたそうにもぞもぞしているように見えた小さな船が、もっと深いエメラルド色の海と、よい香りのする風と、デッキに出したハンモックとを目指してとうとう出発していた。山の上から見る海はいつものように灰色で、風の冷たさも普段と変わらず、禁欲的に最小限生えた草木はさまざまな濃さの白、黄褐色、灰色などの淡い色合いをしていたが、緑と言うにはわずかに色が足りないものばかりで、それが一緒に風になびいて、百万本の茎がすべて正確に同じ角度に傾いていた。それはどんな科学的な装置でも測ることのできない角度だった。彼女はゆっくりと時間をかけてすべての水平線に目をやり、最後に南の方を見た。一筋の煙も見えず、風に弱められた号笛の音も聞こえなかった。今朝、彼女の仕事台の上に置かれていた別れを告げる手紙だけが、彼女のポケットの中でハンカチのようにくしゃくしゃに握りしめられていた。手紙には彼の心情がつづられていた——しかし彼女は、二度とその手紙を開いて読んだりしなかった。彼女が習得して忘れることができなくなった恐ろしい魔法の力で、ひょっとしたら手紙が白紙になってしまっているかもしれない、そう思うと手紙を開くのが怖かった。

＊　ベニスの対岸にある町。

フリートウッド・ヴァイブ氏の日記より――

それは〈北極酔い〉[*1]ではなかった。その場にいた他の誰かに尋ねてみるといい。彼らは船に降りてきた。彼らは会話を交わした。彼らが持ってきたピクニック用の弁当を私たちは彼らと一緒に食べた。フォアグラのパテ、トリュフ風味のキジ、ネッセリローデ[*2]のプディング、近くで手に入れた氷で冷やした九八年のシャンパン……。

最初に気づいたのは歌声が聞こえたからだった。そんな場合、最初に除外しなければならないのは集団的な狂気の可能性――とはいっても、何の歌かという点では隊員の意見はまったく一致を見なかったのだが――だった。甲高い耳慣れない音楽の聞こえる方向をしばらく双眼鏡で精査して、凍りついた空の低いところに止まっている黒い点がようやく見つかった。それはゆっくりと大きくなったが、気の狂った合唱は逆説的に、しかしありがたいことに、音量が下がったようだった。とはいえ、既に歌は皆の頭に刻まれていた。一八九七年ごろに作られたその歌は、フリチョフ・ナンセンとフレデリック・ヒャルマー・ヨハンセンがノルウェイの北の海岸に再び姿を現したことを記念するものだった。ナンセンとヨハンセンは北極の沈黙の世界に旅立ってから三年後に、彼らを乗せて出発した勇猛な〈フラム号〉と数週間違いで戻ってきたのだった。[*3]科学的客観性のために、それ以外には何の役にも立たないかもしれないが、私にはここにその歌を記しておく義務があるように思われる。

世界は狂ったように
ナンセンとヨハンセンの冒険を
夢物語に仕立てる
不屈の若者、極地の仲間！

ああ、勇気あるノルウェイ人
行く先々で
試練に
取り囲まれた！

三年前に
フラム号で旅立った二人
戻ってきたら
人生はごちそうの山！

なぜかみんな

＊1　潜水時に高圧力下で起こる血中窒素過多による人事不省を表す〈深海酔い〉という表現にならった造語。
＊2　果物の砂糖漬け、木の実、マラスキーノ酒などを混ぜ合わせたもの。
＊3　ノルウェイ人のナンセンとヨハンセンは一八九三年にフラム号で北極遠征を試みたが、途中で船を離れ、スキーで極点を目指した。しかし旅は難航し、極点到達は断念した。三年後、二人は運良くイギリスの探検隊に救助されてノルウェイに戻り、偶然にもその直後にフラム号も帰還した。

うずうずしてる
ナンセンとヨハンセンを祝って
みんな踊り狂うんだ！

私たちは、とうとう私たちの頭上まで来て停止した乗り物の巨大さに茫然とした。彼らが投下した綱が多すぎて、それを扱うには私たちの船では人手が足りなかった。彼らの目から見たら、きっと私たちは下の方であわてている虫のようだったに違いない。

「私たちは危機に瀕してもいないし」と、私たちは彼らに繰り返し言った。「何の助けも必要としていない」

「あなたたちは命にかかわる危機に瀕している」と彼らの科学士官、カウンターフライ博士が言った。学者風の男で、他の乗組員と同じようにあごひげを生やし、外套《がいとう》を羽織っていた。目は独創的なゴーグルで隠されていたが、そのレンズは回転によってそれぞれの目に入る光量を正確に調整できるニコルプリズムになっていた。「ひょっとするとあなたたちは近づきすぎていたせいで見えなかったのかもしれない……。でも僕たちには、北緯八〇度を超えてからずっと見えてるんです。緊急規制域が半径数百マイルの範囲で敷かれています。あなたたちがその風下に司令所を設置することを決めた山頂は、ヌナタクにしては形が規則的すぎると思いませんか。誰か、人工的な構造物だと思った人はいなかったんですか？　実は、あれがここに置かれたのは偶然じゃないんです。司令所を設置するのにこれ以上危険な場所もありません」

「へえ」とヴォーマンス博士がまばたきをした。「じゃあ君たちはあのふもとの雪の中まで見えてるわけかね」

「ご存じでしょうが、最近ではいろいろな光線があって、光以外の波長の光線を使って、どんなに光線を伝えにくいものでも中が覗けるような装置が簡単に作れるんです」

エスキモーの言葉で文字通りには「つながった大地」を意味するヌナタクとは、大地を覆う雪や氷の上に突き出た山の頂のことを指す。一つ一つが守護霊を持った、生きた存在だと考えられていて、この地域の風によってそこまで運ばれた地衣やコケや花や昆虫や鳥の避難所となる箱船でもあった。わがアメリカ合衆国の現在見慣れた有名な山の多くは、最後の氷期の間はここと同じように一面に広がる古代の氷原の上にそびえるヌナタクだった。そして氷が退却し、生命が支配を取り戻すまで、種《しゅ》のともしびを絶やすことはなかったのだ。

私たちは彼らの招きに応じて、巨大な飛行船の制御室に入ってみた。その広い部屋には、すべての使える空間に――あるいは超空間に――科学的な装置が置かれていた。念入りに磨かれて北極の空が映っているエボナイト製の制御盤と同様に、私たちにはその意味が理解できない幻想的なガラスの管球容器や金のワイヤの入り組んだ配線の間には、所々に世俗的な部品も見受けられた――こちらにはマンガニン[*1]とテスラコイル、あちらにはルクランシェ電池とソレノイド磁石、そしてあちこちに張り巡らされているのは大量販売用のグッタペルカ[*2]で被膜を施した電気ケーブルだった。

制御室の内部は思っていたよりも天井が高く、吊り下げられた三つのフレネルレンズ[*3]越しの抑えた光の中ではほとんど隔壁が見えなかった。三原色のレンズの背後にある白熱発光体は、それぞれ異なる波長でシューという音を立てて燃えている敏感火炎[*4]によって光っていた。飛行船の外のどこか遠い場所の音を傍受した耳慣れない音――複雑な協和音や不協和音が混じり、共鳴し、歯擦音のようでいて打楽器

＊1　銅、マンガン、ニッケルの合金で、電位差計などに用いられる。
＊2　樹液を乾燥したゴム様物質で電気絶縁などに用いる。
＊3　輪帯レンズを同軸上に配した平板なレンズ。
＊4　特定の高さの音に反応して大きくなったり小さくなったりするように調整されたガスの炎のこと。

のようにも聞こえる音——が大きな真鍮製のラッパ形スピーカーから聞こえていた。スピーカーには、アメリカのマーチングバンドを思い起こさせる複雑さで真鍮の管やバルブがつながり、その先にある制御盤の上には計器が並び、先の方に丸い衛星が付いたブレゲー風のデザインのその針がローマ数字の並ぶ弧に沿って震えるように上下していた。電気コイルの輝きがそれを包むガラスの円筒から漏れ、そのそばを通った人の手は青いチョークの粉をまぶしたように見えた。受信したデータを記録するパウルセンの〈テレグラフォン〉*1が長いぴかぴかの鋼鉄製ワイヤの上を絶えず行き来し、ワイヤは一定時間ごとに新しいものと取り替えられていた。

「エーテルのインパルスですよ」とカウンターフライ博士が説明をしていた。「渦巻きの安定化のために非常に小さな渦にも反応する繊細な膜が必要なんです。私たちが使っているのは人間の胎児の頭を覆う羊膜です——〝ベール〟と呼ばれることもあります」

「ベールをかぶって生まれた子供には第二の視覚があると信じられているんじゃありませんか?」とヴォーマンス博士が尋ねた。

「そうです。ベールを積んだ船は沈まないとも言われています——この船の場合は、墜落しないということですが」

「ベールを手に入れるためにいろいろなことを試みた連中もいますよ」と、次席航海士のサックリング氏が暗い口調で言った。「詳しいことは口では言えませんが」

「興味深いですね。あなた方はどうやって手に入れたんです?」

「話せば長くなります。しかも込み入ってる」このとき科学士官のカウンターフライが、特殊光線発生器の出力が上がったので、いわば異なった光によって「ヌナタク」を見る準備が整ったと言った。私たちが彼の後について隣の区画室に入ると、そこでは半透明のスクリーンがさまざまな色と明暗に照らされていた。彼は部屋の奥まで行って、操作盤の前に腰を下ろした。

「では、出力を調整してみましょう……よし。見えますか？　反射シートの上の画像を見てください。石英ガラスの奥の映像です」

奇妙なカメラルシダ[*2]に映し出されたものを解釈するには少し時間がかかった。最初は全体が奇妙な黄色がかった緑色の何が何だか分からないぼんやりした映像だった。まだらになった明暗の領域が絶え間なくのたうつように動いていて、そのゆっくりした渦状の動きの中で、互いを貫き、また互いを包み込もうとしているようだった。しかし、そんなヘビのような動きで催眠状態に引き込まれているとさらに奥が見え始め、薄い黄緑色の混沌《こんとん》が所々で合体して一続きの碑文のようになって浮かんでくるのだが、たとえそれが知っている言語だとしても、スピードが速すぎて読み取ることはできなかった。

「私たちは、あれは警告だと考えています」と飛行船の司令官、セントコズモ教授が言った。「何か聖なる埋葬の地であることを記した文……一種の墓のような……」

「それは穏やかじゃないな」とヴォーマンス博士が笑いながら言った。「傲慢《ごうまん》にも永遠の眠りの世界に足を踏み入れたエジプト学者たちが最近立て続けに不幸に遭ったところだからね」

「というよりむしろ、さまざまな可能性に対して当然払うべき注意と敬意でしょう」とカウンターフライ博士が答えた。彼は装置のプリズムによって投影された映像の方を手で指し示したが、映像は、誰も待ち望んではいない運命の夜明けのように、徐々に鮮明さを増していた。私たちはもう目をそらすことができなかった。細部はまだ判別しがたかったが、その〈像〉は雪のオダリスク[*3]のように——ただし、どのような快楽に耽っているのかを問うのは危険すぎた——横を向いて横たわっているように見えた。

＊1　デンマークの電気技術者ワルデマー・パウルセン（一八六九—一九四二）は今日のテープレコーダーの元となる磁気録音装置〈テレグラフォン〉を開発した。
＊2　プリズムを応用して平面に虚像を出す自然物写生装置。
＊3　ハーレムの女奴隷を題材とした絵画や彫刻のこと。

「顔」の特徴については皆の意見が分かれ、「モンゴロイド系」だと言う者もあれば、「爬虫類《はちゅうるい》系」だと言う者もあった。目は、もしそう見えたものが目だとするなら、ほとんどずっと開いていて、その視線はまだ定まっていなかった——しかし、それが私たちの興味に気づき、おもむろに私たちの方に頭を向け、こちらを真っすぐに見つめる、そんな瞬間が来るのを私たちは皆同じように恐れていた。

奇妙なことに、それを回収するという私たちの決断にあたって、それが「生きている」かどうかとか「意識を持っている」かどうかということは問題にならなかった。それはどれほどの深さのところにあるのか？　私たちが知りたかったのはそういう問題だった。そこまで掘るのに途中はずっと雪ばかりなのか、それとも、途中である種の岩盤に突き当たるのか？　そうした実際的な問題だ。筋肉的なアプローチ。私たちの中には夢想家は一人もいなかったし、ましてや悪夢を想像する人間はいなかった——今後、この種の探検には少なくとも一人は夢想家を同行させるよう、規則を改めるべきだと思う。私たちが視覚化装置で何を見たとしても、そしてそれが何だと思ったとしても、私たちは押し黙った恐怖の中で、既にそれを頭の中から追い出してしまっていた。

アイスランド図書館で最近『エッダ』を原文で熟読したばかりの研究者たちは、後に——既に手遅れだったが——ニヴルヘイムの氷の中に長い間閉じこめられていた、オーディンや最初の神々の祖父に当たるブーリとの比較を思いついた。神話に登場する雌牛アウズフムラが、氷の中にいたブーリを、舌でなめて目を覚まさせたのだという。では私たちの中の誰が、遊園地で遊ぶ子供のように何の考えもなく、私たちの前に現れた氷の中の訪問者を目覚めさせたのか？　どんな神々が、どんな人種が、どんな世界が生まれようとしていたのか？

私たちの中にいた登山家の話によれば、回収作業はクレバスに降りる程度の難しさだった。巨大飛行船の乗組員らは精いっぱい警告を続けて私たちに思いとどまらせようとしたが、もうあきらめていた。彼らは警告以上のことをするつもりはないようだった——悲しそうに首を振りながら、ゴンドラの手すりから私たちを見下ろしていたが、作業を邪魔するわけではなく、手伝ってくれるわけでもなかった。そして私たち、無邪気で大胆な私たちは、氷の影に降りていった。においのない雪の壁が周囲にそびえる中、私たちは地上の風を離れ、愚かにも「ヌナタク」と呼び続けた規則的すぎる斜面に沿って歩き、ついに運命と遭遇した。エスキモーたちはときには不自然なほど作業を急ごうとした。しかし彼らが仲間内で会話をしているところに私たちが出くわすと、急に彼らは黙り込み、私たちがそこを離れるまで話を再開しなかった。間もなく、一人また一人と、私たちにはよく分からない個人的な用事で彼らは立ち去っていった。ぶつぶつと何かを言いながら、氷の上を滑るようにして、黄色がかった光の中に永遠に消えていった。

この時期の私たちは、名声と安逸のありがちな運命にすっかり身を任せて、無批判な浮かれ気分に酔っていた。私たちは決まりきった言葉を交わした――「天気まで私たちの味方だね」「私たちみんな、この仕事を受けてよかったなあ」「これが何だかは分からないが、ヴァイブ一族は、目にしたとたんに売りに出すだろう」 私たちは極地の暗闇の中で作業を進めた。私たちの顔は炎のようなオーロラの恐ろしいオレンジの光に照らされた。時折、犬が発狂した――おびえた目をして表情をこわばらせ、駆けだし、隠れようとしたり、近づいたものには何にでも咬みつこうとしたりした。現実的な説明が成り立つ場合もあった――ホッキョクグマやセイウチのにおいが何マイルも先から漂ってきたというような。しかし説明が見つからない場合もあった。何であるにせよ、それは目に見えなかった。

そして、当然吠えるはずなのに吠えないという場合もあった。ある日、白い氷原の上を私たちの方に向かって歩いてくる人影があった。この辺りのものとは異なるクマの毛皮を身にまとい、奇妙なことに、そして不気味なことに、北の方から近づいてきた。ドッジ・フラネレット氏は反射的にライフルに手を伸ばし、たしかヘイスティングズ・スロイルがツングース語で呼びかけ、こう付け加えた。「くそ、あいつ、マギャカンじゃないか。シベリアで知り合ったやつだ」

「まさかシベリアから歩いてきたわけじゃあるまい」と、けげんな顔でヴォーマンス博士が言った。

「実を言うと、おそらく彼は空を飛んでここに来たんです。彼は今私たちのところに来ていますが、同時に間違いなく、同じ部族の仲間と一緒にエニセイ川流域の自分の村にいるはずです」

「気になることを言うね、スロイル」

スロイルは、分身という名で知られる、呪術師《シャーマン》の謎の力について説明した。その能力を持った人間は、文字通り、遠く離れた二か所かそれ以上の場所に同時に姿を見せることができるのだ、と。「私たちに言付けがあるそうです」

「彼は何かを怖がっているようだな」

「極地ヒステリーですよ」と〈遠征隊〉の嘱託精神科医のグロワ博士が言った。「北極鬱《うつ》病の一種で、自殺の前兆となることが多い」

マギャカンは食べ物は断わったが、お茶とハバナ葉巻は受け取り、腰を下ろして目を半眼にし、スロイルの通訳で話し始めた。

「彼らは私たちに危害を加えるつもりはないかもしれない。彼らはある意味で私たちを愛しているかもしれない。しかし食べるものといえば人間しかないこのひどい土地、彼らにとっては空っぽの土地に立ち入ることになったからには、あなた方の橇《そり》引き犬をいただく以外には方法がない。私たちは疲れ果てて倒れるまで生きて働くことが許されている。しかし、彼らは私たちと同じ苦しみを味わっている。彼らの声は穏やかで、苦痛を与えるのはそれが必要な場合に限られる。彼らが私たちの見たことのない武器を取り出すとき、私たちは犬のようにただじっと見つめるだけで、それが武器だとも分からないだろうし、おもちゃか何か面白いものだと勘違いするかもしれない……」彼は突然黙り、座ったまま葉巻を吸い、やがて眠った。真夜中を過ぎたころに彼は目を覚まし、立ち上がり、北極の虚無の中へと歩き去った。

「じゃあ、あれは一種の予言か？」とヴォーマンス博士は尋ねた。

「私たちが普通に考える意味での予言とは違います」とスロイルは答えた。「私たちにとっての予言とは、時間を直線的なものと見る考え方に基づいて単純に未来を見通す能力です。過去から現在を通って未来へと続く単純な直線ですね。いわばキリスト教的な時間。ところが呪術師《シャーマン》の見方は違う。彼らの時間概念は一次元ではなく多次元に広がっていて、そのすべてが無時間的な瞬間の中に存在しているんです」

気がつくと私たちは犬をじろじろと見ていた。犬たちは、飛行船の仲間と一緒にやって来た大きいこと以外には特徴のない犬と一緒にいることが多かった。橇引き犬たちはまるでその犬の話を聞いているかのように、いつもきれいな円を描いてその周りに集まっていた。

犬たちが特に困っていたのは、その物体を船まで運ぶために間に合わせで作った橇を引く仕事のことだった。その集まりは犬の労働組合のようにも思われた。ひょっとするとパグナックス――それが飛行船に乗った犬の名だった――の指導の下に組合ができたのかもしれなかった。

私たちが回収したものを船まで運ぶ作業は、数々の試練のうちの最初のものでしかなかった。物体を船倉に積み込む作業は最初から呪《のろ》われていた。次々に失敗や故障が起きた――もしも滑車が壊れなければ、どんな太いものを使おうと必ず太綱が切れた――しかし毎回、不思議にも物体は落ちて壊れるということはなかった……まるで私たちの情けない奮闘を生き延びることが定められていたかのように。私たちはそれを船の中に収めようとして寸法を繰り返し測ったが、測るたびに寸法が変わった――わずかな誤差ではなく、根本的に違っていた。船には物体がくぐれるハッチはなさそうだった。結局、私たちは切断バーナーを使ってハッチを広げることにした。その間ずっと、物体は私たちの方を見ていた。その表情は、後に私たちがその感情のバリエーションを理解し始めたとき、軽蔑の表情だったことが容易に判別できた。人間や他の両眼視の捕食動物のように「目」が近くに並んで付いていたが、その視線は、私たちがどの場所に立っていてもどこを動いていても、私たち一人一人に個人的に真っすぐに向けられていた。
再び南に向かう旅については、もっと多くのことを覚えていてもいいはずだが忘れてしまった。見張りの順番はあっという間に終わり、廊下の奥から聞こえる乗組員が吹くオカリナのささやくようなメロディーが鋼鉄のボルトと木で組み立てられた船体の中に響き、朝食のときのコーヒーの香りが漂っていた。私たちに警告を与えるためにやって来た丸い飛行船は、出る場所を間違えた月のように右舷後方にしつこくつきまとっていたが、最後にはまるで私たちの常識に見切りをつけたかのように、敬礼代わりのベンガル花火*で別れを告げて去っていった。その花火には多少のアイロニーがこもっていたかもしれない。

未来を正面から見据え、必要とあらば反乱を起こし、引き返すよう船長を説得し、物体を見つけた場所に戻そうとする者が私たちの中にいるだろうか？ わが身の潔白を信じる私たちのみじめな信念の最後の残りが船の鐘を鳴らし続けた。この先、何が起こることになるのか、詳細までは予見できないとしても、私たちの誰もが、最も想像力の欠けたメンバーでも、何か恐ろしく大変なことが私たちの足元で、喫水線下でそれが辛抱強く溶けるのを待っている場所で起きている、そしてもうすぐもっと大変なことになると感じていた。

ようやく港に戻ると、最初、低い金属同士がきしむような音がしても、私たちはほとんど驚かなかった。どこの大きな港でもそうだが、港に入ってしまうと、「商業的なもの」の非人称的な運動の中で、私たちは自分たちの姿が不可視になると考えていたし、それは安全ということと同じだった。小ボートの往来、林立するマストや煙突、索具のジャングル、船荷の伝票に紛れて整備工や商人や保険屋や港湾役人や港湾労働者がやって来て、最後に〈博物館〉の代表者が私たちが持ち帰ったものを引き取りに来た。彼らは私たちを無視し、私たちに気づきもしなかった。

ひょっとすると彼らは、早く私たちを厄介払いしようとしていたために、いかに物体の梱包が不完全かに気づかなかったのかもしれない。私たちも気がつかなかった。まるで新しく見つかったばかりでまだ大ざっぱな計測しか終わっていない「場」を具現化したもののように、私たちの原罪がそこに横たわっていた——北にいたときに、普通の空間におけるそれの重さの分布を測ろうとして何度も失敗したのだ。もしもあのときちゃんと測定していたら、私たちの誰かが少しでも考えをめぐらせる時間があれば、総重量の一部が封から漏れ出たことに気づくきっかけになっていただろう。封がされていなかった部分は検知もされず測定もされていなかったのだから、それはつまり物体そのものがもともとまったく梱包されていなかったということに等しかった——要するにそれは、私たちが持ち帰ったときには私たちの自己欺瞞と夢という雲に紛れていたものの、実は最初から自由の身だったということだ。

　それが船から逃げ出すときに何かをしゃべるのを聞いたと主張する人々は、既に州北部にあるマッティワン精神病院に保護され、最新の治療を受けている。「はっきりした言葉じゃない——シューという声なんだ、ヘビのような、復讐心《ふくしゅうしん》に燃えた、残忍な声」と彼らはわめいた。とうの昔に世界から死滅した言語を聞いたという者もいた——もちろんそう報告した本人はなぜかその言語を知っていたのだが。「人間の形をした光はおまえたちを救ってはくれない」と、それは断言したらしい。「わが子供たちよ、昔も今も炎がおまえたちの運命だ」　それの子供たち。彼らが入院しているヒトデ形の廊下を誰かが訪れてみる価値があるだろうか？　彼らは今、恐ろしい声を聞いた証人となることの代償として、苦行に耐えながらオーク材と鉄でできたドアの背後に閉じ込められているのだ。

　私は運命の移送にかかわる私自身の役割は終わったと考え、他の乗組員たちの金の貸し借りについての言い争いは放っておいて、すぐにでも列車で首都に向かう心づもりだった。いずれにせよ、私が報告をしなければならない相手はワシントンの団体だったので、南へ向かう旅の間に簡単な報告書を仕上げることには何の困難もないと思われた。むなしい夢！　いったん恐怖が目覚めると、停車場までたどり

＊　鮮やかな青白色の持続性花火で海難信号にも使われる。

着くだけでも大変な長旅だった。

というのも、通りは狂ったような混乱状態にあったからだ。ズアーヴ兵のような赤い帽子とズボンを身に着けた不正規兵の一団がふがいなく馬車で通り過ぎていった。馬は混乱し、おびえていた。彼らはほんの少しでも不安が高まれば、罪のない一般市民を撃ち殺すだけではなく、きっと互いに撃ち合いを始めるだろう。背の高い建物の影が炎の赤い光に照らし出された。女性が、そして多くの男性たちまでが、特に意味もなくいつまでも叫び声を上げていた。多少なりとも平静を保っているのは露天商人だけだったが、彼らが必死に駆け回って売っているのはアルコール入りの気付け薬とアンモニア入りの気付け薬、煙の吸引を防ぐ独創的な防毒マスク、街からの確実な脱出ルートに加え、秘密のトンネルや地下室や他の安全な箱船的施設のありかを示す地図などだった。私が乗った乗合馬車はほとんど動いている感じがしなかった。遠くにある駅の屋根の旗竿は空を背景にしたまままったく動かなかった。それは天国のように永遠にたどり着けない場所だった。新聞の売り子が馬車の横を行ったり来たりして、感嘆符付きの見出しが躍る最新版を振り回していた。

ようやく停車場に着くと、そこには、街を出る列車ならどれでもいいから乗り込もうとする多数の市民が群がっていた。統御されていない群衆は何とか入り口のところで一列に並ばされ、そこから先は不気味なほどののろさで構内の大理石の迷路を進んだが、行列の先はまったく見えなかった。制服を着ていない監督者——汚れた作業着を着たチンピラらしき連中——が私たちが規則を破らないように監視していたが、既に規則は数が増えすぎていた。外では断続的に発砲音が続いていた。

頭上の高いところにある時計は、針がぐるぐると回るたびに、私たちの出発がどれだけ遅れているか、さらにまたどれだけ遅くなるかを私たちに告げ知らせていた。

今日は、病気を引き起こしそうなこの辺りの厄介な雨から逃れるために、あまり上品とは言えない

〈探検家クラブ〉に行った。クラブでは皆が待合室に集まっていた。中国の銅鑼《どら》を手に持ち制服を着たピグミーが有名な「無料昼食」の合図を鳴らすのを待っていたのだ。もしも誰かが私が時々震えているのに気づいたとしたら、いつものブッシュ熱だと思っただろう。

「こんにちは、将軍……奥様も……」

「やあ、ウッドじゃないか！　まだアラブ人に殺されてなかったのか？　アフリカにいるんだと思っていたよ」

「ええ、僕もそう思ってました。何やってるんでしょうね、僕はこんなところで」

「ジェイムソン医師[*1]が無茶なことをやってから、南アフリカはすっかり窮乏しているんじゃないかね。いつ戦争が起きても不思議じゃないな」彼は、「疾走《ベルト》」と「草原《ヴェルト》」で強引に韻を踏んだ、イギリスの桂冠詩人の記念詩を引用し始めた。[*2]

私は特に南アフリカの専門家の間で、根拠のない不安と印象が広まっていることに気づき始めていた。トランスヴァールで政治的緊張が高まっているせいなのか？　金《きん》とダイヤモンドの流通から得る巨額の金《かね》を握る人間が交代することが原因なのか？　ランド金鉱株を買うべきなのか？

昼食のとき、遠隔の土地に存在する文明化された邪悪についての面白い話になった。

「熱帯にはあるかもしれん」と、誰かが言った。将軍だったかもしれない。「しかし極地にはそんなものはない。極地は白すぎるし、数学的すぎる」

「しかし私たちのような仕事をしていると、どこでも必ず先住民に出会います、いろいろな先住民にね。

＊1　南アフリカの医師・政治家のレアンダー・スター・ジェイムソン（一八五三―一九一七）は、一八九五年にブール人政府を転覆させようとトランスヴァールに侵入して失敗した（ジェイムソン襲撃事件）。

＊2　英国の桂冠詩人アルフレッド・オースティンが一八九六年作のジェイムソン襲撃事件をたたえる詩に「彼らは草原を横切り／思い切り疾走した」とある。

分かりますか？　私たちと先住民。特定の部族とか、詳細は重要ではありません。一般的なことが大事なんです――例えば、誰の利益のために誰が労働するのかという問題が」

「問題なんか存在しない。機械とか、建物とか、私たちが向こうに設置したすべての産業構造。先住民はそれを見て、操作を学んで、それがいかに強力なものかを理解する。どれほど破壊的なものかを。私たちがどれほど破壊的かを。機械が彼らを潰す。列車が彼らをひく。ランド鉱山では地下四千フィートまで坑道が延びている」

「なあ、ウッド、南アフリカで君に関してこんな話を聞いたぞ。ボルヒャルト拳銃で下層労働者《クーリー》か何かを始末したらしいじゃないか」

「変な目で私を見ていたからです」と私は言った。その件についてはそれ以上を人に話したことはなかった。

「どういうことかね、ウッド？　〝変な目〟？　どういうことかな？」

「その、どうしてそんな目つきをしていたのか、本人に尋ねたわけじゃありません。男は中国人でした」

　その場にいた人々――気まぐれで、落ち着きがなく、半分は何らかの熱病を患っている人々――は、肩をすくめ、話題を変えておしゃべりを続けた。

「九五年、北へ向かうナンセンの最後の計画は、残りの食料が少なくなってきたところで橇引き犬を一頭ずつ殺して、残りの犬にその肉を与えるというものだった。彼の話によれば、犬たちは最初は犬肉を嫌がったらしいが、徐々に受け入れるようになったそうだ」

「同じことが文明世界に住む私たちに起こったらどうだろうか。もしも同じように絶望的な任務を帯びた〝別種の生命〟が、食料が減ってきたときに、同様の目的のために人間を使うことを決めたとしたら、私たち人間という獣は一人ずつ同じように簡単に殺され、生き残った者たちはある意味で死んだ人間の肉を食べていかざるをえないんじゃないか」

「まあ、何てこと」将軍の妻は食器を置いて、目の前の皿を見つめた。

「君、食事時にそれは言いすぎだよ」

「では、比喩的な意味での共食いということにしましょう……しかし実際、私たちはお互いを利用しているじゃありませんか、ときには生死にもかかわるほど深く、同じように感情を遮断して、良心を無力化して……そして誰もがいつかは自分の番が回ってくると知っている。逃げ込む場所はどこにもない。敵意に満ちた、生命のない荒野以外には」

「君が言っているのは、資本主義と企業合同《トラスト》に基づいた現在の世界の状況のことかね」

「今言った通りの状況ですよね。こうなったのは資本主義が原因でしょう?」

「進化だよ。類人猿から人間へ、と来たら次のステップは何か——人間の次は何だ? 何か、複合的な有機体だ、例えばアメリカの法人、最高裁でも法的な人格を認めているじゃないか——新しい生物種、ほとんどのことにおいて個人の能力を上回る生き物、どんなに賢く強力な個人でもとうていこの生き物には及ばない」

「もしもそう信じることで慰めが得られるのなら、それも悪くありません。私自身は他の場所からの侵入を信じています。彼らは広い範囲で私たちのところに攻め入っています。最初の侵入がいつだったのかも分からない。〈時間〉そのものが粉砕されたんです。私たちが慣れ親しんでいた〈時間〉が容赦なく徹底的に否定された。以前なら一瞬一瞬、私たちを安心させてくれる時が無邪気に刻まれていたのに、彼らによってその無邪気さが罠にはめられた……」

話に加わっていた人々は途中で、自分たちが北で起こった不幸な出来事の話をしていることに気づいた。それは私がいまだに目覚めようと足掻いている悪夢だった。その大都市は悲しみに暮れ、荒廃に瀕していた。

北極の氷原を離れた〈不都号〉は、大胆に燃料を使い、可能な限り荷を投げ捨てて、蒸気船〈エティエンヌ＝ルイ・マリュス号〉よりも先に街に着くため、必死に南へと急いだ。

「あの不幸な連中はどうなってしまうんだろう、気になるなあ」とチック・カウンターフライが言った。

所々に数千の湖が穴を開けている北カナダのくすんだ茶色の風景が彼らの一リーグ下をぐんぐんと通り過ぎていった。「この辺りはレークフロントの土地を買うには最適だね！」とマイルズ・ブランデルが言った。


ヴォーマンス遠征隊の科学者たちは、ピアリー*や最近の他の英雄的科学者と同じように、自分たちが回収したものを隕石《いんせき》だと信じ続けていた。北極圏での隕石落下の歴史は長かったので、船を借りて、乗組員の給料は繰り延べ払いにして、運がよければ氷映の中を数週間巡航するだけでひと儲けができるといったような評判がいろいろと立っていた。ヴォーマンス隊は物体発見の直前に、空を観測していたときにきっと十分な兆候を目にしていたはずだ。しかし、はるか遠くから墜《お》ちてきたその物体に意識が備わっているだけではなく、古代からのある意図とそれを実行する計画とが備わっていようとは、誰に予想ができただろうか？

「あれは私たちの目を欺いて、私たちが隕石だと分類するようにし向けたんです……」

「あの物体が？」

「あの訪問者が」

「君の〈遠征隊〉の全員が石によって催眠術にかけられたって言うのかね？　そんな話を信じろと言うのか？」〈博物館学博物館〉の上階で調査委員会が会議を開いていた。この博物館は組織的収集・分類・展示の歴史を研究することを目的としていた。ウィスキーの供給を配給制にするという委員会の決断は不作法な行為を促進する結果につながっただけだった。これについて新聞各紙は、権力との関係はどうあれ、後日いろいろな批判を掲載することになった。博物館の小塔の窓からは、街の広い範囲がV字形に見渡せ、地平線まで見える部分もあった――黒焦げになった木々からはいまだに音もなく煙が上がり、フランジの付いた鋼鉄構造が倒れていたり、危険なほど傾いていたりし、橋や渡し船の停泊所に近い通りには馬車や荷馬車や路面電車が集まっていた。人々は最初それらの乗り物に乗って逃げだそうとしたのだが、結局その場に乗り捨てられ、いまだに引き取り手もなく、ひっくり返ったり、衝突や火事で壊れたりしていた。中には放り出されたときのまま、何か月も前に死んだ動物につながれているものもあった。

この丸みのある長い机の周りに集まったひげ面の人々は、今では正義を振りかざして腹を立てているものの、惨事の前に、この時代の標準的なレベルの不実さを持った市長にたまたま任命されただけのメンバーだった――地方の腐敗した利権政治を映し出したようなこの組織は、できたての博物館の監督委員会にふさわしい重要な問題について判断が求められたとき、都合によって評決を変えることができた。もっとレベルの高い団体の委員会とは異なり、財産や立派な家柄を持っている者はここのメンバーには誰一人としていなかった――彼らは普通の市民で、止まっている星さえろくに観測したこともなく、ま

＊　ロバート・エドウィン・ピアリー（一八五六―一九二〇）は米国の軍人・北極探検家。一八九四年、グリーンランドで、現地のエスキモーに案内されて三個の巨大なケープ・ヨーク隕石の存在を知り、三年後、それをニューヨークへ持ち帰った。

してや墜ちてくる流星など見たこともなかった。証人となった著名な科学者たちは〈事件〉以前ならこれらの政治屋連中を小ばかにしていただろうが、今となっては彼らの目——時々何かを問いたげな、しっかりした視線——を見返すことができなかった。今日、彼ら全員が街を代表する復讐《ふくしゅう》の天使となっていた。他にその務めを果たす人物が残っていなかったからだ——市長と市議会議員のほとんどは火災を起こす〈像〉の最初の犠牲者となっていたし、大手の銀行や商社はまだ深刻な混乱状態にあったし、士気が乱れて四散した州兵はニュージャージーでの再集結を誓ったところだった。直後の混乱に立ち向かった唯一の組織は街路掃除夫《ホワイト・ウィング》だった。彼らは模範的な根性を発揮し、いつもと変わらぬ元気と規律で途方もない清掃業務をこなし続けた。実際、荒涼とした都市の残骸の中で、今日ここから見えるただ一つの人間活動の兆候は、日除け帽をかぶった兵士たちの小集団だけだった。彼らはごみを載せる荷馬車と市街地の最後の生き残りの馬を引き連れていた。

この調査委員会は夜に開かれることもあったので、建物横の通用口から出入りしていた。弱った人や保護者のいない人も通用口から中に入り、待たされるだけ待っていた。夜の博物館からは、想像力に欠ける控え壁が明かりのないまま空にそびえているのが見えた。柱と柱の間の秘密の入り口、そしてその奥の通りと同じ高さにある、所轄の警察の好意と知恵によって遅くまで開いている小さなビヤガーデンも見えた——何ブロックも先まで石造りの建物が続き、まるで色の重なりがずれた多色刷りの印刷のように、暗さを増すこの闇の中ですすけた黄色にぼんやりと浮かび上がっていた。

「エスキモーは、周囲にあるすべてのものにそれぞれ目に見えない支配者が付いていると信じています——概して友好的ではない支配者なのですが。それは古代の、人間以前の掟《おきて》の番人であり、それゆえに、人間に危害を及ぼさないようにさまざまな買収行為を通じて誘惑しなければなりません」由緒ある慣行が話に出たので、委員たちは急に耳をそばだて、身を乗り出した。「ですから、私たちが博物館に届けようとしたのは、目に見える物体だけではなく、それを支配する敵も一緒に届けようとしたのです。

エスキモーの見方によれば、私たちの隊の誰かがしきたりを軽んじてきちんと守らなかった、だから〈力〉が本来の性質を発揮して、それ相応の報復を遂行したということのようです」

「それ相応？　物的な被害が甚大なだけじゃない、何の罪もない人の命が失われたんだよ……それ相応って、何相応のことだ？」

「都市文明にふさわしいということです。私たちはあの生き物を本来の縄張りから連れ出してしまいましたから。通常の制裁――危険な氷とかブリザードとか悪意ある幽霊とか――はもうここでは使えなかった。だから報復の手段はもっとこの新しい環境にふさわしい性格のものになったんです――火とか建物の損壊とか群衆のパニックとか公共サービスの破壊とか」

その夜はとても不愉快なものになった。この街は昔から、最も感じのよい日でも、常にBGMのようにどこからともなく不安の響きが聞こえることで有名だった。何も知らずにここに住み着いてしまった人間は、日々、少なくとも誰かに一言相談するだけの時間があるくらいの速度で事態が進行することに賭けて過ごすしかなかった――街の人間の誰もが言うように「いつだって時間はあるさ」と祈って。しかしその容赦のない夜は、何もかもが畳み掛けるように起き、調べたり分析したりするどころか理解することもできず、実際、殺されないことを願って逃げる以外にはほとんど何もできなかった。それ以上のことを考えられる者はほとんどいなかった――街のすべての人が、困ったことにまったく同じタイミングで恐怖の発作に襲われたのだ。にわか景気とその衰退の年月以来、彼らは繰り返し、こうしたことが起こる可能性について警告を受けていた。都市はますます鉛直方向に成長し、人口密度が高まっていて、そのすべてがこのパニックの人質となった……。街の外にいた誰が、突然彼らが犠牲者になるなどと想像しただろうか――それを言うなら、街の誰が想像しただろうか？　ただし事件の直後には、多くの人が自分はうすうす感づいていたという顔をして少しの間だけ金を儲けたのだが。

彼らが確認した事実は数少なかった。昔から街を流れている細い水路を通って、街の中心部に貨物船な調査のために、大学付属の科学施設の設備を用いて加熱されるという新しい時代が到来したのだった。その船倉には、超自然的な力を持った〈像〉が保管されていたが、それは実質的に拘束されていたというよりは、拘束されていると希望的に考えられていた。いまだ刻まれざる歴史の中で、まだそれの力をとどめる方法を知る者はいない。街の誰もがその生物の正体が何なのかを――それの持つ冷酷な能力が襲われる人々にとって何を意味するかを含め――知っているようだった。最初から話を知っていて、あまりにも当然のことと思い込んでいたために、まさか現実のものになるとは誰も思っていなかったのだ。他方、奇妙なことに、それをここへ持ち帰った科学者や極地探検のベテランは、南に向かって旅をする間ずっと鋼鉄の廊下を少し隔てただけの場所にいながら、まったく感づきもしなかった。

そして、それは到着の瞬間を完璧に把握し、自らの意志で必要な温度まで体温を上げ、容赦なく、そして手際よく火を使って囲いから出ようとし始めた。ぎりぎりまで船に残ることを選んだ者たちも、一人また一人と倫理的に疲弊して、職場を放棄し、はしごを駆け上がってハッチを飛び出し、タラップを越え、街の大通りへと走り去った。しかし、普通の歴史に残された時間がわずかとなった今、彼らが無事に逃げ込めるような場所がどこにあったというのか？　悪徳街の用心棒が付き添ってくれるわけでもなく、大きな橋のアンカーの中にも特権的な隠れ家はなく、列車のトンネルや水のトンネルの中にもそんな不純な難民を来たるべき災厄からかくまってくれる場所などなかった。

火と血が運命のように、悦に入っていた大衆を襲おうとしていた。夕方のラッシュアワーのピーク時に街の全域で停電が起こり、ガスの本管に火が点き、すべての街角では何千もの風が予想外の方向から吹きつけ、空に舞い上がった砂利が数ブロック先で空から降ってきて、めったに見られない美しい模様を描いた。〈像〉に反撃しようとする試みも、〈像〉から逃げようとする試みもすべてくじかれた。その後は、火災警報に応える者は誰もいなくなり、前線にいる消防署員もすぐに応援がいないことに気づき、応援の来る可能性がないことを知った。容赦のない、恐ろしい音が響いていた。わざと知らないふりをしていた者たちにも、もはや逃げる場所が残されていないことが明らかになった。

匿名の訪問者たちとの交渉に関する噂が飛び交う中、街全体が戦時体制に入り、軍人の休暇は打ち切られ、オペラの公演は時間が半分に縮められて――アリアは有名なものでもばっさり削られた――観客は早い時間に解散させられた。鉄道の駅には軍靴が響き、悪徳街のトランプやさいころのゲームは決まってちょうどいいところでいきなり打ち切られた。人々は急に長くなった夜明け前の暁闇の時間を恐れ、はっきり見えない顔を恐れ、高い場所にある窓を恐れ、市民の記憶の中で初めてそこから姿を現すかもしれないものを恐れた……。

市長に何が起こったのかについては、事件直後に議論があった。逃げた、死んだ、狂ったなど、本人がいないところでさまざまな説が増殖していた。市長の顔を印刷したポスターが空き地の周りの木の柵や路面電車の後部に張り出された。見慣れたその骨格が頭蓋骨にふさわしい容赦のない単純さに輝いていた。炭化した壁に張られた掲示には、彼の署名の上に、「外出しないこと」と警告が記されていた。

「今夜、皆さんは私の街の通りに出ないでください。人数の多少にかかわらず」

その夜、太陽の光が街から消えた後の街灯の明かりには、いつもの明るさはまったくなかった。何も鮮明には見えなかった。普段ならあるはずの社会的な抑制は十分に利いていないか、まったく利いていなかった。一晩中続いた叫び声、そして今はなくなった交通騒音の代わりの背景的なノイズとして昼間はずっと無視された叫び声は、切迫と絶望の度合いが高まっていた――それは、見えないものの世界から実際に相手にしなければならないものの世界へ移ろうとする苦痛の合唱だった。日中、灰色の階調でしか姿の見えなかった人影が、深夜には色を帯びているように見えた。それは昼間のようなおしゃれな色彩ではなく、血の赤、死体置き場の黄色、毒の緑の色だった。

位置を示すのに長い説明が必要なこの大都会では、この訳の分からないものが出現するまでは、予表大聖堂の下にあって三つの洗礼盤に水を供給している地下の泉の存在が十分な――誰にとっても「奇跡的な」とは言わないまでも――防衛手段だと信じられていた。しかし当局は今、教会のいちばん高いところにあるアーク灯の明かりの中で、キリストとは少し異なるが同じようにあごひげを生やしローブをまとい光を発する人物の姿を三次元フルカラーの映像で投影し始めていた――まるで、最悪の事態になった場合にキリストに対して完全な忠誠を誓っているわけではないと言い訳して、侵入者と取引するのに必要な転向を容易にしようとしているかのようだった。毎晩、たそがれ時にその光による信仰告白の投影テストが行われ、停電が起きていないか、電圧が落ちていないか、色調は正確かなどがチェックされた。重要な瞬間に投影装置が故障する可能性を皆が恐れたので、予備のランプも準備された。「夜、吸血鬼がいると分かっている場所に、十字架を持たずに出掛ける人はいません」と大司教は言った。「そうでしょう？　当然です。私たちにもこの守護者が必要なのです」しかし、その守護者の名前は用心深く口に出さなかった。

　最近市に統合されたばかりの外側の区《バラ》*1は、建設業者や開発業者によるばかげた殴り書き――その当時は夢だと考えられていた開発――を少なくともまだしばらくは免れていたので、荒野と田園の静寂という名誉な猶予期間をまだ数年は与えられることになる。しかし「橋の向こうの土地」に、遅かれ早かれ郊外としての歴史的・文化的影響を被る以外にどんな未来が残されていたというのか？

　こうしてこの都市は、ある無垢――性的な無垢でも政治的な無垢でもなく、理想的な都市という共有された夢――の喪失を体現する存在となった。住民たちは憎しみを抱いたまま健忘症に陥り、傷ついているのだが傷を受けたときのことは記憶に残っておらず、犯人の顔を思い出すこともできなかった。

　そんな無制限の怒りに満ちた昼夜を過ごしていると、人々はすべての街が――もしも街が生き残るなら――炎によって浄化され、貪欲や不動産投機や利権政治が一掃されて、まったく新しく生まれ変わるのを見たいと思っただろう。しかし、そんな新世界の代わりにここにあったのは涙を流す未亡人、喪服を着た一人の女性の悲しみの委員会の存在だった。彼女は流す涙の一粒一粒を蓄え、愛情を込めて記録し、冷酷に出し渋り、来るべき数年の間にその埋め合わせとして、どこの都会もあまり親切とは言えないが、そんな中でも最も卑劣で残酷な雌犬に化けた。

　どこから見ても決然とし、大胆で、男性的なこの街は、その恐ろしい終夜のレイプを振り払うことができなかった。そのとき「彼」は服従を迫られ、承認しがたく女性のようにそれに屈し、「彼女」の愛する地獄の業火に抱かれたのだ。「彼」はその後の数年をかけて事件を忘れ、作り話を語り、自尊心を取り戻そうとした。しかし内心、心の奥底では、「彼」は相変わらず〈地獄〉の男色の相手を務めさせられる稚児[*2]のままで、〈地獄〉の住人たち全員を相手に女役を務めていた。男の服を着た売春婦、雌犬だった。

　そういうわけで、街はこれ以上の苦しみを避けようと、〈破壊者〉への忠誠を誇示するために、神殿を奉納するのと同じ意図で専用の建物をいくつも建てていた。その多くは故意に焼かれ、様式化した残骸は黒く塗られ、美的に興味深いものに仕上げる試みがなされていた。無知によって身を守るプラズマに包まれた街の中心部に向けられた注意は周縁部の巨大な沈黙の城壁――既知の世界の一つの境界線――にまで及び、その外側には、街の他の部分が口に出すことのできない世界が広がっていた。まるで冥界との取引の中で、それについて語るための言葉さえ放棄したかのようだった。この都市は凱旋門《がいせんもん》に類するアーチ建築の黄金時代にあったので、禁じられた世界との境界に、「われをくぐりて　なんじらは入る　悲しみの町に――ダンテ[*3]」と刻まれた新しい巨大な入り口を建てることが決められた。その門の向こうに見える港の上空では毎年、あの恐ろしい出来事があった日に、夜のパノラマが繰り広げられ

*1 現在のニューヨーク市は五つの郡が一八九八年に合併してできた。それぞれの郡は「区」と呼ばれる行政単位を構成している。
*2 男色のために囲われた少年のこと。
*3 ダンテ『神曲』「地獄篇」第三歌の引用。

た。それは記念の再現とは言えないが、海のように青みがかった闇を背景にして色とりどりに配置された光が動き回るという抽象的な表現で、見る者がそれぞれに好きな意味を読み込んでいた。

問題の夜、ハンター・ペンハローは街を出ようとしているところだったが、何かの気配を背後に感じ、後ろを振り向いて地平線の上で展開している悲劇を目撃し、自分だけのものというには古すぎる悪夢の記憶を脳裏に刻むことになった。彼の目は、炎の明かりの中で容赦なく鮮明に映し出された映像に輝いていた。過剰な炎のあまりのまぶしさに彼は目を細めた。

彼は突然、街の見知らぬ一角で迷子になった――理解していると思っていた番号付きの通りの格子模様はもはや何の意味も持たなかった。実際、格子模様はねじ曲がり、市民の要望を反映する別の歴史の表現に変わった。今では、通りには連続する番号が振られておらず、道路と道路が意外な角度で交差し、道は細くなりながら目立たない小路となってどこへともなく続き、以前は気がつかなかった急な坂を上り下りしていた。彼は先まで行けば見覚えのある交差点に出るだろうと思って頑張って先へ進んだが、辺りの風景はますます見慣れないものに変わっていった。いつの間にか彼は、がらんとした中庭のようなものを通って建物の中に入っていたに違いない。頭上十階か十二階ほどにそびえる赤錆び色と黄色がかった残骸のような壊れた外壁が周囲に残っていた。なぜか知っている街の何ものよりも古い、一種の記念碑的な門口。今では廊下のように感じられる通りに対しても親近感が湧いてきた。彼にはそのつもりはなかったのだが、気がつくと人がいる部屋の中を横切っていた。ほとんど何もない通路の端で、彼は会合が開かれているのに出くわした。人々はカップやグラス、灰皿や痰壺を手に、焚き火の周りに腰を下ろしていたが、打ち解けた雰囲気ではなかった。男も女もコートと帽子を脱いでいなかった。ハンターはためらいがちに近づいた。

「全員が街を出るしかないという意見で一致したということだね」

「みんな荷造りはできたか？　子供たちも用意はいいか？」

人々は立ち上がり、出発の準備を始めた。誰かがハンターに気づいた。「まだ余裕はあるよ、もしも一緒に来たいのなら」

彼はすっかり間の抜けた顔をしていたに違いない。彼は無言で集団の後についていき、金属製のらせん階段を下り、電灯に照らされたプラットホームに移動した。そこでは他の人々――かなりの人数がいたのだが――が奇妙な大量輸送機関に乗り込んでいた。それは滑らかな鉄でできていて、全面が工業用の光沢のある濃い灰色に塗られ、排気用のパイプがいくつも車外につながり、前から後ろまで明かりがずらりと灯っていた。彼は乗車し、席を見つけた。乗り物が動き始め、工場内の空間を通り過ぎ、発電機、目的のよく分からない巨大な据え付けの機械の脇を通り――その機械は時折、ホイールが回り、安全弁から蒸気が噴き出したが、他の設備は明かりのない謎の中で動きを見せていなかった――ゆっくりとトンネル網に入り、いったんその奥まで進むと加速を始めた。エンジンと風の音が徐々に高まった。まるで速度と進行方向に自信を持っているかのようなその音を聞くと、なぜか心が落ち着いた。速度は増す一方で、止まる予定はまったくなさそうだった。時々、不思議なことに、窓の外に上の街の様子が見えた――街の下のどのくらい深い場所を走っているのかまったく分からなかったのだが。所々で軌道が上に上がって地表に出ているのか、それとも、地面が深く、英雄的に下に切れ込んで軌道と出会っているのか。長く旅すれば旅するほど、風景は「未来派」的に変わっていった。ハンターは避難所へと向かっていた。この衰えた世界の中で避難所というものにどれほどの意味が残されていたのかは分からなかったが。

キットが初めて自分の後援者に会ったのは、イエール対ハーバードのフットボールの試合が開かれた十一月下旬の風のない曇った週末のある日、〈タフトホテル〉の脇部屋でのことだった。二人を公式に紹介したのはフォーリー・ウォーカーだった。彼は鮮やかなオレンジ色と藍色の、馬に掛ける毛布のような格子縞のスポーツマン用のスーツを着て、それに似合うシルクハットをかぶっていた。他方、大実業家は、ここよりもかなり南か西の地方出身の飼料会社の事務員のような格好だった。彼はサングラスと麦わら帽を身に着け、帽子のつばの幅からは変装の意図が明らかで、麦わらのほつれた先っぽが頭の先からつま先まで垂れ下がっていた。「君ならいいだろう」と彼はキットに声を掛けた。

こっちこそほっとした、とキットは頭の中で思った。

このときは二人だけでじっくり話をする雰囲気ではなかった。両大学の卒業生がそこら中にうようよしてロビーを出入りし、泡の立つビールのジョッキを手に持ったままむやみに身振り手振りをし、さまざまな濃さでライバルの学校カラーに鮮やかに染められた帽子やスパッツやコートを見せびらかしていた。五分ごとに元気な声とともに呼び出しがやって来た。「ミスター・ラインハート！　ミスター・ラインハート！　ああ、ミスター・ラインハート！」

「人気があるんですね、このラインハートっていう人」とキットが言った。

「二、三年前から使われるようになったハーバード大学の掛け声だよ」とスカーズデール・ヴァイブが説明した。「流行はまだ衰えそうにない。こんなふうに繰り返しやられると聞いてるだけで疲れるんだが、夏の晩にハーバードヤード[*1]をエコールーム代わりにして男百人の声を合わせてやられた日には。まったく……チベットの地蔵車の原理で、何回もやってるといつか、はっきりはしないが何か奇跡的な出来事が起こりそうだ。ラインハートの正体をもしも本当に知りたいなら教えてやろう、要するにハーバードってことだ」

「ハーバードでは、ベクトル解析ではなく四元数を教えてるんです」とキットが話題を変えた。

　試合前の熱気が高まっていた。フットボールを触ったこともない言語学の尊敬すべき教授が教室の学生に向かって、紅の色素の元になった昆虫の名前を表す古代サンスクリットの「クリミ」と後のアラビア語の「キルミズ」を経由して、「深紅色《クリムゾン》」という語は虫と同語源だと教えていた。[*2]恋人の編んだ縞のマフラー――恭しく酒瓶サイズのポケットが縫いつけてあるマフラー――を首に巻いた青年たちががちゃがちゃと音を立てながら行ったり来たりし、間もなく応援席を支配するアルコール的歓楽を先取りしていた。

「息子がここに顔を出してくれると思っていたんだが、無理そうだな。きっとお祭り騒ぎにうつつを抜かしとるんだろう。自分の母校がこんなお祭り騒ぎの邪悪の沼にはまりこむのを目にするのはどうにもいたたまれん悲しいことだ」

「彼は今日の午前中は、学内の一年生の試合に出ていると思います」とキットが言った。「大学の代表チームは彼を選手に加えるべきだったのに」

「そうだな、それにプロフットボールがないのも残念だ、[*3]あれば将来は安泰なんだが。コールファクス

＊1　ハーバード大学内の緑地帯の一つ。

＊2　ハーバードのスクールカラーはクリムゾン。

＊3　プロフットボールチームができたのは一九〇二年。

は末っ子でな、当然どの子もかわいいはずなんだが不肖の子ばかりで、孫子の代までまったくどうにもならんだろう。資本家の呪《のろ》いだな――ビジネスセンスみたいないちばん重要な資質は遺伝せんらしい」

「はあ、しかしグラウンドではやる気満々ですよ、どんな企業でも彼以上の人材は望めないでしょう」

「よく聞くんだ。コールファクスは以前、パール通りのわしのオフィスで働いとった。夏休みに、時給五十セントでな。それでも多すぎる給料だ。わしは何度かあいつにわいろの受け渡しの使いをさせたことがある。『ほら――これを何々議員のところに届けてこい。中は見るんじゃないぞ』って言ってな。あの愚か者は、従順なばかりか言いつけを言葉通りに守りおって、決して中を覗こうとはしなかった。だんだんと見込みは薄れていったんだが、それでもひょっとしたらと思って、わしは何度も何度もあいつを使いに出したんだ、わざと鞄の端から札束が少し見えるようにしたりして、毎回あいつが気づくようにし向けた、それなのにあのばか正直な坊主は中を見なかった。しまいには、あのばかにショックを与えて現実の世界を思い知らせるためにわしは警察まで呼んだんだ。わしはあれ以来、後継者問題について無駄に足掻くのをやめて、近親者以外の人間を探すようになったが、そうでなければあいつはきっと今でもニューヨーク市刑務所でみじめな生活をしとっただろう。聞いておるか?」

「お言葉を返すようですが、今のお話は三文小説で一度読んだような気がします、いや、何言ってるんだろう、一度どころか何度もです。ああいう本を読んでると脳味噌がピクルスになってしまって……」

「そうでもないぞ、わしが妻に生ませたキュウリたちに比べたらましだ。わしは今、かなり気前のいい申し出を考えとるところなんだがな」

「僕はそれが怖かったんです」キットは怖《お》じることなく、ますます困惑した様子のスカーズデールの目を落ち着いて見返すことができた。

「普段は多額の信託資金から金を引き出しながら生活して、わしが死んだら何百万ドルもの遺産が手に入る、そんな生活は好かんというのかね、君」

「申し訳ありません、でも、どうやってお金をお稼ぎになったのか、その方法を知らなければお金を増やすこともできないでしょう――おそらく人生の残りの期間は裁判所で必死になってヒメコンドルを追い払うことになるでしょうし、僕が望む人生はそういうものではありません」

「ほお？　別の人生を考えとると言うのか。立派だな、トラヴァース君。話を聞かせてくれんか、興味があるんだ」

キットはスカーズデール相手に取り上げるべきではない話題のリストを黙ったまま検索した。駄目な候補の第一は、テスラが考えている万人向けの万能自由エネルギー計画、次にベクトル主義の魅力、それからウィラード・ギブズの優しさと天才的才能……。そう考えると、まともに話せる話題はほとんど残っていなかった。それに何かがおかしかった……。スカーズデールが彼を見るときのまなざしはどこか妙だった。父親的な、あるいは養父的な表情ではまったくなかった。そうではなく、それは――キットは考えただけで赤面しそうになったのだが――欲望の顔つきだった。彼は欲望の対象だったのだ。そもそも彼が東海岸的な退廃的怠惰という欲望の沼の中で理解することのできるものはほとんどなかったが、スカーズデールの欲望の理由も彼には理解できなかった。

キットはこの大学についてあまり厳しい目を向けないようにしようと心に決めてここへ来たのだが、すぐにイエールの本質を見て取っていた。本を通じての勉強、国の指導者に必要とされる内省的で糞真面目な態度にまだ侵されていない親友が二、三人――それだけでもすばらしい経験で、それ以外の欠点はほとんどそれで埋め合わされた。間もなくエンジンがかかってきたキットは、目をぎらぎらと輝かせて、紹介されてもいないアルバイトの女子店員に土曜の夜のチャペル通りで声を掛け、〈ベクトル主義〉――ギブズ派、ハミルトン派、そしてさらに難解な学派――の話題について勝手に講義を始めたのだった。彼が相手かまわずそれを教えようとしたのは、この最も奇跡的な体系がそれを学んだ人間の人生を改善するもののように彼には思えたからだ――たとえ女子店員たちにはそうは思えなかったとしても。

「女の子が君から逃げ回ってるらしいね、キット」今から恋人に会いに行くコールファクスは、キットと一緒に使っている部屋の鏡で自分の身なりをチェックしていた。「たまには君と一緒にパーチージ[*1]をやってもいいって言ってる女の子が結構いるって僕のいとこが言ってたよ。ただし、算数の話はごめんだってさ」

「あれは『算数』じゃないよ」

「それそれ。今言ってるのはそのこと。女の子は算数とそうじゃないものとの違いを知りゃしないのさ、それにもっと重要なのは、そんな違いを知りたいとも思ってないってことだ」

「いつもありがとう、ファクス。スポーツと遊びに関するあらゆる問題についての君の知恵には敬意を表するよ」

彼は皮肉を意図したつもりもなかったし、皮肉を言うことも不可能だった。コールファクス・ヴァイブは、十八歳になったころには古典的な「スポーツマン」になり、専門家――しばしばチャンピオン――として認められていた。スキーヤー、ポロ選手、長距離走者、ピストルとライフルの射撃手、狩猟家、飛行機乗り。このリストは延々と続き、日常的な技能しか持ち合わせない凡人がそれを見ていると気がめいってくるほどだった。イエール対プリンストンのフットボールの試合で、残り時間わずかの時間帯にファクスがアイビーリーグの競技場にようやく初めて姿を現したとき、彼は味方のエンドゾーンの深い位置でボールをもらい、敵の最高の守備をくぐり抜け、味方の不注意な妨害をものともせず、勝利のタッチダウンを決めた。ウォルター・キャンプ[*2]はこの妙技を「イエールのフットボールの歴史の中で最もすばらしいブロークンフィールドのラン」だと評した。そして、プリンストンに住む黒人はこの先少なくとも一週間は、プリンストンの学生の集団が大声を上げながらウィザースプーン通りをやってきたり、勝利を祝う焚き火のために彼らの家の玄関の柱を勝手に取っていったりすることはないのだと知って、その土曜の夜は少しゆっくり眠ることができた。「ああ、何てことはないよ、最近は運動不足気味でね」と彼は説明した。「いっぱい走りたかっただけさ」

余暇に関するファクスの考え方は当然、命の危険をはらんだものに接近する傾向があったので、彼とキットは知り合った最初の一年間、互いにとても気が合った。キットは外の固い世界の中で、記号と演算と抽象が激しく入り混じる乱流の中に浮かぶがらくたに関連するものなら何にでも飛びついた。そしてファクスは、ルーズベルト的な奮闘努力に対する賛歌を日々口ずさみながら、ベクトル主義に対する半ば宗教的なキットの愛着の中に重大な問題を見、怠惰で底の浅いものなのかもしれないと恐れていた自分の人生――失敗というモチーフがいつも割り込んできそうになる人生――から救済されるチャンスをそこに見ていた。

ヴァイブの子供たちはいかれていると言われることがしばしばあった。ファクスの兄のクラグモントは空中ブランコを演じていた若い娘と駆け落ちし、その後、彼女をニューヨークに連れて戻り、結婚式を挙げた。式は実際、空中ブランコの上で執り行われた。花婿と付き添い役は燕尾服とゴムで止めたオペラハットを身に着け、膝の裏でブランコに逆さまにぶら下がり、揺れのタイミングを完璧に合わせ、危険なエーテルを超えようとしていた。花嫁と、サーカスの営業権所有者であるその父親は、テントの反対側から同じようにブランコにぶら下がっていた。新婦が誓約の印に手を挙げるたびに、客の顔の四十フィート上で、スパンコールの衣装をまとった新婦の付き添いたちがそれに合わせて大きくうなずいた。深い刺激的な緑色に染められた羽根が大勢の客から立ち上る葉巻の煙を掻き回していた。クラグモント・ヴァイブは夫となったその夏、まだ十三歳だった。そして、この当時にあっても巨大と言える大家族を築き始めた。

式で花婿の付添いを務めた三男のフリートウッドも早い時期に家を離れ、何だかんだと理由をつけて

＊1　バックギャモンに似たすごろくゲーム。
＊2　現在のアメリカンフットボールの基礎を築いたフットボールのコーチ（一八五九―一九二五）。

アフリカ行きの遠征に加わった。彼は本当の科学的調査には加わらないばかりか、政治的な駆け引きにも近寄らず、「探検家」という肩書きを文字通りに受け取って、探検以外のことは何もしなかった。ヴァイブ家の多額の投資資金があってはじめて特注の日除け帽やキャンディーの代金が清算できたのだが、お金があるからといって彼の冒険が安全になるわけではなかった。キットはある春の週末に、ロングアイランドのヴァイブ屋敷で彼と出会った。

「なあ、でもまだ君にはうちの家を見てもらってないよな」と、ある日、放課後にファクスが言った。「この週末は何か用事があるのかい？ 工場の女の子とか、ピザ屋の子とか、現在進行形の彼女とか」

「僕は君の得意なセブンシスターズ*の女の子たちのことでそんな嫌みな言い方をしたことはないと思うけどな」

「新しいタイプの女性に対して文句があるわけじゃないよ」とファクスが言い返した。「でも、いとこのディタニーには会ってみたいだろ」

「スミスカレッジの子」

「じゃなくて、マウントホリオークカレッジ」

「待ち遠しいなあ」

彼らは陰気な曇り空の下、屋敷に到着した。もっと明るい光の下で見たとしても、ヴァイブ屋敷は近寄るべきではない場所だと思われただろう――四階建ての四角い建物で、飾り気はなく、黒っぽい石は知られている建築年代よりもずっと古いものに見えた。打ち捨てられたかのような外観にもかかわらず、中では気がかりな賃借関係が存続していた。そこにいるのはおそらくヴァイブの親類縁者のような人々らしいのだが……はっきりとはしなかった。その屋敷は「以前の住人のもの」だということだったが、その言葉の意味は誰もはっきりとは説明しなかった。

「誰かがそこに住んでるってこと？」

「誰かがそこにいるんだ」

……時々、奥の階段に人影が見えたと思ったとたんにドアが閉まったり、くぐもったような足音が聞こえたり……離れた場所のドア枠の奥にぼんやりと動く影が見えたり……なぜか毎日夕暮れ時に、禁じられた階を捜索しなければならないような強迫観念に襲われ、あまりにも念入りに調べすぎると、いつか突然、何らかの形で目に見えない占有者と出会うことは避けられないのではないかと思われたり……どこにもちり一つなく、整理が行き届き、影が永遠に屋敷の中を支配し、カーテンとじゅうたんは深い緑色と濃い赤紫色と藍色で、使用人たちは口をきかず、客と目を合わせることもなかった……そして次の瞬間、隣の部屋で待ち受けているのは……。

「お招きいただいて、本当にありがとうございます」と朝食の席でキットが言った。「ぐっすり眠れました。ただちょっと……」

整然と食事を口に運び、飲み込んでいた全員の手が止まった。テーブルを囲んだ全員の注目が集まった。

「つまりその、真夜中に誰かが部屋に入ってきたみたいなんですが」

「間違いないかね」とスカーズデールが言った。「風の音とか、建物のきしむ音とかではないんだな」

「彼らは部屋の中を歩き回っていました。何か探し物をしているみたいに」

視線が交換され、交換されそこない、誰を見ても誰も目を合わせようとしなかった。「キット、まだ馬小屋は見てないわよね」とようやくいとこのディタニーが口をきいた。「馬に乗ってみない?」

キットが返答する前に、朝食室の入り口の外で大きな音がした。交響楽団の金管セクションが長いファンファーレを演奏するのが聞こえた、と後に彼は誓って言うことになるだろう。「母さん!」とファクスが言った。「エディーおばさん!」といとこのディタニーが言った。そして、この屋敷に姿を現す

＊　米国東部の七つの名門女子大学のこと。

ことの少ないヴァイブ夫人――インディアナポリス出身で、結婚前の名はエドワーダ・ビーフ――が登場した。彼女はメゾソプラノ歌手で、本人の言葉を借りるなら「ある種のコントでコメディアンが次々に舞台に登場するみたいに」次々と若い男に言い寄られて、驚くほど若くして結婚した。そして、初めてコールファクスがキジを銃で仕留めたころ、彼女は突然わずか六つのトランクに衣装をまとめ、メイドのヴァセリーンを連れて家を出てグレニッチビレッジに行き、遠くから輸入したテラコッタで華やかに化粧張りされたタウンハウス[*1]に腰を落ち着けた。建物の内装はエルシー・ド・ウルフ[*2]によるもので、隣は夫の弟R・ウィルシャー・ヴァイブの家だった。彼は数年前からそのこぢんまりした愚行と退廃の空間に住み着き、一族の金の自分の取り分をバレエの踊り子たちやその子らが所属するバレエ団に注ぎ込み、特に、彼が次々に作曲していたとんでもない「ミュージカル」を舞台に掛けてくれる劇団にはいくらでも金を出した。それはアメリカ人を主人公にしたヨーロッパ風のオペレッタもどき、あるいは彼が好む言い方ではオペレッタ・フォー[*3]だった――『ロスコー・コンクリング』[*4]『不毛地帯《バッドランズ》のプリンセス』『メキシコでのいたずら』などなど。街は少しの間、エドワーダの転居を面白がっていたが、すぐに再び色恋沙汰――彼らが話すことのできない言語のオペラにふさわしいテーマ――よりも金銭に関連している各種のスキャンダルに注目が移った。スカーズデールは要領よく金の動きを隠すことができるようになり、エドワーダも社交的な行事には名目上の妻として顔を出すということで何の不満もなく、演劇界での名声が高まるにつれ、文化的な委員会のメンバーに加わったり、記念行事の主催者を務めることに満足を覚えていたので、スカーズデールは彼女のことを、結婚生活の悩みの種と考えるよりも、一つの資産と考えるようになった。

　彼女の義理の弟に当たるR・ウィルシャー・ヴァイブは彼女が隣に引っ越してきたことを喜び――というのも「エディー」はなかなか魅力的な女性だったから――すぐに彼女を芸術家や音楽家や役者や作家など彼の周辺にいくらでもいる下層の人々と引き合わせることに楽しみを見いだした。彼女は、疑われたことのない演劇的才能の力によって、興行主に次のような考えを吹き込むことに成功した。すなわち、そんな不似合いな連中と一緒にいるところを人に見せるだけでも彼女としては大変な個人的サービスなのだから、もしもその礼をする気があるのなら……まあ、主役とは言わない、とにかく最初はそこまでは言わないが、少なくとも二番目のスーブレット[*5]の役ぐらいは試しにやらせてくれてもいいのではないか、と。例えば、当時けいこ中だった『メキシコでのいたずら』に出てくる元気な山賊のコンスエロ——しかしこの役はタビーという名の訓練されたブタと絡む場面がかなり多く、率直に言って気持ちが悪くなるような絡みになることが多かった。タビーと一緒の場面では、はっきり言って彼女はただのからかわれ役か真面目な人物を演じる以外には何もできず、笑いを取るのはいつも決まって行儀の悪いブタの方だった。しかしながら、彼女の経歴に大変な興味を持っていた演劇新聞に彼女が語った打ち明け話によると、連続公演の最後の方では彼女とタビーは「いちばんの親友」になったらしい。

より大きな役がそれに続き、間もなくエドワーダのアリアや「十八番《おはこ》」が入るようになると、そのために開幕時間まで早められた。「聴衆を魅了する無比の声！」と批評家が絶賛し、「抜群の出来」と付け加えた。彼女はすぐにシャンパンによる洗礼を受け、「デルモニコ[*6]の歌姫《ディーヴァ》」と呼ばれるようになった。常に放縦とおどけた挙動が繰り広げられている二つの隣接するタウンハウスにはいつでも、炭酸水の瓶

＊1　隣家と共通壁でつながった二〜三階建ての住宅。

＊2　米国の装飾デザイナー（一八六五—一九五〇）。

＊3　「フォー」(faux) はフランス語で「偽の」の意。

＊4　ロスコー・コンクリングは米国の共和党の政治家（一八二九—八八）で、ガーフィールド大統領がニューヨーク州の政策に干渉したことに抗議して上院議員を辞任した（一八八一）。

＊5　喜劇やオペラに出る、計略に長《た》け、小生意気で色っぽい小間使い。

＊6　「デルモニコ料理店」はニューヨークで最初の本格的なレストランとされ、十九世紀の金持ちや道楽者がここをよく訪れた。

――中身はコップに注がれることもあるが、たいていは、何度やっても飽きもせずふざけて友人の上に注がれた――から立ち上る霧に加え、大麻とアヘンを含む娯楽目的の煙が霧のように立ちこめていた。趣味の悪い色に染められたダチョウの羽毛の髪飾り以外には何も身に着けていない若い女性たちが大理石の階段をセクシーに行き来し、その後ろを先の尖ったエナメル革のダンスシューズを履いた男たちが追いかけていた。毎晩開かれるどんちゃん騒ぎの中心にいたのは、いつも陽気なエドワーダだった。彼女はシャンパンを瓶から飲みながら、「はっはっは！」と大声を上げていた――必ずしも特に誰かに向かってというわけではなく。

こうしてエドワーダとスカーズデールは結婚したまま、それぞれが欠陥を抱えた別々の町に住み、ほとんど別々の人生を送っていた。それはまるで新しいカラー印刷の過程で、スカーズデールの灰色とエドワーダの藤色が部分的に重なっているようだった。ときには暗褐色に見えた。

キットが馬小屋までぶらぶらと歩いていくと、すぐにそこへディタニー・ヴァイブがやって来た。たまらなく魅力的な帽子の下で彼女の目がきらきらと輝いていた。彼女は馬具部屋で、そこに置かれた馬具、端綱《はづな》、頭絡、馬銜《はみ》、引き綱、乗馬鞭《むち》、馬車用鞭《むち》などいろいろなものを調べるようなふりをした。「私、ここのにおいが大好きなの」と彼女はささやいた。彼女は、種付けのときに使う編み革の鞭を手に取り、それを一度か二度振ってみせた。「コロラドにいたころにはこういうのを使ったことがあるでしょ」

「普通は、選び抜かれた言葉を馬に聞かせるだけで足りるよ」とキットが言った。「向こうの馬はとても行儀がいいってことかな」

「東部の馬とは全然違うのね」と彼女はつぶやいた。「ここにもたくさん鞭とかがあるでしょ。こっちの馬はとっても、とっても行儀が悪いの」彼女は彼に鞭を渡した。「きっとこの鞭はすごく痛いんでしょうね」 彼が気がついたときには、彼女はもう後ろを向いて乗馬服のスカートをめくり、尻を出して、肩越しに彼を見つめていた。その表情は、いたずらっぽい期待に満たされているとしか形容のしようがなかった。

彼は鞭を見た。それは約四フィートの長さで、太さは指と同じくらいだった。「結構重いみたいだけど——もっと軽いのの方がいいんじゃない？」

「下履きを脱がなければ大丈夫」

「んんん、ちょっと待ってね……僕の記憶が正しければ、君のその足の位置は——」

「よく考えたら」といとこのディタニーが言った。「あなたが手袋をした手で叩いてくれてもいいかも」

「喜んで」とキットが笑顔で言い、実際、その喜びはディタニーのものともなった。しばらくすると音が大きくなってきたので、二人は屋根裏の干し草置き場に場所を移すことにした。

この日、その後ずっと彼はファクスにこの出来事の話をしようとタイミングをうかがっていたのだが、まるで周囲が共謀してそれを邪魔しているかのように思わぬ客が訪ねてきたり、電話が鳴ったり、急にテニスの試合をすることになったりした。キットはいら立ちを感じ始めた。それはベクトルの問題を長い時間考えすぎたときに酔っ払ったような状態になるのと似ていた。そうなると彼のもう一つの、共意識的な精神が目覚め、彼に力を貸してくれるのだった。

午後には皆がクローケーをやっている間に再びパルメットヤシで編んだテントの中で十分間ディタニーと息切れする時間を過ごし、その晩遅く、家族のほとんどが床に就いたころ、キットが家の中をうろついていると、音楽室と思われる方向からピアノの音が聞こえてきた。彼は音をたどっていった。不協和なままの楽句が同様に中途半端な別の楽句につながっていた。それはピアノの鍵盤の上に腰を下ろしてしまって偶然鳴った和音のような、彼が音楽とは考えたことのないタイプの音だった……。家の中の電圧が下がっているかのように——目に見えないバルブをひねったガス灯のように滑らかに——暗くなり、彼はその琥珀色の明かりの中を歩いていった。壁のスイッチを探したが見つからなかった。廊下のずっと先で黒っぽい人影が闇に消えるのが見えたような気がした。その人影は探検家が身に着けると言われている日除け帽をかぶっていた。キットはそれが噂のフリートウッド・ヴァイブに違いないと気づいた。一家の厄介者が探検から帰ってきたのだ、と。

R・ウィルシャー・ヴァイブは現在上演されているショー、題して『アフリカの悪ふざけ』の人気主題歌のせいで甥に嫌われていた。

先住民がアモック*だ！
みんなの命は大ピンチ！
目ん玉飛び出し、逆上してる
これじゃあ仕事に遅刻する
大声上げて、後ろから追いかけてきたら
どうすりゃいいのか教えてよ！
餌食になりたくない！　だから
ジャングルの中を駆け抜ける

あのはるかなる大地
ホットドッグの屋台もありゃしない（ああ！）
やつらが代わりに食べるのは
おまえの頭から取り出したばかりの脳味噌のバーベキュー、だから

あの土地に行くのなら
おれの言うことを聞け
人のご飯になりたくないだろ？　それなら
持って行かなくちゃ、最高速の
自動車を！

皆が応接間に置かれたスタインウェイのピアノの周りに集まり、喜んでこの歌を歌った。フリートウッド以外の全員にとっては楽しい歌だったが、フリートウッドは皆の気分を害さないために毎晩少なくとも三十二小節だけは付き合った。

「みんな本当は、僕が家に戻っていることを知らないいんだ。かりに知っていたとしても、幽霊を察知する程度にしか感じていない――君にもう分かっているかもしれないけど、うちの一家はあまり霊感がない方なんだけどね。ディタニーだけはそんな一族の堕落を免れているんじゃないかと以前は思っていたんだが、最近はあまりそうも思わなくなった」

「彼女は真っすぐなタイプに見えますよ、僕には」

「いずれにせよ、最近の僕には判断する資格がない。というか、うちの家族について僕が言う話は信用しない方がいい」

キットは笑った。「はい、分かりました。今の言葉は論理的な矛盾ですね。皆さんのことはちゃんと理解しているつもりです」

二人は険しい丘のてっぺんに上っていた。坂は、ヨーロッパ人が初めてこの場所に来たときに既に老

＊　マレー語やタガログ語を語源とする、急に興奮して殺人を犯そうとする精神状態。

木となっていたカエデとクログルミの混じる木立のそばから始まっていた——屋敷は下方の葉群のどこかに隠れていた。「僕らは昔、冬になるとここまで上ってきて、この坂を橇で滑り降りたものさ。あのころは坂がほとんど垂直に見えた。それからあそこを見てくれ」彼は西の方をあごで指し示した。石炭の煙と海の霧を抜けた何マイルも先に、ニューヨークの街の塔が二つ、三つぼんやりと見えた。午後の太陽の光が雲の後ろから放射線状の矢になってそこに降り注いでいた。それは、すぐに一面が雲に覆われ、ひょっとすると雨まで降りだしそうな空で、写真家が「二分間の空」と呼ぶ、試作模型のような空だった。「僕が昔、一人でここまで上ったのは、街を見るのが目的だった——別の世界への入り口がどこかにあるはずだと思っていたんだ……この場所とここから見える街とを滑らかにつなぐ連続的な風景なんか想像できなかった。もちろん本当ならクイーンズ地区がそれに当たるんだけど、それを知る前にもう手遅れになってた。僕は目に見えない門をくぐる通路という夢に取り憑かれてしまっていたんだ。向こう側にあるのは街でもいい、でも街でなくてもいい。むしろ、目に見えないものが実体をまとうという感じに近い」

キットはうなずいた。「で……」

フリートウッドはポケットに手を入れたまま、ゆっくりと首を横に振った。「地図も含め、ぴったりとした整合性のある物語がたくさんある……あまりにも多くの言語と歴史の中であまりにも一貫した話があるものだから、単なる希望的な思考の産物として片付けることはできない……。そこは常に隠された場所で、そこへの道順ははっきりしない。そこの地理は、物理的なだけではなく、精神的なものでもあるんだ。もしも偶然にその場所にたどり着くことができたとしたら、そこを発見したという印象ではなくて、その場所に戻ったという実感を強く抱くだろう。一瞬の光の中で、すべての記憶がよみがえるのさ」

「家という記憶」

「大邸宅」、その目は坂の下にある目に見えない「大邸宅」、午後の太陽に照らされた木立を見つめていた。「家って言ってもいろいろあるさ。それに最近は――僕の同業者が興味を持つのは滝探しだけ。見栄えのする滝が見つかれば、それだけいっそう高級なホテルが建てられる可能性が高まるってわけ……。今、僕が探し求めているのは移動だ、移動のための移動、君らがベクトルと呼ぶものと同じじゃないかな……。ベクトル的未知数なんてものがあるのかな？」

「ベクトルには……解があります。ええ。でもおっしゃっているのは別の意味でしょうね」

「僕のベクトルはいつもここから遠ざかろうとする。でも」――と頭を横に傾けて、きらきらと光る大都会を指し示し――「お金があるのはあそこ」彼はそこで間を置くというよりも、音響器に向かう電信技師のように、遠い不可視の世界からの確認の返事を待った。

「実はね」と彼は話を続けた。「向こうではいろいろと妙な人に出会うんだ。彼らはいったんジャングルに入っていったら何か月も経たないと出てこない。二度と出てこない人もいる。宣教師、逃亡者、踏み分け道の愛好家。彼らは皆、山の踏み分け道に忠誠を誓っていた――山道とか獣道とか小川とか、次の尾根まで、奇妙な湿気を含んだ光の中に現れる川の次の湾曲部まで彼らを導いてくれるものなら何でも。『家』いったいそれは何を意味するのか、彼らにとってどんな意味を持つというのか？〈天の都〉の話を君に聞かせてあげよう。シオンの町について」

ある夜、東アフリカの、もう詳しくは覚えていない場所で、フリートウッドはイツハク・ジルバーフェルドという名のシオニストの工作員に出会った。彼は世界中を旅しながら、ユダヤ人の祖国《ホームランド》を築くことができそうな場所を探していた。二人の話はすぐに、家《ホーム》を失った状態を財産の所有にたとえる議論になった。熱と、この土地の薬物の濫用と、至るところで起こり、終わることのない部族同士の血で血を洗う戦争と、白人の侵略に対する目に見えない千の脅威とが相まって対話はますます錯綜していた。

「現代の国家の正体は」とイツハクが言った。「郊外の住宅地の規模を拡大しただけのものじゃないか？　常に移動している人々、夜になるとテントを張る人々、家賃を払う人々に対して郊外の人間が抱く恐怖が反ユダヤ主義の直接の源流になっているんだ。自分の家を所有していると信じている〝善良なる市民〟とは違うからね。そんな彼らの家だって、実は銀行に所有権があることも多いし、ユダヤ系の銀行が所有してることだってあるけれど。誰だって家を中心とする決まった範囲の単連結空間の中で暮らしていかなきゃならない。ヘビ除けのために馬の毛を縒《よ》ったロープを張り巡らせる人もいる。屋敷の規模はどうであれ、その境界線の外に暮らす人間は自動的に、郊外の秩序に対する脅威と見なされるし、その延長で国家に対する脅威とも見なされる。好都合なことに、ユダヤ人は国家を持たない民族という歴史を持っているんだ」

「自分の土地を手に入れたいと思うのは別に恥ずべきことではないでしょう？」とフリートウッドが反論した。

「もちろんだ。しかし、ユダヤ人がいつか祖国を手に入れたとしても、財産を持たない人々に対する憎しみが消えてなくなるわけじゃない。郊外に住む人々の強迫観念の中に染みついた要素だからね。その憎悪は新しい標的を見つけだすだけのことだ」

　そしていつか実際に、最悪のジャングルのど真ん中に平和な放牧地が広がっていた――しかも、まだ誰も住んでおらず、所有権の争いもなく、小高くて肥沃で病気もなく、防御に向いた地形をしている――などということになるのだろうか？　山道を曲がったり、尾根を越えたりした途端に、さっきまで隠れていた通路に迷い込み、そこを通り抜けると純粋な土地、シオンにたどり着く、そんなことになるのだろうか？

　祝福された可能性の上に太陽が沈む中、二人はじっと座っていた。「真面目な話ですか？」

　肩をすくめて、「ああ……いや、違う」。

「いや、僕たちは二人とも熱があるんでしょう」

彼らは小さな滝のそばの、森の開けたところにテントを設置し、調理用の火を焚いた。まるで誰かが宣言したかのように夜になった。

「今のは何だ？」

「ゾウですね」とフリートウッドが言った。「こっちに来たのはいつごろだって言ってましたっけ？」

「音が近いような気がしなかったか？」フリートウッドが肩をすくめると、「ていうか、君は……ゾウに出会ったことがあるのか？」

「何度か」

「象撃ち銃は持っているのか？」

「いいえ。あなたは？」

「じゃあ、今のやつが攻撃《チャージ》してきたら、どうする？」

「請求《チャージ》の金額次第ですね――ちょっと負けてもらうように交渉してみます？」

「それはユダヤ人差別の発言だぞ！」

闇の中のゾウが再び猛って叫び、次はそれに別の一頭が加わった。声をそろえて。何かのコメントだったのかどうかは誰にも分からないが。

「何だ何だ、ゾウって夜に眠らないのか？」

フリートウッドが思わず吹き出すのが聞こえた。「悪く思わないでください、でも……ユダヤ人の多くがあなたみたいなゾウ恐怖症だということなら、アフリカはシオニストが定住する場所としてはあまりふさわしくないですね」

二人は足を通じてジャングルの地面の振動を感じていた。揺れから判断すると、大人のゾウが高速で接近中だった。

「さてと、お話しできて楽しかったよ」とイツハクが言った。「じゃあ私はそろそろ――」

「じっとしていた方がいいですよ、本当の話」

「じっとして、それから？」

「真っすぐにらみ返すんです」

「凶暴なゾウを相手ににらめっこで勝負するのかい」

「昔からのジャングルの知恵です」とフリートウッドが助言した。「逃げないこと。逃げたら踏みつけられちゃいます」

背丈が約十二フィートもあるゾウが森の際から現れ、フリートウッドとイッハクの方へ真っすぐに向かってきた。明らかにご機嫌斜めだ。ゾウは鼻を巻いて高く持ち上げた。ゾウがこのしぐさをすると、必ずそのすぐ後に怒りの標的に対して牙で攻撃を仕掛けるということがよく知られていた。

「OK。復習するぞ——ここから動かずに、じっと目を見返す、そうすれば本当に大丈夫だと保証してくれるんだな、このゾウが……ぴたっと止まるって？　そのままUターンして、文句も言わずに帰って行くって？」

「いいから見てて」

翌週の「ブッシュガゼット」紙には、「狂ったゾウからユダヤ人を救う」という見出しが躍った。イッハクはフリートウッドにとても感謝していたので、投資の秘訣をいくつか彼に伝授し、ヨーロッパ中の役に立ちそうな銀行の人間の名前を教えた。もしもフリートウッドがもっと資金を必要とする探検を行なっていたなら、それらの助言によってかなり助けられていたことだろう。彼は丁重に助言を断ろうとした。

「僕は子供のころ、ディケンズをよく読みました。残酷な仕打ちの場面を読んでも別に驚きはしませんでしたが、見返りもないのに親切な行いをする場面には驚きました。小説の世界の外では見たことがなかったので。僕の知っている世界では、ただより高いものはないっていうのが昔からの大原則でしたから」

「まったくその通りだ」とイツハクが言った。「私の言うことを信じなさい。ランドの株を買え」

「南アフリカの？　向こうは今、戦争中でしょう？」

「戦争はいつか終わる。「天津《テンシン》から香港《ホンコン》まであちこちの船着き場で五万人の中国人労働者が列を作って待っている。」撃ち合いが終わったらすぐにでもトランスヴァールに向けて出港できるように……」

実際、間もなく地球の市場には金があふれた。ランド鉱山の金ばかりではなく、当時沸き立っていたオーストラリアのゴールドラッシュの収益も莫大《ばくだい》だった──それは、ヴァイブ家の家長が聞いたら思わず口から泡を飛ばして見苦しい振る舞いをしてしまうような「不当な利益」の典型だった。

「わしには理解できん。どこからともなく金《かね》が湧き出しとるじゃないか」

「でも本当のことです」とフォーリー・ウォーカーが言った。「取引されているのは本物の金《きん》だ」

「わしまで忌ま忌ましい社会主義者になってしまいそうだ」とスカーズデールが言った。「共産主義者にでもなりそうだ。風邪をひきそうなときと同じような変な予感がする。頭が──というかビジネスの問題を考えるときに使う頭の部分が──ずきずきする」

「でもミスターV、社会主義者はお嫌いでしょう？」

「成り上がり者の糞野郎の方がもっと嫌いなんだ」


彼の姿は暗闇の中でかすかにしか見えなかった。幽霊の出る階の窓辺に立った彼は、昔の時代の風情を残す部屋にあって、時代遅れの目的を持った据え付け品のようだった。そこは家の中でも誰も近づこうとしない場所だった。放浪生活と旅立ちと落ち着きのない旅とに捧げられた部屋、そこに住み着くことができない人間のための部屋だった。彼は追憶という病床に伏せ、過去を思い返していた。

彼はアフリカでさまざまな人と出会った。若くして死ぬ運命の聖人のような副官、紛糾する東方問題*

＊　十九世紀のオスマン帝国領内での紛争に関連するヨーロッパ諸国間の国際問題。

からの逃亡者、扱う商品の性質には無関心な——緑の別世界から何か月も後になって戻ってきて、積んでいた荷物は荷台からなくなっているだけではなく、記憶からもなくなっている——人間や武器の商人、病気の人、毒にあたった人、そして多くの死にかけた人、シャーマンに呪《のろ》いを掛けられた人、磁気の異常に惑わされた人、ギニア虫[*1]やマラリアに冒された人、彼らはそれぞれの事情にかかわらず、内部の抱擁に戻ることだけを望んでいた……。フリートウッドは彼らのようになりたかった……。彼らの仲間になれるように祈った。彼は何でもいいから何かが自分を襲うことを願いつつ、狂ったヨーロッパ人でも危険だとわきまえているような場所にも出掛けた。何も彼に「取り憑い」たりしなかった。いくら接触したがっても幽霊が寄りつかないのは彼が持っている金《かね》のせいだと彼に教えるような悪趣味な人間もいなかった——幽霊と言えば悪さをするものと相場が決まっているが、それでも、どんなふうに言い繕ったとしても詰まるところ源が犯罪行為にあるような野放図な資金に近づくほど愚かではなかった。

フリートウッドはマッサワ[*2]で、南へ向かう沿岸貿易船を見つけた。彼はロレンソマルケス[*3]で下船し、情報収集のために——彼はそう考えるのが好きだった——いろいろな地元の酒場《カンティーニャ》に出入りして一週間を過ごした。情報を聞き出すには植民地市場用のポルトガルワインを池ほど振る舞わなければならなかった。おかげで、彼が廃棄用のブセラス[*4]とダンの安ワインを買い占めたために、伝統的に気に入ってそれを飲んでいる地元の人間が困った顔をしたのだった。

フリートウッドがようやく自分からアメリカ人的な傾向が完全に抜けたと感じたとき、彼は列車に乗ってトランスヴァールに向かった。しかし、レッサノガルシアとコマチプルトの間の数分間で、彼の頭の中で何かの配列が変わった。国境を越えたとたん、彼はそこで何をすべきか理解した——彼は自分の個人的財産を築くためにヨハネスブルクに向かった。慢性の肺結核と、かさぶただらけの草原と、店の経営者の貪欲と、煮えたぎるような人力車の往来と、絶望的に数の少ない白人女性と、歴史なき人々に属する町……「バクー[*5]の町にキリンを付け足したみたいです」と彼は家に手紙を書いた。草原はどこまでも、どこまでも続き、視界には一本の木もなく、あるのはただ煙突と砕鉱機だけで、その地獄のような轟音は昼夜を問わず数マイル先まで聞こえ、そこから避けがたく立ち上る汚い白いほこりは空中にとどまって人の呼吸に入り込み、上から降ってきて家や服や植物やあらゆる色の肌を覆った。世界の中には、いつでもひとやま当てようともくろむ精力的な若者をしばらく引き留めるヨハネスブルクのような町が他にもたくさんあるだろう。彼の平均的な一日がどんな天気であれ、市場がどんな状態であれ、収穫――死に神の収穫も含め――の変動がどうであれ、彼はとにかくブルジョア的な脱力状態を抜け出し、目の前の熱狂に対してはできるだけ禁欲的に振る舞い、生存と利益がどちらの方角を向いても自制を失わないようにしなければならなかった。彼は常に、陶酔、裏切り、野蛮、危険（金の鉱脈まで深い割れ目を下りていくことは、常に可能なばかりか常に誘いを掛けてくる道徳的な飛び込みに比べればささいな危険だった）、性的妄想、伝説的な金額を賭けたギャンブル、大麻の常習者とアヘンの奴隷の溜まり場への誘惑などと隣り合わせだった。白人は皆、何らかの意味でそこに取り込まれていた。それは終わりのないゲームだった。ヴィトヴァーテルスラント[*6]にある最高裁判所が公共的な良心の所在地だったが、実際には、ロレンソマルケス行きの列車に乗れば一日半でポルトガルの管轄区まで戻ることができ、そのままずっと逃げ延びることが可能だった。金は先に送って、安全な場所に預けておけば、台帳にきれいに書き込んだ数字のように何の汚れもない状態で、まるで夢の中から湧いてきたように後で手に入る

＊1　熱帯の線虫類で、人や馬などの皮下深部に寄生する。
＊2　エリトリア北部の紅海に臨む海港。
＊3　モザンビークの首都マプトの旧称。
＊4　ともにポルトガルのワインの名産地。
＊5　アゼルバイジャンの首都。
＊6　南アフリカ共和国北東部のヨハネスブルクを中心とする高地。

のだ……。そして、いつかまた彼が昔なじみの酒場に戻り、閉店まで酒を飲み続けることを妨げるものは何もない。「いや、すごい金持ちっていうわけじゃない、でもほら……こっちで三ペンス、あっちで三ペンスってちびちび儲けていったら、しまいにはちりも積もればで……」

カフィル人*はこの町をゴリ、すなわち「金の都市」と呼んだ。ヨハネスブルクに着いたすぐ後、フリートウッドは、大麻の喫煙者が「サルのセックス」と呼んでいるような持続的なオルガスムスの状態になった。彼が下層労働者《クーリー》を撃ち殺したという噂があった。別の噂によれば、彼が殺したのはカフィル人で、ダイヤモンドを盗もうとしていたところを捕まえ、撃ち殺されるのがいいか、半マイルの深さの立て坑に自分で飛び込むのがいいかを選ばせたという話だった。石はダイヤモンドにしては質が悪く、フリートウッドの素人目で見ても、アムステルダムでの加工が終われば三カラットにもならない程度のものだったが、彼が泥棒であることに変わりはなかった。「私はそれを盗んでない」とその黒人は言っていた。言われた通りにしたし、白人の手に返したじゃないか、と。フリートウッドは運命に向かうようボルヒャルト拳銃で彼に手振りをした。すると、カフィル人が状況を理解しているだけではなく、自らそれに従っているのを目にして驚くとともに、奇妙な多幸感が彼の全身に広がった。結局、アメリカ人の染みはどうしても落ちないのだ。二人は一拍の鼓動の間、恐ろしく急な虚空の縁に立っていた。フリートウッドは、カフィル人に何か別のことをさせることもできたのに、自分にはこれしか思いつかなかったのだと分かっていたが、それを理解したときには既に手遅れだった。

法的な見せかけさえ繕っておけば、行為そのものの喜びから冷酷に研ぎ澄まされた刃が取り除けただろうが、カフィル人が鉱石を盗んだかどうかはほとんど問題ではなかったし、おそらく鉱山の敷地から持ち出す機会をうかがっていただけのことだっただろう。そして敷地の外に持ち出せば、瞬く間に別の人間——肺に半分ほど大麻を吸い込んだ、手先の器用な別のカフィル人——が彼から石を奪っていただろう。もしもそうなれば、男にとって事態はさらに醜く痛ましいものとなっただろう。それに比べると、青い大地の深淵の奥深くにまで飛び込み、横穴がますます速度を上げながら耳元を通り過ぎていくのはまだしも人間的だった。それは結構、快感なのではないかとフリートウッドは想像した。というのも、落ちるにつれてだんだんと周囲が暖かくなってくるからだ——ひょっとすると子宮に戻るような感覚かもしれない……。

　このときの記憶は後に、夢の中でよみがえった。死んだ男のほこりまみれの顔が逃れがたく迫ってきた。その目は、仮面の穴の奥から見ているかのように動き、輝いていた。人工的に見える体の中で目だけが活発に動いている姿は恐ろしかった。助言をささやいているようだった。世界の構造には深刻な不均衡が存在していて、それは正されなければならないという警告だった。

　そしてフリートウッドはこの夢を見るたびに、後悔の念に襲われるというよりも富の裏側——富は遅かれ早かれ殺人という行為に頼らざるをえないこと、しかも往々にしてそれは一度では済まないということ——を見せられた当惑を感じた。彼は夢の中でこの啓示を得るまで目を覚ますのを待つことを覚えたが、目覚めるのが早すぎることもあった。

　彼は殺したカフィル人と助けたユダヤ人でカルマの台帳はプラスマイナスゼロだと考えて自分を慰めた。しかし実際には、トランスヴァールのすべての金を捧げても、彼を待ち受ける裁きを軽くしてもらうことはできないのだと、彼は明け方近くの明晰《めいせき》な夢の中で知った。彼は腹立ちまぎれに笑った。「煉《れん》獄《ごく》？　高次の裁き？　カフィル人の身内が世界のどこまでも僕を追ってくる？　そんなことあるものか」

〈クラブ〉のピグミーたちが、無言のまま嫌悪の目で彼を見た。通りの中国人が彼をののしった。中国語はわずかな単語しか知らなかったが、「殺す」「母親」「ファック」という語が聞こえたような気がした。オールデン・ヴォーマンスが今、仲間を集めていて、これから北に向かい、隕石《いんせき》を回収しに行くと

＊　南アフリカのバンツー族の旧称。

いう噂が広まっていた。その旅には金《きん》もダイヤモンドも、女も夢を誘う煙も、下層労働者《クーリー》も黒人も登場しないだろう。ひょっとすると奇妙なエスキモーとは出会うかもしれない。そして清浄と、幾何学性と、寒冷と。

跡を尾《つ》けている者がいないか確かめるために素早く後ろを振り返るルー・バズナイトの目には、必ずしも実在しないものが見えることがあった。黒いちり除けのコートと帽子を身に着けて馬に乗った人影が太陽の照りつける遠方で横を向き、何も生えていない地面を馬が探っていた。特に何かに注意を向けている様子もなく、まるでそれ以上のことを望んだことはないかのように、どうやら偏った星形の自分の影をただ見ているだけだった。やがてルーは確信するようになったのだが、彼の後方の視野のすぐ外側にいるのはいつも同じ人物、〈珪藻土キッド〉という名で知られるサンフアン山脈に潜む悪名高き爆弾魔《ダイナマイター》だった。

〈キッド〉はホワイトシティー調査局が最も注目している人物だった。ルーがデンバーのユニオン駅で列車を降りようとしているころ、そしてコーダレーンでの争議が鉱山地域の全域に波及し始め、ほとんど毎日どこかで予定にないダイナマイトの爆発が起こるようになったころ、仕事の量が手に余るようになってきたせいでピンカートンやシールのような都会の大手探偵社の考え方が変わり始めた。大手の探偵社は、銀行が債権を扱うのと同じ要領で未解決事件を処理するという考え方に基づいて、なかなかしっぽをつかめない〈珪藻土キッド〉をはじめとするリスクの高い不良債権をホワイトシティー調査局のような仕事に飢えた中小の探偵社に売却するようになったのだ。

それが彼の唯一知られている名前だった。「珪藻土」とは一種の粘土で、ニトログリセリンを染み込ませてダイナマイトの中で安定させるのに用いられるものだ。〈キッド〉の家族は一八四九年の反動[*1]の直後にドイツからの難民としてアメリカに渡ってきたことになっていた。最初はサンアントニオの近辺に住み着いたが、高地へ向かう衝動を持っていた未来の〈キッド〉はすぐにその地を離れ、サングレデクリスト山脈でしばらく過ごした後、噂によると再び西に向かい、サンフアン山脈にやって来たらしい。彼の目当ては銀鉱山の金《かね》ではなかったし、そこでの紛争でもなかった――そのころの彼は、金でもトラブルでもその気になれば容易に手に入ることが理解できる年齢に達していた。彼の目当ては何か別のものだった。それが何だったかについては、話の語り手によって意見が異なっていた。

「拳銃も携帯してないし、ショットガンもライフルも持ってない――彼のトレードマークは、ホルスターに差し込んだ二本のダイナマイトだ。他にも十本近く――」

「二十本さ。大きな弾薬帯に差してたすきがけにしてるんだ」

「じゃあ、目立つだろうな」

「そう思うだろ。ところが、目撃者の証言が一致したことはないんだ。爆発の衝撃でみんなの記憶まで吹き飛んでしまうみたいなのさ」

「だけど、そいつが導火線に火をつけている間に銃で撃てるんじゃないのか、早撃ちが苦手なやつでもできるだろ?」

「それはどうかな。二つのホルスターには安全マッチみたいなよくできた防風仕様の点火装置が付いていて、彼が紐を引くだけでダイナマイトに火が点いて、すぐに投げることができるんだ」

「導火線も速く燃えるのを使ってる。この前の八月にウンコンパグレ高原[*2]の若いやつらがそれを思い知らされたんだ。すっかり吹っ飛んでしまって、埋葬するものと言っても拍車とベルトのバックルしかなかったらしい。〈キッド〉がそばをうろついているときには、ブッチ・キャシディーの一味も小屋の中のハトみたいにおとなしくなるんだぞ」

もちろん、ブッチ・キャシディーの一味に誰がいるのかを確かに知っている者は一人もいなかった。ここでは伝説的なエピソードには事欠かなかったが、一つ一つの事件について正確には誰が誰を殺したのかを疑いの余地なく証言できる目撃者はいなかった。それは、報復を恐れたと言うよりも、まるで肉体的な外見が本当に変化したかのようだった。そのせいで、同じ偽名を使っていてもそれが全くの別人だったり、アイデンティティそのものが変化したりした。海抜がある程度以上高くなると、何か本質的な部分で人間の人格に変化が生じるのだろうか？ 低地に住む人々が穏やかで遵法的なのに対して、高地は革命家や無法者を育てるというロンブローゾ博士[*3]の観察を引用する人もたくさんいた。もちろん、それはイタリアの話だ。最近発見されたばかりの意識下の精神を研究している人々は、意味を持つ可能性のあるすべての変数を考慮に入れるために、高度と、高度に伴う気圧という問題も避けて通ることができなかった。結局のところ、それは霊魂の問題だったのだ。

ルーはこのときちょうど、コロラド州ロダサルの町を訪れ、「週刊ロダサル時報」の編集者のバーク・ポンヒルと話をしているところだった。その週刊新聞は、当時まだ現実よりも願望に基づいた不動産投機の域をほとんど出ていなかったこの町の出来事を記すためのものだった。空っぽのページを幽霊話で埋めるのがポンヒル青年の仕事だ。ひょっとすると遠い町でその記事を読んだ人が興味を持ってここを訪れ、ひょっとするとここに定住するのではないかという期待がそこには懸けられていた。

「しかしこれまでのところ、ここにあるのは鉱山町だけ。しかもそれさえまだろくにできてない」

「銀？ 金？」

「その、とにかく鉱石……金属成分が含まれているんだけど、それがまだ――」

＊1　一八四八年に欧州で広まりを見せた民主化革命に対する反動。
＊2　コロラド州西部に位置する高原で、ユタ州に隣接する。
＊3　イタリアの法医学者（一八三六―一九〇九）で、犯罪人類学の創始者。

「まだ見つかっていない金属?」

「ひょっとすると、見つかってはいるんだけど、まだ精錬されていないって感じかな?」

「何に使う金属?」

「用途もこれから考えるって感じかな?」

「へえ、なるほど、悪くないと思うな。夜、泊まれる場所はあるのかな?」

「風呂は要る? 料理は?」

「またまた返事が質問だ」風がブリトルブッシュ*の間を抜け、二人の男は葉巻に火を点けた。ルーは山道での疲労に屈しないように努めた。

「これらの声明文は」とポンヒルが目の前に積まれたばらばらの便箋を指先で叩きながら言った。「頭のおかしな南ヨーロッパの情熱家や、中途半端な教育を受けた発破工が書いたものとは思えない。そういうタイプとは違って、自分に何かが起きたってことを自覚している人間の文章だ。でも何が起きたのかは、本人にも分かっていない——分かるかな、この感覚?——うん、分かるよな、誰でも——だから、こうやって手紙を書くことでそれをはっきりさせようとしてる。彼がどんな目に遭ったか、そしてできれば、誰が犯人かを。しかしそれにしても、標的を見てみてくれ。いつでも住所と名前を挙げているだろう? 爆弾魔の中には、〝ウォール街〟とか〝鉱山所有者協会〟みたいに、わざと標的をあいまいにしか言わないやつらもいるのに、彼の場合は違う。ほら、悪人の名前を一人ずつはっきりと挙げて、告発してる」

「〝悪人〟?」

「彼は面白がってやってるわけじゃないんだよ、バズナイトさん、爆発のスリルを求めてるわけでもない、違う、ここにいるのは自分の主義を貫く人物だ。日常の世界から少し外れて……女性との関係も彼には欠けていることは言うまでもないね、だって女性には人を文明化する影響力があるから……」

「ひとりぼっちの時間が長すぎる、精液が溜まって脳の中の圧力が高まるっていうことかな――ああ、でも、それを言いだしたら山間に住む人間の半分に当てはまるだろう？　実際、ちょっと単純な理論じゃないかな、ポンヒルさん、あなたが考えたことじゃないよね？」

「知り合いの女性の意見さ。その人によれば、この男がもっと外に出るようになれば……」

「そう言えば、デンバー支局には毎日この男宛ての手紙が届いてるよ。男からのも少しはあるけど、ほとんどは女性からの手紙。奇妙だけど本当の話さ。大半は結婚の申し込み。中には男からの結婚の申し込みも混じっているけど、それは別のファイル行き」

「おたくらは彼に来た手紙を開けて読んでるわけ？」

「彼に名前や定まった住所があるわけじゃないし――うちの仕事は郵便取り次ぎサービスじゃないんだよ」

「だからといって、彼にプライバシーの権利がないってことにはならないだろ」

「プライ……。ほお。うん、なるほど、これは新鮮だ、犯罪者の権利に関する議論か、若いころのキャンプファイアの気分を思い出すなあ、ただしあのころは、名前も住所もない存在と言えば神様だったけど」

茶色のピッチャーが出てくると、バーク・ポンヒルが打ち明け話を始めた。謎の爆弾魔探しは事件とはまったく無関係の家族にも――ポンヒルの家族も含め――容赦なく影響を与え始めていた。多くの家族が今までにない圧力を感じ、一家の厄介者を容疑者として密告するか、法の手から守るかの選択を迫られた。国家と血縁的忠誠との間に明らかな葛藤《かっとう》があった。ポンヒルの家庭は分断された。「あいつは道徳心の発達不全なんだよ、ママ、頭の中を調べたらいい、社会的感情を扱う脳葉が欠けてるんだ」

「バディーったら！　おまえの弟なのよ」

＊　米国南西部およびメキシコの砂漠地帯に生えるキク科の植物。

「あいつはみんなに捕まって撃ち殺されちゃうよ。もう分かってるだろ、あの連中がどんなやつらか？」

「でも警察に連れて行ったりしたら絞首刑になるだけよ」

「いい弁護士をつければ大丈夫」

「そういう人たちはただじゃあ働いてくれないわ」

「良心のために働くことだってあるじゃないか」

「ああ、バディー」バラ色の期待と無駄な骨折りばかりの人生がその溜め息の中にはこもっていたが、彼はその声を聞かなかったかのように振る舞った。

「結局、バディーが弟を警察に突き出したんだ」とバークがルーに言った。「こうなったらブラッドの最後の望みは、何とかデンバーの控訴審裁判所に舞台が移るまで生き延びることしかない。向こうならこの辺の有力者集団の影響があまりないし、東部の新聞にも話が載るから……」


ルーは粗末な機械の入った印刷屋の小屋を出て、谷づたいにふもとへ向かった。今回の旅ではまだ誰にも撃たれそうになっていなかった、というか、少なくともはっきりそうと確信できるような場面には出くわしてはいなかったが、最近は、撃たれるだろうという予感が高じて、胃の調子を悪くしていた。彼はこの仕事を始めた早い時期に、危害を加えてくるかもしれない人物の手にある火器の射程距離内の風景のみに注意を向けるようになっていた――その半径の外側にある山並みや夕日の光景にルー・バズナイトが感嘆の目を向けることはありえなかった。

谷に夕闇が迫り、農家のかまどに火が焚かれた。屋内に明かりが灯って窓が明るくなり、周囲のトウヒを照らす夕日よりも明るく見え始め、窓の明かりが野菜畑の畝にも漏れていた。積まれた材木のこぎりで切られた断面がどれも強烈にオレンジ色がかった黄色に染まり、木の皮は影に覆われ、銀色がかった黒に見えた……気がつくとルーは、いつもこの時間になるとそうなのだが、いらついていた。他の人間ならこの時間には家でくつろいでいるかもしれないのに、魂を締め付け、馬を酷使する探偵稼業は彼にそんな時間を与えてくれなかった。しかし選択肢は、ここかデンバーかという二つだけだった。デンバーなら、もはや実地調査をする必要もない古いファイルのほこりを払いながら机の前に座っているだけの仕事だった。

彼は次の適当な坂のてっぺんで立ち止まり、平和な谷を見渡した。ひょっとするとルーは谷のすべてを調べ終わったとは言えないかもしれないが、この町が都会の熱狂を抱えるシカゴよりも平和だという見方に対しては、ビール一杯以上を賭けたりしなかっただろう。彼の視野の範囲にある小屋や離れや酒場や農家は一つ一つがどれも平和とはかけ離れた物語を秘めているのだと彼は思った――極端に美しい馬が発狂し、ヘビのようにのたうち、騎手の体から再生することのない肉の一部をもぎ取った話、銀貨を黒くするキノコの調理の楽しみを夫に伝授した妻の話、うっかり羊を柵から出した羊飼いを野菜農家が撃った話、かわいらしい女の子が一夜にして騒々しい淫売に変貌《へんぼう》し、一家の男たちが公共の安寧に資するとは言いがたい行為に訴えざるをえなかった話。運命との契約を結んだ土地の常として、この土地にはユート族、アパッチ族、アナサジ族、ナバホ族、チラカワ族の落ち着きのない幽霊が住み着いていた。幽霊たちは裏切られ、レイプされ、強盗に遭い、殺害され、風の速度で世間を見守り、光を飽和させ、墓標が残っていたりいなかったりする墓と同じ執念深さで、白人侵略者の顔の前を飛んだり、肺の中に出入りしながら、セミのように単調な声でささやいていた。

彼がシカゴを出たとき、見送ってくれる者はいなかった。顔を見せてもおかしくなかった――彼が間違いなく出発したことを見届けるだけの目的だとしても――ネイト・プリヴェットでさえ見送りに来なかった。ルーは、自分の人生でどうしてこんなところまで来ることになったのかを思い返しながら、何かの疑惑を受けて土地を追われたかのようだと思った。

どちらの側に付くべきかということを彼が容易に見分けられたのはそれほど昔のことではなかった。ルーはシカゴで無政府主義者狩りをしていたころ、犠牲者にも犯罪者にもあまり共感しすぎないよう、少なくとも一時的には便利な感情遮断の方法を見いだしていた。爆破現場に足を踏み入れて、血と苦痛という無意味な生命の残骸を目の前にして泣き崩れて何になるというのか？　爆弾を仕掛けた人物は無政府主義者とは限らない、いかに大ざっぱに定義するにせよ「無政府主義者」なる連中が犯人だと断定することで利益を得る人間を含め、あらゆる可能性がある、と、ゆっくりとではあるが、彼の超鋭敏な探偵としての勘が働いた。彼が〈家畜置き場〉の裏やその向こう側まで容疑者を追跡するとき、無政府主義者の集団――かつての黒人奴隷制度に勝るとも劣らぬ残忍な束縛状態からの救いはそこにしかなかったのだが――の現実のみじめな生活がどうしても彼の目に飛び込んできた。ルーは気がつくと魅惑的な白昼夢を思い描いていることがあった――爆弾代わりの氷の塊か、もっといいのは、凍った馬糞《ばふん》を手に取って、澄ました様子で馬車に乗って通りかかったシルクハットの男や、丸腰のストライキ参加者を痛めつけている騎馬警官に投げつけるという夢想だ。

〈家畜置き場〉では構図が非常にはっきりしていたが、プルマンの工場[*1]でも、製鋼所でも、マコーミック刈り取り機工場[*2]でも同じことだったし、シカゴに限ったことでもなかった――どこの場所でも、公衆の沈黙の中には同じ産業的な地獄の構造が包み込まれているに違いないと彼は思った。いつでも四十七番街のような境界線が存在していて、帳簿の一方には目に見えない多数の労働者がおり、他方には、彼らを搾取して大変な――計算不能とは言わないまでもかなりの――金持ちになっている一握りの人間がいた。

　デンバーの高度と広大さによって視覚がさらに研ぎ澄まされ、鉱山主と鉱山労働者を見るときも、冥界の権力が地下にノームの軍勢を送ってできるだけたくさんの砕かれた領土をくりぬかせるという図式がくっきりと見えた。やがては表土が陥没し、ときにはそれがノームを下敷きにすることもあったが、権力にとってそんなことはお構いなしだった。いつでも、地下に送られることを熱心に待ち望んでいるこびとが列を作っていたのだから。非組合員と組合員、組合員と非組合員が立場を変えたり戻ったりしてぐるぐると入れ替わり、彼の魂を捕まえる競争を繰り広げていた——彼は大胆にもそんなふうにイメージしていた——が、決着は付かなかった。

にもかかわらず彼はデンバーでの仕事を続け、人物の相関関係を把握し、〈ピンホーンのマンハッタンステーキハウス〉の常連になり、十七番街ではあちこちのバーで勘定を付けにし、アラパホー通りにある〈トルトーニの酒場〉と市役所の向かい側にある〈ギャハンの酒場〉にたむろしている事件記者と仲良くなり、〈エドの遊技場〉では負けた金を十分に支払って、赤線地区のボスであるエド・チェイス[*3]の仲間とも懇意になった。シカゴのことはほとんど思い出すことなく、あるいは二つの町を比較することなく一日を過ごすこともあったが、一週間か二週間も町の中に閉じこもっていると耐えられなくなって、思わずデンバー&リオグランデ鉄道に飛び乗り、町外れの鉱山に向かうのだった。どうしても鉱山に近寄らずにはいられなかった。行くたびに、鉱山主と労働者の関係は悪化しているように見えたのだが。ほとんど毎日、新たに小さなヘイマーケット事件が起きていた。シカゴではめったに見かけないダイナマイトも、岩肌むき出しのこの山間では珍しいものではなかった。彼はすぐに山の保安隊と知り合いになった。完全武装した彼らは「市民同盟」あるいは「経営者補助隊」と名乗っていた。彼らはかなり洗練された火器を携帯していて、クラッグ＝ヨルゲンセンライフルや連発式ショットガンを抱えてい

＊1　一八九四年、イリノイ州プルマンにあるプルマンパレスカー社で有名なスト（プルマンストライキ）が行われ、会社の要請で連邦軍が投入され、鎮圧された。

＊2　一八八六年五月、シカゴ市警がマコーミック刈取り機工場でピケを張った労働者を襲撃・殺傷し、これに抗議してヘイマーケットでの集会が組織されるが、ここでヘイマーケット事件（既出・上42頁）が起こり、多数の死傷者が出た。

＊3　デンバーで酒場や賭博場を経営し、一般社会でも裏社会でも大きな影響力を持っていた人物（一八三八—一九二一）。

たり、榴弾砲を分解してラバに運ばせていたりした。最初のころ彼は、少しうなずいて帽子の縁に手を当ててあいさつをするだけで通してもらっていたのだが、やがて呼び止められ、彼らが鋭いと考えていたに違いない質問をされるようになった。しばらくすると彼はイリノイ州とコロラド州の探偵免許を見せることを覚えたが、保安隊のばかどもは文字がまともに読めないことも多かった。

最近ではプロやアマチュアの無政府主義者、組合の指導者や爆弾犯、爆弾犯になるかもしれない人物や殺し屋などに関するファイルが増えてきたため、彼のオフィスの半分はそれで埋め尽くされていた——タイプ打ちと事務整理のために雇った若い女性は平均して一か月もたたないうちに腹を立てて仕事から逃げ出し、単純で楽な結婚生活や町の売春宿、教職や他の事務所や店など、少なくとも脱いだ靴が再び見つかりそうな場所へ戻っていった。

ルーは個々の事件に関するファイルを探し出すだけでも一苦労で、事件同士の関連をじっくり考えることなどとうていできなかったが、それでも徐々に分かってきたのは、労働者側も鉱山主側も組織ができあがっているということだった。ばらばらに小競り合いが起き、あちこちでダイナマイトが爆発し、時々銃が待ち伏せをしているというだけではなく、一貫した指令系統と長期的な戦略目標を持った二つの本格的な規模の軍隊の間で戦争が起こっている——内戦が再び起きているのだ。今回の内戦と南北戦争との違いは、以前の境界線を越えて縦横に走る鉄道にある。鉄道が通るすべての場所では、鉄道網の形と大きさによって国の形が再定義されていた。

彼はシカゴでのプルマンストライキのときからそう感じていた。あのときは、いくつもの連結を経て北米大陸の他の場所に向かって放射状に延びる二十本、三十本の鉄道路線の中心にある街の通りを連邦軍がパトロールしていた。もっと彼の頭が混乱したときには、その鋼鉄のネットワークは、目に見えない指令に応え、一時間ごとに成長する一種の生命体のように感じられた。あるとき彼は気がついてみると、深夜、列車の通らない時間帯に郊外の線路脇に横たわり、気のはやる未来の父親が愛する妻のお腹に耳を当てるように、レールに耳を当てて何かの動きや鼓動を聞こうとしていた。それ以来、アメリカの地理はすっかり奇妙なものに姿を変えてしまった。おれはコロラドみたいな場所でいったい何をすればよいのだろうか？　目に見えない二つの勢力に挟まれて、おれを雇っているのが誰なのかも、誰がおれを陥れようとしているのかも分からないことがしばしばだというのに……。

　彼は平日はほとんど毎日、近所の酒場や食堂や葉巻屋に出入りし、労働組合の人間とも、鉱山所有者協会の人間とも顔を合わせ、会話を交わしていた。それは以前読んだ実地報告の中で名前としてだけ知っていた人々だった。彼が気がついた奇妙な事態は、鉱山主の部下の名前が鉱山労働者のリストにも現れるようになったことだった。鉱山主に対する必ずしも軽くはない犯罪で遠くの州の当局に指名手配されている人物もいた――彼らは労働組合の無法者、あるいは無政府主義者の爆弾魔でありながら、同時に鉱山所有者協会からも金をもらっているのだ。「妙だな」とルーはつぶやき、葉巻をすぱすぱと吸い、吸っている側の端を歯で嚙んでぼろぼろにした。たばこの汁を飲み込んでいたことも原因の一つだが、自分が誰かに虚仮《こけ》にされていると感じて胸がむかついてきた。こいつらは何者なんだ――鉱山主のために働くふりをしながらさらなる不法行為を計画している爆弾魔なのか？　西部鉱山労働者連盟に潜入して同志を裏切ろうとしている鉱山主の手先なのか？　ひょっとしてその両方という連中も交じっているのか――米国の通貨にだけ忠誠を誓った貪欲で用心深いやつが両方に賭けているのか？

「こうしたらいいんですよ」とタンジー・ワグホイールが提案した。彼女はその後、事務所の仕事を始めてわずか二、三週間で大声を上げながら十五番街を駆け抜け、おとなしくデンバー郡の公立学校に戻っていくことになった。「私、いつもこのすてきな本を持ち歩いてるんです。『道徳的な悩みを抱えるクリスチャンのガイドブック』。ここ、八十六ページに、その答えが載っています。鉛筆ありますか？　ＯＫ、こう書いてくださいね――『全員をダイナマイトで吹き飛ばせ、選別するのはイエス様に任せなさい』」

かった。

「ええ、分かります……」彼女の顔に浮かんだ夢見るような表情はルーに向けられたものとは思えなかった。

「競馬のことは何か書いてないのかい?」としばらくしてからルーが尋ねた。

「バズナイトさんったら」

「うう……」

ルーが再び戦闘態勢にあるサンファン山脈の高地に戻ったとき、いつものスト破りの自警団に加え、制服を身に着けたコロラド州兵の騎兵隊が山の斜面や川沿いに展開しているのを山道で見かけた。彼は鉱山所有者協会の連絡相手で最も信頼できない人物を通じて通行証を入手し、それを探偵免許と一緒に革製の札入れにしまっていた。彼は一度ならずみすぼらしい姿の鉱夫の一団に出会った。青あざのある男や腫れ上がった顔の男、コートもなく、帽子もなく、靴もない人々が馬に乗った部隊によって州境まで連行されていた。というか、司令官の言葉によると、「州境」まで連れて行くとのことだった。ルーはどうすべきか考えた。これはどう考えても間違ってる、だが爆破テロは、何かの足しにはなるかもしれないが、この不正をただすことにはならない、と。

それから程なくしてある日のこと、ふと気づくと彼は周囲を取り囲まれていた——さっきまでポプラの森の影だと思っていたものが、次の瞬間には、まだ昼日中だというのにクークラックスクランの騎馬暴力団《ナイトライダー》に変わっていた。シーツをかぶった自警団員の姿を日の光の下で見ると、たばこによる焼け焦げや食べこぼしや小便の染みや大便の模様をはじめとして衣装の洗濯の不十分さが際立ち、尖ったフードをかぶっていようがいまいが、その不気味さが相当減じられているとルーは感じた。「こんにちは、みんな!」と、彼は友好的に呼びかけた。

「黒んぼには見えねえな」と一人が言った。

「鉱夫にしちゃ背が高すぎる」ともう一人が言った。

「こいつ拳銃も持ってるぜ。どっかのポスターで見かけた顔だ」

「どうする？　撃っちまうか？　吊るすか？」

「やつのちんちんを釘で切り株に打ち付けて、それから火ぃつけてやろう」と、やたらに乗り気でしゃべる男は、フードが濡れるのが外から分かるくらいよだれを大量に垂らしていた。

「皆さん、なかなか立派に警備の仕事を務めてらっしゃる」とルーがほほ笑みながら言い、羊の群れを抜けるように彼らの間を通り抜けた。「今度、バック・ウェルズ*に会ったら、皆さんの仕事ぶりを伝えておきますよ」　テリュライドの鉱山主兼騎兵司令官の名前が魔法の力を発揮した。

「おれの名前もよろしく！」とよだれを垂らした男が叫んだ。「クローヴィス・ヤッツだ」

「しーっ！　クローヴィス、ばか野郎、名前を言うやつがあるかよ」

いったいこの場所で何が起こっているのか、ルーには見当が付かなかった。彼はただ、鉄道に背を向け、さっさとデンバーに戻り、ことが収まるまでこの場所には戻ってくるべきではないという、寝付きを妨げるはっきりとした印象を受けた。問題が何であれ。本当に事態は戦争さながらで、だからこそおそらく彼はこの場所を離れられなかった。あいまいさを残さず、自分がどちらの側の人間なのかを見極めたいという願望のようなもののために……。


　ルーは再びデンバーに戻り、夜遅くにアパートの自室の前の廊下まで帰ったとき、まだその日の仕事が終わっていないことを知った。というのも玄関のドアの上の明かり取りの窓から、燃える葉っぱのにおいが漂ってきたからだ。そのにおいを嗅ぐと、彼はいつも複雑な感情を抱くのだった。それはネイト・プリヴェットのトレードマークのキーウェスト産葉巻のにおいだった。彼は年に一度の視察のため

＊　大物の鉱山主の一人、バルクリー・ウェルズのこと。

にわざわざシカゴからここに来たのだ。だが前回の訪問からもう一年が経ったとはルーには信じられなかった。

階下にある無政府主義者の酒場は、いつものように早い時間からにぎわっていた。会衆派教会のミサと同じように、皆が違うテンポとキーで歌っているために、何の歌かさえ分からなかった。はっきり聞こえる女の子の高い声には、まるで決まりきった偽装工作を行うよりもダンスでもしたいかのように、素人らしい陽気な調子が混じっていた。ブーツを踏み鳴らす音は奇妙な、反米的なリズムを刻んでいた。ルーは一日の締めくくりに店に顔を出し、お付き合いのビールを一杯飲むのが習慣になっていた。そして気がつくと政治的にも、ひょっとすると恋愛面でも、少しずつ店の雰囲気に引きつけられていた。というのも、ぶっきらぼうな探偵タイプがどんなものかぜひ確かめてみたいという無政府主義者の小鳥たちが店には山ほどいたからだ。今日の彼はそれを断念してネイトと会わなければならない。割に合わない交換だった。

面倒くさそうにルーは顔を作り、玄関のドアを開けた。「やあ、ネイト、こんばんは。長い時間待たせたかな」

「いつだって目を通さなきゃならない報告書が手元にあるからな。出掛けるときは必ず読むものを持って行くようにすれば、時間が無駄にはならないぞ、ルー」

「ヴァレータン*を見つけたんだな」

「徹底的に捜索させてもらったぞ、部屋にはこのボトルしかなかった。いつからモルモンウィスキーを飲みだしたんだ?」

「あんたからの小切手が銀行に突き返されるようになってからだ。おれが最後に飲んだときから指六本分くらい瓶の中身が減ってるじゃないか」

「人間、やけくそになりゃ何だって飲むさ」

「やけくそってどういうことだ、ネイト？」

「この前、君が書いた〈珪藻土キッド〉に関する報告書をさっきまで読んでいたんだ。実を言うと、二回通読した。そうしたら、あの伝説的なブッチ・キャシディーと〈壁の穴〉のギャングのことを思い出したよ。君の報告書にはそんな名前は挙げられていなかったけどな、はっきりとは」

この日のルーは疲れ切っていた。ネイト・プリヴェットは、提出された帳簿や旅日記や業務日誌などの果てしない山の中から突然ある啓示が現れ、答えが見つかるということを理不尽にも信じているタイプのデスクワーカーだった。神様！ 実際に誰かがもう少し薄明かりの残る現場に馬で向かわなければならないなどということのありませんように。

「面白いな」と、いら立ちを声に出さないように努めながら言った。「でもブッチ・キャシディーみたいな状況は、最近この辺りでは珍しくなくなってる――その瓶をこっちによこしてくれないか、ありがとう――半分想像上の存在となっている悪人の極悪な行為ってことだ――ひょっとすると、〈キッド〉が一人でやってるわけじゃなくて、爆弾魔たちによる複合的な陰謀があるのかもしれない、頭のおかしな連中が何人か集まってただ何か騒ぎを起こしたくてやっている可能性もあるし、何もやってはいないけど犯人にされているのかもしれない。〈キッド〉が犯人ということになっているが――」

「ルー？」

「正直言って、今回のケースはかなり厄介だ。一日ごとに複雑さを増してる。今はおれがたった一人で担当してるけど、〈眠らない目〉がこの厄介な事件をもう一度自分のところでやるって言ってくれればありがたいくらいだね――」

「おいおい、ちょっと待てよ、ルー、そういうわけにはいかない、それに依頼人からの振り込みはまだ

＊ ユタ州でのみ生産されるウィスキーの一種で、普通の酒は口にしないモルモン教徒が飲むことができる唯一のアルコール飲料。

続いてる、ちゃんと毎月な――ああ、言っておくが依頼人は満足してるよ、だからやめる理由はこれっぽっちもない。まさに期待通りの――」彼はまるで軽率な発言に気づいたかのように突然黙り込んだ。

「ああ！　なるほどそういうことか」と、今初めて分かったふりをして言った。「まったく、貪欲なやり口だ」

「んん……だから君も別に無理する必要は……」

「ミシガン通りの町の明かりから遠く遠く離れたこんな場所に飛ばされてからずっと、一度も疑ってもみなかった……何のことはない、アヘンみたいに楽でおいしい商売、最初からそのためにおれがここへ――」

「悪く思うなよ、ルー――」

「笑ってるだろ、おれの顔？」

「あのな、シカゴの事務所も信用第一なんだ、それもここで働いてくれてる地域担当探偵の君あっての信用だ、業界での君の評判は大したものだからな――」

「ほお、おまえの母ちゃん糞食らえだ、ネイト。ついでにおまえもな。悪く思うなよ」

「なあ、ルー――」

「幸運を祈るぜ、ネイト」

次の晩、ルーはアラパホー通りの〈ウォーカー〉で、他の五人のペースの早い客と並んで――その小さな店はこれで満員だった――小さなグラスに入った二十五セントのバーボンを何杯も飲みながら、ほとんど宗教的とも言える形で、何年も前にこうなるべきだったのだと理解した。彼、あるいは、彼の人生を生きてきた何者かは今まで遊びすぎた。もっと前に正しい側に付いて働くこともできたはずだ。ひょっとするともう遅すぎるかもしれない。国中を席捲《せっけん》し国を丸ごと奪った怪物に立ち向かう可能性はもはや残されていないのかもしれない。

その後、彼が無政府主義者の酒場に戻ると、半ば期待していた通りに、まだ仕事が片付いていないという顔を彼に向ける男がいた。おそらく〈珪藻土キッド〉ではないのだが、何でも試してみたい気分になっていたルーは、その男が〈キッド〉だという想定で行動してみることにした。「ビールでもごちそうしようか?」

「あんたの目が覚めたかどうか次第だな」

「覚めたと思う」

「じゃあ、すぐにみんなにも知れ渡るだろう。そうなれば早速、〝逃げろ、無政府主義者、逃げろ〟だぞ、バズナイト同志」

「一つ聞いてもいいかな? まだおれの場合は先の話なんだが、あんたは一本や二本、ダイナマイトを〝ある目的をもって〟爆発させたことがあるだろ。後悔したことはないのかな?」

「罪のない人が巻き込まれたら後悔するだろうな。でも今まではそんなことはなかった。おれの場合は」

「でも、もしも、無政府主義者の多くが信じているように〝罪のないブルジョアジーなんていない〟ってことなら――」

「なるほど、よく分かってるじゃないか。うん。おれは仮にブルジョアっていうやつに会っても分からないだろう、おれが育った土地にはあまりそんな連中がいなかったからな。いたのは、いわゆる小作農とかプロレタリアートばかり。結局は、仕事のときには用心しろってことに尽きる」

「仕事」ルーはシャツの袖口に長々とメモをし、それから再び無邪気に顔を上げて言った。「じゃあ、おれなんかどうかな。おれとか同じような連中がけがしたりしたら?」

「あんた、自分が罪のない人間だと思ってるのか? よく言うぜ、あんたは連中のために仕事をしてるじゃないか――場合によってはおれを殺していたかもしれない」

「警察に連行したかもな」

「かもな、でもおれは生きて警察には行かない」

「パット・ギャレットとかワイアット・アープとか、自分が誰の側に立っているのかを気にもせず、知りもしなかった辺境《フロンティア》の難物とおれを一緒くたにしないでくれ。おれはそんなにのんきな人間じゃない。事情が分かってきた今はもちろんそうだが、以前だって絶対にあんたを殺したりしない」

「なるほど、そりゃありがたい。よし、もっと飲めよ。ハーマン、こちらの〝社会への赤い脅威〟様にお代わりだ」

徐々に店は混雑し始め、パーティーのような雰囲気に変わり、〈キッド〉だったにせよ違ったにせよその男は人込みに紛れ、ルーはしばらくの間、再び彼に会うことはなかった。


シカゴでは、ネイトが再び書類の国に戻り、局の金を電信に次々に注ぎ込んでいた。何も変わっていない、地方支局も営業中、すべて平常通りと考えていた。しかし、千マイル離れたデンバーとコロラドの間のどこかの電信柱に、誰かに雇われたごろつきがワイヤカッターを持って上ったのかもしれない。その後、ネイトはルーからの連絡を受け取ることはなかったから。

そのころ、ルーが自ら〝恥ずべき習慣〟と考えるようになったものが始まった。彼はロスファッツォスという快適で小さな砂漠のオアシスにいて、その日の大半は爆発物をいじっていたが、きっと手袋を外していたに違いない（この話を取り合わない者もいたが）。扱っていたのは、記憶にある限りでは、PETN*だった――ひょっとするともう少し実験的な薬品だったかもしれない。というのも彼は、広く尊敬を集めているマッドサイエンティストのオイズウォーフ博士――〈珪藻土キッド〉関連の爆弾テロに知らず知らずのうちに爆弾を供給していたかもしれない人物――のもとを訪れていたからだ。博士は最近では、ニトロ化合物とポリメチレンのさまざまな混合を試していると噂されていた。命にかかわる危険な物質だった。午後の時間はあっという間に過ぎて夕食の時間になり、ルーは手を洗うのを忘れていたのだろう。なぜなら次の瞬間、彼が食事をとっていたホテルのダイニングルームの光景が一変し、さまざまな色の光が部屋を照らし、入ってきたときにはなかったはずの文化的な装飾が見えたからだ。それは特に壁紙は、繰り返しの模様ではなく、フランス風のパノラマ式の一続きの風景が描かれていた。それは非常に遠い土地の風景で、現在理解されているこの惑星上には存在しないかもしれない風景だった。その土地では人間に似た——百パーセント同じではないが——存在が生活を送っていた。何と絵の中でそれが動いていたのだ。塔とドームとクモの巣のようなキャットウォークがひしめきそびえる巨大な夜の町にいる彼らの姿は、不気味な照明によって輪郭が浮かび上がっていたが、その光は必ずしも公共の明かりから来ているものではなかった。

しばらくするとルーの「料理」が届き、それはすぐに彼の目を引いた——彼の「ステーキ」は、細かい部分を見れば見るほど、普通の人が考えるような動物的な肉というよりも、結晶学の領域に近いものに見えてきた。彼がナイフでそれを切るたびに、複雑に入り組んだ軸と多面体の中に、新しい景色が見え、中では、ハチの巣の内部を見ているかのように、非常に小さいけれども目に見える住人たちが動き回っていた。彼らは忙しく活動していたが、どうやら彼が観察していることには気づいていない様子で、テープスピードを上げたような高い小さな声で、小さいけれどもハーモニー的には複雑なコーラスを歌っていた。歌詞の言葉の一つ一つが多結晶質の光に輝く意味に満ちていた。

そう、僕らは〝脳の中のビーバー〟
とってもとっても忙しい
いつも言われる

＊　四硝酸ペンタエリトリトール。白色結晶性化合物で、炸薬としての他に狭心症の治療にも用いる。

ハチみたいだって
そのピストルは抜かないで
文句も言うな
さもなきゃもめるぞ
脳の中のビーバーと

その通り。ルーは困惑した。それにこの男は何だ。「どうかなさいましたか、ミ、スタ、ー、B?」ウェイターのカーリーがルーの脇に立って、不安げな表情――ルーには不気味な顔にも見えた――を浮かべていた。もちろんそれはカーリーだったが、より深い意味でカーリーではなかった。「妙な目で料理をご覧になっていたので」

「うん、料理が妙だったからだよ」とルーが理にかなった説明――彼は理にかなった説明だと思った――をしたが、部屋の中の皆が一斉に狂ったように出口に向かっていることに彼は気づいた。おれが何かおかしなことを言ったのだろうか? 何かしたのだろうか? 尋ねてみた方がよいのかもしれない……。

「あの人、狂ってる!」と一人の女性が叫んだ。「エメット、あの人を私のそばに来させないで!」

ルーは町の留置場で目を覚ました。一緒にぶち込まれていた一人か二人の常連は、憤慨した様子で何かを相談しながら、時折、アルコールの入った批判的な目をルーに向けていた。やがて署長が顔を見せ、釈放しても安全と判断されたルーは、少しおどおどした様子で博士の実験室に戻った。「例のあれ――名前は忘れたんですが――」

「OK。大まかに言えば、シクロプロパンにダイナマイトを加えたものだ」と博士がにやりと笑ったが、それはルーには茶目っ気たっぷりに見えた。「だから『シクロマイト』と呼んでもいいだろう。どうぞ、今日は無料サンプルがあるから、好きなだけ持って行きなさい。かなり安定した薬品だから爆薬に使うつもりなら信管が必要だぞ、デュポンの六番がいちばん適しているようだ。あんただったら可塑剤も使った方がいいかもしれないな、試した人の話では……全体的な効果にも影響があるらしいから」彼は「歯で噛んでも整形できる」とは言わなかったが、ルーはなぜか博士がそう言いかけていることを察し、激しく首を横に振り、品物を手に取って、礼もそこそこにそそくさと立ち去った。

「それから、時々心臓の検査をしてもらった方がいいぞ」と博士が後ろから呼びかけた。

ルーが立ち止まった。「どういうことです?」

「医者に聞いた方がいいのかもしれないが、ニトロの爆薬と人間の心臓との間には何か奇妙な化学的関連があるようだ」

それ以後、ダイナマイトが爆発するたびに、それが耳に届かないほど遠くの爆発であっても、ルーの意識の中で何かが共鳴した……しばらくすると、もうすぐ爆発するというだけでも何かを感じるようになった。場所はどこでも。間もなく彼はシクロマイトを常用するようになった。

ルーが目撃した最初のダイナマイト爆破は、カンカキー[*1]の農産物品評会でのことだった。排気ガスでろくに前が見えないまま〝死の壁[*2]〟の内側をぐるぐると回る命知らずのバイク乗りがいた。祭りの衣装を着た若い娘がいて、もっと薄着の彼女を見るためには追加料金を払わなければならず、少年たちがそのそばに近寄るにはこっそり潜入するしかなかった。〝ビックリ電気おじいちゃん〟には足の先から耳に至るまで七色の電気の羽毛が生え、運良く選ばれた地元の子供が〝おじいちゃん〟がつながる発電機のクランクを回していた。〝ダイナマイトのラザロ[*3]〟という名のアトラクションもあった。帽子とつな

＊1　イリノイ州北東部の町。
＊2　直立した円筒の内側をオートバイで乗り回すショー。
＊3　ラザロは、イエスが死からよみがえらせた男。

ぎといういでたちの普通の作業員が黒塗りの松の棺の中に自分で入り、仲間が厳かに棺に大量のダイナマイトを収め、長さが足りないように見える鮮やかなオレンジ色の導火線をそこにつないだ。彼らが釘でふたを留めた後、親方が台所用マッチを振りかざし、芝居がかったしぐさでズボンの尻の部分で擦《す》り、導火線に点火した。と同時に皆が狂ったように駆けだした。どこかでドラマーがドラムロールを始め、その音が徐々に高まり、導火線が短くなるにつれてロールの区切りがだんだんと短くなった——正面観覧席にいたルーには、距離があったので、爆発音が聞こえる直前に箱が吹き飛ぶのが見えた。その間、結局何も起こらないのだと考えたが、次の瞬間には圧縮波の最前面が彼を襲った。それは何かの終わりだった——彼の無垢の終わりではないとしても、少なくとも、いろいろな出来事は対処するための時間を与えてくれる速度で起こると考えていた彼の信念の終わりとなった。音の大きさだけが問題なのではなかった。問題は形だった。

　彼は同毒療法《ホメオパシー》の医者に診てもらったことがあったので、普通に服用したときにはある病気を引き起こすけれども、ほんの微量だけ服用すればそれを治すことができる特定の化学物質のことを知っていた。ひょっとすると、シクロマイトを常用しているせいで爆発に対する免疫ができたのかもしれない。あるいはただの幸運だったのかもしれない。しかし考えてみてほしい。ルーが〈珪藻土キッド〉に関する疑念をネイト・プリヴェットに打ち明けたとき——実質的には、その件を打ち切ったとき——何だか分からないがそれが彼を試すことにしたのだ。彼は馬を上流につなぎ、小さな涸《か》れ谷に向かって静かに小便をしていた。とそのとき、世界の内と外がひっくり返った。ルーはカーニバルの理論を知っていた。それは、爆発の瞬間にその中心部に飛び込めば、衝撃波は自分から遠ざかることになり、中心の真空の中にいる人間は安全だ——ひょっとすると少し気を失うくらいのことはあるかもしれないが、体は無事だ——という理屈だった。しかし、いざそれを実行するとなると、短すぎる導火線の火花——どこにつながるのか誰にも分からない光り輝くロ——に向かって、そこにはゼロと暗黒ではなく何かがあると信じて飛び込むしか選択の余地がないとなると……もしも考える時間があれば彼はためらったかもしれない、そしてためらえば確実にそれでおしまいだった。

　彼がわれに返ったのがどこだったにせよ、そこはもはやコロラドとは思えない場所だったし、彼の世話をしてくれているのもいつものむさ苦しい山男たちではなかった――どこかよその土地、しかも遠い土地からの訪問者のようだった。彼が今、記憶の糸をたぐってみると、その間ずっと彼の魂は体外離脱をしたままでこの世の心配事を超越して――この瞬間に「この世」が何を意味していたにせよ――現場の上空を漂い、できるだけ長い間その状態、頭を働かせず穏やかな状態を保とうとしていた。やがて彼らが彼を死んだものとしてあきらめ、体の上に石をいくつか積んで、死体の処理は野生動物に任せて立ち去ろうとしているのが見え、結局、あわてて体に飛び戻らざるをえなかった――彼は体が奇妙な輝きを発しているのに気づいた。

「なあ、ナイジェル、この人、少なくとも息はあるんじゃないか？」

「まったくだ、ネヴィル、どうやったら確かめられる？　鏡か何かを鼻にかざしたらいいのかな？」

「待てよ！　鏡なら僕の荷物に入ってる……」

「おまえはいつも外見ばかり気にしてるからな！」

　そういうわけで、〝新生ルー〟が新世界で最初に見たものは、驚きで膨らんだ、鼻毛だらけの自分の鼻の穴がおしゃれな丸い携帯用手鏡の中で上下に動く姿だった。鏡の縁は銀製で、女性の髪の毛か水草を模していて、間違いなく高価なものだった。鏡はリズミカルに息で曇っていた。どうやら彼の息で。

「さあ」一人が酒瓶を差し出していた。ルーは中に入っているのが何なのか分からなかった。ブランデーの一種のようだった。彼は一息でたっぷりと飲み、すぐに立ち上がった。少年たちは彼の馬がすぐそばにいるのも見つけていた。馬の体は無傷だったが、精神的にどうなのかは分からなかった。

「ありがとう、君たち、じゃあおれはこれで失礼するよ」

「とんでもない！」とネヴィルが言った。

「さっきあなたを吹き飛ばそうとしたやつが、もう一発仕掛けてくるかもしれないよ」とナイジェルが言った。

ルーは二人を見た。彼を救ってくれたのは、第一印象では、さらに彼に爆弾攻撃を仕掛けようとするもくろみに対する抑止力にはなりそうにない男たちだった。フェルトの中折れ帽、ビロードの半ズボン、切り下げ前髪、ガンベルトにはナダレユリとサクラソウの花が飾られていた。オスカー・ワイルドの影響だろうと彼は思った。特に西部とレッドヴィルに興味を持っていたかの有名な詩人がアメリカ旅行を終えて英国に戻ってから、ありとあらゆる派手な冒険家たちがこの辺りの山間に出没するようになったのだ。

しかしよく考えてみると、恐ろしいアメリカの分水嶺——狩人と獲物との間にある境界線——をあれほどはっきりと目にし、それを越えてしまった今、彼には他にどこに行き場所があったというのか？

彼らは夜のとばりが降りる前にドローレス峡谷の西にあるアナサジ文化[*1]の遺跡にたどり着いていた。

「アメリカインディアンのストーンヘンジみたいだ」

「ほとんどそっくり！」

三人は「謎の三角形」の中に座り、アロマキャンドルに火を灯し、近くで採れたマリファナを紙巻きにして火を点けた。一人が少し変わったカードの束を取り出した。

「それは何——メキシコのもの？」

「イギリスのタロットです。コールマン＝スミス女史[*2]は西インド諸島の出身で……」

「こっちにあるのは〈剣〉だな、おれにも分かる、それからこっちが〈杯〉、でも4の字みたいに脚を組んで逆さまにぶら下がってるのは何だ——」

「〈吊られた男〉だよ、もちろん……。え、ひょっとして、今までにタロットカードを一度も見たことがないの？」

「これこそまさにタロット占い師の夢だ！」「最高！」などと二人は歓声を上げ、穴が開くほどルーの顔をじろじろと見た。「うん、よし、髪も目も黒、だから普通にいけば〈剣の騎士《ナイト》〉だな」

「じゃあルイス、君のことを占ってみるから、もしよかったら何か具体的な問題をカードに尋ねてみてくれるかな」

「よし。サウスダコタ州には中国人は何人いますか？」

「違う、違う――自分の人生に関する問題、何か知りたいこと。個人的な問題を聞くんだよ」

「じゃあ、〝いったい全体ここで何が起こってるんだ〟っていう質問でもいいか？」

「どうかな。聞いてみよう」　すると思った通り、カードを並べていくと最後に出てきたのが――二人の説明ではこのカードがいちばん重要だということだったのだが――これまた〈吊られた男〉だった。

頭上では数秒ごとに光の弧があらゆる方向へ墜ちていた。それは毎年恒例のペルセウス座流星群[*3]だったが、しばらくの間、空全体の縫い目が徐々にほどけていくように見えた。それに加えて、謎の白人に興味を持ったインディアンの幽霊たちが一晩中周囲を行き来していた。

翌朝、三人はニューメキシコで列車を拾うことにして馬で南に向かった――ネヴィルとナイジェルは郷里の英国へ帰るところだった――そしてその週のうちに列車に乗ったのだが、そこには妙にぜいたくで巨大な休憩室や食堂車や特別客車が連なり、車掌車でさえ平均的なシカゴのホテルのスイートルームよりもおしゃれだった。装備がやたらに豪勢だった分、この列車には、謎の列車爆破計画があるという

＊1　北米西部の先史文化の一つ。
＊2　世界で最も一般的なタロット「ライダー・ウェイト・スミス・タロット」の絵を描いた画家（一八七八―一九五一）。
＊3　毎年八月十二～十三日ごろをピークに出現する。

噂がエンジンのすすのように逃れがたくつきまとっていた。「全員、降りて歩かなくてはならないかもしれません」と車掌長のギルモア氏が言った。

「そりゃ困ったことだね、チーフ」とルーが以前の人格に戻って言った。最近では、そうすることが長期休暇のような、あるいは世界一周旅行に出掛けるような冒険に変わってきていた。「誰なんだい、共産主義者？　イタリア系の移民？　金庫破りのギャング？」

ギルモア氏はホテルタオルほどの大きさのハンカチを取り出して額をぬぐった。「あらゆる噂が出回っていて、どれが本当か分かりません。噂が一致しているのはただ一点だけ、すごい爆破になるだろうってことです。ダイナマイトよりすごいらしい。若い娘が溜め息をつく一瞬のうちにテキサス州全体が、ひょっとしたらニューメキシコ州も、荒れ地に変わってしまうかもしれません」

そういうわけで彼らは、恐ろしい瞬間を待ち受けながら、停車場から停車場へと進んでいった。彫刻を施した石と奇抜な窓からなる宮殿のような塔が低木の茂る森の向こうから現れ、早朝の嵐の中で不気味に近づいてきて、やがて豪雨の中で道や丸太小屋やフェンスや酒場と一緒に輝いた……町の目抜き通りに沿って走っているときには、レインコートを着た騎手が一緒に何マイルも馬で付いてきた。坂やカーブで列車が速度を落とすたびに小さな子供が列車に飛び乗ったり、飛び降りたりしていた。ユーモアのある大人が線路の上で居眠りをしているふりをして、ぎりぎりのタイミングに身をかわして笑っていた。牛追いの列が線路の脇に立ち、列車のゆっくりした走りを眺めていたが、彼らが何を考えているのかは分からなかった。彼らの目に映った空の雲がなめらかに流れていた。そばにおとなしくつながれた馬たちは、時折互いに訳知り顔で視線を交わしていたが、実際には互いに話は通じていなかった。時々、一つの郡を丸ごとのみ込むほどの大きさの竜巻のようなものが前方に見えたり、夜をもたらす存在が平原の上で動くのが見えたりしたが、人によってはそれは空中の光だと言う者もいた。「第二の月だ。距離も危険性もよく分からない月だ……」ルーは〈珪藻土キッド〉、あるいはそう名乗っている人物のことは考えないようにしていた。なぜなら、そばの尾根の上に漂う幽霊のように、〈キッド〉がそこにいるような感じがしたからだ。〈キッド〉は彼から離れようとはせず、彼につきまとい、何かを主張しようとする、過去の責務の化身のようだった。

ルーは当惑し、座ったまま風景を眺め、ただ葉巻ばかり吸い、残り少なくなってきたシクロマイトを時々こっそりかじり、普段とは違う感情的な滴で目を潤わせながら、脳の中で起きている変化の意味を理解しようとしていた。

彼らは事故に遭うことなくガルヴェストン*に到着したが、頭上に迫っていたものは今にも襲ってきそうな状態だった。ネヴィルとナイジェルはうさんくさい貨物船――その船の旗は二人とも見覚えのない国旗だった――で大西洋を横断する手はずを整えた。二人はその日の残った時間を費やして、なぜか二人がアヘンの小売業者だと確信した中国人紳士への意思の疎通を試みた。

「しまった、ナイジェル、危うく忘れるところだった！　何か西部土産を持って帰らないとみんなすごく怒るぞ。本物の頭皮とかじゃなくてもいいだろうけど」

「何だよ、こっちを見るなよ」とルー。

「そうだ、あなたでいいや！」とネヴィルが大きな声を出した。

「いいって、何のことだ？」

「あなたをイギリスに連れて帰るんだ」とナイジェルが言った。「そうしよう」

「チケットがない」

「大丈夫。ちゃんと隠してあげるから」

「パスポートは要らないのかな？」

「イギリスなら要らない。でもカウボーイソンブレロは忘れずにね。それをかぶってるとそれっぽく見

＊　テキサス州南東部の入り江の入り口にある島の港町。

えるから」

ルーは彼らをしげしげと見た。二人は目の周りが紅潮していて、瞳はほとんど見えないほど小さく、くすくすと笑い続けていたので、何を言っているのか何度も聞き返さなければならなかった。

彼は結局、その後の二週間、控えめな空気穴が二つか三つ開いた船旅用トランクの中に入った状態で、貨物室に閉じ込められた。時々、どちらかのNが食堂から盗んできた食料を届けてくれた——ルーには食欲はなかったが。

「この船、結構揺れてるな」と、何とかそうしゃべる間だけ嘔吐を我慢して言った。

「南からすごい嵐が近づいてるらしいよ」とナイジェルが言った。

彼らが発った翌日にガルヴェストンを襲った大ハリケーンについてようやく彼らが知ったのは、イギリスに着いてからのことだった——時速百三十五マイルの風、町は浸水し、六千人が亡くなっていた。*

「ぎりぎりセーフだったね、僕たち」とナイジェルが言った。

「ああ、すごく運がよかった」

「あ、でも、ルイスを見ろよ、ぐったりしてるぞ」

「ねえ、ルイス、どうしたんだい？」

「六千人だぞ」とルーが言った。「何て言ったって」

「インドじゃしょっちゅうあることさ」とナイジェルが言った。「世界なんて、結局、そんなものだよ」

「そうだよ、ルイス、そんなことを言うなんていったい以前はどこに住んでたんだい？　あの恐ろしい爆弾に吹き飛ばされて僕らと出会う前は」

＊　一九〇〇年九月八日の出来事。時速百三十五マイルはおよそ秒速六十メートル。

ウェブ・トラヴァースは最後には、リトルヘルカイトの作業所でシフト監督にまで昇進していた。ヴェイッコと北欧系の親友たちが昇進祝いのパーティーを開いてくれた。おかげで彼は、いつものことながら、ジャガイモから作った蒸留酒は万人向けではないことを思い知らされた。運良くまだ雪は積もっていなかったが、もしも雪があったら、前の年の冬と同じようにフィンランド人の口車に乗せられてスキーを履かされて、〈スマグラー〉よりも山手にある、雪崩になる前の〝巨象〟と呼ばれる雪の集積のそばまで連れて行かれることになっただろう――そのときは、まともな精神の持ち主なら誰でもそうだろうが、彼はすっかりびびってしまった。そこにいた者たちも皆、彼が骨を折ることもなく、雪崩を引き起こすこともなく、無事に雪の中に倒れるのを見てほっとしたのだった。

最近の彼は誰とでも仲良くやっていけるようだった。その例外が彼の家にいる二人の女性、いちばん重要な二人の女性だった。息子たちが家を出た今、彼の居場所も家の外になってしまったかのようで、まるで家の中よりも外で家族と顔を合わせる確率の方が高いかのようだった。彼が家に戻ると、決まって急に雰囲気が険悪になった。あるときレイクが家を出たまま戻ってこなかったことがあった。彼は一昼夜娘を待ち、やっと三回目のシフトが終わるころに、彼女が合衆国紙幣の束を持って暗闇から姿を現した。

「どこへ行ってたのかな、お嬢さん？　どこで手に入れた金《かね》だ？」

「すぐそこのシルバートンまで。賭けボクシング」

「元手はどうした？」

「洗濯で稼いだ小遣い」

「誰の試合？」

「罐焚《かまた》きのジム・フリン」

「相手は？」

「アンディー・マロイだったかな？」

「いい加減にしろ、いいか。アンディーが試合をしたって全然金にはならない。弟のパットだってそうだ。罐焚きとアンディーなんてミスマッチもいいとこだ。どうせつくならもっとましな嘘をつけ」

「メキシコ人のピート・エヴェレットだったかな？」

「誰と一緒に行った？」

「リカ・トゥリーモーン」

「『フロラドラ』*風の今時の娘だな。その子の家族はこのことを知ってるのか？」

レイクは肩をすくめた。「どうかな」彼女は、愛らしい顔にはそぐわない何とも言いようのない悲しみに浸っているかのように顔を傾け、視線をそらしていた。そもそもその表情が、おそらく彼をいら立たせたのだ。

「嵐の子」と、ほとんど普通の雑音レベルのささやき声で彼が言った。顔には絶望的な表情が浮かんでいた。彼女が物心つく前から知り、恐れていた何かにまるで彼が取り憑かれたかのように。

「パパ、それってどういう意味？」彼女はもっと自信たっぷりの話し方をしたかったのだが、父が目の前で別人に変わっていくのを見て、少し恐怖を感じ始めていた——

「一人っきりで嵐の中でどれだけ持ちこたえられるか、考えてみろ。嵐の子。うん。嵐を味方につけて身を守れってことさ」　おれはいったい何の話をしているのか？　彼は説明しようとはしなかったが、何も謎めいたことではなかった。それほど昔ではない過去にレッドヴィルで暮らしていたころ、レッドヴィル特有の雷を伴う強い北風が冬の風のように吹きつけたことがあった……強烈な稲妻の明かりで彼女の髪が——小屋の中の空気は動いていなかったが、髪は風になびくかのように小さな顔の周りに流れていた——白く光り、彼女の幼い顔がくっきりと見えた。真っ黒な黙示録的な空の下で。彼は背筋に何かを感じ、それは間もなく自分が雷に打たれることを意味しているのだと考えた。

後になって彼はそれが恐怖だったことを理解した。つい昨日まで汚れた顔で彼の腕の中に飛び込んできたこの女の子に対する恐れ。

「頭がおかしくなっちゃったの、パパ？」

「ここは売春婦の避難所じゃない」　彼は大声で、もはや自分にはブレーキが効かないことを知っているその快感に身を震わせながら言った。

レイクも負けずに言い返した。「避難所？　誰に避難所を与えたって言うの？　パパには家族を守ることなんかできないし、自分さえ守ることができないじゃない。哀れな糞ったれよ」

「ほお！　結構、じゃあおしまいだ——」　彼は腕を振り上げ、拳を握った。

メイはパイプに火をつけたばかりだったので、それを脇に置き、重い腰を上げて仲裁に入らなければならなかった。「ウェブ、お願いだからやめて、それからレイク、あなたはちょっと向こうへ行ってて——分からないの？　あの子、何も悪いことはしてないじゃないの」

「一週間シルバートンに行ってたかと思ったら、一年分の家賃を持って帰ってきた。肥料をたっぷり積んだ荷馬車から振り落とされたような気分じゃないか。ブレア街にまた一人若い娘がデビューしたってことだろ」

＊　一九〇一年から数年にわたって大当たりしたミュージカルで、当時の若い女性のファッションに影響を与えた。

それからまた彼は娘を追及し、メイヴァはショベルを手に取らざるをえなかった。結局、二人とも違う理由でレイクに家から出て行くように叫んでいた。そのころにはレイクもすっかり出て行く気になっていた。

私が悪いんだわ、と彼女は自分に繰り返し言い聞かせたが、再びシルバートンに着くまでは本気で自分が悪いとは思っていなかった。シルバートンは悪い娘が本当の家族の元に戻るように本当の自分を見つけることができる場所だった。それは山間の緑の盆地に刻まれた小さな碁盤の目のような町だったが、邪悪さにかけては、堕落した地球の大都会の一つだった……。震えるイエス。ブレア街だけでも六、七十軒の酒場と二十軒の売春宿があった。毎日二十四時間、酒とギャンブルとセックス。考え直す？ 何を考え直す？ 若い娘たちの服を洗濯しに来る中国人と一緒にアヘンの吸引。レイクとリカは、海の向こうから来た危ない趣味を持つ外国人、アメリカ人の小児性愛者、妻に暴力を加える男、殺人者、共和党員などの相手をしていたが、二人とも客のタイプにこだわらない点ではいい勝負だった。二人ともまるで超自然的なものに守られているかのように、なぜか無事に夜を過ごしていた。二人は客と目が合うと笑いだしてしまうので目を合わせないようにしていたが、それで怒りだす客もいた。ときには二人が小さな留置場で目を覚まし、しかめ面をした保安官の奥さんにいつものお説教を聞かされることもあった。そんな状態のまま、冬を実感する季節になり、軒の高さまで雪が積もる時期が迫ってくると、売春婦たちは季節的な再調整に取りかかった。

レイクは、身の回りのものを取りに一度家に戻った。家はがらんとしていた。ウェブは仕事に出掛け、メイヴァは用事で家を空けていた。兄弟は皆ずいぶん前に家を離れていた。彼女がいちばん恋しかったのはキットだった。彼女とキットは四人きょうだいの中で年下だったし、思いがけない運命に身を任せるような、それにあこがれるようなところがよく似ていた。ひょっとすると二人とも、他人と同じ日常生活に腰を落ち着けることをかたくなに拒んでいただけのことかもしれない。

彼女はダイナマイトを一本くすねていき、いつかどこかの山道でウェブを待ち伏せする場面を想像した。彼女は安全な崖のくぼみに隠れたまま、ずっと下の方に小さく見える無防備な彼の上にダイナマイトを落とすのだ。雷管を取り付け、導火線に点火してダイナマイトを放ると、それは火花の尾を引きながら長い曲線を描き、日の光の中から穴のような影の中に飛び込み、花開く土ぼこりと石と炎の中で糞野郎が跡形もなく消え、低い運命の叫び声がとどろく。

メイヴァは娘が家に戻ったことが分かった。店で買った香水のにおいのせいだったのか、あるいは何かの置き場所が変わっていたせいなのか、あるいは単なる第六感だったのかもしれない。彼女にはっきりと分かったのは、少なくとも子供たちのうちの一人は自分が救ってやらなければならないということだった。

「ウェブ、あたしはやっぱりあの子の味方よ。何はともあれ、もうしばらくはね」

「あの子のことはもう放っておけ」

「あんな町にいるわが子を放っておけるわけがないでしょう?」

「もうすぐあれも二十歳《はたち》だ。もう自分のことは自分でできるだろう」

「冗談じゃないわ。ここは戦争みたいなものよ。みんな巻き込まれないようにするだけで精いっぱい」

「あの子におまえは必要ないよ、メイ」

「あの子に必要ないのはあなたよ」

二人は困惑したままじっと互いを見つめた。

「いいだろう、じゃあおまえも出て行け。これで五人とも家から出て行くってわけだな、フルハウスとはおさらばだ。おれは一人でやっていくさ、経験がないわけじゃないしな。おまえとあのあばずれはあの町で好きなように楽しめばいい」

「ウェブ」

「行くんだろ、行け」

「そんなに長くは――」

「もしも戻る気になったら、電報は要らない。どうせおれはまだこの辺にいるだろうから、驚かせてくれたらいい。驚かないかもしれないけどな」搗鉱機《とうこうき》の音がどこか遠くから聞こえてきた。ラバの一隊が山を下りていきながらヒーホーと鳴いた。関門に控える州兵が、先住民を行儀よくさせるために大砲を撃っていた。ウェブはその場に立ち尽くしていた。顔のしわは石のように固く刻まれ、窓から入った日の光がじっと動かない彼の足元を照らした。「じっと動かなかった」と後にメイヴァが回想した。「あれはあの人じゃなかった、本当に。あの人は別の何かになったの、そしてあれ以来、変わることはなかった。あのとき、あたしは気づくべきだったのよ、ああレイク、私は気づくべきだったのに……」

「母さんにできることは何もなかったのよ」レイクは彼女の肩をつかんだ。「もうあの時点では、なるようにしかならなかったんだわ」

「いいえ。あなたとあたしとあの人とで仲直りをすればよかったのよ、レイク、みんなで町を出て、あの人たちが追ってこない場所に、あの人たちが知りもしない場所に逃げればよかった。この忌ま忌ましい山地から出て行って、どこかで小さな土地を見つけて――」

「そうしたとしても、結局パパがその生活も台無しにしたに違いないわ」と言ったレイクの顔は、まるで誰にも話せない夢から目覚めたばかりであるかのようにむくんでいた。母親が見慣れた娘の顔よりも老けて、うつろに見えた。

「あなたはパパがいなくても寂しくないって言うんでしょうね。かわいそうに。どうしてあなたはいつまでもそんな態度でいられるの？　パパを許さないなんて」

「パパにとっては家族なんてそんなに重要じゃなかったのよ、ママ。全能なる糞ったれの労働組合のことしか頭になかった。パパが愛したのは組合だったの。もしも何かを愛したんだとすればね」

もしもそれが愛だったとするなら、それも彼の片思いだった。まともな家庭人という隠れみのを失った今、ウェブは労働組合第六十三支部の世話になろうとしたのだが、支部は彼の熱意を警戒して、彼と組合との間に距離を置くべきと判断し、しばらくの間、ウンコンパグレのトーピード鉱山に移ることを提案した。彼はそこでデュース・キンドレッドに出会った。デュースは、いささか慌ててグランドジャンクション*1を出て、このトーピードで雇われたばかりだった。まるで、地下で働くことによって、最近彼に向けられるようになった法律的関心の目から姿を隠そうとしているかのようだった。

デュースは、弱者の運命を避けるために自らを鍛えるという肉体的努力よりも、この国で明らかに弱者を待ち受けている運命の方を恐れている〝病的な若者〟の一人だった。どれほど努力して自己修養しても、彼が子供のころに吸収した侮辱は、後に別の心的周波数で再放射することを免れなかった——復《ふく》讐《しゅう》の蛍光発光*2だ。彼はそれを、スケールの大小にかかわらず——トランプのカットから露出岩石面に至るまで——すべての挑戦を打ち負かそうとする心理的要求だと考えていた。

「掘り出した鉱石の量に応じて給料がもらえたらなあ」とデュースがぼやいた。

「ここの仕事は個人別契約じゃないからな」と、たまたま横で一緒にドリルとハンマーを使って岩に穴を開けていたウェブが言った。「一九〇一年のスト以来そう変わったんだ。その労働条件の獲得のためにいいやつらが何人も死んだ」

「気を悪くしないでくれ。ただ成果主義の方が働いた気がするってだけのことさ」

二人の会話は、三ドルのゆったりした背広を着た陰気な人物の来訪によって遮られた。デュースはウ

*1　コロラド州西部のコロラド川とガニソン川との合流点にある町。
*2　蛍光灯は、水銀蒸気中の放電によって紫外線を発生させ、この紫外線によって蛍光物質を発光させる。

ェブに目配せをした。

「何なんだ？」ウェブが言った。

「さあな。おれのことを妙な目で見てる。あの男には気をつけた方がいいってみんな言ってる」

「あの男？　あいつなら知ってる、エイヴリーだ、どうってことない」

「会社のスパイらしいぜ」

「監督官のことをここではそう呼ぶのさ。心配無用――あいつらはみんな肝っ玉が小さいんだ、いつでも立て坑には一歩離れたところまでしか近づかない……。けどおまえもそんなことは知ってるだろ、ビュート*で働いてたんだろ？」

「おれはビュートなんて知らねえ」警戒した表情。「その話、誰から？」

「ああ、さあな、おまえ、新顔だろ、いろんな噂をするやつがいるのさ」と、ウェブが安心させるように若者の肩に手を置いた。探るつもりはなかったが、デュースがひるんだことは記憶にとどめておいた。まんまと家族全員を追い出したウェブは、自分と同様に判断力を失ってデュース・キンドレッドに親近感を覚えている連中の仲間に加わっていた。それが結果として彼らの大きな悲しみにつながったのだった。

　それから二、三日たった夜、彼は〈ビーバー酒場〉でキンドレッド青年と再び顔を合わせ、無節操なことで悪名高い男たちとともにポーカーのテーブルを囲んだ。ウェブは青年が休憩に立つのを待って、数十セントの負けの支払いを済ませた。

「今夜の調子はどうだ？」

「とんとんかな」

「まだ宵の口だ。おまえ、これからカモにされるぞ、やめておけ」

「おれはカモにならない。あそこの眼鏡をかけた小柄な男がカモさ」

「〝大佐〟が？　おいおい、坊や、あいつは、デンバーではもうポーカーをやらせてもらえないからここまで遠出をしてきてるんだぞ」

「あの男の前にはあまりチップが積んでなかったみたいだけどな」

「こっそり蓄えてるのさ。あいつの葉巻を見ろ、今から大きな煙を吐き出すぞ、そうしたら――ほら、見えたか？」

「へえ、で？」

「おまえの金もあそこに消えるってこと」

「ありがとう、トラヴァースさん」

「ウェブでいい」


「この手の仕事を以前にやったことはあるか、キンドレッド君？」

「依頼者に近い考え方になるように労働者を説得するっていう仕事なら――」

「いや、今回はもう一段階先の仕事をしてほしいとのことだ」

「それが依頼？」

「それが依頼だ。例えば一匹の動物がいたとしよう――犬でもラバでもいい、しょっちゅう咬みついたり、人を蹴ったりしてばかりいる――君ならどうする？」

「おれ、おれなら、しつけのいい動物と悪い動物の区別がつかないやつに譲り渡すだろうな」

「この辺にはその区別がつかないやつは一人もいないんだ」と、会社側の代表が静かに、しかし少しいら立った様子で言った。

「まさか……そっちの望みをおれに言わせようっていうんじゃないだろうな？」

＊　モンタナ州南西部の町で、周辺は鉱物資源が豊富。

「いや、君は十分に察しがいいんじゃないかと思っているんだがね、キンドレッド君」

「OK、じゃあ手付け。そういうことなら、当然、手付け金をもらっておかないとな」

「ほお？　いかほど……？」

デュースは会社側代表が予想していたよりも会社が喜んで支払う金額を心得ていた。「もちろん、あんたが会社の金を支払える立場にないのなら、例えば、代わりに彼を切り株に磔《はりつけ》にした状態で、ダラス分水嶺[*1]に放り出しておくことにしてもいい、それならモントローズ行きのチケット代と手数料をもらう。それか、もうちょっと値は張るが、州の外まで連れ出して、二度とおたくらがあいつの顔を見ないようにするってこともできる。そうすれば少しは金の節約になるけど、ひょっとしたらまた後で厄介なことになるかも――」

「ちゃんと処理すれば後で厄介なことになったりはしない」

デュースにはその言葉の意味が分かった。「先を続けてくれ」

「度胸と手付け、キンドレッド君、それぞれの料金を支払わせてもらおう」二人はある金額で折り合いをつけた。


デュースの弟分のスロート・フレズノは彼の二倍近い大柄な体格で、自分がデュースの兄貴分だと考えていた。彼らが鉱山所有者協会に手を貸すのはこれが初めてではなかった。鉱山の保安のような仕事。二人は何があってもひるまないし、知らない人とは口をきかないという評判だった。酒場でけんかになると、二人は背中合わせで戦うことがよくあったが、そんなときは二人とも自分がもう一人を守っているのだと考えていた。おかげで彼らに手を出すのはそれだけいっそう困難だった。

二人が初めて組んだのは、労働争議が起こり始めた一八九五年かその前後のクリプルクリークでのことだった。そのころスロートは、指名手配の人生を歩み始めたばかりだった。彼は目に余るほどの経歴詐称をやっていた——軍隊に入って一時金を手に入れ、脱走し、別の駐屯地に現れて入隊し、一時金を手に入れ、再び脱走する、占領された西部のあちこちでそれを繰り返し、しまいに軍にとってはジェロニモ*2その人にも劣らない厄介者となっていたので、フォートブリスからコーダレーンまでの軍の娯楽室にはありがたくない写真が張り出されていた。クリプルクリークでのストライキは、いい加減なスロートの目には、再び法と秩序の側のご機嫌を取るにはいい機会だと映ったのかもしれない。それが実際にうまくいったに違いない。というのもそれ以来、彼とデュースはひるまずに仕事をするという評判を得て、ときには元気な無政府主義者が群れをなしている近隣の町までの旅費をもらうことさえあった。

「下がってろ、おちびさん、後ろでよく見ててくれ、だっておれがやられたらおまえはどうなる？」デュースはこの種の発言はいつも無視することにしていたが、ときには堪忍袋の緒が切れそうになることもあった。ウェブ・トラヴァースの件に関しても、スロートはこう言った。「じいさんはおまえに任せるぜ。その代わり、若いのはこのおれ、ビッグSに任せろよ。ビッグSなら涼しい顔であっという間に片付けてみせるぜ」 スロートは相手にダメージを与える（必ずしも苦痛を与えるわけじゃねえ、だってよ、普段の毎日だって十分に苦痛じゃねえか）ときに感じる激しい高ぶりが病みつきになっていたが、デュースの方は精神的支配の領域に楽しみと敬意を見いだしていた。デュースは保安隊を相手に、ポケットに手を突っ込んだままで皆を震え上がらせることができた……。それは催眠術だと言う者もいた——彼の帽子の影の中でぎらぎらと輝くその二つのヘビの目に一対一でにらまれるまでは、本当の悪《ワル》に会ったとは言えないと人は噂した。

　しかしデュースと普通の拳銃使いとの違いは、デュースにとってはいつもなぜか感情が入り込んでくるという点だった。仮に最初は感情が絡んでいなかったとしても、仕事が終わるころには決まって、彼

＊1　サンフアン山脈とウンコンパグレ高原とを結ぶ峠。
＊2　インディアンのチリカワ族の族長（一八二九—一九〇九）で、合衆国の軍事力に最後まで抵抗した。

の仕事を後押しするような軽蔑の感情、あるいは欲望が生まれていた。彼は同時代のもっとプロ根性に徹したガンマンにあこがれた。兵隊的に仕事を果たすスロートのこともうらやんでいた。スロートは逆に、自分が殺人以外には興奮を覚えるものがない冷酷な人間になってしまう日を恐れていた。

デュースは鉱山主に「任命」されて仕事を請け負っていると考えていた。身分を隠した探偵のように、ウェブ・トラヴァースをはじめとする煽動者を監視する仕事だ。ウェブは半ば意識的に息子の代わりが見つかったような気持ちでいたのだが、デュースはそれを否定するようなことは口にしなかった。だまされる側が友情を疑うのをやめる瞬間がはっきりしないのと同じように、だます側も仕事が完了した瞬間がはっきりとは分からないので、デュースはヘビのようにゆっくりと組合活動の話題に入り、開けっぴろげな性格を装いながらどこまで情報が聞き出せるのかを探っていった——共感的な若者という演技ならすっかり自分のものになったと彼は考えていた。

ウェブは夜勤明けの午前四時ごろにトーピード鉱山の下宿屋に立ち寄るのが習慣になっていた。彼らは山道とパイプラインと寮の窓から漏れる電灯の超自然的で厳しい月明かりの下で、一巡した交代要員が出入りし始める夜まで話し込んだ。なぜか影が普段よりも黒く見えた。二人は部屋に座り、赤い酒をまるで悲しみを癒やす薬のように飲んだ。ばかだ。ウェブはデュースの顔に切ない表情が浮かぶのを見たような気がして——仕事が終わった後のただの疲れた表情だったのかもしれないが——こう言った。

「うちの娘が家を出てしまったのが残念だ。おまえと娘を引き合わせてやれたかもしれないのに」

「ありがとう。独り身もそんなに悪いものじゃないよ……」デュースはあまりそのことを話したくなさそうに、先細りする声で答えた。

「一人でいいこともあるし悪いこともあるさ、坊や。一人のうちに楽しめることは楽しむといい」

目の前にいるのが正真正銘のダイナマイト狂の無政府主義者だとようやく納得したとき、デュースはもっと高額の料金を請求すべきだったと思った。彼は会社の代表を探し出した。「時間と場所が決まった。そうそう、ところで——」

「君は気でも狂ったのか？　君のことなど私は知らん。しゃべったこともない。人に見られないうちに、どこかに消えてくれ」

デュースは肩をすくめた。じゃあ、とにかくやってみるか。


会社の監督官が言った。「君は良質鉱をくすねてるね、ウェブ」

「鉱石を弁当箱に隠して持ち出さないやつがいるのかな？」

「テリュライドではそんなことがあるのかもしれないが、この鉱山ではそれはない」

ウェブはその「証拠」なるものを見て言った。「おれをはめるために誰かがこれをおれの荷物に入れたんだ。おたくのスパイの誰かだよ。ひょっとするとあんた自身かもしれないな——」

「言葉には気をつけたまえ」

「——機会さえあれば監督官だってみんな塊金を持ち出してるじゃないか」歯をむき出しにして、笑顔のような表情でそう言った。

「ほお。見たことがあるのかね、何回も？」

「みんな見てるよ。こんなくだらない話をして、いったい全体、何が言いたいんだ？」

最初の一撃は暗闇からやって来た。ウェブが感じたのは光と痛みだけだった。

痛みは長く続いた。デュースは苦痛を長引かせようとし、痛みの現実を知るスロートはさっさと事を運ぼうとした。

「簡単に銃でやっちまって、死体はそのまま放っておくってことじゃないのか」

「いや違う。今回は特別なんだ、スロート。特別な取り扱いが必要だ。いいか、おれたちはもう大物なんだぞ」

「いつもと同じ十日分のごみに見えるけどな、デュース」

「ああ、それがおまえの悪いところだ。このトラヴァース同志は犯罪的無政府主義の世界では大物なんだよ」

「何の世界だって?」

「相棒がこんなので申し訳ないな、難しい言葉が苦手なんでね。スロート、〝無政府主義〟くらい覚えた方がいいぞ、これから先もおれたちの稼業とかかわってくるものだからな。金《かね》のなる木だ」

ウェブはただ黙っていた。二人組は彼に質問をしそうになかった。なぜなら二人は彼に容赦なく痛みを与えたからだ。普通なら苦痛と情報は金とドルのように一定の率で交換可能なはずだ。いずれにせよ、彼らが本気になったら彼がどれだけ持ちこたえられるかは分からなかった。しかし、苦痛とともにさらに苦々しかったのは、自分のばかさ加減を思い知らされたことだった。このガキについて完全に判断を誤るなんて、何て救いようのないばかだったのか。

以前のウェブはそれを——自分の生命をなげうつことが必要になる可能性を受け入れ、契約書を交わしたかのように、戦う同志のために自ら死ぬ覚悟をすることを——単なる政治の問題、ヴェイッコの言う「手順」だと認識していた。しかし、いざその瞬間が目の前に迫ると……。

スロートとデュースは、二人で組んで以来、仕事を分担するようになった。スロートは肉体担当、デュースは精神に危害を加える担当だ。二人組と目を合わすことさえできないほどすっかり意気阻喪しているウェブを見て、デュースはぞくぞくした。

スロートは、いつか役に立ちそうだと考えて、以前デンバー&リオグランデ鉄道から盗んだ車両の連結ピンを持っていた。重さは七ポンド*あまりで、今、スロートはそれを一週間前の「デンバー・ポスト」紙でくるんでいた。「足は両方とも済んだ、今度は腕の方をやらせてもらおうか、おじさん」打つときの彼は被害者の顔は見ず、狙いをつけた部位だけに神経を集中するようにしていた。ウェブは気がつくと息子たちの名前を叫んでいた。苦痛の中で、彼は自分の声に非難の口調が混じっていることに気づき、かすかな驚きを感じた――ただし、本当に非難の気持ちが声に出ていたのか、頭の中だけのことなのかは確かではなかったのだが。彼は山並みの上の光がゆっくりと薄れていくのを見た。

しばらくすると、あまり口がきけなくなった。彼はつばと一緒に血を吐いた。早く済ませてしまいたかった。彼は見える方の目でスロートの目を探し、取引を求めた。スロートはデュースに目をやった。

「今からどこに行くんだ、おちびさん?」

「ジェシモンだ」ウェブの中に残るわずかな生気を萎えさせるために、邪悪な笑みを浮かべてそう答えた。なぜならジェシモンというのはもっぱら死の町とされていたからだ。ジェシモンにある赤い日干し煉瓦の塔は、人に見られたくない死体を上に積む場所として知られ、恐れられていた。「あんたは州境を越えてユタに行くんだ、ウェブ。まだ息のあるうちにモルモン教の伝道師に会えたら、洗礼をしてもらうといい、代理妻とかいう、神の承認を得たたくさんの女を一度に妻にできる、そして肉体のよみがえりを待っている間は聖人の列に並んで尊敬が得られるぞ、どうだ」ウェブはスロートをじっと見つめ、まばたきをし、何らかの反応を待ったが、反応が得られなかったので、結局目をそらした。

彼らがコーテズの町を通ったとき、地元の悪名高きガンマン、ジミー・ドロップがたまたま〈フォーコーナーズ酒場〉の裏で溝に向かって小便をしていた。ジミーがふと顔を上げると、目の前にはデュースとスロートがいて、二人の間の荷馬にはウェブが腹這いに乗せられていた。彼らは町を出ようとしていた。まだ明かりが残っていたので、ジミーは以前少しの間だけ同じ仲間で仕事をしたことのあるデュ

＊ 約三・二キログラム。

ースの顔に気づいた。「おい！」

「くそ、また面倒なやつだ」スロートは拳銃を取り出し、ジミーの方に向けて二、三発威嚇射撃をした。

「先を急ごう」とデュースも賛同し、馬に拍車をかけ、ウェブを乗せた馬の引き綱を引いた。

「許さねえ」とジミーはつぶやいた。彼は酒場の入り口でリボルバーを店に預けていた。ちくしょう。彼はズボンの前を留め、酒場に走って戻った。「悪いな、お嬢ちゃん、ちょっとだけ借りるぜ」と言いながら、踊る相手がおらず一人でいた若い娘のスカートの中を乱暴にまさぐった。

彼女はバックナイフを手に構え、今のところはまだほほ笑んでいた。「あんた、その手をどけな、さもないと手がなくなるよ」

「拳銃《デリンジャー》を隠してるんじゃないかと思ったんだ――」

「そこじゃないよ、カウボーイさん」彼女はデコルタージュ*の中に手を伸ばし、二十二口径の小型上下二連銃を取り出した。「貸してあげてもいいわ。ただし前払い」そうこうしているうちに、ウェブと彼の殺人者二人組はコーテズの通りから姿を消し、果てしない平原を影が覆った。

＊　首筋や胸元を見せる深い襟ぐりの服のこと。

鉱山学校の課程を修了するために、フランクは兄のリーフからいくらか金を借りていた。当時のリーフは、出所は不明だが、急な頼みでも現金を用立ててくれると評判だった。

「いつになったら返せるか、全然見当がつかないんだけど、リーファー」

「いつでもいい、おれの生きてる間なら。生きてるだけでもう返してもらったようなもんさ、だから気にするな」いつものように、リーフは自分の言葉の意味をあまり深くは考えていなかった。事実、生きているよりも死んでいる方がましと思えるような未来は彼には想像ができなかった。朝の雄鶏のようなそんな楽観が一因となって、彼は偶然のゲームに勝ち続けた。あるいは、十分な勝ちを収め続けた。あるいは、十分に勝っていると信じていた。

ある日、いつものようにどこからともなくリーフがゴールデンの町に姿を現すと、フランクが冶金学の本を読んでいた。

「実はおれ、ちょっと用事があってな、ロマンチックな用事なんだ、別に面倒なことじゃない、一緒に来るか?」

「どこへ？　ていうか、試験が近いんだ」強調のために教科書をぱらぱらとめくって見せた。

「へえ、ちょっとくらい休憩した方がいいぞ。〈キャッスルロック〉の遊園地に行って、ビールを二、三杯やろうぜ」

ＯＫ。フランクも大賛成だった。次に気がついたときにはまた昼になっていた。リーフは既に教授と話をつけていて、リーフとフランクはネバダに向かっていた。

列車に乗ってから一週間がたったのではないかと思われたころ、フランクが言った。「どうしておれを連れてきたんだい？　前にも聞いたかな？」

「おれの背後を守ってほしい」

「そんなに危ない女なのか？」

「ああ、しかも怖いのは彼女だけじゃない」ゆっくりと回転するように風景が二度ほど変わってから、リーフが言った。「おまえも向こうが気に入るかもな、フランシスコ、教会もあるし、学校もあるし、東部風のベジタリアン向けレストランもたくさんあるし――」

「へえ、何か仕事を見つけなきゃ」

「じゃあ、もううじうじするな」

「え、うじうじって何だよ、うじうじなんかしてないぜ、どうしてそう思うんだよ」

「さあな、おれだったらうじうじするかもな」

「なあ、兄さんなんかろくに自分の気持ちだって分かってないくせに」

「こう考えろ――誰でもみんな、自分を引き立ててくれる人間が必要だ、今回はたまたまおまえがそれに当たっただけ」

「なるほどね、でもちょっと待てよ、どっちが……どっちの引き立て役だって？」

さて、二人が通過していた場所は間違いなく別世界、白昼夢だった。雨の中の塩類平原《ソルト・フラット》、見えない地平線、過去の動物の頭蓋骨のような姿で蜃気楼に映った山脈と本物の山脈とが白く揺らめく光を浴びていた……時折、弧の形を描く地平線が見渡せることもあった。東へ向かう嵐には雪と、ときには雷と稲妻が混じり、谷間の霧は雪と同じ色をしていた。

ノチェシータの停車場は滑らかな化粧漆喰を塗ったあんず色の壁に囲まれ、縁《へり》には明るい灰色の内部装飾が施されていた——鉄道の始点と貨物倉庫、電気屋と機械屋とを中心として、周囲に町が広がり、家やオフィスが朱色、サルビア色、淡黄褐色のペンキで塗られ、目抜き通りの突き当たりには巨大な娯楽施設がそびえていた。ビルは閉まることがなかったので、青緑色と紅色の電気の明かりが昼でも夜でもずっと灯されていた。

そこには氷の貯蔵庫とビリヤード場、ワイン倉庫と食堂、賭博場とタコスの店とがあった。線路を挟んでその反対側に当たる町の一角に、もともと最初にこの辺りで大きな鉱脈が見つかったときに鉱山主が別邸として建てた屋敷があり、今では秘密の生活を送る人々の合法とは言いがたい隠れ家となっていたが、その二階に、皆がストレイと呼んでいたエストレーヤ・ブリッグズが暮らしていた。黒く、所々ペンキが塗り直されていない個所のある壁が、嵐の来そうな今朝の空にそびえていた。通りから玄関までの道は雪除けのため波板屋根に覆われていた。一階の隅にあるレストランとバーはにわか景気の時代からそこにあり、二十五セントの食べ放題メニュー、床にはおがくず、めったに割れない丈夫な皿、ステーキのにおい、厚切り肉、シカ肉のチリソース、コーヒーとビールなどが、壁板や架台式テーブルやカウンターやバースツールに染み込んでいた。店は四六時中、休憩に来た賭博場のスタッフ、ギャンブルに勝って気前のいい客や負けて落ち込んだ客、探偵、巡回セールスマン、女山師、カモと詐欺師でにぎわっていた。

その空間は温泉リゾートの屋内プールのように地面から一段低くなっているために涼しくかつ薄暗く、しばらくそこにいると、すぐ外にはまた砂漠が待ち受けているのだということを忘れてしまうのだった……。

ストレイはかなりお腹が大きくなっていた。大きなお腹を見せているだけではなく、周囲の人間が皆それどころではないときに彼女一人が夢見るような落ち着きを見せていたので、誰もが気づかずにはいられなかった。二階では、どの部屋にも不眠症が広まっていた。今週はたまたまいろいろな場所からいろいろな人物が集まる週だった。ストレイ以外は皆、既に半狂乱で、リーフとフランクがここへやって来るのは問題の一つに過ぎなかった。ストレイの友人のセイジの元里親でモルモン教徒の二人も来ることになっていた。セイジのママは過去にモルモン教徒と一悶着あって「聖なる約束」を交わすことになり、セイジは里子に出され、セイジ自身もモルモン教に改宗することを約束したのだった。彼女のいちばん新しい恋人と、ひょっとすると別の元恋人も新たな有力者たちを連れて――警察に関連する意味ではなく、宗教的な意味で「生まれ変わった」友人たちを連れて――間もなく姿を現すかもしれず、既に町に来ているかもしれなかった。その「友人たち」はモルモン教徒よりも新しい知り合いだったが、セイジとの時間を要求するやかましさの点では負けておらず、彼女が無事に結婚する姿を見届けたい、いや、何としても見届けようと躍起になっていて、結婚するしかない状況に追い込むかのように二人の周囲を輪になって取り囲んでいた……。

ストレイと兄は少し前にけんかをしたのだということをフランクはすぐに察した。リーフはそのときはそのまま去ったが、その後、後悔したのだ。今回、フランクについてきてもらったのは心細かったからだった。おそらく。リーフは今、自分が何をしているのかよく分かっておらず、フランクに相談したそうにも見えた。あるいは、ろくでなしでも一人よりは二人いた方が知恵が出ると思っているようだった。

「何にしても、話してくれてありがとう」

「フランク、この子がストレイだ」

ふむふむ、とフランクは思った。「おれは家族の中の道化なんだ」と彼は自己紹介した。「家族に緊急事態があったらお供をする役」

　この場所では、いつでも二、三人の女の子が旅立ちの準備の荷造りか旅行帰りの荷ほどきをしていたので、買ったばかりで着ていない新品の服や型紙や端切れ、缶や瓶や袋入りの食料が片付けられないまま部屋に散らかっていた。寝床をともにしている若い女性たち――リーフはその正確な人数も名前もしっかりと把握できていなかった――は皆愛想がよく、フランクをキッチンに入れ、最後には食料庫にまで通してくれ、十あまりもある空きベッドの一つを彼に割り振ってくれたが、リーフの弟だということで皆が少し警戒しているようだった。誰かがちょっとでも妙な動きをすれば皆でストレイを守ろうとしていた。もしも恋人に関する状況がこれ以上こじれたら、ストレイとセイジが降参して一緒に姿をくらましそうな気配も漂っていた。

　現れるかもしれないと期待されていた二人の男のうちの一方――クーパー――は、実際に現れてみると髪はブロンドで、内気で、体格は思っていたサイズの八分の七くらいで、さわやかな顔つきをしていた。ただ上唇だけは、ある種の過去の深い傷――少なくとも、この防御法が自然なものとして身につくのに十分な時間をさかのぼった過去の傷――をかばおうとするかのように前歯を隠していた。＊彼は建物には入ろうとせず、黒いバイクにまたがったままでいた。バイクのエンジンは金色のV型二気筒、タイヤは白く、ヘッドランプは真鍮製で、彼は通りすがりの人間に対して紺碧《こんぺき》に輝く目を向けていた――無表情な唇にもかかわらず、その顔は笑顔に見えた。

　クーパーとバイクは道の反対側に止まっていた。フランクは手を貸してやろうと思い、階段を下りて、男とバイクを見に行った。「やあ」

　サイズが縮んだバイク野郎が会釈を返し、目をそらした。

「セイジに会いに？」その口調は乱暴すぎた。そのせいか、クーパーの目からは少し輝きが失われた。

＊　出っ歯で内気で歌が好きというクーパーの姿には作者ピンチョン自身が重ねられている可能性がある。

とはいっても、大きな目だったので、萎縮したにしてはたいしたことはなかったが。「いや、何、彼女なら停車場に行ったんじゃないかと思ってな、それをあんたに教えてやりたかっただけなんだ」

「誰かの出迎え？　それとも町を出るのかな？」

「詳しいことは何も聞いてない」

「弾いてもいいかな？」　そう言って、シアーズ＆ローバックの通信販売で買った特大の、アクメ社のコーネルモデルのギターを取り出した。彼が演奏を始めると、その音色が砂漠の町の隅々にまで学校のチャイムのように鳴り響いた。昼食時の客が〈ダブルジャック〉の店内の暗がりからまぶしそうな顔で出てきて、通行人は何事か確かめるためにこの小路に回り道をした。この新参者は歌を歌うとき、心が透けて見える目を道の向かい側の二階の窓にじっと向けたまま、曲に引かれてそこに顔が、特定の誰かの顔が現れるのを待っていた。ギターの和音の途中には所々、クーパーが間違ったフレットを押さえてしまったみたいに妙な音が混じっていたが、なぜかそれで合っているように聞こえた。隣の学校の校舎からは子供たちが出てきて、ハコヤナギの木の陰に入ったり、ポーチの段差に腰掛けたりして弁当を食べたり、弁当で遊んだりしていたが、物思いに沈む生徒の中には一緒に歌を口ずさむ者もいた。

風に乗って……
デュランゴ*のハトが
空に舞う
嵐なんか恐れない……
僕らは今まで一度も
愛について語らなかった
僕は自由に

長旅に出掛けた
町に夜の
明かりが灯る
イヤリングと口紅
そしてサテンのガウン……
ああ、でも僕の
失われた……
デュランゴのハトよ
僕と同じように
やつらも信じているのだろうか？
なあ、ハトよ
やつらも君の空に飛び込み
君のために
死ねるのか……

ビブラートのかかっていない小さな子供の声が響き、ハコヤナギの木陰に風が吹いた。クーパーの指はキューという音を立てながらワイヤを巻いた弦の上を動き、土がむき出しの道路を走る荷馬車のきしむような音が鳴り響いた。昼寝の時間の始まり。真珠色の無風の空。そして、そうこうしている間に、二階の窓から顔を出したのは誰か？　青年のかたくなな唇が思わず歯をむき出しにし、顔はでれでれの笑みに変わった。酒場の踊り子の間ではやっている薄い灰色のドレスを身に着けたセイジがすらりとし

＊　コロラド州南西部のニューメキシコ州境の北にある町。

た素面《しらふ》の姿で外の階段に現れ、登場の仕方をいちいち計算したりすることなく、息のように軽やかな足取りで彼に向かって階段を下りてきたので、若きバイク野郎がまばたきする間もなく、彼女がむき出しの前腕を彼の袖に滑り込ませて、彼の腕をつかんだ。彼女があまりにも近い場所に立っていたので彼はつぶらな青い目の焦点を合わせようとしていたが、彼女の方はまだ彼の顔をしっかり見ていなかった。

リーフはその光景を信じることができなかった。「三週間分の給料で買ったギター？ それだけの値打ちがあるかもな。きっと弾くのはそんなに難しくないんだろ」

「兄さんでもあれを弾いたらモテると思ってんの？」と聞き返したフランクには、悪気はなかった。

真夜中に、隣の学校の先生が二階のベランダで翌日の食事の準備をしていた。フランクは眠れなかった。彼は外に出て、たまたま上を見上げた。「こんな時間にまだ仕事を？」

「こんな時間にまだ通りをぶらぶら？」

「そっちにぶらぶら上がってもいい？」

「手伝ってくれるのなら」

「いいよ」

上に上がって街灯の明かりでよく見ると、彼女が大変な美人であることに気づかずにはいられなかった——黒い目と眉の下にある彼女の頬はかすかに風化の影響を示し始めていた。間違いなく砂漠の影響だ……。

「ほら、豆の皮をむいて。エストレーヤとは長い付き合い？」

「いや……彼女と付き合ってるのはおれの兄さんで——」

「あらまあ。じゃあもう一人の方がリーフ・トラヴァース？」

「そうみたいだね——おれはフランク……リーフじゃない方」

「リネット・ドーズよ」砂漠の女の手。しっかりとした握手だが長くはとどまらなかった。というか、「ぶらぶら」しなかった。

「リーフはここでは有名なのか?」

「エストレーヤの口から一度か二度、名前を聞いたことがある。別に秘密を打ち明ける親友同士ってわけじゃないけど」

真夜中の風が強まり、遠くない場所を流れる小川の音が聞こえてきた。リネットの落ち着きには伝染性があるかのように、彼はおしゃべりもせず、ただじっと座って豆の皮むきをしているだけで満足だった——時折、目の玉をスライドさせて、かすかな月明かりの中で彼女が何をしているかを確かめ、一度か二度は、同じようにさりげなく彼の様子をうかがっている彼女と目が合った。

この場所のせいだろうか? ひょっとすると湿度と関係があるのかもしれない。フランクはここに来てから、ある種の恋愛自動停止装置か安全装置のようなものが働いているのではないかと思い始めていた。そのせいで、彼が気に入った女性や彼を気に入った女性が現れるたびに、すぐにあらゆるロマンスの可能性が断ち切られてしまうのだ。この時代の男は普通、溜め息をついたりはしなかったが、彼は意味深長に息を吐き出した。男はある程度までなら盛り場で憂さを晴らすことができるが、酒場のピアノの変格リズムやぎらぎらした照明や鏡のような派手な雰囲気にもかかわらず、最近では逆に気がめいるようになっていた。

リネットは自分の仕事を片付け、立ち上がり、エプロンを振るった。フランクは取り出した豆を入れたボウルを彼女に手渡した。「ありがとう。お兄さんはあの子とやっていくのはきっと大変よ」

「へえ、兄さんに伝えておくよ」いや、待て——答え方を間違えた、と彼は思った。

彼女は首を横に振り、唇を横に結んでいた。「私は別にあの二人のことは気にしてないけど、そんなに」

彼は、じゃあ他の誰のことを気にしているのかと聞き返したかったが、そのまま聞き流すのが賢明だと考えた。そんなふうに考えをめぐらせている彼の思考をたどるかのように、彼女が彼を見つめていた。建物の中に入る直前に、彼女が後ろを振り返って言った。「いつかまた、今度はタマネギでも一緒にむきましょ」

明くる日の午後、彼はいくつもあるベッドの一つに横になって「週刊全米警察《ナショナル・ポリス・ガゼット》」を読んでいた、というよりもその写真を眺めていた。するとそこにストレイが静かにやって来て、彼が起きていることを確かめ、うなずき、部屋に入り、ベッドの端に腰掛けた。

「あれ……リーフを探してたんじゃないの？」と彼は言った。

「違う」

「兄さんなら通りの向こうだよ、姿を見たんだ……〈ダブルジャック〉に行ったんじゃないかな、一時間ほど前だけど」

「フランク」ほこりっぽい窓ガラス越しに差し込む薄明の中で、彼女の顔は今にも何らかの爆発をしそうな気配で、爆発したら彼の手には負えそうになかった。「あの人があなたのお兄さんじゃなかったら、たまたま風に吹かれて迷い込んだだけのお客さんだったとしたら、あの人をどうしたらいいと思う、そもそもあの人のことで悩むだけの価値があるのかしら……？」

「何とも言えないなあ」ああ。また間違い。

彼女はいらいらした様子で彼を見つめていたが、腕と首筋が軽く震えていた。「こんな生活、もうたくさん。それだけは間違いない事実だわ」

彼は、平原から照り返す逆光の中で半影になった彼女の表情をできる限り読み取ろうとした。彼女の気持ちを誤解してしまうのではないかとなぜか不安だった。額はぼんやりした光に照らされて少女のように滑らかに澄み、その下の目は「もちろんみだらなものとはまったく関わりがありません」と主張しているように見えた。

それはまさに女優が求めるような照明だった。手元には電灯のスイッチがあったが、彼女はそこに手を伸ばそうとはしなかった。

「どういうことになってるか、あなたにも分かるでしょ。つまり、町中のユタ人がセイジに向かって結婚しろ、結婚しろって大声で迫ってるのよ、相手のモルモン教徒の男はセイジがあっちに住んでいたころの幼なじみみたいなんだけど、でも、もうほとんど覚えてないような人なの。片や、クーパーは一緒にあのバイクでここから逃げ出そうって言ってるんだけど、あのぽんこつバイク、一マイルも行かないうちに故障しそう、そうなったらその場で彼が修理を始めて、彼女は工具を手渡す役をやらされるだけ。だから、彼女には心からの助言を求めて頼れる人がいないの。片やあなたの兄さんは、私のことを気分次第で自由に使える自分専用のヘルスリゾートか何かだと思ってるみたい。あなたならどうする？　あなたが私だとしたら。さっきは私の気持ちが分からなかったみたいだったけど」

「エストレーヤさん、兄さんは昔っから何考えてるか分からない男なんだよ」

彼女は答えの続きを待ったが、それでおしまいのようだった。「へえ、ふうん、ありがとう、とても参考になったわ」

「兄さんだって楽な人生を踊りながら過ごしてるわけじゃないさ」とフランクはふと思いついたように言った。「一見、難しい仕事をやっているようには見えなくても——」

「ええ、その通りよね、銀行賭博に使うカード入れは人がカードを入れなきゃ使えないものね。じゃあ、あなたはギャンブラーにどんな将来があると思う？」

「つまりその……兄さんが……負け屋になる可能性ってこと？」

彼女は笑いながら彼の脚を叩いたが、その裏側には涙が隠されていることが鈍感なフランクでも分かった。彼はあおむけに寝そべったまま、ただ彼女を抱きしめたい——え、本気か？——と思った。そう、そして、赤ん坊のいるお腹に頭を当ててその鼓動を聞きたかった。その状態でくつろぎ、その次に何が起こるにせよ、彼女が止めるまで先に進みたかったが、そうはいかなかった。というのも、そこへユタ人が大きな音を立てながら通りから上がってきたからだ。彼らは上機嫌で階段をどたどたと踏みしめ、互いに向かって妙な聖歌らしき節を歌っていた。「んん、もう、くそ」とストレイが言ったかと思うと、すぐにお腹に目をやって声を掛けた――「今のは聞こえなかったわよね――明かりをつけた方がいいわ」電灯の明かりの中で、二人は相手の顔をしばらく見つめていた。彼女が何を思っていたかは分からなかったが、フランク自身はこの先数年間、このわずか二、三秒の魂の触れ合いを思い出すだけで何マイルものつらい道のりを歩んでいくことができそうだと思った――赤ん坊がいようがいまいが、ベッドの端に腰を下ろした真剣な表情の若い女性の姿と、そこで少しの間だけその目が彼に見せた表情が、一日のメロディーの中で常に戻ることのできるCの和音となった。

しかし、このときからすべてが慌ただしく動きだし、破滅へと向かい始めた。

カジノの奥の部屋には、音響器と現字機の両方の電信機が、市販されている型とは異なるものも含めて多数備え付けられていた。それぞれが外から引かれた異なる電線につながれ、昼となく夜となくさまざまなニュースを伝えていた――州境の両側のありとあらゆる競馬場でのレースの結果、賞金の懸かったボクシングやその他の勝敗にかかわる賭けの結果、東部や西部の都市での証券市場や商品市場の相場など。それに加え、壁には電話が掛かっていて、ほとんど常に誰かが使っていた。しかしある日のこと、ちょうどリーフがそばにいるときにその電話が鳴り、彼はそれが自分にかかってきた電話であること、そしてそれが悪い知らせであることを直感した。電話でのやり取りがまだ日常的な事柄にはなっていなかった初期の時代の電話には何かそんな奇妙なところがあった。まるで、予知的警告のようなプラスアルファの機能まで組み込まれているかのようだった。

電話をかけてきたのはコーテズの町にいるジミー・ドロップだった。彼はリーフとは長い付き合いだった。腹を空かせたジリスから暇つぶしの射撃練習に至るまでさまざまな妨害をかいくぐったこの長距離通話を通しても、ジミーが電話――今、彼がそれに向かって大声を張り上げている機械――を嫌っていることがリーフには伝わってきた。「リーフ？　おまえか？　今、どこだ？」

「ジミー、おれはおまえが今電話をかけてきた場所にいるんだよ」

「ああ、そうか、そうだな、でも――」

「どうしてここに電話を？」

「ノチェシータに行くって言ってただろ、こっちを出る前に」

「おれ、酔ってたのかな」

「酔ってなかったとは言えない」　電話線のどこかで波打った言葉の断片か音楽のようなノイズが乱流を起こす間、間《ま》があった。「リーフ？」

リーフはその瞬間、回線が切れたふりができたらいいのにと思った。彼はジミーが今伝えようとしている知らせを聞きたくなかった。しかし、それはできなかった。

「デュース・キンドレッドのことは知ってるか？」

「テリュライドの鉱山所有者協会の手下だ。ポーカーの作法を知らないやつ。そいつがどうした？」

「気の毒に。おまえの親父が」

「親父が――」

「おまえの親父に銃を突きつけてやつらが連れ去った。その後、音沙汰なしだ」

「やつら」

「デュースとスロート・フレズノだ。聞いた話だと」

「ボブ・メルドラム*の古い仲間だな。噂じゃ、かなりの人間を殺《や》ってるらしい」

＊　ワイオミング州の実在の無法者で、ピンカートンで探偵を務めた経験もある人物。

「殺されたやつはアメリカの州の数より多いぞ、リーフ、おれなら連邦の騎兵隊に通報するがな」

「ああ、ジム、通報はするなよ」

再び間《ま》。「おまえのおふくろの様子を見に行ってやるよ、時間があったら」

「やつらはどこに向かった?」

「ジェシモン」

おれにその地名を言わせるなよ、と言わんばかりの口調だった。虚脱状態のリーフと重力との間にはもう尻の穴しか残っていなかった。それは、あまり人が祈ることのないこの場所でも、二度と聞きたくないと誰もが祈りたくなる地名だった。ノチェシータから馬で一日で行ける場所だったが、呪《のろ》われた場所であることに変わりはなかった。

フランクは若さにもかかわらず冷静で、感情的な問題は後回しにして、先に実際的な問題を処理するつもりでいた。「列車だ、それとも馬にするか?」

「おれ一人で行くよ、フランク」

「何言ってんだ」

「おふくろとレイクはおまえに任せようと思って」

「それがおれの役割かよ、女たちの面倒を見るのが?」

「役割って何の? 何が起こってるか、おまえには分かってるのか? おれにはまだ分からん」

二人は外の段差に腰を下ろし、帽子を手にとって、つばをいじっていた。頭上では雲が厚くなり、時折、地平線に稲妻が走った。ハコヤナギの葉群の中に住み着いていた風の動きが徐々に激しくなっていった。アルカリの土ぼこりの先に見える窓の内側にはさまざまな若い女性が現れ、二人の姿を見て首を横に振り、再び自分たちの生活空間へと戻っていった。

「いいか、よく考えろ。一段階ずつだ。分かるか?」

しかし父親の運命はまったく分からないままで……。

再び真っ暗な、帽子のつばをいじるだけの、沈黙の時間。「じゃあ、おれはケチな怠け者みたいにただ待ってろってことか、兄さんが殺されるまで。兄さんが殺されたら、おれに仕事が回ってくる、そういうことか？」

「鉱山学校でもやっぱり行ってみるもんだな、おまえも頭の回転が速くなったじゃないか」

しかしリーフは徐々に落ち着き、祈りを捧げるような平穏な気持ちになってきた。まるで、この兄弟の頭脳の処理能力を超えた雪崩のような出来事の中で、なすべきことのリストの重要性が霞《かす》んでしまったかのようだった。


ストレイにこの件を話すのはまた別問題だった。「おまえには隠し事はしない」

「行かないわけにはいかないわね」

「今ごろはもう……もしも親父が連れて行かれたのなら……」

「いえ、分からないわ」

「ああ、分からない……」彼がじっと見ていたのは彼女の目ではなく、お腹の赤ん坊だった。

彼女はそれに気づいた。「この子が孫になるのよね。二人が会えないなんて絶対に嫌」

「いつかはこんなことになるっていう予感はしてた」

彼女は頭の中で自分自身と楽しい会話をしていたようだった。やがて彼女が言った。「戻ってくる？」

「ああ、もちろん。ストレイ、約束だ」

「約束？　まあ。あなたがそんなことを口にしたってローマ法王が知ったら、正真正銘の奇跡だって太鼓判を押してくれるわ」

二人が去るのを見て女たちは残念がった。あるいは、残念だと言っていた。しかしクーパーはどうか？　彼の取り乱し方ときたらこの世の終わりが来たかのようだった。彼はショックを受けた表情で階下に下りてきて、フランクとリーフと一緒に歩いて停車場まで行った。「大丈夫か？」と、しまいにはフランクが聞いてやらなければならない気になった。「悪く思うなよ、おれたちはおまえを見捨てたわけじゃない……」

クーパーは落ち込んだ様子で頭《かぶり》を振った。「問題は女たちさ。男がおれ一人じゃ手に負えないよ」

「時々『ファニータ』でも弾いてやったらいいじゃないか」とリーフが助言した。「結構効くっていう話だぞ」

兄弟はジェシモンの最寄り駅のモータリダットまで一緒に行った。誰が見ていて誰が見ていないか分からないので、葉巻に火を点けてくれた人に向かってする程度の会釈で互いに別れを告げた。窓から後ろを振り返ったりせず、深刻なことを考えている様子で眉間にしわを寄せたりもせず、ポケットからウィスキーの小瓶を取り出したり、急に眠り込んだりもしなかった。目に見える世界に属するようなことは何もしなかった。

それは州境からかなりユタ州側に入ったところにある町だった。周囲は真っ赤な砂漠で、昼も夜も明るく見えるヤマヨモギがほとんど無色の雲のようにそこに立体的に浮かび上がって見えた。リーフの目が届く範囲では、砂漠の表面から岩の柱が林立していた。容赦のない風に浸食されてできた、神をかたどったようなその柱は、まるで以前は動かすことのできる手足や、目の前を通る馬車を見るために横に向けたり傾《かし》げたりすることのできる頭や、天気の変化や周囲の捕食行為に――どんなに小さなことでも――反応する敏感な顔が備わっていたかのようだった。かつては警戒心の強かったこれらの存在も、今となっては顔を失い、身振りの手段を失い、洗練された、単純で垂直な姿勢を保つのみとなっていた。

「別に今でも生きてないってわけじゃないぜ、もちろんな」と、途中で立ち寄った酒場の客が言った。

「あんたはあれが生きてると思うのかい？」

「夜に近くを通ったことは？」

「それはごめんだ」

前もって話を聞いていなかったわけではないが、だからといってここがリーフが今までに訪れた中で最悪の町であることに変わりはなかった。ここの連中はいったいどうなってるんだ？ 道に沿って何マイルにもわたり、すべての電信柱から死体がぶら下がっていた。死体は、かなり年季が入って干からびた数本の骨になっているものも含め、ついばまれ具合や腐敗の度合いがさまざまだった。その後、町政記録係に聞いた話によると、この地域の慣行と慣例では、犯罪者たちに対してはまともな埋葬をしないことになっていて、電信柱に吊るしてヒメコンドルに処理を任せるのが安上がりだからそうしているとのことだった。一八九三年ごろに電信柱が足りなくなってしまったとき、もともと木がほとんど生えていない土地だったので、ジェシモンの町民は日干し煉瓦を使って新たな処理施設を作ることに決めた。この地域を訪れた、見識のある世界旅行者は、その粗末な施設がペルシアで「沈黙の塔」と呼ばれている建造物とよく似ていることに気がついた——階段もはしごもなく、壁面は高く急な傾斜になっているので、どれほど運動神経がよくても、どれほど死者に対して敬意を抱いていようとも、会葬者が上までよじ登る気にはならなかった——そのてっぺんには生きている人間の居場所はなかった。処刑された者たちは塔の脇まで荷馬車で運ばれ、張り出し棒からぶら下がる滑車にくくりつけられ、用意が整うと、死体を上まで吊り上げ、張り出し棒を旋回させて、そのまま片足でぶら下がった状態で放っておく。すると死の鳥が、まさに鳥の便宜のために周囲の赤土から造られたこの高台の上に舞い降り、鋭い鳴き声を上げるのだった。

こうして、リーフは空を漂う巨大な翼の影の下をくぐり、不気味な列柱に沿って進んだ。柱の数から判断すると、この光景はあまり犯罪の抑止にはなっていないようだった。「そうさ、正反対だ」と、第二ルーテル教会（ミズーリ管轄区）のルーブ・カーナル牧師が陽気に認めた。「この周辺半径数百マイルから悪人が集まってくるんだよ——もちろん牧師もね。信じられないほどたくさん。君もすぐに気がつくだろうが、この町には酒場よりも教会の方がたくさんあるんだ、西部じゃ珍しい。プロとしての腕を問われてるってところかな。〈知事〉が悪人の首に手をかける前に、私たちが魂を救ってやることができるかどうかが問題だ」

「〝知事〟？」

「本人がそう呼べって言ってる。ここが州《くに》の中の州《くに》だと思ってるんだ。この町の基幹産業は、いわば魂の処理だね」

「へえ、じゃあこの町の条例とか、ここだけの法律とか、町に初めて来た人間が知っておいた方がいいことは何かある?」

「ないよ、条例も厳法*もない。ここじゃ何でもありさ、そうじゃなきゃ真っ当なゲームにならないからね。ジェシモンには越えてはならない線は存在しない。どんなものでも好きな場所に持って行ってかまわないし、自分好みの罪や自分で考えた罪を犯してもかまわない。ただし、いったん〝知事〟に見つかったら、教会の中といえどもかくまってやる場所はない、というか、牧師にできることはほとんどない。私らにできるのは、せいぜい来世のオーブンできれいに焼き上がるようによく捏《こ》ねてやるくらいのことだ」

　ジェシモンはすぐに見つかってほしくない死体を運び込む場所として知られていたが、リーフはこの牧師から、ある程度の金を支払えば便宜を図ってもらえるという話を聞いた。それは厳密に言うと買収に当たる行為だったのでもちろん犯罪であり、仮に見つかれば、それに見合った運命に向かい合わなければならなかった。


　夜、丘の上から初めて見たジェシモンの町は、日曜学校で子供を怖がらせるために使われる地獄を描いた宗教画のようだった。町のあちこちから、蒸気混じりの赤みを帯びた不透明な柱——煙のような、ほこりのような、しかしどちらでもないもの——が立ち昇っているのが見えた。それは渦を巻きながら上昇し、空のあちこちに集まって、雲のようなものを形作っていた。その背後に月が隠れると、月光が不気味な色彩を帯びると言われていた。普段の日中の青い空が日没のときに赤く変わるように、超自然的な黒い空がまったく別の色に変わるのだ。それはこの町をたまたま訪れただけの人間があまり長い間

＊　日曜の仕事・営業・飲酒などを禁じる法律。

想像したくない光景だ——実際、ときにはこの夜景を見た神経の細い旅人が、どれほど夜遅い時間であっても、別の宿を探すために再び峠を逆戻りすることもあった。

際限のない不法の雰囲気が町を支配していた。昼も夜も息苦しくなるような暑さで、誰かが誰かに向けて発砲することなしに一時間が経過することはなかった。性的行為が公然と、しばしば飼葉桶の中で、三人以上の人間を交えて行われていた。他にも人を鞭打ったり、脅したり、銃を使って強盗を働いたり、ポーカーの席で手を見せずに真ん中に置かれた皆の賭け金を取ったり、壁に向かってならともかく通行人に向かって小便をしたり、砂糖の壺に砂を入れたり、ウィスキーにテレビン油や硫酸を混ぜたりしていた。売春宿ではさまざまな客の好みに合わせたサービスが提供されていたが、その一つは羊愛好者を対象としたものだった。この施設の羊の乙女は実際かなり魅力的で、必ずしもその気《け》のない人でもそそられるものがあった。羊の毛は定番のアクアマリンと藤色を含め、さまざまなおしゃれな色に染められ、この動物の性的魅力を高める女性的な——当然、男性的なものも——衣装（なぜか帽子が人気だった）を身に着けていた。「そうは言っても、ペテンが横行しているこの町のことだから、群れの中には」と牧師が白状した。「子羊の格好をした成羊がいることもあるし、ときにはヤギが交じっていることもある。この放縦な者たちのルルドを目指して、日々、砂漠を越えてやって来る巡礼者たちの中には、数は少ないが確実にヤギを求めている連中がいるからさ……。しかし、こんな忌まわしい振る舞いの話はもうたくさんだな。さあ巡回の時間だ。ついてきなさい」と牧師が誘った。「いろいろな場所を案内してあげよう。お、〈頭皮をはがれた《スキャルプト》インディアン酒場〉だ。一杯やるか?」 それが最初の寄り道だった。その後、結局丸一日、寄り道に次ぐ寄り道をしながら町を回ることになった。「病気の原因になるものの近くにそれに効くものが生えるという、医学の原理を知っているかな。沼の蚊が原因のマラリア熱には沼のそばのヤナギの皮、砂漠での日焼けには砂漠に生えるアロエ。そう、ジェシモンも同じこと、罪と贖《あがな》いは隣り合わせなんだ」

酒場の音楽は合唱が多く、伴奏はパーラーピアノよりもリードオルガンが多く、客の首元を見るとバンダナを巻いた男と立ち襟の牧師とが同じだけいた。

「私たちの好きなイメージで言うと、ジェシモンは神の翼の下にあるんだ」とループ・カーナル牧師が言った。

「けど、ちょっと待って。神様に翼なんか——」

「君の考えている神にはないかもな。でも、ここで私たちを見守ってくださっているのは一種の翼を持った神なんだよ」

無表情な男の一団がそれに似合う黒いアラブ馬に乗って通りに現れた。それはジェシモンの保安官ウェス・グリムズフォードと部下の保安官代理たちだった。「何か気づいたことは？」と牧師が小声で言った。リーフが何もないと答えると、牧師はほとんど哀れむような表情に変わった。「この町では何でもじっくり観察することが大事だ。ウェスが着けている星を見ろ」リーフはそちらを盗み見た。それは保安官がよく身に着けているニッケルめっきの五芒星《ごぼうせい》だったが、上下が逆になっていた。「二角が上になってるだろう——あれが悪魔の角《つの》。例の〝年配の男〟とその仲間の印だ」

「信心深い町みたいなのに」とリーフは言った。

「君が〝知事〟と出会わないことを祈ってる。彼はいつも帽子をかぶっている。理由は想像がつくだろう？　噂ではしっぽもあるらしい」

誰もが〝知事〟におびえて暮らしていた。〝知事〟はジェシモンの中を常に行ったり来たりして、何の前触れもなくどこにでも姿を現した。彼を初めて見た人にとっていちばん印象に残るのは、身に備わったカリスマ性ではなく——カリスマ的なオーラは感じられなかったから——彼の容姿には何かおかしなところがあるという強烈な感覚だった。顔は人間以前の動物を思わせた。額が斜めで、きれいにひげが剃《そ》られた鼻の下では、よく分からない理由で、または何の理由もなくサルのように上唇がめくれ、すぐにその表情は抑えられるのだが、後には危険な薄ら笑いのようなものが何時間も残り、そこにぎらぎらした彼の凝視が加わると、よっぽど肝の据わった無法者でも背筋が寒くなるのだった。彼は神に与えられた自分の力にふさわしいのはふんぞり返った歩き方だと考えていたが、実際の足取りは重々しさもなく、長年の練習にもかかわらず身についておらず、実際には類人猿のよたよた歩きに毛が生えた程度のものでしかなかった。彼が大統領でも王でもなく〝知事〟と名乗っている理由は、行政官減刑を行う権限があるのは知事だけだったからだ。〝知事〟が自分の領地の中で振るうことのできる生殺与奪の絶対的権利には独特な魅力があった。彼の脇には常に「減刑事務官」が同行していた。それはフラッグという名の卑屈でずるい男だった。彼の仕事は、日々、確認された犯罪者の顔ぶれを眺め、きれいに髪を整えた小さな頭で、即座に処刑すべき人間を指し示すことだ。多くの場合、手を下すのは〝知事〟本人だが、彼はとんでもなく射撃が下手だったので、周囲に人垣ができないのを好んでいた。「減刑」とは、一部の犯人に処刑までに一日か二日猶予を与えるというだけの意味だ。それもコンドルの数と塔の空間に限りがあったための措置だった。

犯人たちがウェブをこの町に運び込んだとき彼はまだ完全に息絶えてはいなかったので、リーフがジェシモンに着いたときには、彼の父親の亡骸《なきがら》はまだハゲタカにつつかれてはいなかった。次の大きな決断は、このままデュースとスロートの後を追うか、ウェブをサンミゲルに連れ帰ってちゃんとした葬式を挙げるか、という問題だった。彼はその後何年にもわたって、あのときの自分の判断は正しかったのだろうかと問い続けることになる。実際、自分のしたことは、犯人との直接対決を避けようとしただけだったのではないか、父の名誉を大事にすると言いながらそこには臆病《おくびょう》な気持ちが混じっていなかっただろうか、などなど。そして彼が立ち止まってそれについて考える時間ができたときには、一緒にそのことを話せる相手が一人もいなかった。

ひょっとすると最悪なのは、彼が実際に犯人の二人組が赤い岩だらけの町外れの方に去っていく姿を目撃してしまったことかもしれない。無慈悲な日の光が生んだ遺物しかない荒野の、さほど遠くない場所に人影があったのだ。ウェブを乗せてきた荷馬は手綱を解かれてさまよい、結局、立ち止まって草を食んでいた。ジェシモンの道徳的堕落に腹を立てたかのように、デュースとスロートはそれ以上の銃撃戦を構える気にはならなかった。相手はリーフ一人だったが、彼らはとにかく逃げることにした。二人はくすくす笑いながら馬を走らせて去った。まるで、今やっているのはテンションの高い悪ふざけで、リーフがいじめられ役を嫌々やらされているかのようだった。

　コンドルが堂々と、辛抱強く輪を描いた。ジェシモンの市民はさまざまな度合いで知らないふりをしつつ、リーフを見ていた。むろん誰も手を貸そうとはしなかった。リーフが問題の塔の下にたどり着くと、薄暮の中で一人のメキシコ人がにじり寄ってきて、身振りで彼を案内し、二つ、三つ角を曲がったところにある、屋根のない廃墟に連れて行った。そこにはあらゆる種類の、錆び付き、傷んだ金物類が並べられていた。「キエレス・ウン・クロッケ」と、ほとんど少年にしか見えない男が繰り返し言った。質問には聞こえなかった。リーフはきっと男は「時計《クロック》」と言おうとしているのだと考えたが、すぐに棚の奥の暗がりを覗いて見て、ようやくそれが何か分かった——船を引き寄せるのに使う引っ掛け鉤《かぎ》*だ。そんなものがどうしてこんな内陸部にあるのか、もともとどんな船がそれを使っていたのか、船はどこの海を航海していたのか、といった問いはここではまったく意味がなかった。鉤につけるロープは別料金。リーフは値切ることもせず、代金をペソで払った。沈黙の市場の存在にも大して驚かなかった。というのも、死者の亡骸の処置をジェシモンの自然に任せたくないと考える遺族が、禁じられた壁面をよじ登ろうとするのは当然のことだったからだ。だから、宵闇が砕けた昼間のかけらを集め、一番星が空に出たころ、リーフはますますやけになりながら、投げ縄の要領で鉄の鉤を投げていた。塔の縁に鉤が掛からないときには、暗闇の中で落ちてきて固い地面で金属音を立てる鉤が自分に当たらないように用

＊　「キエレス・ウン・クロッケ」はスペイン語で「引っかけ鉤が要る」の意。

心した。彼が作業を続けていると、子供を中心とするやじ馬が集まってきた。いつもなら彼は人に手助けをしてもらうことが多かったが、今日は受けが悪かった。子供の多くはコンドルをペットにしていて、一羽一羽に名前をつけ、仲良くしていたので、ひょっとするとリーフではなくコンドルが勝つ方に賭けていたのかもしれない。

ようやく鉤がしっかりと引っ掛かった。既に彼は疲れ果て、よじ登るのに最適の体調とは言いがたかったが、他にどうしようもなかった。鉤《クロッケ》を彼に売ったメキシコ人がそばに立ったまま、まるで道具を一時間単位でレンタルしているかのように――実際にそうだったのかもしれない――いらついていた。

こうして彼は、教会のオルガンの音色のように深みを増す夜の闇を目指して壁を登り始めた。ブーツのかかとは日干し煉瓦の表面で何度も滑った――でこぼこが少なく、登るのは容易ではなかった。彼の腕はすぐに悲鳴を上げ始め、脚の筋肉も痙攣《けいれん》した。

そのとき、グリムズフォード保安官が保安官代理の権限を与えられた市民の一団を引き連れてこちらへ向かっているのが見えた。リーフとウェブは――なぜか、父がまだ生きていて、これが二人の最後の冒険であるかのように感じられた――ぐずぐずせずに逃げなければならなかった。彼は慌てずに、飛び立った黒い猛禽《もうきん》の群れの中の一羽か二羽を銃で仕留め、父の亡骸を両肩に掛けた。今や二人に狙いを定めた警察の網の目をくぐって持ち出さなければならない密輸品に変わったウェブ・トラヴァースがそもそも何者であったかという謎について考える時間はなかった。暗く血のように赤い壁を懸垂下降で降り、馬を一頭盗み、町の外で別の一頭を盗んでウェブを乗せ、南へ向かった。追っ手の影は見えなかった。リーフには自分がどうやってそこまでたどり着いたか、ぼんやりした記憶しか残っていなかった。

テリュライドに戻る途中、高原や峡谷や赤い岩が散らばる荒野を抜けたり、石造りの農家や果樹園やマケルモ川沿いのモルモン教徒の暮らす農場を通り過ぎたり、誰もその名を知らない古代の人々が取り憑いた遺跡——誰も知らない理由で何世紀も前に捨てられた円形の塔や断崖に立つ町——の下を通ったりしている間に、ようやくリーフもじっくりと考えをめぐらせることができた。もしもウェブが最初から〈珪藻土キッド〉だったとすれば、誰かがその家業を継ぐべきではないだろうか——早い話が、誰かが〈キッド〉になるべきではないか?

睡眠不足のせいだったかもしれないし、ジェシモンから逃げ出すことができてほっとしただけなのかもしれないが、リーフは自分の中に何か新たな存在が生まれ、それが大きく膨らみ始めているのを感じていた——彼は自分が〈キッド〉にならなければならないように感じ、時折寄り道をして、以前どこかの鉱山の石造りの火薬庫から盗んだ箱から一、二本のダイナマイトを取り出して爆破させた。一つ一つの爆破が、新たな説教の前置きに使う聖句のようだった。彼の思考に対する監視をますます強めるようになった、顔のない無慈悲な砂漠の予言者が、雷のような声でその聖句を使って説教をするのだ。リーフは時々、馬に乗ったままウェブの方を振り返ることがあった。それはまるで、ウェブのうつろな目や、間もなく頭蓋骨の顎となる唇に同意や説明を求めているかのようだった。「今はまだエンジンをかけようとしてる段階さ」と彼はウェブに語りかけた。「自分の考えをまとめてるところだよ」ジェシモンにいたときには、彼はとてもそんなことには耐えられないと思っていたが、一つ一つの爆発ごとに、そして毎晩、ロープを慎重にほどき、傷んでにおいもきつくなってきた遺体を地面に下ろし、その横に寝袋を敷いて一緒に眠るたびに、徐々に気が楽になり、アルカリ性土壌の荒野を進む昼の間、夜の添い寝が楽しみに思えてきた。ウェブが生きていたころよりもたくさんの会話を交わした。アストランの亡霊*がヒューヒューと周囲を舞い、二人は厳格と規律の世界に入った。まるでこの世界の中で、ウェブの存在レベルの変化によってウェブのいる場所が変化を被っているかのようだった……。

彼は三文小説を携帯してきていた。〈偶然の仲間〉のシリーズで、『〈偶然の仲間〉と地球の果て』と

* メキシコの中央高原アナワクに移住する以前の、アステカ人の伝説上の起源の地。

いう巻だった。しばらくの間、彼は焚き火の明かりの中に腰を下ろし、黙って読んでいたが、しばらくして気がつくと、眠る前の子供に読み聞かせるように——ウェブが死という夢の国に安らかに移ることができるように——父の亡骸に向かって声に出して読んでいた。

リーフがこの本を手に入れたのは何年も前のことだった。彼は無免許で賭博を行なったという罪でニューメキシコ州ソコロ郡の留置場に入れられたときにこの本を見つけたのだが、そのときには既に本は端が三角に折られ、書き込みがされ、破れ、血も含めたいろいろな種類の染みがついていた。表紙には、運動神経のよさそうな若い男（恐れを知らぬリンジー・ノーズワースだろう）が空に舞い上がる未来的なデザインの飛行船のバラスト綱にぶら下がり、獣のように描かれた下方のエスキモーの一団と銃撃戦を交わしているイラストが描かれていた。リーフは読み始めた。そして間もなく——「間もなく」がどれだけの時間を意味するにせよ——彼は自分が真っ暗闇の中で本を読んでいることに気づいた。明かりが消えたのは、彼の記憶ではノール岬[*1]とフランツヨシフ諸島[*2]の間だったようだ。もちろん、明かりがないことに気づいたとたんにもう読めなくなった。そして、しぶしぶそのページの端を折り、この出来事を大して奇妙だと思うこともなく、寝床に入った。その後の二日か三日ほど、彼は自分がソコロと北極の両方に同時に存在しているような感覚を覚え、それを楽しんだ。留置場にいろいろな男が出入りし、保安官が時々顔をのぞかせてはけげんな表情を浮かべていた。

彼は時々、巨大な飛行船を探すかのように、気がつくと空を見上げていることがあった。まるで、船に乗った少年たちは人間以外の存在による正義の使いで、彼らはウェブを待ち受ける世界の道を示し、ひょっとしたら、リーフに理解できるかどうかは別として、賢明な助言をしてくれるのではないか。そして光の具合が妙なときには、たまに何かなじみのあるものが見えるような気がすることもあった。決まってほんの二、三秒しか続かなかったが、そんな経験はなくならなかった。「あいつらだよ、父さん」と彼は後ろを振り向いて言った。「〈偶然の仲間〉がおれたちを見てるんだ、ちゃんと。今晩もあの物語を読んであげるからね。お楽しみに」

朝、コーテズの町を出るとき、彼はスリーピングユート山の高い場所に目をやり、頂に雲がかかっているのを見た。「今日は午後には雨になるよ、父さん」

「リーフか？　ここはどこだ？　リーフ、ここがどこか、おれにはさっぱり分からないぞ――」

「落ち着いて、父さん。コーテズの町を出たところさ。今からテリュライドに向かうよ、すぐに着く――」

「いや。ここはそんな場所じゃない。何もかもが動いてる。変わらないものが何もない。おれの目がおかしくなったのかな……」

「大丈夫だよ」

「大丈夫なもんか」


彼らは町の外れにある鉱夫の墓場、ローンツリー墓地に集まっていた。メイヴァとレイクとフランクとリーフ。そこは巨大な山脈のふもとで、彼らの背後では〝花嫁のベール滝〟の長い水流が耳障りな声で冷たい日の光に何かをささやいていた。ウェブの生涯と仕事がたどり着いた先はこの場所だった。

フランクはゴールデンの町から夜通し旅して来たところだった。彼はほんの一時であれ、自分にできるのは今一家を取り囲んでいるものの正反対の存在になることだと考え、ほとんど押し黙ったまま、メイヴァに寄り添っていた。

「一緒にいればよかった」メイヴァが非常に小さな声で、ほとんど息を使わずに言った。

「過ぎたことは仕方がないよ」とフランクが言った。「ひょっとしたらそのことにも意味があるのかも

＊1　ノルウェイ最北部にある岬。
＊2　北極海のノバヤ＝ゼムリャ島の北方にあるロシア領の島嶼《とうしょ》群。

しれないし」

「ああ、おまえたち。あたしは犯人の身になりたくないわ。神様が正しく裁いてくださる、ときにはすごく時間がかかることもあるけどね。とんでもなくじっくり時間をおかけになるんだよ。でも、ひょっとしてあまりにものんびりなさってるようなら、この世の誰かの方が先に手を下してしまうかも……」

彼女は静かで、メキシコ人の未亡人がよく見せるような取り乱し方をしそうにはなかった。実際に彼女が流した涙はあまりにも突然で静かだったので、怖いほどだった――まるでそれは、どの医者も病名を口にするのを恐れる病気の症状であるかのようだった。もしも雇われた殺し屋がどこか近くにいたなら、彼女の沈黙の怒りの力によってそのままその場でフライになってしまったかもしれない。そうなったら道の脇に油じみた灰だけが残されただろう。

「組合は花束くらいよこしてもよさそうなものなのに」

「あいつらは駄目さ」敬意を欠くにも程がある、最低な連中だ、とリーフは思った。彼がふと丘の斜面を見ると、ジミー・ドロップの一味が帽子を脱いでトムボーイ街道に立ち止まっていた。ひょっとすると黙禱《もくとう》を捧げていたのかもしれないが、生死にかかわる問題とはかけ離れたことでけんかをしている可能性の方が高かった。

「これでいいじゃないか、母さん、家族だけで。町の半分が集まってパレードをやってピクニックをやってとか、そんな葬式じゃあるまいし……。父さんはもうそんな世界とは無関係。父さんはもう大丈夫。フランクとおれが犯人を捕まえる」リーフはもっと違う口調でしゃべりたかった。もっと自信たっぷりに。妹はまるで車輪――誰も見たことのない人々が夜の間に敷いた線路の上を走る車輪――が付いているかのように滑らかに淡々と振る舞っていた。ベールの奥の彼女の顔は大理石の仮面のようで、いつもと同じ「あんたの言うことなんか信じない」の表情を彼に向けていた。もしもメイヴァがそこにいなければ、リーフは彼女に詰め寄っていただろう。生前のウェブを彼女がいかに嫌っていたかを考えれば、その態度も無理はなかったのだが。

だからといって彼女も動揺していないわけではなかったし、母親の悲嘆を目にして恥じ入る気持ちもないわけではなかった。レイクはシルバートンから帰ってきていた。彼女がもう向こうに戻る気がないことは、リーフにも分かった。彼女は、ブレア街でげすな男たちが目にすればきっと彼らの鼓動を高めたに違いないおしゃれな黒のドレスを着ていたが、それは今、父の記憶をとどめるための喪服となっていた。彼女がその服を身に着けるのは今回が最後だという可能性に、リーフは全財産を賭けてもよかった。彼女はリーフの視線に気づいた。「兄さんたちも、少なくとも帽子は黒ね」と彼女が言った。「珍しい」

「おまえは喪に服していろ」とリーフが言った。「おれとフランクは、ジョー・ヒルの言う〝組織化《オルグ》〟をやる。もう一つ別にやらなきゃならないことがある。おまえとキットを巻き込むつもりはない、だからおまえたちは何も知らない方がいい」

「ママは？　ママも知らない方がいいって言うの？」

「心配をかけたくない」

「お優しいこと。子供たちには厄介なことに首を突っ込まずに生きてってほしいってママが思うんじゃないかって、ちょっとは考えない？」

「おれたちは生きてる」

「今度ママが兄さんやフランクに会えるのはいつ？　二人ともよくある敵討ちの世界に飛び込んでいくんでしょ、大変なことよ、もう元の道に戻ることのできない世界で二人とも迷子になっちゃうわ。ママの気持ち、分かる？　そういう〝仕事〟をするなんて。もう死んだも同然よ、二人とも。ばかね」

その熱のこもった演説の背後に何があるのか、彼にはまだ分からなかった。誰にも分からなかった。まだ十分には。

日の光があまり差し込まない自宅の居間に戻り、「ほら」とメイヴァがリーフに言った。「持っときなさい」それはウェブが持っていた十二連発の南軍用コルト拳銃だった。

「あまりしっくり来ないな」リーフはそれをフランクに手渡した。「欲しかったらおまえにやるよ、フランク」

「ああ、でもおれは自分の三八スペシャル*があるから」

「でもそれ、五発しか装弾できないだろ、それにおまえの腕じゃ半分は的を外れるぜ、少なくとも十二発はないと照準さえ合わせられないぞ、フランシス」

「ああ、リーファー、もしも兄さんには重すぎて扱いにくいって言うんだったら納得できるよ、別に恥ずかしいことじゃないさ」

「体格の違いを気にしてるのはおまえの方じゃないか」とリーフが言い返した。

しばらくこうしたやり取りが続いた。メイヴァは使い慣れた自分のパイプを吹かしながら、すっかりあきれかえった母親の顔で二人を交互に見ていた。彼女が目を細めて煙越しに二人を見つめ、「この二人、どうしたもんだろう?」といういう様子でいつものように首を横に振るのを二人が待っていることが彼女には分かった。列車が谷を上がってくるのが聞こえると、フランクは銃を台所のテーブルの上に置いたまま、自分の帽子を手に取った。彼とリーフは黙って素早く視線を交わした。その短時間で、二人は互いに分かっていることを確認した。銃はメイヴァのものであり、ずっと彼女の手元に置いておくべきだということを。そして思った通り、数か月後、レイクが町のごみ処分場の方からの銃声を聞いて、そこに行ってみると、彼女の母親が銀購入法撤回後に鉱山を去ったネズミの心臓に恐怖を撃ち込んでいた——少なくとも、危険を冒してまで地上に出るだけの価値があるのかどうか、ネズミは再び考えさせられていた。

リーフがウェブをテリュライドに埋葬し終え、練習のために途中で鉱山会社の倉庫をいくつか爆破しながら――備品倉庫はおがくずに変わり、電源倉庫からは緑の火花が飛び散った――ノチェシータに戻ると、ストレイが妙に落ち着いていた。モルモン教徒も厳格なクリスチャンも皆、町を去り、赤ん坊は今にも生まれそうだった。リーフは、今はただ黙って、自分がいない間に定まっていた段取りで事が運ぶに任せればよいということを理解できる程度には分別があった。

赤ん坊――男の子で、名前はジェシー――が生まれ、リーフが〈ダブルジャック〉で店にいた客全員に酒をおごっていると、誰かが言った。「おまえさんは、お祭り騒ぎはもうこれで最後だな。これからはいつも用心しないと」彼はその後の夜間警戒のとき、何度もその言葉を思い返し、本当にそうなのだろうかと考え込んだ。

用心? ある程度は意味がある。この場所よりもデンバーのような場所ならもっと意味があるだろう。ここでは用心に用心を重ねても銃で仕留められるかもしれない。用心していても定められた寿命が一分でも延びることはない。組合に入れば死んだも同然だが、外の世界には果たさなければならないもっと大きな義務がある。

ウェブは生前の見かけ以上の存在だった。そうだったに違いない、さもなければ殺されることはなかっただろう。リーフはウェブがやったようには、妻と子のいる家庭を築いた真面目な労働者という外見をうまく保つことができないかもしれない。それが無理なら、ストレイにすべてを正直に打ち明けるか、今まで通りの遊び人のふりを続けるしかない。そうすれば彼がしばらく家を空けても、どうせどこかをうろついて、ギャンブルでもやっているのだと彼女は考え、彼が深刻なことにかかわっているとは思わないだろう。

＊ スミス&ウェッソン社製の小型リボルバー。

今回はカードを伏せてゲームを降りることが許されない。神は、運命というテーブルの向こう側で鼻をほじり、耳を掻き、目立つしぐさでこちらにヒントを与えている。そこには何か意味があるに違いない、間違った推測でもしないよりはましだ。とにかく、リーフは何とか打開策を見つけるだろう。彼は今まで同様、ぎこちない足取りで一歩ずつ、ゆっくりと道を見いだすことになる。なぜ父の命が奪われたのか？　あの町で、金の名の下で行われる犯罪に苦しめられるこの国で、なぜ鉱山主はあの行為が続くことを許さなかったのか？　コーダレーンとクリプルクリークとテリュライドでは、雨や冷たい北風や稲妻に曝された山の切り立った崖の間から騒がしい幽霊たちが顔を出し、寂しそうに見つめていた――利用された者、危険にさらされた者、流浪の身になった者、ウェブが殺した者、ウェブにけがを負わされた者、ウェブが見捨てることのできなかった敗者たち……。

そしてウェブの幽霊、落ち着きのないウェブの幽霊は、そうしている間も、事態を動かすため精いっぱいあちこちを駆けずり回っていた。

「やっと着いた、母国《ホーム》だ！」とネヴィルが叫んだ。「殆ど強迫的に健全で無垢なアメリカから戻ったぞ！」

「邪悪な喜びの世界に戻った！」と、本当にほっとした様子でナイジェルが言い足した。

ルーは既に、この手の話はさらっと聞き流せるようになっていた。仕事柄――今となっては過去の職業だが――彼は邪悪と呼ばざるをえない局面に遭遇したことが何度かあった。一日の終わりに絶望的な涸《か》れ谷でそんな場面に出くわすばかりでなく、昼日中のビルの中で経験することもあった。そんな彼の目から見て、この二人の若者が鳥肌が立つくらいの距離まででも〈邪悪〉に近づいたことがあるとは――彼らが〈邪悪〉を求めてどれだけの時間を費やした、あるいは無駄にしたにせよ――思えなかった。実際に〈邪悪〉を見つけそうなまれなチャンスを目の前にしたとしても、この二人なら、突然真珠のように白い牙に――あるいはそれが〈邪悪〉なら、モスグリーンの歯に――後ろから自分の尻に噛みつかれて、その正体を見極めようとその場でぐるぐる回るのが関の山だろう。

〈神聖なるテトラクテュスの真の崇拝者団〉、略してＴＷＩＴの本部は、ロンドンのハイドパークの北の、当時タイバーニアと呼ばれていた怪しげな界隈《かいわい》、チャンクストン・クレセントにある、もともとジョン・ソーン卿[*1]の屋敷だった建物に置かれていた。この屋敷には、おおよそブラヴァツキー女史《マダム》[*2]が物質

＊1　英国の建築家（一七五三―一八三七）。
＊2　ロシア出身の神智学者（一八三一―九一）。

世界を離れたところから、あらゆるタイプのサンダル履きの巡礼者やツイードの上っ張りを着た神秘家やナッツカツレツ[*1]愛好家が出入りするようになっていた。心霊的探求の歴史の中で最も興味深いこの時期に、心霊研究協会や黄金の夜明け団などの確実性の信奉者の集団のみならず——時代が世紀末に近づき、思考不可能なゼロをくぐり抜け、反対側に抜けていくとき、この種の集団はますます数を増していった——神智学協会とそのいくつもの亜流としのぎを削りながら、TWITは次のような聖なる〈テトラクテュス〉に基づく新ピタゴラス学派の秘教的な知に従うことを選んだ。

1
2 3
4 5 6
7 8 9 10

古代の先人は重要な誓いをする際にはこの図にかけて誓った。ネヴィルとナイジェルが解説できる範囲で言うと、要するに考え方としては、この図の中の数字が二次元平面に並んでいると見るのではなく、三次元空間に正四面体の形で並んでいると見なすことが重要だ——その次には四次元、さらにその次は、と続けていくと、最後には奇妙な感覚に襲われる。それが啓示が近づいた兆候だと考えられていた。

今、少年たちはルーが教団に入れるよう推薦する計画を立て、ご親切にも彼に服装に関する助言を与えているところだった。

「関係ないんじゃないか?」とルーが尋ねた。「どうせみんなが同じ志願者用の服を着るのなら」

「そうはいっても」とネヴィルが言った。「カウボーイブーツは決定的にまずいよ、ルイス——ここチャンクストン・クレセントでは、裸足じゃなきゃ用無しなのさ」

「え——靴下もなし？」

「そのタータンチェック[2]があなたの家の由緒緒正しい柄だとしても駄目」と、ルーが今履いている靴下を真っすぐに見ながらナイジェルが言った。

彼らは今晩、ルーをTWITの聖域《サンクチュアリ》に連れてきていた。その空間は、たそがれ時になると周囲にあるものからすべての色を吸い取る不思議なカン石[3]で壁面が覆われ、小さな公園のように鉄製の柵で囲われていた。囲いの中では、動物界に対応する生き物がいるかもしれないしいないかもしれないものたちの影の固まりが、不気味に落ち着かない様子で動いていた。「こぢんまりしたいい牧場だ」とルーがうなずいた。

中では誰かがパンの笛[4]と竪琴《リラ》で二重奏を奏でていた。ルーは曲に聞き覚えがあるような気がしたが、途中から知らないメロディーに変わった。目立って風変わりでもない英国人たちがカーペットの上で妙な姿勢を取っていたが、それはルーが以前サーカスの余興で見た、体を自由に曲げる曲芸師を思い起こさせた。変わった服装を身に着けた人やほとんど何も身に着けていない人が辺りを歩き回っていた。写真入りの新聞で見覚えのある顔が通り過ぎた。空気中の煙では説明の付かない奇妙な変化が加わった光の中に、どこからともなく明るい存在が現れ、またすぐに消えていった。猫や犬やネズミとして生まれ

＊1　刻んだナッツ、パンくずなどをカツレツ状にしたケーキ。
＊2　タータンチェックは元来スコットランドの氏族が独自の模様を定めて紋章などに用いたもので、他氏族の柄を身に着けるのは不作法とされる。
＊3　クリーム色の軟質建築用石。
＊4　長さの異なる数本の管を並べて上端を口で吹く楽器。

変わった人間が周囲を這い、暖炉のそばで眠っていた。石の柱が部屋の奥の方に立っていて、地下の神秘世界へと降りていく階段があるように見えた。

ルーを出迎えたのは、TWITロンドン支部の大司祭、ニコラス・ヌックシャフトだった。彼は占星術と錬金術の記号をあしらった神秘的なローブをまとい、頭は前髪を短く切り下げ、鉢を伏せたような髪形だった。「ネヴィルとナイジェルが化学的な誇張を交えながら報告してくれた話によると、二人はあなたが爆発の中心部から姿を現すのを見たらしい。すると、当然問題になるのは、その直前にあなたがどこにいたかということだ」

ルーは困惑した顔で目を細めた。「用を足しに川の方へ下りようとしてたんです。それが何か?」

「それはあなたが今いるこの世界とは違う場所だ」

「やけに自信たっぷりですね」

大司祭は解説を加えた。「横にある世界、創造された世界の中で、この世とは別の部分が私たちの周囲を取り囲んでいて、それぞれの間を移動するための交差点というかゲートがあるのだ。本当のことを言うと、そこら中、どこにその抜け穴があってもおかしくない……。日常の慣習的な流れに逆らう予定外の爆発があれば、ときには別世界への通路が開くこともある……」

「ですね。死の世界とか」

「その可能性もある。しかしそれだけとは限らない」

「じゃあおれが爆発に向かって飛び込んだあの瞬間に――」

ヌックシャフト大司祭は深刻な面持ちでうなずいた。「あなたは二つの〈世界〉の間の通路を見つけたのだ。正体不明の殺し屋のおかげで、あなたは思いもかけないプレゼントを手にしたというわけだよ」

「依頼したのは誰だ?」とルーがぼやいた。

「しかしその殺し屋も、その手の連中は皆そうだが、結局こんな通路を与えてくれたわけだから、天使のような使いだと言えなくもないのでは？」

「お言葉ですが、そうは思えませんね。きっと、無政府主義者のテロリストでしょう」

「チッチッ。やったのは呪術師《シャーマン》だよ、バズナイトさん。堕落した私たちが、文明化される前の二度と戻ることのないかつての世界の純粋さに近づくことができるのは呪術師《シャーマン》を通じてだ――凡人にできることではない」

「申し訳ありませんが、とても信じられません」

「信じなければならない」と大司祭が譲らずに言った。「もしもあなたが、私たちが思っている人物なら」

ネヴィルとナイジェルはこのやり取りの間姿を消していたが、このとき、ドキッとするような若い美女を連れて戻ってきた。彼女がルーを見つめる目には、東洋人を思わせる雰囲気が漂っていた。

「ちょっと失礼して」とナイジェルが言った。「ご紹介させていただきます。こちらがミス――という か、第十七位階の〈達人《アデプト》〉ですから正式には〝義人《ツァディーク》〟と呼ぶべきですが、ただちょっと――」

「おい、ストップ。早い話が、懐かしのヤシュミーンじゃないか」とネヴィルが言った。

「見事な説明だ、ネヴィル。ごほうびにパイか何かやろうか？」

「ナイジェル、おまえの鼻の穴にもパイを突っ込んでやろうか？」

「お黙りなさい、おばかさんたち」と少女が怒鳴った。「もしもあの二人に口がきけたら、どんなに間抜けな気分を味わわされてるか、考えてみて」

二人は絶望的にほれ込んだ性欲的執着を完全に排除できない表情で見つめ返していた。ナイジェルが溜め息をつきながら、「神聖なるテトラクテュスの名以外にもこの場所で口にしちゃいけない言葉がある＊」と言うのがルーには聞こえた気がした。

＊ おそらく、「糞、ちくしょう」を意味する“fuck”のこと。

「はいはい」と大司祭がたしなめた。彼はまるで本人がすぐそこに立っていないかのように何事も包み隠さず、少女の来歴をルーに話し始めた。彼女はG・オベロン・ハーフコート中佐の被後見人だった。中佐は元第十八軽騎兵隊の騎兵大隊指揮官で、少し前にシムラの政治局で連隊外の雑用を担当することになり、現在は内陸アジアのどこかで活動していると考えられていた。[*1]ヤシュミーンはイギリスで教育を受けるために二、三年前にこちらに送り返され、TWITの保護下に置かれていた。「残念なことに、英国で活動している複数の過激分子の目には、彼女の身の安全が中佐の行動に影響を与える絶好の手段に見えてしまう。だから、われわれが彼女を保護するというのは、単に親代わりに目を光らせるというだけの意味ではないのだ」

「自分の面倒は自分で見られるわ」と少女は言ったが、このせりふを口にするのは初めてではなさそうだった。

ルーは率直に感心してほほ笑んだ。「それは君を見たら分かるよ、ほんとに」

「あなたは分かりにくい人なのかしら」と彼女は彼の方に向き直って言った。

「鋭い切り返し！」とナイジェルとネヴィルが声を合わせて言った。

その夜、大司祭はルーを呼んで、自分の考える〝超能力探偵〟像を説明した。「希望としては、いつか、ホテルでの宿泊や必要経費請求書みたいな灰色の直写主義的な世界を超越して、次の段階に入ってほしい——〝知ること、大胆に行動すること、意志を働かせること、沈黙を守ること〟——この基本的な原則を守ることが意外に難しい。特に、あなたもお分かりだろうが、最後の〝沈黙を守ること〟という項目。ところで、私自身もしゃべりすぎたかな？　かなり気まずい状況だね、これは。分かってもらえるかな」

「アメリカでは〝探偵〟というのは——」とルーが説明を始めようとした。[*2]

「なるほど、私たちのところの仕事はかなり奇妙なものだ……私たちが気に懸けている事件は一つしかない。その容疑者はきっかり二十二人。彼らはある秘密組織の中核メンバーで、イギリスで歴史を動かしている――あるいは少なくともその後押しをしている。そして、彼らはタロットカードの二十二枚の〈大アルカナ〉[3]に対応している」 彼は今までにも数え切れないくらいやってきたように説明の先を続けた。それによると、大アルカナの二十二枚のカードは生きた媒介者だと考えることができるらしい――本物の人間が何世代にもわたってそれぞれのカードの役に就き、冷酷な決定が出たときには暗殺、疫病、ファッション感覚のずれ、失恋など、自分のキャラクターに合った大小さまざまな悪事のレパートリーを仕掛けるのだ。こうして肉食性の羊たちが一頭一頭、夢と白日の間にあるフェンスを越えていく。

「常に〈塔〉が存在しなければならない。常に〈女教皇〉が存在しなければならない。〈節制〉しかり、〈運命の輪〉しかり。時折、死や他の偶発事故で空位ができることもあるが、そんなときには新しい人物がそこに収まり、われわれとしてはその人物を突き止め、行動を監視し、経歴も調べなければならない。彼らが例外なく恐ろしいほど不可視に近く、沈黙の存在であるとしても、それはわれわれにとって、より戦いがいのある相手だというだけのことだ」

「それで犯罪そのものは、余計な質問かもしれませんが、どういった性質のものなんです?」

「ああ、今ある本に載っているような法律とは直接関係がないし、これから先もその事情は変わらないだろう……そういうものではなく、越境のようなものだ、それが日々積み重なっている。時間のない世界に〈時間〉が侵入しているのだ。そしてゆっくりと――私たちはそれが恐ろしい形にならないことを願

*1 英領時代(一八六五―一九三九)の夏期インド政府所在地。
*2 英国で「探偵」というと、シャーロック・ホームズのように犯罪の捜査をする人物か、ひそかに他人の行動や内情を探る職業が想起されるのに対して、この当時、米国で「探偵」というと、主に労働組合運動に敵対的な活動をする職業だった。
*3 タロットは、象徴的な図柄が描かれた二十二枚の大アルカナと、トランプに似た五十六枚の小アルカナから成る。

うばかりだが――冷酷に合流が進んでいることが明らかになっている……それを歴史と呼んでもいい」

「じゃあ、この件が裁判に持ち込まれることはないと考えていいわけですね」とルー。

「原罪などというものはもともとなかったのだと考えてみなさい。エデンの園のヘビはただの象徴ではなく、どこか別の場所から現実の歴史に侵入してきた現実の存在だと考えてみるのだ。例えば、ヘビは〝空の向こう〟から来たのだと。私たちは完全な存在だった。掟《おきて》を守る清らかな存在だった。ある日、そこに彼らがやって来た」

「すると……すると、あなた方の考え方では、そうやって道徳的な人間たちの中に悪党や悪者がいることを説明するわけですか？」ルーには議論をする気はなかった。純粋に戸惑っていたのだ。

「あなたもすぐにその現実を目にするだろう。私としては、いきなり現実を突きつけられてあなたがびっくりしないようにしたかっただけだ」

まるで無垢が笑劇の中で次々に登場人物に感染するこっけいな病気であるかのように、間もなくルーは、「おれは無垢に感染しているのだろうか、そうだとしたら誰から感染《うつ》ったのだろうか」と自問していた。もちろん、「どれほど重症なのか」という疑問も。それに関して別の問いの立て方をするなら、「誰がおれをカモにしているのか、連中のゲームの底の深さはどの程度なのか？」ということだ。もしも主犯がＴＷＩＴそのものだったとして、彼に教えるふりをした「オカルト」以外の動機のために彼を利用しているのだとしたら、現在の状況はかなり深刻な堆肥《たいひ》の山だ。できるだけ早く抜け出すに限る。

謎は十分にあった。窓のない馬車が科学的な手法でひづめの音を消しながら真夜中にチャンクストン・クレセントにやって来た。ルーが大司祭の机に近寄ると、重々しく封をした書類が脇へやられた。彼の手帳には誰かが盗み見しようとしたらしい、プロとは思えない痕跡があった。それは親切な警告のつもりなのか、それとも誰かがわざと彼に疑うようにしむけているのか？　ひょっとすると彼を挑発して苦しめようとしているのか？

ヤシュミーン・ハーフコート嬢はこの集団の中では最も信頼できそうな人物に思われた。彼女もルーも二人ともほぼ無抵抗の状態で選ばれ、ここに連れてこられて、ＴＷＩＴなる団体の保護の下に置かれている立場であり、その理由も本人たちには完全に知らされていないという点で共通していた。その共通点がどれほどの意味を持つのかは、もちろんはっきりしなかった。

「イギリス人の言う〝散歩デート〟ってこういうの？」

「違うと思う」

今日はそよ風が吹いていた――イングランド南部で平均的な一日に遭遇すると予想される何種類かの天気に備え、ルーの荷物にはいつもの傘とレインコートと鉱夫用ブーツが入っていた。ヤシュミーンは通りすがりの男女から感嘆の視線を集めていた。服装は人並みだったが、注目されるのは当然だった。

二人の散歩コースは、公園を抜け、ウェストミンスターの方向へ向かっていた。彼らの周囲では、幻影《マーヤー》のベールのように薄い植物のベールの背後に、古代ロンドンの風景が残っていた――ドルイド僧[*1]やその先達のみが知る、聖なる高台、犠牲の石、謎の土塚。

「宗徒《ブラザー》ヌックシャフトについては何を知ってる？」とルーが尋ねた。「例えば、司祭になる前は何をやっていた人なんだ？」

「何かしら」と彼女は答えた。「先生から軽犯罪者まで何をやっていてもおかしくない。でも元軍人だとは思わないわ。あまり手がかりがないのよ。髪形だって。あれ、トランパー理髪店[*2]で散髪した感じじゃないでしょ」

「ひょっとしたらあの人も何かの成り行きでこの道に転がり込んだだけなのかな？　家業を継いだと

＊1　キリスト教伝来以前に古代ガリア人やケルト族が信仰していた、預言と呪術《じゅじゅつ》を行うドルイド教の僧。
＊2　ロンドンの一流理髪店。

か?」

彼女は顔をしかめ、首を横に振った。「あの人たちは——うん、問題はそこなの、みんなしっかりした根っこがないって言うか、歴史がなくて、責任もなくて、ある日突然出現するのよ、でしょ? そして各自が秘密の計画を抱いている。政治がらみかもしれないし、下手をすると詐欺が目的なのかもしれない」

「探偵みたいな口調だな。連中が正直に自分の立場を説明してるとしたら?」

彼女は魅力的な目をうれしそうに輝かせた。「ああ、もしそうなら、私の今までの判断はずいぶん偏見に満ちてたってことになるわ」

二人は黙ったまま歩いた。ルーは何かの答えを見つけようと考え込んでいるかのようにしかめ面《つら》をしていた。

「この島国ではね」と彼女が説明を続けた。「あなたもそろそろ分かってきたんじゃないかと思うけど、明瞭なしゃべり方をする人は一人もいない。ロンドン子の韻の踏み方でも、新聞のクロスワードでも——しゃべり言葉でも書き言葉でも、すべての英語は巧妙に暗号化されたテキストの連なりだと見なされるの。それ以上のものではないのよ。何かの言葉で裏切られたと感じたり、侮辱されたとか、深く傷つけられたとか感じる人は、単に〝深刻に考えすぎ〟てるわけ。イギリス人は眉をちょこっと動かして、にこっとして、〝ただの皮肉〟だとか〝ちょっとふざけただけ〟とか言うのよ、だってしょせんは文字の組み合わせでしかないんだからねって」

彼女は、もうすぐ進学して、ケンブリッジのガートンカレッジで数学を勉強するのだと言った。

ルーは彼女をじろじろ見ていたに違いない。というのも、彼女がいきなり彼の方を向いて、「どうかした?」と尋ねたからだ。

彼は肩をすくめた。「女が大学に行くのか、じゃあ、次は女が投票権を持つようになるんだろうな」

「あなたが生きてる間にはそうはならない」と彼女が顔をしかめた。

「ちょっとふざけただけさ」とルーが言い返した。ヤシュミーンは他の連中が言っている以上の人物なのではないかとルーは思い始めていた。

宵闇が迫り、記念碑的なロンドンの夜に広い範囲で騒々しい音が響き渡り、光は目的地がなさそうな様子で風の舞う公園と幽霊の取り憑いたもっと古い遺跡の向こうに沈み、二人はオールドコンプトン通りにある〈モリナーリ〉に食事に行った。そこは〈オテル・ディタリー〉の名でも知られ、アーサー・エドワード・ウェイト氏*の行きつけの店だと評判だったが、今晩は郊外から来た客でいっぱいだった。


最初のころ、この仕事の真の性質に関してまだ何も分かっていなかったルーは、伝統的な方法に従ってタロットカードを解釈していた。ロンドンでは解釈は、ウェイト氏の指導の下にパメラ（〝ピクシー〟）・コールマン＝スミス女史が描いたカードに基づいて行われることが多かった。しかし間もなく、ルーが誤解していたことが明らかになった。「邪悪なやつらの文法では」と彼は教えられた。「〈イコサダイアド〉、つまり〈二十二人組〉は、性別《ジェンダー》も数の単複も気に懸けていない。〈戦車〉が軍の一部隊を意味していることもあるし、連隊規模の戦力を備えていることも珍しくない。〈教皇〉の家を訪ねたらドアから出てきたのが女だったということになっても不思議はない。どこか魅力的なその女のことをいつの間にか好きになっているなんてこともあるかもしれない」

「ちょっとちょっと」

「まあ、そうとも限らないがね」

警邏《けいら》中の新米警官を試すかのように、二十二人は時を移さずルーにその柔軟性を見せた。〈節制〉（十四番目のカード）は一つの家族であることが判明した。ソッタレク一家は西部郊外の柄の悪い地域に暮

＊　オカルト研究家で、「ライダー・ウェイト・スミス・タロット」の共同制作者。

らし、家族の一人一人がそれぞれ別の、自分では統御できない病理的衝動を抱えていた。訴訟好き、クロラール中毒、人前でのマスターベーション、前触れなき発砲、そして一歳になったばかりで既に二十五キロの体重のディスという名の赤ん坊の場合には、同じ症状の学生の間では「食うために食う状態」と呼ばれる大食。最新の情報では、〈隠者〉（九番）は気のいいたばこ屋の主人で、ルーはすぐにその店の常連客になった。〈運命の輪〉（十番）はイングランド中部に拠点を置くアヘン窟《くつ》チェーン店を経営する中国人で、そのぜいたくな生活は、バーミンガムやマンチェスターやリバプールのみならずロンドンの至るところにある「店」からの収益によってもたらされていた。〈審判〉（二十番）はセブンダイヤルズ[*1]の街娼《がいしょう》で、ときにはポン引きが一緒にいることもあった。などなど……。新しいタイプの興味深い人々と出会うことが嫌いではなかったルーは、そうした状態に対して特に不満はなかった。彼らが自己紹介代わりに持ち込んだ雑用も簡単に処理できた。しかしその後、敵は二人組で彼に向かってくるようになった。

　ルーがイギリスに来てからまだ一週間も経たないころ、ある夜、TWITの新顔が真っ青な顔で駆け込んできた。慌てていたために、藤色のフェルトの中折れ帽を脱ぐのも忘れていた。「大司祭、大司祭！　お話の途中に失礼します！　直接お渡しするように言付かってきました」そう言って、薄い青色のメモ書きを手渡した。

「そうそう」と大司祭がうなずいた。「今晩はマダム・エスキモフが交霊会を開くことになっていたんだったな……では見せてもらおう……何てことだ」急に神経が張り詰めたように手の中でメモが震えていた。静かな夜を期待していたルーは「どうしました？」という顔でじっと見ていた。大司祭は既に儀式用のローブを脱ぎ、靴を探していた。ルーは上着のポケットから靴下を取り出し、自分の靴を持ち、二人で通りに出て辻馬車に乗り込み、出発した。

　大司祭が道すがら事情を説明した。「どうやら今回は」と彼は溜め息をつき、内ポケットからタロットを取り出し、ぱらぱらとめくりながら言った。「これ、十五番、〈悪魔〉の問題らしい」特にカードの下の方に描かれている鎖につながれた二人の人物の問題なのだと彼は説明を続けた。画家のコールマン＝スミス女史はおそらくダンテにならってそれを普通の裸の男女として描いたが、以前の伝統では性別のはっきりしない二人の悪霊が描かれていた。二人の運命は縛られ、望んでも離れられないのだ。現在、〈大アルカナ〉の中でこの不幸な位置にあるのは、ライバル関係にある二人の大学教授、ケンブリッジ大学のレンフルーとゲッティンゲン大学のヴェルフネル[*2]だった。二人は学術的な世界で名を馳《は》せていたばかりでなく、より大きな世界で権力を手にしようとする人物としても有名だった。何年も前、一八七八年のベルリン会議[*3]のすぐ後に、東方問題についてともに関心を抱いていた二人が、専門雑誌を通じて遠くから悪口を応酬していただけの状態から始まり、本人たちも驚くほどあっという間に、和解しがたく強迫的に腹の底から互いを嫌悪するまでに至った。間もなく、二人とも主導的専門家と見なされるようになり、それぞれの国の外務省や情報局の相談を受けたり、名前を表に出すことを望まないその他の人々に助言をしたりするようになった。年月とともに彼らの対立はバルカン地域を超越し、頻繁に書き換えられるオスマン帝国の国境を越え、ただ一つの巨大なユーラシア大陸塊と現在進行中の地球規模の取り決めにまでかかわるものに拡大した。イギリス、ロシア、トルコ、ドイツ、オーストリア、中国、日本を含む――先住民のことは言うまでもないが――その大規模な取り決めは、物事がもっと単純だった時代のキプリングの言葉を借りるなら「大いなる《グレート》ゲーム」だった。教授たちの計略は、少なくと

＊1　ロンドンのトラファルガー広場と大英博物館の半ばあたりにあった地域で、十八～十九世紀には評判の悪い地区だった。

＊2　二人の名前のつづりはそれぞれ Renfrew と Werfner で、文字の並びが正反対になっている。

＊3　露土戦争の戦後処理をめぐってドイツのビスマルクが主催した国際会議。バルカン半島の新独立国の領域が決定された。

も、見事に鏡像性を免れていた——仮に時折対称性が浮かび上がることがあったとしても、単なる偶然が原因と考えられた。それは、レンフルーいわく「おそらく〈時間〉の性質にもともと組み込まれた」、ヴェルフネルいわく「反響的な傾向」だった。それはともかく、二人の教授は閉鎖的な壁を超え、大きな世界地図の中に、呪文《じゅもん》で縛られた使用人や奴隷になった弟子を送り出し続けていた。その中には外務省に雇われる者もあったし、国際的な貿易に携わる者もいたし、一時的に自国の陸海軍に入隊して不正規の傭兵《ようへい》になる者もいた——熟練者にしか感知されない霊的存在のようにより大きな世界の中を巡る彼らは、全員がそれぞれの教授に忠誠を誓っていた。

「ひょっとするとあなたならあの二人に耐えられるかもしれない」と大司祭が言った。「私は駄目だ、長くは我慢できない。TWITのメンバーは皆、彼らの担当に回されると二、三日で音《ね》を上げたよ。それから、当然のことだが、すべての〈二十二人組《イコサダイアド》〉の中でいちばん大きなダメージを与える力を持っているのがあの二人だからな、常に用心しておかなければならない」

「ありがとう、大司祭」

彼らはやがて川の南岸の、アパートの並ぶ暗くて古びた一角に着いた。昼間ならまさかこれほど不気味ではないだろうとルーが願った空を背景に、明かりのない窓と虚空が雑然と立ち並んでいた。

ナタリア・エスキモフ女史の部屋には、マムルーク朝[*1]様式のランプとインド風のカーテンが飾られ、細工の細かい真鍮製の香炉から煙が上り、イチジクの木に彫刻を施した家具が置かれ、部屋の隅は、非常に慎重に何かを探している者以外は近寄らないように設計されているようだった。ルーはすぐに魅力的な若い女史のとりこになった。この厄介な世の中でよりも雑誌の挿絵で見かけることの多い、大きく表情豊かな目。髪をほどいたら体のどの辺りまであるのかを確かめるために向こう見ずな手がピンを外したくなる豊かな銀色の髪。今晩の彼女は、シンプルだがいかめしくはない黒い琥珀織りの服をまとっていた。おそらく、琥珀のビーズとラリックブローチ[*2]ばかりではなく、その他のところにも相当金がかかっているのだろう。別の日の夜なら、儀式の派手さやガウンのおしゃれ度によっては、エスキモフ女史のうなじに絶妙な対称性で入れ墨されたカバラ主義の〈生命の木〉を見ることもできたかもしれない。そこにはセフィラの名前がヘブライ語で書かれていたので、イギリス独特の生意気な反ユダヤ主義的感情を呼び起こすことになった――「エスキモフ……そこに書かれているのはどういう名前なのかね？」――ところが、実は彼女はずっと東方教会に通うキリスト教徒だった。そしてイギリス中の人種差別主義者の期待を裏切って、彼女は結局、困ったことに、古典的な「イギリスのバラ」[*3]になってしまった。

彼女はオリバー・ロッジ卿[*4]とウィリアム・クルックス卿[*5]の二人による念入りな調査を受け、船で大西洋を渡ってボストンでパイパー夫人[*6]のもとを訪れたり、ナポリへ行ってエウサピア・パラディーノ[*7]（後に女史は、悪名高きケンブリッジの実験においてトリックを疑われたパラディーノを弁護することになる）の交霊会に参加したりしており、当時の最も有名な交霊会にもいくつか参加したことがある。そうしたリストに間もなく加わることになるのが、どこにでも顔を出し腹蔵なく意見を述べるW・T・ステッド[*8]が主催した交霊会だ。その会では霊媒のバーチェル夫人が、セルビアの国王夫妻であるアレクサンダルとドラガ・オブレノヴィッチが暗殺される光景を、事件が実際に起こる三か月前に詳細に目撃[*9]

＊1　一二五〇～一五一七年の間、エジプトとシリアを支配したトルコ系イスラム王朝。
＊2　ルネ・ラリックはアールヌーヴォー様式のフランスのガラス工芸・装身具デザイナー。
＊3　色白で肌の美しい典型的なイギリス人美少女。
＊4　英国の物理学者（一八五一―一九四〇）。
＊5　英国の化学者・物理学者（一八三二―一九一九）。
＊6　著名な米国の霊媒（一八五七―一九五〇）。
＊7　イタリアの霊媒（一八五四―一九一八）。
＊8　英国のジャーナリスト（一八四九―一九一二）。
＊9　一九〇三年六月のこと。

することになる。彼女はTWITでは、どうやら普通の霊媒よりもいくぶん敬意を持って見られるらしい〈法悦者《エクスタティカ》〉と呼ばれていた。

「私たちが交霊に入るときは普通の忘我状態《トランス》とは違うんです」とマダムEが説明した。

「法悦状態なわけだ」とルーが言った。

彼はその返答としてじっと思索的なまなざしを受け取った。「喜んで実際にお見せしたいところですが、それはまた日を改めて。今日のように疲れていないときに」

それは今日の交霊会中の出来事で、エスキモフ女史はその件について自分では何も覚えていなかったが、TWITが賛助する会の慣例としてパーソンズ＝ショート式オーグゼトフォン*で録音されていた。

「私たちは毎回、交霊会が終わった直後にオリジナルの蠟管《ろうかん》に電気めっきを施して複製を作るんです。それも日課の一部。それを今晩は何回か聞き返していて、所々、細かい部分はよく分からなかったんですけれど、重要な進展があったと思ったものですからお呼びしました」

クライブ・クラウチマスという名の半分政府の役人みたいなことをしている男がいて、TWITのかなり低い初心者レベルのメンバーでもあるのだが、彼は交霊会の席で、いわゆる「バグダッド鉄道利権」に関する特に骨の折れる交渉の最中に、コンスタンチノープルで突然死んだ工作員の一人との接触を試みていた。トルコ語で返事が返ってくると予想されたので、クラウチマスは通訳も同行させていた。

「彼の専門はオスマン帝国領、そこはまさに、レンフルーとヴェルフネルが悪さをするには格好の場所だ。彼は二人の両方に対して相談役を買って出たんだ、そして二人の教授は、それぞれもう一人についてよく知っているのはこの男だけだと思い込むようになった、それによってさらにまた接近できるというわけだよ。フランスの笑劇みたいな設定だな。あの二人と二、三分以上一緒にいられる人間はイギリスにはおそらく彼一人しかいない。クライブ・クラウチマスは二人の間の交信路として非常に有益な人物となっている。だが、現在は残念ながら彼に手を焼いていると言わざるをえない」と大司祭はぼやいた。「女史《マダム》、あなたの時間を無駄にするなんてあの男も愚かだ、いつまでもトルコの金貸し問題にかかずらってるなんて」

ルーは大まかな状況だけは知っていた。ヨーロッパ列強は、喉から手が出るほど欲しい鉄道利権をオスマン帝国から得るために、何年も前から誘惑策と誘惑妨害策を打ち出していた。そして、最終的にドイツが利権を手にするとしたら、この地域におけるドイツの最大のライバルである大英帝国にとっては苦々しい結果となる。それによって広まる外交的不安の一つは、トルコがドイツの支援を得ることによって、鉄道がアナトリアを横切り、タウルス山脈を越え、チグリス＝ユーフラテス川に沿ってバグダッドを経由しバスラへ、ペルシャ湾へと延びることだった。その地域はイギリスが今まで確実に自国の影響圏内だと信じていた場所であり、ドイツにとっては、スエズ運河よりも貿易に適した、いわゆる「インドへの近道」を開くことになる。地政学的な行列《マトリックス》全体が新しい——そして危険なほど不確定な——係数を獲得することになるだろう。

エスキモフ女史が蠟管を機械にセットし、空気ポンプのスイッチを入れ、加減抵抗器を調節し、皆で耳を傾けた。いくつかの声がして最初は聞き分けるのが困難で、背後では説明のつかないささやき声や口笛のような音が聞こえていた。エスキモフ女史のものと思われる声が、まるでこの霊がしゃべっている場所と録音装置の間に不思議な同調効果が生じているかのように、徐々にはっきりと聞こえてきた。後の彼女の説明によると、これは彼女自身がしゃべっていたわけではなく、「支配霊」がしゃべっているということらしい。支配霊とは、生きている人間の代理として霊媒がこちら側にいるように、コンタクトを取りたい死者の代理としてあちら側に存在するものだ。エスキモフ女史の口を通してしゃべって

＊　圧搾空気で音を拡大する方式の蓄音機。

いる支配霊は、露土戦争の際にトラキアで戦死したマフムトという名のライフル銃兵だった。彼はスミルナ＝カサバ線のさまざまな支線や延長線のキロメートル当りの債務保証に関するクライブ・クラウチマスの細々した質問に対して精いっぱいの答えを返し、それが交霊会のためにクラウチマスが雇った第三の声で英語に通訳されていた。と、そのとき、突然――

「ほらここ」とエスキモフ女史が言った――「よく聞いて」

それは爆発というのとは少し違っていたが、オーグゼトフォンのマホガニー製の角笛型スピーカーは確かにこの神秘的出来事を処理しきれず、過負荷状態で震え、台の上でがたがたと揺れた。ひょっとすると、マフムトのような霊的報告者はこの世での激しいエネルギーの放出を感じるとき、そのような形態で受け取るのかもしれない――爆発のような音声として、あるいは少なくとも、それと同じような結合力の全廃、同じような急速な飛散として……。そして、列車が次の山を越えるときのように最後の音が消え去る直前、誰か、女の声が東方旋法でトルコ語の歌を歌うのがはっきりと聞こえた。「アマン、アマン」……哀れみたまえ、と。

「ね。どう思います？」しばらく間を置いてからエスキモフ女史が聞いた。

「こうした問題に関してはクラウチマスの言うことはあまり当てにはできない」と大司祭は言った。「だからあくまで推測だが、最近、オスマン帝国政府の距離当りの鉄道債務保証がかなり魅力的なものになっているらしいから、まるで奇跡でも起きたかのように、幻の鉄道が小アジアに花開き始めているのかもしれない。ヒョウでさえうろつかない不毛の高原で、厳密には存在もしていない、ときには名前さえない町の駅を結んでいるのかも。おそらくマフムトの口を借りてしゃべっている人間もそんな町にいるのだろう」

「でも普通、そんなことはありません」と美しい法悦者がけげんな顔で言った。「幽霊は静止した場所に取り憑くのを好みます、家とか墓地とか――動く列車？　想像上の線路？　そんなの、聞いたことがありません。もしあったとしても」

「何かが起こっている」と、大司祭が胃が痛そうに体を曲げながらうなった。

「それで、誰かが列車の線路を爆破したのかな？」　ルーはまったく話について行けなかった。「それとも……」

「爆破しようとしたってことかも」と彼女が言った。「爆破を考えた。爆破を夢見た。あるいは何か——爆破に相当するものを見たのかもしれない。死の世界というのは、しばしば隠喩《メタファー》の領域だから」

「解読可能とも限らない」と大司祭が言った。「しかし、今回は間違いなく東方問題がらみだろう。またレンフルーとヴェルフネルのメロドラマだ。厄介な双子同士のいざこざ。どちらがどちらを殺害するかはまだはっきりしないが、遠からず犯罪が起こることは確実だ」

「ケンブリッジには誰が張り付いているんです？　レンフルーの監視役は？」とマダムEが尋ねた。

「たしかネヴィルとナイジェルだ。キングズカレッジにいる」

「神よ、キングズカレッジを守りたまえ」

「もうすぐ秋学期だ」と大司祭が言った。「ハーフコート嬢がガートンカレッジに入寮する。そうすれば、教授に目を光らせる機会が得られるだろう」

　エスキモフ女史のメイドがお茶と茶菓子と一緒に、十二年もののスペイサイドモルトウィスキーとグラスを持ってきた。彼らは心地よい電灯の薄明の中でくつろいだが、大司祭は問題がどうしても頭から離れず、レンフルーとヴェルフネルについて話を続けた。

「これもビクトリア朝という時代そのものの避けがたい結果だ。というか、ビクトリア女王その人がもたらした結果なのだ。もしも六十年前のコンスティテューションヒルで気のふれたパブの店員エドワード・オクスフォードの放った銃弾が的に当たり、若き女王が跡取りを残さずに死んでいたなら、*我慢な

＊　一八四〇年六月の女王暗殺未遂事件のこと。

らないほど忌まわしい、あのカンバーランド公爵エルンスト・アウグストがイングランド王になっただろう。そしてサリカ法典[*1]に従い、ハノーファー王位と英国王位が再び一つになっていただろう……。

私たちの知るこの世界、今このようになっているこの世界と無限小の距離で隔てられた、すぐ横にある世界のことを想像してごらんなさい。英国民はきっと、空前の厳しさと残虐さを伴うトーリー党の専制に苦しんでいるだろう。軍による支配の下で、アイルランドは文字通りの修羅場と化す——少しでも価値や能力のあるカトリック信者はお決まりの手順に従って若い段階で見極められ、投獄されるか、直ちに暗殺される。オレンジ党[*2]の組織がそこら中に行き渡って近隣を支配下に収める。ボイン河畔の戦いとオーグリムの戦い[*3]を記念して陰気な逆クリスマスのようなものが七月一日から十二日まで続く。フランスと南ドイツとオーストリア＝ハンガリーとロシアがヨーロッパ同盟として結託し、国際的共同体からイギリスを追い出そうとする。イギリスの味方は唯一アメリカだけで、基本的にはイングランド銀行と金本位制が支配するアメリカがその忠実な相棒となる。インドや他の植民地は、これまでも十分にひどい目に遭ってきたが、これまで以上にひどい状態に置かれる……。

それに、〈時間〉の経過を決して認めようとしないビクトリア女王の態度も問題だ。例えば、この六十年以上、彼女は一八四〇年——あの間抜けなオクスフォード青年が暗殺を試みた年——に発行された最初の糊付き切手に描かれた娘時代の姿しか切手のデザインに使おうとしない。彼女の肖像は、メダルに刻まれたものでも、彫像でも、記念磁器でも、可能な限り威厳の備わったものでなければならない、ところが、実際に描かれた女王は若すぎて帝国の意匠には似つかわしくないのだ。それだけではない。彼女はアルバートの死[*4]も受け入れようとせず、彼の部屋を生前のままにして、毎日新しい花を生けさせたり、制服を洗濯に出したりしている。まるであの日、コンスティテューションヒルでオクスフォードの銃弾が本当は命中していて、私たちが現在知り敬愛するビクトリアは一種の幽霊的な代役で、もう一人の本物の方は、特に有名な加齢や死をはじめとして、あらゆる種類の〈時間〉の経過の影響を受けるとのない世界にいるかのようだ。厳密に言うと、彼女は他の皆と同じように年を取り、強力な母親、国際的な尊敬を集める国家元首、愛されてはいてもユーモアには欠ける伝説のでぶになったかもしれないが、〝本物〟のビクトリアが別の場所にいるとしたらどうだろう。地下世界の支配者によって、うら若き女王本人がどこか〈時間〉の影響を受けない場所に監禁されているとしたらどうだ。バッキンガム宮殿へ向かう恐ろしい最後の瞬間と変わらず情熱的に愛し合ったまま、夫婦ともに年を取ることなく、夫婦として定期的にアルバートからの訪問が許されていて、第一王女は永遠に彼女の子宮の中で三か月半の胎児のまま、〈時間〉が決して触れることのない流れの中で妊娠初期の愛情の奔流が母子の間に通い合っている、そんな状態で止まっているとしたら。もしも、今『ビクトリア朝時代』と呼ばれている雑多な時代が、私たちが実際に生きているエルンスト・アウグスト時代の陰気な現実を隠蔽《いんぺい》するための善意の仮面でしかないとしたらどうだろう。そして、すべてを覆うこの茶番劇の背後で糸を引いているのがレンフルーとヴェルフネルという二人の教授で、イングランドとハノーファーという両王家の間の時間の流れの両極として作用しているとしたら」

ルーは狼狽《ろうばい》した。「大司祭、それは恐ろしい」

大司祭は肩をすくめた。「ちょっとふざけただけだよ。アメリカ人は真面目だな」

「あの教授たちのことは笑い事じゃありません」とエスキモフ女史が口を挟んだ。「それに、忠告しておきますが、バズナイトさん、〈二十二人組《イコサダイアド》〉の件は決して侮《あなど》っては駄目よ。私も以前はその一人だっ

＊1　女子の土地相続権・王位継承権を否認する法。
＊2　一七九五年にアイルランドプロテスタントが組織した秘密結社。
＊3　ともに、イングランド王ウィリアム三世が、復位を狙うジェイムズ二世と彼を支持するカトリック勢力を破った戦い（一六九〇、九一）。
＊4　女王は、夫アルバートが一八六一年に四十二歳で死去した後、大いに悲しみ、ほとんど公の場に現れなくなった。

たの、〈愚者〉として——あるいは、エリファス・レヴィ[*1]の好んだ呼び方では〈浅はかな者〉——ひょっとしたらこれが大アルカナの中でいちばん大変な役かもしれない。今の私には郊外に住むお客さんがたくさんいて、みんな、私が役に立つ知恵を持ってると信じてる。哀れな人たち。私は昔と同じ浅はかな人間、でも、彼らを都合よく利用する気にはなれない」

「あなたは寝返ったわけ？」とルーが言った。

彼女がそのとき浮かべたほほ笑みは、少し彼女を見下しているようにも見えた。「〝寝返る〟？　さあ。いいえ、正確には違います。その役割が私の天職にとって邪魔になってきた、だからそっちはやめて、ＴＷＩＴに加わった。でも後悔することもないわけではないわ。女というだけでも大変なのに、その上、ピタゴラス教団に所属するなんて——まったく」　どうやらピタゴラス派を名乗るイギリスの神秘主義団体には規律《アコウスマタ》と呼ばれる格言めいた禁忌や助言が伝えられていて、エスキモフ女史のお気に入りは、イアンブリコス[*2]がリストの中で二十四番目に挙げている格言だった——横にランプがあるときには決して鏡を覗かないこと。「つまり、一日のリズムを大幅に変更して、夜になる前にちゃんと身だしなみを整えなければいけない——髪形やメークも——どうしてもガス灯や電灯の下だと印象が変わりますから」

「そんなの、あなたなら一、二分ですぐ済むんじゃないかな」とルーが言った。

すると再び例の視線。「何時間もかかるんですよ」と彼女は嘆くふりをした。「帽子のピンの留め方ひとつでも」

＊1　本名アルフォンス・ルイ・コンスタン。フランスの魔術師（一八一〇—七五）。

＊2　紀元三〇〇年頃のギリシアの哲学者。

秋が深まるころ、ますます高次の論争に巻き込まれているかのように、ルーがあちこちを駆けずり回る姿が見られた――背筋を伸ばし、幅の狭い黒のコートと目深にかぶった帽子と便利なブーツといういでたちで、鼻の下にはきれいにそろえた黒い口ひげを生やしていた。電気を使った街灯が存在感を増していたにもかかわらず、ロンドンが〝ガスの王国〟から抜け出す歩みは確信的にのろかった。彼はその暗闇の中に構造を見いだし始めていた。かなり大昔から、おそらくここに町がなかった時代から、ずっと闇の構造がこの場所には存在していて、昔ながらの照明のつや消しのトーンと複合的な影に取って代わる無慈悲で極端な白さによって、かえってそれが追認されていた――そこでは見間違いが頻繁に起こった。昼間に外に出たときでも、彼は日常的なおびえの中で、いつも気がつくと影から影へと移動していた。ガス灯に明かりが灯る時間が過ぎ、堂々とした電気に照らされる夜の時間になると、その恐怖が耐えられないほど目に見えてくるのだった。

ルーは、はっきりした目的のある生活を送りながらも、かなりの時間を割いてイギリスのどこかにシクロマイトが入手できる場所がないかと探りを入れ、死に物狂いで、コリス・ブラウン混合薬[*1]からコカイン入りの健脳剤、アブサン[*2]に浸したたばこや換気していない部屋でのキシレンの吸引などまで試した

＊1　モルヒネやクロロフォルムやカラメルを含む。
＊2　緑色の強烈な酒。

が、彼が以前の存在状態で――つまり合衆国にいたときに――味わった現実変容性爆薬の代用品としてはどれも物足りず、悲しいほど期待はずれなことが多かった。

彼は恥じ入ることなく、ネヴィルとナイジェルの手を借りることにした。二人はどうやらここのところ大学からこちらへ戻ってきているようだった。彼らはそれぞれ少なくとも年収が千ポンドはあると噂されていたが、その大半を薬物と帽子に費やしているようだった。「ほら」とナイジェルが彼に言った。「ちょっと〝ピンキー〟を試してみたら？ 楽しいよ、ほんと」

「コンディー液のことさ」とネヴィルが説明した――「過マンガン酸カリウムから作る殺菌液で、メタノール変性アルコールと混ぜて――」

「ボート競技会のある週末にブタ箱で会ったオーストラリア人にレシピを聞いたんだ。しばらくやってるうちにかなり癖になってきたんだけど、当然、健康面のことが心配になったから、僕らは二人とも念のため、年に一本と決めてる」

「意志の力が強いな、君らは」

「うん、そして今日がその日なんだ、ルイス！」そう言って、いきなり奇妙な紫色の液体が詰まったかなり大きな瓶を取り出した。ルーの目にはどう見ても液体が発光しているように見えた。

「あ、いや、ちょっと、それ――」

「何だい、色が嫌なの？ ほら、ガス灯のせいかな」とネヴィルがフォローした。「ね。これでましかな？」

ある朝、二人はルーを早い時間に起こし、寝ぼけ眼のまま辻馬車に押し込んだ。

「どこへ行くんだ？」

「さあどこかな。お楽しみに」

彼らは東へ向かい、やがてチープサイドにある目立たない布地屋の前で止まった。店は朝早くから開いていた様子だった。

「ここは何？」

「陸軍省！」と、ネヴィルとナイジェルは声を上げ、茶目っ気たっぷりに笑って互いに顔を見合わせた。

「冗談言うな。最近引っ越したって話は聞いたが、ここのわけがない」

「絶対に引っ越しなんかしない施設も中にはあるのさ」とネヴィルが言った。「さあこっち」ルーが二人について店の脇の細い通路に入ると、それは表の通りからはまったく見えない小路へとつながり、まるで重いドアが閉じたかのように通りの音も急に聞こえなくなった。屋根のついた小路を進むと短い階段があり、それを下りると、朝の光が差さないひんやりとした場所にたどり着いた。ルーの耳には水の滴る音と風の音が聞こえたような気がした。音は徐々に大きくなり、ようやく三人は、何十年も攻撃を受け続けているかのように無数の傷とくぼみのついた入り口の前で立ち止まった。

英国政府は超自然的な力を持った奇人たちの口から次世代兵器設計に関するヒントを聞き出すことができると固く信じていたので、大英帝国中の人事担当部局は少なくともこの一世代の間、気取った様子で口ごもった話し方の人物、きょろきょろと落ち着きがない目の人物、どんなポマードを使っても寝癖が直らない髪形の人物に目を光らせていた。クームズ・デ・ボトル博士は、実際にはこれらの基準には当てはまらなかった。慇懃《いんぎん》で、洗練されていて、手織りのリネンをサヴィルロー*の〈プール〉で仕立てた雪のように白い実験室用アンサンブルを着て、琥珀飾りのホルダーに入れたエジプト製の紙巻きたばこを吸い、顔には無駄毛が一本もなく、もっと一般の人の機嫌を取るような仕事――例えば、国際的な武器取引とか、聖職者とか――が向いていそうだった。しかし彼のしゃべり方にはどこか役者じみた洗練のようなものがあり、不透明な過去の存在と、ようやくここに居場所が見つけられたという感謝の念が感じられた。彼は親しげにネヴィルとナイジェルにあいさつをした。その様子は、彼らが今招き入れ

＊　ロンドンの一流紳士服の仕立屋の多い街路。

られている巨大な作業場の光景が注意を引きつけていなければ――そして夢でもその記憶にうなされることになるだろうと彼は思った――きっと不審に思っただろう。

電気火花が紫色の薄暗がりを刺し貫いていた。熱した溶液がぐつぐつと音を立てながら沸点に向かっていた。緑色の光る液体の中で小さな泡がらせん状に上っていた。施設の奥では小さな爆発が起き、続いてガラスの雨が降り注いだが、近くにいた作業員はそんな場合のために用意されたビーチパラソルの下にしゃがみ込んだ。計器の針は狂ったように震えた。敏感火炎が異なる高さの音に合わせて歌った。バーナーと分光器、漏斗とフラスコ、遠心分離器とソックスレー抽出器[*1]、グリンスキー式とル・ベル＝ヘニンガー式の蒸留塔など、あちこちに散乱する装置の間で、後ろで髪を縛った真剣な顔の娘たちが数値を日誌に記入し、青白い顔のノームたちが錠前破りのように辛抱強くルーペを覗き、小さなドライバーやピンセットで振動反応爆発装置や時限爆発装置を調節していた。ありがたいことに、ここのどこかで誰かがコーヒーを淹《い》れていた。

デ・ボトル博士が奥の隔室に三人を連れて行った。そこでは、専門技術者が机の上にさまざまな段階まで分解された手作りの爆弾を並べて作業をしていた。「私たちのやり方の手順は、まず、爆破がうまくいかなかった事件で押収された装置をいろいろなところから集め、一つ一つ念入りに分析し、一段階ずつ元の組み立て工程を復元することだ。そうしてみると、もともとぞっとするほど原始的な環境で組み立てられていたことが分かった。犯人たちに同情さえ感じたよ。製造過程でかなり高い確率で爆発事故が起きているんだ。適切な溶剤処理法を知らなかったせいで、このロンドンだけで毎年何十人もの無政府主義者が死んでる。やつらにちゃんとしたことを教えてやりたい衝動を抑えるのが大変なんだ……安いパンフレットでも作って配ってやりたくなる、せめて実験施設の安全確保の原則だけでも簡単にまとめたものを……とても役に立つと思うんだが、どうかね？」

ルーは眉を上げたくなる反射を抑え、今回ばかりは何でもいいから気の利いたことをネヴィルとナイジェルが言ってほしいと期待したが、二人ともどうやらさまざまな煙を吸引するためにどこかに姿を消していた。「その理屈はよく分からないな」とルーが言った――「爆弾魔の命を救うとなると、一人その命を救えば、後々数百人の罪のない人間の命が失われることになる」

博士は笑って、シャツの袖をいじった。「罪のないブルジョアの命か。うん……〝罪のない〟ねえ」

助手がコーヒーの入った三角フラスコと、カップと、奇妙なマフィンの載った皿をカートに載せてやって来た。「あなたはアメリカ人だからお分かりにならないのは当然だが、この島にかつて文明が存在したことを示す最後の証拠がクリケットの試合なんだ。私たちにとってクリケットの試合は宗教的儀式みたいなものなのさ。〝一日の競技が終了し、息切れする静けさ[＊2]〟って感じ。まさに〝罪のない〟スポーツ。ところが、ここにも――」 彼は慎重にクリケットボールを手に取った。それは電気の明かりの下で今にも光り出しそうだった。「しばらく前から、イングランドとウェールズのクリケット競技場に白いフラノ製スポーツウェアを着た謎の人物が出没するようになった。その筋では〈ヘディングリーの爆破紳士〉と呼ばれてる。唯一知られている彼の写真は普通のクリケット選手用バッグを肩に掛けている姿で、バッグの中にはクリケットのボールに見せかけた丸い手投げ弾がたくさん入っているんだ。これが無傷で手に入れたその爆弾。ズボンで擦ると中の安全装置が働く。あなたにも分かるかな、イギリスのボールよりもはるかに表面がつるつるで縫い目も固くて、どちらかというと、オーストラリアの『クカバラ』というボールに近い。今ちょうど、イングランド対オーストラリアの優勝決定戦が開かれていて、雰囲気も盛り上がっているところだから、試合をリードしているオーストラリアはいつの間にか〈ヘディングリーの爆破紳士〉の隠れみのに使われるかもしれない。下手をすると、ぬれぎぬまで着せられるかも」

＊1　固体試料から溶媒を用いて連続抽出する装置。
＊2　英国の詩人ヘンリー・ニューボルトの詩「人生のともしび《ヴィタイ・ランパーダ》」の引用。

「その男はクリケットの試合の最中に爆弾を投げるのか？」

「実は〝爆弾〟というのは正しくない。毒ガス弾なんだ。それに普通はやつは試合中ではなく、休憩の時間まで待って爆弾を投げる」

「〝毒ガス〟？」ルーには耳慣れない言葉だった。しかし、デ・ボトル博士は生真面目な顔つきに変わっていた。

「ホスゲン」彼は少し変わった発音の仕方をした。「フランス語から来た言葉だよ。フォスジェン。私たちとしては塩化カルボニルという呼び名の方が好きだ。ホスゲンという名前は……どうも物騒な感じがして。警察にとって厄介なのは、拡散パターンによって、被害者がガスを吸わされたことにまったく気がつかないことが多いということなんだ。そして、なぜか突然、新聞報道によれば四十八時間後に、息を引き取る。どうしてそんなにじろじろとマフィンを見てるんだい？」

「え？　ああ。色のせいかな」

「きれいな紫色だね、ログウッド染料だろう、シェフが何にでも入れるんだ——どうぞ、毒じゃない、ひょっとするとタンニンは少し入っているかもしれないけど」

「へえ、じゃあ、こっちは、んん……」と、そのマフィンのかけらを手に取り、間違いなく鮮やかな青緑色をした含有物を指さして言った。

「頼むから、ルイス、全部は食べないでくれよ！」とネヴィルが大きな声を上げ、もう一人も続いて同様に声を上げ、二人はなぜか興奮した様子で、床から数インチ浮いたまま動き回っていた。

「それから、ほら、いいものを見つけたんだ！」とナイジェルがベージュ色の物体がたっぷり入った弁当箱のようなものを取り出した。ルーには一目でその物質の正体が分かった。

「誕生日、おめでとう！」二人は声をそろえ、ほとんど叫び声に近い声を上げた。

「こんなすてきな誕生日祝い、誰が考えて——」

「まあまあ、ルイス、あなたはふたご座だろ、それは見たらすぐ分かる、正確な日付についてはエスキモフ女史に聞いたら一発さ」

「だけど誰が――」

デ・ボトル博士は前回ネヴィルとナイジェルに会ったとき、クリケットの英豪戦でイギリスが勝つのはいつになるだろうかと二人に尋ね、二人は〈法悦者〉に聞いてみると約束していたのだった。

「来年ね」とエスキモフ女史は答えた。「ただし、ミドルセックスの変化球投手、ボサンケ青年を代表選手に選べばの話。彼は空恐ろしいスピンボールを練習しているの。レッグブレーク[*1]みたいに見えるのに、逆に曲がるのよ。驚くべき力学ね、まだ実質的に研究がされていない動き。オーストラリア人が考案した投球らしいけど、投げ方を知っているイギリス人がいると知ったら向こうもすっかりたまげるわね」

「ちょっと失礼して私はブックメーカーに行かせてもらうよ」デ・ボトル博士は少年たちに丁寧に言った。


ルーは大司祭と一緒にケンブリッジのレンフルー教授に会いに行くことになった。

「ああ、なるほど。腕力が必要ってことか」

「実はそうじゃない。ボディーガードは彼だ」平均的な身長で威嚇的でない風貌の男が、手袋をした手にクレソンサンドイッチを持って現れた。「クライブ・クラウチマス。この前の夜のエスキモフ女史の交霊会で声には聞き覚えがあるだろう?」

この人物は左手を挙げ、指を二本ずつにまとめて親指から離し、ヘブライ語の文字「シン」の形を作って、大司祭にあいさつをした。[*2]その文字はモーセ以前の(すなわち複数形の)神の名――口にするこ

*1 打者の足元から離れるように曲がる投球。
*2 SFテレビドラマ『宇宙大作戦』でのスポックの敬礼と同じしぐさ。また、ライダー版タロットの〈悪魔〉の手も同じしぐさ。ただし、これらはともに右手。

との許されない名——の一つを表す頭文字だった。

「基本的には、長寿と繁栄を願う意味が込められたあいさつだ」と、大司祭が同じしぐさで応えながら説明を加えた。

クライブ・クラウチマスは若いころ、きわめて普通の公務員だった。浅はかな野心は抱いていたが、立場上もっと貪欲に振る舞えたにもかかわらず、それほど貪欲ではなかった。彼はオスマン帝国債務管理委員会に勤めていた。それは、拡大しすぎた帝国の債務を管理するために、数年前にトルコ皇帝が税の徴収と分配の権限を与えた国際的な機関だった。理論的には、債務管理委員会は魚、アルコール、たばこ、塩、絹、切手——いわゆる「間接税六品目」——の売り上げについての税を受け取り、その金をイギリス、フランス、オーストリア＝ハンガリー、ドイツ、イタリア、オランダのさまざまな債権者に渡すことになっていた。しかしながら、熱力学の第二法則を心得ている人間なら、完全な財源移譲を期待することはなかっただろう——トルコポンドは常に一部が途中で失われ、道標《みちしるべ》のはっきりしない聖人への道の末端に立つクライブ・クラウチマスとしては、それは見過ごすことのできないチャンスだった。

普段ならクラウチマスは形而上学とはほとんど関わりのない人間だったし、形而上学が尻に噛みついても何が起きているか分からなかっただろう。それは彼にとって「軽薄」と同じくらいよそよそしいものだったが、最近の彼が果たしている職務はすっかり軽薄に取り囲まれていた。「あ、クライビー！」と三人か四人のにこやかな女性が声をそろえて、ヤシの木が置かれたホテルのダンスルームの奥から彼に呼びかけることもしばしばだった。クラウチマスは「何だい？」と返事をする気さえ起きなかった。そんなことをすれば扉を開くことになり、たくさんの喜劇的人物がなだれ込んできて収拾がつかなくなるだろう。

しかし奇妙なことに、彼は物質的な誘惑に抵抗し続けていた。東方問題がオスマン帝国の莫大な富を求める見苦しいいさかいへと堕し、そのことがバグダッド鉄道を手に入れようとする国際的な陰謀という形で明らかになると、クライブは、精神的な道を探し求める人間のように外套を羽織り、無言でチャンクストン・クレセントに顔を出すようになった。ただし、噂――TWITでも超えることができない世俗的な力だ――では、彼は口には出さないもののハーフコート嬢に一目ぼれしていて、彼女に相談できる仕事なら何でも引き受け、それを口実にして彼女のもとに出入りしているとのことだった。彼の年齢ではまだ趣味の追求よりも仕事の方が重要で、金銭の絡む色恋の技術もほとんど知らなかったから、彼にはそれくらいのことしかできなかったのだ。

十年以上にわたり、債務管理委員会は、鉄道保証金に使途を特定された十分の一税を徴収し、誰の目にも触れないところで、トルコ政府の目にも触れないところで、線路を距離割で計算して各ヨーロッパ鉄道会社に毎年配分していた。そのことが債務管理委員会内のクラウチマスを含む秘密組織の目に留まった。彼らは、銀行の顧問委員会が不安定すぎると判断して手放した債権や、手も触れなかった債権など、主に不良債権を扱う小さな会社を作り、用心深く目的を隠し、パリにあるオスマン帝国銀行グループと偽名で取引を始めた。

「見過ごすことのできないおいしい話なんです」と、彼は精神的助言者であるヌックシャフト大司祭に言った。「そうじゃないですか?」

「どうかな」と大司祭は言った。彼の金は記憶でさかのぼれるよりも以前から、理由も覚えていない大昔から、利子三パーセントの整理公債に替えられていた。「どうかな」

「どうもよく分からないんですが」とクライブ・クラウチマスが言った。「ここには予知能力を持った連中がいるのに、どうして今まで誰も……」彼は当たり障りのない言葉を探そうとするかのように言葉を区切った。

「心霊的能力と現代の資本主義との間には深刻な不協和が存在するようだ」と少しぶっきらぼうに大司祭が言った。「互いに敵対的ということだな。その鉄道利権の問題に関しては、君たちのグループはすっかり気が狂ったようになっているが、私たちはあまり熱くならないようにしている」

「もしも私がこうして自由に世間を歩き回っていないとしたら」とクライブ・クラウチマスが言った。「きっと今ごろコーニーハッチの精神病院で優良患者になっていることでしょう。この前の晩も、ほんの〇・五秒ほどの間、見えたんです……見えた気がしたんです、あの……」

「いいんだよ、クラウチマス、そういうのはよくある話だ」

「でも……」

「悟りというのは危うい代物なんだ。すべてはこちらがどれだけのものを賭ける覚悟ができているかにかかっている。賭けるのはお金だけじゃない、身の安全とか、貴重な時間を危険にさらすということだ、非常に遠い未来の映像のために。もちろん現実にそれが起きることはある。土ぼこりの中から、汗と息の雲の中から、ひづめの音が響き、競馬場の向こうの方からまさか勝つとは思っていなかった馬が現れ、堂々とした姿で毛並みを輝かせ、勝利を避けがたいものにして、幽霊みたいな夢の残滓《ざんし》を貫く朝の曙光のように他の馬を一気に抜き去ることもある。しかしそれでもなお、悟りに賭けるのは愚かだし、ばかのやることだ。それだけの意志と忍耐は誰にでもあるわけではない」

「でも、私が耐え抜いたとしたらどうです？　しばらく前からちょっとお聞きしたかったのですが——ここのメンバーが悟りに近づいたときには、私たちが払う会費は少しは負けてもらえるんですか？」


ルーがケンブリッジに着いたときには雨が降っていた。新聞の見出しにはこんなことが書かれていた。

マクタガート教授から新たなる回勅[*1]
バチカンは強く抗議[*2]
G・H・ハーディのコメントは得られず

「ムルティ・エト・ウヌス」[*3]全文掲載

古代の壁には、白墨で「もっとデューク[*4]を」「違反投球には厳罰を」などと書かれていた。

ルーとクライブ・クラウチマスはガートンカレッジの門の前でヤシュミーンと別れてから、少し離れた運河脇にある数学者向けのパブ〈ラプラシアン〉に足を延ばした。二人はそこでレンフルー教授と会うことになっていた。

「ここにいるのはほとんどがトリニティカレッジの人間だ」とクラウチマスが言った。「レンフルー教授の顔を知っている者はおそらくいないだろう」

「気づかれたらまずいことでもあるのか？」とルーは声に出して尋ねたが、クラウチマスは質問を無視し、ドアの外の宵闇をあごで指し示した。

ゆっくりと、不浄な沼沢地の光の中から、教授の顔がくっきりとした明るさを見せた……いや、それは普通に見えるままのものではなかった……内面の真心から出ているとは思えない笑顔だった。

この島国で「ビール」と呼ばれている濃くて温《ぬる》くて泡の立たない製品を義理で一杯ずつ飲んだ後、クラウチマスは自分の用事で席を立ち、ルーと教授は小さな口の字形の建物にあるレンフルーの研究室に行った。二人は葉巻に火を点け、黙ったまま一拍の間、用心深く相手を観察し、レンフルーが口を開いた。

「君はオベロン・ハーフコートの被後見人の知り合いだね」

＊1　J・M・E・マクタガートは英国の哲学者（一八六六—一九二五）。代表的論文は「時間の非実在性」（一九〇八）。回勅とは、ローマ法王が信徒全体に与える書簡。したがって、法王でもない教授が回勅を与えるのは異常。

＊2　英国の数学者（一八七七—一九四七）。

＊3　「多と一」を意味するラテン語。回勅はラテン語で書かれ、本文の最初の数語をもってタイトルとする。

＊4　クリケットボールの銘柄。「公爵《デューク》」の意ともとれる。

ルーは、彼女に夢中のクラウチマスが思わずしゃべってしまったのだろうと考えた。彼は肩をすくめた。「よくあるお目付け役ってとこですよ、ここではちょっと顔を見るだけ。クラウチマスさんが会ってあいさつしてこいって言うから」

疑いのまなざしはこの言い訳では和《やわ》らがなかった。「哀れなハーフコート。あの男は物事の進め方というものをまったく分かっていない。その点、ハルトゥームのゴードン*よりもひどい。砂漠のせいで、あいつの頭の中には権力の幻が生まれているんだ。幸い、イギリス政府はそれをまともに相手にしていないが。TWITであの娘を保護している連中が何度私の人生の邪魔をしたか、君には想像もつかないだろう。ちょっとでも私が動こうものなら、どんなに罪のない行動でも、やつらのねたみ混じりの注意を引いてしまう」レンフルーの上あごと下あごは、腹話術の人形のように、別々に動いているようにルーには見えた。声も時々、別の場所から聞こえるような気がした。

「確かにTWITの連中にはちょっと風変わりなところもありますね。でも、報酬ははずんでくれます」

「ほう。以前にも仕事を?」

「荷物の受け取りとか配達とか――一、二度ね。イギリスでは何て言うんですか……体を張った仕事ってことです」

「きちんと契約を交わして仕事を請け負っているのかね?」

「いいえ。一度に一つの仕事。支払いは即金。お互いにその方がいいから」

「ふんん。じゃあ、もしも例えば、私が君を雇いたい場合には……」

「仕事の中身次第でしょうね」

「クラウチマス青年の話では、君は信頼できる人物だということだ。では早速。君の考えを聞かせてほしい」

クリケットバッグを抱え、白い服を着たぼんやりした人影が映った写真が壁のコルクボードに張ってあるのがルーには見えた。その人物はヘディングリーの名物である変わった雲を背景にポーズを取っていた。顔はぼやけていたが、ルーは焦点を合わせるために、二、三歩下がった。

「知っている男かね?」

「いえ……一瞬、そう思ったんですが」

「知っている男なんだね」ずるそうな表情で、黙ってうなずいた。

ルーは胃が痛くなるような感じを覚えたが、教授の推測を追認しなければならない理由は思いつかなかった。その代わりに彼は、謎のガス弾投入者についてクームズ・デ・ボトルから聞いた話をもう一度最初から聞かされた。

「その男を探してほしいってことですか? 引っ捕まえて、警察に突き出してほしいってこと?」

「直接ではない。もしできるなら、まずは私のもとに連れてきてほしい。ぜひ直接、面と向かって彼と話をしたい」

「もしも彼がホスゲン攻撃を実行している最中だったら?」

「ああ、もちろん、危険手当は付けるよ。君に払える金は私にはあまりない。今日び、大学なんてケチなものだよ――まるで私の生涯が一種のガス攻撃に遭っているかのようだ――しかし他に、気前のいい連中がたくさんいるだろう、もしも君がやつを無傷で連れてきてくれたらね」

「じゃあ、いわゆる個人的な恨みってことではないんですね」

「うちの家内と海岸でいちゃいちゃしていたとかそういうことか……いや、そうではない……残念だがそういう問題ではない……」その顔の表情は、ルーがイギリス人の顔に浮かぶのを何度か見かけたこ

＊ チャールズ・ジョージ・ゴードン(一八三三―八五)はイギリス軍少将で、スーダンのハルトゥームでアラブ人の反乱軍と戦い、敗れて、殺された。

とのある、乙《おつ》に澄ましたような半ば自分を哀れむような表情だった。彼にはその意味するところはまだよく分からなかったが、用心が必要なことだけは分かった。「そういうことよりももうちょっと、うん、一般的な規模の問題なのだ。だからこそ君には、警察と一緒に騒動の現場に駆けつけてもらいたい。私は手出しをするなと何度か警察に注意されているんだがね。〝犯人〟を捕まえるのは警察の手に任せろとお説教をするために、連中がわざわざロンドンからここまでやって来たこともある」

「警視庁で探りを入れてみます、どういうことなのか」それから、どうしても聞かずにはいられなかった。「ドイツにいらっしゃる先生のお仲間、お名前は何でしたっけ、ヴェルフネル――あの方も同じようにその犯人に興味を?」

「さあどうかな」レンフルーの反応にはまばたきも含まれていたかもしれないが、一瞬のことでルーにははっきりと分からなかった。「しかし、どうせヴェルフネルなんて、グーグリとハイボール*の区別もつかんやつだ。ああ、しかし、君はまだやつに会ったことがないんだな? それは楽しみだ!」

彼はルーを手招きして、もう少し狭い部屋へ案内した。部屋の中には、目の高さより少し低い位置にきらきら光る地球儀が細い鋼鉄の鎖で天井からぶら下がっており、周囲にはエーテルのようなたばこの煙とほこり、製本した古い書類と人の息が散乱していた……レンフルーはその球体を両手でブランデーグラスのように持ち、今から始める議論の重みを測るかのように回転を与えた。窓の外では、光る雨が地面を洗っていた。「見なさい――北極を真ん中にして、仮にこの周囲がしっかりした大地みたいなものだと考えてもらいたい。極地の氷や凍りついたツンドラの大地――その上を人が歩けるだけではなく、重い機械がその上を走ることもできるような未知の物質でできた陸地だと考えてみてほしい。すると、一つの大きな大陸ができるだろう? ユーラシア、アフリカ、アメリカ。その中心に位置するのは内陸アジアだ。だから、内陸アジアを支配すれば地球全体を支配することになる」

「じゃあ、残りの半球はどうなるんです?」

「ああ、こっちか？」 彼は地球を裏返し、ばかにしたようにこつこつと叩いた。「南アメリカ？ ただの北アメリカの付属品じゃないかね。あるいはイングランド銀行の付属品と言ってもいい。オーストラリア？ カンガルーと、目立った才能のあるクリケット選手が一人か二人、それ以外に何がある？」こぢんまりした彼の目鼻が暗い午後の光の中で震えた。

「ヴェルフネル、糞野郎め、頭は切れるが薄気味悪い《ウンハイムリッヒ》。やつは鉄道に取り憑かれている。もちろん歴史は地理から生まれる、だがやつにとって重要な地理は、自分の必要に応じて成長する鉄道の存在なのだ。相互の連結、選ばれた場所、無視された場所、中心地とそこから延びる放射線、可能な勾配と不可能な勾配、運河による連結、既にあるかいつか建設されるトンネルや橋による山や川の横断、物質化した資本――そして例えば、現在および未来の大軍勢の移動に現れるような力の流れ――やつは自分のことをアイゼンバーンテュクティヒカイトの預言者、つまり、鉄道適応性の預言者と呼んでいる。意味のある地点の配列《マトリックス》への適応度を、未知の地球の方程式の係数だと解釈して……」 彼は講義を始めていた。

ルーは新しい葉巻に火を点け、ゆったりと座り直した。

「訪問は楽しかったかね？」大司祭は、大がかりないたずらの種明かしがすぐ後に待っているかのように、少しぞんざいに尋ねた。

「仕事を依頼されました」

「そりゃすごい！」

ルーは〈ヘディングリーの爆破紳士〉の件について大まかな説明をした。大司祭は、ルーを除くイギリス諸島の全員と同様に、既にその話を詳しく知っていた。「この仕事を引き受けたことで、おれは二

＊　ともにクリケット用語。「グーグリ」は外角へ切れるように見せかけて内角へ切れる投球、「ハイボール」は打者の頭の高さに投げるボール。

重スパイってことになるんでしょうか？　付け鼻とか何か、変装した方がいいですか？」

「君とＴＷＩＴとの関係についてレンフルーが幻想を抱いている可能性はない。今ごろはもう、君に関する完全な書類が彼の元に届いているに違いない」

「じゃあ……」

「彼は君を利用することができると思っているのだ」

「あなた方と同じように」

「私たちは心が純粋だよ」

シクロマイトの濫用による残留効果だったのかもしれないが、ルーには確かに、部屋いっぱいに集まった不可視の人々がどっと笑い、拍手までするのが聞こえたような気がした。

街に正午を告げる鐘があちこちで花開いたとき、少年たちは工場の煙突並みに大きな、赤粘土でできた先太りの煙突——この土地の水先案内人のザンニによると「フマイオリ」と呼ばれるらしい——が家々からそびえるムラーノの上空に達した。「大変危険です、火花が。下手をすると気球が爆発するかもしれませんから」まるで自力で勝手に飛んでいるかのように汗の滴が顔から四方に飛んでいた。こっけいなほど心配性だが気のいいこのイタリア人は今朝、少年たちが〈偶然の仲間《チャムズ・オブ・チャンス》〉——ここではイタリア語で〈偶然の仲間《グリ・アミキ・デル・アザルド》〉と呼ばれる——のピアチェンツァ*支部から必要な離着陸許可書を入手した後、船に乗り込んできた。〈不都号《インコンビニエンス》〉は造船所に預けられているので、少年たちは一時的に同クラスのイタリアの半硬式飛行船〈不都号《セッカトゥーラ》〉を使うことを許された。

乗員はそれぞれの持ち場から、古めかしいセピア色に印刷された地図のように見える島の都ベニスを見下ろした。街は、日の光の下で距離を置いて眺めていると、廃墟と悲哀の印象を与えるが、近づくと、それがいくぶん楽観的な赤みを帯びた無数の屋根用タイルの集まりだと分かるのだった。

「錆びついた偉大なお守りのようだ」とチック・カウンターフライ博士が驚嘆して言った。「半神半人《デミゴッド》の首から落ちたお守りの魔法がアドリア海を包み込んでいるようだ——」

「ああ、じゃあちょっと」とリンジー・ノーズワースがぼやいた。「急いでおまえさんをあそこに降ろ

＊　イタリア北部の町。

してやらなきゃな、お守りを擦《こす》ったり撫《な》でたりするんだろう、まじないを信じてる人間は」

「なあ、リンジー、これを擦ってくれよ」と、制御盤に向かっていたダービー・サックリングが言った。その隣では、マイルズ・ブランデルがさまざまな計器をじっと眺めながら、無気力な恍惚《こうこつ》状態でしゃべっていた。「ゼロみたいに見えるイタリアの数字はアメリカ人の使うゼロと同じだ。一みたいに見える数字は一。二みたいに見える数字は――」

「もういいよ、ばか！」とダービーがうなった。「言いたいことは分かったよ！」

マイルズはにっこりしながら彼の方を向いた。彼の鼻孔は、下の煙の吐き出し口から立ち上る、溶けたガラスのほのかなにおいを吸い込んでいた。それがいささかなりともいいにおいだと感じていたのは乗組員の中で彼だけだった。「耳を澄まして」下方の薄い霞《かすみ》の中のどこかからゴンドラの船頭が愛を歌う声が聞こえてきた。巻き毛の娘に対する愛ではなく、今彼が恍惚として漕《こ》いでいる真っ黒なゴンドラに対する愛を歌う歌だ。「聞こえた？」マイルズの顔の凸面を涙が流れ落ちていた。「短調のメロディーが続いて、それから毎回、リフレインの部分で長調に切り替わる。ピカルディー三度だ！」

仲間たちがマイルズの方をちらっと見た。それから互いに顔を見合わせ、皆で肩をすくめ――既にそれが習慣となっていた――それぞれの任務に戻っていった。

「あそこ」とランドルフが言った。「あれがリドだ。[*1] さて、海図を少し見ることにしよう」

彼らはアドリア海という外海からベニスの潟湖《せきこ》を隔てる砂州に近づきながら、数十フィート高度を下げ（イタリア製の計器では単位がクオータで表示されていたが）、間もなく、いわゆる「テラ・ペルセ」、すなわち「失われた大地」を偵察していた。古代から、ここにある無数の有人島が波の下に沈み、かなりの規模の海底社会が形成されていたのだ――教会、店、酒場、そして何世代にもわたるベニスの死者の骨と不可解な営みのための宮殿。

「サントアリアーノ島のすぐ東――見ろ！　見えるか？　私の見間違いでなければ、諸君、あれがイゾラ・デリ・スペッキ、すなわち〈鏡の島〉だ！」

「すみません、教授」とリンジーが当惑したように顔をしかめた。「あそこには海以外には何もありませんが」

「海面の下を見てみろ」と老練の飛行士が言った。「なあ、ブランデル、君にも見えるだろう、な、ブランデル、うん」

「今日はいつもと少し違うな」とダービー・サックリングがあざけるように言った。「海中の鏡工場か。今回の任務はどうやって実行したらいいんだ？」

「いつもの通り上品にだ」と飛行船の司令官がうんざりした様子で答えた。「カウンターフライ君、レンズを用意——できる限りたくさんこの工場の写真を撮りたい」

「何もない海の写真ね——やれやれ！」いらついたマスコットが指をこめかみの横でくるくると回し——「船長もとうとういかれたか！」

「今回ばかりは私もサックリングの意見に賛成せざるをえないようだ」と独り言のように暗い声でリンジー・ノーズワースが言った。「ただし、ひょっとするともっと厳密に臨床的な意味で狂っているのかも」

「光線だよ、みんな、光線」と、忙しそうに写真のための測定をしている科学士官のカウンターフライが笑いながら言った。「現代の驚異だ。安心しろ、ここイタリアの有名な太陽スペクトルのことはちゃんと心得てる。とにかく現像室に戻るまで待ってくれれば、きっと一つか二つ、いいものを見せてやる、ガリバルディ*2の名にかけて」

「わ、すごい！」と、舵を握っていたザンニが叫び、右舷の遠方に現れた震える亡霊にランドルフの注

*1　アドリア海の奥にあるベネチア湾と潟湖を隔てる島で、海浜行楽地。
*2　イタリアの愛国者で、国家統一の実現に貢献した（一八〇七—八二）。

意を向けた。

　ランドルフは海図台から双眼鏡を手に取った。「何てこった。諸君、あれは世界最大の空飛ぶタマネギか、そうでなければ、また例の〈ボリシャーヤ・イグラ号〉の登場だ。きっとまたイタリア文化の勉強でもするつもりなんだろう」

　リンジーも双眼鏡を覗いた。「ああ！　哀れな帝政主義者の老朽船だ。いったいこんな場所に何の用事で？」

「おれたちさ」とダービーが答えた。

「しかし私たちの命令書は封印されていたはずだ」

「だから？　誰かが封を開けたんだ。ロマノフ家だって一人や二人スパイを送ることならできる」

　デッキの上には一瞬陰気な沈黙が漂った。確かに最近では、偶然の一致とは考えられないほどに、彼らがどこへ行っても、どんな秘密の任務を負っていようとも、遅かれ早かれ無情なパジトノフが地平線上に姿を見せていた。少年たちの間で相互にいかなる疑惑が花開いたとしても——単純に計算すると、二十人[*1]——彼らの真の疑いの目は、署名も責任者名もない命令書が書かれ、記録される、目に見えない「上」のレベルに向けられた。

　その日は一日中、誰もが、ロシア人がここに来ていることについて、そしてなぜ来ているのかについての話をせずにはいられなかった。この日は〈ボリシャーヤ・イグラ号〉との遭遇はなかったが、球根型の気嚢の影とその下の脅すような砲金の輝きとのせいで、その後、地上で遊べる時間になっても嫌な余韻が残ったままだった。

「まさかおまえは、パジトノフに命令を下している人間と私たちに命令を下している人間とが近い関係にあるって言いたいんじゃないだろうな」とリンジー・ノーズワースが反論していた。

「おれたちが何でも言われた通りにしている限り、おれたちにはどっちとも言えない」とダービーが顔をしかめた。「無条件の服従の報いさ、仕方がないね」

　時間はまだ宵の口だった。借りていた船を本土にある〈偶然の仲間《グリ・アミキ・デル・アザルド》〉の施設に返却した後、少年たちはサンポーロ地区の人通りの少ない運河――ベニス市民の間で「リオ」と呼ばれる細い水路――の脇にある感じのよい酒場《オステリア》の庭に集まり、夕食をとった。主婦たちが小さなバルコニーに体を乗り出して、一日中干していた洗濯物を取り込んでいた。どこかでアコーディオンが心を引き裂いていた。夜に備えて雨戸が閉じられ始めた。細い「路地《カリ》」で影がちらついていた。ゴンドラやもっと優雅さに欠ける運搬用のボートがダンスフロアのように滑らかな水の上を滑っていった。ひんやりした薄暮の中で反響し、トンネルのようになった通路《ソトポルテゴ》を通り抜け、どこまで行っても見つからない夢想者から声が聞こえているように感じられるほど無数に存在する隠れた街角を曲がって聞こえてくるのは、ゴンドラの船頭が唱える妙にわびしい掛け声だった――「サ・スタイ、オー！　ルンゴ、エーイ！」[*2]。それに混じって子供の叫び声、八百屋の声、陸《おか》に上がった船乗りの声も聞こえた。行商人も必死に声を上げていたが、もはや客の返事を期待している様子はなく、最後の日の光を呼び戻そうとしているかのようだった。

「私たちに残されている選択肢は何だろう？」とランドルフが言った。「誰がパジトノフに情報を流したか、私たちに教えてくれる者はいない。かといって、誰に尋ねたらいい？　みんな目に見えない存在だというのに」

「一度だけ命令を無視することにしたらいい――そうすれば、すぐに馬脚を現すさ」とダービーが言った。

「そうだな」とチック・カウンターフライが言った。「結果が分かる前に空から撃墜されてなければな」

「そうか……じゃあ」とランドルフが、まるで静かに水晶玉にお伺いを立てるかのように、胃に手を当

＊1　五人の乗組員がそれぞれに他の四人を疑っているので、五かける四で二十人。
＊2　「おい、おれは右へ曲がるぞ！　おれは曲がらず直進するぞ！」といった意味のベニス方言。

てながら言った。「要するに怖いってことか？　私たちはその程度の存在に成り下がったのか？　男のための制服に身を包んではいても、ただのびくびくしたウサギの群れだってことか？」

「恐怖は文明の接合剤、なあみんな」とダービーが言った。「昔からそうさ」

店で働いている女の子は、最近山から下りてきたか、南部からやって来たかのどちらかだった。彼女たちはまるでこんな場所で青白い海に漂っているなんて自分の幸運が信じられないという様子で、恍惚《こうこつ》としてテーブルの間を動き回り、厨房《ちゅうぼう》に出入りしていた。仲間内で最も世間ずれしていたので、女性との微妙な接触を試みるときにはいつも自動的に代表に選ばれていたチック・カウンターフライが、顔立ちの整ったウェイトレス《カメリエーレ》に手招きをした。「二人っきりの秘密の話なんだけど、ジュゼッピーナ――恋人同士の秘密だよ――今週、潟湖の周辺で他の飛行船《ポロニスティ》について何か噂は聞いてない？」

「恋人、ふうん。どういう〝恋人〟なのかしら？」とジュゼッピーナが、愉快そうに、しかし聞こえるように言った。「ライバルたちのことしか頭にないなんて」

「ライバル！　まさか他の飛行士が――ひょっとしたら一人じゃなく何人も――君に言い寄ってるってこと？　おいおい《エーイ》、そんなばかな《マッケ》、ピーナ！――言い寄る男たちをサラダの中の葉っぱみたいに冷たくぽいぽい捨てるなんて、〝かわい子ちゃん〟らしくもない」

「ひょっとすると葉っぱの裏にある大きなキュウリを探してるのかも」とナポリ人の同僚のサンドラが言った。

「パッツィーノ船長のお越しです！」ルチアが店の奥まで聞こえる声で歌うように言った。ジュゼッピーナの顔に赤みが差したように見えたが、屋根の上に差す夕日の残照のせいだったのかもしれない。

「パッツィーノ……」チック・カウンターフライが爽《さわ》やかな疑問の表情を浮かべた。

「パ、ジ、ト、ノ、フよ」表面的には切なそうな笑顔を浮かべてチックを見つめながら、ジュゼッピーナが発音した。それはこの永久的な交渉の都市においては、「さあ、教えてあげたんだから、ご褒美は何？」という意味なのかもしれなかった。

「何てこった」とダービー・サックリングが叫んだ。「この街にはスパゲティ屋がごまんとあるのに、忌ま忌ましいロシア野郎たちがこの店に来たって？　やつらは何人？」

　しかし彼女が提供できる情報はそれだけで、むき出しの一方の肩越しに振り向き、冗談交じりにとがめるような視線を率直な若者に向け、別の仕事に取りかかった。

「紫色の感謝祭」とマイルズ・ブランデルがほほ笑んだ。今晩の彼は、ウォーミングアップのために最初に七面鳥のザクロソース添えを試していて、既にその証拠が休暇用制服の上着に残っていた。

「あまりいい知らせじゃないね、船長」とダービーがつぶやき、テーブルを囲んだ面々を見回して、同意を求め――「食事はやめにして、さっさと店から出た方がいいんじゃないかな？」

「それは駄目だ」とリンジー・ノーズワースが断じた。「彼らがどんなつもりでここに来たにせよ――」

「おい、ノーズワース、静かにしろ」と船の司令官が溜め息混じりに言った。「ここにいる連中はみんな、私たちが以前逃げ出したようにまた逃げるんじゃないかと思ってる。仮にそれを否定したって〈空の兄弟〉パジトノフに対する私たちの面目が持ち直すわけじゃない。だから、とにかく今は――ドゥム・ヴィヴィムス、ビバムスだよ*――リンジー、君がホスト役を務めてくれればね」そう言って、テーブルの中央で今晩のワインを冷やしている、氷がいっぱいに入ったバケツを手に持ったワイングラスで指し示した。不機嫌な顔の副司令官が瓶を二本――ここから少しだけ北に行ったブドウ園でできたプロセッコワインと、さらに内陸に入ったところで造られた少し発泡性のあるヴァルポリチェッラワイン――選んで栓を抜いた。それから一人一人に白ワインと発泡赤ワインを同じ量ずつ注ぎながらテーブルの周りを回った。

　ランドルフは立ち上がり、グラスを高く掲げた。「赤い血は純粋な心」　他のメンバーは多かれ少なか

＊　ラテン語で、「生きている間は酒を飲もう」の意。

れ不満げにその言葉を復唱した。

そのワイングラスはペアで一ダースセットになったもので、ほんの何日か前にはムラーノ地区で吹管の先に付いた光るガラス塊だった。〈偶然の仲間〉の紋章と「サングイス・ルーベル、メンス・プーラ」*という標語がおしゃれに銀で刻まれたこのグラスセットは、ちょうどこの日に、亡命中の影のベニス総督《ドージェ》ドメニコ・スフィンチウノから少年たちに贈られたものだった。スフィンチウノ家は、一二九七年に、当時の総督《ドージェ》ピエトロ・グラデニーゴが発令した「大評議会締め出し」と呼ばれる悪名高い命令によって、同じようにベニスの資産家・権力者だった他の何人かとともに大評議会に参加する資格を剥奪された——ゆえにベニス総督になる資格も失った。しかし、五百年後にナポレオンが総督職を廃止しても、奇妙な惰性で代々憤懣を抱き続けるスフィンチウノ家が自分たちを正当な継承者だと考える総督の地位を要求する姿勢には何の影響もなかった。その一方で、一家は東洋との貿易に心血を注いでいた。マルコ・ポーロがベニスに戻った直後、スフィンチウノ家は、同じようにグラデニーゴに締め出された他の成り上がり者の冒険家たちと組み——彼らの金は〝旧家〟の金に比べれば新しいものだったが、最初の遠征を財政的に支援するには十分だった——、財産を築くために東を目指した。

こうして、内陸アジアにはベニスの植民地が次々とできていった。少し辺鄙な場所にあるオアシスの周囲に造られた各地の植民地は、全体として東洋の市場に向かう一つのルート——もう一つのシルクロード——となっていた。地図は非常に用心深く隠され、権限のない者に秘密を明かす罪はしばしば死で償われた。

スフィンチウノ家はますます富を蓄え、時機を待った——既に待つことには慣れっこになっていた。ドメニコも例外ではなかった。先祖と同じように、彼は、後ろの方にとんがりのある古風な総督帽をかぶっていただけではなく、その下には伝統的なリンネル製のキャップ「クフィエッタ」もかぶっていたが、気に入った客にそれを見せるためにわざわざ総督帽を脱がない限りは、普通は下のキャップのことを知っているのは本人だけだった。そして今、それを見せてもらっているのは〈偶然の仲間〉だった。

「……そういうわけで」と集まったメンバーに彼が言った。「私たちの夢は、今までになく実現に近づいている。この優れたアメリカ人科学者諸君が持ってきてくれた二十世紀の奇跡的な発明によって、ようやく私たちはポーロたちや忌ま忌ましいグラデニーゴに奪い取られたアジアの目的地への失われたルートを再発見することができるかもしれない。この者たちに祝福あれ！　公爵には嫌われることになるだろうが、だからといってこの若者たちに対して敬意を――象徴的なものであれ実質的なものであれ――惜しんではならない」

「ほお、まるで〈都市への鍵〉みたいじゃないか！」とリンジーが叫んだ。

「どっちかって言うと、〝尻に気をつけろ《アテンツィオーネ・アル・クーロ》〟だよ」とチックがつぶやいた。「この土地は仮面産業でも有名だってことを忘れちゃいけない」チックは常に目立たないことを最優先に考える人間だったので、今日のような式典は無用かつ危険なものと見なしていた。今みたいに無駄に時間を使ったり目立ったりすることとなしに遂行するのが理想的と思われる彼らのベニスでの任務は、かの有名な『スフィンチウノの旅行案内』のありかを突き止めることだった。それは、アジアへ向かうマルコ・ポーロ以後のルートを記す地図か見取り図のようなもので、多くの者が信じるところでは、その道は隠された都市シャンバラへとつながっているとのことだった。

「第一に」と、この問題に詳しいピサ大学のズヴェリ教授が助言した。「二次元で描かれた普通の絵のことは考えないようにした方がいい。君たちが探しているのはその種の『地図』ではない。自分がドメニコ・スフィンチウノか彼の隊商《キャラバン》の一員になったと考えるんだ。自分のいる場所、そして進むべき方向

＊　ラテン語で、「赤い血は純粋な心」の意

を見極めるのに必要なものは何か？　必ずしも星が見えない場合、ハンテングリ山[*1]みたいな山の頂が見えない場合……。一日のうちのある時間帯にはまぶしいほどの標識となって自分の距離と方角を見定めるのに使うことのできるシヴァ神の楽園、カンリンボチェ峰[*2]も参考にできない……。なぜなら、目印となる地形があるだけでなく、反目印も存在するからだ——どの標識にも、何者かの意図によってそれが見えなくなるという話がつきまとう」

「ちょっと待ってください」とチックが当惑したかのように顔をしかめた。「今のお話は、何て言うか、抽象的すぎるんじゃないですか？　『スフィンチウノの旅行案内』っていうのは、地理的な意味の地図じゃなくて、何か精神的な旅程を記したものなんですか？　アレゴリーとか隠された象徴とかばかりの——」

「そして、本当の飲み物にありつけるオアシスなんか一つも記されてないとか」とダービーが苦々しそうに言い足した。「ありがとうございました、教授。僕らは今回から宗教用品も扱うことになったってことですね」

「問題の土地は本物だよ、ちゃんとしたこの世の存在だ——まさにその点が問題なんだよ、分かってもらえるかな。さて、スフィンチウノの時代には、二つのバージョンの〝アジア〟が存在していた。一つは地上の列強が政治的闘争を繰り広げる対象としてのアジア——もう一つは、そうした現世の争いがすべて幻に見えるような、時間を超えた信仰だ。常にこの世の権力を志向する者たちは容赦なく他人を利用して恥じることがない。誰もが、自分以外の連中は幻想にとらわれた愚か者だと考えている。

　問題は投影法だ。『旅行案内』の著者は地球を、三次元の球体と考えるのではなく、それを超えて、仮想表面だと考えた。だから、最終的に二次元のページにそれを投影するための光学的配置は、実際、非常に奇妙なものとなったのだ。

　そういうわけで、私たちの手元にあるのは一種の歪像鏡《わいぞうきょう》、より正確に言うなら、並像鏡なのだ。なぜならそこには、今まで私たちが与えられた唯一の世界だと考えてきた世界の横にある別の世界も描かれているからだ。古典的な歪像鏡は通常、円筒形か円錐形の鏡で、それを故意にゆがめて描かれた絵の上か絵の脇に置いて、適切な角度から鏡を見ると、そこに元の普通の画像が見える。その流行は十七世紀から時々ぶり返しては沈静化するという繰り返しで、〈鏡の島《イゾラ・デリ・スペッキ》〉の職人たちは速やかにこの特殊な市場に商品を供給するようになった。確かに職人の中には発狂し、サンセルボーロの精神病院に送られた者もいた。そうした不幸な職人はたとえどんな種類のものでも、もう鏡を見ることができず、映像を反射するようなあらゆる表面から慎重に隔離された。しかしその苦痛の通路のさらに奥まで勇気を持って突き進んだ数少ない職人たちは、しばらくすると、さらに奇抜な形——双曲面やさらに奇妙な形——の表面を磨き、光沢を出せるようになった。最終的には〝虚像〟的な形と呼ばざるをえない鏡まで作られたが、それについては、クリフォードの用語に従って〝不可視〟的という呼び方を好む者もいた」これらの専門家たちは〈鏡の島《イゾラ・デリ・スペッキ》〉の上で、厳重に「監禁の中の監禁」状態に置かれていたが、そのため、逆説的ながら、極度の自由が彼らには与えられていた。それはヨーロッパでも他の地域でも、これ以前にもこれ以後にも知られていなかったような自由だった。

「『スフィンチウノの旅行案内』は」と教授が説明した。「元になる十四世紀と十五世紀の異本を校合したもので、並像的な歪曲によって暗号化されている。ある特定のレンズと鏡を組み合わせることによって目に見えないものが浮かび上がってくるはずなのだ。ところが、そのレンズと鏡の正確な仕様を知っているのは、それを作った絶望的に気のふれた職人と地図作者、そしてもちろん、その跡継ぎと譲り受けた人だ。誰がそれに当たるのかは、今日でも活発な議論の的になっているがね。理論的には、恐ろしく複雑に暗号化された地図の一つ一つの点の説明がつかなければならないのだが、現実にはその作業は、

＊1　キルギスと中国新疆《しんきょう》ウイグル自治区の境にある天山山脈の山（標高六九九五メートル）。

＊2　チベット南西部をヒマラヤ山脈と平行に走るカイラス山脈の最高峰（標高六七一四メートル）。

現代のカントール博士でも確信できないような種類の無限を意味しているので、製図者と器具製作者は北海沿岸諸国から輸入した最新の複合顕微鏡の解像度に甘んじることにした。その顕微鏡はグリエンドル・フォン・アッハの設計した平凸レンズの先駆け、いや、当時でも既にそれに勝っていたとも言われている」

一六六九年にフォン・アッハのレンズが報告されるよりも以前に、氷州石とも呼ばれる方解石がコペンハーゲンに届いていた。この亡霊的鉱物は、直ちにその複屈折の性質が見つかり、あっという間にヨーロッパ中の光学研究者の間で引っ張りだこになった。やがて、二次元の地図に空間内の点を対応させるのと類似する形で、念入りに細工されたレンズとプリズムと方解石の鏡を用いることによって、不可視の線と表面が利用できるようになった。ただし、その細工において許される誤差はガラス加工の過程で生じるものよりもわずかだったため、何十人もの、果ては何百人もの職人が、既に遠い狂気の地をさまよっている無数の同業者に加わることになった。

「そういうわけで」と、教授が説明を続けていた。「もしも、地図というものが夢に始まり、限られた生涯をこの世で過ごし、再び夢に戻るという考え方を私たちが受け入れるなら、その氷州石を用いた並像鏡を——残っているとしても数がかなり少ないだろうが——手に入れれば、夢の構造を明らかにすることができるだろう。通常の緯度と経度のネットワークではとらえられないすべてのものを見ることができるだろう……」

ある日、マイルズ・ブランデルがいつものようにベニス市内を無意識に徘徊し、傷んだフレスコ画の前で立ち止まって、まるでその絵が地図になっていて、時の影響で摩耗した部分が海であるかのようにじっとそれを見つめたり、あるいはイストリア半島から運ばれた巨大な石を見ながら、禁じられた海岸線について自然が筆記体でそこに書き込んだ印を判読したりしていると、いつの間にか聖マルコの預言的幻覚[*1]の領域に足を踏み入れていた。というか、後に皆で問い詰めた結果、彼がそういうものを見たらしいことが分かった。ただし、聖マルコの場合とはパターンが逆だった。つまり、彼は未来からの来訪者と出会うのではなく、彼が過去にさかのぼり、紀元一世紀のリアルト島の沼と潟湖に戻ったのだった。黒い鵜《う》が不格好に舞い降り、カモメが不協和音を響かせ、沼のにおいが漂い、彼の船の針路をそらしたシロッコ[*2]に吹かれたアシの茂みは、言葉にも似た大きな摩擦のような呼吸音を立てていた――足首まで軟泥に浸かったマイルズは、この近辺のものとは思えない何かの〝存在〟の前に姿を現した。はっきりしない海岸線から遠くない、徒渉して行けそうな場所に、その〝存在〟が乗ってきたと思われる奇妙な船があった。それは普通の大三角帆船ではなく、それどころか、帆もマストもオールも備えているようには見えなかった。

「誰かが仮面か何かをかぶってただけじゃないのか？　そ、それに、例の翼のあるライオンはどうなんだ？」と尋問士官のチック・カウンターフライが特に知りたいことを尋ねた。「〈本〉は？　開いていたページは？」

「人間みたいな顔とか、カルパッチオ[*3]らしい微妙な笑顔とか、布告門とか、残念だけどああいうのは全部、画家の気まぐれだ……。ただし、その〝存在〟が僕を見つめたときに何が相手に見えていたかだけは分かる」

「どうして相手に何が見えていたかが分かるんだ、だって――」

＊1　聖マルコはベニスの潟湖地域で伝道をしていたとき、「将来あなたはこの場所に眠ることになる」と告げる天使の幻覚を見たと伝えられている。

＊2　サハラ砂漠から地中海沿岸に吹く熱風。

＊3　イタリアのベネチア派の画家（一四六〇?―一五二五?）で、『聖マルコのライオン』の絵を描いた。絵の中で、翼のあるライオンは、ラテン語で「わが伝道師マルコよ、なんじに平和を」と書かれた本を前肢で押さえている。

「自然に伝わってきたんだよ。この辺では無屈折って呼ばれる状態になったのさ、言葉にたとえるなら、語尾変化がない状態、主体と客体との区別さえつかなくなる状態。僕は自分のままでありながら、翼のあるライオンでもあった——肩甲骨のところがいつもより重くて、筋肉の動かし方も想像がつかなかった。〈本〉がどうしたって？　なぜか僕は〈本〉の内容を暗記してたよ。〈約束の本〉。野蛮人への約束、ガレー船の漕ぎ手への約束、総督への約束、ビザンティン帝国からの亡命者への約束、地球の未知の領域に住む、名前も知られていない民族への約束——そんな中じゃ僕の約束なんて全然重要じゃない、単純な約束に過ぎないね、『われらが訪問者、なんじの体はここに眠るだろう』なんて。海水混じりのじめじめした荒野に眠るって？　〈本〉の中の他の場所には、計画しなくちゃならないもっと重要な事柄が書かれてるんだ、結婚や受胎のこと、王統、戦争、風や艦隊や天気や市場価格の正確な収束、彗星《すいせい》、亡霊のこと——小さな約束なんて問題じゃないよ、相手が福音書を書いた人間でもね。彼はアレクサンドリアに向かってた、それが運命の場所だと彼にも分かってた。この出来事もちょっとした中断にしか過ぎないと分かっていたんだ。アフリカから吹いてきた邪悪な風。彼が既に歩み始めていた巡礼の旅の途中でのちょっとした寄り道でしかないって」

「おい、マイルズ」とダービーがばかにして言った。「もしも興味があるんだったら、部隊付き牧師のポストに空きがあるぞ」

マイルズは愉快そうにほほ笑んで、話を続けた。「〝それ〟は、ここにいる僕たちも巡礼の旅の途上にあるってことを僕らに知らせたがってた。『スフィンチウノの旅行案内』とそこに書かれたオアシスの連なりに僕らが興味を持つことは、僕らにこの仕事をさせている人々の利益になるというよりも、僕ら自身のためになるらしいよ。すべての仮面をはがしてみれば、実はこれは僕ら自身の義務の探求、僕らの運命なんだ。利潤を求めてアジアに踏み入るのが僕らの運命なわけじゃない。目的を遂げることなく世界の荒野で死に果てることでもない。権力のきざはしを昇ることでもない。どんな形のものにせよ、

〈真の十字架〉のかけらを見つけることでもない。フランシスコ会が考え出した『十字架の道行きの留《りゅう》*1』によって教区民が教会の敷地を離れることなくエルサレムへ巡礼できるのと同じように、僕らも、ほとんど無限だと考えられている世界の道や廊下を行ったり来たりしてるけれど、でも実は、それは僕らの想像を超える偉大な栄光を写した粗末な画像の巡回路でしかないのさ――本当の旅をしなければならないときの目もくらむ恐怖から僕らを救うための仕掛けなんだ。地上でのキリストの最後の一日まで、一つ一つ挿話をたどり、最後に本当の、耐えがたいエルサレムに到達する旅だ」

　チック・カウンターフライは、マイルズよりももっと実体的な世界にあるものを信じていたが、それにもかかわらず、マイルズが幻視を語るときの熱のこもった様子を見ると、いつものように罪悪感を感じた。ベニスでの任務を遂行している間に、チックは徐々に船上での問題に関心を失い、街の「ソトポルテゴ」とその暗い通路に待ち受ける冒険の機会に引かれるようになった。ある雨の降る暗い夕暮れ時、レナータという名の若い娘が、黒い巻き毛の髪を掻き上げ、銀と黒金でできたロシア製のたばこケースを持ったまま彼を手招きした。たばこケースがぱちんと開くと、中にはさまざまな「たばこ」が並んでいた――形もサイズもいろいろで、オーストリア産、エジプト産、アメリカ産などがあり、金で王冠が刻まれたものや、新旧のグラゴール文字*2のような異国風のアルファベットが記されているものもあった。「あちこちで集めてるの、いろんな友達から。一晩で同じたばこに出会うことはめったにないわ」チックは〈ゴロワーズ*3〉を選び、二人はたばこに「火を点けた」。彼女は伝統的なやり方で彼の手首を優しく握り、彼の持つ特殊なライターを調べるふりをした。「こんなの見たことない。どうなってるの?」「放射性合金でできた小さなプリズムが中に入ってるんだ。そこから出る一種のエネルギー光線を新発

＊1　キリストの受難を描いた十四の画像のことをいう。信者はその前で順に祈りを行う。
＊2　古代スラブ語に用いられた文字。
＊3　強い香りを持つフランスの紙巻きたばこ。

明の『放射線レンズ』で集めるのさ。君のそのたばこの先がちょうどその焦点に当たる――あ、ていうか、さっきたばこの先があった場所ね」

レナータは何かを考えながら、緑青《ろくしょう》が付いたような奇妙な青銅色の大きな目で彼をじっと見ていた。

「じゃあ、博士《ドットーレ》、あなたがその特殊レンズを発明したの？」

「え、いいや。これはまだ発明されていない品物なんだ。おれはたまたま見つけただけさ。ライターがおれを見つけたのかな？　おれは釣り人みたいなもので、こんな感じの人工物が釣れるのを期待しながら、霧の中で、〈時間〉の流れっていう目に見えない川に向かって何度も何度も糸を投げてるんだ」

「すごいじゃない。てことは、あたしが長生きしたら、こういうのがリアルト島でもたくさん店に並ぶのを見られるかもしれないの？」

「そうとも限らない。君の未来の中にはないかも。おれの未来にもないかも。〈時間〉っていうのはそういうものじゃないみたいなんだ」

「ふううん。あたしの彼氏《ラガッツォ》――ていうか、それ以上ね、仕事上のパートナーでもあるんだけど――その彼が警察に勤めてるの。将来は探偵になりたいんだって。いつも最新の犯罪理論を研究してるのよ、きっと彼、興味を持つんじゃないかな、あなたみたいな――」

「いやいやいや、悪いけど、おれはロンブローゾ博士が〝精神異常者〟って呼んでるタイプの人間じゃないよ、ただの請け負い飛行船乗りさ」

「まさかあなたもロシア人？」

「〝あなたも〟……ロシア人の飛行船乗りに会ったのか？」そう言って、悪党のようなしぐさであごひげをなでつけた。

「一人か二人、会ったことはあるわ、見分けはつく」

「で……？」

「思い出せってこと？」

「頼むよ《ブレーゴ》、単に同業としての興味で聞いてるだけだからさ」

「じゃあ、次の小橋のすぐ向こうにカフェがあるわ。せめてカード占いをさせて、ね？」

「君のパートナーは――」

彼女は肩をすくめた。「ポッツォーリに行ってる。どうせろくでもないことしてるのよ」

二人は、カップ二つを置いてミニサイズの〈タロット《タロッチ》〉を並べるだけで精いっぱいの、小さなベニヤのテーブルの前に座った。レナータはハンドバッグからタロットを取り出し、切り混ぜ、八枚を横に並べ、その上に四枚、その上に二枚、それから一枚を置いて、先の尖ったような形を作った。「上のカードはすぐ下の二枚のカードの影響を受けるのよ。いつものことだけど、最後のカードがいちばん重要」

今晩の最重要カードは十六番の〈塔〉だった。彼女はカードを切って並べる作業をさらに二度繰り返したが、二回ともいちばん上が〈塔〉になった。それを見て彼女は黙り込み、息も浅くなった。他に出てくる大アルカナのカードは、〈節制〉や〈力〉など、人格の再形成に関する穏やかな暗示程度にとどまった。

「英国のようなプロテスタントの国では」とチックが言った。「〈塔〉はローマ教会を意味すると考えられてるよ」

「それは後から付け足した解釈だわ。タロットにはもっともっと古い歴史がある。キリストや福音書よりもずっと古い、ましてローマ法王よりもずっと古い。昔からずっと単純明快なの。このテーブルの上にあるあなたのカードは本物の塔よ。ひょっとするとおなじみのあの塔かも」

「大広場《ピアッツァ》の鐘塔《カンパニーレ》？　あそこに雷が落ちるのかい？　中から二人の人間が落ちてくる？」

「ある種の雷が落ちる。そして二人ともある種の落下をする」

夜明けごろ、突然思いついたように彼女が言った。「でも――あなた、部隊を離れていいの?」

「真夜中現在でおれは正式に〝離脱者〟さ。後はみんながどれだけ早い時間に出港準備に取りかかるかによるけど、もう船にも乗り遅れたかもしれない」

「どうなるの?」

「おれを探すために船員監視担当下士官を送ってくるかもね……外に誰か、怪しい人影は?」

「朝食売りのボートだけ。ちょうどいいわ、何か買ってあげる」

小さなボートに乗った地元の男二人が、もっと遅い時間まで晴れそうにない煙《スフマート》のような明るいぼかしの中から現れていた――一人がボートを漕ぎ、もう一人が小さな炭火のコンロで調理をしていた。コンロの明かりは、真珠のような日光のうねりにのみ込まれようとしていた。畑で刈り入れをしているかのように、腰まで海に浸かってムール貝を採集している人々が見えた。パリア橋をくぐってきた物産ボートが静かに通り過ぎ、緑色のカニをたくさん積んだ小さなボートからは、夜明けの静けさの中で、カニの必死の格闘の音が聞こえた。

朝食は、不作法なことに、頭上の滑車からロープで懸垂下降してきたダービー・サックリングによって妨げられた。彼はにやりと笑って言った。「ふむふむ、やっぱりな。さあ行こうぜ、カウンターフライ」

「ダルベよ、なんじに平和を。[*1] レナータにあいさつは?」

「さようなら《アリベデルチ》、お嬢さん」

「おまえも昔はいいやつだったのにな。どうなっちゃったんだ?」

「んんんん、長年、ばかなやつらばかり相手にしてるからかな――あ、ごめん、気を悪くしないでくれよ――」

「もしもおれが船に戻らないって言ったら?」

「そうだね――まずあんた、それから順に一人ずつ、交響曲『告別』[*2]みたいにろうそくの火を消して退場して、〈空〉の仕事から足を洗う。なんちゃって」

「おれがいなくてもみんなどうってことないだろ、もうすぐ風向きも変わる、そうすれば冬の日常業務が始まって――」

「あんたには〈空〉が合ってるじゃないか、カウンターフライ」

「おれが考えるのは将来のことさ。引退後の計画で悩んでるんだ」これはこの業界のお決まりの冗談だった――引退後の計画はありえなかった、というか、引退そのものが存在しなかったからだ。〈偶然の仲間〉は職務中に死ぬものだと考えられていた。あるいはそうでなければ、永遠に生きると信じられていた。内部にはその二通りの考え方が存在していた。

「仕事の口なら山ほどある」とチックが言った。

三人は波止場《リヴァ》に沿ってぶらぶらと歩き、ずらりと係留された魚雷艇の脇を通り過ぎた。

「地上勤務か？」とダービーが言った。「それもいいさ。でも何をする？　おれたちの能力は地上ではあまり必要とされてないからね」

「楽しいパーティーからはずいぶん遠ざかってしまったな、それだけは間違いない」とチックが言った。

「パジトノフはそうは思ってないだろうな」

「あいつがやってるのは政府の仕事だ。イタリアの戦争省にいるおれの情報源によると、やつはアドリ

＊1　既出（上387頁・注3）の聖マルコの幻視したラテン語の言葉「わが伝道師マルコよ、なんじに平和を」をもじったもの。原文はラテン語。
＊2　オーストリアの作曲家ハイドンの交響曲第四十五番嬰へ短調。なかなか楽団に休暇をくれない君主に対する抗議の意味が込められた曲で、最終楽章では、演奏の終わったパートから順にろうそくの火を消して退場し、最後は二人のバイオリンだけが残る。

ア海の向こう側にあるモンテネグロに拠点を置いて、ダルマティア[*1]にあるオーストリアの軍事施設の写真を撮って偵察しているらしい。戦争省も大いに興味を持っているし、両国にいる失地回復運動派《イレデンティズモ》[*2]分子も当然興味を持ってる」

「最近は、その失地回復運動派が数を増やしてるみたいだな」とダービーが言った。

「オーストリアはアドリア海には用がないはずよ」とレナータが言った。「オーストリア人は海洋民族じゃないし、これから先もそうはならないわ。あの人たちは山にいてスキーをしたり、チョコレートを食べたり、ユダヤ人をいじめたり、好きなことをしていればいいのよ。私たちはベニスを取り戻した。トリエステもまた取り戻すわ。オーストリア人なんかがこんなところに来て下手な手出しをしたら、確実に完全に自滅するだけよ」

〈不都号〉は海軍工廠《アルセナーレ》の奥でようやく乾《ドック》から出された。こぎれいになり、ぴかぴかに輝き、なぜかサイズも大きくなっていた。チックは仲間にあいさつをした。ロシアの飛行船乗りたちが出港準備を整え、交戦に備えるかのように謎の木枠や桶《おけ》をたくさん積み込んでいるという報告に、皆が興奮していた。

「誰との交戦だ?」とダービーが肩をすくめた。「おれたちじゃないよな。理由がないもんな?」

「何とかしてパジトノフと連絡[*3]が取れないかな?」とチックが言った。

パグナックスはモンストルッチオを連れて現れた。彼は小柄で不機嫌なベニス犬で、カルパッチオやマンスエートらの絵画に描かれた祖先――中には自分専用のゴンドラを乗り回している犬もいた――と似ていた。ライオンのように翼《はね》を生やし、ハトを追いかけて屋根のタイルの上や煙突の間を飛び回るという夢から目覚めたモンストルッチオは、腹立ちまぎれに、地上での起きている時間を、ぼうっとしている連中の足首に攻撃を仕掛けることに費やしていた……彼はパグナックスの中に自分と似たものを見て取った。というのも、〈不都号〉のゴンドラの中にしばしば何週間にもわたって閉じ込められていたパグナックスも、解放を夢見ていたからだ。早朝、一緒に旅してきた人間たちを後にして、爽やかな風の中に駆けだし、舗装道路のように硬いフロリダの天然ビーチを走ったり、シベリアの凍った川の上で友好の意志を示すためにサモイェード犬と横に並んで競走をしたりする夢。彼はランドルフに近寄り、眉を「懇願」の形にしてこう聞いた。「グルルグルルルル、ルルルルッルルル、グッルルルッルルグルルル?」つまり、「僕の客としてモンストルッチオに乗ってもらってもいいかな?」と。

下では、人々が普段と同じ歩調で歩いたり、〈フロリアン〉と〈クアドリ〉[*4]の前のテーブルに座ったりして、親仏派の人ならフランス革命記念日[*5]を祝して乾杯をし、食事をしたり、写真を撮ったり、不吉な空の異変を察知して狂ったように飛び立ったハトをののしったりしていた。ハトはすぐに思い直して地上に降りたが、またすぐに、まるで噂に乗せられたかのように空に舞い上がった。

地上から見ると、敵同士の二隻の飛行船は、文字通りの存在というよりも推測的な存在で――恐怖と預言の対象であり、当時の公式な航空機では不可能な速度と機動性を有していると伝えられていた――夢と疎外と孤独を凝縮、あるいはそれらを投影したものだった。鐘塔《カンパニーレ》が崩壊する直前、空中戦を目撃したのは、いつも大広場《ピアッツァ》周辺でうろついている「怠け者」たちだった。毎年観光シーズンになると、カ

＊1　バルカン半島西部のクロアチアを中心とするアドリア海沿岸地方。
＊2　イタリア民族の居住地でありながらイタリア王国に属さない地方の併合を図ろうとする運動で、十九世紀末から第一次世界大戦まで続いた。
＊3　イタリア語で、「怪物ちゃん」といった意。
＊4　ともにベニスのサンマルコ広場にあるカフェ。
＊5　七月十四日。

メラを持った何千人もの旅行写真家の写真に収まり、秋になるとその画像が音もなく世界に散らばっていく「怠け者」たちは、たそがれ時のコウモリのようにぼんやりとしていて、サンマルコ寺院の幻想的な正面または行政館のもっと世俗的で単調な正面を背景にしたセピア色の影にしか見えない存在だった。湿度の高いベニスの光の中では長時間の露光が必要なことが原因だと言われているが、実際には、飛行士たちが日常世界と幽霊世界の両方に属していることが原因となって、同類の「怠け者」には交戦を目撃する明晰《めいせき》な視力が与えられていた。彼らだけがそれを見たのだ。この朝、悪名高いハトの群れと同じように夢を遮られ、空を見上げた彼らは、何か別のものが、何かの訪れが煙《スフマート》の中から現れようとしているのに気づいた……それはアメリカの〈仲間〉もロシアの〈仲間《タヴァーリシチ》〉も超える存在だった。目に見えないところから、耳をつんざく大きな叫び声が聞こえた。それは物質的と言ってもよい音声で、空気中の致死的インピーダンスだった。まるで、悪意を持った何ものかが、形を取ろうと必死の努力を傾け、長く乾いた破裂音とともに世界に生まれ出ようとしているかのようだった。四次元の織物を引き裂いているようだった。二隻の飛行船は、一斉射撃のたびに、正確には読み取れない角度でそれをかわして滑空していたが、それはつまり上空では、光を伝える媒体がそれほど大きく歪《ひず》んでいたということだ。

めまぐるしい動きによって双方の乗組員の判断が狂っていた。武器の照準の設定が、同時性といういまだ理解されていない謎とともに、呪《のろ》いのように皆に重圧としてのしかかっていた。どちらの砲手もわずか数度の弧、あるいは数分の弧によって、〈時間〉を廃していた——彼らが今見ているものは、実はまだ存在しておらず、今から数秒後に存在することになるであろうもので、それも砲座と標的のそれぞれがコースと速度を維持した場合——あるいは、予測しがたい形で風がそれらを変化させていたので、「コースと速度」の理想値を維持した場合と言った方がよいかもしれない——のことだった。

ハトの糞で白黒の染みがついた鐘塔《カンパニーレ》が秘密を打ち明けようとするかのように目に見えて傾き、町の酔っ払いのように力なく、斜めに大きく崩れ落ちた……。*

次の瞬間、この古い建物が無数の四個ブロックの固まりにきれいに分かれ、その一つ一つが明るい輪郭に包まれ、時間の流れが遅くなって一瞬空中にとどまり、さまざまな組み合わせの形が現れ、ゆっくりと非破壊的な降下を始め、まるで狂った群論的分析を満足させようとするかのように回転し、あらゆるモードで変形するのをパジトノフは見ていたが、最後には、瓦礫《がれき》から舞い上がるほこりの雲が、ぼんやりとした茶褐色の巨大な不確実性によって、そんな思索のすべてを覆い隠してしまった。

少年たちが持っていた武器の中には、チック・カウンターフライ博士が発明した独自モデルの「空中機雷」があった。それは敵の飛行船を消滅させるわけでも損壊するわけでもなく、「元来、飛行船は重力の影響を受けやすいのだということを思い出させる」ための武器だった。普通は六個の発射体で一つのセットとなっていた――〈仲間〉はそれを「スカイフィッシュ」と呼び、〈不都号〉の積載武器目録には「反浮力装置」という名で挙げられていた。この日、昼食後すぐに開かれた交戦後の反省会では誰もはっきりとは口にしなかったが、問題は鐘塔《カンパニーレ》を倒壊させたのはスカイフィッシュ――湿度などを含めたいくつかの重要な要因を考慮に入れずに〈ボリシャーヤ・イグラ号〉に向けて発射されたスカイフィッシュ――だったのかどうかということだった。

「千年もの間、ずっと建っていた建物なのに」とランドルフが言った。「嵐でも地震でも、たちの悪いナポレオン・ボナパルトでも手を触れることのできなかった建物なのに、どじな私たちが一瞬のうちに倒してしまった。次に無能な私たちの標的になるのは何だ？　ノートルダム寺院か？　ピラミッドか？」

「付帯的損害だよ」とリンジーが言い張った。「それに、いずれにせよ私たちがやったわけじゃないと思う」

「じゃあ、実際に何かが見えたのか、ノーズワース？」とチック・カウンターフライが尋ねた。

＊　サンマルコ広場にある鐘塔《カンパニーレ》は一九〇二年七月十四日の朝、突然倒壊した。

「残念ながら」とリンジーがばかにしたように言った。「交戦の最中にのんきに科学的な観察ができるような暇はなかったよ。しかしながら、相手方の司令官には落下性の石造物を用いて標的を攻撃するという有名な傾向があることをかんがみるならば、絶対とは言わないまでも、かなりの蓋然性《がいぜんせい》をもって推定できることは――」

「しかしおれたちは空中にいて、崩落する塔の下敷きになるような場所にはいなかった」とチックがいら立ちを抑えて言った。「おれたちの方が位置関係としては有利な立場だった。連中の風上から接近していたんだから」

「――彼らが速やかに立ち去ったことだって」とリンジーが人の話も聞かずに続けていた。「あれではまるで、犯してしまった過ちを恥じるかのようだし――」

「おい、リンジー、まだ急げばやつらに追いつけるぞ」とダービーが挑発した。

「それならおまえの母系の血縁者に追跡させろ、サックリング、やつらがその姿を一目見たなら連中の士気は致命的な衰えを見せることだろう、下手をしたらやつら全員が石に変わってしまうかもしれないがな」

「けっ、おまえの母さんの方が」と簡単に堪忍袋の緒が切れた若者が反撃した。「すげえブスで――」

「二人とも」とランドルフが言った。その声にはかろうじて抑えられた神経衰弱の兆候が隠されているということを見抜くのに、千里眼は必要なかった。「今日の私たちは〈歴史〉に対してとんでもない悪事を働いてしまったのかもしれない。それに比べれば、こんなささいな口論は超微視的な無意味性にまで縮んで見える。お願いだから、その口論は別のもっと楽しい気分のときに取っておいてくれ」

彼らは、リド島のマラモッコに近い方のアドリア海に面した海岸で、パジトノフ船長と彼の部下の将校たちと会うことになった。司令官同士が、形式と悲しみが奇妙に入り交じった抱擁をした。

「とんでもないことになった」とランドルフが言った。

「〈ボリシャーヤ・イグラ号〉のせいじゃない」

「ああ。そうは思ってない。〈不都号〉でもない。じゃあ誰だ？」

ロシアの飛行船乗りは倫理的問題と格闘しているようだった。「セントコズモ。上空には何か別の存在がいることには気づいているよな」

「例えば……」

「何も見ていないのか？　何か変わったものを検知していないのか？」

「大広場《ピアッツァ》で、という意味か？」

「どこでもだ。地理は関係ない」

「よく分からないが――」

「あれはどこか……別の空間から現れるんだ、そして再びその中に消える」

「鐘塔《カンパニーレ》を倒したのはそいつらだと？」とチックが言った。「でもどうやって？」

「振動光線かな、私たちの推測では」と、ロシア側でチックと同じ立場にあるグラシモフ博士が言った。

「標的の正確な共鳴周波数に合わせることによって、拡散的振動を誘発するんだ」

「それは便利だ」とリンジーが暗い声でつぶやいた。「あなた方が嫌いな相手の上に落として喜んでいる四個セットの煉瓦が使われたという証拠は残骸を分析したって出てこないからな、あなた方には好都合だ」

そのロシア人は自分の見た崩壊の光景を思い出し、力なくほほ笑んだ。「四個石《テトラリス》は怒ったときにしか使わない」と彼は言った。「日本人から聞いた話だが、日本人は、わざと相手を怒らせるつもりがなければ、四つで一組の贈り物をすることはない――日本では〝四〟という数字が〝死〟と同じ音《おん》だかららしい」

「日本に行ったことがあるのか、船長？」と、リンジーをにらみつけながらランドルフが言った。

「昨今の情勢ではな、こういう仕事をしてる人間はみんな行ってるんじゃないだろうか」

「ひょっとして内田良平*さんのことを知らないかな……」

熱のこもった憎悪の目を輝かせながらうなずいて、「あの糞野郎のことは、もう二年も前から暗殺しようと試みているんだがね。横浜では一度、四角い破片で仕留めかけたんだぞ、実際、彼は鍵形の四個石《テトラリス》のへこみの部分に立っていたんだが、ミリ単位で外れたのさ——とんだへまだ！　運の強い野郎さ」

「任務に関連して私たちが会ったときには、結構言葉の丁寧な紳士だと感じたけどね」

パジトノフが用心深く目を細めた。「任務？」

「去年、彼の仲間——〈黒龍会〉とかいう団体？——が、上空からのよくあるような監視のために私たちを雇いたいと言ってきた」

「セントコズモ、正気か？　なんでおれたちにそんな話をする？　やつらがどんな連中か知ってるのか？」

ランドルフは肩をすくめた。「一種の愛国主義団体だろ。というか、彼らは確かに日本人だが、人一倍、自分の国に誇りを持っている連中だ」

「黙れ《スミルノ》、飛行船少年！　今の政治情勢を教えてやろう。〈黒龍会〉の目的は満州地域の駐留ロシア軍を転覆し、破壊することだ。満州は一八六〇年以来ロシア領だが、日清戦争以後、日本は満州が日本の領土だと思い込んでいる。日本は条約を無視し、東清鉄道もヨーロッパ列強も、中国国境を尊重するという自らの約束もないがしろにして、満州で最悪の犯罪者集団を集め、彼らに武器を与え、対ロシアゲリラとして彼らを訓練しているんだ。私は君のことは尊敬しているよ、セントコズモ、だから君らがあんな連中のために仕事をするなんてとても信じられない」

「満州？」ランドルフにはよく理解できなかった。「なぜだ？　使い物にならない湿地じゃないか。一年のうち半分は凍りついてるし。どうしてあんな土地のことでそんなにもめるんだ？」

「金《きん》とアヘンさ」まるで「誰でも知ってるだろ」と言うかのように、パジトノフが肩をすくめた。ランドルフはその話を知らなかったが、金《きん》をめぐって地上人が戦争をすることは理論的には理解できた。実際にこのとき、南アフリカでは金を争う戦争が起きていたし、金本位制が現在のアメリカ合衆国をさいなむ社会不安の一因だとも言われていた。彼は六十年前には中国と英国の間でアヘン戦争があったことも知っていた。しかし、歴史とそれを動かす地上レベルの感情——例えば、貧しさに対する恐れ、苦痛から解放されることの至福——との間には、彼が入り込めない奇妙な間隙《かんげき》があった。彼は顔をしかめた。双方ともに困惑し、黙り込んだ。

後で会話を振り返ったとき、チック・カウンターフライには、パジトノフが正直そうに振る舞っていたのは偽りだったのではないかと思えてきた。「満州問題を考えるなら、シベリア横断鉄道の件は避けて通れないはずだ」と彼は指摘した。「おれたちが何度も見てきたように、十分な高度から眺めれば、あの巨大プロジェクトは生命体そっくりに見える。自分に必要なものを知り、自分で計画を立てる意識だって備えているみたいだ。内陸アジアの広大な土地を切り拓くという差し迫った目的から見ると、必然的にロシアが——そしてある程度はヨーロッパにとっても——シャンバラに近づくことを意味しているとしか考えられない。たとえシャンバラがどこにあるにしても」

「じゃあ……」

「やつらがベニスに来たのも、おれたちと同じように、『スフィンチウノの旅行案内』を探すためだと考えざるをえない」

そうしている間に、まるで建築を通じて時間とエントロピーによる荒廃の逆転を祈るかのように、鐘塔《カンパニーレ》を元と同じ場所に、同じ形で再建する市民計画が動きだしていた。街の鐘が同時に鳴り響くとき

＊　日本の右翼運動指導者（一八七四—一九三七）。一九〇一年に黒龍会を創立し、大陸進出を唱えた。

の質感が変化していた――いちばん低い基底音を鳴らすマランゴーナの鐘がなくなったことで、飛行士たちはより強く空に引かれ、出発が近づいたことを感じた。重要な極性が逆転し、もはや彼らをその場に引き留める力は働いておらず、別の場所に呼ばれているかのようだった。あるいは、ある晩、日暮れ時にマイルズが言ったように、「鐘は最も古い人工物の一つだ。鐘は永遠の世界から僕らに呼びかけるのさ」。

デュースとスロートは、谷の下流にあるカーリー・ディーの農場に宿を借りていた。カーリーとその妻は住み込み農場のようなものを経営していて、逃亡者や渡り労働者、社会への脅威と見なされた人や道徳的愚行を犯した人々を寝泊まりさせていた――汚らしくて小さな掘っ立て小屋で、天井はたわみ、屋根はまるで網戸でできているかのように嵐の中ではまったく役に立たなかった。

「なあ、どうだろう、町にでも行って、女を見つけて、ここに連れて帰って――」

「こんな場所に女を連れて帰るやつなんかいるかよ、スロート。女の気が散るものばかりだろ、たばこで茶色くなったつばとかネズミとか何日も前の食べ残しとか。ムードが台無しになる」

「おまえ、この部屋が嫌いなのか？」

「部屋？　馬小屋よりもひどいぜ」

「まさか家庭的な人間になっちまったんじゃないだろうな」

「とにかく町に行こう。〈ビッグ・ビリー〉でも、〈ジュー・ファニー〉でも、どこでもいい」

二人は馬で町に出掛けた。電気の明かりがそっと二人を出迎え、二人を包み込み、服と皮膚のしわの凹凸が逆に見えた。町は人と動物の声で沸き返っていた。苦しむ声、楽しむ声、商談の声。テリュライド。クリードに似た鉱山町だが、出入り口は一か所しかなかった。

「ちょっと〈コスモポリタン〉をのぞいていかないか」

「どうして？　あそこには、ネズミを追い回してる女しかいないぞ」

「セックスのことしか頭にないのかよ、ビッグＳ」

「アヘンの煙のことしか頭にないのよりましだろ」デュースがふざけて四十四口径を抜いて振り回すと、スロートはそれをかわすふりをした。スロートの言葉は、デュースが時々、町の洗濯屋に勤めるシャン・チャオと付き合っていることに対する嫌みだった。これは相棒同士の間でよくあるタイプのやり取りで、実際、二人ともその晩はそれぞれ自分の好きなものを楽しみ、夜を知らぬ町として有名なテリュライドのぎらぎらした時間をたっぷり過ごしてから、再び落ち合ったのだった。


夜明け近くに、デュースは千鳥足で〈極上食堂〉に現れ、スロートは肩にショットガンを担いで現れた。店は腹を空かせた酔っ払いでいっぱいだった。牛追いたちは不慣れな社交術を駆使しながら店の中で酒場の娘たちを追いかけ回し、へとへとに疲れている娘たちには素早く逃げるだけの力が残っていなかった。店中にラードの煙が広がっていた。メイヴァは厨房《ちゅうぼう》を出たり入ったりしながら、調理と、レイクのいないテーブルの給仕とをこなしていた。二人は自ら進んで忙しく働くことで、日常の中の細々したことによって、暇なら耐えられないであろう空虚を埋めているかのようだった。


デュースはその様子を見て、いかにも「女らしい落ち着きのなさ」だと思った。レイクがテーブルの横に来て、「食べるの？　それとも座ってるだけ？」と尋ねるように黙ったまま眉とあごを上げたとき、彼は彼女の容姿がいかに気に入ったかを口にしなかった。彼にとって驚きだったのは、ウェイトレスには珍しい、どれだけ長時間勤務しても消えることのない、彼女の目の奥にある炎だった。後に彼は、それに劣らず消えることのない、彼女の中の闇にも気がつくことになる。それは秘密の罪による汚点とは考えにくいが、ひょっとしたらそうなのかもしれなかった。

「まあ、のんびりしてって。昼前には食料品を載せた馬車が来るから、きっと何かあんたたちが食べるようなものもあるわ」

「風景を楽しんでるんだ」とデュースが上品に言った。

「キャノンシティー*にはこんな風景はないわよね」

「ああああ」と、スロートはその嫌みを理解してうなった。

「コーヒー」と言ってデュースは肩をすくめた。

「コーヒーでいいの？　もっとよく考えたら？」

「レイク」とメイヴァが厨房から呼びかけたのは、スロートが「デュース」と呼びかけたのとほぼ同じタイミングだった。厨房の窓から漏れてきた蒸気と煙が、皮をはいだモミの木のポールの上に据えられた電球からの白い明かりの円錐の中に広がった。せわしない中国語の会話が外の通りでは続いていた。谷の下流の方のどこかで、後を引く爆破音が鳴り響いていた。鉱山の合図の笛が山間で鳴った。まつげの間とブーツの底からきゅうくつそうに朝――鞍に付けた鞄いっぱいに令状を持ち帰った保安官のようにありがたい朝――がやって来た。レイクは肩をすくめ、仕事に戻った。

スロートはうなずきながら、深い薄ら笑いを浮かべて座っていた。「素人娘か、あきれたもんだ。アヘンが切れてきたんじゃないのか、アミーゴ」

「おまえには関係ないだろ、スロート」

そのころ厨房では、「男に色目を使うのはよしなさい、レイク、あいつは危ないタイプだよ、あのカウボーイは」

「ママ、まだ名前もちゃんと聞いてないのよ」

「あんたのしてることは、あたしには分かってる。毎日百人の客がこの店にやってくる、きっちりした襟の若者もいる、そんなお客のときにはあんたは事務的に応対するんだ、ところが目つきの怪しい、顔にもめ事って書いてあるタイプの悪党が店に入ってきた途端に、あんたは何だか――どういうつもり

＊　コロラドの州立刑務所のある町。

かあたしには分からないけどね」

「私には分かってる」

「レイク……」

「ママをからかってるだけよ」

レイクの中でやかましく鳴り始めたものは、正確には、何だったのだろうか？　鐘のような、骨に響く、夜の闇の中で目に見えないもの……それはあの朝の、部屋に充満する煙越しに徐々に鮮明に見えてきた彼の顔だったのか？　それは昔の記憶、彼女の年齢よりも昔の記憶、以前にあったのと同じことを再び経験しなければならないという感覚に似ていた……。そして彼女を見るときの彼の目つき——今までに彼女の前に現れたどんな自信過剰のろくでなしよりも下劣な訳知り顔。その思い上がりは、本人に原因があるというよりも、外に原因があった。それはきっとこの土地の高度だった。

デュースに関して言えばもちろん、彼の方は彼女が何者かを「知って」いた——彼女はあの男と瓜二つだったからだ。デュースは客の中では小柄な方で、背丈は彼女とほとんど変わらなかった——公正に戦えば彼女が優位に立てたかもしれないが、戦いは公正ではなかった。公正な戦いはありえなかった。彼は殺し屋という毒気のあるオーラ——女と一緒にいないときに彼がやっていることの純粋な邪悪さ——によって自分は女より優位に立てるのだと信じていた。女には気が済むまで文句を言わせておけばいい、どうせ本当のところは、殺し屋にひそかな恋心を抱かない女はいないのだ。

そして実際レイクは、メキシコの若い娘がよく使う言い回しを借りるなら、「人は愛なしでは生きていけない」と信じる情熱的な娘だった。他の誰にも劣らずレイク自身も、自分がそんな性格だったことに驚いた。愛が彼女の人生に入ってくるということは、思わず笑ってしまったり、突然悟りを開いたりするようなもので、そんな向こうの世界からの贈り物は、ただ黙って見過ごしてそのまま永遠になかったもののように振る舞って済ますことのできるものではなかった。不幸なことに、今「それ」がデュース・キンドレッド——彼に対する情熱はやがて嫌悪と分離することができないものになる——という形を取って彼女の前に現れたのだ。

事態をややこしくしたのは——おかげで夜も眠れない、というほどのことはなかったが——ウィリス・ターンストーンの存在だった。彼はレイクが食堂で正式に雇われるまで勤めていた〈鉱夫病院〉の医師だった。ウィリスはとても率直な人物で、野生の花畑の中を一度一緒に散歩しただけで、彼女に気持ちを告白したのだった。

「あなたのこと、愛してるとは言えないわ、ウィリス」彼女は正直に答える義務があると感じてそう言った。というのも、彼女はそのときまでにデュースと出会っていて、彼女にとっては、本物の愛かほとんど目に見えないその影法師かという単純な問題でしかなかったからだ。両者の違いを見分けるのには心臓の鼓動を何度も聞き直す必要はなかった。

「おまえってすごくいい女なのに、なんでまだ結婚してないんだ?」とようやくデュースが重要な質問をした。

「ゆっくり時間を取って相手を選ぶつもりだったのよ」

「時間は与えられるものだ」と彼が思弁的なことを言った。「取るものじゃない」

それは反論と言えるものではなく、抗弁とも言えなかったが、彼女は何かが気になったに違いない。

「今の状態——これって最高だわ。でも私たちが年を取ったらどうなるのかしら?」

「年に勝てなかったらな。年を取らなけりゃいい」

彼女はこんな彼の目を見たことがなかった。「それってビリー・ザ・キッド気取りのほらじゃないの?」

「いや。それ以上のほらさ」彼はそれほど心底彼女にほれ込んでいた。彼の足の裏はずきずき痛み、指は脈を打ち、鼓動は通りの先でも曲がり角の先でも聞こえるほどで、彼女の方も、何かよく分からないものを期待して冷静さを失わないよう、かなり警戒しながら彼を見つめた。二人ともいとも簡単に前触れのない情熱にとらわれていた。二人の目は野性に返り、首の筋肉は言うことを聞かなくなり、二人とも自分たちのいる場所や周囲の目を気にしなくなった。

デュースは警戒を解いたときには、自分の心臓が溶け、同時に彼女を求めてペニスがたけり狂うのを感じた……。人間的感情に欠陥のある彼は、想像力の限界を超えてレイクを求めるようになるだろう。彼は結婚してほしいと彼女に頼み込む——自称プロの悪人である彼が実際に彼女に懇願する——ことになるだろう。しかも、結婚するまではファックしないという彼女の希望も尊重して。

「以前はおれにとってそんなことはどうでもよかった。それだけのことさ。今は違う。レイク？　おれは変わるよ。絶対に」

「改心して教会通いをしてほしいって言ってるわけじゃないの。誰の仕事を引き受けるか、考えて決めてほしいっていうこと。それ以上にいい人間になる必要はないわ」その時点で既に彼女は彼がやったことを知っていたのかもしれない。どう考えても、知らずにいられたわけはないだろう。

ある日、メイヴァがオレアンダー・プラッジとシフトを交代したとき、テリュライドの良心として振る舞うには若すぎる彼女が急いでレイクの後を追った。

「噂じゃ、デュース・キンドレッドはあんたの父さんを殺した犯人の片割れらしいよ」

〈極上食堂〉での会話が止まるほど大きな声ではなかったが、とうとうこの時がやって来た。「そんな噂を流してるのは誰？」ひょっとすると急に首の血管が脈打つのが見えたかもしれないが、そのまま気を失うようなことはなかった。

「この町に秘密はないのよ、レイク、次々にいろんなことが起きてるからね、隠蔽工作をしてる時間もないし、そんなことを気にしてる人間もほとんどいないの、はっきり言って」

「ママもその噂を知ってるのかしら？」

「さあ、知らないことを祈るしかないわね」

「そんなの嘘だわ」

「うーん。本人に聞いてみたら？」

「じゃあそうするわよ」レイクは勢いよく皿を置いたので、その上に載っていたベーコン油たっぷりのホットケーキの山が倒れ、普段、鉱山でダイナマイトを仕掛けるための穴を開ける仕事をやっている男が驚いて、叫び声を上げながら片方の手を引っ込めた。

「熱かったんじゃない、アーヴィン？」とレイクが顔をしかめて言った。「でもほら、キスしてあげる、痛みがましになるわ」

「あんた、お父さんの思い出を汚してるよ」とオレアンダーは軽蔑の念をあらわにして言った。「あんたの行動がね」

ホットケーキの山を皿の上に重ね直してから、レイクが大胆に振り返り、にらみつけた。「あたしがキンドレッドさんにどんな感情を抱こうが」と学校の先生の口調をまねようとしながら彼女は言った。「あなたには関係のないことだし、それと、あたしがウェブ・トラヴァースにどんな感情を抱いていたかってこととは全然別の問題なの」

「別じゃないわ」

「あんたも同じ経験をしたことがあるわけ？　そもそも自分がどういう話をしてるか、あんた分かってんの？」

カウンター席の客の全員がじっとこの会話を聞いていなかっただろうか？　レイクが後で振り返ってみると、町に噂が届いた瞬間からずっと皆が本当のことを知っていて、間抜けなレイクとメイヴァだけが最後に取り残されていたような気がしたのだった。

その後、二人は、一緒に住んでいる部屋の新しく切られた木材とペンキのにおいでなかなか寝付かれず、夜遅くまで互いににらみ合っていた。

「あの男とは金輪際会わないでほしい。あいつが万一あたしの射程圏内に入ってきたら、この手で殺《や》るからね」

「ママ、この町が悪いのよ、オレアンダー・プラッジみたいな連中、あんな人たちの言うことは気にしないで。傷つく人もいるんだから」

「あたしは人前に顔が出せないよ、レイク。あんたのおかげであたしら二人ともとんだ笑いものだわ。いい加減にして」

「無理よ」

「その方があんたのためなの」

「あたし、あの人にプロポーズされたのよ、ママ」

メイヴァはこの展開をうすうす予想していた。「へえ。そんなら白黒はっきり付けられるわね」

「悪意に満ちた噂を信じるつもりはないわよ。ママ」

「あんただってばかじゃないでしょ。あたしも今のあんたみたいに恋に夢中になったことがあるわ、いや、あんたよりひどかった、それでも、あっという間に冷めたのよ、そしていつか、目が覚めたときには、ああ、かわいそうなあんた――」

「ああ。じゃあ、それってママとパパの間にあった話ね」彼女はそう言い終わらないうちに既に口にしたことを後悔していたが、事態は下り坂の荷馬車のように動きだしていて二人には止められなかった。

メイヴァはベッドの下から緑色の帆布でできた肩掛け鞄を引き出し、中に物を入れ始めた。何をするときでもそうだが、慎重に。ブライアーパイプとたばこポーチ、子供たち全員の小さな鉄板写真、余備のブラウス、肩掛け、年季の入った小さな聖書。それが彼女の全人生であり、人に見せられるものはそれだけしかなかった。彼女はようやく顔を上げた。その顔には計り知れない悲しみが刻まれていた。

「あんたが父さんを殺したも同然ね。まるっきり同じことよ」

「何てことを言うの?」

メイヴァは鞄を持ち、玄関まで行った。「せいぜい自分のまいた種は自分で刈り取って」

「どこへ行くの?」

「あんたには関係ない」

「朝まで列車はないわ」

「じゃあ来るまで待つだけ。あんたと一緒にこの部屋でもう一晩寝るなんてごめんだわ。停車場で寝る。そうしたらみんなが見るだろうね。あのばかなばあさんを見ろよって」

そして彼女は去り、レイクは足を震わせながらそこに座ったまま、頭の中では何も考えず、母を追うこともしなかった。翌日になって列車が駅に入る音と汽笛が聞こえ、しばらくしてから列車がまた谷を下っていくのが聞こえたが、彼女が母親に会うことは二度となかった。


「反吐《へど》が……出そうだ」とスロートが首を横に振った。「ていうか、今にも昼飯が上がってきそうだ」

「自分じゃどうしようもない。おれにどうにかできると思ってるのか?」デュースは何とか理解を求めて素早く相棒に一瞥《いちべつ》をくれた。

駄目だ。「ばっか野郎。そんなのはおまえの妄想だ、ありえねえ――いいか、おまえがあの女と結婚しようとすまいと誰もちっとも気にしやしねえ、けど、おまえがそんなばかなまねをして、後で女が本当のことを知ったらどうなる? もう知ってるかもしれないがな。彼女が親父を殺《や》ったのがおまえだと知ったら、うかうか眠ってなんかいられないぞ」

「それでも辛抱するさ」

「辛抱なんて長続きしない。あの女をファックしたいんだろ、なら、すりゃいいじゃないか、とにかく絶対に女に何も言うな」

スロートは相棒に何が起きたのか理解できなかった。デュースはまるで初めて人を殺した人間のようだった。鉱夫の生命が安ウィスキー並みに軽く扱われ、日々の喉の中に簡単にのみ込まれていく日常の中で、まさか、哀れなデュースは自分の犯した罪に取り憑かれ、レイクと結婚することがその幽霊を成仏させるチャンスだ――何とか、彼女に対して埋め合わせをするチャンスだ――と思っているのか？


雪が山頂からふもとに向かって延びてきて、間もなくムナジロアマツバメが飛び去り、町での銃撃と傷心がひどくなり、十一月には軍が町に進駐し、冬にはさらに奥まで進駐し、一月には戒厳令が布《し》かれた――スト破りの連中が比較的穏やかに出勤し、しばらくの間は町の景気も低迷していたが、それも徐々に回復し、オレアンダー・プラッジは娼婦としてデビューし、世間を理解したつもりでいた鉱夫たちは当惑し、首を横に振っていた。彼女は、身なりは目に見えないところまで堅苦しく、顔も日常的にしかめ面で、客に対しては身だしなみに関してうるさいお説教を垂れたが、それにもかかわらずなぜかすぐにファンが集まり、間もなく酒場の外で商売を始め、自分専用の部屋、しかも遠くの谷まで見渡せる角部屋で仕事をするようになった。

レイクとデュースは山の反対側にある、何マイルも離れた場所からその尖塔が見える草原地帯の教会で結婚式を挙げた。最初、その尖塔は空とほぼ同じ灰色の幾何学的な付け足しのように見えるが、もっと近づいてよく見ると直線が壊れ始め、人の顔をすぐそばで見たときのしわのように四方八方にずり落ちていた。この辺りに住む老人でもそのすべてを覚えてはいない無数の冬の攻撃を受けて傷だらけで、悲哀を超えた年季が入り、何世代にもわたってミイラ化したネズミのにおいが染みついたその建物は、グランドピアノの内側のように音の響きのよいエンゲルマントウヒ材でできていた。その中で音楽が鳴り響くことはめったになかったが、教会のゆがんだ扉をたまたまくぐって迷い込んだ人がハーモニカや口笛を吹くと、今までの音響環境では経験したことのない洗練の境地に達することができた。

式を執り行なったのはダコタから西に移住してきたスウェーデン人で、たくさんのほこりをかぶった灰色のローブをまとい、顔はフードの下の影になってはっきり見えず、有名な言葉を唱えるというよりも歌のように口ずさみ、響きの美しいその短調のうなりが理想的な共鳴箱の中で暗い聖歌に変わった。花嫁は、尼のベールのようにきめの細かいアルバトロス[*1]地の、淡い青色のシンプルなドレスを身に着けていた。スロートが新郎の付添人だった。彼はいちばん大事な瞬間に指輪を落とした。転がっていった可能性のある場所を探すために、暗い明かりの中でひざまずかなければならなかった。「なあ、そっちはどんな具合だ？」と、しばらくしてからデュースが呼びかけた。

「今のおれにあまり近寄るなよ」とスロートがつぶやいた。

式が終わり、ガラスのボウルいっぱいに入った結婚式用のパンチとカップを牧師の妻が奥から持って出てくると、牧師はアコーディオンを取り出し、まるでそうしないではいられないかのように、牧師夫妻の出身地オステルビブルック[*2]に伝わるにぎやかなカントリーワルツの演奏を始めた。

「このパンチ、何が入ってるんだ？」とスロートが尋ねた。

「エバークリア[*3]」と牧師が真剣な顔で答えた。「アルコール度数は六〇度かな。桃の果汁が少しと……あるスカンジナビア独特の成分」

「どういうものだよ？」

＊1　クレープ仕上げの上質の毛織物。
＊2　スウェーデン東部の町。
＊3　カクテルやパンチに用いるウオツカ。

「おまえの母ちゃんのアソコ〟によく似た発音の言葉なんだ。だから、すごく正確に発音しないと、近くにスウェーデン人がいたらとんでもない誤解を招く可能性がある。知らないままの方がややこしいことに巻き込まれなくていい、本当に」

「名前かい？　ああ、教えてあげてもいいんだけどね、うん——イェムトランド地方*の方言では、〝お

「それってどういう……？」

「スウェーデンの媚薬《びやく》」

彼女は処女の花嫁だった。降伏の瞬間、彼女は風になれたらいいのにとひたすら願っていた。純粋な刃に変身し、どこまでも続く目に見えない刃となり、荒れた大地の上を永遠に吹きすさぶ空気の領域に入りたかった。嵐の子。

二人は真夜中に目を覚ました。彼女は、振り向いて顔を見合わせる必要はないと感じ、彼の抱擁の中でもぞもぞと動き、意外に表現力のある尻で意志を伝えた。

「ちくしょう。おれたち、ほんとに結婚したんだな」

「結婚したってことと、いい結婚をしたってこととは別よね」と彼女は言った。「ついでに言うと、この先はどうなるのかしら——あ、またその話になっちゃった……」

「ちくしょう、レイク」

結婚初夜から一週間も経たないうちに、デュースとスロートは少しの間、周辺の町を回るために出掛けることにした。

「かまわないだろ、ハトちゃん」

「え――」

「ちょっとコーヒーを飲みに出掛けてくるだけだ」とスロートがうなるように言った。彼女が気がついたときには二人とももう玄関を出て、峡谷を横切り、夜になっても戻って来ず、結局、一週間戻って来ず、ようやく再び姿を現したときには、半マイル離れたところからでも彼女の耳に聞こえるがさつで甲高い笑い声――デュースにもスロートにも抑えられない笑い声――の嵐を伴っていた。二人は家に入って腰を下ろしても笑い続け、寝不足で隈《くま》のできたその目はただじっと彼女を見つめていた。彼女は怖くなるというより、気分が悪くなった。

少し二人が静かになってきたころに、彼女は「しばらくはうちにいるつもりなの?」と尋ねることができた。「それとも靴下を履き替えに戻っただけ?」これを聞いてまた二人は高笑いを始めた。

それ以来、ほとんど毎日、結婚後の大騒ぎが続いた。スロートはいつの間にか勝手に居候を始め、彼も花嫁に興味があるのではないかという問題が容赦なく持ち上がった。「やらせてやるよ、相棒」と、ある晩、デュースが申し出た。「好きにしろ。おれはちょっと休憩させてもらう」

「おいおい、デュース、おこぼれの二回戦にあずかるのは手下のやることだぜ、おれはおまえの手下じゃない」

「断るって言うのか、スロート? まあ、市場通りにいるような上玉だとは言わないが、見ろよ、悪くはないぜ」

「彼女、おれが十フィート以内に近づいたらぶるぶる震えやがる。おれが怖いのかな?」

「本人に聞けよ」

「あんた、おれが怖いのか?」

「ええ」

＊　スウェーデン北部ノールランドの地方の一つ。

「ほお、そりゃ困った」

最初、レイクには分からなかったが、これがスロートの頭にある恋愛ゲームだった。実際、ようやく彼女がそのことに気づいたときには、彼はもう既にかなり先まで進んでいた。

しかしそのときまでには、ああ、彼女の正体が相当の悪女だという事実が暴かれることになる。次に気づいたときには彼女は裸で、三人全員がコロラドスプリングズの〈ワピチホテル〉*の上階のベッドに寝ていた。

「リノで中国系の女と3Pしたとき以来だな」とデュースが言っていた。「覚えてるか、あの女のこと?」

「んんん! アソコが横を向いてたな」

「ふざけないで」とレイクが言った。

「マジだぜ、股を交差させる感じにしなくちゃならなかったんだ、ほら、教えてやるよ——」

二人は彼女をほとんどずっと裸のままにしていた。ときには革製の足かせで彼女をベッドに固定することもあったが、彼女が動けるよう鎖は長めにした。別に縛る必要があったわけではない。彼女はいつでも要求に応えていたのだから。彼女は、いったん二人の男を相手にするセックスを受け入れると、それ以後は、本人にとっても意外だったのだが、自分から求めるようになった。一人は口で、もう一人はバックから、ときには肛門で相手をしていたので、彼女はいつの間にか自分の体液が大便と混じったものを味わうことに慣れた。「これをするとすごく悪い子になった気がするわ」と彼女はデュースを見上げながら静かな声で言った。

スロートは彼女の髪を引っつかみ、再び彼女の顔を正式な結婚相手のペニスに押しつけた。「それをしゃぶるのは悪い子じゃないぜ、やりまんちゃん、おまえが悪い子なのはおれの息子と合体してるからだ」

「こいつは二股かけてやがるんだ」とデュースが笑った。「悪い子には罰として糞を味わってもらう」

彼女は自分の中に、遠回しな行動と恋愛遊戯という自分でも思いもよらぬ才能を見いだしていた。なぜなら、彼女が何かを求めていると知ると生理が来たと聞いたときよりも簡単にやる気をなくす男たちの前では、彼女は何をするときでも、それが自分の要求に見えないように注意しなければならなかったからだ。実際、デュースとスロートは彼女が今までに出会った極悪人の中でも最も繊細で、ちょっとしたことでその気が萎えてしまうタイプの男たちだった。通りの路面電車の音が聞こえたり、相棒が気に障る曲を口笛で吹いただけでも駄目だった。一度だけ、彼女が不用心にこう提案してしまったことがある。「たまには、あたしのことなんか放っといて、ちょっと気分を変えて、あんたたち二人でやってみたらどう?」そこで生じた衝撃と憤激はその後数日間にわたって感じられた。

スロートは緑色を偏愛していた。彼は、彼女に身に着けてもらいたい風変わりなもの——ほとんどいつもどこかから盗んできたものだったが——を頻繁に持ち込んできた。長手袋、赤ん坊のボンネット、男性物のサイクリング用長靴下、飾りのついた帽子、飾りのない帽子。緑色っぽいものであれば何でもよかった。

「デュース、あんたの相棒は本当に狂ってるわ」

「ああそうだ、緑なんて何がいいのかさっぱり分からない。おれは藤色人間だからな」と、油の染みのついた、藤色に近いギンガムチェックのエプロンを差し出して言った。「着てくれるか?」

二人は彼女をフォーコーナーズに連れて行き、彼女の片方の膝がユタ州に、もう片方がコロラド州に、そして一方の肘がアリゾナ州に、反対の肘がニューメキシコ州に位置するように四つん這いにさせた——そして挿入ポイントがちょうど神話的な十字線上に来るようにした。それから順に九〇度ずつずらして一回転させた。彼女の小作りな顔は土に押しつけられた。血のように赤い土に。

＊「ワピチ」は、北米の森林に現存する最大のシカの一種。

それからしばらく三人の生活は、怪しげな和気あいあいの雰囲気に落ち着いた。男二人はまだコンビを解散したくないらしく、レイクは彼ら二人をライフルの射程圏外に行かせる気はなかった。デュースは目が覚めているときでもいびきをかいた。スロートは入浴を大事なこととは思っておらず、それどころか入浴を迷信的に恐れていて、手でも洗おうものなら不幸に襲われるに違いないと信じていた。レイクは一度だけ甘い言葉で彼を風呂に誘ったが、その晩、夕食の席で、何かが大きな音を立てて屋根にぶつかり、驚いたスロートがスープをテーブルにこぼした。「ほら見ろ！　な？　おれの言うことは間違ってないだろ？」

「何言ってんの」とレイクが言った。「ただのマーモットよ」

「彼女は別に問題ない」とデュースが相棒に告白した。「面倒なやつだけどな」

「罪の償いなんだろ、おい《ウエボン》」とスロートがこっけいなメキシコ訛りを使って言った。

「カトリックの戯言かよ。おれには意味が分からねえが、ありがとさんって言っておくぜ」

「意味が分かるか分からねえかは関係ねえ、おまえがどう考えてるかも関係ねえ。おまえがものを考えるとしての話だがな、どあほ。人を殺せば報いを受けるんだ」

「逃げるって手もある」デュースは現状に満足しているかのように遠くを見てほほ笑んだ。スロートは、深夜の列車がいたずら心たっぷりの爆弾魔をたくさん乗せて停車場に近づいているという警告を受け取った電信技手のように、警告の合図を感じ取った。

ある日テリュライドで、デュースはウェブの始末――もう何年も前のことのように思われた――のために彼を雇ったのと同じ会社代表のオフィスに呼ばれた。「爆破テロは続いているんだがね、キンドレッド君」

デュースは驚くふりをする必要はなかった。「サンファン山脈にいる無政府主義者はウェブのじいさんだけじゃなかったってことだろ？」

「全部手口が一緒なんだ、ダイナマイトにインガソルの二ドルの時計をつなぐやり方、夜明け前という同じ爆破時刻……月の相に合わせて爆破しているのもトラヴァースと同じだ」

デュースは肩をすくめた。「やつの弟子かもしれないな」

「私の上役がぜひ君に尋ねたいことがあるとおっしゃるんだが、少しデリケートな質問なんだ。誤解はしないでくれたまえ」デュースは何を聞かれるか察しがついたが、身構えたりせず、質問を待った。

「本当にやつを始末したのかね、キンドレッド君」

「テリュライドの鉱夫墓地に埋葬されたはずだ。掘り返して確かめたらいい」

「もう正確な身元確認は無理だろうね」

「じゃあ、おれがやつに似た男を殺《や》ったって言いたいのか？　酒場で最初に会った適当な野郎を？　それで、鉱山主が金を返せって言いだしたってことか？」

「私がそんなことを言ったかな。とんでもない。きっと怒るだろうと思ったよ」

「あったりめえだろ、怒るぜ、おまえ、おれのことを誰だと――」

会社代表の勝ちだった。彼は挑発の相手のことを何とも思っていないようだった。「もう一つ気になることがあるんだが、それは問題の男の娘と君との個人的な関係――」

デュースは叫び声を上げながら床を蹴り、宙に浮かんだまま、代表の喉までわずか数インチというところまで飛びかかっていたが、その瞬間、標的の既製品スーツの内側から複動式の三十二口径が取り出されたことに驚き、さらに、一瞬正気を失ったデュースが気づかなかった共謀者の手にも別の武器が握られているのも見えた。代表はすばしっこく身をかわし、デュースは体ごとタイプライターのキャビネットに突っ込んだ。

「私たちは通常、さほど執念深くはない」と代表はつぶやいた。「爆弾魔の模倣犯という可能性ももちろん考えた。私たちの側で調べが済むまでは君に猶予をやろう。しかしながら万一、君が報酬を受け取りながら任務を遂行しなかったことがはっきりした場合には、うん。われわれの怒りがどのような形を取るかは誰にも分からない」

さて、ある日コーテズで頭の脇のペヨーテが謎の爆発をしたことがきっかけだったのか、それともその後郵便で届いたスペードのエースが原因だったのかは定かではないが、ある時点で、デュースは自分がある人々に追われているかもしれないということを静かにレイクに告白し始めた。

彼女はいまだに局所的な無邪気さを示すことができた。彼女は、トラブルの原因は借金がらみか、それに似た短期的な問題で、すぐに解決するささいなもめ事だろうと推測した。

「相手は誰なの、デュース？　ビュート[*1]にいたころのトラブル？」

彼は、特に彼女がこんなふうに無邪気な態度を見せるときには、油断しなかった。「そうじゃないだろうな」と彼は説明するふりをした。「あそこの男たちはそう簡単にキレたりしない――しょっちゅう侮辱を受けてるからな、その日のことはその日にて足れり[*2]って感じさ。うん、ビュートじゃ、いったんそいつが町の外に出てしまえば、もうすべてを水に流すんだ」

「じゃあ……」

「いいか、おれには相手が誰だかおよそ見当がついてる、やつらを動かしてるのは鉱山主さ」

「でも――」と彼女は顔をしかめた。彼女は理解しようと努め、少なくともそうしようとしている顔をしようとしたが、ケーブルから外れた鉱石用バケツのように地球の中心に向かっていく気分だった。

「何か悪いことでもしたの、デュース？」

「さあな。命令されたことしかやってないけどな」

「忠実な兵隊さんね。じゃあ、どうしてあなたが追われるの？」

彼は彼女をじっと見つめ、まだ気づいていないのかと尋ねるかのように目を丸くした。「ときには」とようやく彼が口を開いた。「やつらは、後になってから誰かが下手なことをしゃべるかもしれないと思って、その可能性を封じようとする場合もある」

間もなく、未確認だが秋の初雪のように確かな噂が舞い込み、それによると鉱山主は仕事をユタ人に任せたらしかった。それは引退後の生活に退屈していた筋金入りの元モルモン教秘密結社〈ダン〉の武装隊で、銃身を短く切った南北戦争時代のコルト「復讐《ふくしゅう》の天使」を携行するのを好む年配の男たちだった。地獄から休暇でこの世を訪れているやつら。「長距離射撃はやつらの職業的技能には含まれていない。近距離での仕事がやつらの好みだ」

「怖いのか、デュース？」スロートが尋ねた。

「おれは普通だぜ、おまえだって生まれたときのまともな脳味噌が今でも残ってれば怖がるはずだぞ」

「どうする、おれたち？　逃げるか？」

「『おれたち』？」

「向こうが姿を現すまで待つか？　ショットガンか何かを用意しておいた方がいいか？　弾薬も？」

「やつらが追ってるのはおまえじゃないぜ、スロート」

「ひょっとしたらやつらは、おまえの居場所をおれが知ってると思うかもしれない」

デュースは、それほどおびえていなかったなら、スロートが彼を見つめるまなざしの中に潜んでいるものにもっと注意を払っていたかもしれない。後に彼はそれに取り憑かれることになる。というのも、デュースがなじみの相棒に関する暗黒の疑念に襲われる時期がやって来るからだ。例えば、あの会社代

＊1　ロッキー山脈中の高原にある町。
＊2　マタイによる福音書六の三四。

表がデュースと話し合おうと思ったのなら、なぜスロートとも話をしようと考えなかったのか？　その方が実りが多かったかもしれないのに。ひょっとするとスロートは、自分の命かわいさに、追跡者とある種の取引をしたのではないか。「そうさ」とデュースはスロートが白状するのが聞こえるような気がした。「おれはさっさとおやじさんを始末したかったんだ、ところがデュースが――あいつのことを責めるつもりはないんだが、あいつは怖じ気づいたのかもしれない……分からない。なぜか、朝になってドローレス峡谷でおれたちが目を覚ましたら、トラヴァースはいなくなってた、デュースは別に驚いた様子もなくて、あんたらにはおやじさんは死んだって報告しようって口裏を合わせたんだ。でも死んでなかった。おれの話、分かってもらえるかな？」

「君の言いたいことは分かったつもりだ、フレズノ君」

いずれにせよ、事態は複雑化しすぎて、その状態が長続きするとは思えなかった。そしてついに、スロートが漠然と南の方へ向けて立ち去る日がやって来た。その日は不自然なほど風もなく、彼が舞い上げた土ぼこりはなかなか落ち着かず、逆にますます濃くなり、しまいに彼は、何マイルも続くほこりの怪物に化けて、這《は》いながら去っていくように思われた。デュースは柵にもたれ、そのほこりまみれの出発を小一時間近く眺め、その後何日も口をきかなかった……。

二人きりで取り残されると、デュースはまったく、あるいはほとんど、眠れなくなった。一晩中起きていることもあった。ある日、純潔な銀を加工するときに出た悪臭の漂う鉱滓《こうさい》の山を仮のベッドにして二人が眠っていたとき、空にまったく明かりがない中で彼は真夜中に目を覚まし、すぐ脇の、彼女の顔があるはずの場所のすぐ上に、明るく光る顔が宙に浮いているのが見えた。その亡霊は宙に浮いていたに違いない。なぜなら、それは高い位置にあって、地面から、あるいは地面があるはずの場所から離れすぎていたからだ。その上、それは正確には彼女の顔でもなかった。それは空や暖炉の光を反射するのではなく、自分で発光しており、無茶な形で能力を浪費してしまい、何も得られなかったことをはっきりと自覚した表情をしていた——いわば犠牲の表情だ。デュースはそれが気に入らなかった。犠牲は嫌いだった。というのも、彼の計画に犠牲という項目が入ったことはかつてなかったし、そんなカードの扱い方も知らなかったからだ。

ウェブの埋葬が終わり、リーフが旅立った後、フランクは自分の身の安全を気遣い、慣性の風に乗ってゴールデンへと舞い戻り、自分を探している人間がうろついていないかどうか嗅ぎ回ろうと考えたものの、答えは分かっていた。当時はまだ若く、度胸で前進する以外には物事の進め方を知らなかった彼は、とりあえずの装備を固め終えると、電車に乗ってデンバーへと向かった。翌年、彼は口ひげ、あごひげ、町一番のホテルでの散髪などによっていくつかの変装を試してみたが、結局身についたのは、つばの狭いものに替わった帽子だけだった。帽子は、彼には長くつらい道のりに見えるしわに沿って色が濃くなっていた。

間もなく彼には、相手方の接近のパターンが分かるようになった――どことなく鉱山監督官のような顔つきをして、あか抜けた雰囲気を持った中堅クラスの経営者が酒をおごると言いながらカードテーブルに加わって、空いた席に座り、まるで「おれたちのことは分かっているだろう?」とでも言いたげにフランクをじろじろと見る。最初、彼は、その男たちが問題にしているのはリーフのことだろうと思った。そいつらは彼の兄の居所を突き止めるために雇われた連中で、彼から情報を引き出そうとしているのだと思った。しかし、すぐにそうではないことが分かった。会話が交わされた場合には、結局、仕事のことが話題になった。仕事はしているのか、誰のところで働いているのか、転職する気はないか、など。徐々に――彼の勘が鈍いことは、そのころには少なくとも十人を超える女性が喜んで本人に指摘していた通りだ――彼はその連中がヴァイブ社かその子会社の代理人だと気づき、その後はすぐに仕事の誘いを断るようになったが、嫌がっているそぶりは見せないように気をつけた。「今の仕事に満足してるよ」と、彼は真っ正直な顔でほほ笑みながら言えるようになっていた。「名刺ある？　必要になったらすぐに連絡させてもらうから」

彼は用心しながらウェブの事件について周囲に探りを入れ始めた。手応えは今ひとつ。もはや事件そのもののことさえ忘れられつつあった。しばらくは鉱夫連盟のオフィスにも何度か顔を出して問い合わせを続けたが、何かを知っていると認める者は一人もおらず、そうこうしているうちにフランクの来訪は迷惑がられるようになった。

妙だ。アラパホー*のやつらはもう少し話せる連中だと思っていたのに、今はそれぞれが重要な仕事を抱えて時間に追われ、毎日新しい騒動に巻き込まれ、その数が多くてとても追っつかないという様子だった。

探偵のまねごとをするのは彼の柄《がら》ではなかったし、あまり時間をかけて調べたわけでもなかったが、町のあれこれの噂に耳を傾けた限りでは、弟のキットをさらっていったヴァイブ社がウェブ・トラヴァース殺害の糸を引いていたという可能性を避けることはできなかった。鉱山技師としてのまっとうな未来を思い描く彼にとってそれは、少なくともアメリカ合衆国内で仕事をしようと思えば、困った事態だった。ひょっとすると海外に行くことも考えなければならないだろう。ロッキー山脈のこちら側ではどこの鉱夫雇用事務所へ行っても、彼の名前もスカーズデール・ヴァイブが気前のいい条件で彼を雇いたいと申し出ていることも知れ渡っており、もうヴァイブの下で少なくとも地方幹部になっていてもおかしくないのに何をやっているのかと聞かれた。どう説明すればよかったのだろう。あの男はおれの父親の殺害を命じた可能性がある、グラスを置いた後にカウンターの上に残った水の輪をふき取るように父

＊　コロラド州東部の郡。

を消し去った可能性がある、だから彼の慈善を受け入れるつもりはない、と？　もちろん、彼らは既に話の全体像を把握した気になっていたから、スカーズデールがフランクに向けた大胆なキリスト教的行為には驚いていた。この時代の山における慣例に従えば、無政府主義者の血を根絶やしにするために、できるだけ早い段階で彼を待ち伏せして始末するのが常套《じょうとう》だったからだ。ニューヨークに本拠を置く実業家スカーズデールはそんな浅ましい血縁関係や復讐は水に流そうとしている――フランクも水に流したらいいじゃないか？　そんな恩知らずな態度は誰にも理解してもらえないぞ。おれたちだって、何を考えているか理解できないやつを雇うわけにはいかない、というわけだ。

　彼にとっては、金も銀ももううんざりだった。しばらくすると彼は、金と銀の鉱山をすっかり避けるようになっていた。彼は、自分は現実的に振る舞っているだけなのだと自分に言い聞かせた。特に九三年の銀購入法撤回以来、その両方の金属の値動きによる悲劇をあまりにも多く目にしていた。元素表には他の可能性があふれていた。彼の教授の一人がよく言っていたように、「鉱物学における雑草たちが、森羅万象の一部としてただじっと待ちかまえている。雑草を有用なものに変える方法を考案してくれる人間が現れるのをひたすら待っているのだ」

　そういうわけで彼は、亜鉛のようなより地味な元素を相手にした仕事を始め、その結果、以前はそんなことになるとは思ってもいなかったが、レイク郡[*1]で多くの時間を過ごすようになった。

　レッドヴィルの町はしばらく前に華やかな時代を通り過ぎ、もはやホレス・テイバー[*2]の町ではなくなり、〝撤回〟後の時代に入っていた。しかし、既に伝説と化していたテイバーの未亡人は、そばに近寄る人間にためらいなく銃弾を浴びせるための銃を構えたままマッチレス鉱山に引きこもり、そこには、いまだ知られていない地獄の種族を招集しようとする神霊的な意志、そこが世界の中心だと見なす意志が残されていた。世間の関心は銀から亜鉛に移っていた――実際、ゴールドラッシュならぬ亜鉛ラッシュが起きていて、この時期、そこで掘り出された最も高い値のついた鉱石は、金と銀を合わせた価額を超えていた。まるで、頭のいい技師が〝撤回〟前の古い銀山から出た廃石の山を再処理する方法を発明したかのように、亜鉛が四十五パーセントも鉱石に含まれていたことに選鉱粉砕器が気づいたのだった。この辺りで採れる普通の閃亜鉛鉱の精錬法は簡単なものだった――まず焙焼《ばいしょう》によって硫化亜鉛から硫黄を取り除いて酸化亜鉛にし、次に酸素を除去して金属亜鉛を得るという手法だ。しかし、通りを覆っているばかりではなく、町の至るところで黒い山となってそびえているレッドヴィルの鉱滓《こうさい》には、浮きかす、金屎《かなくそ》、輝鉱、黄鉄鉱などがほとんど未知の割合で独特に配合されており、他にも銅、ヒ素、アンチモン、ビスマス、鉱夫たちが〝モリーの糞ったれ《モリー・ビー・ダムド》〟と呼ぶモリブデンなどの混合物が含まれていた――異なる元素は異なる温度で取り出されるため、蒸留の問題に取り組まなければならなかった。鉱滓の山は真っ黒な謎として、明るい屋内と銀行賭博の参加者たちと貪欲に求められる女たちの上にそびえていた。ときにはぼんやりした人影が鉱滓の山の前にひざまずき、まるで反キリスト的な聖餐《せいさん》の儀式において鉱滓が別世界にいる愛する人の体を表しているかのように、そこに手を伸ばす姿が目撃されることもあった。

「ちょっと錬金術にも似てるわね」とレン・プロヴェナンスが言った。彼女は東部のラドクリフカレッジ*3を卒業して一年になる人類学者で、フランクは思いがけず彼女と親しくなっていた。

「うん。値打ちのない泥滓《でいさい》が札束に変わるんだからね」

「今から何世紀経ってもあの鉱滓の山はそのまま残っていて、誰かが偶然にそばを通って山を見上げて、不思議に思うんでしょうね。一種の建造物だと思うかもしれない。政府の建物か寺院だと。古代の謎ってわけ」

＊1　コロラド州にある郡で、郡庁所在地はレッドヴィル。
＊2　コロラドの銀富豪で、州知事も務めた（一八三〇―九九）。
＊3　ハーバード大学の一部で、全寮制女子カレッジ。

「エジプトのピラミッドみたいに」

彼女はうなずいた。「古い文化の多くであの形は共通してるの。秘密の知恵ね——細部に違いはあっても、その下にある構造はいつでも一緒」

フランクとレンはある土曜の夜にデンバーの演芸酒場で出会った。舞台では黒人がスプーンをカスタネットのように打ち鳴らしたり、バンジョーを弾いたりしてにぎやかに演奏をしていた。彼女はカレッジの知人と一緒で、中には、町の天子地区にある中国人酒場に行きたがっているハーバードの賢人も二人いた。レンがその誘いを断ったので、フランクはうれしくなった。「二人とも、〈タコの墨〉のクマの爪*も忘れずにな！」彼は馬車が角を曲がって消えるまで手を振っていた。

二人っきりになると、「私がどうしても見たいのは」とレンが告白した。「デンバー通りと売春宿。案内してくれる？」

「どこだって？　ああ」フランクはハシバミ色の彼女の目に光が輝くのに気がついた。彼はそれが希望の持てる兆候とは異なることを既に学んでいたし、その背後には、逆にもっと注意を払うべき影さえ感じられた。「それって……もちろん、厳密に科学的な理由からだよね」

「他でもない人類学的な理由よ」

二人は市場通りにある〈ジェニー・ロジャーの鏡の館〉に出掛けた。レンはあっという間に客間半分ほどの娘たちに取り囲まれ、優しく上階へと案内された。しばらくして彼がたまたま通路から覗くと、黒いぴったりとしたレースの下着を身に着け、ストッキングをずらした彼女がそこに立ち、多面体状に配置された鏡の中で、あらゆる角度から自分の姿を眺めていた。すっかり姿を変えて。

「すてきな格好だな、レン」

「馬に乗ったり山に登ったり、野外活動したりの毎日。ほんとに、またコルセットに戻れるのがうれしいわ」

娘たちは面白がった。

「見てよこれ。あなたを見て、この人勃《た》ってるわ」

「ちょっとの間、この人、借りてもいい？」

「あの」と、彼は引きずられていきながら言った。「でも予定ではおれたちは一緒に——」と言いながら、彼はできるだけ長い間セクシーに着飾ったレンを見つめずには——あるいは、凝視せずには——いられなかった。

「大丈夫よフランキー、あなたが戻るころには彼女もここに戻るわ」とフィネスが言った。

「彼女の面倒はちゃんと見るから」と、フェイムがいたずらな笑みを浮かべて保証した。自分に見とれていたレンはそれを聞いて振り向き、娘たちと目を見合わせたが、その表情はエロチックな挿絵で時々見かけるような当惑を装った顔だった。

彼女は次に姿を現したとき、またも派手な下着に着替えていて、バーボンの瓶を手に握り、ハバナ葉巻をふかしていた。金《きん》のワシと編んだ髪と飾り房とが付いた騎兵用の装飾ヘルメットが、乱れた彼女の髪の上にいい加減にかぶせられていた。

「楽しんでる？」

彼女のまぶたは、わざわざ彼に目の輝きを見せるために上に持ち上がったりはしなかった。彼女はゆっくりと高い声でしゃべったが、彼の推測では、そこにはアヘンの影響という可能性もありそうだった。

「すごいわ……奥が深い……牧夫たちってもう」それから、改めて彼に気づいた様子で、彼女はゆっくりとほほ笑んだ。「そう、あなたの名前も出てたわ」

「へえ」

「あなたって優しすぎるんですって」

＊　アーモンドで風味を付けたクマの爪形の甘いパイ。

「おれが？　機嫌が悪いときのおれを知らないだけさ。そこ、ストッキングに赤い線みたいなのが付いてるよ」

「口紅よ」彼女が赤面することを彼が期待していたのだとすると、結果は期待はずれだった。逆に彼女は大胆に彼の方に向き直り、視線を合わせた。彼は、彼女の唇の緋《ひ》色《いろ》の輪郭がぼやけ、まるで泣いたみたいにアイシャドーがあちこちに流れていることに気づいた。

みだらで神秘的なペニョワール*1をまとったフェイムが滑るような足取りで部屋に入ってきて、腕を脇に滑り込ませてレンを抱くと、二人はどうしようもなく魅惑的な配置でしっかり身を寄せ合った。

「離れられないわ」とレンがささやいていた。「……もう普段のブルジョア的なセックスじゃ満足できない。この先、私、どうしたらいいの？」


メキシコ人の伝説上の起源の地アストランがフォーコーナーズ近辺のどこかにあると信じて西部にやってきたレンは、期待以上のものを見つけていた。ひょっとすると発見が多すぎたかもしれない。彼女は、一度ならず生死に関わる事態が生じた軍事行動から戻ってきた兵士のような顔をしていた——彼女自身の命、他人の命が危険にさらされ、そしてついにはいくつもの自我が混じり合った結果、彼女は不眠症となり、ときには、少なくともフランクには理解できない、空恐ろしい状態に陥ることもあった。

彼はマンコス川とマケルモ地区*2の辺りのことについて多少は知っていたが、その地の古代の歴史についてはあまり知らなかった。

「それがね、フランク、ほんとに……不幸としか言いようがないの」

「モルモン教徒のことを言ってるんじゃないよな」

「幻覚を起こさせる、残忍な土地だわ。あの土地がモルモン教徒の性分に合って、彼らが住み着こうとしたのも理解できる。でも、私が話してるのはもっと昔のこと——十三世紀の話。おそらく当時は、およそ一万人近い人があの辺りで、豊かな、創造力にあふれた生活を送っていたの。ところが突然、わずか一世代の間に――歴史的に見れば一晩でと言ってもいいわ――全員が逃げ去った。恐怖でパニックを起こしたらしいの。すごく険しい崖を登って、可能な限りしっかりした砦《とりで》を築いたのよ……何かから身を守るために」

「ユート族の伝説があるよな」とフランクが思い出しながら言った。「よその部族が来たんだっておれは人から聞いたけど」

彼女は肩をすくめた。「北からの侵入者ね――最初は略奪者、その後は家畜と家族を連れた本格的な侵略。そうかもしれない。でも、それとは違う別の説もある。ほら」彼女は峡谷のあちこちで撮影した写真の束――ほとんどが〈ブローニー〉で撮ったスナップ写真――を持っていたが、その中には、フランクが見たこともない生き物の姿が刻まれた岩の写真があった。

「何だ……こりゃ?」そこには、翼を持った人間の姿が、岩に刻まれたり彩色されたりしていた……人間のような胴体にヘビやトカゲの頭が付いた生き物の上方では、判別しがたい幽霊が空と思われる空間で炎の尾を引いていた。

「そうなの」彼は彼女の方に目をやった。彼は、今彼女の目の中にあるものを、もっと早い時期に見つけていればよかったと思った。

「どういうこと?」

「私たちにも分からない。中にはある程度見当を付けている研究者もいるけど、あまりにも恐ろしい事実なの。こっちのは言うまでもないけど……」彼女は一枚の写真を見つけ、じっと見てから、ためら

＊1　入浴の後などに女性が着用する化粧着。
＊2　コロラド州南西部のメサベルデ国立公園の近辺。断崖にある先史時代の岩窟住居の遺跡で有名。一三〇〇年ごろにそれらの住居は放棄されているが、理由は謎とされている。

いがちに手渡した。

「昔の骨だね」

「人間の骨よ。よく見ると長い方の骨は故意に折られてる……ぽきっと。まるで中の骨髄をしゃぶろうとしたみたいに」

「食人？　人食いインディアン？」

彼女は肩をすくめ、その顔には、彼には手助けしようがないと分かっている悲しみがあふれそうになっていた。「誰も真実を知らない。ハーバードの教授ならもっといろいろ知ってると思うかもしれないけど……先生たちがするのは理論化と論争だけ。断崖に逃げた人たちが仲間にこんなことをしたのかもしれない。恐怖のせいで。何かをひどく恐れた結果、自分たちの身を守る方法はこれしかないと思ったのかもしれない」

「〝それ〟が望んだ結果なのかも――」

「〝それ〟が何を〝望んで〟いるか、彼らは知らなかったかもしれない。はっきりとは」

「それで君は――」彼女に手をさしのべたり、彼女をある種の安全圏に引き入れたりせずに彼にできることは、そう声をかけることだけだった。しかし、彼女の目に浮かんだ水分は露ではなく鋼のように輝き、彼女はまったく震えてはいなかった。

「私はあそこに一年間いた。長すぎたわ。しばらく経つとそれが体の中に染み込んでくるの。別のメンバーが今、報告書を書いてるわ、業績にかかわるから。私はただ土を掘るだけの雇われ人夫、赤い岩や階段を上ったり、道具を運んだり、土地の狂気に感染したりする役割。ヒステリックな女子大学院生なんて誰もまともに相手にしてくれない。でもとにかく、今の推定よりももっと短かったと見るべきよ。それ以後のことそこにいたのがどんな部族だったにせよ、崖での生活はわずか数年しか続かなかった。それ以後のことは誰にも分からない。ひょっとすると存続したのかも。もしも彼らがアストランから南に集団移住してアステカ族になったのと同じ部族だとしたら、アステカ文化の有名な人身御供の儀式と関連があるのかもしれないわ」

ある夜、彼らはまた十七番街にいた。バーテンダーはスリングやハイボールやフィズを作るのに忙しかった。共和党員と民主党員は政治的な議論を始め、そのまま殴り合いになった。レンは、彼女の胸に伸びた不動産屋の手をステーキ用のフォークで払いのけなければならなかった。

〈オールバニー〉のバーの鏡は長さが百十フィート[*1]あり、デンバーの夜の歴史を映す生きた壁画として伝説となっていた。「新聞を読んでるみたいな光景だ」と、フランクの知り合いで、事件記者のブース・ヴァーブリングが言った。

「このブースの記事はちょっと違うけどね。こいつの記事は酒場よりもトイレの光景に近い」とフランクが説明した。「〈ギャハン〉の外で会って以来だな、最近はどうだい？」

「町の政治的な状況がこんなだから、凶悪犯罪がいつ起きてもおかしくない。ああ、そう言えば、おまえのことを探してるやつがいたぞ」

「借金取りか？」

ブースは、用心するようにレンの方をちらっと見た。

「彼女はすべて知ってるから大丈夫だ、ブース。で、何なんだ？」

「バルクリー・ウェルズ[*2]の部下だ」

「はるばるテリュライドからおれに会いに？」

「まさかテリュライドに戻るつもりじゃないだろうな」

＊1　約三十四メートル。

＊2　既出・上273頁。大物の鉱山主の一人。

「最近のあの町はずいぶん危ないようじゃないか、なあブース?」

「あんたの兄さんはそう思ってたようだ」

「兄さんに会ったのか?」

「グレンウッドスプリングズの近くで彼に会ったやつがいる。リーフは羽振りはよかったが、元気はなかったそうだ。全部、聞いた話だがな」彼は、昨年あった悪名高い「氷切断用のこぎり殺人事件」裁判の重要目撃者を見つけ、話を聞くために席を離れた。

「さっきの話はどういうこと?」とレンが言った。

情報を人から——特に現在言い寄ろうとしている若い女性から——隠そうとする長い間の習慣は、いつもこういうタイミングに動きだした。以前フランクは、ガニソンかどこかから戻る途中、ウンコンパグレ高原で、数マイル離れた場所に黒くて小さな嵐の雲を見つけたことがあった。そのときはまだ太陽が照り、青空が広がっていたが、どの方角へ向きを変えたとしても、その雲と遭遇することは避けられないと彼には分かった。予想通り、一時間も経たないうちに辺りは真夜中のように暗くなり、彼はびしょ濡れになって凍え、周囲にとどろく雷の音で瞬間的に耳も聞こえなくなりながら、万事大丈夫と馬を安心させるためにその首にもたれかかるようにしていたが、放牧されたことのあるその馬はもっと恐ろしいことも経験していたのですぐにフランクを安心させる側に回った。今晩の〈オールバニー〉では、何マイルもの道のりと「十字架の道行きの留《りゅう》」を経てレンはこの場所に到達したのだということがフランクには分かった——巨大な鏡に反射した光の中で、彼女の顔は奇妙に影のない天空の青色を帯び、彼が最も答えたくない質問をするために遠い場所までやって来た捜索者の顔のように彼には見えた。世界にはそんな人間が存在していること、そして、そんな人間と出会わないまま一生を過ごすこともあるかもしれないが、出会ってしまったときには聞かれたことに答えるのが厳粛なる義務となるということを彼は理解した。

彼はゆっくりと息を吐き、彼女の目を真っすぐに見た。「慣例上はおれの仕事じゃない、な、リーフの仕事だよ、でもここのところまったく音沙汰なし、それにグレンウッドスプリングズにいたとなると、ひょっとして追われた揚げ句にあきらめて、またどこかで銀行賭博の生活に戻って月明かりの中で荒野のヨモギを踊り子の娘に見せてるかもしれない、そうだとしても文句があるわけじゃないよ、でも次の人間に順番が回るタイミングってものがある、そうなれば、おれがやらなきゃ、誰かがキットを呼び戻しに行かなきゃならない、東海岸で大学生活を送ってるあいつをな、大学生のことはおれよりも君の方が詳しいだろう？　でも、できればキットは巻き込みたくない、だってあいつはいいやつだけど、射撃は下手くそなんだ。それに、おそらくおれたちがにらんでるように向こうが先手を打ってあいつを味方に付けたんだとしたら、それも仕返しが必要な犯罪的行為だ、だろ？　あいつにこの仕事は無理だ」

彼女はいつもより真っすぐに彼を見つめていた。「じゃあ、犯人たちは今、どこにいるのかしら？」

「おれが調べた限りでは、犯人はそこそこ有名な殺し屋の二人組で、名前はデュース・キンドレッドとスロート・フレズノ。おそらくテリュライドの鉱山所有者協会に雇われたんだ。それから、ブースの話だと、テリュライドから来たやつがおれに会いたがってるらしい。何か関係があるのかな？」

「あなたは当然、そこに行くんでしょ」

「おふくろと妹に最後に会ったのもテリュライドだ。二人ともまだそこにいるかもしれない。どっちみち、寄ってみた方がいいだろうな」

「息子の仕事よね。人類学的に言うと」

「君はどうする？　マケルモ地区の遺跡に戻るのかい？」

彼女は顔をしかめた。「あそこに私の未来はないわ。人によく言われるんだけど、私が行くべき場所は南太平洋の島々よ」

「食人習慣の研究？」

「そう言うと面白そうだけど、どうかしら」

彼はあまり尋ねたくはなかったが聞いた。「おれと一緒にテリュライドに来ないかい？」

建前としては彼女はほほ笑んでいたと言うべきだろうが、目元は笑っていなかった。「やめとくわ、フランク」

彼には、あまりほっとした顔を見せないだけのたしなみがあった。「頭のいい人間についてきてもらったら助かるだろうと思っただけさ、だってあの町には二面性があるからね、どこを歩くときでも罠に気をつけなきゃならない、町中が宇宙でいちばん長くて醜いポーカーゲームをやっていて、たくさんのお金がすごいスピードで持ち主を替えているし、誰を信じていいのかも分からない」

「まさか、急いで町に戻って、拳銃を振り回しながら情報を聞き出そうとしてるわけじゃないわよね」

「けど、じゃあ、普通はどうやるんだい？」

「私だったらってこと？　仕事で町に来たふりをするわ、偽名を使って——あなたが追ってるやつらは町に敵を作ってるかもしれない、雇い主だって敵に回してるかもしれない。人の話をよく聞いていれば、遅かれ早かれ何かの情報は得られる」

「君らの言う〝調査〟だな？　酒場やナイトクラブや賭博施設や売春宿を片っ端から当たってみるか。でも、そんなことを一週間もやってたら、きっとこっちが誰かに目を付けられるだろうな」

「ひょっとしたらあなたって、自分が思っている以上にいい役者かもしれないわよ」

「じゃあ、できるだけ酔わないようにしなきゃな」

「それなら、今のうちにたっぷり飲みましょ、ね？」

テリュライドに向かう乗客がリッジウェイ連絡駅で乗り換えた後、短くなった列車がダラス分水嶺を越え、プラサーヴィルまで坂を下り、日没を通り過ぎ、夜の不確かさの中で最後にサンミゲル川の谷で停車した。川に映った星明かりと儚《はかな》いランプと鉱夫の小屋の暖炉以外には闇を破るもののない高地の暗闇の深さは、間もなく前方、東にある不浄な光輝に取って代わられた。それは火にしては色がおかしかったし、夜明けという可能性は問題外だったが、世界の終わりという可能性もないわけではなかった。それは実際には、アメリカで電気によって街路を照らされた最初の町テリュライドの有名な街路電灯だった。そしてフランクは、弟キットが街灯のための電気をイリアム谷から引っ張ってくる計画にしばらくの間従事していたことを思い出した。

ウンコンパグレ高原の向こうに昨日から見えていた、南の地平線上に乱杭歯のように長く一列に並ぶ大きな山々の頂があらゆる方角から名乗りを上げ、逆光で照らされた恐ろしげな姿で乗客の目の前にそびえていた。物見高い乗客は車窓から首を伸ばして広がる光輝を眺め、東部からの観光客の一団のように歓声を上げていた。

やがて、線路脇を走る山道の人通りが多くなり、都会の通りのようになった——鉱石や生活用品を積んだ荷馬車、ロープでつながれたラバの群れ、煙の充満した車両に乗った人々にはほとんど理解できない言葉で夜に謎をかけている詐欺師の悪態。線路がカーブしている場所で、明らかに何年も前からそこに住み着いている様子の狂人が列車に向かって大声で叫んでいた。「地獄行き《トゥ・ヘル・ユー・ライド》*！　皆さん、地獄行き！　紳士、淑女の皆さん、気をつけろ！　車掌に知らせろ！　技師に警告しろ！　引き返すなら、今のうちだぞ！」　そうしている間に、徐々に前方の光度が――そのくっきりした光線のために見慣れた星の多くが見えなくなっていた――客車内の石油ランプよりも明るくなり、彼らはシンプルで狭い碁盤模様の町へと滑り込んでいった。町は、全体が一度にこの場所に運び込まれ、谷底に押し込まれたように見えた。

フランクは列車を降り、ただ列車を見るだけのために線路脇に立っている牛追いたちの人垣を通り過ぎた。列車は駅に停車し、息をつき、体を冷ましていた。制動手と機関手がレンチやバールや圧力注油器や油の缶を持って行ったり来たりしていた。

いつもなら人一倍常識的なフランクだったが、この魂なき白熱光の中では、四方八方から不吉な暴力の兆候が自分に向けられているという恐怖に襲われた。何週間もカミソリの鋼鉄と会っていないひげ、むき出しの黄ばんだ犬歯、形にならない欲望で熱く赤らんだ目の周囲……。フランクは冷や汗を流しながら、来るべきではない場所に来てしまったことを理解した。彼は狂ったように停車場の方を振り返ったが、列車は既に再びゆっくりと谷を下り始めていた。彼は否応なく、金が続く限り、あるいは我慢の限界まで、自分の直感に従って行動する人々の仲間に加わることになった。その背後には一万三千フィートか一万四千フィートの山々の頂と、コロラド州ということを考慮に入れてもきな臭いほど高まっている鉱山での労使間の憎悪がそびえていた。

フランクが葉巻に火を点けて紛らわさずにはいられなかったもう一つのにおいは、町の名前の元となった物質――ここの銀はテルル化合物《テルライド》鉱石と一緒に見つかることが多かった――だった。テルル化合物は、フランクが鉱山学校で習ったように、自然界で最も強烈な腐臭がし、今までにこの世で放たれた中で最悪のおならよりも臭く、服と肌と魂に染み込んできたが、それはずっと使われていない連絡坑や階段状の採掘場を通って立ち上ってくる地獄そのものの日常の大気のにおいなのだと、この辺りでは信じられていた。

その夜、ホテルで夕食をとっているとき、彼が窓の外を見ていると、州兵の一団が町の西の谷に向けて大通りを去っていくのが見えた。その先頭では、身なりがぼろぼろで体の汚れた小さな集団がよろよろと歩かされていた。しっかりと踏み固められた土道とはいえ、たくさんのひづめの音が規則的に響くのを聞いていると、フランクはこの土地で身を隠すのは難しいのではないかと感じたが、他の客はあまり気にしていない様子だった。どうやらこれは浮浪者の一斉取り締まりで、仕事にあぶれた鉱夫の中で運悪く騎兵隊の目に留まってしまった人々が「浮浪」の罪で連行されていく場面だったのだ。

「だから町に軍が来てたのか」

「それに、〝早撃ちボブ〟が辺りをうろついてるらしいから、あいつ一人でももう一つ軍隊が来てるようなもんだ」

「それって」とフランクが尋ねるふりをした。「あの有名なガンマンのボブ・メルドラムのこと？　このテリュライドに？」

男たちが彼を横目で見た。それは敵対的な目つきではなかったが、ひょっとするとそれは、この日の朝、フランクがひげを剃らなかったせいで過度の青臭さを感じさせない顔になっていたからかもしれない。

「そいつだよ、若いの。最近、この辺りの鉱山は最悪だな、どっちを向いてもいい話は全然なし、お先真っ暗。ボブにとっちゃこの山は天国だろうよ」

他の客も加わった。「あいつは耳が遠いんだ。けど、面と向かって声を張り上げたり、どっちの耳に

＊　「テリュライド行き《トゥ・テリュライド》」をもじっている。

向かってしゃべったらいいのかなんて考えたりしない方がいいぜ」

「耳の遠いガンマンほど危険なものはねえな、だってよく分からねえ場合にゃ引き金に手ぇ掛けるからな、だろ、何かすげえ悪口を言われたのを聞き逃したんじゃねえかってときなんかよ……」

「あいつがトムボーイの搗鉱《とうこう》工場でジョー・ランバートを殺《や》ったときのこと覚えてるか？　完璧にメルドラム的状況さ。搗鉱機《とうこうき》が地獄のハンマーみたいにがんがんいってて最初から何にも聞こえやしない。〝手を挙げろ〟？　ああはい、ありがとうボブってなもんさ」

「おれの聞いた話だと、やつにはちゃんと聞こえてるらしいぞ――ただしヘビと同じように、肌で音を聞き取るんだそうだ」

「ピストルよりももっと重いものを持ってきてるんだろうな、お若いの」

「冗談はさておき、坊や、何の用事でこの町に来たのか知らねえが、少なくとも、テリュライドではちゃんとあいさつしておかなきゃならねえ男がいることは知ってるだろう？」

「エルモア・ディスコって名前だけは」とフランクが言った。

「そう、そいつだ。ちゃんと前もって会う約束はしてあるんだろうな、当然」

「約束……」

「おいおい、いきなり行って会えると思ってるやつがまたいたぜ」

「エルモアに会いたがってる人間は山ほどいるんだぞ、坊や」

エルモア・ディスコはメキシコ人だと信じている者もいたし、もっと遠い国、フィンランドかどこかそんな国から来たのだという者もいた。服装全体が粋とは言えない彼のわずかばかりのおしゃれ心は帽子に向けられていた。縁が細く巻かれ、ヘビ革の帯が付いた風変わりな黒のビーバー帽が彼のお気に入りで、それはデンバーに注文してから品物が届くまで二、三か月待たされたものだった。彼が今までに銃を向けたという記録が残されているのは、言葉か行為によって彼の帽子をばかにした人々だけだった。

そうした行為は彼にとっては十分に挑発的だった。レッドヴィルがまだレッドヴィルだったころ、C・ホール商会で、それまで和やかに進んでいたセブンカードスタッド＊の席からエルモアがトイレ休憩に立ったとき、冗談好きなシフト監督が、エルモアが皆を信じて置きっぱなしにしていったステットソン帽の中にゼリー化したスッポンのコンソメスープ――もともとエルモアの口には合わなかったのだが――を移すことを思いついた。「ほお、なるほど！」とトイレから戻ってきたエルモアが言った。「困ったことになったな！」鉱夫もその言葉に不吉なものを感じたに違いない。というのも、彼は出口ににじり寄り始めたからだ。次に気がついたときには二人とも外に飛び出していて、チェストナット通りに発砲音が響き渡っていた。ふざけ屋は全速力で荒野に逃げ出していたが、尻にけがを負い、エルモアの怒りの標的となったらしい帽子のてっぺんには穴が二つ開いていた。

　この対決を多くの人々が目撃していたために、次にまた帽子の件でけんかになったときには、当然エルモアは同じように――輪を掛けてとは言わないまでも――振る舞わざるをえなかった。「でも、おれは基本的には穏やかなタイプなんだ」と彼は言い続けたが、周囲は本人の言葉をあまり聞き入れなかった。見知らぬ人間にとって、彼は〝邪悪なエルモア〟であり、帽子に関するトラブルにもかかわらず、友人にとっては魅力的な男だった。彼が予想もつかない行動を取るからといって、それが彼のビジネス上の成功の妨げになることはなかった。この時期、E・ディスコ商会は、グランドジャンクションとサングレデクリスト山脈の間で最も景気のいい会社だった。品ぞろえと値段がバリエーションに富んでいることがこの店の繁盛の秘訣のようだった。だから、いつ店に行っても、つやのあるシルクハットをかぶった会社経営者らしき人々がぼろぼろのウール製の広縁帽をかぶった貧乏人に混じってフロアにあふれていた。彼らは一日の油と疲労で顔を輝かせ、さまざまなものを買い求めていた――山高帽、鳥打ち帽、ヘッドスカーフ、柄《え》付き眼鏡、ステッキ、ラッパ形補聴器、ゲートル、ちり除けコート、懐中時計

＊　七枚のカードを最初の二枚と最後の一枚だけ伏せて配り、うち五枚を選んで役を作る方式のスタッドポーカー。

の鎖飾り、婦人用の胸飾り布と上下一続きの下着、日本製の日傘、電気バスタブ、雷が鳴ってもマヨネーズが傷まないようにする特許装置[*1]、サクランボの種取り器、ドリルの穂先とアセチレンランプ、二十二口径専用の女性用弾薬帯、そして言うまでもなく、反物では薄地の白綿布《ジャコネット》、小花模様の白地の絹布、薄地のモスリン、浮畝縞《うきうねじま》のある平織り綿布、薄い紗《しゃ》織り、きめの細かなちりめんがそろい、柄も無地、縞模様、ロンドンのリバティー百貨店直輸入の東洋風プリントなどが並んでいた。

フランクが午前半ばごろにそこに着くと、屋内は天窓で明るく、周りが中二階に取り囲まれて、鉄細工の部分には緑色がかった明るい灰色のペンキが塗られていた。エルモアの事務所は店の音が元気に響き、フーラー土[*2]や銃用の油や店にひしめく地元民のにおいが漂うメインフロアに片持ち梁のように突き出ていた。

「ボスは朝からずっとテキサスから来た人と話し中だよ」と従業員が彼に教えてくれた。「あそこに馬具売り場が見えるだろ？　隣の酒場の入り口があそこにあるんだ。息苦しくなってきたら行くといい」

フランクは、物腰の柔らかなその店員がコルトの大型拳銃を携帯していることに気がついた。

「ありがとう、でも、金を払わなくてもここにじっとしてるだけで高山病で酔えるから」

ようやく彼が呼ばれて入った事務所には、大量生産を感じさせる応接家具が所狭しと置かれていた。それは、フォーコーナーズの悪党コンビが〝宮殿〟を襲った有名な夜の後、コーテズで安く売りに出されたものだった。ディスコ夫人のものと言われるスタジオ写真がガラスの奥から客に笑顔を向けていた。

エルモアが勢いよく部屋に入ってきたとき、フランクは窓の外の、人でごった返した目抜き通りを眺めていた。

「いい眺めですね」

「景気のいいときにその眺めを見ることができて運がよかったな。いつか鉱脈が掘り尽くされたら、この土地には風景以外には売れるものがなくなる。てことは、風景のない場所からの観光客しか来ないってこと——例えば、テキサスの連中とか。あんたが見てる通りの向こう側、あっちは〝日なた側《サニーサイド》〟って呼ばれてる。向こうにある鉱夫の小屋、見えるか？　狭すぎて、栄養失調の人間じゃなきゃ入れんし、中で体の向きも変えられん——でも、いつかあの一軒一軒が百万ドル、いや、二百万ドル、もっと高く売れるんだ。笑いたければ笑うがいい、みんな笑ってる、これもテリュライド式のジョークさ、高度のせいかな。でも今に見てろ。最初にその話を聞いたのがここだったって覚えててくれよ」

「予言者ですね」

「けっ、未来を思い描くのは、別に無政府主義者だけじゃないさ」エルモア・ディスコは少なくとも今のように笑うときには、メキシコ系にもフィンランド系にも見えなかった——どちらかと言うと、寄席の中国人のようだった。彼の目は身を隠すようにたるんだ下まぶたの奥に潜み、捨てられた竪《たて》型ピアノで一オクターブ高い崩れかかったCメジャーの和音（「この町じゃ、〝鉱山労働者《Aマイナー》〟って言うんだがな」）を弾いたような印象を与え、時々左右の金の犬歯が輝いていたが、それは鉱山町のステーキ屋で食事をするにしても必要以上に長く、尖りすぎているように思われた。

　彼はいつも手に持っているらしいコーヒーカップでジェスチャーをし、一息でしゃべるように早口で言った。「ウェルズ司令官との面会についてだが——あんたの気持ちはよく分かるよ、おれは司令官の秘書でも何でもないが、みんながあの人に会いたがってるってことは知ってる、バルクリー・ウェルズの名声は世界中に広まってるからな、例えば今週は、日本の東京からはるばる代表団が来たんだ、天皇直々の命を受けてな、司令官に会えなかったら日本に帰って来なくていいって、そうなったらハラキリのために持ち歩いてる脇差しを取り出すってわけさ、カル・ルータン[*3]が自分の管轄でそんなことを許す

＊1　雷が鳴るとマヨネーズが分離し、毒になるという迷信があった。
＊2　織物の漂白過程で脱脂用に用いたりする吸着活性の強い粘土。
＊3　労働争議が多かった時代のテリュライド郡保安官。

と思うか？　だが、そこまで必死になるやつらもいるってことだ、外国人ばかりとも限らない、だからとりあえずあんたから聞いておきたいのは、今回もしも運悪く司令官に会えなかったらあんたはどこまで不幸になるかってことだ」

エルモアの話に区切りがついたことを確認してから、フランクが言った。「忙しい人なんですね」

「メルドラムに口添えしてもらわなけりゃならないし、そのためにはメルドラムの部下たちの口添えが必要になる……鉱山の仕事の経験があるそうだな――どんな仕事だ？　例えば発破を仕掛けるとか？」

「ええ多少は」

そのとき二人はじっくりと冷めた視線を交わした。エルモアは何かを思いついたかのようにうなずいた。「でも、地上で爆発させるわけじゃないよな」

「爆弾魔と間違えられたのはこれが初めてですよ」

「何だ？　怒ったのか？」

「いや、別に。ちょっとだけほめられたような気分かな」

「技師ならダイナマイトの基本ぐらいは知ってるはずだ、分かるだろ」

「気が短い人なら怒るでしょうね。ああ。お菓子職人とか何とか言っておけばよかったな」

エルモアは潔白を示すように両手を広げた。

フランクは、居もしないハエを追い払った。「本当のことを言うと、金《きん》はあまり私の専門じゃないんですよ。どっちかって言うと亜鉛が専門で――」

「亜鉛、ほお、悪く思わないでほしいんだが、それならレイク郡に行ったらどうだ？」

「ご忠告をどうも。定期的にレッドヴィルには顔を出すんですが、金鉱石の新しい選鉱法を思いついたんで今週は――」

「トムボーイ鉱山とスマグラー鉱山の立場で言わせてもらうと、あっちじゃ今ある方式で満足してると思うぞ。鉱石を潰してプレートの上で水銀に溶かす、それでうまくいってるって話だ」
「アマルガム化法ですね。伝統的なやり方だし、十分安上がりだ。うん。でも、私のやり方だと――」
「おそらくウェルズ司令官はどれだけのコストがかかるか尋ねるだろう。そして、それにどう答えようが、返ってくる返事はノーだろう。だが、ボブと話してみるといい、あいつなら簡単に見つかる。やつに近づくときには危険が伴うから気をつけろよ。残念ながら、一日のうちで機嫌のいい時間帯なんかはないからな……。あ、おい、昼飯の時間だ。〈ルピータ〉に行かないか、あそこのメヌード*は最高なんだ。ルピータは牛の胃を一晩テキーラに漬け込んでる、それがおいしさの秘密さ」と言って、巨大なワピチの角でできた帽子掛けの前で立ち止まり、そのすべての角に掛かった帽子の中から、ラピスラズリと碧玉《へきぎょく》をはめ込んだ銀のメダル型ベルトの付いた灰色のソンブレロを選び取った。それはズーニー族の手によるもののようだった。「彼女には他にもいろいろ秘密があるんだがな。息子のルーミスも一緒に連れて行こう」それは、店に来たときにフランクにあいさつをした、四十四口径を持った男のことだった。

三人は店の裏からパシフィック通りに出て、牛とラバの隊列、ピアノボックス型馬車や三本ばねのフェートン型馬車、停車場と鉱山や店の間を行き来して荷物を運ぶ大型の荷馬車、低地のアルカリ土にまみれて幽霊のように身を固くしているちり除けコート姿のカウボーイ、山のような洗濯物を手押し車に載せた中国人などの間を縫うようにして進んでいった――エルモアはふざけて、手をピストルのように構えて人を掻き分け、時折誰かの体をつかんでは短時間の用件を片付けていた。彼のことは誰もが知っているようだった。ほとんどの人間は彼の帽子の選択についてお世辞を言うことを忘れなかった。

〈ルピータ〉はパシフィック通りとサンミゲル川――この辺りでは小川と呼ぶ方がふさわしいのだが――に挟まれた固い地盤に立っていた。店には、町の他の場所では見かけることのない空色のペンキが

＊　牛の胃、タマネギ、トマト、トウガラシ、トウモロコシを混ぜて煮込んだメキシコ風スープ。

塗られた厚板のテーブルと長いベンチが並び、錆びた片流れ屋根はポプラの柱が支えていた。料理の香りは店から半マイル離れた辺りから始まっていた。巨大なチチャローネ[*1]が交易所の獣皮のようにうずたかく積まれていた。危険を感じさせる濃い紫色のトウガラシがそこら中に吊るされていた。それは夜になると光るのだと言われていた。事務員やレジ係、起きたばかりの遊び人、下流から来た牧夫、煉瓦のほこりにまみれたメキシコ人労働者、列車待ちの詐欺師などの横には黒人の新聞売りや一張羅の帽子をかぶった主婦もいて、皆が入り交じって所狭しとベンチに陣取り、食堂の鉱夫のように手づかみでがつがつと食事をし、あるいは立ったまま席が空くのを待ったり、厨房で自分の弁当箱や紙袋に持ち帰り料理――チキントルタスやシカ肉のタマーレ[*2]や有名なルピータ特製牛脳タコス、自家製瓶ビール、六切りピーチパイなど――を準備してもらうのを待っていた。

タコス屋の女主人が現れたとき、もっと「おふくろ」的な人物を予想していたフランクは驚いた。金のアクセサリーを身に着けた白黒の小さな竜巻のような彼女は、どこからともなく姿を現し、立ち止まってエルモアの額にキスをし――ほとんど彼が帽子を持ち上げる暇もなかったのだが――そして奥の厨房の不安定な気候の中に再び姿を消す前に、いたずらっぽく、後ろを振り返りながら歌うようにこう言った。「ラ・ブランカとすれ違いになったわね《ボル・ボコ・テ・ファルト・ラ・ブランカ》」

「ああ、何てこった」とエルモアの顔が曇った。「今日はもうこれで一日憂鬱《ゆううつ》な気分だ。おれの知らないところで、彼女が町に来なけりゃならないようなどんなことが起こってるんだ、ルーミス？」

〝早撃ちボブ〟・メルドラムの妻はこの辺りでは〝ラ・ブランカ〟[*3]と呼ばれていた――ボブの不機嫌の暗い歴史を振り返ってみると、彼女が「妻」に違いないということで皆の意見が一致していた。その名は、彼女がいつも乗っている、超自然的な物腰の白馬にちなんで名付けられたものだった。馬に乗った彼女はいつも、サヴェッジ盆地の山道や、悪名高い〝壁の穴〟のギャングがよく知っているようなどちらかというと不可視に近い高地の峠道ばかりをたどり、世間と距離を置いていた。血の気の失せた彼女の唇は風の強い透明な空気の中では消えて見え、彼女が通り過ぎた後に思い出せるのは黒く縁取られた目だけだった。テキサス人などよそから来た人々の話では、あんな高地は馬が歩くような場所ではないということだった。なぜなら坂は急すぎるし、いきなり坂が始まっているし、深さ千フィートの割れ目があちこちにあるし、いつの間にか崖に変わる斜面にはジグザグに上れる道もないために、氷が張っていないことを当てにして真っすぐに下りるか真っすぐに上がるかのどちらかの道を選ばざるをえず、馬が――この種の状況ではインディアンポニーの血統が理想的だったのだが――その絶望的な下り傾斜を見極められるほど山に慣れている必要があったからだ。彼女はその恐怖の幾何学的地形に難なく溶け込んでいたので、ひょっとするとボブがかつて彼女と出会ったのは、サンファン山脈並みに奇妙なおとぎの国のガラスの山脈だったのかもしれないと思われた。山間の詩人たちは、馬に乗って一人さまよう彼女を見て――ブリザードの中、雪崩の起きそうな春の陽気の中、八月の雹《ひょう》の中で、黒いケープに風を受け、帽子を首の後ろに回し、天の光を髪に反射させ、ボブがモントローズで彼女のために買った花柄の絹のネッカチーフを冷たい炎のようになびかせた彼女を見て――彼女は、こんな普通の金や銀の国の人間が想像することもできないし、とても肩を並べられないほど強烈なホームシックを、馬に乗ることによって癒やしているのだと思いを巡らせた。

彼らはトムボーイ鉱山のそばの、鉱山道からさらに山を登ったところにある小屋に住んでいて、人を寄せ付けることはなかった。とはいえ、そもそも彼らが二人きりでいる場面を見たことのある人間も多くはなかったし、当然、そのせいでロマンチックな噂話が広まっていた。ボブのことを心《しん》から嫌っている連中でも、馬であてどなくさまよっている彼女をたまたま一度、運命の一度でも見かけたことのある

＊1　揚げて食べるブタの皮。
＊2　いずれもメキシコ料理で、トルタスはサンドイッチ、タマーレは挽肉をトウモロコシの皮に包んで蒸す料理。
＊3　スペイン語で「白」の意。

男なら噂の種になった。最近のボブは、バック・ウェルズの代理を務めるばかりではなく、トムボーイ鉱山で昼間の警備もやっていたので、日の出前には起きて盆地に出掛けていた。彼の目は——「黒」だと言う者もいたし、敵を撃つ直前に薄い灰色に変わるのを見たという者もいたのだが——伝えられている難聴を補うために普段よりも鋭く、常に周囲に視線を配り、小石サイズ以下のものまで鑑別し、あらゆるトラブルに対するアンテナを研ぎ澄ましていたが、必然的にその中には〝ラ・ブランカ〟がらみのトラブルも含まれていた。向こう見ずで基本的には頭の悪い多くの町の若者たちが自分は彼女の本当の望みを知っていると想像していた。それは、彼らの夢の中では、彼女が今一緒に小屋で暮らしている耳の遠い小男から自由になることだった。その上、その男も、ピストルに十四かそこらの刻み目が付けてあるとの噂だったが、さほど強そうには見えなかった。どうってことないさ、刻み目なんて誰でも付けられる、脅し文句より安上がりな脅しじゃないか？

「ほお、けど、あの〝早撃ちボブ〟は、人の命ばかりじゃない、自分の命も気に懸けちゃいないんだ、命知らずさ……」

「あいつにゃ分かってないかもしれないけど、おれだって命知らずだよ」

「せがれの話はよくある酒場での大口さ」と、ひょっとしたらフランクもまた尻の青いロミオかもしれないと疑っているかのように、エルモアが彼の顔を少し見た。「いいか、ルーミス、あのなあ、わしには訳が分からん。奥さんが町まで下りてくるのをボブが許すと思うか？　こいつは早いとこどうにかしなきゃならん。ルピータはどこだ？」

フランクは巨大なボウルに入った激辛の牛の胃から顔を上げて言った。「そのメルドラム夫人って——厄介な人物なんですか？」

「さあ」と食べ物を口に入れたままエルモアが言った。「彼女については誰も確かなことを知らん。厄介かどうかと言われると、そりゃまあ……ボブがいるんだから……」いつもなら正面を向いている彼の視線がそれてベア川の方へ向いており、東洋人風の彼の表情には動揺がなかったとは言えなかった。

ルピータは、花柄のボウルに入ったひき割りトウモロコシの練り粉を片方の肘に抱えて現れ、素早くそこから片手大の生地を取って一度に一つずつ平らにし、紙のように薄い完璧なトルティーヤを作り、それを回転させながら投げて厨房の調理用板金――記憶に残る嵐の後にリザードヘッド峠で拾ったもの――に張り付けていたが、それは一分経つとはがされて、保温用に取り付けられたエプロン部分に置かれた。彼女はその作業を続けながらエルモアに言った。「彼女はあなたを探していたわけじゃないと思うわよ」

「だんなの方は今日は見かけたかい？」

「どこかに急ぎの用があるっていう話を聞いたけど。あなたのその顔、恋に溺れる《イン・ラブ》男って感じじゃないわね」

「どっちかっていうとどつぼにはまる《イン・ザ・スープ》って感じかな。スペイン語では何て言うんだい、エン・ラ・ソーパ？」

「彼女は若いものね」とルピータが言った。「誰でもばかなことをする年ごろよ」

「おれには覚えがないな」

「かわいそうに《ポブレチート》」彼女は再び、鳥のように歌いながら、つむじ風のように去った。

フランクは、ただの社交的関心では説明がつかないほどじろじろとエルモアが自分を見ていることに気づいた。彼はフランクが見つめ返しているのに気づくと陰険な金の犬歯を輝かせた。「どうだい、そのメヌード？　鼻水が出てるぞ」

「気がつかなかった」と、フランクが鼻を袖でぬぐった。

「唇がしびれて感覚がなくなってるんだよ」とルーミスが助言をした。「ここでしばらく食事をするようなら、ひげを生やさなきゃね、鼻水をひげに吸い取らせるのさ」

「知ってるか、トウガラシは実が小さければ小さいほど辛いんだ、だろ？　それが基本中の基本だ。で、ルピータが使ってるのは小さいトウガラシ。すごく小さい」

「へえ、エルモア、どのくらい……どのくらい小さいって？」

「極端な話……目に見えないくらいかな」

「じゃあ誰も……そのトウガラシを見たことがないわけ？　そんなのをこの店ではメキシコ料理のレシピに加えてるってこと？　何個入れたか、どうやって分かるんです？」

　ディスコ親子はその質問を聞いて大げさに反応した。「頭がどうかしてるのか、あんた？」とエルモアが叫んだ。「一個食べただけで死んじまうよ！」

「半径百ヤード以内の人間も全員死ぬね」とルーミスが言い足した。

「もちろん、ボブだけは例外だ。あいつにとってはピーナッツと同じ。あのトウガラシを食うと心が落ち着くんだとさ」


　宿に戻る途中のバーで体積が〇・五立方フィート*を超えそうなステーキを食べ、〈シェリダン〉の部屋に千鳥足で戻るころには、一日中、メルドラムの乱暴狼藉について聞かされたフランクは、〝乱暴性メルドラム熱〟に感染してしまっていた。忙しそうに飛び回っているバルクリー・ウェルズには相変わらず近づくことができないままだった——ひょっとするとロンドンの仕立屋に行っているか、アルゼンチンでポロ用のポニーを追っているか、まったく人気《ひとけ》のない土地を訪れている可能性もあった。そしてこれまでのところ、まるで無垢《むく》と明示された人間の前では禁句とされているかのように、デュース・キンドレッドやスロート・フレズノに結びつきそうな情報はまったく得られていなかった。

　フランクは何とか目が閉じる前にベッドを鉱夫用のたがねでチェックし、電気の明かりを消したが、両方のブーツを脱ぎ終わらないうちにいつもの〝道端うたた寝〟モードに入った。それから五分と経たないうちに、誰かが部屋のドアに攻撃を仕掛け、激しいノックと怒鳴り声によって忘却の快楽は延期されることになった。「人妻にちょっかい出しやがる小便《しょんべん》みたいな黄色い顔したやぶにらみ野郎、出て来やがれ、出て来ないなら中に入らせてもらおうか？」と不吉な声が尋ねた。

「どうぞ」とフランクがあくびをしながら、慌ててスミス&ウェッソンの弾倉をチェックしていることを悟られないように、愛想のいい声で答えた。

「え、答えはどっちだ？　でかい声で返事をしろ、おれは耳が遠いんだ、聞こえねえ返事は腹が立つ」

「ドアは開いてるはずだ」とフランクが大声で返事をした。一瞬のうちにドアが開いた。そこに立っていたのは小柄な男で、黒い帽子、シャツ、長手袋というでたちの、間違いなくボブ・メルドラムその人だった。口ひげは大きく横に伸びていたので、ドアをくぐるときには少し横向きにならなくては通れないだろうとフランクは思った。そして彼は名声にふさわしいオーラ——マクブライアンウィスキーのにおいのするオーラ——をまとっていた。

「ほお、なるほど。それは何だ、女のおもちゃか、そうだろ？　しかもニッケルめっきか！　へえ、なかなか立派じゃねえか」

「ああ、三十八口径だよ」とフランクが言った。「警察仕様。でもちょっとヤスリで削ったんだけどな、いろいろと余分なところを。撃鉄を起こしたときにしっかり安定しなかったから。それが何かまずいのかい？」

「なかなか英語が達者じゃねえか。アヘン中毒の糞野郎のくせに日本人にゃ見えねえ面《つら》だ」

「フランクでいいよ。ひょっとすると、あんた、部屋を間違えてるんじゃないかな？」

「ひょっとすると、おれの女を寝取ったくせに、ぬけぬけと嘘をついてるんじゃねえか？」

「そんなばかなことするわけないさ——ひょっとしたら、あんたの友達のディスコがあんたに間違った

＊　例えば直方体なら、三〇センチ×三〇センチ×一五センチ程度の大きさ。

ことを教えたのかも?」

「ああ、そうか、あんたが例の技師か」彼の目の色が落ち着いてきたのでフランクは胸をなで下ろした。

「そうだよ。てことは、あんたが……メルドラムさん、かな?」と、あまりはっきりとどちらかの耳に向けて叫ばないように努めながら言った。

「その通り、悲しいが、まったくその通りだ」と黒っぽい身なりのガンマンが感情的な溜め息をつきながらソファに座り込んだ。「いつもいつもブッチ・キャシディーと比較されながらこの町でならず者をやっていくってのは簡単なことじゃねえんだ。やつが本当は何をやったかおれは知らねえ。利口な馬に乗って谷を上って、銃を構えて、チェリーパイを食うみたいに簡単に一万ドルを奪《と》って馬で逃げたにせよ、そうじゃないにせよ、年月が経つと西部の伝説には尾ひれが付くんだ。町の連中は、こっちが聞いてないと思ってひげの下でもぞもぞと言いやがるんだ、〝ああ、あいつは悪人だが、ブッチにゃかなわねえ〟ってな。それを聞かされるおれの気持ちが分かるか? この部屋にゃ酒もなさそうだな」

「今からあんたの好きな店に行こうじゃないか、一杯おごらせてもらうよ」

「ああ、そうだな《セグーロ》、けど、そのぴかぴかの拳銃《チャカ》をちょっとよそに向けてもらえねえか、おれにも面子《メンツ》ってものがある」

「おっと、忘れてた……」どうなるか分からないままフランクは拳銃をポケットに収めた。すぐにでも逆襲に遭うかと思ったが、ボブはひとまずは落ち着いた様子で、少し笑みさえ浮かべ、二列の金の人工歯冠を覗かせた。フランクは目がくらんだかのように前腕を目の前にかざし、身構えるふりをした。

「口の中に金塊がいっぱい」

「鉱山でも本気で金額を提示して買い取ろうって言ったやつがいたぜ」とボブが答えた。

二人はホテルに付属している上品な酒場はパスして、少し通りを先に行った〈コスモポリタン酒場&賭博クラブ〉に向かった。そこは、客に分別があり、ボブが安心して静かに酒を飲める店だった。「でな」と、いったんボトルとグラスがテーブルに用意されるとボブが話し始めた。「ウェルズ司令官の貴重な時間を無駄にしようとするばか野郎を一人追い払うごとにおれは五ドルずつもらってた。その金を持ってデンバーに行って、市場通りでがんがんやるのさ。意味分かるか？　そうしてると、断崖絶壁に囲まれたこの峡谷なんか悪夢の世界に思えてくる」

「彼と話ができないかな？　彼は今この町にいるのかい？」

ボブはぎらぎらとした目でフランクをチェックした。「妙なこと言うなよ。爆弾を持ったイタリア系の無政府主義野郎が四六時中あの人のことをつけ狙ってるところに、よそ者が現れて〝あの人が町にいるのかい〟だって？　おれも今ほど疑心暗鬼になってなきゃ笑ってすませるところだけどな。けど、いいことを教えてやる。ちょうどいいやつがそこにいる、マール・ライダウトっていう男だ――リトルヘルカイトのアマルガム技師で、毎日吸い込んでる――金塊鋳造日には二倍吸い込んでる――水銀の蒸気やら何やらですっかり狂っちまってるんだが、頭はどうかしてても、仕事を奪いに来た若いセールスマンの話なら喜んで聞いてくれるだろう」

マール・ライダウトは売春宿へ向かうところだったが、それほど急いではいなかった。彼はフランクの売り口上に耳を傾けた。

「……エジソンさんがドローレスで静電気を使ってやった実験のことはもちろん知ってるでしょう？　あれは残念ながらうまくはいかなかった――でも、おれのアプローチはちょっと違う。磁力を使うんです。ニュージャージーでは硫化亜鉛から黄鉄鉱を取り出すのに現在最も強力とされてるウェザリル磁石を使ってる――おれの装置はそのバリエーションみたいなもので、もっとかわいい機械だし、音もあんなにうるさくない。それに、この辺りで生み出される電力の規模を考えたら――」

マールは優しい表情でフランクを見つめていたが、簡単には話に乗らないという顔つきでもあった。

「磁力選鉱の話か、うん、ひょっとしたらもっと鷹揚《おうよう》な鉱山技師なら興味を持つんだろうけど、磁石を多少は扱ったことのある人間としては用心して聞かないとな。でも、こうしよう。時間があったら鉱山に来てくれ、そこで話を聞かせてもらおうじゃないか。明日なら都合がいいんだが」

突然、沈黙が支配し、電気のブーンという音だけが響いた。新品の巨大なビーバー革のソンブレロをかぶった男たちの集団が、外国の言葉でしゃべり、歌いながら、〈コスモポリタン酒場〉に入ってきたのだ。全員が携帯用のコダックを持っていて、カメラにはマグネシウムの小型フラッシュと同期する巧妙な仕掛けが施されたシャッターが付いていた。持ち上げられたショットグラスが口にたどり着く手前で止まり、黒人の靴磨き少年が布きれを動かす手を止め、ヒエロニムス・ルーレットが突然止まって玉が跳ね、玉は空中で止まった。まるで、この場面にあるすべてのものが写真に収まろうと最大限の努力をしているかのようだった。その客たちは酒場の主人のディーターに近づき、一人ずつお辞儀をし、バーの端に積み重ねられているさまざまなボトルを指さし始めた。まだ名前も付いていないカクテルにも精通しているディーターはうなずき、手を伸ばし、グラスに酒を注ぎ、混ぜた。そうこうしている間に、彼らはエルモアが今日フランクに話していた「日本の通商代表団」であり、テリュライドの夜の名所を見に来たのだと分かって、店の中には再び会話が戻った。フランクが日本人をじろじろ見るのをやめて視線を戻すと、ボブの目が尾根の上の夏の空のように色が薄くなり、念入りに巻かれた帽子の縁が変形しそうなほど加熱した蒸気が左右の耳から噴き出ているのが見えた。フランクは、短気なガンマンがこの瞬間にどんな言葉を期待しているかまったく見当もつかず、そんなことよりも身を伏せる準備を始め、他の客たちも同じことを考えていることに気づいた。

「なあ、ボブ、あん中のどいつがその男だと思う?」と店の常連の一人が声を掛けた。その男はどうやら年の功があるために、ボブが自分に対しては無茶なことはしないと思っているようだった。

「よお、ザック」とボブが大きな声を出した。「まったくいらいらするぜ、東洋人はみんな同じ顔に見える、誰から撃ちゃいいのか分からねえ」

「おお、それにM夫人の顔も見えねえようだな」とザックが考えなしに言った。「あんたが探してるやつは今ごろよそで何かやってんのかもな――へっへっへ！」

「最初に撃つのはおまえってことにしてもいいんだぜ、肩慣らしのためにな」とボブが言った。

「あ、待て、ボブ――」

その光景に魅力を感じた〝日本の息子たち〟がボブを半円形に取り囲み、カメラの蛇腹をいっぱいに引き出し、もたつきながら狙いを定め、中には理想的なアングルを求めてビリヤード台に上る者までいて、玉を突いていたプレーヤーを当惑させた。「坊主」と言ったボブの唇はまったく動いているように見えなかった。「さっきおれがほめてやったおまえの機械、今あれを出せるか？　もうすぐおまえの手を借りることになるかもしれねえからな、背後を頼みてえ。頭がカッカしてきた、厄介な連中中だぜ」

「私は少し日本語が話せるよ」とマールが申し出た。

「じゃ、こう言ってくれ。〝間違いのないように、てめえら全員、一人ずつ殺してやる〟ってな。そう言ってやってくれ」

「ええと、んん……スミマセン、皆さん、こちらのお方はぼぶサンデス！」すると全員がボブに向かってお辞儀をし、ボブも思わずためらいがちにお辞儀を返した。「がんまんデス」とマールが言い足した。「モットモアブナイデス！」

「アア！」

「アンナコト！」

そこら中で一斉にマグネシウムのフラッシュが焚かれ、濃い白煙が柱になって立ち上ったが、その煙はすぐに、パニックに陥って店を出ようとする客の動きで掻き乱され、思いがけない光と煙幕の組み合わせがあっという間に酒場の隅々まで広がった。店の調度につまずいたりぶつかったりしなかった客は別の客とぶつかり、ぶつかられた客は律儀に利子を付けてぶつかり返した。いらいらが店に蔓延《まんえん》した。

目に見えない硬いものが電光の中を高速で飛び交い、あちこちで罵声《ばせい》が——その多くは日本語だった——飛んでいた。

フランクは空気が透き通るまでバーの端でしゃがみ込んでいることにした。彼は喧噪《けんそう》の中でボブの声に耳を澄ましていたが、誰の声もはっきりと聞き分けることができなかった。店の中では輪郭と大きさが失われたため、多くの者が奇妙な幻覚を経験した。特に、一向に晴れない霧に一面覆われた広大な風景という幻を見た者が多かった。ほとばしる閃光《せんこう》の中で突然の神隠しに遭い、未知の生物が闇の中でおびえた叫び声を上げながらのたうつ遠い場所へと連れて来られたと信じることさえ可能だった。〈反乱〉の戦闘がいまだに頭の中で反響している年配の客は、閃光粉の穏やかな爆鳴の中に、大昔の忘れてしまいたい戦闘の野戦砲の音を聞いた。普段なら幻のようなものは一切恐れることのないフランクも、もはや自分のいる場所をはっきりと認識できなくなっていた。

ようやく煙が薄れ、離れた場所が見え始めたとき、フランクはマール・ライダウトが日本人通商代表の一人と話しているのに気づいた。

「この辺り」と日本人が言っていた。「アメリカの西部は霊的な土地だ！　私たちはここで、アメリカの秘密を探るつもりなんだよ。アメリカの国民的魂をね！」

「はっはっは！」とマールが膝を叩いた。「さすが日本人だ。〝国民的魂〟だって？　アメリカには〝国民的魂〟なんかありゃしないよ！　そんなものがあると思っているのなら、それは黄鉄鉱のことを金だと思い込んでるだけさ」

「鋼鉄の刃——アメリカ人の几帳面な顔に隠された、日本の刀よりも恐ろしい、数学的には幅を持たない刃。〈天〉は、慈悲を知らないその刃から身を守るために、この世との境界を封印したという話だ。知らないふりをしても無駄だよ！　そんなことをしても時間の無駄！」彼はマールをにらみつけ、仲間のもとへ戻り、こっそりと店を出た。

フランクは彼の方をあごで指しながら言った。「怒ってたみたいですね。何か変なことをやらかすんじゃないかな……」

「それはないだろう」とマールが言った。「しょせんは洗濯屋の使い走りみたいなやつさ。というか、あいつは有名な国際スパイ、明石男爵*の手下だよ、男爵は〝放浪する大使館付き武官〟と呼ばれてる――ヨーロッパの首都を転々としながらロシア人学生を焚きつけて反ロシア皇帝の戦いに駆り出そうとしてる。アメリカにも、このサンミゲル郡に反ロシア皇帝の集団がいるんだよ、フィンランド人がそうさ。彼らの生まれ故郷を今牛耳ってるのが他でもない全能のロシア皇帝。だから、いいかい、連中は皇帝を嫌ってるんだ。当然、フィンランド人は日本人にとって特に興味深い存在となるわけさ。日本人はリトルヘルカイトでのさまざまな出来事に関して平均的な通商代表ではありえないような興味も示してる、特に、延べ棒を作る日の前後の、化学的な出来事に関してね」

「何かを盗もうとしてる?」

「どちらかと言うと、いわゆる〝産業スパイ〟って感じだな。彼らが求めているらしいのは、私のやっているアマルガム化法だ。でも、それは本当の目的を隠すための作り話かもしれない。そうだろ」彼は帽子を脱ぎ、てっぺんを叩いてへこませてからかぶり直した。「さてと、じゃあ明日、鉱山で会おう」と言って、フランクが「はい」と返事をする前に既にマールは姿を消していた。

ゆっくりと混乱が静まってきた。壊れたグラス、折れた木材、ひっくり返った痰壺がそこら中で邪魔になり、トランプをやっていた連中はそんな残骸の中で床を這い回りながらカードを元通りひとそろい集めようとしていた。酒を飲んだり、ギャンブルに興じたりしていた客たちが、傷をかばい、目をこすり、袖で鼻をかんでよろよろと店を出ると、既に借り物の馬が器用に自分の綱を外し、時折溜め息をつきながら畜舎に戻ろうとしているところだった。川岸の大小の売春宿から来ていた派手な女たちは教会

＊ 明石元二《もとじ》郎《ろう》（一八六四―一九一九）は日露戦争中にロシア革命派に資金や武器を与え謀略工作を行なった陸軍軍人。

に来た奥様方のように二、三人で集まって、興味深そうに現場を覗いていた。日本人の集団の姿はとうになく、〈コスモポリタン酒場〉の中では、何事もなかったかのようにディーターがカウンターの中に戻って仕事を再開していた。フランクが用心しながら立ち上がり、残ったボトルを確認しようとしたとき、ザックが何かを聞きたそうな顔で素早く横に近づいてきた。

「何です、先輩。聞きたいことがあるならどうぞ。ボブをその辺で見かけませんでした？」

「いつものを頼む、ディーター、強いウィスキーをサルサパリラソーダで割ったやつ。ああ、若いの、後輩君、厄介なあんたのお友達はさっき見かけたよ、ワイオミング州のバッグズに戻って新しい生活を始めるとか何とか叫びながらベア川の方に向かっていった。ひょっとしたらそこのところは聞き間違いかもしれないけどな」

「今夜は次から次に大騒ぎだね」とフランクが言った。

「とんでもない」ザックは手を伸ばして口をふこうとタオルを取った。「こんなのはティーパーティーみたいなもんさ。八九年の夏にブッチとその一味がこの町に来たとき*なんぞ……」

＊ ブッチ・キャシディー一味は一八八九年六月二十四日にテリュライドのサンミゲルバレー銀行を襲った。

翌朝、ロジャーズ兄弟社の貸し馬屋には、フランクがデンバーの繁華街以外では見かけたことがないほど多くの人が馬を借りに来ていたが、他の店に比べて何がよくてそれほど人が殺到しているのかすぐには分からなかった。客同士は不気味にいがみ合い、少しでもスペースがあれば落ち着かない様子で歩き回り、古い葉巻や新しい葉巻をふかしていた。少年たちが次々に鞍《くら》と勒《ろく》を付けた馬を柵から出してきて、長々とした賃貸契約約款《やっかん》の写しを客に見せて署名させ、チップを受け取り、列らしき並びを整理し、店の中の長いカウンターの背後で書類処理に追われている事務員からの罵声を無視していた。フランクが馬を手に入れたころには、既に太陽は高い山の上に昇っていた。馬はメスカレロという名の、いたずらっぽい目をした白黒まだらの馬だった。彼は山の上のリトルヘルカイト鉱山へ向かったが、途中のファー通りでティムケンばねの付いたおしゃれな軽馬車で店に向かうエルモア・ディスコに会った。

「昨日の晩は、〈コスモポリタン酒場〉はにぎやかだったそうじゃないか」

「ボブ・メルドラムと一緒に店に行ったけど、混乱の中で彼を見失った」

「きっと今ごろは仕事に戻ってるさ。だけど」――エルモアははっきり「丁重な警告」とは言わなかったが、表情はそう語っていた――「もしも今日、あいつが〝盆地〟をうろついてるのを見かけたら、あいつの持ってるシャープス銃*には気をつけな。特に射程の長さにな。一マイルか、二マイルは余分に距

＊　元込め式単発ライフル銃。

離を取った方がいい」

「何か、おれのことで怒ってるのかな?」とフランクが尋ねた。

「そういう個人的なことじゃない」

エルモア・ディスコは音楽隊の中の鉄琴のように馬車の金物を鳴り響かせながら去った。フランクはトムボーイ街道を上った。つづら折りのカーブにさしかかるたびにハコヤナギの震える葉を透かして見える下方の町は、少しずつ平たくなり、熱せられた薪《まき》の煙の中にゆっくりと霞んでいき、大工の金づちの音や馬車の往来の音も遠ざかり、やがて〝盆地〟の静寂が訪れた。セミは大合唱していた。ヘルカイト街道――「街道」という呼び名にはかなり地元の身びいきが込められていた――はいつの間にか細くなってごつごつした川床道に変わり、パイプや排水路の工事をしていないために小川が道の上を流れていた。

彼がこの町に長くとどまればとどまるほど、見つけだす新情報は減ってきていた。収穫逓減点《ていげんてん》が急速に迫っていた。しかし今は山を登り、雪線に近づき、風が強まるにつれ、彼はほんの一瞬だけでも視野の端に、空を背景にした白い馬と、地獄の炎と大理石模様に入り交じる煙のように風に乱れた黒い髪とが現れるのを待っていた。

霊感が強いとは決して言えないタイプのフランクでも、この辺りには幽霊が取り憑いていることが分かった。下の町では四六時中商売が繰り広げられ、たがの外れた欲望が多様な可能性を覗かせているにもかかわらず、そこからわずか三十分ほど山を登ると、暗い昼間の空に二マイル半ほど近づいた場所で、二度と人が住むことのない傾いた茶色い小屋の骨組みが打ち捨てられ、鉱夫の寮で使われていたベッドのばねが捨てられたまま錆びついていた……そして可視世界の端でマーモットのように素早く動く存在も。そこには、土地の高度とは無関係に、背筋が凍るような寒さもあった。

リトルヘルカイト鉱山が目に入るよりもずいぶん前から、フランクはそのにおいに気づいていた。彼が町に着いてから時々町までそのにおいが漂ってくることがあったが、これほど強烈ではなかった。頭上で金属がうなるのが聞こえ、彼が顔を上げると、鉱石を積んだ運搬用のバケツが次々と加工のために町外れのパンドラ工場に向かっているのが見えた。この辺りは地形があまりにも急峻なので、鉱山主は搗鉱機《とうこうき》のような高価な装置を設置するのを嫌がったのだ。彼は、何年も前に裸にされた白い山肌に鮮やかに赤く浮かび上がっているテリュライド電力会社の変電所の脇を通り過ぎた。その一帯には傷のように縦横に道が走り、あちこちに墓碑のように白くなった切り株が残り、電気のうなりがセミの声よりも大きく響いていた。

　小さな〝盆地〟がいきなり目に飛び込んできた。彼は馬を速足で歩ませ、まばらな小屋の間を抜けていった。小屋の板はすべてラバの背中に載せて引きずりながら運ばれたので、ここに着いたときには町の製材所で買ったときよりも一フィートかそれ以上も短くなり、強い日差しを浴びてすっかり漂白されていた。ようやく彼は試金所を見つけた。

「あいつならパンドラにいるはずだよ」

「ここにいるって聞いたんですが」

「じゃあ、横坑のどこかにいるんだろう。きっと地霊《トミーノッカー》とおしゃべりしてるんだ」

「げげ」

「ああ、心配いらない。マールのやつはたまに頭が変になることもあるけど、延べ棒を作る作業に関してはあいつの右に出るやつはいない」

　まあ、こんな酸欠状態の高地でにぎやかにやってる連中で、まったく頭がおかしくならないやつなんていないだろう。フランクはいちばん手前の坑道入り口から中に入り、突然耳とこめかみとうなじを覆った闇と冷気の中で耳を澄ました。ハンマーの音と、遠い坑道から聞こえる大鎚と鶴嘴の音がする場所は、彼が奥へ進めば進むほど分からなくなった。彼は、光を当てても危険が生じることのない昼間の世界から、光の世界の残像を通り過ぎ、彼の目の奥の夜の世界へと分け入った。

最初、彼は彼女のことを、よく噂話で耳にする化け物――メキシコ人が悪鬼《デュエンデ》と呼ぶ、鉱山にすむ超自然的な生き物――だと思ったが、すぐに落ち着きを取り戻し、爆薬係を務める少女だと気づいた。というのも、よく見ると彼女は、この生きた山の奥底にドリルで開けられた穴にニトロとしか考えられないものを静かに注いでいたからだ。「だって人が来たことに気がつかなかったんだもん」と、後でマールにからかわれたとき、少し遅れて彼女は反論したのだった。「ちょうどあの地層を崩そうとしてるところで、みんな忙しかったの。爆薬係でも雇われてる限りはボーッとしてるわけにはいかないわ。それに、何が優先されるか考えてみて。片足を棺桶に突っ込んだ状態で、一日中頭のおかしなフィンランド人にじろじろ見つめられて、仕事を上がったとたんにスキーを履いて急斜面を滑り降りるような大人たちに囲まれて、そんな中で、磁石のことしか頭にない鉱山学校卒業生のことなんていちいち考えてられないわよ」

ダリーの言葉はアメリカの中の特定の地方のしゃべり方ではなく、どちらかと言うと山道のように曲がりくねった口調で、記憶の中に眠っていた町や行ったこともない町を思い起こさせ、噂に聞いていつか行ってみたいと思っている夢の町さえ思い描かせた。

マールが穴での用事を終えて戻り、三人はアマルガム技師の小屋でいすに腰を下ろした。彼は机に足を上げ、機嫌も上々だった。

「ええ、私はいつかここを出る」とダリーは二人に約束した。「そしてその日を最後に、この人から自由になるの――」と言って頭を振り、明るい巻き毛でマールの方を指し示した。「それも、できるだけ早い時期にね」

「おまえには分かってないようだが、私だってその日が待ち遠しいよ」とマールがうなずいた。「私はちっともつらくなんかないぞ、ぜーんぜん――お名前は何とおっしゃったかな――おい！　まだここにいたのか？　お嬢さん、まだ出て行ってなかったのか？　何をもたもたしてる？」

「コーヒーが沸くのを待ってるだけよ」　光を発しそうなほど熱くなった鉄のストーブの上のポットに主婦のような手つきで、やけど覚悟で手を伸ばす。

　ライダウト父娘《おやこ》はこれと同じやり取りを形を変えて何度も繰り返してきた。「私はどこに行っても自分の仕事を続けることができる」とマールが言うこともあった。「こんなサンファン山脈くんだりじゃなく、この上なく安全な町、まともな世界の玄関先でも。それなのに、どうしてアイオワ州のダベンポートとか、そんな感じの落ち着いた場所じゃなく、わざわざこんな場所で、銃弾と雪崩をかわしながら生活してると思う？」

「私が死ぬのを待ってるの？」

「外れ」

「じゃあ……私のため？」

「その通り。ここは学校なんだよ、ダリー――っていうか、大学かな。どの教室も左側がバーになっていて、ショットガンと四十四口径が備え付けられていて、学生はいつでも酔っ払ってるか、性的に狂ってるか、一マイル以内に近づけないほど危険で、手渡される成績は二種類の評定しかない。生き残れるか、生き残れないかだ。ここまでは分かるかい？　それとも例えが分かりにくいかな？」

「分数のところまで話が進んだら教えてちょうだい」

　彼女はキャンバス地の鉱夫帽を見つけ、それを頭にかぶり、玄関に向かった。「会社の売店まで行ってくる。今のシフトが終わって混雑し始めるまで店にいるからね。お会いできてよかったわ、フレッド」

「フランクだよ」とフランクが言った。

「分かってる。記憶力を試しただけ」

彼女がドアを出て三十秒も経たないうちに、マールは、化学物質が原因の狂人――フランクにはそう見えたのだが――という特権を利用して彼を正面から凝視し、このテリュライドで本当のところ何をやろうとしているのかと尋ねた。

フランクはためらった。「あなたが信頼できない人物だと分かっていれば答えやすいんですが」

「私は君のお父さんとは知り合いだったんだ、トラヴァースさん。お父さんは紳士で、カードも強かったし、ダイナマイトのことは何でも知ってたし、うまく点火しなかったときにうちの娘の命を救ってくれたこともあった。あんな目に遭わされるなんて絶対に間違ってる」

フランクは倒れそうな折り畳み式キャンプいすの上に不安定に腰掛けていた。「あの、ライダウトさん」

「マールでいい」彼はウェブ・トラヴァースのつや消し写真をフランクの方に押しやった。ウェブは帽子を取り、火のついた葉巻をくわえ、まるでどうやってカメラを壊そうかと考えているかのように好戦的な笑みを浮かべてレンズを見つめていた。

「君は確かにお父さんとあまり似ていない」とマールが穏やかな口調で言った。「しかし、私は人の顔をよく見る方なんだ、それも仕事の一部だからね、だから似ていることは分かる」

「で、誰かにそのことを話しました?」

「誰にも。そんな必要はないから」

「その、教会のお説教みたいなしゃべり方はどういうこと?」

「何をやろうとしてるか知らないが、バック・ウェルズを殺《や》ろうとしてるのならやめておけ。あいつはとんでもなく手に負えない男だ。君がそばに近寄る前に、自分で自分に始末をつけるかもしれないようなやつだ」

「そうなればありがたい厄介払いだ。でも、どうしておれが彼に危害を加えようとしてるなんて思うんです？」

「君は彼に会いたがってるそうじゃないか」

「ハーバード出のあの野郎の尻《ケツ》を天高く蹴り上げてやりたいのはやまやまですが、おれのリストのトップに名前が挙がってるのはウェルズ司令官じゃない、だってあいつはお偉いさんですからね、馬に乗った放浪者のレベルでは、あいつなんかよりも、父を殺すために雇われて実際に引き金を引いた殺し屋の方が重要です。ハーバード出の男がそういう汚い仕事で自分の手を汚すとは思えないから」

「まさか君はあの事件が――」

「だいたい見当はついてます。どうやらこの小さな町ではみんなも知ってるみたいですがね。問題はやつらが今どこにいるのかってこと、だからバックに会いたい」

「やつに銃を突き付けて、知ってることを聞き出すのか」

「あ、そうか。そのやり方は考えたことがなかった」

「どんな聞き出し方を考えているにせよ、急いだ方がいい」中国系の子供たちもこのときのマールと同じ顔つきでフランクを見たことがあったが、そのときはこれほど困惑した表情ではなかった。「噂が広まってるぞ、フランク。君には出て行ってもらいたいようだ」

こんなに早くばれるなんて。彼は少なくともあと一日か二日は時間があるものと期待していたのだったが。「何なんだ、おれのおでこに何か書いてあります？　おれの騙《だま》しが通用してる相手がこの町に一人でもいるのかな。くそっ」

「落ち着きなさい」マールが壁際の引き出しからさらに数枚の銀塩写真を取り出した。「少しは役に立つかな」一枚には、独立記念日に町を訪れている牛追いらしい人物が二人写っていた。一人がもう一人の口に、巨大な爆竹をくわえさせようとしていた。爆竹には火が点き、明るい火の粉を散らし、飛び散り、消え、シャッターが開いているわずかな時間を満たしていた。写真の背景では、酒場の入り口から客たちがそれを眺め、面白がっていた。

「これはどういう――」

「ほら、こっちの方がもっと鮮明だ」

それはまさにこのアマルガム技師の事務所の正面で撮られた写真だった。この写真ではデュースとスロートは笑っておらず、光は秋らしく、頭上の空には黒い雲が見え、影は写っていなかった。二人の男はまるで何かの儀式のようなポーズを取っていた。この日は曇っていて露光時間が少し長めだったので、少なくとも二人のうちの一人が動いて写真がぶれていてもおかしくないのだがそんなことはなく、二人とも挑むように不動で立ち、そうしている間にコロジオン溶液*が必要な分量の光を受け、まるで昔の反応の遅い感光乳剤の前で構えているかのように、二人の殺し屋の姿を仮借なく忠実に記録することになった。目を近づけたフランクは気がついたのだが、男たちの目は妙に狂ったような輝きを帯びて写っていた。かつての写真では、露光時間の間に二百回もまばたきをしなければならなかったためにそのような写り方をしたものだが、もっと新しいこの写真では、本物の幽霊的なものが乳剤を媒介として作用し、以前には記録に残らなかったものが浮かび上がっていたのだった。

「この写真、誰が撮ったんです?」

「私の趣味みたいなものでね」とマールが言った。「この辺りでは銀とか金とかが採れるし、酸や塩《えん》も手に入る。だから、いろいろと変わった可能性を試してみたくなるのさ」

「卑劣なスカンク野郎なんでしょう?」

「彼はいつもボブ・メルドラムの尻を追いかけて、子分にしてくれって言ってた。でも、ガラガラヘビをペットにしてるあのボブでも、やつには五分と我慢ならなかった」

まるでボブの名前が何かの合い言葉であったかのように、突然小さな爆発みたいにダリーが玄関から飛び込んできた。彼女はフランクのことしか見ていなかった。「ブーツは履いてる? 髪はとかした?

出発の時間よ、ほらほら」

「どうした、ダリア？」とマールが言った。

「ボブとルーディよ、鉱山小屋のそばまで来てる、笑わないはずの男が笑ってる」

「おれを追ってるって？　でも昨日の夜なんか、ボブはすごくフレンドリーだったんだけど」

「こっちだ――」マールは机をどけ、さっきまでは見えなかったはね上げ戸を開けた。「わが家の緊急脱出口だ。下にトンネルが掘ってある、鉱石の積み込み所のそばに出られる。運がよければ空のバケツに乗って町まで行ける」

「おれの馬は？」

「ロジャーズの貸し馬屋はトムボーイ鉱山に小さな納屋を持ってるから、手綱をサドルホーンにくくって放してやれば、あとは勝手に馬が自分で戻る。写真を持って行け、私はネガを持ってるから。あ、それとこれも」

「何です、これ？」

「見た通り」

「ちょっと変わった……ミートサンドイッチ……何のために？」

「すぐに分かるさ」

「食べてもいいのかな」

「食べない方がいい。ダリア、町までこの人を送ってくれるかい」

トンネルの中でフランクは奇妙な群れの存在に気がついた。その姿は半ば目に見え、半ば音として感じられた。ダリーが立ち止まり、耳を傾けた。「わあ。みんな怒ってる」彼女はチャイムのような奇妙な言葉で呼びかけた。真っ暗なトンネルの奥から返事が返ってきたが、フランクにはなぜかどの方向か

＊　写真湿板の感光膜に用いられる。

らの声なのか分からなかった。「さっきのサンドイッチある、フランク？」

二人はトンネルの真ん中にサンドイッチを置き、駆けだした。「どうしてあんなことを——」

「頭は大丈夫？　彼らのこと、知らないの？」

二人が飛び出した外の世界の薄闇は、満月よりも明るい電灯とほぼ釣り合っていた。山際まで続く道に沿って、超自然的な盲目の円が高い柱の上に並んでいた。

「急いで。もうすぐ交代の時間よ。早くしないと北欧人の集団に踏み潰されちゃう」彼らは鉱石用バケツの中に入り、鉄の陰に隠れ、落とすことのできないテルル化合物のにおいにまみれた。「テキサスの便所よりくさいでしょ？」と彼女は陽気に言った。フランクは気を失いそうになりながらぶつぶつ何かをつぶやいた。どこかでベルが鳴り、がたがたとバケツが動きだした。二人は頭を低くしていたが、フランクには、バケツが崖の上にさしかかり、切り立った谷の上を移動していて、自分たちは町の明かりのはるか上空にいて、下には目に見えない深い空気しかないことが分かった。とそのとき、鉱山の方で交代の笛が鳴り始め、彼らが暗い淵《ふち》に飛び込んで行くにつれ、笛の音が低くなっていった。少女はうれしそうに叫び声でそれに応えた。「地獄行き《トゥ・ヘル・ユー・ライド》！　ね、フランク！」

町に戻るという選択肢は、実は彼の第一希望ではなかった。彼はできれば山にとどまり、峠を越え、シルバートン街道を下ってデュランゴにでも向かい、運がよければ列車に乗り、それが無理なら馬のままで何とかサングレデクリスト山脈までたどり着くことができれば、少なくともチャンスはあると考えていた。バッファローの幽霊の間を駆け抜け、大砂丘に飛び込み、その土地の幽霊たちに守ってもらうつもりだったのだ。

間もなく二人の耳には搗鉱機《とうこうき》の音が聞こえてきた。最初その音は、まだ布告されておらず、必ずしも実際に来るとは限らない国民的祭日に備えて練習を重ねている遠くのマーチングバンドの打楽器パートのようにくぐもった音で、横笛やコルネットの音が今にも加わってきそうに思えたが、山間で起こる多くの出来事と同様に、音が聞こえはするものの姿は見えないまま徐々に大きくなっていった。いつの間にか搗鉱機よりも町の喧噪の方が音が大きくなり、フランクは今が土曜の夜だったことを思い出した。

悪魔の巣窟でも、今包み込むように二人に迫っている――二人がそこに迫っているというよりも――ものにはとうてい及ばないだろう。発砲音や叫び声、楽器の音、貨物馬車の往来、路上のニンフのコロラトゥーラ*のような笑い声、ガラスの割れる音、銅鑼《どら》の乱打、馬、馬具の金具の音、自在ドアのちょうつがいがきしむ音などが谷中にこだまする中、フランクとダリーはコロラド通りの中ほどにある〈巻き上げやぐら酒場〉に着いた。

「こんな店が君みたいな子を中に入れてくれるかな、本当に?」とフランクができるだけ優しく尋ねた。

少女は一度だけ、短く笑った。「周りを見てよ、フランク。他人が何してるかを少しでも気に懸ける人間が一人でもいる?」彼女はたばこの煙をくぐり、バーの奥まで彼を連れて行った。バーには鉱山を転々と渡り歩いている労働者、鉱石の採掘量に応じて給料をもらっている鉱夫、仕送りで生活している怠け者が並んでいた。カードやさいころを使った賭博をやっているテーブルでは、挑戦、侮辱、呪《のろ》いの言葉などが飛び交っていた。ピアノでは誰かが行進曲らしき音楽を奏でていたが、妙にリズムにためがあって、いつもならダンスが苦手なフランクが、なぜか踊りたい気分になった。

当然、彼女はそれに気づいた。「あれが〝ラグタイム〟よ。ラグタイムを聴くのは初めて? 聞いても無駄ね。あなた、どこの出身だったっけ? やっぱりいいわ、私には発音できないし」

彼女は両腕を差し出していた。彼は自分は踊りが全然駄目だと思っていたが、そこまではひどくなかった。というのもフランクは、ここで女の子たちと一緒に踊っている鉱夫たち――特にフィンランド人――に比べれば、見事に足取りが軽かったからだ。「スキー板を履いてるみたいな感じで足を出すのよ」とダリーが言った。しばらくするとフランクは、冬でもないのに実際にスキー板を履いている男を何人

＊　トリルなどの華麗で技巧的な声楽的装飾。

か見かけた。

「あ、チャーリーだ、ちょっとここで待ってて、すぐに戻るから」フランクは一人にされてもかまわなかった。ボブとルーディがいつ現れるかと不安になり始めた彼は、ペルシアグルミ製のカウンターで一杯やる必要を感じていたからだ。彼がこの夜一杯目のビールを半分ほど飲んだところで、ダリーが戻ってきた。「チャーリー・フォン・ディンと話したわ、売春宿の洗濯を全部任されてる人よ。〈銀の蘭《らん》〉に空き部屋があるって。あそこなら私も知ってるし、安全だし、逃走用のトンネルもあるし――」

「君がそんな店を知ってるの?」

「へっ、何よ、驚いた? チャーリーはあなたの反応で賭けをしようって言ってたけど、私は乗らなかったのよ。一週間分の食事をゲットしそこなっちゃった」

「〈銀の蘭〉だぞ? ダリー」

「それもこれもパパのせいよ」マールはあるとき、性的交合――ここのような鉱山町では、性的交合というよりも性的処理という事例の方が多かったのだが――というデリケートな問題に取り組まなければならないと思い立った。マールは自分が常連客として通っていた〈銀の蘭〉の副支配人のカリフォルニア・ペグに頼んで、短期間の秘密の学習プログラムを計画した。それはマールの言葉に従えば、「お堅い淑女にショックを与える」ための経験だった。「でも考えてみたら、食事のときに子供に薄めたワインを少しだけ飲ませて、ディナーに添えるワインとディナーのためのワインとを区別する感覚を身につけさせるのと同じようなものだ。もう大きくなったんだから自分でも分かるだろうし私の口からも何度も言ってることだけど」と彼は何年か前から繰り返していた。「遅かれ早かれおまえも完璧な若者とくっつくことになる、だから、今のうちにどういうものかを知っておけば、傷心という未知の世界を味わわなくても済むし――」

「パパにも手間を掛けなくて済むってことね」と彼女は言った。

「男のすごくいい部分もすごく悪い部分も見ることになるわよ、お嬢ちゃん」とペグが言った。「そしてその中間もね。ほとんどの男は真ん中あたりのどこかにいるわけだけど。でも、男の複雑な欲求は絶対に信じちゃ駄目、例えばブラックジャックのルールよりもややこしい欲求は相手にしないことよ」

というわけで、ダリーはもともと頭のいい少女だったが、ポップコーン小路の周辺でさまざまな役に立つ情報を収集することになった。彼女は荒れた唇には耳あかが効くという興味深い事実を発見した。彼女は鉱山での一か月の給料をはたいて、〈選んで突いて〉の踊り子から二十二口径のリボルバーを手に入れ、それをいつも人目に付くように持ち歩いていた。その主な理由は、銃を隠せるようなドレスやスカートを一枚も持ち合わせていなかったということだったが、もう一つの理由は、銃の存在によって、ほっそりした彼女が身に着けていると大きめの銃ほどは目立たないものの、彼女が銃を抜き、狙いを定め、発砲するだけの能力を持っていることが示せたからだ。機会さえあれば彼女はゴミ捨て場の裏で熱心に銃の練習を積み、やがて、鉱夫の中の射撃名人を相手に賭けをして小銭を稼ぐ腕前にまで達した。「アニー・オークリーだ！」*彼女の姿を見つけるとフィンランド人はしばしばそう叫び、彼女に撃ち抜いてもらうために空中にコインを放り投げ、彼女も喜んでそれに応じ、将来フィンランドに帰る多くの人々に内戦と白色テロル、そしてその先にある略奪と大虐殺を生き延びるための幸運のお守りを作ってやったのだった――ときには不利な側が勝つこともあるということ、そして彼らを待ち受ける冬の世界で、反事実的なものが現れることもあるということをそのコインは約束していた。

性愛的な洗練はテリュライドの売春街の魅力ではなかった――それを求めるならデンバーに行った方がいいのだろうと彼女は思った――しかし、彼女はひとまず〈銀の蘭〉での初級コースを終えて、よくあるタイプのショックに対しては、完全に慣れたとは言わないまでも免疫はできた。多くの人の――ペグの内緒話によれば、特に〝愛のない〟人の――結婚生活を崩壊させるのはそうしたショックが原因だ

＊　米国人の射撃の名手（一八六〇―一九二六）。

った。ここを訪れている好色家のカウボーイたちは心を病み、セックスのことで頭がいっぱいなので、彼らの言う「愛」はとても彼女などには近づきがたいさまざまな別のものとごた混ぜになってしまっている。「愛」とは、最終的にそれが何であるにせよ、そういうこととはまったく別の場所にあるものなのだ。

「それって普通は女の子が母親と話すことよね」と彼女はフランクに言った。「もちろん、もしも母親が娘のそばにいて、別の惑星みたいなよその町で何百万人もの人間に紛れたりしてなければ、の話だけど。それも私がこの町を出たい理由の一つよ。ママを探すの。早いほうがいいわ。マールだって私が足手まといだと思ってることが多いみたいだし。本当のことを言うと、パパと一緒にいることに飽きてきたの。鉱夫の人たちも恋人にするには今いちだし。私には場面転換が必要なんだわ。あれ、ええと、何か別の話があったんだけど忘れちゃった」

「まさか、君、お父さんに対して何かの責任感を感じてるんじゃないよね」

「もちろん感じてるわよ。パパの方が私の子供みたいに感じることも時々ある」

フランクはうなずいた。「親離れだな。誰もが通る道だよ」

「ありがとう、フレッド」

「フランクだ」

「また引っ掛かった！　罰としてビールを一杯おごって」

〈銀の蘭〉に「空き部屋」があるというのは、店の奥の二枚の壁に挟まれた空間のことで、そこには偽の暖炉から入るようになっていた。かろうじてフランクがたばこをくわえて入れるだけのスペースがあったが、それでもたばこは半分にちぎらなければならなかった。〈シェリダン亭〉で二晩分の支払いを済ませていたが、返金を求める気にもなれなかった。

店には常連客がひっきりなしに出入りしていた。娘たちはにぎやかすぎるほどに笑っていたが、楽しそうではなかった。何度もガラスが割れる音がした。音痴なフランクの耳で聞いてもピアノの調律が完全に狂っているのが分かった。フランクはコートを丸めて枕代わりにし、壁に挟まれて横になり、うとうとと眠りについた。真夜中にマール・ライダウトが壁を叩き、彼を起こした。

「ホテルにあった君の荷物を持ってきた。君が取りに行かなくてよかったよ。ボブ・メルドラムが出入りして、張り詰めた雰囲気になってた。今ちょっとよかったら出てきてくれ、見せたいものがある」

彼はフランクを外に連れ出し、高い柱の上の電球から広がる冷たく重さのない円錐の下、二人は売春宿の野性的な呼び込みの中を歩いた。パシフィック通りからは発砲音が響き、誰かが屋根に上って「ダン・マグルーの殺害」*の歌を歌いだした。もっと手前では、鉱山の穴開け係がクライマックスに達し、羽毛を逆立てたハトが鳴いた。二人が川のそばまで来ると、辺りには堅気の商売をしている店が多くなった。そこでようやく、自らの無垢を宣言するかのようにきらきらと光るサンミゲル川を間に挟み、無秩序な電気の町を背に、人気《ひとけ》のない夜を前に、立ち話をすることが可能になった。

「ニューヨークにある男がいる」とマールが言った。「スティーブン・エメンズ博士という人だ。変人だと言って相手にしない人も多いが、だまされちゃいけない。あの人は本当の天才だ。彼がやってるのは、わずかに金を含んだ銀を用いる実験だ。液化炭酸ガスに浸して低温を保ったまま銀を叩く、四六時中たたき続ける。すると、なぜかは分からないが不思議なことに、少しずつ金の含有量が増え始めるんだ。少なくとも三割まで——ときには九九・七パーセントまで増やせる」

「〝なぜかは分からない〟か、それは詐欺師の使う言い回しですよ」

「なるほど。だが、私にはなぜだかが分かっている、ただ、必要もないのにやたらに人を気味悪がらせ

＊　カナダの詩人ロバート・サービスの作詞による歌。男が妻を奪ったギャンブラーと対決し、妻を取り戻す物語。『極光に踊る女』（一九二四・米）で映画化もされている。

たくないだけさ。変成《トランスミューテーション》って聞いたことは?」

「あります」

「そうとしか考えられない。銀が金に変成するわけさ。そんな顔はよしてくれ。エメンズ博士は〝銀金《アージェントーラム》〟と呼んでる」 マールは鶏卵大の塊を取り出した。「これが銀金の現物だ。銀五割、金五割の合金。そしてこっちが」――いつの間にか反対の手には携帯用聖書サイズで手鏡程度の薄さのぼやけた結晶が握られていた――「これが方解石、このタイプのものは外国人の鉱夫の間では〝シーフェルスパート〟と呼ばれてる、これは私がたまたまある晩クリードで手に入れた質のいい純粋な標本だ――そう、クリードの町にも時々夜は訪れるのさ――〝スコットランドの呪《のろ》い〟と呼ばれるダイヤの九を手に持った迷信深いスコットランド人が、厄落としだって言って、賭けを降りてこの石をくれたんだ。この方解石の板を台所の窓だと思って、中を覗いてごらん」

「うわ、すげえ」と、しばらくしてからフランクが言った。

「鉱山学校では、あまりこういうことを教えてくれないだろ?」

透けて見える像が二重になっていて、さらに奇妙なことに、明るくなっているのみならず、二重に見えている塊の一方が間違いなく金色、他方が銀色になっていたのだ……。ある程度時間が経ったところで、マールはフランクが握り締めている偏菱形《へんりょうけい》の薄い結晶を取り上げなければならなかった。

「そういうふうに見えるものもあるんだ」とマールが言った。「ある種の幽霊光がない場合には役に立たないけどね」

「これ、産地は?」 あっけにとられたフランクは、まるで塊金のことはすっかり忘れたかのように、ゆっくりとした口調でそう言った。

「この方解石? この近くで採れたものじゃない。おそらくメキシコ産だ。グアナフアトの近くのベータマードレ鉱山かどこか。グアナフアトと言えば、銀鉱山と方解石が仲良く産出することで有名だよ、あっちではフリホーレ*と米みたいに仲がいいって言われてる。というのも、あそこで出るもう一つのものが、エメンズ博士が例の秘密の工程で用いているメキシコ銀貨用の銀なんだ。メキシコにある、銀金に変化する前の銀を産出した母なる鉱脈ってわけだ、言ってることが分かるかな」

「あんまり。ひょっとして、こういうことですか。複屈折が原因となって――」

「そういうこと。でも、光みたいに弱くて重さもないものがどうして固体の金属を変成させることができるのか？　だって変じゃないか。とにかくこの世界では、卑しいこの地上世界、何にでも重さが存在して、何でも不透明なこの世界ではありえないことだ。でも、もっとレベルの高い領域のことを考えてみるといい。光を伝えるエーテルが媒体としてあらゆる場所に浸透していればそんなことも可能なんだ、錬金術と現代の電磁気学が一つになる。複屈折についてもこう考えるといい、一方の光線は金のためにあり、他方の光線は銀のためにあるって。あえて言うならそういうことだ」

「あえて言うならね」

「たった今、自分の目で見たじゃないか」

「ゴールデン鉱山の連中ならぜひ鉱山技師に見せたいと思うだろうな。だけど、どうかな。おれが何も知らないからってからかってるわけじゃないですよね、信用してるんだから」

「ありがとう」とマールがウィンクをした。「じゃあ、いいことを教えてやろう。エメンズ法は、多少コストがかかったとしても――一度の精製で一万ドルという数字が挙げられているが、それも現在のコストだから将来はもっと安くなるはずだ――現在の金本位制を完全に覆す可能性がある。じゃあ、金属の価格はどうなると思う？　すったもんだの揚げ句に撤回されたシャーマン銀購入法は無意味だったのか？　金の値打ちは、銀の値打ちにエメンズ法の費用を加えただけのものになるのか？　その後は人類を何でできた十字架に架ければいいのか？　イングランド銀行や大英帝国、ヨーロッパの帝国なんかが

＊　メキシコ料理によく用いられるササゲ豆の類。

金《かね》を貸している連中の運命は言うまでもないだろう。あっという間に影響は世界中に及ぶんだ」

「〝すごいだろ。たった五十セントで君にもエメンズ法の詳細を教えてあげよう〟――とか言いだすつもり？　おれの脳味噌だってプリンでできてるわけじゃないよ、教授、それにもしも、これがまともな話だったとしても、どこのばかがそんな銀金だか金銀だかいうものを買ってくれるって言うんです？」

「造幣局とか」

「まさか」

「私の言葉を信じろとは言わない。いろんな人に聞いてごらん。エメンズ博士は実際に九七年ごろから合衆国造幣局に銀金のインゴットを売ってるんだ。金本位制の導入を働きかけた銀行家のライマン・ゲージ*が財務省にいた時代からだ。君は亜鉛一本槍だったと言うけど、噂くらいは聞いたことがあるだろう、他の人間にとっては常識だけどね。合衆国経済の大きな一部分が銀金に支えられてるわけさ。どうだい？」

「マール。そもそもどうしておれにこんなものを見せたんだい？」

「ひょっとしたら、今君が探しているのは本当は君が探しているものじゃないかもしれないからだよ。別のものなのかもしれない」

フランクは、自分がいつの間にか演芸場に迷い込み、奇術師――例えば中国系の――に呼ばれて舞台に上がり、当惑した彼にはよく理解できない言葉を聞かされながら、彼をばかにするような込み入った手品を長々とやられている気分だった。「探してるって……」

「この銀塊のことじゃないよ。この氷州石のことでもない。というか」と、楽しそうなマールの声は、沸騰《ふっとう》しかかったやかんのように、キーキーという鋭い音に変わりそうな気配だった。「君が探しているものじゃないものは膨大なリストになるぞ」

「じゃあ教えてくれ。おれが本当に探してるものって何だ。今なら酒場を探してるけど、それ以外には何なんだ」

「私にもまだ分からない。でも、それは君の父さんのウェブが探していたのと同じものだ。彼にも君と同様にそれが何なのか分かっていなかったがね」

またしても奇術師にだまされた感じ。

「ターンストーン医師と話してみるといい。彼なら考えがあるかも」

マールの声の調子が変わったことに気づいたフランクは、奇妙な不安の波を感じた。「どうして？」

しかし、マールはプロの奇術師らしい冷静な表情に戻っていた。「君とダリアがヘルカイト鉱山で出会った地霊のことは覚えてるかい？」マール自身も以前、階段式の採掘場で小人の姿を見かけた時期があった。小人の中には非常に奇妙ないでたちの者、変わった帽子をかぶった者、合衆国陸軍のものとは少し違う軍服を着た者、つま先の尖った靴を履いた者などがいた。ある晩、彼は愚かにも仲間の科学者にその目撃談を漏らしてしまい、それを耳にしたターンストーン医師は内密の話として、それはシャルル・ボネ症候群——彼が最近、パックプールの著した古典的著作『神経障害の世界における冒険』に言及があるのを目にした障害——だと診断したのだった。「原因はいろいろあるようです。網膜の黄斑変性とか、側頭葉の障害とかの可能性もあります」

「本物の悪鬼《デュエンデ》を見たって可能性は？」とマールが言った。

「合理的な説明じゃありません」

「悪いけど、先生《ドク》、私はそうは思わない。だって本当に地下にはあいつらがいるんだから」

「私にも見せてもらえます？」

当然、その種のことに最適なのは深夜勤の時間帯だった。いつも夕方にアヘンチンキをやっていた先生《ドク》は、その日ばかりは科学的探求心のためにわが身に禁欲を強いたが、それでも気分は落ち着かず、マ

＊　一八九七—一九〇二年の間、財務長官を務めた。

ールの目から見ても神経過敏な状態だった。二人はオーバーオールを着た上に鉱夫用の防水コートを羽織り、懐中電灯を持って、月に照らされた山の斜面の穴に入り、水の滴る遠い昔の岩石の中をくぐり、急な角度のトンネルを進み、使われていない坑道に入った。

「あいつらは人がいる場所だと落ち着かないらしい」と、穴に入る前にマールは説明を済ませておいた。「だから、人気《ひとけ》のない場所にいることが多いんだ」

地霊たちは、リトルヘルカイト鉱山のこの一角が居心地がよいと思っただけではなかった。それどころか、人が来なくなってから、その場所を大規模な「地霊専用社交場」に改装していたのだった。そこに着くと、果たせるかな、いきなり彼らが姿を現した。地下世界を描いた活人画のようだった。悪鬼《デュエンデ》たちはポーカーや玉突きに興じ、赤いウィスキー*や自家製ビールを飲み、鉱夫の弁当箱や独身寮の食料庫から盗んだ食料を食べ、普通の地上の夜の娯楽クラブと同じようにけんかをし、悪趣味なジョークを語っていた。

「ほお、これは簡単に説明がつきますよ」と、先生《ドク》が独り言のように言った。「私の頭がおかしくなった。それだけのことです」

「私たちが二人ともまったく同じシャルル何とか症候群の幻覚を見ているなんてありえないだろ？」とマールが言った。「まさかね。ありえない」

「私が今目にしている光景の方がもっとありえない」

こうして、彼らはある意味で共謀者となった。鉱山主に反抗する共謀者とは言わないまでも、鉱山主タイプの人間たちが好む日常的な説明に反抗する共謀者になった。例えば、地霊というのは風変わりな衣装を身に着けた小人などではなく、「ただの」モリネズミだという考え方だ。モリネズミの行動で鉱山主たちにとってうれしかったのは、爆発物を盗む習性だった。モリネズミがダイナマイトを一本盗んでいくたびに、無政府主義者や組合の連中の手にあるダイナマイトが一本減ると、彼らは考えたのだ。

「きっとどこかに」とダリーが言った。「ダイナマイトをたんまり溜め込んだ地霊が少なくとも一人はいるはずよ。〈黄金の人《エル・ドラド》〉のダイナマイト版ね。爆薬をそんなに溜め込んでどうするつもりなのかしら」

「同じやつが溜め込んでるのは確かなのかい?」

「うん。そいつの名前も知ってる。私、連中の言葉がしゃべれるの」

「結構」と先生《ドク》が言った。「教えてくれなくて結構だよ。問題は雷管も一緒に盗んでるかどうかだな。なくなった雷管の数の方が少し気になる」

フランクは深夜勤の時間帯に、鉱夫病院でターンストーン医師を見つけた。「あんたに会うようにマール・ライダウトに言われて来た」

「じゃあ、あなたがフランク・トラヴァースさんだね」

この男とマールは直接電線でつながっているのだろうか? フランクは医師《ドク》にじろじろ見られていることに気づいた。「何か?」

「マールがあなたに話したかどうかは知らないけど、あなたの妹のレイクと私は一時期付き合っていたんだ」

彼もまたレイクのとりこになった人間。「あの子は美人だ」友人や仲間がいつもフランクに向かってそう言ったが、彼にはあまりそうは思えなかった。彼は一度、レイクといる時間がいちばん長そうなキットに聞いてみたことがあったが、キットはただ肩をすくめ、「僕はレイクのことを信じてる」と言った。まるでその答えが何かの足しになるかのように。

「ああ、でもおれが言ってるのは、みんなが言ってるようなそういう魅力に抵抗できない爬虫類《はちゅうるい》みたいな卑劣なやつらとおれたちがいつか対決する羽目になりゃしないかってことさ」

「彼女だって自分の面倒は自分で見られる。銃の腕前を見たことあるだろ、なかなかのものだよ」

＊ あまり品質のよくないコーンウィスキー。

「それなら兄としても安心だ」

「実は」と今、フランクが言った。「最近、彼女には会ってないんだ」

一分経ったかと思えるほど長い間《ま》を置いてから、医師《ドク》が山の小川から上がってきた犬のように大きく頭を振り、弁解した。「私は、私はレイクに、彼女に見事に振られたんだ」

やれやれ。「おれも経験があるよ」とフランクは言ったが、実際にはそんなことはなかった。「あんたのような場合」とできるだけ優しく言った。「おれが処方箋を書くんだったら、症状が消えるまで、〈オールドギデオン〉をスリーフィンガーで飲みなさいって感じだな」

医師《ドク》は少しおどおどした様子でほほ笑んだ。「別に同情してもらいたかったわけじゃないよ。彼女は自然災害だったわけでもないし。でも、もし一杯おごってもらえるのなら……」

一八九九年、町を破壊した猛烈なサイクロンの後、アメリカ整骨療法学校で資格を得たばかりのウィリス・ターンストーン青年は、着替えの肌着とシャツ、A・T・スティル博士からの激励の手紙と使い慣れないお古のコルトの拳銃を小さなスーツケースに入れ、ミズーリ州カークスヴィルから西に向かって旅立ち、やがてコロラドにたどり着いた。ある日、ウンコンパグレ高原を馬で横切っていたとき、彼はガンマンの小集団に取り囲まれた。「お嬢ちゃん、動くなよ、いい鞄を持ってるな、中を見せてもらうぞ」

「大したものは入ってません」

「おい、こりゃ何だ？　いい拳銃《チャカ》を持ってやがる！　よしよし、ジミー・ドロップの一味がお嬢ちゃんにチャンスをやらなかったなんて言われちゃ困るからな、このでかいピストルを持ちな、そうしておれたちがそれを奪い取る、いいか？」　他のギャングたちが場所を空け、気がつくとウィリスとジミーは古典的な決闘の場面のように離れて向き合っていた。「抜けよ、遠慮するな、おれが抜くまで十秒間はサービスタイムだ。約束する」　無邪気に面白がっているギャングたちと同じ気分を味わうどころか、あっけにとられたままのウィリスは、ゆっくりと不慣れな手つきで拳銃を持ち上げ、震える手で精いっぱい狙いを定めようと努力した。きっちり十秒を数えたところで、約束通りジミーがヘビのように素早く自分の銃に手を伸ばしたが、半分まで持ち上げたところで突然手が止まり、不格好にしゃがんだまま凍りついた。「うう、ちくしょう！」そんな意味の言葉を無法者が叫んだ。

「ああ！　首領《ヘイフェイ》、首領《ヘイフェイ》！」と副官のアルフォンシートが叫んだ。「まさかまた腰が痛いって言うんじゃないよな」

「ばか野郎、腰痛に決まってるじゃねえか。最悪だぜ――それに、前回よりひでえ」

「治せますよ」とウィリスが申し出た。

「何だって？　てめえにゃ関係のねえこったぜ」

「痛みを取るやり方を知ってるんです。信じてください、私は整骨医ですよ」

「OK、おれたちは心が広い、仲間の中には福音派の信徒もいる、ただし手を置く場所には気をつけろよ――やああぐぐっ――え、あれ？」

「治ったかな？」

「何てこった」と注意深く、しかし痛みはなしに背筋を伸ばした。「うわっ、奇跡だ」

「ありがたい《グラシアス・ア・ディオス》」と義理堅いアルフォンシートが叫んだ。

「恩に着るぜ」とジミーが言い、ピストルをホルスターに戻した。

「命が助かっただけで御の字です」とウィリスが言った。「またいつか機会があったら皆でお酒でも飲みましょう」

「いや、酒場ならあの尾根を越えたすぐ先にあるぞ」彼らは牧夫が集まる近くの酒場に行った。「悪路で馬に乗ったり、馬以外のものに乗ったりするもんでな」とジミーが説明を始めた。「ていうか、カウボーイの宿命だな。馬に乗る仕事をしてるやつは誰でも腰痛っていう爆弾を抱えてるんだ。しかし、あんたの腕前は大したもんだ、先生《ドク》、この辺りはあんたにとって、約束の地かもしれない」

赤いウィスキーを既に数え切れないほどごちそうになっていたウィリスは、少しの間だけ酩酊《めいてい》状態を保留し、その職業的評価について考えた。「つまり、この辺のどこかの町で開業してみたらってことですか――」

「うん、でもどこの町でもいいわけじゃないぜ、優先権も調べた方がいい。町の医者はいったん開業したら競争相手が来るのを嫌うからな。実のところ、結構乱暴な手段に訴えるやつもいるし」

「免許を持った医者が？」とウィリスは驚いた。「人を治療する人間が乱暴なことを？」

「それに、すぐに適当な町が見つからなかったとしても、仕事なら必ず見つかるさ、保証する」

「どういうこと？」

「あちこち巡回しながら整骨だか何だかをするんだ、いろんな場所を転々とする。牛追いの連中も同じことをしてる、別に恥ずかしいことじゃない」

こうしてウィリス・ターンストーン青年の運命が決まった。彼が西に向かったときには、その異端的な能力にもかかわらず、町に暮らす人間の夢だけを思い描いていた――あまり信じてもいない教会に定期的に通い、大学卒業の学歴のあるきれいな女性と出会って結婚し、年を取ったら、誰からも親しみを込めて先生《ドク》と呼ばれ、週に一度安い賭け率で町の人間が一緒にカードをしたがるような町医者になる、そんな夢……しかし、土ぼこりの舞う高原の、精神を毒するカラスノエンドウとメキシコハマビシの強い香りの中、悪名高きジミー・ドロップ一味とたった一度偶然出会ったことによって、彼の進路はまったく違う方向に向かうことになった。

とはいえ、郊外に住み着きたいという衝動がまったくなくなったというわけではなかった。彼は、整骨医としての技術を土台としてその上に慣習的な医師の技術を積み重ね、東部から医学の教科書を郵便で取り寄せ、立ち寄った町の薬剤師と親交を深め、二週ほど続けて土曜の晩のポーカーに負ければ薬剤師学校に半期通うのに匹敵する知識が得られることを知った。テリュライドに流れ着き、鉱山病院でエドガー・ハドレー医師とマーガレット・ペリル看護師とともに働きだしたころには、彼は医者らしい医者——この辺りで見かけるタイプの医者だが——になっていたが、かなり以前から、患者が申告する症状に対して最も可能性の低い診断を下す傾向が見られた。患者はそのまま死ぬか、自然に治るかだったし、誰もいちいちそれをチェックしていたわけではないので、彼の診察がどれほど有効だったのかは知りようもなく、彼自身も忙しすぎてまともな研究をするだけの時間がなかった。

彼は、肩を撃たれた渡り労働者の治療のために鉱山病院に呼ばれたとき、レイクと出会った。ウィリスの脳裏をよぎった第一の容疑者の名はボブ・メルドラムだったが、被害者によれば、ボブは確かに現場にいたのだが、あくまで指導役として、鉱山での秩序を維持する最善の方法を弟子の管理者に教えていたらしい。「私の権限で命令してみますよ」と熱心な若者が言った。「とんでもない」とボブが答えた。「四十四口径を使うんだ。ほら、こんなふうに——おっと」遅すぎた。既に弾は飛び出し、心臓に戻るはずの鉱夫の血が脇道にそれていた。

レイクは灰色と白の質素な服装で、髪はスカーフで覆い、態度は職業的だった。ウィリスは顔を見た途端に彼女にほれ込んだが、彼の頭がそのことに気づくのに二週間かかった。

二人は馬でトラウト湖に出掛け、ピクニックをした。彼は野草の花束を持って彼女の家を訪ねた。ある晩、何の考えもなしに、彼は彼女にプロポーズをした。彼は彼女の母親メイヴァに会い、しばらく彼女の背中をもんだ。ある日、誰かから、レイクはデュース・キンドレッドと駆け落ちしたと聞いた。

それを聞いた医師《ドク》がすっかり意気消沈していたので、ジミー・ドロップが二人の後を追いかけてやろうかと申し出た。「あの野郎とは組んでたことがある、短い期間だったがな、あいつは嫌われ者なのさ、藪にすむ卑劣なヘビ野郎だ。あいつを消してほしいって言うならおれが自分の手でそうしてやってもいいぜ」

「いや、ジム、それは、とてもそんなことは頼めない……」

「頼む必要なんかねえよ、先生《ドク》、あんたには一生の借りがある」

「そんなことをしたら彼女はきっと一生彼の死を悲しむことになる、そうなったら私にはどうしようもない」

ジミーは心配そうに目を細めた。「そうなるかな?」

「ひょっとして、そうなったら嫌だってことさ」

「うん……うん、なるほどな……」

もちろん、医師《ドク》の傷心が癒やされることはなかった。レイクは彼が理想の女性として探し求めていたタイプの女性とはまったく異なり、彼女に恋することはすなわち彼の人生計画のすべてを窓から投げ出すことだった。まだ若い段階におけるこの「間違った選択」は、いくらか彼の人生勉強にもなる可能性があった。ところがその彼女が、ジミー・ドロップ一味にも嫌われているようなとんでもない男と駆け落ちをしたというのだ。彼女は、彼の人生における最大の失恋相手ではなかったとしても、彼の人生に対して最大の批評――彼がそれに耳を傾けることはなかったのだが――を与えてくれた人物だとは言えるかもしれない。

「彼女がどうしたって? 誰と駆け落ちを?」その知らせを聞いて頭がくらくらになったフランクは、二度も三度も、独り言のようにその問いを繰り返していた。

「そういうことさ」ゆっくりと首を振りながら医師《ドク》が言った。「私にはいまだにさっぱり理解できない」

「おれにもさっぱり分からないな」とフランクが言った。「他にそのことを知ってるのは?」

彼が受け取ったまなざしは、哀れみと言うよりも、科学的な興味と言った方が近かった。

フランクは、病に冒されるように、熱っぽい恥の感覚に襲われるのを感じた。「二人の向かった先は全然?」

「万一知っていたとしても、あなたには話さない方がいいんじゃないかな」

「あんたは妹のことが好きらしいから、こんな言い方をしても悪く思わないでほしいんだが……おれはあのあばずれを見つけたら殺すつもりだ。いいか？　男の方は当然だが、あの女——糞女め——名前を口にするのも汚らわしい。普通そんなことってあるのか、そんなことになるなんてありえるのか、先生《ドク》？」

「さあどうだろう。つまり、そんな精神状態が有名な症状かどうかってことかな？」　彼は周囲を見回してパックプールのテキストを探した。

「くそ。ちょっと外に出て、練習のために誰でもいいから殺してやりたい気分だ」

「落ち着かなきゃ駄目だ、フランク。ほら」と何かを書き付け、「……これを薬剤師のところに持って行って——」

「ありがたいけど結構だ。薬よりも、ジミー・ドロップと少し話がしたい」

「ずいぶん昔の話だけど、彼とキンドレッドは少しの間組んでたらしい。でも、彼らが今でも連絡を取り合ってる可能性はあまりないんじゃないかな」

「まったくほんとに、何が何だか訳が分からん」　フランクは帽子のくぼみを見つめ、鬱病の古典的症状を見せ始め、さらに深刻な表情になった。「確かに二人はよくけんかをしてたよ、親父と妹は。おれがゴールデン鉱山に行ってるときのことが多かったけどな。でもこんなのって——それなら妹はさっさと自分で親父を撃てばよかったじゃないか、そこまで嫌ってたのなら。まだしもその方が筋が通ってる」

医師《ドク》は再び自分のウィスキーを指三本分だけ注ぎ、フランクにも勧めるようにボトルを振ってみせた。

「やめとくよ。考えなきゃならないことがあるから」

「音とか、光とか、そういうものとは違って、噂は奇妙な速度で伝わるものだよ。しかも一直線に伝わるとも限らない」と医師《ドク》が言った。

フランクは目を細めて天井を見上げた。「それって……どういう意味？」

ターンストーン医師は肩をすくめた。「夜のこの時間なら、ジミーは〈出来損《バステッド》ないのフラッシュ〉で飲んでるはずだ」

そのニュースはフランク以外の人間に何らかの重要性を持つには古すぎる情報だったが、彼は帽子を目深にかぶり、人目を避けるように不眠症の町を歩いた。彼は、顔を合わせたすべての人が既にあの話を知っていて、彼に軽蔑のまなざしを向けて薄ら笑いを浮かべている——さらにひどい場合には、いちばん最後まで何も知らされなかった彼に対して哀れみのまなざしを向けている——と感じていた。

ジミー・ドロップ——非常に短いアラパホー通り風の髪形をバーテンダー用のヘアワックスでなでつけ、中国人風に口ひげに癖をつけ、トレードマークの片眼鏡をさりげなくはめていた——は仲間と一緒に〈出来損ないのフラッシュ〉の奥の部屋にいて、不気味な牛刀を使った複雑なゲームに興じていた。牛刀の刃と尖端はルール違反が生じたときに用いることになっていた。シャツの色から判断する限りでは、今晩のアルフォンシートはまったくツキがないらしく、他のメンバーはそれを面白がっていた。

「おまえの顔はすぐに分かったぜ」ラベルのないバーボンの瓶を持って二人で腰を落ち着けると、ジミーがそう言った。「おまえとおまえの兄さんは鼻がそっくりだ。もちろん兄さんの鼻は二回骨が折れてるけどな。自慢じゃないが、おれは二回ともその場に居合わせたんだぞ」

「まさかあんたがやったわけじゃないよな」

「違う違う、そこらの賭博師がやったんだ、おれらみたいな無知な連中に細々《こまごま》したポーカーのエチケットを教えるためにな」

「ペアでいかさまをするな、とか？」フランクはジミーの反応を探るように口の一方の端でほほ笑んだが、今のジミーはあまり気にしている様子はなかった。

「ああ、話を聞いたのか」片眼鏡がきらりと光った。「あいつは東に向かったらしいな。かなり遠くまで行ったっていうような話を聞いたが」

「あんたの方が詳しいみたいだ」

「最近は、デュースを追ってるのはおまえさんなのか。力を貸してやれたらいいんだが、やつらももう今ごろは――どこにいるのやら」

「〝やつら〟って」

「知らねえのか。おれは噂話が大嫌いなんだ。おれは噂をするのは重罪だと思うぞ、再犯者は最悪の場合、絞首刑にしてもいいくらいだ」

「で？」

「おれはおまえの妹には一度しか会ったことがねえ、レッドヴィルで会ったんだ。あのころにはもう立派な娘だったがな、十歳か十一歳のころだ。七番街に大きな〝氷の宮殿〟が造られた冬のことだった」

「覚えてるよ。本当にそこに建ってるとは思えなかったよな」丘のてっぺんに造られたその〝宮殿〟は、広さが三エーカー、アーク灯が輝き、氷の塔の高さは九十フィート、世界最大のスケートリンクで、交換用の氷のブロックが毎日搬入され、舞踏室やカフェもあり、営業期間中はオペラハウスよりも人気があったが、春になれば解けてなくなる運命だった。

「リーフはまだ若造だった」とジミーは昔を思い出した。「いや、そうでもないかな、おれたちはあの春に初めて一緒に仕事をしたんだから。おまえたちの妹はあのころ、スケート靴を持って、ほとんどずっと〝氷の宮殿〟に入り浸ってた。レッドヴィルの子供はみんなそうだったがな。ある日、彼女が町から来た子供にダッチワルツを教えてた。それは彼女と同じ年ごろの経営者の子供だったんだが、そこにウェブ・トラヴァースがやって来て、その様子を見て、かんかんに怒ったんだ。もう十年も前の話だし、もっと騒々しいけんかも見てきたが、あのけんかは今でも忘れられない。おまえのパパはほんとに誰かを殺しそうな剣幕だった。"おれの娘に手を出すな"って感じのけんかなら珍しくもないが、そんなのとは訳が違う。まさに病院の中で暴れる狂人って感じだった」

「おれはあの日、仕事だった」とフランクが回顧した。「廃石を取り除く仕事でね。仕事が終わって帰ったら、まだけんかが続いてた。一マイルも離れた場所まで声が聞こえたよ、中国人か誰かのけんかだと思ってた」

問題の核心は政治的なことだった。もしも相手が鉱夫の息子か、せめて酒場の主人や商店主の子供だったなら、ウェブは多少の文句は言っていただろうが、それだけで収まっただろう。生まれてから一日も働いたことのない金持ちのはな垂れ坊主が、何も知らない労働者の娘に手を出そうとしているということがウェブの逆鱗《げきりん》に触れたのだ。

「あれって、そもそも私のことで怒っていたわけでもないのよ」十分に事の次第を見抜いていたレイクは後に冷静に振り返ってそう言った。「いつものパパのくだらない組合精神で怒ってただけなんだわ」運良くその場に居合わせた人々は手足が冷えていたばかりではなく、頭も冷静だったので、彼らの周囲に集まって障壁を作り、ウェブを氷の外まで連れ出してくれた。その間、レイクは悔しそうに、真珠色がかった灰色の薄暗がりの中に頭を垂れ、少年の方は別のパートナーを探して滑り去った。

「メキシコ人に成り済ますなら」とエルモア・ディスコが言った。「それっぽい帽子が必要だし、口ひげも要る。でも、ここ二、三日あんたはひげを剃ってないようだからそのまま伸ばすといい。他のことに関してはルピータに相談しよう」彼らは〈巻き上げやぐら酒場〉で酒を飲んでいた。店の中はいつもの土曜の晩と同様に、世界の終わり――そしてそれに続く酔っ払いたちのまどろみ――に向かう遠心的な準備段階にあった。

「エルモア、どうしておれを助けてくれる？　あんたは鉱山所有者協会の味方だろ？」

「どんなビジネスをする場合でも絶対に欠かせないものが一つだけある」とエルモアが彼に教えた。「それは平和と静けさだ。ここで普段の土曜の夜の騒ぎを上回るような騒動が起きたりすればデンバーの銀行に嫌われるのさ。おれたちはみんな、ハトのようにおとなしい連中が暮らすあの都会に頼って生きてるのに、町にも行きにくくなる。気がついたらいつの間にか景気が悪くなってたりするんだ、そんなのはおれとしてもごめんだね。あんたみたいな男、何の害もなさそうな若者がこの町に来た途端に、演技の下手な連中が多いせいでみんなの注目を集めちまったとなりゃ、あんたが町を抜け出す最善の方法をこのエルモア・ディスコ様が考えて差し上げるしかないじゃないか」

たまたまこのとき、通りの先にある〈競馬狂酒場〉で、〈ガストン・ビラと精神病院バンド〉が演奏をしていた。このバンドは地方巡業の音楽家の集団で、全員が白い革の房縁飾り付きジャケットを着て、スパンコール付きの革ズボンをはき、波長の順に並んだカラフルな縁飾りの玉の付いた、顔が隠れるほど巨大な帽子をかぶっていた。ガストンの父は以前、ガニソンで、メキシコ人カウボーイをばかにした物まねでロデオを演じて見せていた——そしてついにある晩、拒絶反応を殺人に直結させるタイプの観客と出会ってしまった。妻はガストンのために夫の衣装と小道具のすべてを荷造りし、大西部ショーのバンドのサックス奏者をさせるために、停車場でキスをして彼を送り出したのだった。ガストンは、ホテルの支払いやバーの付けやギャンブルの借金のために一度ならず楽器を質に入れなければならない羽目に陥ったりしながら、現在の仕事も含め、さまざまな奇妙な仕事をやって各地を転々としていた。

「いいか、余計なことは考えなくていい」と彼はフランクに言い聞かせた——「ほら、これが何か知ってるか?」彼が取り出したのは、バルブとキーがたくさん付いた、くたびれて変色した真鍮製品で、上端はマーチングバンドの楽器のように口が開いていた。

「ああ。で、引き金はどこだって?」

「ガランドロノームという名前の楽器だ——軍隊で使うバスーンさ。以前はフランスの軍楽隊で普通に使われてたものだよ——僕のおじさんがプエブラの戦い[*1]でこれを拾ったんだ。メキシコ軍の銃弾でへこんだあとが分かるだろ、ここと、それからここ？」

「で、吹き口は、と」とフランクは困った顔で言った。「ちょっと待ってくれ、ええと……」

「そのうち慣れるさ」

「でもそれまでの間は——」

「お兄さん《キャバレロ》、この辺の酒場に入ったことがないのかい。音楽的な腕なんて必要ないよ。このバンドのメンバーだってバンドに加わる前は誰も音楽はやっていなかったし、何かの形で窮地に立たされてた連中ばかりだ。ただ気合いを入れて《コン・エンツシアスモ》演奏すりゃいい、できるだけ大きな音で。そして、道楽者のアメリカ人の善意と耳の悪さを信頼するんだ」

　こうしてフランクはパンチョという名のバスーン奏者となった。彼はわずか一日か二日の間に、何とか実際に楽器から音が出せるようになり、あっという間に「ファニータ」もほとんど吹けるようになった。二つのトランペットがハーモニーを奏でているのに合わせれば意外に悪くない響きだ、と彼は思った。感動的と言ってもいいほど調子のいいときもあった。

　町を出る直前に、フランクは、ずっと正気だと考えていた精神状態から少し逸脱した状態になった。彼はできるだけ先送りにしていた町外れの鉱夫墓地への墓参りを実行し、ウェブの墓を見つけ、そこに立ち、待った。墓地には幽霊がひしめいていたが、谷や山間に比べて幽霊が多いわけではなかった。現実的な頭の持ち主であるフランクは、今までウェブの幽霊にひどく悩まされることはなかった。そのことについて他の幽霊たちがウェブをたしなめた。「ああ、フランクのことだからなあ。あいつだって、いざその時になれば、すべきことをするさ。ただ昔っから少し実際的な事ばかりを考えるところがあるから……」

「それぞれが得意なやり方で準備をするってことだよ、父さん。リーフは度胸で勝負、キットは科学的な観点から問題を考える、おれは来る日も来る日も問題を叩き続ける役目さ、金に変えるために銀を叩き続けてる東部の学者さんみたいに」

「デュースとスロートはこのテリュライドの町には来ないぞ、息子よ。この町の人間はやつらについて何かを知っていてもおまえには何も教えんだろう。本当のことを言うと、やつらはもう一緒に行動していないのかもしれん」

「おれが見つけたいのはデュースとレイクの二人だよ。ひょっとするともうレイクは捨てられてるかもしれないし、堕落した女になり果ててるかもしれないし、デュースの方は新しい未来に向かって旅立ってるかもしれない。もうリオブラボー[*2]を越えてしまってるかもしれない」

「やつはおまえがそう思い込むことを願っているかもしれん」

「やつはアメリカに長居をしないかもしれない、だって追われる身だからね、昔の仲間たちにも追われてる、厳しい時代だよ、あいつよりも安く働く若い無法者がいくらでもいるんだ、今じゃあいつなんか過去のお荷物。やつには南に行く以外の道は残されてないよ」

それがフランクの推理だった。すべてを知っていたウェブは、それが間違っていることをフランクに言い聞かせようとしても無駄だと考えた。彼が口にしたのは、「何か聞こえないか？」ということだけだった。

うーうーうーと泣き叫ぶ幽霊も中にはいる。しかし、ウェブは昔からダイナマイトで自己表現をする人間だった。そのとき、フランクは幻覚を――あるいは、目に見えるのではなく耳に聞こえるときに幻覚と呼ぶものを――経験した……山間の鉱山に響く、威勢のいい雷鳴とは違う音だった。この町中で、谷のあちこちに響き渡るその音を聞いて、白黒模様の乳牛も一瞬顔を上げ、それから再び本格的に草を

＊1　一八六二年にメキシコ軍がプエブラの地でフランス軍を破った。
＊2　米国とメキシコの一部国境を成す川。米国名はリオ・グランデ。

食《は》み始めた……それはなかなかやって来ない天罰の、低くとどろくような声だった。

彼が顔を知っていると思っていた人は、話をしてみると別人だったり、あるいはそもそもその場にいなかったりした。酒場の娘たちは死人が歩くなんてありえるのかしらなどと、彼を形而上学的な議論に誘い込もうとした。ある夜、オフィル通りで、フランクは谷へ向かう妹の姿を目にしたような気がした。彼女は噂通り、誰かに聞かれたとしても決して説明しようとはしない何かの悲しみに暮れているかのように用心深く顔を隠していた。彼は、それは彼女の生霊《いきりょう》だったに違いないと思うようになった。

フランクはダリーを見送るためにマールと一緒に駅まで行った。「おれもせめてデンバーまでなら一緒に行ってあげたいんだけど、それはやめといた方がいいって仲間が言うんだ。だからこれだけは覚えておいてくれ——東部に行ったら、おれの弟のキットがイエール大学に通ってる、コネチカット州のニューヘイヴンにあるんだったかな？　ニューヨークからすぐだ、ここからモントローズに行くのよりも近い。だから、できれば忘れずに弟に連絡を取ってみてくれ、あいつはいいやつだ、ちょっとぼうっとしてるから反応は鈍いけどな。でも、どんなことでも困ったときには必ず助けてくれる。遠慮するんじゃないぞ、いいかい？」

「ありがとう、フランク、私のこと心配してくれて。今は自分のことだけでも大変だっていうのに」

「君とキットは似てるような気がするからさ」

「げげ、それなら近寄らないことにするわ」

ダリーはプラットホームで、よくできた親たちにじろじろと見られ、多くの大人が実際に激しい抗議の声を上げた。「大人が同伴しないで、大陸の三分の二を横断するような長旅に子供を一人で出して、しかもニューヨーク市みたいな有名な堕落の中心地に行かせるなんて、どこでもとは言わないけれども、多くの町の裁判所では刑事告訴されてもおかしくない行為だよ——」

「ましてや、避けることもできないし情け容赦もないキリスト教道徳の裁きのもとでは重罪だわ。この世のあらゆる権力は、裁判所も含めて、いつかはその大きな裁きの前にひれ伏すことになるのよ――」

「奥さん」と、話題の中心となっている生意気な小娘が言った。「テリュライドのいつもの土曜の晩を生き延びることができたなら、東部に怖いものなんか一つもないわ」

マールは初めて父親としての誇らしさのようなものを感じてほほ笑んだ。「体には気をつけろよ、ダリア」他の客は既に皆乗り込んでいた。列車は、まるで最後の最後までテリュライドの町を見ていたいとでもいうように、後ろ向きに出発しようとしていた。

「じゃあね、パパ」

マールとダリアは昔から何度も互いに抱き合ったり、抱擁を振り切ったりしていたので、別れの抱擁にも居心地の悪さはなかった。場の雰囲気を察したマールは、今は彼女に余計なことは言わないのが賢明だと考えた。二人とも互いに胸の張り裂ける思いをさせたくないと思っていた。理屈としては二人とも、いつかは彼女が旅立たなければならないことが分かっていた。しかし今、彼が望んだのは、あと一日だけ待ってほしいということだけだった。しかし、以前にも同じ気持ちを経験したことのある彼は、いつかはそれも収まるだろうと考えた。

「さっさとこんな場所から逃げ出さなきゃ《テンゴ・ケ・ゲット・エル・ファック・アウト・オブ・アキ》」[*1]とキットは考えていた。朝起きたら何よりも先に、そして夜ベッドに入る前に一日の締めくくりとして、彼は無意識に呪文《じゅもん》のようにその言葉を唱えた。イエールの魅力がとうとうあせてきたというだけではなく、そのうわべに隠された有毒な層があらわになり始めていた。この大学は研究や学問の場所ではなく、ましてや虚数やベクトルから成る超越的な世界を発見する場所でもないということを、ようやくキットは理解したのだ——たまには、秘教的な知識や言葉にならない知識の示唆が以心伝心で伝えられるのを感じることもあったが、それも、「イエールだから」というよりも、「イエールだけれども」そうしたことが行われているということだった。特に、ヘルツが実際に発見する何年も前にマクスウェルの電磁方程式で存在が予言されていた新しい不可視の光線に関しては、ここでギブズと一緒に研究をしていた木村駿吉[*2]が日本に帰国し、海軍工廠《こうしょう》造兵部に入り、日露戦争に間に合うように無線電信技術を共同開発した。ベクトルと無線電信の間には沈黙の結び付きが存在したのだ。

ギブズは四月の末に亡くなり、数学科全体が元気をなくした中で、キットは最後の頼みの綱が失われたと感じた。ギブズ亡き今、イエールは、イエール人間——紳士ではあるが、たまの例外を除いて学者とは言えない人々——を生産するための工場とまでは言わないが、イエール人間になることを学ぶための気取った専門学校でしかなかった。

ファクスもこの問題に関しては役に立たなかった。ファクスは何度もその話をするきっかけを与えてくれたが、キットはどうやってその話題を切り出したらいいのかまったく分からなかった。

「ここに来てからかなり時間が経つのに、君はどのクラブにも入ってないね」

「忙しいんだ」

「忙しい？」二人は隣の惑星の人間を見ているかのように互いを見つめた。「なあキット、それじゃあまるで、ユダヤ人みたいじゃないか」

そう言われてもどういうことかまったく分からなかった。当時のイエール大学では、ユダヤ人は珍しい存在だった。

イエールに通い始めたある日のこと、キットは陸上競技大会に参加して、同級生の青年がかなり高価なタウンスーツを着た年上の男たちに囲まれ、あいさつを交わしているのを見かけたことがあった。彼らは皆立ったまま気軽に談笑していたが、目の前で苦痛と身体的ダメージの限界に挑みながら走り、飛び、回り、投げ、不死のシミュレーションを試みている若者たちの姿はまったく眼中になかった。キットは思った。僕はあの青年のような風貌にはなれないし、あんなしゃべり方もできないし、あんなふうに人にちやほやされることもないだろう。そんなことを考えたせいで、最初はひどい疎外感を覚え、自分の出身地と身元のためにある種の目に見える特権の世界に自分は決して入れないのだと思うと胸を突き刺されるような痛みを感じた。しかし、再び正気に戻ってみると、理性的に、「僕はどうしてあんないものを望んだりするのか？」と自分に問うことができるようになった。ただしそれまでの数か月間は、彼の人生からはすっかり光輝が失われたような気がしたのだった。

彼はそれ以後、学内や町、式典や懇親会でのそうした奇妙な人間関係に目を光らせるようになり、間

＊1　原文ではスペイン語と英語の入り交じった表現。
＊2　日本の物理学者（一八六六—一九三八）。

もなく、大学生とOB――学生は彼らの成功物語をまねることを夢見ていた――との意図的な社交ダンスの存在に気がついたのだった。彼は、もうたくさんだと思った。

講義のときギブズは、ある問題に取りかかる前にいつも好んでこう言った。「この解法について、私たちが自然からは何のヒントももらっていないものとして考えてみよう」キットも含め、何世代もの学生たちが、形而上学的な含みを持ったこの言葉を心に刻みつけてきた。ベクトル主義の考え方はウォール街で働くスパイ連中には洞察するどころか理解することさえ難しい領域への鍵を差し出していたが、それにもかかわらずキットの周囲には至るところにヴァイブの手先が張り付き、まるでキットが一種の投資対象であるかのように、そしてその将来を予測するには四六時中目が離せないかのように――一瞬でも目を離したら何か重要なことを見落とすのではないかと心配して――目を光らせていた。あるいはさらに悪いケースを考えるなら、まるで、彼の目を内面に向けさせて、二度と外の世界のことを考えないようにさせるのが最初からこの計画の目的だったかのようだった。キットは少し変わったタイプの数学者だったので、信奉する学説にも矛盾を抱え込んでいた。所与の世界の力学から大きく逸脱してはならないと思う一方で、彼が考えられる範囲でヴァイブの目的にかなうようなベクトル主義者としての将来はありえないことも分かっていた。あの億万長者には、ギブズの偉大な体系やさらにその高度な応用を考えることは無理な相談だった。

「そういう変てこな数学記号がちょっと読めるからって」キットがヴァイブの遺産相続人になるのを断わったのが、取り引きを優位に進めるためのいい子ぶりっこだったわけではないことがはっきりしたとき、スカーズデール・ヴァイブはキットをしかった。「自分が他のみんなに勝《まさ》っているとでも思っとるんじゃないだろうな?」

「それって、僕の思い込みと言うよりも、自然の成り行きだと思いますけど」学費を払っている紳士と口論にならないように気をつけながらキットが言った。

「数学を知らんわしらだけがこの泥だらけの世界に取り残されると言いたいのか？」

「そんなこと言いましたっけ？　あのですね——」彼はにこやかな表情のまま、四分の一インチの厚さの四角いメモ帳を取り出した。

「いやいや、説明は要らん」

「別にそれほど高尚《スピリチュアル》な話じゃありませんよ」

「坊や、わしだってそこそこ高尚《スピリチュアル》な人間だ。以前は誇り高き存在だった、おまえさんが今通っているこの大学の学生並みにはな」彼は、正義の怒りの輝く航跡を残しながら、大股で部屋を出て行った。

キットは夢を見た。夢の中で彼は、デンバーなのだがデンバーではない町に父と一緒にいて、ありふれた下層民でにぎわう風変わりな演芸酒場で酒を飲んでいたのだが、客は皆、不自然なほど行儀がよかった。ただ一人羽目を外して大声を上げていたのがウェブだった。「エーテル！　何だそりゃ、おまえはテスラか？　エーテルなんかおまえには関係ないだろ？」

「存在するかどうかを知りたいんだよ」

「そんなことは誰も知る必要がないことだ」

「僕は今知りたいんだよ、父さん。僕は昔から子供は天からこの世にやって来るものだと思ってたんだけど……」

彼は、急に悲しい気持ちになって説明できなくなった思考の先をウェブが続けてくれることを期待して黙り込んだ。ウェブは、キットにそれほど強い感情的反応をもたらしたものが何なのか理解できず、何も答えられなかった。他の客——店にいた大酒飲みやラバ追い、アヘン常用者や詐欺師——は二人の会話にはまったく注意を払わず、自分たちの仕事の話や噂話やスポーツ談議を続けていた。彼は目を覚ました。彼の肩に置かれた手は、用務員のプロクシマスの手だった。「ヴァンダージュース教授があなたにお会いになりたいそうです。スローン研究所で」

「今何時だい、プロクス?」

「私に聞かないでくださいよ、私もさっきまで寝てたんです」

プロスペクト通りに出て、墓地を通り過ぎる間に、何か恐ろしいことが起ころうとしているという予感が高まった。キットはこの虫の知らせが、たまたま今学期授業を取っている「光の理論」と関係があるのではないかと思った。教授はマイケルソンとモーリーの実験以前にベルリンのクインケのもとで理論を学んでいたので、話の中には明らかにエーテル理論の残滓《ざんし》が認められた。学問の空間の外に出て、グリーン川の南岸で部屋中にビールをまき散らし、この界隈のあちこちの店で出されているチーズとトマトを載せた粉物料理の三角形のスライスを強調のために振り回しているときの〝古だぬき〟は教室とはまったく別人で、彼が電気の最初期の思い出話を語り出すと、ひどく酔っ払った新入生でも目を見開き、熱心に耳を傾けたものだった。

ようやく彼が散らかり放題のヴァンダージュース教授の研究室にたどり着くと、教授がいかめしい顔つきで待ち受けていた。教授は立ち上がり、キットに一通の手紙を手渡した。その瞬間、キットは、そこには自分が聞く準備ができていない知らせが書かれていることを察知した。封筒の消印はデンバーで、日付は判読できず、誰かが既に封筒を開けて手紙を読んだ痕跡があった。

親愛なるキットへ

ママに頼まれて手紙を書いています。パパが亡くなりました。みんなの話では、マケルモ地区のどこかで亡くなったそうです。「自然死」ではありません。リーフが遺体を持って帰り、テリュライドの鉱夫墓地に埋葬しました。あなたは今急いで帰ってくる必要はないとリーフは言っています。しなくてはならないことはすべて、リーフとフランクがやると言っています。ママは気丈に振る舞っています。パパはどこへ行っても敵ばかりで、ずっと借り物の時間だったのだから、こうなることは最初から分かってたと言っています。

あなたが元気でいますように。そしていつかまた会えますように。そちらで頑張って勉強を続けてください。途中で投げ出したり、この件についてくよくよと考えたりしないでください。しなければならないことは私たちの方でちゃんとしますから。

あなたがいなくて寂しいわ。

あなたを愛する姉、

レイクより

キットは開封された封筒を見つめた。非常に滑らかな切り口だったので、かなり高級なレターナイフを使ったらしかった。まずはこの疑問からだ。「この手紙は誰が開けたんですか?」

「さあ」と教授が答えた。「私が受け取ったときにはその状態だった」

「誰から受け取ったんです?」

「学務課だ」

「僕宛ての手紙ですよ」

「少し前から学務課で預かっていたようだ……」文の先をどう続けるべきか迷っているかのように間《ま》があった。

「まあ、いいです」

「なあ、君……」

「先生には立場がありますものね。分かります。でも、もしもこの手紙をそもそも僕に渡すかどうかという点で渡さない可能性があったのなら……」

「大学としても、金の力で何でも言いなりになるのを避ける努力はしているんだが……」

「先生、でもそれじゃあ共犯みたいなものでしょう。少なくとも目をつぶっているんです。いや、ひょっとしたらそれ以上です、そうだとしたらあまりにも……」

「うん」老人の目には涙が溜まっていた。

キットはうなずいた。「ありがとうございます。この先どうしたらいいのか、考えさせてもらいます」

彼は自分の中に、泣こうとしている傷ついた少女がいるのを感じた——苦痛で泣くのではなく、さらに危害を加えようとする人物をなだめるために泣くのでもなく、貧者を見捨てる町の冬の通りに放り出されることを恐れるかのように泣くのだ。彼はずいぶん長い間泣いたことがなかった。

彼は町の人込みの中で匿名の存在になりたくて、そして同時に一人になりたくて、あてどもなく町をさまよい歩いた。ベクトル解析というもう一つの宇宙に存在するどんなものも彼に慰めをもたらすことはできないし、出口を探す彼の手助けもしてくれないことを彼は知っていた。〈モリアティー・クラブ〉はまだ開いていなかった。ルイ・ラッセンの軽食堂はハンバーガーサンドを食べるにはちょうどよかっただろうが、キットはそれを喉に詰まらせない自信が持てなかった。今日はイエールの学生が来そうな店に入る気分ではなかった。彼はクウィニピアク川を一マイルほどさかのぼり、ウェストロックのてっぺんで地面に横たわり、涙を解禁した。


彼の父親の死に関してヴァイブ家の人間からは、コールファクスも含め、何の言葉も聞かれなかった——お悔やみの言葉も、現在のキットの心境についての質問も、何もなかった。ひょっとすると彼らは、キットがまだ事実を知らないと思っていたのかもしれない。ひょっとすると、キットの方から話を切り出すのを待っていたのかもしれない。ひょっとすると、彼らは何とも思っていないのかもしれない。しかし沈黙が長引くにつれ、ある別の可能性が高くなった。彼ら全員がすべてを承知していたという可能性だ。なぜ知っていたかといえば――しかし、この方向で思考を続けてもいいのだろうか？　もしも彼の疑念が多少なりとも真実だと判明したなら、彼はどうしたらよいのか？

大学の講義は夏に向けてツーステップで過ぎ去り、女の子たちはなぜキットがダンスに姿を見せなくなったのだろうと疑問に思っていた。ある日、ロングアイランド海峡の対岸をじっと見ていると、以前なら霞のかかったロングアイランドの岸しか見えなかった場所に、奇妙な黒い物体があることに気がついた。視界がよいときに見ているると、正体不明のそれは日に日に高さを増していった。彼は友人から望遠鏡を借りて、イーストロックの頂上までそれを持って行き、いちゃついているカップルやひたすら飲んでいる酔っ払いには脇目も振らず、できるだけ時間をやりくりしてその構造物の垂直方向の成長を観察した。そこには、八つの側面を持つと思われるトラス構造の塔がゆっくりとできつつあった。何であるにせよ、それはニューヘイヴンの噂の的となった。やがて、夜になると、その塔とほぼ同じ方向からカラフルな閃光が天空いっぱいに広がり、どうしようもなく独りよがりな連中だけがそれを単なる遠方の稲妻だと決めつけた。キットはコロラドスプリングズと一八九九年の独立記念日前日のことを思い出さずにはいられなかった。

「あれはテスラだよ」とヴァンダージュース教授も言った。「新しい送信塔を設置しようとしている。確か君はコロラドでテスラと一緒に仕事をしたことがあったんだよね」

「ある意味では、それがあったからこそ僕は今、イエールにいるんです」彼はコロラドスプリングズでのフォーリー・ウォーカーとの出会いについて教授に話した。

「それは妙だ」と教授が言った。「ヴァイブ一族はかつて私を雇って――」彼は研究室を見回した。「ちょっと外を散歩しないかね？」

二人はグリーン川の南岸のイタリア人街に向かった。教授は十年前にシカゴでスカーズデール・ヴァイブと交わした合意についてキットに話した。「これは胸を張って人に言える話じゃない。最初から何となく犯罪のにおいがする取り引きだったんだ」

「ヴァイブは一方でテスラに資金を供給しながら、他方では先生を使って彼の研究を妨害しようとしていたということですか？」

「モーガン一族も同じようなことをやっているが、もっと効率がいい。結局、ヴァイブは無線送電の実用的なシステムが不可能だと見て取ったんだ。自然界の秩序によってもともとそんなことは無理なんだと分かったんだろう」

「でもテスラは今、送信塔を建ててますよ」

「そんなことは関係ないよ。既存の電力利権を脅やかすようなことにでもなればダイナマイトで吹き飛ばすだけのことさ」

「じゃあ、反送信機も別に必要なかったんじゃないですか」

「実を言うとね、私はその件に関してはあまり本気で取り組んではいなかったんだ。ある日、私がヴァイブの金を受け取ることに後ろめたさを感じ始めたころのことなんだが、突然、小切手が届かなくなった——契約解除通知の一つもなしに。もちろんもっと早い時期にやめておいたらよかったとは思うよ、しかし、いずれにせよ問題は解消したわけだ」

「先生は正しいことを実行できたんですよね」とキットは哀れな声で言った。「でも、今の状態が続いて、連中に対する僕の借りが増えていったら、僕はますますヴァイブを裏切れなくなる。どうしたらいいんです？　どうしたらここから抜け出せるんです？」

「まずは自分にこう言い聞かせることだ。僕は彼らに対して」——教授は「彼」とは言わなかった——「何の借りもないってね」

「なるほど。コロラドではそのせりふを口にした人間がしょっちゅう撃たれています。踏み倒しって呼ばれて」

教授は、慣れない重さのものを持ち上げる用意をするかのように、一度か二度、深く息をした。「ひょっとすると」と彼はできるだけ平静な声で言った。「今のところ名前のない勢力が現在、君を堕落させつつあるという可能性もある。それが彼らの当然のやり口だ。今すぐに危害を加えられない相手に対しては、堕落させるという手に出るのさ。普通、必要なのはお金だけだ。だって、向こうはとんでもない金持ちだから、誰も彼らからお金を受け取るときにためらいを感じないんだ。標的がリッチになれば危険なんてなくなるってわけさ」

「じゃあ、お金が効かなかった場合は……」

「そのときは連中の得意な、時間のかかる邪悪な手法が続くだけ。すべては静かに進行する。何年もかかることもある。お金の代わりに時間を使って、ある日、同じように魂の抜けた状態を作り上げる。その間、お金は別の場所に預けておけば、もっといい利子が付いてくるというわけだよ」

二人はちょうどアピッツァ*レストランの入り口の前を通り過ぎようとしていた。その香りは心を乱すだけではなく、食べないではいられないほどだった。「よし」この一年で、単なるピザ好きから重度のピザ狂に変わっていた教授がそう言った。「一切れ食べていかないか、どうだい？」

パトロンとして時々スローン研究所に顔を覗かせていたスカーズデール・ヴァイブが年に一度ほどしか来なくなり、ついにはありがたいことにまったく顔を見せなくなったころ、ヘイノ・ヴァンダージュースは視野の隅の方で、粗面積みの石壁と波打つニレの木の合間にきらきらと光る翼の付いた物体が見えたような気がしたことが一度か二度あった。そして奇妙なことに、それが一八九三年以来行方不明になっていた自分の魂なのかもしれないと思えてきたのだった。

彼の良心も、凍傷から回復するときのように、徐々に感覚が戻る兆候が見られた。ある日、トラヴァース青年とおしゃべりをしている最中に、彼はたまたま、本棚に並んでいるイギリスの科学雑誌「ネイ

＊ ニューヘイヴン発祥のクラストの薄いナポリ風ピザ。

チャー」の一冊を取り出し、ぱらぱらとめくって、ある記事を探した。「四元数に関するP・G・テイトの論文。〃ユークリッド空間に限定して適用〃した場合の主たる利点について。いいかい、〃普通の意味での物理学者にとって、三つ以上の次元に何の必要があるだろうか？〃とある。注目してほしいのは、〃普通の意味での〃ってところだ」

「普通じゃない物理学者にとっては、三次元を超える次元が必要だってことですか？」と当惑したキットが尋ねた。

「うむ、トラヴァース君、もし君がその〃普通じゃない〃学者になろうと思うんだったら、当然君が行くべき場所はドイツということになる。グラスマンの外積代数は何次元にでも拡張することができる。ゲッティンゲンのヒルベルト博士はスペクトル理論を発展させているが、あの理論では無限の次元のベクトル空間が必要とされる。彼の助手のミンコフスキーは、すべての次元は時空連続体に還元できると考えている。実は、ミンコフスキーとヒルベルトは来年、ゲッティンゲンで共同セミナーを開くことになっているんだ。運動する物体の電気力学に関してね。それからもちろん、固有値問題に関するヒルベルトの最新理論についても。こうした問題すべての根幹にベクトルが関わっている。君たち若者の言葉で言えば、これこそまさに〃おあつらえ向き〃じゃないかね？」

誰かに何かいいことをしてやれるかもしれないという望外な喜びに浮かれた教授は、鼈甲《べっこう》装飾の付いた舶来の黒っぽい木製のウクレレをどこからともなく取り出し、元気よくイントロを八小節奏でた後で歌い始めた。

ゲッティンゲンのラグタイム

旅のコートに着替えるんだ
恋人には別れのメモを

それから急いで次のボートに飛び乗って
ドイツへ行こう
頭のおかしなドイツ人教授
散髪なんかしたことない
でも頭脳はすごいぞ
今に見ろ!
ハンブルク=アメリカ便に
乗ってしまえば
いつの間にか目の前には
フェリクス・クライン*
家賃や鍵は気にするな
(やあ、こんにちは、ヒルベルト! お目にかかれて
光栄です、ミンコフスキー!) いいかい
学生さん
自分が知らないことは何もないって思ってるんだろう
でも、向こうに行けば何も知らないことに気づくのさ——だから!
早速荷造りだ——
東へ向かえ、アメリカの若者よ
サーベルの響く町へ、向こうへ行けば
四色問題なんか

* ドイツの数学者でゲッティンゲン大学教授(一八四九—一九二五)。

学生のお遊びさ
みんなで騒いで、いちゃついて
ゲッティンゲンのラグタイムを楽しもう！

「ああ、いい所だよ、私が以前行ったことのある場所の中でも特にいい所だ。今でも連絡を取り続けている人たちが向こうにいるから、もしも何だったら推薦状を書いてあげてもいい」

高度なベクトル主義の世界への飛び込み。後ろを振り向くこともなく。「あのう、でも今はあれこれと忙しくて」

教授はまるでクレバスの幅を測っているかのように、用心深く少しの間彼を見つめた。「そうやって忙しくしていれば問題を忘れられるタイプの人間もいる」と彼は静かに言った。「しかし、そのやり方が百パーセント効くとは限らない。人間を巡る悲劇が起きたときには、科学者や数学者は他の人よりも冷静に事態に対処できるような気がするものさ。でも、それは実際にはどちらかと言えば一種の現実逃避みたいなもので、遅かれ早かれその報いが訪れることになる」

キットはその考え方を、その先にある必然的な結論まで進めることができなかった。彼は教授を信頼したかったが、今は誰の力も借りずに考えなければならなかった。彼は答えた。「ゆっくり問題を一つずつ考えてみます。週末も酒を飲み過ぎないようにして」

同様に彼はファクスも信頼したかった。ファクスはいつ会ってもいいやつだったが、偶然とは思えないほど多くの見知らぬ人々がキャンパスの内外で彼の行動に目を光らせていたので、用心せずにはいられなかった。彼とファクスの間では、互いが何を知っていて何を知らないかについて、次々に分岐する複雑に込み入った想定が存在していた。二人ともそれをはっきり口にすることはなく、意味深長なまなざしや遠回しな言葉だけが交わされた。いずれにせよファクスは、父親が思っていたような無能な人物ではなかった。横目でファクスの横目を見たとき、ファクス本人は認めないが膨大な思考活動が進んでいることがキットには分かった。

ファクスはロングアイランド海峡の向こうにある謎の塔にかなりの興味を抱いていた。「ヨットであそこに渡って見てみようじゃないか。お友達のテスラ博士に僕のことを紹介してくれよ」

二人は、境界を示すために杭で区画されたフェアヘイヴン牡蠣《かき》の養殖所を通り、一時間半ほど港を歩いた。彼らがヨットで海峡に出ると、ファクスは水面と空に不安げなまなざしを送った。「嫌な風だなあ」と彼は繰り返し言った。「しかも引き潮だ。船尾の方をよく見ててくれよ」

それはあっという間に彼らを襲った。東の方の真っ暗なコネチカット上空で稲妻が光るのが見えたかと思うと、次の瞬間には彼らのヨットは猛スピードでロングアイランドの風下側にある、おぼろげなワーデンクリフの塔の方へ運ばれていた。霧の合間から時折顔を覗かせる塔を見たとき、もしも幻を見るだけの時間があったなら、キットはどこか別の海のいまだ地図に記載されていない島に打ち上げられたように感じたかもしれない。しかし何とかヨットを救わなければならず、嵐もやり過ごさなければならなかったのでそれどころではなかった。狂ったように水を掻き出し、帆桁を外す時間がなかったので縦帆の下端を帆桁から外したままで進んでいった。海の上の大騒動の中で、巨大な骨組みのような塔が徐々に彼らに近づき、その謎めいた孤独な証人が二人の絶望的な格闘を見つめていた。

彼らはマッキムとミードとホワイトの共同設計による石造りの「送信小屋」の中に腰を下ろし、徐々に、生きて再び陸に上がっているという実感を取り戻しつつあった。一人の職人の妻が彼らに、テスラ博士がトリエステから取り寄せたコーヒーと毛布を持ってきてくれた。壁の高い位置に並んだアーチ型の窓から雨明かりが差していた。

眠りを誘うまなざしと大西部を思わせる口ひげを持った細身の若き科学者は、コロラド時代のキットのことを覚えていた。「ベクトル主義者だったね」

「いまだに続けてます」キットは海峡の向こうのイエールを指し示しながらそう言った。

「ギブズ教授が亡くなったそうだね。残念だよ。あの人のことはとても尊敬していたんだ」

「今ごろはきっと、もっといい場所にいらっしゃるのだと思います」と、半ば自動的にキットは言ったが、約一秒半後には、「イエールよりもいい場所」という意味も込められていたこと、そして同時にウェブの魂のことも頭にあったことに気づいた。

キットがファクスを紹介しても、テスラは表情を変えなかった。「よろしく、ヴァイブ君。君のお父さんとは取り引きをしたことがあるよ、モーガンさんとの取り引きよりは少しだけ誠意のある取り引きをね。でも、グラニツァではよく言っていたものだが、〝息子が父親の財布の紐を握ってるわけじゃない〟から君にそんなことを言っても仕方がないな……いや、本当はグラニツァではそんなことは言わない。だって日常生活でそんな話が出てくる場面なんてないだろう?」

海の向こうや彼らの周囲では、嵐がまだ続いていた。キットは、先ほど沈黙の翼によって愛撫されたことで同性愛に目覚めた人のように、ベクトルの回転のことやラプラスの演算子のことを忘れ、まばたきもせずに、震えながらテスラの話に耳を傾けていた。

「私の生まれ故郷は一つの国と言うより、ハプスブルク家の外交政策によって人工的に作り出された場所なんだ。[*1] それは一般には〝軍政国境地帯〟と呼ばれ、私たちは〝境界《グラニツァ》〟と呼んでいる。アドリア海沿岸のベレビト山地にあるとても小さな町さ。よその土地に比べて勝っていることと言ったら……ああいうのは英語では何というのかな。時々役に立つこともある視覚的な経験のこと」

「幻覚」

「そう、でも精神状態が最高のときじゃないと駄目だ、そうじゃないと、ほとんど役に立たない幻覚しか見られない」

「サンファン山脈では海抜が高いから幻覚が見えるんだってみんなが言ってました」

「ベレビト山地では、川が突然消えて、何マイルも地下を流れ、いきなり再び地表に現れて、海に注ぐ。だから地下には、地図にない広大な領域が広がっているんだ、地理学における〈不可視〉の領域への拡張さ。当然、他の諸科学においても同じことを考えるわけだよ。私は以前、あの山地に行ったことがある。空が暗くなって、雲が低くなってきたから、私は石灰岩の洞窟を見つけて中に入り、待ったんだ。この世の終わりみたいに、ますます辺りは暗くなっていった――だが雨は降らなかった。私にはさっぱり理解できなかった。私は腰を下ろして、最後のたばこに焦って火を点けてしまわないように落ち着こうとした。どこからともなくすごい稲妻が走ったかと思うと、突然、天が割れ、雨が降りだした。何か巨大なものがぎりぎりのところで踏みとどまっていて、必要なのは、引き金を引くためのある規模の放電だけだったんだということが、そのとき分かった。その瞬間、このすべてが」――と彼は現在頭上にある嵐雲を指さした。今、頭上二百フィート*2にある環状体形《トロイド》のターミナルは雲のせいでほとんど見えなかったが、むき出しのトラス構造になったターミナルは、真菌状《ポリープ》の鋼鉄製のキャップのようだった――「必然的な存在になった。まるですべての方程式から時間が取り除かれたかのように、拡大送信機は既にその瞬間に、完璧に、完成した形で存在していたんだ……。それ以後のことは、マスコミで報道されていることも含めて、すべてはただの芝居に過ぎない――〝奮闘する発明家〟を演じていただけだ。新聞に対しては、ただ待つだけのあの時間についてどうしてもうまく説明できない。私は努めて科学的であることを求められる立場だからね、お金持ちの後援者にアピールしそうな美徳だけを表に出すようにしなくちゃならない――活動、スピード、エジソン的な努力の汗、自分の権利を主張し、チャンスを逃

*1 十七世紀末、オスマン帝国の進出を恐れたハプスブルク帝国は、オスマンとの国境を「軍政国境地帯」と定め、防人《さきもり》となる農民を入植させた。

*2 約六十一メートル。

さないこと——発明の過程が実際にはどれほど無意識的なものかってことを連中に説明したとしたら、みんな私なんかに見向きもしなくなるだろうね」

急に不安になったキットはファクスの方を振り返った。しかし、夢うつつの級友は何の反応も見せていなかった——ただし、他のヴァイブ一族と同様に、彼が半覚醒状態を装っているのでなければの話だ。

「僕も長い間そういう人たちと付き合ってきましたよ、テスラ博士。あの人たちには僕らのやってることが全然分かってないんです」もしも彼がもう一瞬だけ長く待っていたなら、仲間であることを意識したこの表現は、島を横断し終わって海に出た嵐がパチョーグ湾のどこかで最後の名残に響かせた雷に打ち消されていただろう。職人たちが行ったり来たりし、料理人がコーヒーのお代わりを持って現れ、「小屋」には濡れた服とたばこの煙のにおいが充満し、そこにはいつものロングアイランドの労働日と変わらない風景があった。滝のように水が流れる軒の下ではナポリ人とカラブリア人がモーラ*をし、材木や加工済みの鋼鉄部品を積んだ荷馬車が次々とやって来て、溶接トーチが雨の中に静かな青い強度を吐き出していた。

スペースは十分にあるからということで、青年たちは泊まっていくように言われた。その後、テスラがお休みのあいさつをするために顔を出した。

「ところで、コロラドでの話だが——変圧器の設計変更の件。まったく君の言う通りだったよ、トラヴァース君。今までお礼を言う機会がなくてね」

「利子も付けて、今のお言葉で十分です。いずれにせよ、あなたの意図ははっきりしていましたから。曲率を正しいものに変えて、正確にそれに合わせて設計すればよかったというだけのことです」

「君にここの仕事を手伝ってもらえるといいんだが——」と、眠っているらしいファクスの方を頭で指し示しながら言った。

キットは陰鬱な顔でうなずいた。「先生は、今はそう思ってらっしゃらないかもしれませんが、もうそのレベルの問題は乗り越えた所にいらっしゃると思います」

「もしもまた縁があったら——」

「縁があることを期待しています」


翌朝、青年たちはニューヨークの市場に向かう荷馬車をヒッチハイクした。コールファクスはいつもよりもキットに目を光らせているように思われた。荷台に乗った二人はジャガイモやキャベツ、キュウリやカブの袋の間で揺られながら、辻々の酒場に何度も立ち寄りつつ、ほこりっぽく騒々しい北ヘンプステッド有料道路を進んだ。

「今ごろは捜索隊が出てるだろうな」とファクスが言った。

「ああ。僕の息子が行方不明になったりしたら、大西洋艦隊を総動員してでも探させるね」

「僕の捜索じゃないぜ」とファクスはむっつりしたまま強調した。「君の捜索さ」

突然、アーク灯で照らしたかのように、キットには自分の置かれた迷宮からの出口が見えた。「僕を始末するのなんか簡単なことだったじゃないか、ファクス。君の得意な〝ノースリバージャイブ〟で帆桁を反転させて、〝しゃがめ〟を言い忘れるだけだ、あとは帆桁がやってくれる。きっと海峡じゃあよくあることさ」

「そんなのは僕のやり方じゃない」ファクスはキットに完璧に罠を見抜かれたことに驚き、赤面して言った。「ひょっとして君がもっと嫌な野郎だったら……」

「そうだとしたら、僕が君を突き落としていたかもね」

「うん、僕らは二人ともも少し嫌な人間になった方がいいんだよ、お人好しだから二人ともこんなに

＊「イタリア拳」とも呼ばれるゲームで、二人が同時に十以下の数字を言いながら片手で何本かの指を出し、両者の出した指の総計を言い当てた方が勝ち。

不幸なんだ」

「誰、僕が？　僕はロングアイランド蒸気船にくっついた牡蠣みたいに最高に幸せさ、何を言ってるんだい？」

「うそだろ、キット。君が幸せじゃないことをやつらは知ってる」

「でも、僕は自分のことをほんとの元気少年だと思ってるんだけど」

ファクスは少しだけ待ち、それから彼の目をじっと見た。「僕は連中にずっと手紙を書いてたんだ」

「何のことを……」

「君のことさ。君が何をやってるか、君の機嫌はどうか、定期的に連中に報告を続けてきた、ずっと前から」

「君が？」

「僕が」

驚きもせず、傷つきもしなかったが、ファクスにそう思わせておくためにこう言った。「けど……僕らは友達だと思ってたよ、ファクス」

「僕にとってもつらかった」

「んんん……」

「怒ってるね」

「いや。いいや、考えてるんだ……。じゃあ、昨日の嵐の中で僕を見失ったって連中に報告するっていうのはどうかな――」

「やつらは信じないさ」

「探し続ける？」

「よっぽどうまく身を隠さなきゃな、キット。ニューヨークの街だったら簡単そうだとか思ってるんだろ、でもそうはいかない。遅かれ早かれ、君は気を許すべきじゃない人に気を許すことになる、父から金を受け取っているやつらにね」

「じゃあどうすりゃいいのさ」

「僕と同じことをするんだ。ふりをするのさ。最近君はドイツの話をよくしてるだろ、あれこそチャンスだ。あの嵐を生き延びたのは証明書付きの奇跡だっていうふりをするんだ。いったん姿をくらまして、カトリック教会に行って、感謝の献金をする。そして、見かけによらず宗教的な父にこう言うんだ、もしも試練を生き延びたらドイツで勉強をすると神に誓ったんだってね。何て言うか、数学の巡礼の旅みたいな感じで。フォーリーは父よりは疑いの念を抱くだろうけど、やつもだませるよ、それに僕も力を貸すから」

「ほんとに手を貸してくれる?」

「変な意味に解釈しないでほしいんだが……でも、そうするのは当然じゃないかな?」

「たぶんね。罪滅ぼしってわけだ」

しばらくしてからコールファクスが言った。「彼のことを憎んでいる人たちもいる」彼は怒ったように横目でキットを見た。

「そりゃ驚きだね」

「おい、キット、皮肉もいいけど、あの人が僕の父親であることに変わりはないんだぜ」それは、ほとんど哀れんでもらうに値する真実をぜひキットに聞いてほしいという口調だった。ほとんど。

さんさんと輝く日の光の下でも、そこに並ぶ像は不気味に見えた——それは怪物像《ガーゴイル》のように手が込んだものではなかったが、公認された石目を否定し、建物正面から外に向かって身を伸ばす様子には、意思のようなものが感じられた。像は立ち上がり、歯を食いしばり、人間に与えられたすみかの拘束を逃れて外の世界と嵐を求め、凍りつき、うなり声を上げ、暗闇の中を明かりなしに進む者たちの世界を欲していた。

キットは上がれる所までエレベーターで上がり、そこからはマホガニーで仕上げられたらせん階段で重役室のある階に上がった。階段を照らす窓は、ヴァイブ社の歴史における重要な事件を描いたステンドグラスで飾られていた。ピクルス市場の独占。抗生物質ネオファンゴリンの発見。蒸気船〈エドワーダ・B・ヴァイブ号〉の進水……。

演劇学科の選択科目を受講しておけばよかった、と彼は思った。彼は黒っぽい木のドアをノックした。中では、玉座に座るような格好で、献身的な身代わり兵たるフォーリーが海からの光を背にして窓辺に座っていた。繊細な銀色に光るその顔の輪郭は、まるで切手に描かれた有名人の顔のように見え、まるで「そうだ、これが余《よ》だ、これが正体だ、変わることのない正体だ、これが世界に期待されている余《よ》の姿だ、堂々としたものだろう？　当然だよ」と言っているかのようだった。

「ドイツの件だな」とスカーズデール・ヴァイブが言った。

「はい」キットは自分が、山風にもてあそばれるハコヤナギの若木のように震えるだろうと思っていたが、見慣れない光、遠く感じられる光が彼を取り囲むように差し、完全な免疫とは言わないまでも、少なくとも明断な判断力をもたらしてくれた。

「おまえさんの教育に欠かせないと」

「ゲッティンゲンに行かなければなりません」

「数学のために」

「高等数学です、はい」

「有用な高等数学かね？　それとも――」彼は、形のないもの――人間離れしたものとは言わないまでも――を示すように空中でジェスチャーをした。

「現実の世界、さまざまなことの起こる実質的な世界は大きな惰性を持っているので、ときには数学的世界に追いつくのに時間がかかることもあります」とキットは念入りに教えるふりをした。「例えば、マクスウェルの電磁方程式――マクスウェルが紙の上でこの問題を解いてから二十年後に、ようやく予言通りに光速で進む現実の電磁波をヘルツが発見したんです」

「二十年」と、自分は永遠に死なないと思っている人間らしい陳腐で傲慢《ごうまん》な態度でスカーズデール・ヴァイブがほほ笑んだ。「わしはそこまで生きられるかな」

「みんなが心からあなたのご長寿を信じていますよ」とキットが答えた。

「おまえさんは自分が今から二十年生きられると思っとるのかね、キット」「おまえさん」に置かれた、軽いけれども致命的な強調が反響するその短い沈黙の間に、スカーズデールは自分がミスをしたかもしれないと気づき、他方、キットにとっては、すべてが静かに収まる場所に収まった。彼は動揺を悟られるような怒りやためらいを示してはならないと思った。「コロラドでは」とあまりにも用心深くしゃべろうと努めながら、「雪崩や青い北風もありますし、すさんだ連中、すさんだ野蛮人、野蛮な馬、そんなのが高度や何かのせいでいきなり発狂したりして、いつ何時、次の瞬間にも何が起こるか分からないことに慣れっこになるんです」そして、窓辺に座ったフォーリーが居眠りから目覚めたように鋭くうなるのが聞こえた。

スカーズデール・ヴァイブはほほ笑んでいたが、キットには彼が漠然とした怒りを抑えようと頼りない努力をしているのだと分かった。その怒りの潜在的な危険性の大きさについてはヴァイブ本人でさえよく分かっていなかった。「指導教授はみんなそろっておまえさんを推薦しておる。そう聞いてうれしいじゃろう」彼は蒸気船のチケットを取り出し、容赦なく真心のこもった態度でキットに差し出した。「煙突の風上にあるいい船室だ。つつがない旅を」

このやり取りには裏の意味が存在していたのかもしれないが、形式的な意味ははっきりしていた。海を渡った後にキットが気が楽になるのと同様に、スカーズデール・ヴァイブもこうした事の流れに抵抗を感じていなかったし、キットを渡欧させるために必要なら一等船室の料金を払う用意もあった。だからこそ、彼は六三年には自分が戦場で戦わないで済むように金を積み、ウェブ・トラヴァースを含めた——その点、もはや疑問の余地はなかった——さまざまな不便や不都合を自分の人生から取り除くために金を積んできたのだった。それは、どれほど頑張っても真実だと証明することはできないが、すべての人にとって真実であることが明らかな推測だった。

そこで、もはや永遠にタイミングを失してしまったと思われるウェブに関する悔やみの言葉——それには度を越した反響を持つ否定的な結果が伴うのだが——を待つこともなく、キットは初めて自転車に乗ったときと同じ気分を味わっていた。ゆっくりとした滑走を続けながら、そのままずっと動いている限りは転倒しないのだという感覚を。彼は今、自分の思考を隠そうとして格別の努力をする必要はなかった。ただ一つ純粋で確かな光だけ、いつか必ずこの問題には決着を付けなければならないということだけは、彼は心の奥にしまっていたのだが。復讐の時は彼の選択に任されていて、場所と様態のような詳細は、正しい場所に等号を挿入することに比べればささいな問題だった……。

「ありがとうございます」

「礼はいらん。エジソン二世になりなさい」疑問の余地のない権力に安寧を見い出しているその男は、得意げな笑みを浮かべたままそこに座り、自分を守っていると信じているすべてのものがガラスに変わってしまう事態を想像することができずにいた——まだ粉々に砕かれるとまでは言わないものの、とりあえず綿密で無慈悲な精査を約束するレンズに変化し、ひょっとするといつか、適当な距離のところに置かれたとき、光を焦点に集めて死をもたらすかもしれないレンズに変わってしまう事態を。それに加えて彼は、エジソン二世ではなく、テスラ二世と言うべきだった。

キットは気がつくとグランドセントラル駅の十四番ホームにいて、ニューヘイヴンに戻る三時五十五分発の列車に間に合ったが、どうやって駅にたどり着いたのかは記憶になかった。どうやら、本能的にあらゆる偶発事故――電車のブレーキ故障、武装襲撃、殺人者、わいろを受け取っていない警官――をうまく逃れながら硫黄のにおいの漂う街を抜けて、この込み合った特急列車にたどり着いたようだった。そこには、いつでも帰る家のある人々もいたが、キットには出発ゲート、桟橋、改札口、施設の玄関しかなかった。

彼はまだ、自分が何かから逃げ切ったのかどうか、あるいは自分の生命を危険にさらしただけなのかどうか、まったく分からなかった。パール通りでは、二人のヴァイブが腰を落ち着けてブランデーと葉巻をやっていた。

「よく分からないやつです、あの坊やは」とフォーリーが言った。「親父さんと同じアカじゃないことを願いますがね」

「わしらの務めははっきりしとる。この共和国という身体を化膿させる腫瘍《しゅよう》が何百と存在しておる」スカーズデールの声には演説じみたリズムが加わりつつあった。「腫瘍は取り除かねばならん。どこにできたものでもだ。選択の余地はない。父親のトラヴァースの罪は書類にまとめられとる――いったんその罪科が明らかになれば、やつはもう死んだも同然だった。階級闘争という戦争において、標的となる人物を見定めるのに道徳的な配慮が必要か？　おまえもこの仕事が長いのだから、わしらの頭上にある翼の強大さもよく分かっとるだろう。わしらの名前を汚そうとするアカの連中がどれほど頑張って醜聞をあさってもわしらには通用せん。ただし――ウォーカー、わしは何か見落としたかな？　おまえはまさか腰が引けてきたんじゃないだろうな」

フォーリーが注意を払っていたのはスカーズデールの声だけではなかったので、誤っていつものように茶化してしまった。彼は火の点いたハバナ葉巻を差し出した。「腰が引けるようになっちまったら、これで自分に焼きを入れるだけですよ」

「わしらはどうなってしまったんだ、フォーリー？　昔はとてもいい人間だったはずなのに」

「年ですよ。どうしようもない」

「そんなはずはない。わしが心の奥底に感じる奇妙な憤りは年では説明がつかん。社会主義者や左寄りの連中を一人残らず殺してしまいたいというこの欲望。致死性の病原菌を殺すときと同じように何の情けもなしに、だ」

「それは普通のことだと思いますよ。既におれたちの手は血に染まってるじゃないですか」

スカーズデールは窓の外の、かつては美しかったが年々欠点が目立つようになってきた街の風景を見た。「わしは信じたかったんだ。自分の血が呪《のろ》われとると知りながらも、優生学の議論は間違っとると思いたかった。同時にわしは敵の血筋を切望しとった、汚れのない血筋をな。その未来が、限りない未来が欲しかった」

フォーリーは葉巻の煙が原因のふりをして目を細めた。「ずいぶんキリスト教的な態度ですねえ」と、しばらくしてから努めて平板な口調で彼が言った。

「フォーリー、わしは隣の罪人に劣らず宗教的なお話は好きな方だ。しかし、反キリストだと分かっとる連中なのにそれでも彼らを愛しなさいだとか、わしらが救われるためにはやつらを隣人として愛さなければならんだとか言われると、荷が重すぎるんだ」

この朝のフォーリーはいつも繰り返し見ている南北戦争の悪夢から目覚めたのだったが、彼の気分は冴えないままだった。交戦地帯は運動競技場ほどの狭い場所に限られていたが、なぜか何千もの兵がそこに集まっていた。すべては茶色く、灰色で、煙に覆われ、暗かった。小さな平原の端にある、影に覆われた場所に据えられた砲座から、長々とした大砲の撃ち合いが始まっていた。彼は差し迫った運命の重圧を感じ、誰も逃れることのできない歩兵隊の自殺的献身の圧力に押し潰されそうになっていた。そばにあった火薬の山——砲弾と他の爆薬の入った、背が高くぐらぐらする木箱——がくすぶり始め、今にも火が点いて爆発しそうな様子で、敵から見れば格好の大砲の標的となり、次々に音を立てながら、間断なく砲弾が襲ってきて……。

「わしはあのとき戦争には参加しなかった」とスカーズデールは言っていた。「それはそれでいい。どっちみちまだ若すぎて何が問題なのか分からなかった。わしの内戦はその後に来ることになっとったんだ。そして今、戦争が始まってみると、激戦の中で、終わりがまったく見えん。シカゴの侵略、ホームステッドの戦い、コーダレーン鉱山の戦い、サンフアン山脈の戦い。パリコミューンを支持しとるやつらは雑多な外国語をしゃべるし、やつらの軍隊は忌ま忌ましい労働者シンジケート、武器はダイナマイト、やつらは偉大な経営者を暗殺し、わしらの町を爆破する。やつらの目的はわしらが頑張って手に入れた品物をわしらから奪うこと、わしらの土地やわしらの家を分割し、再分割してやつらの群れの中で分け合うこと、わしらを引き倒し、わしらの生活、わしらの愛するすべてのものを倒し、やつらの生活レベルと同じところまで引きずり下ろし、汚すこと。ああ、やつらを愛するようにとおっしゃったキリスト様、これは何という魂の試練ですか？　もはや悪魔の手が見分けられないとはわしらの英知はどうしてこれほど曇ってしまったのか？

わしはもう疲れたよ、フォーリー。わしはこの恩知らずの海であまりにも長い間頑張りすぎた。わしは、決して静まることのない嵐の中で護衛のないままに漂っている船みたいなもんだ。未来はアジア人の群れや、野蛮なスラブ民族や、下手をすると、ああ神様お助けを、無限に湧いてくる黒いアフリカ人のものだ。わしらには食い止めようがない。この潮流を前にしては屈服するしかない。わしらの救世主はどこにおる、わしらの〈子羊〉は？　約束は？」

その苦悩を目にして、フォーリーはただ慰めようとした。「祈りの言葉は――」

「フォーリー、祈りなど要らん、わしらに必要なのはまとめてやつらを始末する作業に取りかかることだ。他のやり方はどれもうまくいかなかったのだからな。建前だけの平等とか交渉とかは残酷なだけのお笑いぐさだ、どちらの側にとっても残酷だ。〈主《しゅ》〉の民が危機に瀕《ひん》したとき、必要なものはただ一つ」

「一撃」

「早めに繰り返し一撃を加えることだ」

「この話、誰にも聞かれてないといいですけど」

「神が聞いておいでだ。人間どもに聞かれても恥ずべきことはない、すべきことはすべきことだ」まるで歓喜の叫びを抑えようとしているかのように、彼の顔に奇妙な緊張が走った。「しかしおまえは、フォーリー、おまえは何だかちょっと——妙に——神経質になっとるようだな」

フォーリーは少し考えた。「おれの神経？　鋳鉄製《ちゅうてつ》ですよ」　彼は葉巻に火を点け直したが、マッチの火は震えていなかった。「何でもやります」

ヴァイブの片割れが現場からの報告を徐々に信用しなくなってきたことに気づいたフォーリーは、自分は普段から外に出て万事をしっかり把握しているという自負もあり、最初はヴァイブに対して腹を立てた。だがしばらくすると不安になり始め、最近では自分の意見をはっきり言わなくなった。パール通りにある本社はますます堀に取り囲まれた城のようになってきて、スカーズデールは自己共鳴的な空想の中に隔離された支配者となり、最近の目の光は以前のように単純で貪欲な輝きとは異なっていた。まるでスカーズデールは集めたいだけの金を集め終わり、別の人生を歩み出そうとしているかのように、あの目の輝きは失われていた。彼は、自分では理解していると思っているが——フォーリーでも分かるように——もはや致命的なほどに間違った問いしか立てられなくなっている大きな世界の中で新しい活動を始めようとしているようだった。事ここに至ってはフォーリーは誰に頼ることができただろうか？

本当に誰に？　彼は少なくとも最悪の結果がもたらすものを何度か計算してみたが、結果はいつも同じだった。それは目にしたときひるむようなものではなかったが、多少は慣れる必要があった——性急で血に飢えたブルガリア人や中国人たちのような大規模な殺戮《さつりく》とはならないだろう。どちらかと言うと、例えばマサチューセッツ湾やユタ、あるいは、真夜中に聞こえたのが神のささやきだと信じる正義の男たち——神よ、そうでないと言う者たちを助けたまえ——に見られるような節度のあるアメリカ的伝統にのっとった規模のものになるだろう。フォーリーの頭の中の、決して正体を偽ることがない声は、フォーリーに任務を思い出させた。それは、スカーズデール・ヴァイブとしてビジネスを行なっているもう一人のフォーリーが、際限のない流血をもたらす行為に逃避したりすることのないよう抑制することだった。南北戦争の際にアメリカ人が目にした暗い約束はあれ以降恐ろしい慣性に従ったままで、共和国の勝利者たちは次には平原インディアンを追い、ストライキ参加者を追い、共産主義的な移民を追い、新しく力を与えられた秩序という工場におとなしく従わないタイプの人間を追い回した。

「微妙な問題なんだ」と、ある日ヴァイブが口にしたことがあった。「無政府主義者のじいさんを一人だけ始末するか、家族全員を始末するか。どっちがいいのかいまだに分からん」

「向こうには無政府主義者が何千人といますよ、そしておれたちはノルマを果たした」とフォーリーがけげんな顔で言った。「どうしてあの家族のことだけ気に掛けるんです?」

「例えばあのクリストファーという少年。[*] 彼は他の連中とは違う」

フォーリーも無垢というわけではなかった。彼はニューヨークの風俗街であるクーパースクエアやテンダーロインを訪れ、一晩か二晩を過ごしたことがあった。そうした店では、男が男と一緒に踊ったり、ネリー・ヌーナンやアナ・ヘルドのような衣装を着た男が、〝妖精《おかま》〟と自称する男たちのために歌を歌っていた。それは、都会の堕落を示す一つの見本に過ぎなかった。ただしそこにある欲望だけは、単に現実のものであるばかりではなく、無視することのできない現実味を持ったものだった。フォーリーは少なくともそこまでは理解し、他人の欲望を軽蔑することはやめていた。

サンファン山脈の厳しい環境からここまでキットを連れてきたことは確かに一つの救出行為だった。

＊　キットのこと。

それは、殺してくるように命じられた残忍な野蛮人の子供をキリスト教世界へ連れ帰る行為に等しかった。それゆえに、パール通りで「理性」と呼ばれているものが働くことになり、最終的には家族全員に対する計画が必要になった。メイヴァには毎月、本人とレイクの分の年金を与える。フランクがコロラド鉱山学校を卒業したら、彼には給料のいい仕事を与える。リーフは──「実は最近、彼の姿は見てないんです……あちこちを転々としてる賭博師なんで──遅かれ早かれ見つかれば、最も金のかからないタイプだと判明することになるでしょう。手に入るとは思っていなかった繰り越し賭け金《ジャックポット》が少しでも手に入ったらそれで満足するようなやつですよ」

　しかし、いつもフォーリーに語りかけているのとは別の種類の声がしゃべり始め、いったんしゃべり始めると、いつまでもしゃべり続けた。「これを若者を堕落させる行為と呼ぶ者もいるだろう。敵を始末するために金を払うだけでは足りず、犠牲者の子供たちも堕落させなければならないわけだ。おまえはウィルダーネスの戦い*で苦痛を経験し、最後にコールドハーバーでは緩衝地帯に倒れたまま三日間放っておかれ、あの世とこの世の間をさまよって、こんなことのために生き延びたというわけか？　神経を使い、卑劣で手の込んだ手段を用いながら、死にかけた良心に隷従するために生き延びたのか？」

＊　バージニア州北東部の森林地帯における南北戦争の激戦（一八六四）。

東へ向かう列車の中で、ダリーはほとんど誰とも口をきかなかった。というのも、彼女は出発してすぐに気づいたのだが、シカゴよりも西を走る列車には、詐欺師や商売女や置き引きばかりでなく、カウボーイ詩人もあふれていたからだ。彼らは列車が何かの横を通るたびにいちいち特別客車《パーラーカー》の中に入ってきて、「ラウール」だとか「セバスチャン」だとか名乗り、大草原出身の若妻に話しかけていたが、夫を離れ、あるいは夫に会うために旅している女たちはめったに夫の名前を口に出さなかった。ビロード張りの展望車と食堂車では、私有車両でも一般車両でも、動いているときでも止まっているときでも、そんな男たちが皆の食欲を台無しにし、胃をむかつかせていた。コーヒーはカップの中で冷たくなった。耐えがたい悪さをしようともくろんでいたならず者も、詩人には尻込みし、回れ右をして引き返した。大西部の詩人たちはひたすらわめき続けた。おならのようにじわじわと列車内に眠りが蔓延し、

再びシカゴの街を目にしたとき、彼女は——実際に誰かに尋ねられたわけではなかったが、仮に尋ねられたとしても、自分の気持ちをはっきりと表現することはできなかっただろうし、列車の連絡時間も短かったのであまり街を見て回る時間もなかっただろうが——頭のどこかでこんなことを考えた。かつて〈ホワイトシティー〉は湖の脇のジャクソン公園にあったのだから、あれがパンの中のイースト菌のように作用して、今では街全体に一種の恩寵《おんちょう》が花開いているのではないか、と。列車がユニオン駅に向かって街に入り、中心部にある摩天楼《まてんろう》に近づくにつれて建物はより活気づき、より高くなり、彼女

は街の巨大さと建築様式の多様性に圧倒された。それはどことなく、世界の多様な民族を寄せ集めた〈中央通り遊園地《ミッドウェイ・プレザンス》〉のパビリオンを思い起こさせた。彼女は思い出の〈ホワイトシティー〉が少しでも見えないかと窓の外を覗いたが、見えたのは黒ずんだ昼間の街《シティー》だけで、イーストで発酵して膨らむどころか、逆に石のように重い塊に凝縮してしまったのだと彼女は理解した。

ようやくたどり着いたニューヨークで、彼女は往来の脇に立ち、日に照らされた壁を横切る鳥の影を見ていた。大通りの角を曲がった所では、小説に出てくる高級売春婦のベッドのように贅《ぜい》を凝らした曲線美の馬車が走り、それを引く二頭の馬の足並みは見事に鏡像対称になっていた。歩道は黒いスーツと真っ白な襟高のシャツを着た男たちで込み合い、手でも触れそうな昼前の日光が長身の人物のぴかぴかのシルクハットに当たり、ほとんど立体とも感じられる影を投げかけていた……。それとは対照的に、女性の服は明るめの色合いで、ひだ飾りがあったり、目立つ襟が付いていたりした。女たちは造花や羽根飾りやリボンがたくさん付いたつばの広いビロード帽や麦わら帽を斜めにかぶっていたが、その顔は化粧のように効果的な半影の中で若々しく見えた。遠くから来たよそ者の目から見ると、この二つの種族は互いにほとんど無関係な存在のように思われたかもしれない……。

都会に来た初めての日、昼食時になると、ダリーは食事のためにレストランに入った。活気がある店内はほとんど全面がぴかぴかの白いタイル張りで、分厚い瀬戸物に銀の皿が当たる音が響いていた。漂っているにおいは、間違いなく、教会の夕食会に出されるアメリカの家庭料理のにおいだった。清潔なナプキンが巻かれ、グラスの中で待っていた。それぞれの長テーブルの脇には背の高い柱が立ち、そのてっぺんでは電動扇風機が回り、モーターが入っていると思われる部分のすぐ下ではガラスの笠をかぶった電球が鈴なりになっていた。目の届く範囲に痰壺は置かれておらず、たばこを吸っている客もいなかった――テーブルクロスも敷かれていなかったが、ベルト付きの白いドレスと小さな黒い蝶ネクタイを身に着け、こぎれいに髪をアップにし、皿を片付けたり新しいテーブルをセットしたりしてかいがいしく立ち働いている少女たちによって、大理石でできたテーブルの天板は徹底的に清潔に保たれていた。

「仕事探し？　あそこにいるドラグソー夫人と話してみて」

「あの、今日はお昼を食べに来ただけ」

「自分で取ってね、あそこに列があるのが分かる？　何か分からなかったら呼んでね、ケイティよ」

「私ダリア。あなた、オハイオ州南部の出身？」

「ええ、チリコーシよ。あなたも？」

「ううん、でも何度か行ったことがあるの、きれいな町ね、たしかカモ狩りの人をたくさん見かけたような気がする」

「カモのいない季節ならライチョウね。パパがよく家族みんなを連れてってくれた。でもすることと言ったらほとんどずっと凍えながら待つだけ。でも懐かしいわ。もちろんこの店に来るお客はみんなベジタリアンだけど」

「えっ、残念、分厚いステーキを食べようと思ってたのに」

「でも蒸し焼き料理《キャセロール》も悪くないわよ……どこか泊まる場所は当てがあるの、ダリア？」

「何とかするわ、ありがとう」

「この街じゃ十分に用心した方がいいわよ。油断せずに」

「ケイティ！」

「今日はあの人、機嫌が悪いの。さてと――またいつでも会いに来てね」　彼女は店の衛生的な光明の中に戻っていった。

　彼女は手元の資金をあっという間に食い潰したりすることのない値段の、女性専用の手頃なホテルを見つけ、軽い足取りで仕事探しを始めた。ある日、オルガン調律見習いの仕事――この仕事は結局続かなかったのだが、その原因は彼女が思うに、彼女がペニスを持っていなかったことにあった——を終えた後、劇場の集まる地区で、同じくらい落ち込んだ表情で小路から出てきたケイティと偶然出会った。

「また不合格」とケイティがぼやいた。「この調子じゃ、いつまで経ってもモード・アダムズ*にはなれないわ」

「ああ、残念ね。私も今、不合格を出されたところ」

「これがニューヨーク。〝無礼〟ってものはこの街で考え出されたのよ。でもどうしてあの人たちって女優の年齢にこだわるのかしら」

「てことは……あなた、女優？」

「昼間が〈シュルツのベジタリアン居酒屋《ブラウハウス》〉でウェイトレスなら、夜は夢のあることをしなくちゃ」

二日後、二人はペル通りにある中国風米国料理《チャプスイ》店で仕事について話をしていた。

「芸術家のモデル」とダリーが叫んだ。「ほんとに？　ロマンチックだわ、ケイティ！　どうして自分で引き受けなかったの？」

「悪くない仕事だと思うし、飛びついてもおかしくなかったんだけど、どうしても舞台での仕事にこだわっちゃうのよね」このみじめな街では、普通の人には想像できないようなとんでもない仕事だってあるのだ、とケイティが請け合った。

今はやりのチャプスイのにおいは別として、店には本格的な料理のにおいが漂っていた。天井にある木でできた扇風機がゆっくりと回転し、たばことピーナッツ油とひょっとするとアヘンからの煙を掻き回し、今日のメニューを漢字で記した赤い紙の短冊をはためかせていた。床にはおがくずが敷かれ、黒檀製の調度には真珠層がはめ込まれていた。手提げランプ、絹の旗幟《きし》、金色の竜、コウモリの模様などが部屋中に飾られていた。常連客らはフカヒレ、ナマコ、中華ハムを食べ、梨ワインを飲んでいたが、その周囲には、大皿のチャプスイをがつがつと片付けながらときに乱暴にお代わりを注文している数十人の身なりのいい白人がいた。

そこへ、黒っぽいスーツを着て、髪をポマードで固め、もみ上げを短く、あるいは完全に剃った若い中国人の集団が歩調をそろえ、黙ったまま入ってきて店の奥に消えたが、その間もアップタウンの住人たちはとぎれることなく無思慮なおしゃべりを続けていた。

「モック・ダックの子分たちよ」とケイティがささやいた。「ほんとにやばい連中。あなたがこの先つきあう役者たちとは訳が違う」

「もしも私がその仕事をゲットしたら」とダリーは彼女に確認した。「自分が本当はやりたかったとか、本当に後で言ったりしない？　舞台での仕事じゃないとしても」

「うん、彼らが求めてるのはまさにあなたみたいな娘《こ》よ」

「そう言われても何だか不安だわ、ケイト。私のこと、向こうには何て言ってあるの？」

「ああ……演技の経験があるって感じのことをちょっと」

「ははは。保安官とか集金人が相手の演技ならね」

「すごく厳しい劇団よ」

客が減り始めると、「あと二、三分で昼興行《マチネ》が始まるわ」とケイティが言った。「行きましょ、近道を使って」　彼女はダリーの腕をつかみ、裏口まで連れて行った。モック・ダックの子分たちは皆いつの間にか姿を消していた。外に出て、二人が忙しそうな中国人商人と昼のご用聞きたちを掻き分けながら細い路地を抜けると、やがて前方から聞こえた悲鳴が二人を導いた。そこでは、ブロンドで美人のアメリカ人娘が部屋着姿で二人のごろつきと格闘していた。男たちは彼女をマンホールに引きずり込もうとしているようだった。「あの娘《こ》がモデスティーン。彼女はちょっと短期休暇が必要になったの。だから、あなたが彼女の代役を務めるってわけ」

＊　米国の女優（一八七二—一九五三）。

「でもあの人たち――」

「みんな俳優よ。本物の商売としての白人奴隷が魅力的だと思っているのは、人を常に不安にさせることで金を稼いでる連中だけなの。ほら。ホップ・ファングさんにあいさつを」

　黒ずくめのホップ・ファングは二人をにらみつけ、中国語でわめき始めた。「あれがこんにちはのあいさつ」とケイティがささやいた。この進取的な中国人は最初はアヘン服用の手ほどきをする係だったのだが、中華街はあまりにもバワリー街に近かったので、彼はショービジネスの魅力に負けてしまい、間もなく短いメロドラマを夢想するようになった――当時の彼の事務所はペル通りを外れた場所のアヘン窟にあったので、それは文字通りの夢想だった――のだが、そこには彼が西洋のやじ馬の好みを本能的に嗅ぎ当てていることがうかがわれた。「チャプスイ物語*だ」と彼はダリーとケイティに言った。「たくさんおれが見せる。ホットでスパイシー。ＯＫ？　明日スタート！」

「オーディションはなし？」とダリーが尋ねたが、ケイティが横で袖を引っ張っていた。

「言っておくけど」と彼女がつぶやいた。「もしもこの仕事を本気でやろうと思ってるのなら――」

「赤毛！　そばかす！　オーディションは十分、ＯＫ！」

　こうしてダリーは白人奴隷シミュレーション業界と中華街のトンネルに入ることになった。そして、ほとんど理解しがたい記号や暗号のいくつかを学び、今まで知らなかった人生の領域、マールとの放浪生活では得ることができなかった都会の秘密の生を知ることになった……。彼女は毎朝、三番街高架鉄道で出勤し、高架下に止められた屋台でコーヒーを飲んでからホップ・ファングの事務所までぶらぶらと歩き、毎日変更されることの多い小喜劇のスケジュールを確認した。モット通りと運河通りの角の近くでは四方をよく見て十分に注意を払うようにしていた。というのも、そこにはトム・リーの秘密結社〈オン・リョン〉の本部が置かれていたからだ。そして、〈オン・リョン〉とその恐ろしいライバル〈ヒップ・シン〉を隔てるミッドタウンのドイヤーズ通りには決して近寄らないように努めた。〈ヒップ・

シン〉の本拠地はドイヤーズ通りとペル通りの交わる角にあった。この二つの中国系ギャング団の間ではずっと激しい抗争が繰り広げられていたが、その発端となったのは、一九〇〇年ごろに流れ者のガンマン、モック・ダックが町にやって来て〈ヒップ・シン〉に加わり、モット通り十八番地にあった〈オン・リョン〉の寄宿舎を焼き討ちし、ペル通りを乗っ取ったことだった。いつ、どこで武装闘争に火が点くか予想するのは不可能だったが、好んで戦場に選ばれたのはドイヤーズ通りで、途中にある曲がり角は「血のカーブ」と呼ばれていた。

このころには彼女は、三番街高架鉄道と六番街高架鉄道に挟まれたアイルランド人街にあるケイティの家に転がり込んでいた。二週間も経たないうちに彼女のパフォーマンスが始まり、それを見てアップタウンからやって来たツアー客はバスの中で驚いてぽかんと口を開け、街の外から来た女性客はピンが当てにならないかのように帽子をしっかり握り締めた。ショーの参加者かもしれず、部外者かもしれない周囲の歩行者らは活人画のように立ち尽くし、割って入るそぶりを見せなかった。「悪魔！」とダリーは叫び、「許して！」、そして「あなたたちがこんなことをしてるの、お母さんが知ったら泣くわよ！」と大声を上げたが、誘拐犯たちはただにやりと笑い、さらにぞっとするような笑い声を上げ、逃れることのできない鉄の穴へと彼女を引きずり込んだ。男たちはそうしながら、彼女の服から「ちぎれた」布切れをすべて後の再利用のために丁寧に拾い集めていた。実は毎回、パフォーマンスの前にそうした端切れを軽く縫いつけて、わざと簡単にちぎれるようにし、ショーに〝刺激〟的な要素を加えていたのだった。

噂が広まっていた。あらゆるレベルのショービジネスの業界人がダリーの演技を見物するためにやって来た。そうした人物の一人が、絶えず変化を求める興行主R・ウィルシャー・ヴァイブだった。常に新人探しに余念のなかった彼は、実は数週間前から中華街に出入りしていた。ときには変装をして現れ

＊　チャプスイ料理のように、アメリカ人好みにアレンジされた東洋風の物語ということ。

ることもあったが、彼が考える一般労働者の格好とは、ロンドンから取り寄せたオーダーメードのネクタイにスパッツというものだった。間もなく彼は元の姿に戻ったものの、彼のかぶったアクアマリンのシルクハットの十分に抑えられていない光沢を見たダリーは、思わずせりふを一つか二つとちってしまった――とはいえ、誰かがそのミスに気づいたというわけではなかったが。その後、彼はいつになくおどおどと自己紹介をしたが、中国人の裏方たちはさっさと次のショーの準備に取りかかりたそうな様子で周囲に立っていた。

「私は次のプロジェクトの『上海《シャンハイ》疾走』でこういう感じの要素を取り入れたいと思っているんだ。君にも出演してもらいたい」

「あ、はあ」彼女は周囲を見回して、この男がニューヨークで若い娘が一分半もうろついていれば必ず出くわすタイプの面倒な人物だと判明した場合に、力を貸してくれそうな人間がいないかどうかをチェックした。

「ちゃんとした話だよ」と言って彼は名刺を取り出した。「誰でもいいから業界の人間に聞いてみなさい。それか、ブロードウェイを散歩するだけでも、いくつかの劇場が満席になっているのは私の力によるものだということが分かるだろう。とりあえず今聞いておきたいのは、君はちゃんとした契約をしてここで働いているのかということだ」

「何かの書類にはサインしたわ。でも中国語で書かれてた」

「ああ、だいたいどこでもそんなものだよ。というか、中国語なんて、英語で書かれた標準的な契約書に比べれば単純で罪のないものさ。心配は要らない。ちゃんと話をつけるから」

「はい。こちらがボスのホップ・ファングさん。私は急ぐから。お話しできてよかったわ」彼女は女優がしそうなしぐさとして手を差し出しそうになったが、洗練されたその紳士がいきなり本格的な中国語らしい言葉をしゃべり始めたので驚いた。万能のしかめっ面からほとんど表情を変えたことのないホップ・ファングがすっかり相好を崩したので、彼女は一瞬、それが偽物のファングなのではないかと疑ったほどだった。

その後すぐに、相当な額の制作費がどこからともなく湧いてきて、いつも金《きん》の形で届けられた。キャストが増員され、より凝った舞台効果が付け加えられた。一瞬のうちに殺し屋たちがドアやマンホールから飛び出し、理解不能な中国語でのべつ幕なしにまくし立てた。背広の下に鎖かたびらを着た不気味な中国系マフィアの若い戦闘員が四十四口径を発砲したりかわしたりするふりをしながら走り回り、間もなくその硝煙が現場に独創的なぼかし効果をもたらした。馬は台本通りに後ろ足で立ち上がり、いないないた。警察の一団がペル通りを通って現場に駆けつけると、他のギャングからわいろを受け取っているという筋書きの別の警察の一団が警棒を振り回しながらモット通りを進んできて、両部隊が十字路で鉢合わせをし、警棒を握ったままこの暴動に関する管轄権がどちらにあるのかについて口論を始めるが、もちろん暴動そのものはそんなことにお構いなく続く。脱ぎ捨てられた陰茎亀頭形の警官用ヘルメットが側溝の中に転がった。

そのころ、奇妙なことが起こった。まるで金のかかったシミュレーションがなぜか「現実」に流れ込んだかのように、この地域で現実のギャング同士の抗争が過熱し、夜になると銃声が響き、しゃがんだまま体をくるくると回すトレードマークの身のこなしでモック・ダック本人が町に現れ、二丁拳銃で四方八方に撃ちまくり、行商人の手押し車の上の野菜が飛び散り、歩行者は地面に伏せた。中華街の中で不幸を被りたくないアップタウンの観光客が避けるべき場所について警告が発せられ、ダリーの白人奴隷ショーはますますスリル満点になった。極悪非道な殺し屋だと彼女が思っていた同僚は、わが身の安全を心配する繊細な俳優にすぎなかった。ホップ・ファングは二十五セントのアヘン錠剤をまとめて飲み込んでいる姿が目撃されていた。ドイヤーズ通りは不気味な沈黙の瘴気《しょうき》に覆われているようだった。

「私そろそろ仕事を替えた方がいいのかな、ケイティ、どう思う?」

「お友達のR・ウィルシャー・ヴァイブに相談したら？」

「信頼しても大丈夫かしら」

「ああ、RWなら他の連中に比べて信頼できないってことはないわよ」とケイティが保証した。「でもいかんせん罪深いし、飽きっぽい。悲しい結末を迎えた女の子も何人か個人的に知ってるわ。モデスティーンも大切な仲間だった」

「彼女の休暇って、ひょっとして——」

「あなたって子供ね。そういうことのための病院がちゃんと州の北部にはあるのよ。お金持ちのああいう虫けらにとっては、チンピラを雇って女を川に突き落とすよりも、病院で処置させる方が安上がりなこともあるの。モデスティーンは運がよかった」

「へえ、そんな業界に私を招き入れてくれてありがとう、ケイティ」

「私が言ってるのは中国人のことじゃないわよ、中国人は総じて紳士だし、ややこしいのは中国人内部の関係だけ。でも、そんな穏やかな環境を捨てて、お金を持った白人の無慈悲なジャングルに飛び込んだのはモデスティーンが自分で選んだことなの」

「へえ、とにかくヘルメット代わりの日除け帽でもかぶってヴァイブのところに行ってくるわ」

「もしも仕事の口が二つあるようなら……」

ダリーは、西二十八番街の事務所でR・ウィルシャーに会った。開いた窓越しに、街のあちこちの酒場のピアノの音がやかましく響いていた。「うるさいだろう？」とR・ウィルシャーが陽気に彼女に声をかけた。「夜となく昼となく聞こえてくる。しかも一台残らずどのピアノも調律が狂ってる。この辺りはがんがん《ティン・パン》横町って呼ばれてるんだよ」

「大理石の建物に暮らしてるような人かと思ってました」

「創造的霊感《インスピレーション》の源に近いところで暮らすべきだと思ってね」

「盗めるものは何でも盗むっていう意味だよ」と、鮮やかな赤紫とサフラン色の格子縞スーツを着た、恰幅《かっぷく》のいい白髪の紳士が笑って言った。彼が持っている袋は、スープのだしにする骨を入れるもののように見えた。

「彼は、まだどの事務所とも契約をしていない犬の芸を探すスカウトだ」とRWが説明した。「コン・マクビーティ。ライダウト嬢にごあいさつを」

「私は今、カード娘も探しているんだ」

「何娘?」

「私は寄席演芸の仕事もやっていてね」コンの背後で、RWが必死に「断れ、断れ」という合図をしていた。「彼の言うことは気にしないでくれ、単なるねたみだから。私が探しているのは、そこそこの美人で酒を飲まず、次の演《だ》し物を書いたボードを持ち上げて、できれば上下を間違えずに、客に見せることのできる女だ」

「マクビーティ」とRWがつぶやいた。「君から話すか、それとも、私から話そうか?」

話を聞いてみると、業界では奇跡扱いされているコンの宿命は、間違いなく街で最悪の芸を見つけてきてしまうということだった。彼が見つけてくる芸人は、劇場から摘まみ出されるだけではなく、バワリー街素人隠し芸大会のつまらない一コーナーでも永遠に出場禁止を食らうものばかりだった――コンは実は、ずいぶん前からいつもこの素人大会の舞台袖に潜み、運命の〝吊り上げ装置〟が動くのを待ち、しばしば機械が芸人の体に触れる前に契約書に署名させることに成功し、直ちに彼らを公衆トイレやもぐり酒場の前の歩道のような怪しげな場所に派遣した。短期間、モット通りのアヘン窟の前に芸人を立たせたこともあるが、アヘン吸引者には笑わせる芸人は必要ないということを誰かに指摘されてやめた。

「こうして話をしている間も、中華街はますます危険になっている」とRWが言った。「しかし、こいつの下で働くっていうのは相当絶望的な状況だよ」

「オペレッタをやってるこいつみたいな金持ちは現実感覚をなくしているんだ」と打ち明け話をするかのようにコンが言った。「だって、バワリー街は今でもアメリカのショービジネスの本当の中心地なんだから」

「何か君にやってもらえる配役があったらいいんだが」とRWが肩をすくめた。「客の入りがもうちょっとよくなったら、ひょっとしたら――」

「彼が言っているのは、金庫から目を離したノミ屋《ブックメーカー》を見つけたらってことだ」とコンが笑った。「週に七ドル五十セント払う、現金で前払いだ」

「新入りの警察官が受け取るわいろと同じ金額？」とダリーが言った。「芸術の話をしてるんだと思ってたわ」

男二人の眉が上下し、一瞬、沈黙の中で相談がなされたのかもしれない。いずれにせよ、コンが「十ドルならどう？」と返答し、取り引きは成立した。


この時期のコンは、二束三文で買った潰れた珍品博物館の収入でかろうじて毎週の家賃を支払っている状態だった。博物館の正面に掲げられた派手な看板は、「マクビーティ劇場」と書き直された。以前のオーナーは慌てて逐電したので、雑多な品物が後に残されていた。定番の、瓶に入った双頭の犬、歴史上の有名人の脳を保存液に浸《つ》けたもの――私たちの知る保存液が発明された時代よりも古いものが多かったのだが――そして火星人の赤ん坊。カスター将軍[*1]の頭の皮は本物だと記されていたが、リトルビッグホーンからメキシコやロワーイーストサイドの流通市場での転売を経た代物だった。かごに入れられていたオーストラリア産ゴキブリはドブネズミ並みの大きさがあり、誰もそのそばに近寄ろうとはしなかった。コンはこれらを自ら〝珍品のごった煮〟と名付ける洗練されたスタイルで並べ、「劇場」のロビーに展示した。「ショーが始まる前に、客のムードを高めるんだ」

何らかの刺激は確かに必要だと、たちまち気落ちしたダリーは実感した。カード娘としての彼女の仕事は、文字を知らない観客は言うまでもなく、文字の苦手な観客が多いせいで非常にやりにくいものだった。しばらくすると、芸人がこれからやるはずのことについて彼女の口から短い説明を加える許可をコンが出した。夜ごとに登場するタレントの中にはいろいろな人物がいた。ボゴスロー・ボロヴィチ教授は、彼が〝フロアショー〟[*2]と呼ぶ演し物をするのだが、アメリカ英語を正しく理解していない彼のフロアショーは、文字通り床《フロア》を見せる、というか、街の至るところからはがして盗んできた床の破片を見せるものだった。スティープルチェイス遊園地の床、グランドセントラル駅の床、バワリー街のマガーク売春宿の床（「……たばこのせいで茶色くなったつばとおがくずが組み合わさった興味深い質感がお分かりになるでしょう……」）。そして教授は、取り壊し現場から拾ってきた奇妙な形のタイルをきっかけに、これは高等数学にかかわる問題を提起しているのだと言って、あきれるほど長々と講釈を始めた。教授以外にも、縫いぐるみの「調教師」がいたが、縫いぐるみには簡単な「芸」しかできず、睡眠発作《ナルコレプシー》の芸人は立ったまま眠るという理解者の少ない困難な技を習得していたが、その芸が始まると三分もしないうちに客が――かなりアヘンが回っている客でも――争って出口に向かい始めた。頭のおかしな発明家たちが舞台に持ってきた発明品には、空中浮揚シューズやドル札複製器があった。永久機関と呼ばれるものは、話をろくに聞いていない客の目で見ても、永久よりも短い時間ではその有効性が示せないことが明らかだった。そして〝驚異の天才〟イクティバス博士の発明した、かの有名な「金庫そらし帽」もあった。この独創的なかぶり物は、高い窓に付いた滑車から不運な歩行者の頭上に重い鋼鉄製の金庫が落下するという、都会で見られる古典的な偶発事故に対処するために考案されたものだった。「いか

＊1　米国の陸軍将校で、リトルビッグホーンの戦いでスー族などと戦って戦死した（一八三九―七六）。
＊2　ナイトクラブなどのフロアで行う音楽・歌・ダンスなどを言う。

なる集中荷重も実際には局所的な空間のゆがみであることを考えれば、次のような働きをする曲面が必ず一つだけ存在し、それは計量テンソルというか方程式によって規定されるのです。私はこれを既に合衆国特許局に登録しました。その曲面の形状を適当な帽子のデザインに組み込むことによって、現在考えられるあらゆる高さから落とされたあらゆる金庫の衝撃荷重を緩衝し、最小の合力のみを――せいぜい頭を軽くこつんと叩く程度ですが――着用者に伝え、金庫本体の方は軌道が変わって危害を及ぼすことなくそばの歩道に落ちるというわけです。こちらが助手のオドーです。今から皆様にどれでもお好きな金庫を選んでいただいて、オドーがそれに綱をかけ、巻き上げ、私の頭の上にどかんと落とすというショーでございます、そうだな、オドー？」

「うんんんん！」とオドーがかなりやる気満々の返事をしたが、ちょっと熱が入りすぎだと感じる客もいた。舞台袖でダリーが会ったときの彼は、礼儀正しく、言葉遣いも丁寧な若者だった。彼は今、もう少しアップタウン寄りの場所に自分で珍品博物館を開くための貯金をしている最中だった。ダリーとオドーは夜の最後の演し物の後に一緒にコーヒーを飲みに行くようになった。

彼女は時々、無精ひげの面々や山高帽をかぶった男たちの間に、R・ウィルシャー・ヴァイブの姿を認めることがあったが、いつもその隣には違う若い新進女優――RWの好む呼び方では〝踊り子《フィギュランテ》〟――が座っていた。「ちょっと覗いてみただけだよ」と彼はダリーに声をかけた。「君のことは忘れてないぞ。『アフリカの悪ふざけ』はもう見たかい？　基本的には黒人を使った小喜劇《レビュー》だ。ウィリアムズとウォーカー[1]にあこがれる黒人コンビがやってる。ほら、無料招待券だ、二枚。『上海《シャンハイ》疾走』の方はほぼ完成、曲はできた、残る仕事はいわば、ハトを全員窓台に並ばせること」

その一方でコンは、ウィリアム・シェイクスピアの『ジュリアス・シーザー』を『ナイフを持ったイタリア人』というタイトルでバワリー街バージョンに改変することにした。ダリーはそのオーディションに参加し、驚いたことに、コンが劇中でシーザー夫人と呼ぶことにしたキャルパーニア[2]の役を手に入れた。ダリーとこの役を争ったのは、〝一本歯のエルシー〟と呼ばれるもぐり酒場の常連と、中国系ギャングの恋人のリュウ・ビンだった。リュウ・ビンはギャングと関わりのない仕事を探していたが、エリザベス朝英語であれ現代英語であれ、英語に関する彼女の知識は厄介なほど乏しかった。しかし、彼女が不合格になった後、彼女の愛人と数人の仲間が全員四十四口径と手斧《ちょうな》を携えてコンのもとを訪れ、それをきっかけにコンは再び配役を考え直した。「どうせせりふは二、三行しかないんだ」と彼はダリーに謝った。「本当は君の方がいいんだが、こうしないと生きていけないんだから仕方がない。彼女はラテン語をしゃべってるってことにしようかと考えてるんだ」

「あああ。議事堂《キャピトル》に血の雨を降らせたってところ、[*3]気に入ってたんだけど」

「お芝居の世界にようこそ」ダリーが荒れ模様で戻ってきたとき、ケイティは肩をすくめてそう言った。「元気を出せ、カミーユ。まだ芝居は始まったばかりだ[*4]」

「ところで」と言ってコルセットを緩める。「例のヴァイブって人が土曜の夜にパーティーをやるから、友達を一人連れてきてもいいって言うんだけど。あなた、興味ないわよね、金持ち連中の堕落したパーティーなんて――」

「興味？　リリアン・ラッセルは帽子をかぶってる？[*5]　それは全然話が別よ――ヴァービーナには貸しがあるから、彼女の持ってる赤い夜会服を借りるわ――」

「ケイティ、お願いだからやめてよ」

*1 バート・ウィリアムズ（一八七六？―一九二二）とジョージ・ウォーカー（一八七三―一九一一）のコンビはミュージカルコメディーなどで活躍した。

*2 シーザーの三番目の妻で、暗殺の日、元老院に向かう夫に思いとどまるよう説得した。

*3 『ジュリアス・シーザー』第二幕第二場のキャルパーニアのせりふ。

*4 アレクサンドル・デュマ『椿姫』の引用。英語版では主人公の名はカミーユ。

*5 米国の歌手・女優のリリアン・ラッセル（一八六一―一九二二）は帽子好き。

「違う違う、あなたにじゃないわよ、でもあなた、髪は下ろした方がいいわ、もうちょっとその、〝純情娘〟っぽく――」

二人は夜会服を探すためにアップタウンに行った。ケイティはI・J&K・スモークフット百貨店の地下二階で働いているお針子に知り合いがいたので、返品されたドレスや流行が過ぎたばかりの衣服を格安で手に入れることができた。スモークフット百貨店はブロードウェイ九番街から二十三番街にかけての「婦人の一マイル」と呼ばれるファッション街にあり、流行に無頓着というそしりを免れるには十分なだけ北に位置しているが、一日かけて買い物をするつもりの女性客が不便に思うほどには同種の店から離れていなかった。街の一ブロックを占める灰色の十二階建ての近代的なその百貨店の表にはほとんど何の装飾もなかった。もしも街の外から来た客がこの建物を運良く人込みから離れてゆっくり眺めることができたなら、実際に中に入って買い物をする現実の店というよりも、ただ眺めるだけのための記念碑だと思ったかもしれない。しかしこの百貨店の大きさは、気まぐれで必要以上に大きくしたわけではなく、二つの異なる世界を隔てるベールを厳重に保つためには十分なスペースが必要だったのだ。店の客のための人工的な幻の空間と、壁と壁の間や地下特売場の下にある空間――そこには現金取次係、ボイラー係、包装係、発送係、お針子、羽毛織り職人、制服を着た伝令、掃除夫、用務員、そして勤勉な幽霊のように至る所を人目に付かずに動き回る雑用係などの物言わぬ大群が潜んでいた。彼らは、煌々《こうこう》としてささやき声に満ちた〝フロア〟の芝居がかったにぎわいから、念入りに、わずか数インチで隔てられていた。

建築に付属した二つの人間の形をした像が少しの間だけ生命を得て、頭上にそびえる壮大な光景などお構いなしに冗談を交わし始めたかのように、二人の若い女性が六番街入り口に向かっていった。ドアの両側には立派な制服を身に着けたドアマンが生きた柱のように立ち、その動きのない静けさにおびえた客は、そのまま歩き続けるか立ち止まるかを迫られた。髪に油をつけた「用心棒」はバワリー街で仕事をすればいいし、五番街の大邸宅の電気仕掛けの門は遠くのボタンで開閉をすればいい――このI・J&K・スモークフット百貨店では一言の言葉も必要ないし、指一本動かす必要もない。なぜなら、この「柱」のたたずまいのおかげで客は、わずかの時間の間に、自分のたたずまいがこの場にふさわしいかどうかが分かるからだ。

「ヤキンとボアズよ」[*1]ケイティは頭で二人を指しながら笑った。「神殿の守護者。列王記の上のどこかに出てくるわ」[*2]

「でもあの二人、私たちを入れてくれるかしら？　もし止められたら？」

ケイティは彼女の肩を叩いた。「従業員入り口よりもここの方が簡単よ。まっすぐに目を見て、少しほほ笑むの。で、通り過ぎるときには、じっと横目で見続けるのよ、誘惑するみたいに」

「私が？　子供なのに？」

店内は店の外とは正反対だった――中は明るく装飾的で、掃除が行き届き、香水と切り花でいい香りが漂い、まるで、近くの通りの人込みの中から特におしゃれな女性を選り分け、たった今ここに連れてきたかのように、凝縮された流行がみなぎっていた。ダリーはケイティが彼女の腕を取るまで立ち尽くしたまま、その場の空気を吸い込んでいた。「まったく野暮ったいおばさんばっかりね」

「え？　そうかなあ？」

「まあ、せっかく来たんだから、ぐるっと見てみましょ」

二人は最近導入されたばかりの移動装置であるオーティス社製エスカレーターで上階に上がった。それはダリーにとっては、おおかた作動の仕組みに見当がついた後でも驚異的な機械だった。以前に乗っ

＊1　ソロモンの神殿の二本の柱の名。タロットの〈女教皇〉のカードにも描かれている。

＊2　正しくは、歴代誌三の一七に「彼はこの柱を神殿の前に、一本を南の方に、一本を北の方に立て、南の方のをヤキンと名づけ、北の方のをボアズと名づけた」とある。

たことのあるケイティはもはや驚かなかった。「ぽかんと見とれるのもいいけど、お願いだからほどほどにしてね。ここはニューヨーク。何でも現実よりもよく見えるようにできているのよ」

「思えばチリコーシからずいぶん遠くまで来たものよね」

「はいはい」

ダリーは百貨店に来るのは初めてだったので、同様の多くの人と同じように、マネキンを何度か現実の女性と間違えて少し恥ずかしい思いをしたのだった。そこで、前から腕を組んでやって来る、自分とケイティにそっくりの若い二人組の女性を警戒しながら見つめ、どこにも値札がついていないことを確認していると、その二人がなぜかこちらを知っているような顔でダリーを見つめたままさらに接近し、ぎりぎりのタイミングになってからケイティが彼女の腕をつかんで引っ張り、こうつぶやいた。「鏡にぶつかるのは田舎者のすることよ」二人が上の階にたどり着くころには、ダリーの目はすっかり回っていた。

それは別に何でもなかった。ほとんど何でもなかった。これほど離れたところから見ただけなのだからそれもまたマネキンだったのかもしれない。その影は、一階から十二階まで目が回るような吹き抜けになった中庭の向こう側に見えた。客をメインフロアへの落下から食い止めているのは金線細工の手すりだけで、もしも落下すれば、対角線方向に静かに動いている階段の脇を通り、ヨセミテの滝の実物大模型を通り過ぎ、ヤシの木が投げかける影の中でハープを弾いている小さな人影が来世の存在のように見えるあの一階まで落ちることになる。分散和音《アルペッジョ》状に上昇するエスカレーターに囲まれた、そんな催眠性の深淵の向こう側に立っていたのは、いかにも女性買い物客が着そうな紫と灰色のチェック柄の外出着を着て、手のように豊かな表現力を持つサギの羽根飾りが付いた帽子をかぶった人物だった。特にその人がダリーを見ていたというわけではないが、なぜか彼女の注意は引きつけられた。はっきりとしたその亡霊の姿を前にして、ダリーはすぐに気を確かに持たなければと思った。というのも、さもないと思わず大声を上げながら駆けだし、その女性に抱きついたとたんに、当然やはり見ず知らずの人物だったということになって恥を掻くだけではなく、下手をすると訴訟にまでなるかもしれないからだ。彼女は「ママ！」と叫んで抱きつくのだから。

その後の買い物ツアーは何が何だか分からないまま、心ここにあらずだった。ダリーの記憶にぼんやりと残っていたのは、キュウリサンドイッチをつまみながら紅茶を飲んだこと、ハープ奏者が「母親は娘に何も教えなかった」をひどく甘ったるく演奏していたこと、二人の若い既婚女性がたばこに火を点けて喫茶室中のひんしゅくを買ったことなどだった――しかし、それらの場面はまったくつながりを持たず、その細々した部分はテーブルの上に投げ出されたトランプの手札のようで、どれほど考えても何の手もできそうになかった。

地下に下りる途中、ダリーはすべての階で彼女の姿を探したが、背が高く色白で、おそらくはそもそも現実の存在ではないその女性は姿を消していた。それに加え、一階にいたハープ奏者は、長いガウンを着た優美な若い女性ではなく、葉巻をかじっているいかつい大男だったことが分かった。彼はニューヨーク市立刑務所での長い懲役を終えて釈放されたばかりのチャックという男で、ケイティとダリーが横を通るとき、愛想よく二人にほほ笑みかけた。

地下では、ケイティが友人のヴァービーナの居所を尋ねると奥から彼女が出てきて、二人を導いて再び奥へ、そして照明の暗い階下のひんやりした部屋へと入った。そこではおしゃべりが禁止されているためか、あるいは仕事が忙しすぎるためか、会話の声はまったく聞こえなかった。すすけたパイプが腐食した腕木からぶら下がるように天井のあちこちを走り、アイロンから立ち上る蒸気が部屋中に充満し、労働者が生霊《いきりょう》のように静かに動いていた。暗い戸口の向こうには、ミシンに向かう女性でいっぱいの部屋がいくつも見えた。彼女らは、監督係が近づいてきた気配を感じたときだけ不安げに顔を上げたが、それ以外は脇目も振らず手元を見ていた。

二人は六番街高架鉄道に乗ってダウンタウンに向かい、ブリーカー通りで降りた。空にはピンク色がかったあんず色の光がまだ残り、南東の風に乗ってコーヒー焙煎の香りがサウス通りから漂い、イーストリバーを行き来する船の音も聞こえていた。キッパーヴィルは土曜の夜だった。ひげを生やした若者がトルコレッドのプリントドレスを着た若い娘の尻を追いかけていた。一輪車に乗ったジャグラーが歩道で技を繰り広げていた。ぶらぶら歩いている人間に黒人が近寄って声をかけ、本人が「どうだい？」という顔に見えると信じている表情を作りながら、白い粉の入った小さなガラス瓶を見せていた。露天商はトーストに載せた直火焼き雛《ひな》バトやトウモロコシを売っていた。安アパートの開いた窓の奥で子供たちが叫び声を上げていた。マクドゥーガル横丁のイタリア料理店〈マリア・デル・プラト〉のような店に向かうアップタウンのスラム街住民は楽しそうにおしゃべりし、互いに「今からどこ行くか、分かってるのか？」と尋ね合っていた。

R・ヴィルシャー・ヴァイブが暮らしていたイタリア風タウンハウスの建築家は、フランス国立高等美術専門学校で教わったような古典的装飾を付け足したいという衝動に抵抗することができなかった。その建物は通りの北側にあり、正面にはイチョウの木が並び、裏にはあずまや《パーゴラ》と小路があった。

二人は玄関で執事に会釈で迎えられ、二階の舞踏室に上がった。部屋の中心には煌々と輝く巨大なガラスのシャンデリアがあり、その真下には金の房飾りの付いたワイン色の丸いソファがあり、それに合った色のサテンのクッションが置かれていて、八人から十六人の踊っていない女性が放射状に外向きにそこに座るようになっていた。このソファは、冗談半分で「壁の花防止装置」と呼ばれていた。というのも、ダンスを休もうと思った女性は大広間のど真ん中の落ち着かない場所に座らざるをえず、その周囲では、ひき割りトウモロコシ粉と軽石で繰り返し平準化された床の上で華々しいダンスが繰り広げられていたからだ。壁そのものはRWの美術品コレクションを飾るために使われていたが、それらを鑑賞するには寛容な目が必要で、ときには、吐き気を催させるものに対する免疫を備えた胃が必要な場合もあった。

部屋の至るところにビンロウジュ、パルメットヤシ、トウビロウなど各種のヤシの木が生え、その大きさも、枝編み細工に覆われた植木鉢に植えられた小さな温室サイズのものから、高さ十二フィートのロビー用の品種、そしてずっと下のどこかに根を下ろした大きなココヤシやナツメヤシまであり、大きなものは途中の床や天井に特別に穴を開けてこの舞踏室の高さまで伸びていて、おかげで一種のジャングルのような空間ができあがり、風変わりな人間たちがそこに出入りし、潜み、ときに這い回っていた。まぶたを黒く塗った日陰の女、肩まで髪を伸ばした男、サーカスの芸人、決して控えめとは言えない服を着てペリエジュエのシャンパンを客に勧めている小間使い、炎のように鮮やかなオレンジ色のランの形をしたティファニーのブローチを胸に付けた上流階級の貴婦人、巨大なバスルーム——R・ウィルシャー・ヴァイブは、すべてのトイレに株式相場通信機を備え付けているという噂だった——のそばにたむろしているウォール街の反逆者。

小さなオーケストラが、大きな部屋の片隅にしつらえられた舞台の上で、R・ウィルシャー・ヴァイブの作品で用いられたさまざまな曲を演奏していた。ウーミー・ヴァンプレット嬢が、『ロスコー・コンクリング』の中でケイト・チェイス・スプレーグ*役で歌ってヒットした「あなたがその話をするとき」を歌った。

どんな間抜けでもだまされそうにない、安っぽいスーツを着た芸能エージェントを自称する男がケイティを連れ去ったために一人きりになったダリーは、フレンチドアから外に出た。屋上庭園から、灰色と茶色の汚れた塊の向こうに目をやり、ガスの明かりが灯る窓と高架下の街灯を向こうに気づかれることなく眺め、アップタウンの方向を見ると深い藍《あい》色の空に明るい街が浮かび、まるでその部分では夜が

＊　ロスコー・コンクリングとの不倫が噂された女性。

とばりを降ろすのを忘れ、光の街に黄金色の夢を見せているかのようだった。

その若い男は手すり壁にもたれかかって街を見ていた。彼女は屋上庭園に出た瞬間に男の存在に気づいていた。周囲のパーティー好き連中よりも背は高かったが、「成長している」という感じではなかった。彼はまるで経験不足をひけらかすかのようにいきなり後ろを振り返った。ひょっとするとその場に漂っていた煙のせいなのかもしれないが、彼の顔はこれだけ近くで見ても、彼女が知っているような世間の荒波をまったく経験していない――これから先も経験することがない――ように見えた。彼の姿は、大昔に通りかかった町で一時間だけ一緒に遊んだ男の子や、夕方の雑踏の中で強盗や火事や殺人や戦争を告げ知らせる新聞売り子――きっと彼も同じように澄んだ声をしているに違いない――の容赦のない無邪気さを思い起こさせた。いや、金持ちの子供であれ何であれ、遅かれ早かれ向き合わなければならないもの――そんなものがあるのかどうか彼女には分からなかったが――のことを考えたら、彼は弱すぎる、あまりにも弱すぎる。彼女は既に、上流階級の青年がどういうものかを知っていた。バワリー街の無宿者に金を持たせただけみたいな連中ばかりなのだ。

彼が振り返り、ひょっとすると少しだけうっとりした様子でほほ笑んだ。彼女は突然、ケイティにほとんど無理やり買わされた若者服が恥ずかしくなった。ネックラインが高く、バーンダンス用に変なひだ飾りがたっぷり付いたドレス……しかも色はコンゴ紫《バイオレット》！　しかも縁取りは格子縞！　あああ！　何考えてたんだろ？　ていうか、何も考えてなかったのね。こんなふうに判断力を失っちゃったのは、きっとあのスモークフット百貨店での超自然的な瞬間のせいだ、きっとあの紫色と灰色の服を着た母親の亡霊のせいだわ。今の彼女にはドレスの値段を思い出すことさえできなかった。

彼はたばこケースを開け、彼女に差し出していた。以前には経験のないことだったので、彼女はどうしたらいいのか分からなかった。「かまわないかな、ちょっと……」

「かまわないわ」とか何とか、そうした類の気の利いたことを彼女が言った。

建物の中からドラムロールとシンバルと「フニクリ、フニクラ」の短いアレンジが聞こえ、照明がなぜか落とされて涼しい屋内が薄暗くなった。

「じゃあ行こうか?」と先に彼女が中に入るように彼が手振りをした。しかし彼女が振り返ると、彼の姿は消えていた。

うわ、速っ。

演奏壇のそばでは、ありがちな奇術師の格好に身を包んだ年配の二枚目がワインの入ったグラスを掲げ、杖《ステッキ》でそれを軽く叩き、こう言った。「準宝石を飲むというのはなかなかできることではありませんが、石の世界においては、それ以外のものを飲むのは大変なぜいたくなのです」彼がグラスを引っ繰り返すと、アメジストやガーネットが手からあふれるほどこぼれ出てきた。彼がグラスを真っすぐに戻すと、中には再びワインが入っていて、彼はそれをたちまち飲み干した。

彼女はいつにない圧力を足に感じ、下を見た。「きれいな衣装だね」とへらへらした声が言った。声はダリーの肘の辺りから聞こえたような気がしたが、実際にチンチートという男が肘のところでしゃべっていた。彼は最近バワリー街の舞台にデビューした売り出し中のサーカスの小人だったが、この種の集まりにおける小人たちの価値は、ケイティによれば、体格とは釣り合わない性欲の大きさと、当然ながら性器の大きさで決まるとのことだった。「どっか行ってくれない?」と、まるっきり気がないとも思えない口調でダリーが言った。チンチートは、何年間も一瞬で振られ続けた経験から身に着けた礼儀正しさでその反応を受け止めた。「もったいないことするなあ、レッドちゃん」彼はウィンクをし、ぶらぶらと歩いて人込みに消えた。

しかし、ダリーの試練はそれが最後ではなかった。次に彼女に近づいてきたのは穏やかな紳士で、灰色の髪はまぶしいほどのポマードで固められ、小指には巨大なエメラルドの指輪をはめていた。彼は彼女にパンチのボウルに入った奇妙な発光性の液体を次から次に勧め、やがて彼女には、壁紙の中に五セント劇場の演し物が見えてきた。

「君が中華街に出てたころから熱烈なファンだったんだ。一回も見逃さないようにしてた。すごく魅力的な奴隷を演じてたよね」そして、あっという間に彼は彼女の手首をつかんだらしく、精巧な銀色の手錠をかけようとし始めた。

「やめなさい」とどこかで穏やかな声がし、気がつくとダリーは、長身の人物——後で分かったことだが、それは奇術師の助手だった——によって「神秘のキャビネット」と記された複雑な箱へと導かれていた。

「さあ早く。ここに」ダリーは簡単に気を失うようなタイプではなかったが、このときは気絶しそうになった。というのも、扉が閉じる直前に、空気が透き通るような感じがして、昨日スモークフット百貨店で見かけたのと同じ女性が、今は踊り子用のタイツとスパンコールだらけのビロードのケープをまとって目の前に現れたことに気づいたからだ。そして、何か別の時間を超越したもの、物心がつき言葉を覚え始める前の記憶、谷間のユリのような鼻を刺激するにおいが、ダリーの鼻孔を通ってじわじわと体の中に入ってきた。

　彼女は一瞬こんなことをつぶやいたかもしれない。「あ、あれ、あれ、私の頭はどうなっちゃったのかしら?」と。そのとき、パンチの中に入っていた一種の催眠薬のせいで——ヴァイブの友人たちに関するケイティの意見が正しいとするなら、きっとそんなものが入っていたに違いない——ダリーは、気を失うというよりも、奇妙な時間の消滅を経験した。長い間その状態が続いた後、彼女は、ずっと目の前にあったはずなのに今まで手を伸ばして開けようとは思わなかった扉の存在に気づいた。彼女が外に出ると、そこはロワーイーストサイドで、というか、彼女が借りている下宿屋のすぐ前で、階段には緋《ひ》色の服を着たケイティが座り、〈スイートカポラル〉のたばこを吸っていた。まだ夜が明けたばかりの時間だった。彼女を救ってくれた奇術師たちは周りにはおらず、振り返って探そうと思ったときには、

「神秘のキャビネット」もなくなっていた。

「大丈夫？」とケイティが背伸びしてあくびをしながら言った。「楽しかったかとは聞かないわよ、でも楽しかったみたいね」

「変だわ、だって、ついさっき――」

「説明無用。すごく魅力的なオトコだったじゃないの」

「誰が？」

「あのガウンを着てればオトコが寄ってくるって私の言った通りでしょ。〝誰が〟って何？　私に隠さなくてもいいじゃない」

「ケイティ」彼女は琥珀織りをさらさら言わせながら友人の隣に腰を下ろした。「私、何一つ覚えてないの」

「あの手品の名前も覚えてないって言うんでしょ」それはいつになく残念そうな口調だったので、ダリーは困惑し、彼女の肩を軽く叩こうとしたが、その前に、スパンコールだらけのケープを着た救出者のことを思い出した。

「あなた、行っちゃうのね」と寂しそうにケイティがたばこを吹かした。「もう戻ってこないのかな」

「まさか」

「ああ、ダリア。ずっと覚えてたのよね」

「妙なの。覚えてたのよ。でも自分が覚えてるとは知らなかった。ついさっき」――不思議そうに首を振りながら――「私を助けに来てくれるまでは」

ダリーが今ではぼろぼろになった「週刊ディッシュフォース写真入り」で見た覚えのあるゾンビーニの住まいは、アッパーブロードウェイに最近建てられたばかりのマンションにある大きな部屋だった。

ルカはそこがイタリアのフィレンツェにあるパラッツォ・ピッティに似ていることが気に入り、天井が高いうえに十二階建てのその建物をイタリア語で〝グラッタチエロ〟、すなわち摩天楼と呼んでいた。隣の街区まで続いているように感じられるたくさんの部屋には、人間や動物に似せた自動機械《オートマトン》がいくつも完成状態や組み立て途中で並べられ、消失マジック用のキャビネット、宙に浮く机などのトリック用家具、目の周囲が黒くて不気味な表情をした腹話術用の人形、完全に真っ黒なビロードの布、東洋風の光景が描かれた多色の絹の錦織《ブロケード》、鏡、水晶、空気ポンプとバルブ、電気磁石、拡声器、決して空《から》にならない瓶と自然に火が点くろうそく、自動演奏ピアノ、回転覗き絵《ゾーエトロープ》の投影機、ナイフ、剣、拳銃と大砲があり、屋根には小屋いっぱいの白いハトがいた……。

「いかにも奇術師の家って感じでしょ」と、家の中で彼女を案内していたブライアが言った。昼興行を終えたばかりで、赤いスパンコール付きのナイフ投げの衣装を身に着けたままの彼女は、状況に応じて多少の茶目っ気を見せる尼のように何とか自分を抑えていた。彼女は時折、左右非対称な笑顔をダリーに向け、ダリーにはそれが何か意味ありげに感じられたのだが、解読はできなかった。

顔を合わせたばかりの義理のきょうだいは、総じて見聞が広く、思いやりもあったが、とんでもなく手に負えない振る舞いをすることもあった。年上の子供たちは両親と一緒に舞台で仕事をし、学校にも行き、繁華街でアルバイトもし、床の上で互いの頭をカーペットにぶつけているかと思えば、日曜の朝には仲良く一緒に膝の上に座り、新聞に掲載された漫画「リトル・ネモ」を読んでいた。彼らには、氷冷式冷蔵庫《アイスボックス》の氷が溶けた水を飲むという見ていて気持ちの悪い習慣もあった。ドミニク、ルシア、赤ん坊のコンチェッタなど、下の方の子供たちが暮らしている空間には、人形や人形用の家具、転がすと音の出るおもちゃ、太鼓、大砲、パズルブロック、マヨリカ焼きの明るい柄《がら》の痰壺、空っぽになった通じ薬の瓶が転がっていた。

ダリーが家に入って十分もたたないうちに、ヌンツィとチチがなれなれしく彼女に呼びかけた。

「二十五セント硬貨を両替してあげようか？」とチチが言った。

「うん」

「十セントが二つと、五セントが一つだね？」

ヌンツィが目をくるくる回していた。彼女が手の中を見ると、思った通り、コインマジックが得意なチチが既に硬貨を一セント硬貨三枚にすり替えてしまい、かなりの額になりつつある自分のへそくりを増やしていた。

「お見事」とダリーが言った。「でもさっきの二十五セント硬貨を見てごらん」

「ちょっと待って。どこ行った？　さっきまでここに――」

「へっへっへ」彼女は指の背でコインを転がして人差し指から小指まで往復させ、最後はチチの鼻から取り出した。

「ねえ――インドのロープ魔術はどう？」とヌンツィが言い、ポケットからロープと大きなはさみを取り出し、チチと一緒にベルディ作曲の『運命の力』の有名なテーマ曲をハミングしながら、手の込んだやり方でロープを巻き、はさみでいくつかに切り、絹の布を振って、ロープを新品同様に元のつながった形に戻した。

この定番の技を見て、「すごいわ、うん」とダリーが言った。「でも待って。インドのロープ魔術っていうのは、何もないところで空中にロープを掛けて、姿が見えなくなるまでロープをよじ登っていくっていう技でしょ？」

「違うよ」とチチが言った。「それは〝インドのロープ魔術〟、これはインドのロープの魔術。このロープはバワリー街でインド人から買ったんだ。だからインドのロープ、てことは――」

「それ以上説明しなくてももう通じてるよ、ばーか」と兄が彼の頭を叩いた。

そこにコンチェッタが這って来て、チチを見つけ、顔を上げて彼を見つめた。彼女の目は何かを期待している様子でつぶらに輝いていた。「ああ、コンチェルティーナちゃん！」とチチが叫んで妹を抱き上げ、アコーディオン《コンチェルティーナ》を弾くまねをし、ルイージ・デンツァ*の歌の膨大なレパートリーから一曲を歌い、その間、赤ん坊は本気で逃げようとはせず、歌に合わせてきーきーと声を上げていた。

ダリーはかつて、自分が再びアーリスに会ったなら、きっと取り乱して息の仕方さえ忘れてしまうのではないかと想像していた。しかし、人のいいお客さんのように特に大騒ぎすることもなく混沌《こんとん》とした家族の中にいったん紛れてしまうと、彼女は自分とアーリスが似ているかどうかを——こちらを見ていなさそうなときのアーリスと、部屋のあちこちに立てたり掛けたりしてある鏡に映った自分の姿を見比べて——じっくり検討するタイミングを見計らっていた。

アーリスは舞台用の靴を履いていないときでもルカ・ゾンビーニよりも身長が高く、金髪は頭の後ろで丸く束ねていたが、言うことを聞かない一部の髪の毛がどうしても一日のうちに飛び出てくるのだった。いつも小ぎれいにしている女性が髪の乱れにどう対処するかによってその人が普段他人から隠している人格を探る手がかりが得られると考えていたダリーは、アーリスが乱れ髪に悩まされることなく一日を過ごすことが多いのだと知って、少しほっとした。ただし、視界に入ってきたしつこい髪の毛を息で吹き飛ばす彼女のしぐさは有名だったのだが。

アーリスは至る所に現れた。遠く離れた部屋を通り過ぎ、ほとんど姿を見せずに用事を片付け、ほほ笑み、ほとんど口をきかなかった。しかし子供たちは、父親の願望よりも彼女の願望をよく知り、尊重しているようだった。ダリアはこれもまた一つの「トリック」なのではないかという気がした——かなりよく似た助手が遠い昔に本物のアーリスと入れ替わり、本物の方は「究極のイリュージョン用キャビネット」、別名〝ニューヨークシティー〟の中に足を踏み入れ、そこで本当の消失現象、疑り深い客でも信じてしまうような消失現象を経験したのではないか、と。この奇妙に広いマンションには、観客はダリア一人しかいないようだった。何かが、鏡の銀めっきのような何かが、彼女と彼らとの間にあった。もしもダリーが、彼らが用心深く隠している袖の中に飛び込もうと思えば、押し戻されることはないだろう。少なくともその程度は確信が持てた。しかしそれ以上の、重要な問題が横たわる領域となると、そこは黒いビロードの布で覆われ何も見えなかった。私はだまされているのかしら？　この人たちは実は互いに赤の他人で、仕事の合間に家族のふりをしているだけのバワリー街の劇団なのかも？　この件について尋ねるのなら、誰に聞くのがいちばんいいかな？

　ブライアに聞いても駄目だ。ブライアがナイフを投げるときの標的役をダリーが務めるようになったときでも、ブライアをそこまで信用していたわけではない。父親に「かわい子ちゃん《ベラ》」と呼ばれたときのブライアの無関心な表情――そんな態度をされても、父親はその呼び方を改めなかったが――にダリーは気がついた。彼は明らかに子供たち全員を――どう考えても将来犯罪者になる子供から、輝かしい聖人にいたるまで――溺愛《できあい》していた。

「私をナポリのスパゲティ屋と一緒にしないでくれ」とヌンツィが父親の口調をまねて言った。「私は北部のフリウリ出身だ。アルプス人種さ」

「ヤギとエッチする民族だよ」とチチが説明した。「山ではロバのサラミを食べるんだって。オーストリアみたい。やたらに身振り手振りが大きいところが変わってるんだけど」

　ルカ・ゾンビーニは折に触れ、子供たちに奇術師という仕事について説明をしてやった。彼は子供たちがその話を聞きたがっていると勘違いし、いつかは仕事を継いでくれるとさえ思い込んでいた。「私たちのことをあざける連中、そしてだまされるために金を払っている自分たちのことをあざける連中、彼らには熱望というものが分かっていない。もしも宗教なら神に対する熱望ってものがあるだろ――それをばかにしようなんて誰も思わない。でも手品に関しては、単なる奇跡を求める熱望、単に普通の世

＊　イタリアの作曲家（一八四六―一九二二）。

界とは違う現象を求める熱望だから、ばかにする連中がいるわけだ。

でもいいか。神は〝今から光を創ります〟って言ったわけじゃない。〝光入《い》れ〟とおっしゃったんだ。彼が最初にしたことは、無だった場所に光を入れることだった。神と同じように、おまえたちも常に光と一緒に仕事をしなければならない。光にさせたいことだけを光にさせるんだ」

彼は液体のように絶対的な黒を広げた。「奇術師専用のビロードだ、光を完全に吸収する。イタリアからの輸入品。とても高価だ。人の手で何度も何度も染め、毛足をそろえ、ブラシをかけてある。仕上げには秘密の方法で白金黒を使ってる。工場の検品は容赦がない。鏡と同じだ。正反対のことをやるんだがな。完璧な鏡はすべてのものを送り返さなければならない。光の量も色も正確に。だが逆に完璧なビロードは何も逃がしてはならないんだ。そこに当たる光は最後の一滴まで外に漏らしてはならない。考えられる最小の光でも仮に一本の糸に反射したら、それまでやってきたことはすべて――おじゃん、だろ？　問題はとにかく光なんだ、光を操ることができればトリックを操ることができる。分かった《カピーシ》？」

「分かったよ、パパ」

「チチ、ちょっとはパパに敬意を払いなさい。そうしないと、いつかおまえを消しちゃうぞ」

「今やって！」と、二、三人の若きゾンビーニがソファに飛び乗って叫んだ。「今すぐやって！」

ルカは現代科学とそこから奇術師が得られる力に以前から興味を持っていた。その一つが、ニコルプリズムと複屈折の錯覚の応用だった。「助手をのこぎりで真っ二つにする技なら誰でもできる」と彼は言った。「この業界では最も古いトリックの一つだよ。問題は、助手が必ず元の一つの体に戻るってこと。必ずハッピーエンドになるんだ」

「〝問題〟？　ハッピーエンドじゃ駄目だって言うの？」とブライアが言った。「フランスのパリなんかでやってるような、血なまぐさいホラーショーがいいの？」

「ちょっと違う。これのことはもう知ってるだろ」そう言って、完全な結晶に近い小さな氷州石を取り出した。「像を二重にする石だ。二つの像は適当な光、適当なレンズを使えば重なり合う。この石で一つの像を段階的に分離することができる。一段階ごとにだんだん引き離していって、最後は、人間を光学的に半分にすることさえできる。一つの体を二つの違う部分に分けるんじゃなくて、二人の完全な人間が歩き回るってわけさ、どこをとってもそっくりな二人がね。分かった《カピーシ》？」

「あんまり。でも……」

「何だ」少しだけ身構えて言った。

「最後はハッピーエンド？　また一人の人間に戻れるわけ？」

彼は自分の靴をじっと見ていた。そして、父は家の中でこの質問をする可能性があるのは私だけだと思っていただろうとブライアは理解した。

「いいや。今はそこのところが引っ掛かってるんだ。まだ誰も――」

「まさか、パパ」

「――元に戻す方法を考案していない。いろんなところに行ったんだよ、いろんな人に聞いてみた、大学の先生とか、業界の人間とか、ハリー・フーディニにも尋ねたんだけど、駄目。そうこうしてるうちに……」

「聞きたくない」

「うん」

「で、何人？」

「ええと……二人、三人かな？」

「何てこと《ポルカ・ミゼーリア》！　じゃあ結局、四人か六人ってこと？　訴えられてもおかしくないわよ、分かってる？」

「問題は光学的なことなんだ。だから完全に元に戻せるって思ってた。でもイエール大学のヴァンダージュース教授の話だと、私は時間という要素を見落としてたってことらしい。現象は一瞬で起こるわけじゃないから、わずか数秒でも時間が経過してる、時間の経過は不可逆な過程の一つだ、おかげで一種の小さなギャップが生まれる。たったそれだけのことでも、元の場所には戻れなくなるってわけさ」

「パパのやることは完璧だと信じてたのに。がっかりよ。じゃあ、パパの実験台になった人たちは今も二重生活を送ってるんだ。うれしいことじゃないわね、きっと」

「弁護士がショーを見ながらやじを飛ばすんだ。私を脅してる。いつものことだがね」

「どうする？」

「この種の装置を作ってるのは世界でもたった一か所。ベニスの潟湖《せきこ》にある〈鏡の島〉は、もう持ち株会社の名前として残ってるだけの存在だと思ってるかもしれないが、今でも実際に世界で一番の奇術師用の鏡を製造、販売してる。あそこの職人ならきっといい方法を考えてくれるはずだ」

「私たちが二週間後にはベニスのマリブラン劇場に出演することが決まってるっていうのは単なる偶然なのよね」

そう。今日、ルカ・ゾンビーニは、ヨーロッパツアーの予定が決まったという驚くべき知らせを持って家に帰ってきた。ダリーも含めた一家がわずか二週間後にスクリュー船〈特大号〉に乗ることになったのだ！　地下室の奥にあるバルブが急に開いたかのように、突然、旅の準備で部屋中が上を下への大騒ぎになった。

用事の合間にダリーがアーリスに声をかけた。「本当に私も一緒に行っていいの？」

「ダリア」彼女はその場で足を止め、ぞうきんが手から落ちそうになった。

「ていうか、私も突然現れたわけだし――」

「いえ……いえ、私たち、本当にあなたを当てにしてるの。ダリー、お願い、まだここに来たばかりじゃないの――それに、ほら、銅鑼《どら》を叩く役なんかどう……？」

「ああ、そんなのブライアなら寝っててもできるわ」

「あなたがここに残りたいと思ってるかどうかは分からないけど、この部屋は東ルメリアから来た軽業師に転貸するつもりなの。あまり理想的な同居人じゃないと思う」

「どうにかするわ。どこか。ケイティのところとか、誰かのところに行く」

「ダリア、こっちを見て」娘にとってはその言葉を無視する方が容易だったが、言われる通りにした。

「あなたが長居するつもりじゃなかったことは分かってる。あなたにそこまで期待するのは無理な話だわ。私にしても、ルカにしても」

ダリアは小さく肩をすくめた。「私としては、家に入れてくれるかどうかさえ確信が持てなかったんだけど」

「でも、今は家の中にいる。そして、何て言うか、このまま私たちと一緒にいた方がいいんじゃない？よく分からないけど」

深刻で不自然な沈黙が、横に長い部屋を覆った。それはまるで、長い間抑えてきた激しいささやきを口に出すなら、ゾンビーニに声が聞こえないこの場所で、今この瞬間を逃してはならないと促すようだった。「私は小《ち》っちゃな赤ん坊だったのよ——どうしたらそんな私を捨てられるわけ？」

ほとんど感謝するようなほほ笑みが彼女の顔に浮かんだ。「いつその話を切り出すのかと思ってた」

「別に何かが欲しいわけじゃないのよ」

「分かってる」彼女の声が急にはきはきしだしたのは、ニューヨークで身に着いた口調だろうか？

「うん。マールからはどこまで話を聞いてるの？」

「ママの悪口は聞いてない。ただ私たちを置いて出て行ったってことだけ」

「それだけでも十分に私は悪者ね」

「パパは私がここに来る運命だって分かってたみたい。私を引き留めなかった」

「でも私には何の伝言もないのね。〝過去のことは水に流そう〟とか、そういう言伝ては何もなし」

「何か言いたいことがあったんだとしても、私はそれについては何も聞いてない。ひょっとしたら……」

彼女は確信が持てず、顔を上げてアーリスを見た。

「ひょっとしたらあの人、私からあなたにすべてを話した方がいいと思ったのかもね」

「で？　つまりパパは、ママが本当のことを私に話すと信じてるってことでしょ」

アーリスは自分たちがベッドのシーツを挟んで対角線上に立ったままでしゃべっていたことを思い出した。二人は舞踏会のステップのように優雅に互いに歩み寄り、シーツを半分に畳む作業を済ませ、さらに半分に折り、また距離を取った。「こんなタイミングで話すのもどうかと思うんだけど……」

ダリーは肩をすくめた。「じゃあ、いつならいいの？」

「分かったわ」最後にもう一度だけ、子供か誰かが部屋に入ってきて時間稼ぎをしてくれないかと期待しながら周囲を見回してから、こう言った。「マールと私が出会ったときには、私はもうあなたを身ごもってたの。だから……」

やれやれ。ダリーは思わずソファの上に座り込んだ。ほこりが舞い上がり、クッションがひいひいと息をし、ペチコートが溜め息をついた。鋭い切り返しの言葉が二つ三つぼんやりと思い浮かんだ。「なるほどね。じゃあ」といつになくからからに渇いた口で言った。「私の本当のお父さんは——今どこにいるの？」

「ダリア」と、まるで簡単な答えで済ませるつもりはないかのように、彼女は力を込めてうなずいた。「亡くなったわ。あなたが生まれる少し前に。クリーブランドで路面電車にひかれたの。短い付き合いだった。名前はバート・スナイデル。あなたのその赤毛は彼に似たのよ。私は彼の家族の家から追い出された。マールが私たちに家を与えてくれた。だから、あなたの本当のお父さんって言うんだったら、それはマールよ、もう一人の方じゃないわ。私がそう言ってもあまり慰めにはならないかもしれないけど」

確かにあまり慰めにはならなかった。「そんな話を聞いて私が喜ぶと思ってる？　〝家〟？　たいした家だこと。ママはすぐに自分だけ逃げ出したのよね。それならママが町を出るときに、私もどこかのごみ置き場に捨てればよかったのに」どこからそんな言葉が出てきたのだろう？　何もないところから出てきた言葉ではないにしても、今まで彼女が感じてきた気持ちよりもずっと遠い場所から出てきた言葉のようだった……。

ところがそのとき、思った通り。彼女がさらに頭から蒸気を噴き出す前に、この家を支配しているらしい劇的タイミングを司る小さな神々がこの修羅場に介入することを決断した。ヌンツィとチチがおそろいのシャークスキンのスーツを着て、トランプのヒンズーシャッフルとコインのフレンチドロップを練習しながら現れ、部屋に充満する怒りと狼狽《ろうばい》などお構いなしに騒ぎ、船旅についての最新情報を次々にまくし立てた。そして、ダリーとアーリスの口論はとりあえずそのままお預けとなった。実際には、その話片付けるべき雑用があまりにも多かったので、二人が〈特大号〉に乗り、かなり沖に出るまで、その話が再び口にされることはなかった。

メイヴァとストレイはたった一度だけ、偶然にデュランゴで出会った。

「まさかあんたたち、結婚でもしたんじゃないだろうね？」

「母さんがそんなこと聞くなんて」とリーフが言いかけたが、すぐにストレイが口を開いた。

「最近はめっきりなんです、お義母《かあ》さん」

メイヴァは笑い、彼女の手を取った。「リーフが実は結構お買い得な男だっていう話を聞かせてあげたいんだけど、それには時間がたっぷり必要なの」

「ああ、お義母《かあ》さんのせいじゃありませんよ」とストレイが言った。「いくらいい育て方をしたって、そこから先は本人次第ですから」

「ユーレイ郡にブリッグズっていう名字の家族がいたけど、あなたの親戚？　キャンプバード鉱山で働いてた一家かもしれない」

「アデリーンおばさんの子供がしばらくの間、レイク市に住んでたかもしれません……」そしてリーフが振り返ると、既に二人は屋根の上の鳥のようにぺちゃくちゃとしゃべりながら反物屋の中に姿を消すところだった。

翌日、リーフとストレイはデンバー&リオグランデ鉄道でアリゾナに向かっていた。最初は二人一緒だったが、すぐに別行動になった。彼女の友達のアーチー・ディプルが抱いていたいくつかの狂った計画のましなものの一つに、ラクダ一斉捕獲計画があった。ラクダは何年も前に岩塩を運び出すためにネバダ州のバージニア市に輸入され、後に普通の鉱石関係の仕事のためにアリゾナ州に移されたのだが、結局採算がとれないことが分かって野に放たれ、今ではもう完全に野生化し、ソノラ砂漠近辺の数千マイルの荒野に散らばり、理解不能な〈自然〉の要因によって驚異的なスピードで繁殖していると噂されていた――「例えば一頭五十セントで売れたとしても、それだけですぐにでも仕事を辞めて、一生、東部の好きな場所で暮らしていける――〈リッツホテル〉に寝泊まりして、円筒形の帽子をかぶったボーイさんに昼も夜もルームサービスの食事を届けてもらうことだってできる――」。リーフはサクラの役を演じるだけで、調査の仕事も危険な役割もすべてはアーチーが負うということだった。「割に合わない仕事だよ、何でもそうだけど。でもリスクのない仕事には見返りもない。そういうもんだろ？」「世の中なんてそんなもんさ」と、無謀な行動に戸惑うかのような顔をしながら、しかし反対しているようには見えないように努めながらリーフも同意した。こういうインテリ連中は、リーフの経験では、見た目ほど引っ込み思案ではなく、中にはとんでもなく怒りっぽい人間もいるからだ。

　リーフの「友達」は、仕事上の付き合いであれ個人的な付き合いであれ、たいていはトラブルと隣り合わせで生きていて、考えていることも分かりやすかった。ストレイの「友達」はどちらかというと影の部分が多く、遠回しなやり方を実践している人物が多かった――つまるところ、それは一種のポン引きのような生き方だった。あるいは言い方を変えるなら、先発員《アドバンス・マン》、仲介者《ミドル・マン》だ――必ずしも男《マン》ばかりではなかったが。概して、彼の「友達」が彼女をトラブルに巻き込むことは少なかったが、彼女の「友達」が彼をトラブルに巻き込むことはよくあった。警察に追いかけられたり、安全な土地に逃げたりする程度の簡単なトラブルならまだしも、彼女の過去から顔を出す奇妙な連中は必ず、さまざまな計画――うまくいきそうなものはほとんどなかった――にパートナーとして彼を引き込もうとするのだった。

　そうした話し合いの間、彼女は賭博場の上階の手すりのそばに立ち、あるいは事務所のドアのエッチングガラス越しに中を覗くようにして男たちの姿を見ていた。それはまるで、自分の人生にかかわった二人の全然違う男たちが仲良くやっていけるかどうか、少女じみた好奇心から眺めているかのようだった。とはいえ、彼女は実際に実を結んだ計画についてはいつも五パーセント程度の仲介料を請求するつもりでいた。いわば、「ポン引きにはポン引きを」だ。

そうして何年かの間、北米大陸のその辺りを旅しながら、二人は戦い、逃げ、誰かを呼び、再開する、ということを繰り返した……。もしも地図を取り出して二人があちこちの町を転々とした道筋をなぞろうとしても、複雑すぎてすべての行程を追うのは困難だっただろう――それほど遠い昔とは言えないこの時代、その辺りは、いかに未開《ワイルド》とはいえ実際にはかなり開けてはいたのだが。毎日が本当に刑務所にでも入った方が楽だと思えるようなつらい労働の日々で、持っているものの多寡にかかわらず、土地でも家畜でも、家族でも名前でも、自分が努力して手に入れたものは何でも自分のものになり、誰かがちょっとそれを奪おうとしているように見えただけでも、何のためらいもなくそいつを殺すような時代だ。風に乗った彼らのにおいを番犬が嗅ぎつけたり、レインコートを着た怪しいカウボーイの姿を見かけたりしただけでも、殺す理由としては十分だった――理由は何でもよかった。すべては新しく、生き抜くことが困難で、毎朝目覚めたときには夜には自分がどうなっているのかも分からず、常に死が頭を離れず、病気や、野生の動物や、飼い慣らされた動物や、どこから飛んでくるか分からない弾丸によって簡単にあの世に送られるかもしれない時代だった……どんな仕事にも同じ死の恐怖が投資されていた――カール・マルクスなんかの言うこともそれはそれで正しい。しかし、この時代にこの辺りで一般人が資本としていたのは恐怖なのだ――金を払って借りた道具でもなければ、どこかの銀行で借りた資金でもなく、目の前の一日に伴うありふれた恐怖という元手だ。それが家庭以外の場所に影を落としていた。だから、彼女かリーフがある場所から出て行くときには、ただ単に慌てて夜逃げしなければならないというケースを除いては、二人のうちのどちらかがまだ手つかずの土地についての新たな噂を耳にしたというのが理由だった。そこに行けばしばらくは日々の恐怖という問題から逃れられる。少なくとも、土曜の夜が静かになりすぎ、酔いが覚めてほしくないようなやるせない日曜を前にして、町の時計が時を打つのが聞こえるようになるまでの間は……。やがてこうして、いまだに自由な土地から放浪の大使たちが生まれ、辺鄙な場所に落ち着いてささやかに君臨し、自分の影と同じ大きさの聖域を得るのだった。

新しい土地でリーフが最初に探したのは、ばくち仲間だった。彼は常々〝素人をカモにする〟のはつまらないと言っていたが、彼がポリシーに反してそういう行動をしている場面をストレイが目撃したことが何度か――だいたいその町を出る準備をしているころに――あった。「そこで手に入れた金があれば食堂車でゆっくりできる」というのが彼の好んだ弁明だった。「それくらいのことはやっても罰は当たらないだろ？」　彼らが向かう場所はいつも、誰がいつ拳銃や短剣を抜くか見当のつかない場所だった。そういう武器をシカゴ製の事務机の引き出しに隠したりせず、常に肌身離さず持ち歩いているような場所だ。

彼はいつもどう切り出したのか？　「ついてきてくれ」と言ったのか？　いや、そうではなく、「みんな今ごろビュートにいるんだ」――大きく溜め息をついて――「おれのいないところで、みんなでウィスキーのビール割りを飲んでるんだ」とぼやいたり、「ウンコンパグレの川岸でまた野生のロバでも捕まえようかな」とこぼしたりして、ストレイに対してはいつも「ついてきたければついてきてもいい」という言い方だった。しかし、彼女には彼女なりについていきたくない理由があることもあった。彼を見送るためにいつもの停車場への道を歩くのが嫌で、既にプラットホームで泣いているよその女たちと同じように涙を流したくないと思うこともあった。

彼らは今までに、馬小屋、血の跡のついた軍隊用のA型テント、天蓋付きベッドのあるシティーホテルに寝泊まりし、端から端までバーに歯形がついた安酒場の奥で目を覚ましたこともあった。ほこりと獣のにおいがすることもあれば、オーバーヒートした機械油のにおいがすることもあったが、庭の草花や家庭料理のにおいが漂っていることはあまりなかった。しかし最近の彼らはウンコンパグレ高原のこぢんまりした丸木小屋で暮らしていた。ジェシーはダイナマイト用の木箱の中で羽毛枕と借り物の古いキルティングにくるまって休んでいた――木箱には子供に刺さるような釘がまったく使われていなかったので、赤ん坊には最適のベッドだった。釘は電気を引き寄せる作用があり、嵐の多いこうした山間では雷が多かったので、赤ん坊の入っている箱に使われているのは木釘と糊だけだったのだ。ジェシーを見つめるストレイの顔には、また以前と同じ愛情を取り戻そうとする笑顔が浮かび、まるで「さあ、これでしばらくは列車に乗る生活とはおさらばできそうね」と今にも口に出しそうな様子だったが、もしもそんなことを言えばきっとリーフは、「おいおい、この子はまた旅に出たそうな顔してるじゃないか、なあ坊や」と答え、赤ん坊を抱き上げ、子供の額にかかった細い髪の毛が後ろになびくほどの勢いで子供をうつぶせのまま空中で乱暴に振り回しただろう。「この子は旅する赤ん坊なんだ、なあ、ジェシー、旅する赤ん坊!」こうして彼の二人の親は黙り込んだ。部屋の中には否定しがたい奇跡が満ちていたにもかかわらず、二人はそれぞれまったく違うことを考えていた。

無法者の一族として名を上げることは決してリーフの意図するところではなかった。「おれだって他のみんなと同じように普通の人間の生活をする資格はあると思うんだがな」というのが彼の口癖だった。おかげで少しやりにくいときもあった。というのも、彼は自分が受けた仕打ちを許すつもりはなかったからだ。一つのことを成し遂げようと全力を傾けていたら、何の予告もなしにそれが取り上げられてしまい、代わりに、嫌でもしなければならないことが出てきて、結局、今の状態に……。

しばらくの間はいつものように遊び人のふりをしていればそれでうまくいっていた。ストレイはいらだっていたが、かといって、あとを追いかけてくるとか、誰かを雇って尾行させることまではしなかった。

しかしとうとう、その状態が続いて一年も経たないある日のこと、彼は少し家に近すぎる場所で事を企ててしまった。ちょうどリーフが導火線を仕掛けているところに、妹のウィロウの家に行く途中のストレイが山道の向こうから現れたのだ——大きな爆破を企てていたわけではなく、ダイナマイトにして一本か二本、オウファの近くの工場に電力を供給している発電所の接続箱を破壊するだけのものだった。彼はばかみたいな笑みを浮かべたまま、手をこまねいていた。彼女はそこに腰を下ろし、腕を組んで、何かを待っていた。負んぶ紐にくくられたジェシーが背中から顔を覗かせていた。しばらくして彼は、彼女が説明を待っているのだと気づいた。そうなると、否応なく、彼女に正直に話さないわけにはいかなかった。

「それで、もう一回聞くけど、いつこのことを私に話そうと思ってたわけ？　あなたの首に縄がかかってから？」

彼は腹を立てたふりをした。「おまえには関係ないだろ、ストレイ」

「何言ってんの、あなたと私の仲で」

「分かってる、だから話しにくいんだ」

「きっと若い男の子だったら恋人にそんな言い方をするんだろうけど、私たちは違うのよ」

問題は、追跡の手——ピンカートン探偵社であれ、公的な機関であれ、死をもたらす法の手、そしてまだ正体の分からない、未知で不可視の連中の手——が後ろに迫っているというだけではない。心の奥底にいる彼らの不倶戴天《ふぐたいてん》の敵が決して態度を和らげることなく、来るべき階級闘争を無条件に信じているということだった。歌にあるように「風の中にそのにおいが漂う」労働者の共和国。彼はしばしば独り言のようにこうつぶやいた。「おれの言葉は厳格なキリスト教徒の意見とよく似てる。〝きょうだいよ、その日は近い。誰も否定できないほど明確な未来だ〟ってことさ」

とにかく、爆破のほとんどはそんな信念に基づいていた。たまには爆破そのもののために爆破するということもあり、そんなときは、無視することのできない大きな声で彼らに向かって「失《う》せろ」と言っているような感じだった。そしてときには、デュースとスロート——近頃どこにいるにせよ——に関する未完の仕事が自分をせき立てるのを忘れるために爆破することもあった。もしも資本の行状が明らかに地獄行きに値するなら、そして、もしも富裕階級がどうしようもなく邪悪な輩《やから》だとするなら、彼らに代わって問題を処理しているやつらは、事情を知っていようが知っていまいが、もっと邪悪だ。彼らの顔はすべてが指名手配書——現実の悪人に似せて描かれたというよりも、罪深いこの世の願望に基づいて記憶に潤色された、暗い感じの似顔絵——に載っているわけではないのだが……。

そう、ストレイとリーフ、二人はその件について話をすることができた。少しは。できたとも言えるし、できなかったとも言える。

彼が考慮しなければならないのはもはやウェブのことだけではなかった。今やサンフアン山脈は戦場だった。組合に属する鉱夫、非組合員、国民軍、鉱山主に雇われたガンマンなどが互いに銃を向け、時折、皆が一つになるあの闇の世界への一方通行の旅に誰かを送り出す事件も起きた。死者たちは彼に話を聞いてもらおうとした。コーダレーン、クリプルクリーク、さらに東のホームステッド、それらの間にある町など、他の場所で死んだ人々も彼に自分の存在をアピールした。リーフは仕方なくそれらの死者を引き受け、彼らは大勢で彼のもとを訪れ、復讐を訴えた。くそ。突然たくさんの幼い孤児の世話を押しつけられたとき拒絶することができないのと同じように、彼らを見捨てるわけにはいかなかった。その死者たち——境界線を乗り越える白いカウボーイたち、既にあの世の不可視の力のために冷静に働いている代理人たち——は子供のように、無垢《むく》なままでいることができた。来世の生活を始めたばかりの無垢、目印もなく非情な他界の道でけがをしないように保護が必要な初心者の無垢。死者たちは彼が面倒を見てくれるものと思ってすっかり信頼し、彼らの間の絆を信頼しきっていた——まるで、彼らよりも彼の方が事情をよく分かっているかのように……。そして、彼は自分の信念に疑いを挟むことができないのと同様に、彼らの信念を覆すこともできなかった……。

彼は時々、ストレイに聞こえる場所でそれを口に出すというミスを犯してしまうことがあった。そんなとき彼女は、まるでリーフが子供を危ない目に遭わせたかのようにまず赤ん坊の方に目をやってから、がみがみ言い始めた。

「こんなことを続けたって死者に花を手向《たむ》けることにはならないわ、リーフ」

「そうかな？　死んだら人間は変わるんじゃないか。もちろん花が好きなやつらもいるだろうけど、血が好きなやつらもいるんだ。知らなかったか？」

「それって保安官の仕事でしょ」

違う。それは壁の向こうにいる彼らの仕事だ。それは国家とも法律とも、ましてや保安官とも無関係だ。

「おれの仕事はこっち側とこっち側の関係がもつれるのを防ぐことさ」と、かつて一人の保安官がリーフに説明してくれたことがあった。

「違うぞ、バージェス、あんたの仕事は連中が組合員を一方的に殺し続け、おれたちが復讐しないように見届けることだ」

「リーフ、もしも連中が法律を破ったってことなら――」

「でたらめ言うな。法律？　あんたは連中の富の宮殿に寄生してるだけだよ、バージ。今ここで誰かがあんたを撃ち殺したとして、連中が少しでも気にすると思ってるのか？　ローリーンや子供たちにお花の一つも贈ってくれるとでも？　紙切れが一枚、気送管で送られるだけさ。そして新しい間抜けが目をぱちくりさせて飛び出してきて、星のバッジをつけるだけ。あんたの名前を記す書類さえありゃしない。ましてや新聞に死亡公告が載ることもない。それを法律、法の執行だって呼びたいのならそれはあんたの勝手だ」

彼がストレイに言ったのは「道化しかいないようなお役所に任せるには惜しい、貴重な仕事なんだ」ということだった。

「貴重ですって？　あきれた」

「泣かなくてもいいだろ、ストレイ」

「泣いてないわ」

「顔が真っ赤だ」

「私の泣き方を知らないくせに」

「ダーリン、公開処刑のことがずっと気になってるんだろ、すまない、残された女が泣く姿は見たことがある、ああ。ハニー、おれだって君が処刑されるのは見たくない、その気持ちは分かる、でも教えてくれ、そのこと以外には何が問題なんだ？」

「そのこと以外？　あなた今日はよっぽど機嫌がいいのね、そのこと以外に何が問題か本当に知りたい？　よく聞いててよ、ビーフさん——あなたが処刑されるのは私にも理解できるわ、でも、私も一緒に処刑されるかもしれないのよ。それが〝そのこと以外〟よ」

もちろん彼は気づいていなかったがストレイがはっきりと自覚していたこの言葉の隠れた意味は、仮に運悪く彼が処刑されることになった場合、彼女はずっと処刑台まで彼のお供をするという約束だった。しかし彼はそんな話は聞きたくなかったので、すぐに頭を切り替え、彼女が自分の身の安全だけを心配しているという意味に解釈するふりをした。「ダーリン、やつらはおまえを処刑したりしない。おまえをファックしたいとは思うだろうけど」

「でしょうね。それが済んでから処刑するんだわ」

「いいや。だってそのころには、おまえの魔法がやつらに効いているはずだ。だからみんな変なことはしやしない。おまえのかわいい足のそばにひれ伏すだけだ」

「もう。子供みたいなこと言わないで」

「おれのことをかわいそうだと思わないでくれ」

「思わないわ。でも大人になって、リーフ」

「え？　で、みんなと同じような人間になれって？　嫌だね」

心を開いて正直に自分の気持ちを話した結果がこれだ。リーフは、家族として引き継いだダイナマイト稼業はいつまでも続けられないと感じていたが、爆弾を起爆する以外にもこの戦いを継続する方法があるはずだと思った。彼が確信を持てるのは、正義のためにはこれを続けなければならないということだけだった。しかしそろそろ、やり残しの部分をフランクに手伝ってもらってもいい頃合いなのではないか。

「おれはデンバーに行こうと思う。フランクの居所が見つかるかもしれないから」

冬の始まりに彼は旅立った。冬は山のように巨大な騎馬暴力団《ナイトライダー》の破れたシーツとフードをかぶり、襲ってきたかと思うと立ち止まり、吹き溜まりを作ったり、雪崩になる塊を集めたりし、その途中に立ちはだかるすべてのものを地上から一掃する用意を調えていた。垂直な岩壁に凍りついた流去水の流れは、葉の落ちた白いポプラかカバノキの森のようだった。夕焼けは紫色の火事嵐《ファイアストーム》のように見え、まぶしいほどのオレンジ色の筋が走っていた。彼が出会った他の旅人たちは、軍隊の仲間のように人懐っこかったが、かたくなに谷や南の方の牧場に下りようとはしなかった。彼らは、まるで面子《メンツ》の問題としてやり遂げなければならない仕事、遭難事故がまだ片付いていないかのように、そして白く垂直に切り立つ山間でやらなければ意味がないかのように、この場所にとどまっていた。彼らは鋼鉄製のケーブルと目付きボルトでみすぼらしい小屋を山にくくりつけ、風をしのいだ。そして翌朝になると、屋根のかけらやストーブの煙突や、まだメキシコまで吹き飛ばされていないその他の部品を拾い集めて歩くのだ。

こうした高地が浮世離れした世界に変わるとき、生き延びる確率は低すぎて考えることさえできないように思われた。町では雪が深く積もり、通りに面した窓を覆い、階段を覆い、北からはさらに激しい風が吹きつけていたが、この場所ではどんな建物も道路も一晩だけの野営地《ビバーク》に過ぎないと感じられた――春になれば、すべては亡霊と悲哀に変わり、黒ずんだ材木と崩れた石組みの残骸しか残らないのだ。もちろん、そもそもこの場所ではその程度のことしか望めないと考える者もいた――テキサスやニューメキシコやデンバーから来た人々から見ると、何も生き延びることはできそうもないこんな場所に住み着くなんてこの連中は何を考えているのだろう、と思われたものだった。

リーフはボラスカ*という名の一月生まれの子馬に乗っていた。馬はどちらかというと小柄だったが、敏捷《びんしょう》で頭もよく、地形が地形なのでこの地方の馬は皆そうだがよく訓練されていて、山側からでも谷側からでもどちらでもバランスを取りやすい側から乗らせてくれた。彼らは今にも雪崩が起きそうな斜面に挟まれた谷を通り過ぎた。

サンフアン山脈では、山や川やその他の恒久的な地形と同じように、すべての雪棚に――最後に崩れ落ちたのがどれほど昔であれ――名前が付いていた。一日に何度も崩れる場所もあれば、めったに雪崩を起こさない場所もあったが、どれも純粋な位置エネルギーの貯蔵庫のようで、自分のタイミングをうかがいながらそこでバランスを取っていた。リーフが今その下を通りかかった雪棚は、ブリジッド・マクゴニガルと名付けられていた。名付けたのは、女房を追いかけて東部に戻ってしまった鉱山主で、この雪崩と同様にまったく予想もできないときにキレる妻にちなんだ命名だった。

リーフは、頭上の斜面のずっと上の方で爆発音がし、谷に反響するのを聞いた。そして、発破工としての彼の耳では、それがダイナマイトとは異なる切れの悪い音だということがすぐに分かった――その衝撃音には黒色火薬を思わせる荒削りな雑音が混じっていたので、榴弾砲《りゅうだんほう》を乱用する州兵がふざけて発砲した可能性も否定できなかったが、普通はこの辺りで弾丸発射火薬が使われる唯一の理由は、単に雪に穴を開けるだけではなく、大きな雪の塊を動かすのが目的だった。だとすると、人気《ひとけ》のない、どんよりとしたこんな日にどうして雪を動かす必要があるのか？　ましてや、斜面のあんなに高い場所で、しかも、雪崩を引き起こす危険まで冒して……。

あ、まさか、そんなばかな。

来た。あっという間に魂を打ちのめす轟音《ごうおん》が空を満たし、明るい雲がその方角に見えるわずかな空のてっぺんまで成長し、谷は突然薄暗くなり、ちょうど雪崩の通り道に当たる場所に彼とボラスカが立っていた。近くには身を隠せるような場所はなかった。ボラスカはごくごく常識的な感覚を持った馬だったので、「ちくしょう」という感じの声でいななき、全速力でその場から逃げようとした。誰も乗っていない方が馬が身軽に逃げられると思ったリーフは、鐙《あぶみ》を蹴って飛び降り、雪の中で足を滑らせて転倒し、再び立ち上がって振り向くと、巨大な壁が滑り落ちてくるのが目の前に見えた。

後になって彼は、どうしておれは全速力で谷の方へ向かって駆けださなかったのだろうか、そうすれば雪の中を泳いで外に出る――それだけの時間生きていられれば、の話だが――ことを考える時間があっただろうに、と考えた。なぜかは分からないが、彼は最後の見納めをしたかったに違いない。すぐに気づいたのだが、雪崩は今、少しだけ向かって左の方へ向きを変え、その速度も彼が最初に思っていたほどではなかった。おれが助かったのは天気のおかげだと、彼は後に考えた。その週は天候がいつになく穏やかで、春のようだったために、雪崩が湿って速度が落ち、神の摂理による障害物で途中に雪のダムのようなものができ、巨大な雪崩をぎりぎり彼からそらしてくれたのだ。時々はある話だ。この辺りの人間なら誰でも雪崩にまつわる話を持っている。無数にある奇跡の中でも、雪崩に襲われて、雪の中から助け出された、というのが人気の高い物語だった……。

巨大な雲が慈悲のベールとなって、山の上からはリーフの姿が見えなくなっていたので、そのわずか

＊　地中海地方で、雷鳴や稲妻を伴うスコールの意。

な時間を利用して、山上から目が届かない場所まで逃げ、仕掛けたやつらには彼は死んだのだと思い込ませようと考えた。彼は走り出した、というか、この湿った雪の中を精いっぱい急いで、山道が鋭角にカーブしているところまで行った。そして彼が無事にカーブを回り込むと、最初に目に飛び込んできたのはボラスカだった。馬は既に、さらに先の一本道をのんびりと歩き、ユーレイの馬小屋に戻ろうとしていた。雪の深さはまったく分からず、子供のころ冬に山の中で北欧人のような危険な雪遊びをしたこともなかったが、リーフはレインコートを脱ぎ、橇《そり》のような形に折り畳んでその上に乗り、帽子を押さえ、悲鳴を上げないように努力しながら崖を滑り下り、白く急峻な未知の世界に飛び出した。そして、下の道でボラスカに会えるように漠然と計算をしながら、また、途中に岩が隠れていませんようにとこれまでの人生でいちばんの祈りを捧げながら、滑り続けた。下の道が近づいてくると、少しスピードが出すぎているのではないかと考え、片方の足を出してブレーキをかけ、もう片方の足も使い、結局、体を横に倒して全身でブレーキをかけ、危うく道を通り過ぎそうになったが、もしもまたそのまま次の岩棚に突っ込んでいたら、そこはさらに急峻で、垂直と言ってもいい斜面になっていたのだった。しかし彼は何とかオーバーハングの手前で止まり、道の横の斜面を六フィートか八フィート転がって道に下りた。彼は一分ほどあおむけに倒れたまま空を見ていた。ボラスカは近寄ってきて、興味深そうに彼を見ていたが、特に驚いた様子は見せなかった。

子馬は無事だった。馬は目が点になっていたが、リーフが乗ると再び元のように歩きだした。

彼らがユーレイの町に下りるまで、他の人間にはまったく出会わなかった——ただし、双眼鏡で誰かが見ていたという可能性は常にあるのだが。リーフは、鉱山所有者協会(他に犯人が考えられるだろうか?)はもうおれが死んだと思っているだろうと、楽観的に考えた。ということは、おれは生まれ変わったんだ。「おれ、生まれ変わったんだ」と彼は馬に向かってつぶやいた。この馬は、いつも非常に人間的な態度を見せていることから考えると、リーフが言っていることをヒンズー教的な意味でちゃんと理解していたかもしれない。

「まあ、早いお帰りだこと」

彼は彼女に事のいきさつを話した。「こうなったら仕方がない」

「ふうん。つまり、冬も近いし、赤ん坊も泣き叫んでるっていうのに、あなたは私を置いてここを出て行くってわけ」

彼は、背筋にいつものむなしい恐怖の震えを覚え、手のひらと指先にまでそれが広がるのを感じた。彼女はいつも彼のことをそんなふうに見ていたのだ。今さら何を言っても無駄だ。しかし彼は言った。

「おれたちはいつでもちゃんと仲直りしてきたじゃないか。だろ?」

彼女は表情を変えなかった。

「いつもと何が違う? ベイビー、分かったよ、でもそれ以外には何が問題なんだ?」

「私、何か言った、リーフ?」 彼女が声を荒らげることはなかった。一度も。彼女は決して声を荒らげることなく、どちらかというと自由に言いたいだけ言わせるという態度で、結局、彼の方がわめき続けることになった。

「おまえたちには無事でいてほしいんだ、だって山の上にいた連中は今もこの玄関のドアが開くのを待ちかまえてるかもしれないんだぞ。頼むから今回だけは、お説教はやめてくれ。今度会ったときにはたっぷり聞いてやるから」

彼女も別にお説教をしたいわけではなかった。「ジェシーちゃんはしばらくウィロウに預かってもらえばいいわ。ウィロウとホルトのところならあの子も大丈夫よ。問題はあなたよ、のろまさん、背後を守ってくれる人間が要るんじゃないの……」 もう、ののしり合いが何年も続いているというのに今さらそんなことは口に出せなかった。臆病《おくびょう》な主婦の頼み。彼が、というか彼の一瞬の影が扉から外に出ていくのが分かった。運命の定まったその体、彼女が愛したビール腹やその他の体の部分が小さくなっていった。神様、と神に祈ったことのない彼女が祈っていた。誰だか分からないけどその敵がまだ尾根まで来ていませんように、と。というのも、少なくとも彼女は、彼がどこかで生き延びることができるというわずかばかりの可能性に賭けていたからだ。

「ズーニー族の言い伝えでは、東から最初の雷が聞こえたら冬の終わりだ。そのころにはおれも戻る……」

ジェシーは眠っていたので、リーフはごく軽くその頭にキスをし、それから玄関を出て行った。

こうしてリーフは東海岸出身の神経衰弱患者スラプストン・チーズリー三世に変装するようになった。実際よりも重症なふりをし、メリーゴーランドの馬にも乗れなさそうな男の格好をしてデンバーに潜り込み、オーベルジーヌ夫人という女性からダンスを習い、ユート族の呪術師《シャーマン》が唱える呪《のろ》いの言葉によって彼女に口止めをした。彼は香水を振るようになり、ドイツ皇帝ヴィルヘルムと同じブランドのポマードを使うようになった。ダイナマイトや信管やその他の爆破用具は、貪欲で挑発的なルパータ・チャーピンドン＝グロインからプレゼントされたモノグラム入りのおそろいのワニ革トランクに収めた。ルパータはアメリカを旅行中のイギリス人女性で、矛盾だらけの彼の性格——彼女はそう思い込んだのだ——に魅了され、かつ、隠しきれずに表に現れた危険な兆候を見てもおびえることはなかった。

「まあまあ、チャーピンドン＝グロイン夫人、そんなに怒らないで。確かにおれは台所でヤップ・トイにちょっかいを出したりしましたけど、どうか許してくださいよ。なぜって、魅力的で心をそそるチャーピンドン＝グロイン夫人のそばで少しでも時間を過ごした男にとっては、あんな未熟なつぼみは目じゃないんですから」

ヤップ・トイ本人は、巨大な製氷機の脇で、スパンコールの付いた丈の短い衣装を着た他の東洋系の氷娘たちと一緒に一列に並んでいた。化粧をした顔はどこか下の方から当たっているナフサの明かりのせいで磁器の仮面のように見えた。彼女は緋色の爪をくわえたまま、じっと前を見つめていたが、それを見て謎めいていると感じるのは、ルパータのような常習的に尊大な人間だけだった。ヤップの美徳をもっとよく知る他の人々の目から見ると、彼女の心は開かれた本のようで、多くの人は行く手のトラブルを察知して徐々に後ずさりするのが常だった。巨大な機械の光の届かない奥底で、蒸気ハンマーが容赦なく未加工の氷塊を砕き、蒸気が立ち上り、氷と水と蒸気という三つの相の水が入り混じり、その中をくぐるようにして、カスタネットを両手に持ったウェイター長に指揮された氷娘たちがローラースケートでテーブルの間を周り、低温の固体で満たされた、店の名前入りの亜鉛めっきバケツを配っていた。

リーフは永遠の若さを求めて、あるいは時間という重荷を逃れるために、温泉から温泉へと旅を続ける神経衰弱患者を集めたルパータの移動サロンに加わり、一クオート当たり三ドル五十セントのシャンパンとハバナ葉巻を楽しむのに十分なだけの直情的あるいは不注意なトランプ仲間を見つけた。彼は凝り性のしゃれ者のふりをしているが、きっと正体は白人の顔をした野蛮人なのだろうと考えていたルパータは銀やラピスラズリのアクセサリーや変わった花束を贈られるたびに驚き、彼を見直した。だからといって二人が週に平均一回、いがみ合うことは避けられなかった。それは記憶に残る大げんかで、どれだけ離れれば安全なのか誰も分からず、皆が遠くまで逃げた。こうした騒動の合間にリーフは、自分のペニスと長々ととりとめのない会話を交わした。話の内容は、今はストレイのことをあまり考えても仕方がない、ということだった。そんなことを考えても欲望の刃が鈍るだけだ、ルパータに対してであれ、他に例えばヤップ・トイに対してであれ、旅の途中で出会う誰に対してでも。

彼らは結局、ムッシュ・ペイショーの屋敷で混乱と頭痛の夜を過ごした後、ニューオーリンズで別れた。サゼラック[*]はご当地ニューオーリンズで考案されたものだと言われているが、その屋敷で出された

＊　バーボンウィスキー、ビターズなどを用い、アブサンの香りをつけたカクテル。

サゼラックは、リーフの印象では、デンバーにある〈ボブ・ストックトンのバー〉で手に入るものの足元にも及ばない代物だった――他方、アブサン・フラッペはなかなかのものだったが。燃料をたっぷり補給した後、一行は「もっと風変わりな」陶酔――突き詰めて言えば、要するに一種のゾンビパウダー――を求めてフレンチクォーターに繰り出した。その夜のルパータは大きな扇形の立ち襟と偽のチンチラ毛皮の袖口の付いた、黒い細身のベンガル織りのドレスをまとっていた。その下にはコルセットとストッキング以外には何も身に着けていないことを、この日の夕方にいつものように逢い引きしたときにリーフは確認していた。

この町では、通りから見ることができるものは「あらすじ」にも及ばないばかりか、実際には表紙のイラストでさえなかった。この場所の本当の姿は、町の奥深く、装飾的な鉄の門の背後、何マイルも続いているかもしれないタイル張りの通路の先に隠されていた。かすかに聞こえてくるのは変てこな音楽、バンジョーとラッパ、トロンボーンのグリッサンド、鍵盤の間に別の鍵盤があるような音を出す売春宿のピアニストが弾くピアノの音などだった。ブードゥー教？　ブードゥー教はまったく目立たなかったが、あらゆる場所に浸透していた。目に見えない番人が必ず何かを知らせてくれるし、鈍感な人間でもその不可視の存在からの警告を感じ取っていた。禁じられたものの世界。その一方で、この地方独特の料理――チョリソーソーセージ、オクラシチュー、ザリガニのシチュー、サッサフラスで香りをつけたゆでエビ――のにおいが目に見えない場所から漂い、わずかに残っていた良識を掻き乱した。通りではしゃぎ回る黒人の姿が至るところで見受けられた。マフィアが警察署長を暗殺したとされる記憶に新しい事件に端を発する、いわゆる〝イタリア系問題〟の影響で、子供たちはしばしば、知らない人間を見かけると、イタリア系かどうかに関係なく、「署長をやったのは誰だ？」と問いただし、「おまえのねえちゃんやっちまえ《ヴァ・ファングーラ》！」と罵声《ばせい》を浴びせるのだった。

一行は結局、〈ぽっちゃりママ食堂〉に入った。そこは赤線地帯の中心に当たるパーディド通りの外れにあるコンサート酒場だった。

「ええ、確かに魅力的なナイトクラブだわ」とルパータが大声を上げた。「でも、この音楽はどう?」〈〝間抜け《ドープ》〟・ブリードラブと陽気な黒んぼたち〉がこの店お抱えのバンドで、曲を楽しんでいる店の客の誰もが、ルパータのような連中が雰囲気を壊すのを嫌がった。彼女をダンスに誘うためにわざわざ近寄ってきた客も何人かいたが、それだけでも彼女は妙に気取った笑みを浮かべたまま強硬症《カタレプシー》に陥った。誘いに来た男たちがその様子を見て困惑した表情で引き下がると、彼女は激高して――完全にパニックを起こして、とまでは言わないまでも――リーフの方を振り返った。「にやけた黒人が私たちを辱めてるっていうのに、あなたはそこにぼうっと座ってるつもり?」

「どういうことです?」とリーフが穏やかに答えた。「ご覧なさい――向こうの人がやっていることが見えますか? あれ、ダンスっていうんです。あなたもダンスをなさるでしょう? 見かけたことがありますよ」

「この音楽」ルパータがつぶやいた。「こんな曲が似合うのは、獣のような交尾だけよ」

彼は肩をすくめた。「あなたがそれをなさるのも見かけたことがありますよ」

「何てこと言うの。最低ね。私ったらどうかしてた。今初めて目が覚めた、あなたの正体が見えたわ――あなたの狂った国の正体も。こんな先祖返りしたジャングル人種をめぐって五年間も分裂していた国ですものね。アルジャーノン、ここを出ますよ、急いで」

「ホテルに戻ったらまたお会いできますか?」

「ああ、無理だと思うわ。あなたの荷物はロビーのどこかに置いておきます」 そんなあっけない幕切れで、彼女は去っていった。

リーフは大麻混じりのたばこに火を点け、自分の置かれた状況を振り返った。彼の周囲では、伝染性のあるメロディーとリズムが夜の模様を変え続けた。しばらくして彼は、肩をすくめながら、派手な羽根飾りの付いた帽子をかぶった笑顔の若い女性に近づき、彼女をダンスに誘った。彼女は素早く彼を品定めしたが、わずか一秒半のその視線は、彼が今までにルパータから受けた視線に勝っていた。

〝間抜け《ドープ》〟と仲間たちが休憩に入ると、リーフが尋ねた。「あんたのテーブルでみんなが飲んでたのは何だい？　同じものを一杯おごるよ」

「ラモスジンフィズ。おたくも一杯飲みな」

　バーテンダーが、頭の中のゆっくりしたシンコペーションに合わせ、長い銀色のシェーカーをのんびりと振った。リーフがカクテルを持って戻ると、テーブルでは無政府主義の理論をめぐる話が白熱していた。

「アメリカのベンジャミン・タッカー[*1]がアイルランドの土地同盟について絶賛してるんだ」と、一人の若者が間違いなくアイルランド人という声でしゃべっていた。「世界が完璧な無政府主義的組織に最も近づいた瞬間だったってね」

「〝無政府主義的組織〟って、その言葉、矛盾してるんじゃないか？」と、〝間抜け《ドープ》〟・ブリードラブが口を挟んだ。

「でも、あんたのバンドが演奏してるときにも、おれは同じものを感じたぜ――まるで同じ脳味噌を共有しているみたいな、人間同士の驚くべき調和を」

「ああ」と〝間抜け《ドープ》〟がうなずいた。「でも、あれは組織とは言えないな」

「じゃあ何て言う？」

「ジャズさ」

　そのアイルランド人はリーフに、巡回謀反人のウルフ・トーン・オルーニーだと名乗った――とは言ってもフェニアン党員ではないんだ、と彼はすぐに付け足した。この自己紹介の仕方は嘘ではなかったものの、彼自身が土地同盟一族の出身で、父親と叔父らが同盟の創立メンバーに加わっていたことを思えばかなり不正確だった。

「アイルランドはボイコット発祥の地だったな」[*2]と思い出したようにリーフが言った。「実際すてきな戦術だよ、スライゴーとか、ティペレアリーとか、ああいう田舎にはぴったりのやり方だ。イギリス野郎を狂気に追い込むだけじゃない、うまくすれば、憎むべき蛮行をやめさせることもできる。しかし、都会でも通用するかどうかって言えば……」短い沈黙の後、ウルフ・トーンは陽気に自分を奮い立たせるように言った――「とにかく、この偉大なアメリカ合衆国に感謝しなくちゃな、アメリカが提供してくれる一セント硬貨、五セント硬貨、十セント硬貨の山に感謝だ、それがなかったらおれたちは霜のひどい冬のジャガイモみたいに凍え死んでしまうだろう」彼は、アメリカの都市を回って土地同盟を支援する募金を集める旅を終え、コロラド州の鉱山闘争に感動して戻ってきたところだった。「コロラドにいたときは、ひょっとしたら〈珪藻土キッド〉っていう名の偉大な荒野の爆弾魔に会えるんじゃないかって楽しみにしてたんだけど、残念ながら、ここ最近はぷっつり消息が途切れたって話だった」

リーフはどう答えたらよいのか分からず、しかし今目が泳いだりしたらまずいと思い、黙って座ったままじっとアイルランド人の顔を見ていると、一瞬その目の中にある種の光が兆すのが見て取れた。しかしすぐに、ウルフ・トーンはいつもの状態に逆戻りしたようだった。その暗い物思いの様子は隠喩の技巧のようだと最終的にはリーフは考えるようになった。その隠喩の主意[*3]には常にどこかに夜の闇の中の凶器が含まれていた。

＊1　米国の無政府主義者（一八五四―一九三九）。

＊2　アイルランドの英国人土地管理人チャールズ・ボイコットは、小作人から土地同盟主導の非暴力の抵抗（土地耕作の拒否など）を受けて排斥され、この事件が「ボイコット」の語源となった。

＊3　「男はオオカミだ」という文において、「男」が主意、「オオカミ」が媒体で、両者を結合した結果を隠喩と言う。

「白人のやつらってほんとに暗いよな」と〝間抜け《ドープ》〟・ブリードラブが言った。

「あんたら黒人はよく笑うよな」とウルフ・トーンが切り返した。「そんなに幸せなやつがいるなんておれには信じられない」

「今晩はな」と〝間抜け《ドープ》〟が言った。「ランパート通りの〈レッドオニオン〉での演奏契約の最終日だったんだ」と、演奏家仲間の間では危険の代名詞となっている店の名を言いながら目をぎょろつかせた。「おれたちみんな見事生きたまま契約を満了して、話の種もできたってわけさ。その上、黒人の白い歯の輝きを期待してここに来たたくさんの白人音楽愛好家の期待にも応えられた。はい、そうです、だんな、ポークチョップで結構ですよ」〈陽気な黒んぼたち〉*を演奏に戻すために呼びに来た店のオーナーに聞こえるように、彼は大きな声でそう言った。

バンドが演奏を再開すると、ウルフ・トーン・オルーニーが「最初はあんたのこと、一緒に入ってきたお連れと同じあほなイギリス野郎かと思ってたよ」と言った。

「あの女のところから追い出されたんだ」

「泊まるところがないんじゃないか？　あんたがいつも泊まってるような高級なホテルじゃないかもしれないけど――」

「考えてみたら、あの〈セントチャールズホテル〉だって大したことはない」ウルフ・トーンは赤線地区の奥にある〈二種類《ドゥゼスペス》〉というルイジアナ風簡易ホテルに泊まっていた。そこにはさまざまならず者が寝泊まりし、多くの者は国外に出るための船を待っていた。

「こいつがフラーコ。あんたと同じ趣味の持ち主だよ」

「化学が好きってこと」と抜け目のない顔でフラーコが言った。

リーフはアイルランド人に鋭い一瞥をくれたが、ウルフ・トーンは「おれは何も言ってないぜ」というジェスチャーをした。

「一種の共同体みたいなものがあるのさ」とフラーコが言った。「いつかはみんなが互いに顔を合わせる運命なんだ」

「おれは新米みたいなものだな」とリーフが言った。

「今、みんなの注目の的はヨーロッパだ。どの列強も軍を動かす最善の方法を探ってる。当然鉄道ってことも考えるわけだが、向こうは山だらけだからな、スピードが落ちちまう。そこで出てくるのがトンネル。今じゃ降って湧いたようにヨーロッパ中でダイナマイトを使って大小のトンネルの建設ラッシュだ。トンネル工事の経験は？」

「少しは」とリーフが言った。「あるかも」

「この人は――」とウルフ・トーンが言いかけた。

「うん、オルーニー同志。おれはどんな人だって……？」

「この人はおれたちと同じ意味で政治的な人じゃないんだ、フラーコ」

「どうかな、おれには分からない」とリーフが言った。「でも考えてみたら、あんたたちだっておれと同じかどうか分からないだろ。よく考えてみないと」

「みんなそうさ」とウルフ・トーン・オルーニーが言った。この瞬間、昨晩〈珪藻土キッド〉の話が出たときと同じように、彼の目が輝いた。

今では、こうしてごまかすことが、つばを飲み込むのと同じくらい自然な行動になっていた。彼は内心、肩をすくめていた。ストレイとジェシーのことが頭に浮かびそうになったが、振り切った。

「おれたちが世界のいろんな国の政府を見るときには、自由の多い国と少ない国を連続したスペクトルとしてとらえるんだ。すると、国家が抑圧的であればあるほど、そこでの生活は死に似てくることが分

＊　白人より低い身分に甘んじる黒人のこと。

かる。もしも死が完全な不自由への移行だとするなら、国家は極限においては死に向かう。国家という問題に取り組む唯一の方法は、〝化学〟という名の反死を使うことだ」

彼は大西洋の両岸にあるいくつかの場所で無政府主義者の闘争を生き延びてきたのだった。中でも九〇年代のバルセロナでの戦いがすごかった。ロッシーニのオペラ『ウィリアム・テル』の上演中にリセウ劇場で起きた爆破事件に刺激された警察が、無政府主義者ばかりでなく、何らかの意味で体制に反対しているか反対しようと考えている人々全員を一斉に検挙したのだ。何千人もの人が逮捕され、「山の上」のモンジュイック城に送られた。城は、まるで襲った後の町を見下ろす殺し屋のように身をかがめ、その地下牢《ちかろう》もいっぱいになると、軍艦が監獄船に改造され、囚人は港に係留されたその船につながれた。

「スペインの糞警察め」とフラーコが言った。「カタロニアじゃ警察は占領軍と一緒さ。モンジュイック城に送られるまでは無政府主義者じゃなかった九三年の逮捕者はみんな、速やかに問題の核心を見抜いたんだ。昔信じていた宗教、忘れかけてた信仰を再発見するような感じだな。国家は悪だ、神授の権力の起源は地獄にある、おれたちはみんな地獄を見てきた。モンジュイック城を出た仲間の中には、傷だらけのやつ、死にかけたやつ、性器が駄目になっちまったやつ、恐怖で口がきけなくなったやつがいた。鞭や白熱したアイロンは確かに効果絶大さ。でもおれたちはみんな、以前ならよきブルジョアと同じようにおとなしく投票したり税金を払ったりしていたやつらも、出てきたときには国家を憎んでた。おれの言う国家には、もちろん、教会や大土地所有制や銀行や企業も含まれてる」

〈二種類《ドゥゼスペス》〉に泊まっている人々は皆、それぞれ特定の無法者向け船舶を待っていた。海上交通路にはそうした船がいつでも数隻は存在していた……まるで、かつてはアメリカの無政府主義の神話的な黄金時代があったのに、無政府主義者のレオーン・チョールゴーシュがマッキンリー大統領を暗殺してからは風前の灯であるかのように――どこに行っても、〝逃げろ、無政府主義者、逃げろ〟という状況で、国全体が、七〇年代にパリコミューンにおびえたときと同様に、またしても〝アカの恐怖〟の妄想に取り憑かれたようだった。しかしまた同時に、海の向こうの新天地には避難場所が存在しているかのようでもあった――巨大な危険が差し迫る今、すべての無政府主義者が逃げ込める場所、安物の世界地図でも簡単に見つけられる場所、独特の方言を持った緑色の火山性群島、給炭港としては使い物にならないほど海上交通路から離れ、土地がやせていて、燃料資源もなく、貴重な鉱石も実用的な鉱石もなく、それゆえに、〝大陸たち〟の政治に蔓延する狂った計算や不幸な運命には永遠に巻き込まれることのない場所。約束された土地――とは言っても、平均的な無政府主義者は神を信じないのだから、神に約束された土地というわけではなく、一種の隠れた歴史の幾何学によって約束された土地。その幾何学によれば、日々みじめに過ぎ去っていく呪《のろ》われた子午線からこぼれ落ちたすべてのものを結ぶ一つの点、安全な共役点がどこかにあるのだ。

ウルフ・トーン・オルーニーは次はメキシコに向かうことになっていた。彼はそこで、土地同盟の関係者に届くはずだったのにどうやら移送中に消えてしまったらしい「農機具」の委託貨物――彼は詳しい説明は避けていたが――の行方を突き止めるつもりだった。フラーコは毎朝、地中海に向かう不定期貨物船〈さよなら号《デスペディーダ》〉に関する情報を新聞で探していた。その船がおそらく寄港するはずのジェノヴァの町は、トンネルの仕事を探す手始めとしては悪くなかった。彼は一緒に行こうとリーフを口説いた。二人はよく〈ぽっちゃりママ食堂〉に近いカフェでとぐろを巻いていた。窓や扉から入ってくる煙と川霧の中で一晩中演奏を続けた〝間抜け《ドープ》〟・ブリードラブと仲間のミュージシャンも、朝早く立ち寄ることがあった……。彼らは早朝の市場のにおいの中でベニエを食べ、チコリコーヒーを飲み、バクーニンとクロポトキンを論じた。意見の相違があってもほとんどの場合は穏やかなまま話が続くことにリーフは気づいたが、それは周囲の注意を引かないための配慮だった。何だかんだ言っても結局、ここはアメリカ合衆国であり、どこにでも不安が漂っていたのだ。

ある日の午後、リーフが部屋に戻ると、ウルフ・トーン・オルーニーがジャガイモを半分に切りながら、爆弾の組み立てをしているような、やましいところのある表情をしていた。「ジャガイモの存在って神秘的で、使い道もさまざまなんだよな」とウルフ・トーンが言った。彼はむき出しになったばかりの表面を、テーブルの上に広げられた書類に押しつけ、スタンプを完璧に写し取り、偽造しようとしていたらしいパスポートに転写した。

「お待ちかねの船が来たのか」とリーフが言った。

ウルフがその書類を振り回した。「エウセビオ・ゴメスです、よろしく」

ウルフが船出する前の晩、彼とリーフとフラーコは川のそばに立ち、ボトルから地ビールを飲み、空が暗くなるのを見ていた。「夜のとばりって未亡人のベールみたいに軽いんだな」とアイルランド青年が言った。「これって放浪者の呪《のろ》いなのかもしれないけど、毎日、日暮れ時になるととてもわびしい気持ちになるんだ。あそこの川がゆっくりカーブしてるところが三十秒ほどの間、最後の夕日に照らされて、ごみごみして驚異をはらんだ町が息づく。でも、おれたちみたいな連中はそんな世界に行くことを当てにはできないし、ましてそんな場所に暮らせるとは思っちゃいけない。だっておれらはただの通りすがりだ、おれたちは既に幽霊なんだ」

フランクは、何年にも感じられる何か月かを、空っぽの影の地図の上をあてどもなくほっつき歩いて過ごすことになった。そこは古いメキシコを描いた三文小説のような世界で、その主な要素はアメリカから逃げてきた悪人、突然の死、既に死んでいるのにまだそれに気づいていない政府、何千人もの人が既にその名の下に死んだり苦しんだりしているのに決して始まることのない革命などだった。

彼は〈ガストン・ビラと精神病院バンド〉の演奏ツアー――呪《のろ》われたツアーと言いたくはないが、少なくとも祝福不足だったとは言えるだろう――の途中で、ある晩、酒場でユーボール・アウストに出会った。バンドのメンバーにとって国境は漸近的な存在――好きなだけそばに近寄ることはできても、越えることのできないもの――だった。まるでガストンの父がメキシコ人カウボーイのパロディーを演じていたせいで彼の血筋に対して入国禁止令が発令されていたかのように、ガストンは自分がメキシコに入国するためには身に余る恩寵《おんちょう》でも授からなければ無理だと考えていた。

ユーボールはレイク郡出身の若者で、ベータマードレ鉱山に向かっていた。レッドヴィル鉱山で稼いだ金を運用している彼の家族は、彼がメキシコで鉱山技師としての腕を使って生活していくための金として、毎月二百ドル――ペソではなくアメリカドル――の仕送りをする約束をしていた。もしも彼がメキシコの飲み水や山賊を生き延びることができたなら、いつかは合衆国に戻ることが許されるかもしれないし、少しは家族のビジネスに参加させてもらえるかもしれない。

「どちらかというと鉱山技師というよりも冶金学者に近いんだけど」とユーボールが告白した。

フランクは以前、レッドヴィルでトップレディー・アウストという人物と仕事をしたことがあると言った。

「トップ叔父さんか。あの人は『ちとせの岩よ』* の演奏の最中に聖歌隊席で受胎したんだ。まさかあんた、磁石の売り込みに来たっていう人じゃないだろうな」

「おれがその男さ。最近は、やむを得ず全然違う仕事をやってるんだけど」

ユーボールはガランドロノームに目をやり、何かを言いかけたが、考え直してやめた。「パティオ法のことは知ってるか?」

「聞いたことはある。メキシコでやってる銀の精錬法だろ。アメリカ人は堆積アマルガム化法と呼んでる。この精錬法はちょっと時間がかかるって話だ」

「百パーセントの実収率にしようと思えば普通は約一か月かかる。おれの一族がグアナフアトで二つほど鉱山を経営してて、視察に行ってこいって言われたんだ。近代化したい、何とか作業をスピードアップする方法はないかって」

「便利なワショー法をメキシコ人に教えてやったらどうだ。気に入らないかな?」

「みんな今まで時間がかかることに慣れてきた。パティオ法はグアナフアトでは伝統的な精錬法だ——水銀は安いし、鉱石は易収鉱が多いし、時間の要因以外はあまり変える理由がないんだ。だからおれは考えたんだが、これってひょっとして、おれの一族がおれをアメリカから追い出したがってるってことなんじゃないかな」

彼は腹を立てているというより、当惑しているように見えた。しかしフランクは、それがいつ怒りに変わってもおかしくないと考えた。「できるだけ早く投資を回収したいってことかもな」と彼は用心して言った。「気持ちは分かる」

「メキシコに行ったことあるのか?」

「いいや、でも最近、気になってる。あんたは冶金学の心得があるから理由を話すよ」　彼はユーボールに銀金の噂を話し始めたが、その話についてはユーボールの方が詳しかった。

「話を聞いてると、あんたが本当に興味を持ってるのは氷州石の方みたいだな」とユーボールが言った。

フランクは、まるでその興味の度合いを認めるのが照れくさいかのように、肩をすくめた。

「方解石はメキシコでは〝エスパート〟と呼ばれてる。〝エスパント〟って呼ぶ人もいるが、〝エスパント〟っていうのは恐ろしいものとかすごいもののことだ」

「純粋な氷州石の標本を透かして人間を見たら、その人の横に幽霊が立ってるのが見えたとか?」

ユーボールは好奇心をむき出しにしてフランクを見た。「方解石が出る水平坑道では、鳥肌の立つような話がよくあるんだ。すごいんだぞ」

「ていうか、方解石にも興味があるんだけど、まずは仕事をしなくちゃならない」

「OK。あっちはいつでも人手不足さ。さあ行こう」

「楽器を手放すのが惜しいなあ」とガランドロノームを手に取った。「やっと吹けるようになったのに――なあ、ちょっと聞いてくれ」　それはメキシコ風のメロディーで、マーチのリズムも少し入っていたが、メキシコ風にオフビートなアクセントとためがあった。バンドのメンバーが二人、ギターを持って入ってきてコードを掻き鳴らし始め、しばらくするとトランペット奏者のパーコがフランクからソロを引き継いだ。

ユーボールは愉快そうだった。「メキシコじゃ、下手したらその曲を口笛で吹いただけで即刑務所《ムショ》行きだぞ」

「『ラ・クカラーチャ』で?　マリファナ好きな、誰かの恋人を歌った曲だぜ。なぜいけない?」

＊　英国の牧師A・M・トップレディー作の賛美歌。

「ウエルタ将軍[*1]のせいさ」とユーボールがフランクに教えた。「野蛮な心。血みどろの頭脳。自国民を殺すのが趣味だが、だからといって、前を横切ったりしない方がいい。口笛を吹いてるアメリカ人を殺すだけでもあいつは十分満足なんだ。処刑のときには目隠しもしてもらえないし、最後のたばこも絶対にただでは吸わせてもらえない」

こうしてフランクとユーボールは運命の勢いに乗り、歴史の転換期を目前にしたメキシコのバヒオ地方に向かった。二人はエルパソで国境を越え、列車でグアナフアトにたどり着いた。途中、トレオン、サカテカス、レオンを経由し、最後にシラオで乗り換えたころには、睡眠不足と不安でへとへとになり、シャツには地元で採れたイチゴの汁で不気味な染みが付いていた。シエラマドレ山脈の上空を舞うタカに見下ろされながら、メスキート[*2]の茂み、涸《か》れ谷、選鉱くず、ハコヤナギの森の間を抜けた。黒い野原では、酒にするためのリュウゼツランの汁がたっぷり入った羊皮袋を醸造職人が肩に提げ、白い服を着た農夫が鉄道用地に並び、武器を箱に入れたり、手ぶらで列車の通過を眺めたりしていた。アメリカ人の得意な表現を借りるなら、帽子をかぶった彼らは〝無表情〟で、祝福の日が訪れるのを待っていた――決定的なメッセージが首都から届くことを、あるいはキリストが永遠に戻ってくる、または永遠に戻ってこないことを待っていた。

グアナフアト駅で、二人の北米人《グリンゴ》がベラクルス葉巻を吸いながら客車を降りると、外は午後の暴風雨だった。彼らは亜鉛めっきをされていない鉄板屋根の下に駆け込んだが、鉄板に打ちつける雨の音のせいで、そこで雨宿りをしている人は互いに話をすることができなかった。錆びで屋根に穴が開いた部分では、怒りを感じさせるほどの水が漏れていた。「何ペソか分の亜鉛でめっきをすればこんなことにはならないのに」とフランクがぼやき、何も聞き取れなかったユーボールはただ肩をすくめた。

二人のもとには次々といろんな人物が寄ってきた。チューインガム売り、サングラス売り、麦わら帽子売り、ファイアオパール売り、驚くほど若い娘、荷物を運んでくれるという子供、ブーツを磨いてくれるという子供、楽観的に油を売りながら今晩自分が寝る場所のことを考えているホテルの軽馬車の御者。こうした人々を、二人は失礼のないように指を振って断わった。

この古い石の町には、家畜と井戸水、下水と硫黄、その他の採鉱の副産物と銀の精錬のにおいが漂っていた……。町の、目に見えない場所からのさまざまな音が二人には聞こえた――声、粉砕器、時を打つ教会の鐘。物音が石造りの建物に反響し、細い通りがそれを増幅していた。

フランクはアウストエンタープライズ株式会社に勤め、アマルガム化の工程を簡単に身に着けた。彼とユーボールはこの土地に落ち着くとすぐに酒場通いを始めた。フランクとしては、まるで皆が彼のことを知っているかのように時々奇妙な視線を向けられている気がすることだけが気詰まりだったが、それもただ単にリュウゼツラン酒か睡眠不足のせいだったかもしれない。彼は、たまに眠れたときも、ほとんどいつもデュース・キンドレッドに関する短い強烈な夢を見た。「おれはこの辺にはいない」とデュースは繰り返し言った。「おれがいるのは何マイルも何マイルも離れた場所だぞ、ばーか。いや、その小路に入っても無駄だ。おれはそこにはいない。その道を行っても駄目だ、無駄足だ。はっきり言って、おまえの人生自体が無意味だ。メキシコはおまえにぴったりの場所だな。頭のおかしなアメリカ人の溜まり場さ」しかし、新たな夢を見るたびに、奇妙なことに気づいた。そこはいつも同じ入り組んだ上り坂の道で、最初は砂利道なのだが、徐々に土を踏み固めた道に変わり、曲がりくねり、ところどころ屋根が付き、細い通路になった――そしてさらに、荒廃した住居の間の階段に変わった。建物の多くは無人で小さく、灰色でほこりだらけで崩れかかり、急峻な山腹にびっしりと積み重なるように建っ

＊1　メキシコの軍人・政治家（一八五四―一九一六）。酒癖が悪く乱暴者だった彼を風刺する『ラ・クカラーチャ』の替え歌がある。一九一三年、マデロ革命政府をクーデターで倒して反革命政府を樹立する。

＊2　北米西部に分布するマメ科プロソピス属の木。

ていた。フランクは目が覚めるたびに、日の当たる町のどこかにもこの夢の光景に相当するものが存在しているはずだという確信を深めた。

聖週間《セマナ・サンタ》*に入って、その週は誰も仕事をしなかったので、フランクとユーボールは今までに体験していないトラブルを求めて町をさまよう機会を得た。町の通りは路地並みに狭く、高い壁の間を走っていたので、町の大部分は一種の影に包まれていた。二人は日光を求めて坂の上の方に向かい、間もなくある街角を曲がると、突然、フランクは以前その場所に来たことがあるという奇妙な感覚に襲われた。

「この場所を夢で見たことがある」と彼は言った。

ユーボールは少し目を細めた。「夢では何を?」

「デュースと何か関係がある夢だ」

「やつがここにいるとか?」

「くだらない。ただの夢さ、ユーブ。行こうぜ」

二人は赤茶けた斜面を登り、日当たりがよく、紫色のヨモギが生え、屋根のない石組みの間を野犬がうろつく場所へ出た。そこまで上ると、巻雲が長細い筋を描いている聖金曜日の空の無情な輝きの下にある町の光景を見下ろすことができた。東西に延びる町が、まるで神秘的な光線によって度肝を抜かれているかのようで、フランクとユーボールでさえその静寂に対しては敬意を払わなければならないような気がした――キリストの受難、無風の静けさ……まるでイスカリオテのユダの受けた代償を承認するかのように、搗鉱機《とうこうき》でさえ沈黙し、銀そのものも休息の一日を取っていた。木々には日の光が当たっていた。

強烈に明るい空から何かの啓示が現れるように思われたそのとき、二人は、あまり正式なものには見えない、ぼろぼろで汚れた制服を着た男たちに身柄を拘束された。彼らは同じ型のモーゼル銃を携帯していた。男たちは、自分たちの正体が不明であることによってどれだけ身の安全が確保されているのか自信がない様子で、二人とは目を合わせないようにしていた。

「何だ――」とユーボールが聞こうとしたが、騎馬警官は唇を閉じろというしぐさをした。フランクは、聖金曜日の正午から三時までの間はキリストが十字架に掛かっていた時間帯なのでカトリックではしゃべらない習慣になっていることを思い出した。信心深い沈黙の中、男たちはフランクのリボルバーとユーボールのドイツ製自動装填式拳銃を取り上げ、すきのない神聖さの中、二人をファアレス小路の刑務所まで連行した。二人は、地面よりもずっと深い場所にある、原始時代の岩盤を削って作られた監房に一緒に放り込まれた。水が滴り、ネズミが床をのんびりと横切っていた。

「わいろの件かな」とユーボールが推測して言った。

「おまえの会社の誰かがそのうち助け出しに来てくれたりしないのか？」

「難しいだろうな。おまえはアメリカ人なら大切に扱ってもらえるとか思ってるみたいだが、この辺じゃ必ずしもそんなことはない」

「へえ、でも、それっておれがいつもあんたに言い聞かせてることじゃないかな」

「そうかい。じゃあ、何も起こりゃしないと思って山道で楽しそうに口笛を吹いてる脳天気な男もおれなのか」

「おれは少なくともおまえの銃の安全装置がどこに付いてるかちゃんと覚えてるぜ、ユーブ」

「どこに付いてたかだろ。拳銃は取り上げられちまったみたいだからな」

「ひょっとしたらやつらもおまえと同じようにあの銃の使い方が分からなくて、最後にはあきらめて返してくれるかもしれないぞ」

何時かは分からないが夜中に二人は起こされ、せかされて長い廊下を歩き、最後にどこかの階段を上って、二人とも見覚えのない通りに連れ出された。「あんまりうれしい気分じゃないな」膝が震えるせ

＊　復活祭の日曜を最終日とする一週間のこと。

いで妙な歩き方をしながらユーボールがぼやいた。

フランクは手錠の外された手をポケットから出し、親指を立ててOKの合図をした。「手錠もない。OKだと思うんだけどな」

彼らは町でいちばん広い通りに出た。それは〝墓地《パンテオン》〟へと真っすぐにつながる道路であることを二人の北米人《グリンゴ》は知っていた。「これでもOKか?」とユーボールが悲愴《ひそう》な顔になった。

「よし、じゃあ賭けようぜ」

「いいぞ、おまえには有利だけどな。おれが勝ったらおまえは支払う必要がないんだから」

「どっちみちおれは金を持ってないよ。だから賭けを申し出たのさ」

トロサド丘のてっぺんにある墓地の塀が、ふもとからでも、欠けた月の明かりでぼんやりと見えそうだった。彼らはその丘の斜面にある、ペヨーテが衝立《ついたて》になってほとんど目に付かない入り口に入っていった。「ここはどこ?《ドンデ・エスタモス》」フランクはそう尋ねてもかまわないだろうと思った。

「〈水晶宮《エル・パラチオ・デ・クリスタル》〉だ」

「噂で聞いたことがある」とユーボールが言った。「おれたちにかけられてるのが何の容疑か知らないが、きっと政治的なことだ」

「お門違いのカウボーイを捕まえたもんだな」とフランクが言った。「おれなんか選挙に行ったこともないのに」

「政治的《ラ・ポリティカ》」と防衛隊の一人がうなずき、ほほ笑んだ。

「おめでとう《フェリチタチオーネス》」と別の隊員が言った。

監房は、最初の刑務所のものよりも少し広く、トウモロコシの皮を詰めたマットレスが二つと汚物入れがあり、壁一面にはドン・ポルフィリオ・ディアス[*1]が大きくありのままに木炭で描かれていた。「どうやら日の出までは銃殺されることはなさそうだ」とフランクが言った。「少しの間、トコジラミと一緒に寝ることにするよ」

「それって論理的か？」とユーボールが反論した。「もしもこの先、永遠に眠ることになるんだったら。つまり……」　しかし既にフランクはいびきをかいていた。

ユーボールは一時間後、もう一人の北米人《グリンゴ》が房に入ってきたときにもまだ起きていた。酔っ払ってはいたがあまり眠くないというその男はドウェイン・プロベチョと名乗り、独り言をしゃべり始め、ユーボールの注意は秘密のトンネルに関する彼の知識に一度ならず引きつけられた。銀の採掘が始まった大昔からグアナファトの地下にあるそのトンネルを使えば、確実にここから逃げ出せるというのだ。「世界の終末がもうすぐ訪れる。前回アメリカに行ったとき、トゥーソン*2を出るときからノガレス*3まで、そして国境を越えるまでずっと、空で音がするのが聞こえた。一種のうなり声というか、今までに会ったこともない大きさの獣がほえているような声。翼が雲のように月にかかって突然真っ暗になって、でも、早く通り過ぎてくれればいいのにと自信を持って願うことさえできないんだ。だって光が戻ってきたときに、空に何が見えるか分かったものじゃないだろう？」

「いい話をありがとう」とフランクが片方の目を開けて言った。「でもみんな少し寝た方が――」

「ああ――いやいやいや、一分も無駄にできない、だって〈主〉がお戻りになるんだから。分かるだろう。〈主〉は立ち去った、でも何かを思いついたように歩調を緩め、立ち止まり、振り向き、今ではおれたちのためにこちらに向かってる。あの光が見えないか？　こちらに近づくにつれてますます熱の放射を感じないか？」うんぬん。

*1　メキシコの軍人、独裁者（一八三〇―一九一五）。クーデターにより一八七七年に大統領になり、以後、地主階級と外国資本の支持を背景に、三十年あまりメキシコを支配した。
*2　アリゾナ州南部の都市。
*3　アリゾナ州南部のメキシコ国境沿いの市。国境を挟んでメキシコ側にも同名の市がある。

メキシコのブタ箱には宗教熱心な輩が予想以上に多かったが、にもかかわらず時間が経つにつれ、辺境にまつわる伝説的な地獄と言うにはほど遠く、融通も利くし、場合によっては友好的とも言える施設だと分かった。それもこれも、突然ユーボールのポケットから湧いてきた大金のおかげだった。「この金はどこから出てきてるんだ、ユーブ？　いい加減、こっちも不安になってくるぜ、なあ……」

「心配ご無用だ、相棒」

「ああ、もちろんだ、でもいつも誰かがここに金を持ってきてるんだろ、おまえの知り合いが」

「給料日みたいに定期的に。モーガン銀行みたいに安全に」

ユーボールは脳天気な口調で言ったが、フランクはそれほどのんきにはなれなかった。「そうか。でも、いつかは返却を迫られるんだろ？」

「いつかはな。おれたちがここを出てからだ。でもそれはいつになるやら」

実は二人ともここを早く出たいとは思っていなかった。ここは、彼らがあとにした地上世界と比べると夢のようで、とても平和だった。地上の都市も遠くから見ると平和に見えるが、近づいたときに聞こえてくる音は決して平和ではなかった。ここには酔っ払いの鉱夫もおらず、予告のない爆破もなく、一晩中動いている搗鉱機《とうこうき》の音も岩盤で弱められ、そのポリリズム*が喫水線よりも下の船員を寝かしつける波の音と同じ作用を及ぼしていた——睡眠という幸福な野菜畑の縁で……。この場所では労働日の悩みは一掃され、娯楽の機会が地下世界の呼び物として広がっていた——音楽もあり踊り子もいる酒場、小さな五セント劇場、というか正確には五センターボ劇場、ルーレットと銀行賭博、マリファナの売人、中国人共同体の幹部が従業員を務めるアヘン窟。町のホテルに劣らない豪華なスイートルームには、地下でバルコニーの代わりとなる見晴し台があり、そこからは、何マイルも続くように見える煙で黒ずんだ壁と、鉄の鋲《びょう》の付いた見張り塔と、ますます快適になるこの監獄の茶色い——そしてところどころ屋根のない——廊下が見えたが、外ではよく見かけるようなナイフを持った人間や酔っ払いや鉱夫同士のけんかはほとんど見かけることがなかった。現在メキシコ国内で繰り広げられている政治的な状況を考えれば、ここに拘束されている他の囚人たちは、何というか、危険な目の光を持った真っ当な労働者のように思われた。ずばずばものを言う教授や、たちの悪い科学者もいた。そして、ある種の刑務所的な力学――例えば直腸の純潔にかかわるような問題――もここでは働いていないらしく、おかげで二人の北米人《グリンゴ》の日々の生活もややこしいことにならずに済んだ。

　もう一つ別の驚きは、夜勤の看守が愛想のよい若い女性だったことだ。彼女は看守には珍しくぱりっとした制服を身に着け、名前はアンパーロ、あるいは本人の好んだ呼び名はバスケス軍曹だった。きっと幹部の誰かの近親者なのだろうとフランクは想像した。彼女が本当にほほ笑んでいるところはめったに見られなかったが、かといって百パーセント規則ずくめの看守というわけでもなかった。「用心しなくちゃな」と、まるっきり独り言とも言えない口調でフランクが言った。

「え、どうかな」とユーボールが言った。「彼女、おれたちのことが好きなんじゃないかな」

「どちらかというと、おまえがここでまき散らしてる札束が好きなんじゃないか」

「くそ。おまえの言うことの方が筋が通ってる」

「ありがとう。ていうか、〝どういうこと？〟」

「しょせんは女ってこと。金になびかない女に会ったことあるか？」

「ひと月かふた月待ってくれ。何とか一ドルで結果が出せるかもしれない」

最初に忘れずに彼女にお伺いさえ立てれば、支払いに見合うことは何でもしてかまわないということを軍曹はすぐに明らかにした。もちろん外出は禁止だったが、彼女が毎日、彼らの件を速やかに解決してくれるという約束をもたらしてくれた。

「ねえ、ひょっとしておれたちがここにぶち込まれてる理由を知らないかな？　だって、誰もはっきり

＊　対照的リズムの同時的組み合わせ。

教えてくれないんだよ」

「ところで今日のあんた、すごくすてきだ。その銀のやつで束ねたヘアスタイル」

「お世辞が上手ね。聞いた話だと、あなたたちのどちらかが昔、国境の向こうでやったことが理由らしいわ」

「でもじゃあ、どうしておれたちが二人ともぶち込まれたんだ？」

「そうそう、それにどっちがその問題の人物なんだ？」

　彼女はただ順番に一人ずつじっと見つめ返しただけだった。それは首都の女が時々見せるような視線で、大胆な目つきではあったが、決して悪意は感じられなかった。

「きっとお目当てはおれだ」とフランクが言った。「おまえのはずはないさ、ユーボール、おまえは若いから法律に触れるようなことはやってないだろ」

「でも、贈賄工作にかかわったことがあるから……」

「そんな罪ならぶち込まれるのはここじゃないはずだ」

　フランクは朝早く、空を飛ぶ夢から目覚めた。空高く飛ぶその乗り物のメカニズムは彼には理解できなかった。目が覚めると、ぎらぎらと目を輝かせたバスケス軍曹が扉の前に立ち、冷えたパパイヤとライムの載った朝食の皿を持っていた。四人がナイフで小細工をしたりしないように果物は切ってあった。焼きたてのボリヨ[*1]はスライスして、豆とチワワチーズを塗り、少しオーブンに入れてチーズを溶かしてあった。手作りソースには〝鼻ツン《エル・チンガナリス》〟という名のよく効くトウガラシが入っていた。水差しにはオレンジとマンゴーとイチゴのミックスジュースがあり、ベラクルスコーヒーには温めたミルクと未精製の砂糖が添えられていた。

「あんたら本当によく食べるな」と、ちょうどそのときドゥウェイン・プロベチョが扉から顔を覗かせ、あごからシャツまで一筋のよだれを垂らしながら言った。

「そうさ、ドウェイン、あんたはそっちでゆっくり食べな」フランクは軍曹が廊下の奥から目で日光反射信号を送っていることに気づいた。「戻れよ……」

「あまり親しくならない方がいいわよ」と彼女は助言した。「あの人はあの世行きだから」

「え、何をやったんだ?」

彼女は少し間を置いた。「国境の北で使い走りをね。危険な連中の下で。あなたは知ってるかしら」

――声を抑え、自己欺瞞《ぎまん》を不可能にする目で彼をじっと見つめて――「PLM[*2]って」

ああ。「ええと、フロレス・マゴン兄弟の作った政党かい?……それから、あのカミロ・アリアーガ。おれの勘違いじゃなければ、あいつはこの辺りの出身じゃなかったかな」

「カミロ? あの人はサンルイスポトシの出身。プロベチョさんのボスもPLM――みんな、フロレス・マゴン兄弟のことをちょっと……いいように考えすぎだと思うんだけど」

「でもあいつを見てくれよ。がつがつ食ってるぜ――もうすぐ壁に並ばされる人間にしちゃのんきすぎるんじゃないか?」

「考え方が二通りあるの。あの人を釈放して、尾行して、行動を記録して、情報を集めるのがいいって言う人たちと、厄介な分子はできるだけ早く始末したいって言う人たちと」

「へえ、でもあのドウェインよりももっとやばいやつらがここにはいくらでもいるだろ、お嬢さん、四十年も閉じこめられてるやつもいる、なのに今さらどうしてそんなに急ぐんだ? 近々何か大きなこと

＊1　外皮が硬く厚く、中が柔らかなメキシコのロールパン。
＊2　一九〇五年に結成されたメキシコ初の左翼政党、「メキシコ自由党」の略称。
＊3　リカルド・フロレス・マゴンとエンリケ・フロレス・マゴンの兄弟はメキシコの活動家、無政府主義者。この兄弟を中心にして一九〇五年九月にメキシコで結成された自由党は、ヨーロッパの無政府主義運動の影響の下、労働者によるディアス政権打倒と、無政府主義労働者の国家建設を目標にしていた。

が起こるのかい？」

「こんな目は今までに見たことがないわ」

「あなたの目」彼女は二人っきりのときはいつもささやくようにしゃべった。「こんな目は今までに見たことがないわ」

やれやれ。「軍曹、それって今までアメリカ人の目をじっくり見る時間がなかったってこと？」

彼女は黙ったまま、解読不能な黒い瞳で彼に確実に考えさせる合図をした。今日、彼女は彼に警告を与えた。それが彼女にできるぎりぎりのことだった。そして、ようやくドウェインがすべてを打ち明けたとき、フランクはさほど驚くことはなかった。

ドウェインは割合不明のビール割りテキーラのにおいがしたが、実際にどれだけ飲んでいたのかはフランクには分からなかった――光り輝くドウェインの目の周りはあまりにもすっきりしていた。「おれは実は任務でここに来たんだ」というのが彼の言い方だった。「あんたを雇うのが目的だ。なぜって、ここでも国境の向こうでもみんなが信じてるからさ、あんたが――ぶっきらぼうな言い方で申し訳ないが――他でもない荒野の伝説、ドウェイン、〈珪藻土キッド〉だってね」

「とんだ当て推量だな、いろんな場所を渡り歩いてるあんたならもうちょっとましなことを考えそうなもんだ」

「あんたは……ただの鉱山技師にすぎないってことか」

「そうだとも、でも危険物の扱いを心得てて喜んで行動を起こしたいと思ってる連中は山ほどいるってことは覚えておくといい。あんたもここを出たら、ベータマードレの鉱山に行って、最初に見つけた酒場に入ってみな。次は誰のおごりで飲もうかなんて考える前に、要領を知ってる爆破技師がうじゃうじゃ見つかるさ」

「しかし同志よ、そのうちの半分は独裁者ポルフィリオ・ディアスの息のかかった仕事を請け負ってるんだ。一回でも声をかける相手を間違えたらおれはおしまいさ」

「さっきの間違いでもうおしまいになったかもよ」

「じゃあおれの運命はあんたの手の中か」

「あんたは本物の〈珪藻土キッド〉のことを軽く見過ぎてるんじゃないか？　もうちょっと敬意を払うとか、よく分からないが、もっと怖がるとかしてもよさそうなのに」

「〈キッド〉、そう呼ばしてもらっていいかな、おれはずっと恐れてるよ」

「おれが言いたかったのは、あんたの頭の中に、間違ったやつに声をかけてしまったっていう可能性が入る余地がちょっとくらいないのかってことさ」

「メキシコ連邦政府軍が写真を持ってる。おれは見たんだ」

「人相書きに似てる犯人なんていた例《ため》しがない。それくらい知ってるだろ」

「テリュライドのディスコ同志とも話した。あいつ、あんたがここに来るって予言したんだ。誰と一緒に来るかも当てた」

「エルモアはおれが〈キッド〉だと？」

「ボブ・メルドラムが最初にあんたを見たときに始末しなかったのは、あんたが〈キッド〉だったからだって、エルモアは言ってた」

「〝早撃ちボブ〟がおれにびびったってことか？」

「どちらかと言えば、職業的な礼儀としてってことかな」とドウェイン・プロベチョが経験を積んだ優しい口調で言った。「全部本当の話だって信じてもらうために、今晩、ここから脱獄するぜ」

「だんだんここが気に入ってきたところだったのに。どうして自分一人で逃げない？」

「ここの連中はみんな、あんたが〈珪藻土キッド〉だと信じてるし、脱獄することも期待してる」

「でもおれは〈キッド〉じゃない」

「でもいつかきっと、あんたが〈キッド〉だと信じる悪党が、自分の名をどうしても高めたくて、あんたの心臓にナイフを突き立てることになる」

「うまい言い方だな」とユーボールが会話に加わった。「でも、もう時間がないぞ、フランク」

「おまえも？　おまえの一族が金で解決してくれるんじゃなかったのか？」

「おれも最初はそう思ってた」

「やれやれ」


彼らは、暗いランタンを持ち、すべすべした壁と丸天井に囲まれた通路に入った。影が上下に動き、白いものが前方に現れた。「うわあ」とユーボールが言った。

「吐くんじゃないだろうな？」と思いやりのあるドウェインが尋ねた。「さあ、ミイラとご対面」

約三十体のミイラが二列になってずらりと壁の釘にぶら下がり、その間を通って進まなければならなかった。体はシーツに覆われていた――頭部だけがむき出しのままで、うつむき、顔はそれぞれ異なったミイラ化の段階にあり、ランタンの明かりの中で無表情なものもあれば、ひどい苦痛に顔をゆがめているものもあった。ミイラたちは皆、超自然的な辛抱強さで、何かを待っているようだった。足を床から数インチ浮かせた状態で、やせ細って取り乱しながらも超然と威厳を保ち、自分のいる場所をメキシコだと――もはや自分たちはメキシコ人ではないとしても――静かに信じ続けていた。

「〝墓地《パンテオン》〟はスペースが不足してるんだ」とドウェインはやけに熱心に説明した。「だからこいつらは五年間地下に埋められた後、家族がいわゆる〝墓地税〟を払わなかったら、また掘り返されて、誰かが支払いを済ませるまでここに吊るされるってわけ」

「何か宗教的な意味があるのかと思った」とユーボールが言った。

「そう考えてもいいかもな。水をワインに変えるみたいにすべてが金《かね》に変わるんだから。昼間は金を取って観光客にミイラを見せる。今のおれたちは午前三時の特別料金だ。でも、こいつらの表情からするとおれたち……何か邪魔をしちゃったみたいだぞ」

「やめてくれ、ドウェイン」とフランクがこぼした。彼らは地下室の一端にたどり着き、らせん階段を上って月明かりの中に出た。

彼らは峡谷を下ってマルフィル駅まで行き、日が昇るとすぐに列車に乗り、そのまま午後まで乗ったままだった。フランクはじっと黙り込んだまま、酒を飲むことも、酒を買うことも、たばこを吸うこともせず、細い葉巻を回しのみすることにも加わらなかったので、ムショ仲間たちは少し心配になった。

「まさか恋煩いじゃないだろうな、相棒」

「あんたには幽霊が取り憑いてる」とドウェインが説明した。「どう見ても間違いない。悪名高いあんたの過去の亡霊だよ。何とかしなきゃ」

「あのなあ、プロベチョ同志、刑務所の中じゃ〈キッド〉の話も悪くなかったが、娑婆《シャバ》に出たらもうただの退屈な話だ。悪いけどおれはあんたの探してる男じゃない、〈キッド〉じゃないんだ。今度は、からかうなら、もっと話の分かるやつをからかえよ」

「手遅れだ」ドウェインが窓の外をあごで指し示した。「おれの計算だとあと五分で、ダイナマイトを扱う例の伝説的な腕前を取り戻してもらわないと……なあ、〈キッド〉」

実際、列車はブレーキをかけ、止まろうとしていた。近くで騒動が起きている物音がフランクに聞こえた。彼は窓から顔を出し、二十数人の男たちが馬で列車の横を併走しているのを見た。彼らは何らかの誓いの下で身なりに抑制を利かせているらしかった――鼻の下はひげを剃り、チャーロ*なら死んでもかぶらないような控えめなつばの帽子と、木綿のシャツと少しずつ色の違うアースカラーの作業ズボンを身に着け、記章や何かの団体への所属を示すようなものは何も着けていなかった。

「おれのお迎え?」とフランクは言った。

* メキシコの着飾ったカウボーイ。

「おれも一緒に行くぜ」とユーボールが言った。

「もちろんそうしてもらう」この数時間のうちにいつの間にかドウェインは拳銃を手に入れていたらしい。

数秒たってからユーボールが言った。「あ。身代金？　身代金を当てにしてるのか、伝説的なアウスト家の資産を？　あまり期待はできないぞ、カウボーイさん」

「いいんだよ、やつらはもらえるだけもらえば満足さ。ハッピーな連中なんだ。こんなのはケチな商売、毎日の小遣い稼ぎ。多少の身代金を払えるブルジョアだったら、どんな人質でも無意味じゃない」

「後戻りはできない」

「あ、それからあんた、〝しし鼻《エル・ニャート》〟にあいさつを」エネルギッシュな人物が既に客車に乗り込んでいた――あまり近くはない国の消滅した軍隊の将校の上着、黒いサングラス、銀の装飾品の代わりに鋼鉄の実用品を身に着け、肩章の上にはとても大きな熱帯産のオウムが止まっていた。オウムは実際、かなりの大きさだったので、飼い主と会話するときには前かがみになって耳に向かって叫ばなければならなかった。

「こいつはホアキン」と言って、〝しし鼻《エル・ニャート》〟がほほ笑みながら鳥を見上げた。「おい、何か自己紹介をしろ」

「趣味はアメリカ生まれの猫ちゃんとファックすること」とオウムが告白した。

「何だそれ？」ユーボールは鳥が芝居がかったイギリス訛りの英語をしゃべったことに驚き、なぜか、ボードビルのシェイクスピア劇と道楽に耽った夜のことを思い出した。

ばか笑い。「文句あんのか、ぼけ」

〝しし鼻《エル・ニャート》〟はいら立ちながら笑っていた。「よせ、よせ、ホアキン、お客さんが変に思うだろ――昔々、コーパスクリスティ*で一度だけ、ある飼い猫とそんなことがあっただけじゃないか」

「けど、大将、おれはあのアバンチュールが忘れられない」

「そうだな、ホアキン、さて諸君、もしよかったら……」

ユーボールとフランクのために鞍を付けた馬が待っていて、乗るように指示をされた。「一緒に来ないのか、ドウェイン？」フランクは黒い革張りの鞍に飛び乗った。こんな町外れでは珍しくない軍隊式の鞍には、メキシコ風の止めぐつわと鐙の上の金具を除いては、おしゃれな彫刻も刻印もなかった。

「油断するなよ」とドウェインが客車の中から答えた。「きっとまたいつか、どこかの鉄道で会える」

列車が動きだすと、〝しし鼻《エル・ニャート》〟が、小さいけれども重そうな革の袋を彼に投げ渡し、自分の馬を劇的に後ろ足で立たせ、ぐるっと一周し、「行くぞ《バモノス》！」と仲間に呼びかけた。オウムは、まるで離れた場所の仲間に合図を送るかのように、翼をはためかせた。ゲリラたちは警戒を怠らず、黙ったまま二人のアメリカ人を取り囲むようにして動きだし、列をなして進み始め、しばらくすると、後方の列車は遠い草むらの中で鳴いているただの夏の虫のように感じられたのだった。


「無政府主義者と一緒に馬で旅か。まさかこんなことになるとはなあ」

「どうした」とユーボールがからかった。「もっと普通の山賊と一緒の方が落ち着くって言うのか？」

「山賊は銃を撃つかもしれないし、ナイフで切りつけるかもしれない。でも少なくとも、事あるごとにいろんなものを吹き飛ばしたりはしないだろ」

「おれたちは何も吹き飛ばしたりしないぜ」と〝しし鼻《エル・ニャート》〟が反論した。「ここにいるやつらは爆発物のことは何も知らない。たまには鉱山からダイナマイトを盗むこともあるし、ちょこちょこダイナマイトを放り投げることもあるけどな。でももう、すべてが変わったんだ。おれたちにはあんたがついてる。かの有名な〈珪藻土キッド〉だ！――みんなが一目置いてくれるぞ」

＊　テキサス州南部の港町。

彼らは暗くなってからもまだしばらく進み、食事をし、眠り、キャンプを引き払い、夜明けの数時間前にまた動きだした。護送隊は面白みのない連中ばかりで、お近づきのしるしに酒を飲もうと何度か提案しても断られ、すぐにその気もなくなった。こうして何日かが過ぎ、海岸に突き当たらずにそこまで深く分け入ることができるとはフランクが思っていなかった奥地まで、彼らは進んでいった。一方、ユーボールの振る舞いはますます人質らしくなくなり、まるで、長い間行方不明になっていた弟が、自分の家族だと思っている人々に何とかまた取り入ろうとしているかのようだった。それよりも不思議なのは、〝しし鼻《エル・ニャート》〟とその補佐役たちがユーボールの態度にほれ込み、たちまち彼を仲間に誘い、彼をゲリラ部隊に加えたことだった。「移動は素早く。皆に遅れるな。でも、いつも食事にありつけると思うなよ。好きなときに町に行けるとも限らない。部隊の決まりは、何でも最初に見つけたやつが最初に楽しむってこと。さて……遅れずについて行けるよな」

彼らは古いヤシの木の並木のある小さな町の大通りを抜け、切り立った峡谷の間を縫い、何マイルにもわたって霞の中に切り抜き絵のように広がる藍《あい》色の山並みの間を進んだ。ある日、フランクが高い尾根から下を見下ろしたとき、深い峡谷の両岸に錆び色の都市が広がっているのが見えた。廃石の山があちこちにそびえていた。それは銀鉱山から出たものだとフランクには分かった。背が高くのっぺりした塀の間を走る路地は段々になっている場所が多かった。

彼らは町の外の、涸《か》れ谷にかかる橋のそばにテントを張った。山峡を抜ける風は、彼らがそこにいる間中、やむことがなかった。暗い褐色の午後、早い時間に街灯が灯り、ときには翌日は丸一日明かりが点きっぱなしということもあった。フランクは、ふと時間経過の中の局所的な真空に入り、その三十秒の間に、本当に自分は今ここにいていいのだろうかと自問した。それは予想外の問いだったので、ユーボールにも意見を聞いてみることにした。彼は、ばらばらに分解して毛布の上に広げた速射機関銃の前にしゃがみ込み、組み立て方を覚えようとしていた。

「相棒――あれ、おまえ、何かいつもと違うぞ。待てよ、言うな。帽子のせいか？　ひょっとして、今組み立ててる機関銃用の弾丸を入れた弾薬帯か？　入れ墨？　見せてみろ――美人だな、セクシーなおっぱいだ」

「この連中は最初からおれがこの仕事に向いてることに気づいてたのさ」とユーボールが言った。「おれが自分で気がつくのに時間がかかったってこと」

「そうだ！　いいことを考えた。落ち着いて聞けよ。おれたち、おれたちが入れ替わるんだ。そう！そうさ、おまえが〈キッド〉になる、おれはおまえの相棒。ＯＫ？　あいつら、おれが何を言ったって信じやしないけど、おまえの話なら信じるかもしれない」

「誰、おれ？〈キッド〉に？　おい、無理だよ、フランク、だって……」

「五分あったらすべてを教えられる。無料の高等爆破術講座。最新情報も満載――ほら、例えばこれ、どっち側に火を点ければいいと思う？」

「やめろよ、フランク、そんなもの目の前に持ってくるな――」

「答えはこっち、分かるか、この――」

「あああ！」ユーボールは、知られているあらゆる火器の弾丸の初速を超えるスピードでテントから飛び出していった。フランクが煙の出ている円筒を――それはよく見ると、パルティドスの外巻き葉でくるんだ巨大なキューバ葉巻でしかなかったのかもしれないのだが――歯の間にくわえ、兵士たちの間をぶらぶらと歩くと、本当にダイナマイトの棒を吸っているのだと思った兵士らが感嘆のつぶやきを漏らしながら彼の前に道を空けた。喜んで彼をおしゃべりに誘ったのはオウムのホアキンだった。

「どうして〝サカテカス、サカテカス〟っていう呼び方をするか知ってるか？〝グアナフアト、グアナフアト〟って呼ぶ理由は？」

オウムとの会話という怪しげな習慣が身についてしまったフランクは、いら立ちに肩をすくめた。

「サカテカス州のサカテカス市、グアナファアト州のグアナファアト市ってことだろ」

「ばか《ペンデホ》！」とオウムが大声を上げた。「もっと考えろ！　複屈折だ！　おまえの大好きな光学的性質。常に複屈折をしている方解石をたくさん含んだ銀鉱山があるんだ、複屈折するのは光線ばかりじゃないぞ！　町だって！　人間だって！　オウムだって！　おまえはそのアメリカたばこの煙の中をふわふわ漂いながら、すべてのものは一つずつしかないと思ってるんだろ、あほう《ウエヴォン》、おまえを取り囲んでる奇妙な光が見えてないんだな。ああ、やれやれ《アイ・チワワ》！　ていうか、ああ、やれやれ、やれやれ《アイ・チワワ・チワワ》！　若い技師ときたらこれだ。どいつもこいつも。視野が狭い。そもそもあんたはそこが問題なんだ」とうとうオウムはヒステリーを起こしたが、いつまでも目の前の人間を無視しているところが不気味だった。

「じゃあ、おまえの問題を教えてやるよ」と言いながら、フランクは、首を絞める形に両手を構えてホアキンに近づいた。

　空中に漂うオウム殺しの気配を察し、慌てて司令官がやって来た。

「申し訳ない、〈キッド〉殿、でも、もうあと二時間ほどで――」

「あと二時間、へえ、何があるんだい、〝しし鼻《エル・ニャート》〟？」

「しまった！　まだ話してなかったか。まったく、おれみたいな間抜けが部隊を任されててもいいのかな。何って、あんたの初めての任務に決まってるだろ！　今晩、政府宮殿を爆破してもらいたい。ＯＫ？思いっきり、例の〈キッド〉のパンチを食らわしてやってくれ」

「で、あんたも手伝ってくれるのかい？」

〝しし鼻《エル・ニャート》〟はとっさにはぐらかそうとした。本人なら「はにかんだ」という言い方をしたかもしれない。

「正直に言うと、そこが第一の標的なわけじゃない」

「じゃあどうして？」

「秘密は守れるか？」

「〝しし鼻《エル・ニャート》〟」

「分かった、分かった。造幣局だよ。あんたが向こうの気をそらしている間に――」

　後にフランクは、その議論の中で「狂ってる《ロコ》」という言葉を使ったかどうか思い出せなかったが、遠回しなメキシコ表現の「どうかしてる《ルーカス》」は使ったかもしれない。彼が主張したのは実はとても簡単なことで、銀貨というのは量にかかわらず相当重いものだということだった。一ペソ二十五グラムとして、いいラバなら五千ペソ、ロバなら三千五百ペソ運べるかもしれないが、問題はどれだけの距離、ラバがもつか、どこで積み替える必要が出てくるかということだ。わざわざ造幣局を襲うのに見合うだけの金額を奪おうと思えばラバを何頭もロープでつなぐ必要があるだろうが、仮にそうしたって、追ってくる連邦警官隊から見ればいいカモだ。

「そんなことは承知の上だ」と〝しし鼻《エル・ニャート》〟は言った。しかし、彼が傷ついたことはフランクの目にも明らかだった。

　実際その計画は、町の南東、避難山《レフュジオ》の山腹にある銀鉱山から必要なダイナマイトを盗み出そうとする段階で、早くも頓挫した。誰も警告を発する間もなく、気がついたときには銃撃戦が始まっていた。相手は鉱山の警備員だったかもしれないし、騎馬警官だったかもしれず、暗闇の中では判別できなかった。

「静かな町に来たと思ったのに、そうでもなさそうだ」と、発砲の合間にユーボールがぼやいた。「当然といえば当然だけど」

　彼らがキャンプに戻ると、そこでも銃撃戦が繰り広げられていた。〝しし鼻《エル・ニャート》〟はどこかの山腹に潜み、あまり本気ではないらしい攻撃を阻止していた。夜の銃撃を望む者は誰もいなかったが、どうやら明るい時間を嫌っているらしく、朝までに立ち去るのが賢明だと考えている様子だった。

「おい、〈キッド〉！」と、近寄ることのできないかごの中から興奮したオウムのホアキンが金切り声を上げた。かごは今、荷物運びのラバの背中に載せられようとしていた。「おれたちは今、大変なことになってるんだぞ、ばか《ベンデホ》」

「ウエルタの軍だ」と司令官が言った。「においで分かる」フランクは信じていないような顔をしていたに違いない。というのも、〝しし鼻《エル・ニャート》〟が怖い目つきでにらみつけ、こう付け足したからだ。「インディアンの血のにおいみたいにはっきり分かる。焼かれた作物や盗まれた土地みたいに。アメリカ人の金のにおいみたいに」

　彼らは夜明け前に移動を始め、鉄道から西にそれ、浸食された不毛な高原へと進み、ソンブレレテの町と、その向こうにある山脈《シエラ》に向かった。一つ山を越え、馬の尖った耳がシルエットで空に浮かび上がるたび、誰もがライフル銃撃戦を予期して身構えた。しばらくすると彼らの背後にはほこりの雲が現れた。

　ドゥランゴ、ドゥランゴでいったん止まるべきかどうかという議論があったが、急いで山脈を目指した方がよさそうだった。翌日の昼ごろ、ユーボールが馬に乗ったままフランクの横にやって来て、小さな涸《か》れ谷に目を向けさせた。

　最初、フランクはそこに見えたのがアンテロープだと思ったが、それらは今までに見たどんなものよりも速く走っていた。それは低い崖の下にある洞穴の中に姿を消し、フランクとユーボールと〝しし鼻《エル・ニャート》〟は足を延ばして様子を見に行った。洞穴の入り口には三人の裸の人間がしゃがみ込み、彼らを見ていた。恐れているわけでも、何かを期待しているわけでもなく、ただ見ていた。

「タラウマラ族だ」と〝しし鼻《エル・ニャート》〟が言った。「彼らはシエラマドレ山脈の北にある洞穴で暮らしてる民族だ――どうしてこんなに故郷から離れた場所にいるのかさっぱり分からん」

「ウエルタの軍もすぐ近くまで来てる。この人たちはやつらから逃げてるんじゃないのか？」

〝しし鼻《エル・ニャート》〟は肩をすくめた。「ウエルタがいつも追い回してるのは、ヤーキ族かマヤ族だがな」

「でもウエルタに捕まったら彼らは殺される」とフランクが言った。

「インディアンの救出なんて、今の私にはやっている余裕はない。自分の部下の面倒を見るだけで精いっぱいだ」

ユーボールは三人に向かって身振り手振りで、洞穴の奥に行って外から見えないところに隠れているように指示をした。「みんなは先に行ってくれ、〝しし鼻《エル・ニャート》〟。おれはできる限りのことをやってみる。すぐに後から追いつくよ」

「頭のおかしいアメリカ野郎め」とオウムのホアキンが言った。

フランクとユーボールは谷を見下ろす岩場まで進んだ。十分も経たないうちに、兵士の隊列が下に現れた。列は間隔を詰め、折り重なり、間隔を広げ、同じ動きを繰り返した。肉体を離れた翼が、灰色の空を背景に、飛翔の要領を覚えようとしているかのようだった。

ユーボールは「ラ・クカラーチャ」を口ずさみながら照準を合わせ始めた。

「弾は節約した方がいい」とフランクは言った。「この距離じゃほとんど何もできないから」

「見てろ」

発砲音の後、一瞬の静寂があり、谷底で馬に乗った小さな人影が鞍に乗ったまま大きく後方に体を伸ばし、何かの力で急に頭から脱げたソンブレロをつかもうとした。

「風のせいかも」

「どうすれば〝おお、すごい〟って思ってくれるんだ？　やつらを殺さなきゃ駄目か？」

「やつらが近くまで来たら、おれたち、標的にされるぞ」

分遣隊は混乱している様子だった。馬に乗った男たちが四方に散りかけたかと思うと、すぐにまた別の方へ駆けだしていた。「アリ塚のアリだな」とユーボールが笑った。「よし、あいつの持ってるライフルを撃ち落とせるかどうか、試してみるぞ……」彼はまた一発弾を込め、撃った。

「おお、すごい。いつの間に腕を上げたんだ？　もしよかったらおれにも——」

「違う角度から試そうぜ。やつらの頭を混乱させよう」

　フランクは彼らが向かっていた方向に大きく回り込み、十字砲火の態勢を整えた。結局、追っ手は二、三挺のモーゼル銃を置いて踵《きびす》を返し、町の酒場の夜のファンダンゴ——運がよければ踊るチャンスがあるだろう——に戻っていった。

「さっきのインディアンの様子を見てくる」とフランクが言った。それだけではなかった。ユーボールは親切に、彼が切り出すのを待ってくれた。「その後は北へ向かって〝向こう側〟に戻るつもりだ。これでメキシコにもおさらば。あんたも戻るかい？　それとも……」

　ユーボールはほほ笑み、鼻を鳴らし、彼を待っているカウボーイたちの方を頭で指し示し、自分の道はそれしかないという顔をした。「これがおれの運命さ《エス・ミ・デスティーノ》、パンチョ」*　ユーボールの馬はじれったそうに、既に歩きだしていた。

「じゃあ」と、独り言のようにフランクが言った。「神のご加護を《バヤ・コン・ディオス》」

「またな《アスタ・ルエグイート》」とユーボールが言った。二人はうなずき、それぞれに帽子のつばに手を触れ、後ろを向いた。

　フランクが、インディアンの集団を最後に見た場所まで行くと、彼らはさらに半マイル北の谷にある浅い洞穴に隠れていた。男一人と女が二人で、頭に巻いている赤いバンダナ以外には服らしい服は身に着けていなかった。

「あなたのおかげで命が助かった」と男がメキシコスペイン語で言った。

「おれ？　おれじゃないよ」とフランクは少し前に別れた無政府主義者たちの方を漠然と示しながら言った。「でも、あんたたちが無事なことを確かめてから、また旅を続けようと思ってね」

「誰かが私たちを救ってくれた」とインディアンが言った。

「そうだ、でももうやつらは行っちまったよ」

「そしてあなたはここにいる」

「だけど――」

「あなたは北に向かう。私たちもそうだ。しばらく一緒に行こう。あなたさえよければ。あなたが今まで探していたものが見つかるかもしれない」

彼は〝針　男《エル・エスピネロ》〟と名乗った。「本名じゃない――白人が付けた名前だ」子供のころから彼は、サボテンの針をばらまいて水のありかを占う才能を発揮し、間もなくプロのまじない師になり、針の散らばり具合で人の近未来を――山脈《シエラ》で最近最も重要なのは近未来という文法的時制だった――占うようになった。女の一人が彼の妻で、もう一人はその妹だった。妹の夫はウエルタ軍に連れ去られ、おそらく殺されただろうということだった。

「その子が白人にもらった名前はエストレーヤだ」とまじない師が言った。彼はうなずき、笑みを漏らした。「あなたにとっても意味のある名前だ。彼女は今、新しい男を探している。あなたは彼女の命を救った」

フランクは彼女を見た。もう一人のエストレーヤ――ノチェシータにいるリーフの恋人――のことをこんな場所で突然思い出させられたのは奇妙な感じがした。運がよければ、今ごろは彼女も、歩き、しゃべる子供の母親になっているはずだ。このタラウマラ族の娘は非常に若く、長く垂れた黒髪は美しく、表情豊かで大きな目を熱っぽく動かしていた。彼女は山道向けの服装、つまりほとんど裸だったので、なかなかじろじろ見るわけにはいかなかった。しかし、エストレーヤ・ブリッグズには似ていなかった。「彼女の命を救ったのはおれじゃない」とフランクが言った。「本当にそれをやった若者はちょっと前に立ち去ったよ。もう見つけるのは無理かもしれない」

「あなたの丸太、すごく立派」とその娘が言ったとき、その指さした先にあったフランクのペニスは実

＊「パンチョ」はスペイン語でフランシスコ（「フランク」）の愛称。

際に、小さな——いや、中くらいの——丸太並みのサイズに成長していた。彼女が彼のことに触れたのはこのときが最初だった。彼女の姉と〝針男〟もその局部を吟味し、しばらく彼らの言語で何事かを話し合っていたが、笑い声だけはフランクにも容易に意味が分かった。

一日半の旅の後、〝針男〟はフランクを、山の上の、ずいぶん昔に捨てられた銀鉱山跡に連れて行った。そこにはノパルサボテンが生え、トカゲが日向ぼっこをしていた。

フランクはこのとき、おれが今まで待っていたのは不可解な表情をした悪鬼《デュエンデ》、すなわちメキシコの地霊《トミーノッカー》だったのだ、と気づいた。彼は、山の上まで、屋根のない最後の壁よりも高い場所へ、タカやワシの世界へと導かれ、光や賃金に対する欲求を超え、有刺鉄線で覆われた入り口まで連れて行かれた。そして、壊れた巻き上げやぐらとすっかり傾いた支柱の下をくぐり、この山脈の太古の神秘の中へと、自分から入っていくというよりも、のみ込まれていった——沈み込みが始まった瞬間から彼は完全に抵抗をやめた。

フランクは少し前から、名前も忘れた実験器具から取り出したニコルプリズムを使って、いろいろな方解石の結晶を調べてきた——レイク郡の鉱山から出た亜鉛の小片や廃石から、メキシコではベータマードレの銀鉱脈に至るまで。そして、アイスランドでの初期の採掘以来、これほど立派な氷州石の結晶は今までに地上で見つかったことがないのではないかと彼は思った。そう、確かにすごい標本だった。その双子の結晶は純粋で無色、傷もなく、完全に鏡像対称な二つの部分から成り、大きさは人の頭部くらいで、ユーボールなら「偏三角面体」と呼びそうな形をしていた。そして、ここには十分な環境光はなかったにもかかわらず、その石には深い輝きがあった——まるで中に魂を宿しているかのように。

「気をつけて。中を覗いてごらんなさい。いろいろなものが見える」

彼らがいたのは洞穴の奥深くだったが、奇妙な冷光《ルミネセンス》のおかげで必要なもの——フランクはそう思わずにはいられなかった——は見ることができた。

あまり長い間待たなくとも、方解石の奥底に、スロート・フレズノと彼が今いるに違いない場所の様子が見えてきた、あるいは後の彼の言葉を借りるなら、見えた気がした。しかし、デュースに関する同様のメッセージはなかった。二年後、フランクが偶然ユーボールに再会したときにこの話を教えると、ユーボールは少し意地悪く顔をしかめたのだった。「それってもう少し、何て言うか、霊的なはずじゃないのか？　深い英知、古《いにしえ》の真理、あの世の光とか。結局、そこから導き出された結果がありふれた酒場での銃撃事件だなんて。魔法の結晶にしちゃずいぶんしけた結末だな」

「そのインディアンの話だと、誰が救ったにせよ——あのときは、相棒、おまえが救ったわけだがな——彼ら三人の命が救われたことは間違いない。そして問題は、その氷州石そのものというよりも、それが双子の構造になってることなんだ。あれは生と死のバランスを表してるんだってさ」

「てことは、まだあと二人の人間が死ぬわけだ。一人はデュースだろ。おれに言わせてもらえば、もう一人はウエルタのはずだ。だってあの野郎のせいでみんながひどい目に遭ってるんだからな」


「腹は空いたか？」と〝針男〟が言った。

フランクは周囲を見回したが、いつものように、半径二百マイル以内に食べられるものは何も見えなかった。

「あそこのウサギが見える？」

「いいや」

〝針男〟は太陽の光で色のあせた、優美なカーブを描く木片を荷物から取り出し、持ち上げ、遠方を凝視し、投げた。「今は見える？」

「見えた。どうしてだろう？」

「あなたたちは習慣的に、生きているものよりも死んでいるものの方がよく見えるのだ。白人は皆そうだ。ものを見る練習をしなければ駄目だ」

食事の後、フランクは最後に残っていたたばこを皆に配った。女たちは男の目に触れない場所でそれを吸うために姿を消した。〝針男〟は自分の荷物の中を探り、野菜らしきつまみを取り出した。「食べてみなさい」

「何それ？」

「ヒクリ*だ」

それはアメリカでイボサボテンと呼ばれているものに似ていた。〝針男〟によると、その植物はまだ生きているということだった。フランクは今までに、何かを生きている状態で食べた記憶がなかった。

「どういう食べ物？」

「薬。治療」

「何に効く？」

「これ」と〝針男〟が言って、小さな手の動きで見渡す限りの大草原を指し示した。

しばらくは効き目が感じられなかったが、効き始めるとフランクは自分の外に連れ出された。華々しく反吐《へど》を吐くように体から魂が抜けただけではなく、彼が自分だと思っていた体以外の存在——彼の精神、彼の国と家族、彼の魂——からも連れ出された。

ある時点でふとわれに返ると、彼は若きエストレーヤと手をつないで宙に浮かび、星に照らされた平原の上で、低空をかなりの速度で飛んでいた。彼女の髪は背後に真っすぐになびいていた。空を飛んだ経験のないフランクは、右か左にそれてみたかった。液体状に震える闇に満たされた涸《か》れ谷を探索し、背の高いサボテンを眺め、時折奇妙な色に光って見える捕食者の追跡のドラマを見てみたかった。しかし、何度も空を飛んだことのある少女は行くべき場所を心得ていて、しばらくすると彼も彼女が自分を導いてくれていることに気づき、緊張を解いて一緒に飛行を続けた。

　その後、気がつくと彼は地上、というか奇妙なことに地下にいて、次々に続く洞穴の中で石の迷宮をさまよいながら、差し迫る危機におびえていた――分岐点にさしかかるたびに地上につながると思った一方の道を選ぶのだが、それはさらに洞窟の奥へと続くばかりで、やがて彼はパニックを起こしそうになった。「駄目よ」と、少女が用心深く言い、意味はよく分からないがしっかりと手を触れることで彼を落ち着かせた。「怖がらないで。彼らはあなたが恐れることを望んでいるけれど、彼らの期待に応える必要はないわ。あなたには恐怖に負けない力がある。それを自分で見つけるの。見つけたら、その力のありかを頭に刻むこと」彼女はタラウマラ族のエストレーヤに違いなかったが、同時にエストレーヤ・ブリッグズにもなっていた。

　彼らはしとしとと雨の降る洞穴に入った。何千年も雨が降り続けているこの洞穴一つの中で、南西部の砂漠に降るべきだったすべての雨が降っているのだ、と彼女が説明した――山の中の泉の水でもなく、すぐ上の外の雲から降っているものでもなく、砂漠そのものを生んだ原罪、犯罪、過ちの結果としての、蒸気のような灰色の雨……。

「違うんじゃないか」とフランクが反論した。「砂漠っていうのは地質学的な時間の中で形作られるものだろ。誰かの個人的な罰ってことはないさ」

「そういうことすべての始まりよりも昔の話。彼らが世界を設計していたときのことよ」

「〝彼ら〟ねえ」

「〝彼ら〟よ。最初は、水はすべての場所にあるべきだ、誰にでも簡単に手に入るのがいいっていう考え方だったの。水が命だった。ところがその後、欲張りなやつが出てきた」砂漠は彼らの贖罪《しょくざい》として作られたのだと、彼女はフランクに説明を続けた。だからそのバランスを取るために、砂漠の地下深く

＊　ペヨーテのこと。

のどこかに、永遠に雨がしとしとと降り続けているこんな洞窟が隠されているのだ。もしも誰かがその場所を探す気になればもちろんそれはかまわないが、おそらく永遠に見つけることなくさまようことになるだろう。幽霊の出る銀鉱山や金鉱山に関する噂話の半分は、実は、値段の付けられないこの貴重な秘密の雨水の洞窟のことを語っているのだが、砂漠の狂人たちは一種の暗号を使って語らなければならないと信じている。誰か他の人間が聞いている場所で何かを口に出すと、その場所がさらに遠ざかり、そこに行くことがさらに危険になると信じているのだ……。

そうしている間ずっと、フランクは自分が夢を見ているとはまったく思わなかった。彼が夢を覚えていることはめったになかったし、覚えていてもあまり気に留めなかったからだ。そして、このビジョンには昼間のメキシコの歴史において今起きている論争に直接結びつく警告が含まれていたが、それもまたいつか、使い道が見つからない経験として他の同様のことと一緒に脇へ追いやられることになるだろう。

砂漠のキャンプに戻ったとき、彼らの周囲にはさまざまな色が渦巻いていた。深紅色《マゼンタ》、低明度の青緑色、妙に淡いのたうつような紫色が、体の輪郭の周りに見えるだけではなく、体の中の染みか出血のようにも現れていた。時々、その光によって、夕暮れの近い大草原でぽつんとした数人の人影が浮かび上がった。日没の計り知れぬ底が何百マイルにもわたって風のように吹き渡り、最後の光の中で、氷河のような密度の純粋な空気が遠方の山並みをぼかし、あの世や、地平線上の神秘的な都市を思わせるスケッチへと変えていった……。

フランクは、〝針男〟の妻が仲間の三人の間でタラウマラ語と思われる言葉で元気にしゃべるのを耳にしたことがあったので、彼女が口がきけないわけでもなく、内気なわけでもないことを知っていた。しかし、彼女はフランクには一言も話しかけたことがなく、大きな共感をもってじっと彼のことを見つめるだけだった。それはまるで、あまりにも明らかなので彼も気がつくはずの何かが——彼女はそれについ[illegible]たいと思っているのだが、魂の命令によってなぜか話すことがで[illegible]かが——存在しているかの[illegible]うだった。メキシコ軍の危険に満ちた南部へと家族を連れてきた原因の目[illegible]えない核心は彼女にあるはずだと、彼は言葉を超越して確信していたが、誰も理由をフランクに教えようとは[illegible]なかった。

彼らはほとんど目に見えない分かれ道にたどり着き、タラウマラ族の一行はシエラマドレ山脈を目指して西に向かった。

フランクはエストレーヤにほほ笑みかけた。「いい男が見つかるといいな」

「あなたじゃなくてよかったわ」と彼女が言った。「あなたはいい人だけど、ちょっとむさ苦しいの。顔はひげだらけだし、体はいつもコーヒーのにおいがぷんぷんする」彼らが別れるとき、〝針男〟が彼に、白っぽい透明感のある種子でできたネックレスをプレゼントしてくれた。フランクにはそれが数珠玉だと分かった。「これがあっても安全の役には立たないかもしれないが、健康には役立つ。呼吸にいいんだ」

「へえ。ところで、例のヒクリ。あれの余分はないかな?」

〝針男〟は笑いながらフランクの足元のサボテンを指さし、彼と二人の女は馬で去り、しばらくの間は笑い声が聞こえていたが、尾根の向こうに姿が消えると、声も聞こえなくなった。フランクは、まじない師に教わった通り謝りながらサボテンを生きたまま土から引き抜き、鞍袋《くらぶくろ》にしまった。それから数日間、彼はそれを取り出しては一口かじり、あるいはときにはただじっと見つめ、何かの指示を待った。しかし彼は、エストレーヤ/エストレーヤと一緒にあふれそうな高地砂漠の空を飛んでいたとき、あるいは砂漠の下の暗い石の洞窟を果敢に進んでいたときと同じ確信を二度と得ることはできなかった。

彼は、鉄道からはぎりぎり見えないように気をつけながら、背の高いサボテンやグリースウッドの間を縫って北へ向かい、ある日、山並みが山並みの幾何学的な模倣に変わったことに気がついた。山はありえないほど頂が尖り、人を寄せつけず、ここまで馬で越えてきた桁外れの平原と同様に受け入れがたいものになった。こんな場所では、走って追いかける以外に何ができるだろうか？　他のどんな行為が意味を持つというのか？　この広大な空の下でじっと立っている？　それでは、干からびて、低木のように、サボテンのようにじっと根を張り、さらに動きを緩めて、ついには鉱物の状態に達するだけ……。

　ある日フランクは、マピミ盆地の縁にある灌漑《かんがい》綿畑を抜け、すぐに名前も忘れた小さな村の太陽の照りつける一本道を通って、何年も前から通い続けているかのように、とある一軒の酒場に立ち寄ると（壁は日干し煉瓦で、中は常に午前四時を思わせる薄暗がり、部屋には染みついたリュウゼツラン酒のにおいが漂い、リトルビッグホーンの戦いをパノラマで描いたバドワイザーのポスターは見当たらず、代わりにワシとヘビをめぐる古代アステカの創世物語を描いたはがれかけの壁画があり、そこでは意外にもヘビがワシに巻き付いて今にも絞め殺そうとしていて、古代の風景の中でその対決を行儀よく見守っているのは、十九世紀の髪形と画家の想像するアステカ風衣装を身に着けた魅力的な娘たちだった——何も装飾が施されていない壁は、昔の発砲事件や家具の投げつけによってところどころペンキがはがれたり、傷がついたりしていた）、すぐ目の前に、まるで彼のことを待っていたかのように、幻ではないスロート・フレズノが顔をむくませてだるそうに座っていた。スロートは一瞬のうちに何とかして拳銃を既に手に握っていたが、同時にフランクも自分の銃を抜き、いきなり撃ち始めた。家族としての恨みつらみを喚起する間もなかった。フランクが誰かも分かっていなかったかもしれないスロートは結局、一発も撃てないまま後ろ向きに吹き飛び、彼の死重の下でいすの脚が一本折れたために彼の体も半分スピンし、宙に舞った黒い血の筋がこの居酒屋の土の床に三日月形にぱしゃっと叩きつけたが、銃声でその音は聞こえなかった。ジ・エンド。長い静寂の中で浅い息遣いだけが聞こえた。焼けた火薬、立ち昇る硝煙、耳鳴り。メキシコ人の黒い視線は新入りの死者に注がれているようだっ[illegible]もしも誰かがちゃんとした仕方で尋ねさえすれば、皆フランクの顔を覚えているだろフランクの思考はすぐに、デュース・キンドレッドがそばにいて自分に照準を合わせているのではないかという可能性に切り替わり、特に誰に向かってということもなく、必要以上に大きな声で、まるで皆がどれだけびびっているかを試すように、「もう一人は？《イ・エル・オトロ》」と怒鳴った。

「やつは出て行ったよ《エル・セ・フエ》、だんな《ヘイフェイ》」早めに酒を飲み始めていた老人が陶器のジョッキを持ったまま言った。

「いつ戻ってくる？《イ・クアンド・ブエルバ》」

笑顔というよりも、顔で肩をすくめるような表情でこう言った。「何も言ってなかったよ《ヌンカ・メ・ディホ・ナーダ》、だんな《ヘイフェイ》」

そのもう一人《オトロ》が実際には誰だったのかは分からない。デュースなのかそうではないのか。そう聞いてもフランクの神経は落ち着かなかったので、彼はいわばとぐろを巻いた状態でぴりぴりとしたまま、自分に酒を買う気にもなれず、銃をしまうこともできなかった。銃はワイヤで手のひらに縛り付けられているように感じられた。通りのあちこちから酔っ払いが顔を出し、スロートの遺体をどうするかやじ馬たちと相談していた。いくつかのグループは彼のポケットの中身に興味を示していたが、最初の取り分はフランクのものだと皆が了解していた。

「もしもだんなが欲しい土産があるのなら……《シ・エル・カバレロ・クイシエラ・アルグン・レクエルド》」

ああ、もしおれが欲しい土産があるのなら――この土地のガンマンは、体の一部分を土産に持ち去ることが知られていた。頭皮、耳、ときにはペニスを持ち帰り、引退後の黄金の時期に、昔話をしてはそれを取り出し、調べ、見せびらかすのだ。

ああ、くそ。

これはあまりにもあっという間の出来事で、しかもはっきり言って簡単すぎた。はっきり言って。彼は間もなく、すべてがどんな結果をもたらすかを理解し始めるだろう。そして実際、そのさびれた小さな町を後にする前から、彼は既に後悔し始めていた。

ニューヨークで上陸許可が出た二、三週間、少年たちはセントラルパークにテントを張っていた。時折、〈上位階層〉からの伝言が届いたが、その伝達手段はいつものハトや交霊術者、窓ガラスを破って放り込まれる石、伝言を暗記させられた上に目隠しをされた急使、海底ケーブル、地上電線、最近では同調無線などだった。署名は、添えられていたとしても、念入りに秘密めいた数字だけだった。彼らの頭上の霞の中にそびえるピラミッド状の位階において彼らが近づいた、あるいは将来近づくことができるのは、せいぜいその数字の近辺なのだ。どう考えても少年たちと直接顔を合わせる気のない雇い主たちはいつまでも未知の存在であり続け、少年たちのもとには、自分たちが署名することのない契約書が否応なく、何の前触れもなく、しばしばランダムに、ただ配布された。「なあ、おれたちはやつらのプロレタリアートじゃないのか」とダービーがうなるように言った。「やつらの〝汚れ仕事〟をただ同然でやらされてる間抜けじゃないか？　もしもやつらがおれらのやってるような仕事はやってられないって言うのなら、おれらはそんなやつらに付き合う必要はないぜ」

ある日の深夜、いつものように何の儀礼もなく、硬い帽子をかぶり派手な入れ墨をしたスラムのアラブ人少年が現れ、取り入るような笑顔を浮かべながら、油の染みのついた手紙を手渡した。「ご苦労さん、坊や」と、リンジーが使者の手に銀貨を握らせた。

「おい！　何だよこれぇ？　何かのヨットの絵かぁ。どこの国のコインだよぉ」

「書いてあることを読んでやろう。〝コロンブス記念博覧会　一八九三年シカゴ〟って書いてあるんだ。で、こっちの表には、ちゃんとこう書いてあるから安心しろ。〝コロンブス記念半ドル〟。実はこのコイン、最初のころは一つ一ドルで売られてたんだぞ*」

「じゃああんたらぁ、十年前にシカゴでしか通用しないコインに二倍のお金を出したのかぁ。すげぇ。けど例のタイムマシンがなけりゃ駄目だなぁ。こっちも商売だから」少年は一方の手から他方の手に器用にコインをはじき飛ばし、肩をすくめ、立ち去ろうとした。

しかし彼の発言は、ただの恩知らずな軽口と思われた言葉とは不釣り合いな反応――ほとんどまひに近い沈黙――を〈仲間〉の間に生んでいた。その理由は、仮に問い詰めたとしても、誰もはっきりとは口に出さなかっただろう。彼が近くの装飾的な橋を半分ほど渡ったところで、何とか立ち直ったチック・カウンターフライが声をかけた。「おおい。ちょっと待って！」

「仕事があるんだ」と少年は答えた。「手短に頼むよぉ」

「君はさっき〝タイムマシン〟って言ったね。どういう意味で言ったんだ？」

「別にぃ」しかし彼の足は別の答えをしていた。

「そのことについてぜひもっと話したいな。どこに行ったら君に会える？」

「今は用事がたくさんある。だからまた来らぁ」チックが言葉を返す前に、その生意気な使いは周囲の森の中に消えていた。

「あいつは何かを言おうとしたんだ、間違いない、おれはそういうのはちゃんと分かるんだ」夕方の点呼の後に開かれた全員出席のミーティングのとき、ダービー・サックリングが怖い目つきでそう言った。争い好きなダービーはこの船の法務士官に就任したばかりで、最近は熱心に自身の特権を試し、可能な場合には、濫用することもやぶさかではなかった。「裁判官を見つけて、令状を取って、あの子供に知

＊　シカゴ万博の記念コインは、表にはコロンブスの肖像、裏にはサンタマリア号が刻まれている。

ってることを洗いざらい吐かせるべきだ」

「それよりも可能性が高いのは」とリンジーが推測した。「その問題をテーマにしたH・G・ウェルズさんの思索的なアイデア[*1]が、利益目的の〝三文小説〟によって低俗化されたということだろう。あの使者は、もしも本を読むのだとすれば、きっと三文小説の愛読者に違いないからな」

「しかしここには」と、少年が届けた一枚の紙の方をランドルフが指し示しながら言った。「〈偶然の仲間〉の〈上位階層〉の署名が入っている。実際、彼らの周辺には何年も前から、何らかの形で時間旅行と結びついた極秘の計画が行われているとの噂がある。よくは分からないが、さっきの少年は彼らにちゃんと雇われてはいるものの多少の不満を抱えていて、ゆえにあの奇妙な発言は一緒にタイムマシンの問題を追究しようという誘いの暗号だったのかもしれない」

「もしも飲み物に関する彼の嗜好《しこう》が読書傾向と同様に費用のかからないものなら」と部隊財務担当官のリンジーが言った。「情報購入財源からビール一杯程度の代金の支出は可能だ」

「ええええええ、また領収書で臨時費前渡し金から引き出せばいいだろ」とダービーが気軽に鼻であしらった。「上の連中《ビッグ・ボーイズ》はいつものように判子《はんこ》を押してくれるさ。そうすればひょっとしたら、やつらがおれたちに教えたくない秘密を見つけることができるかもな」その数日後、彼はこの言葉を後悔することになる。そのころには一行は運命の発見へと向けて新たな旅に乗り出していて、乗員はそれぞれにこの探求を始めなければよかったと思うことになる。

　約束通り翌日、〝プラグ〟・ローフスリーという名の伝令が戻ってきて、彼が勤務する本部〈ロリポップラウンジ〉への行き方を長々と事細かに教えてくれた。実際に行ってみると、そこは悪徳歓楽街にある児童売春宿で、汚れた帝国の一部としてプラグが経営している店の一つだった。他に彼が経営している店には、新聞売りのためのアヘン窟や日曜学校の生徒のためのナンバーズ賭博場などがあった。リンジー・ノーズワースは当然、それを聞いてかんかんに怒った。「私たちは直ちにあの怪物と手を切るべきだ。われわれの道徳的生存そのものが危機にさらされている」

「科学的探求精神という点で」と、チック・カウンターフライがなだめるように割って入った。「ローフスリー少年と落ち合う場所について、彼がどんなよこしまな豚小屋を自分の事務所と呼ぼうが――確かに汚らわしい場所だがな――おれ自身は異議はないぞ」

「じゃあ、付き添いとしておれが行った方がいいかな」とダービー・サックリングが言った。そのとき共謀の視線が交わされていただろうか？　そうだと言う者もいるし、そうでないと言う者もいる。ともあれその晩遅くに、藍色《あい》とカスタードイエローの派手な格子柄のそろいのアンサンブルとパールグレーの山高帽といういでたちで変装をした二人の船員が、ローフスリー少年から聞いた道順に従って悪徳歓楽街を進み、間もなく、二人の想像を絶する悪徳の暗黒の地形の奥深くに入り込んでいた――やがて深夜近くに、深まる水辺の霧の中で、腐食した鉄の扉の前にたどり着いた。そこに立っていた守衛はおそらくは少年だったのだが、身長は七フィート半[*2]ほどもあり、がっしりしているとは言わないまでも、整った体格をしていた。腺の異常による巨大化なのだろう。

洗面器ほどもあるヘルメットをよりいかめしく見える角度に直してから男が言った。「だんな、おらの名前はちび《タイニー》、どんなご用件で？」

「おれたちを踏むなよ」とダービーがぼやいた。

「プラグと会うことになってる」となだめるような口調でチックが言った。

「あんたらが〈ぐうでんの仲間〉！」と巨大な用心棒が叫んだ。「お目にかかれてまじ光栄っす。本はでんぶ読んでます。まじ大ファンっす――あのノーヅワースっちゅうやつだけは別だけど。あの男だけはどうも苦手で」

＊1　小説『タイムマシン』の出版は一八九五年。
＊2　約二・三メートル。

「本人に伝えておくよ」とダービーが言った。

二人は、中に足を踏み入れた途端に、堕落そのものの腐敗した肺から吐き出されたような複数のにおいの混じる強烈な風に襲われた。アルコールの蒸気とたばこと大麻の煙の他に、もっと安価なにおいの中で目立っていたのはキンゴウカンとクマツヅラ*で、体からの排出物や過熱した合金や燃えたばかりの火薬のにおいも少し混じっていた。コントラバスサクソフォンをベースに、スライドコルネットとマンドーラと「がんがんピアノ」を含んだ小さな酒場バンドが、煙で何重にも保護されたどこかの場所で、疲れを見せることなく「ラグ」を演奏していた。霧の中の至る所を肌もあらわな思春期前の天女が飛び回り、一人で踊ったり、客と踊ったり、仲間と踊ったりしていた。ダービーは踊りを鑑賞している様子でそれを見ていたが、時々催眠術にかかったように目が釘付けになっていた。

ふっくらしてエネルギッシュな女性歌手——十歳くらいでまばゆいほどのブロンド——がガウンを羽織って奥から現れた。ガウンは金色のスパンコールだらけだったが、スパンコールは下にある生地に縫いつけてあるわけではなく、かろうじてスパンコール同士で縫い合わされていて、ただの裸よりもかえって目を引くなまめかしい姿態を生み出していた。そして、小さな「ジャズ」オーケストラの伴奏に合わせて、こんな歌を歌っていた。

アップタウンのやつらはおれたちを鼻であしらう
ダウンタウンのやつらはおれたちの足元を見る
おれたちは町で有名な
〈夜の少年〉
清らかで華やかな
バワリー街の女たちは

おれたちと同じ
仲間さ！
一杯やろうぜ
踊ろうぜ
世間のやつらが
何と言おうと
妻と子を連れ
おじさんもおばさんも一緒に
（きっと気に入る）行こうぜ、今夜
〈地獄のキッチン〉に！

「気に入った娘《こ》はいるかい？　え、言ってみなよ、おれが話をつけるから」とプラグが申し出た。

「それなら――」と、年端もいかぬ「歌姫」を見つめながらダービーが口を開いたが、チック・カウンターフライがそれを遮った。

「この前、君が口にしていた一件だが――」

「はいはい。おれもただのガキなんでぇ、そう何でも覚えてるわけじゃないんだぁ」

「何て言うか、〝タイムマシン〟があればなあとかいう話……」

「それが何かぁ？　そりゃ誰でも欲しがる代物だろぉ？」

「というか」とダービーが詳しい説明を始めた。「君の言い方が気になったんだよ。〝例のタイムマシン〟って。まるでどこかにある特定のマシンが頭にあったみたいじゃないか」

＊　ともに香料の採れる植物。

「あんたたち警察かぁ？　何なんだよぉ」

「この件については結構な情報料を払う準備があるんだがな」とさりげなくチックが言った。

「へええ。どのくらい結構な料金だい？」

チックはドル札の詰まった封筒を取り出した。若いチンピラはそれに手を触れることはしなかったが、実験室の天秤に劣らない感度の目で重さを量っていた。「おい、みんなぁ！」と彼が呼ぶと、六人の少年がテーブルの周囲に現れた。「おい！　おまえらぁ！　すぐにドクターを見つけてこい」

「分かりました、ボス！」

「じゃあすぐに行け。もうすぐお客を連れて行くと伝えろ」

「了解、ボス！」

「すぐに戻るよ。飲んでてくれ。店のおごりだ。あ、それからこの子はアンジェラ・グレース」

「こんばんは」そこに現れたのはまさに先ほどのスパンコール服を着た歌姫——ダービーの目を釘付けにした人物というか衣装——だった。


「ここまでがギャングのゴファーズ団の島、ここからはハドソンダスターズ団の縄張りだ……少なくとも、金持ちが街をきれいにするまではこの辺なんか何の役にも立たねぇ」ますます深まる霧の中で、プラグが少年たちを南西の方角に案内しながらそう言った。港の遠く離れた場所から陰気な打鐘浮標《ベルブイ》の音が響き、耳障りな霧笛と号笛のファンファーレが聞こえた。「何も見えやしねぇ」とプラグがぼやいた。「鼻を使うしかねぇな。〝オゾン〟ってもんがどんなにおいか、知ってるかい？」

チックがうなずいた。「じゃあ、発電所でも探してるのかな？」

「九番街高架鉄道の発電所さ」とプラグが言った。「でも博士《ドクター》たちが、まあ言やぁ、一緒に電気を拝借してるんだ。モーガンさんとの取り引きでそうしてる。例の機械はすごく電気を食うんだ」

霧に消音された鈍い金属音がした。「ここがその高架鉄道じゃないか?」とダービーが怒った声で言った。「きっと今おれがぶつかったのが忌ま忌ましい高架の支柱だ」

「まあ、かわいそうに!」とアンジェラ・グレースが言った。「打った場所にキスしてあげる」

「どこを打ったか見えやしない」とダービーがつぶやいた。

「ここからは線路沿いに進む」とプラグが言った。「目的地に着いたら鼻で分かる」

彼らは、灰色で時間に浸食された記念アーチに近づいた。それは街そのものよりも歴史が古く、古代の大破局の時代から遺されたもののようだった。少しの間、霧が途切れ、チックはエンタブレチュアに刻まれた言葉を読むことができた。「われをくぐりて　なんじらは入る　悲しみの町に──ダンテ」巨大なアーチの下をくぐるとき、彼らは霧で滑る丸石の上を手探りで進み続けた。周囲には腐りかけた動物の死骸やごみの山、この辺りに住み着いたホームレスがおこした焚き火があった。やがて、三価オゾン特有の刺激臭が強くなり、耳障りなジージーという音が周囲を満たしたかと思うと、彼らは湿気で水滴のついた石のゲートの前に立っていた。この霧だらけの夜半直に花開く青い電光がちらついている以外には、その奥の住まいはほとんど見えなかった。二人の飛行士には、電光の地上からの高さも、自分たちからの距離も見当がつかなかった。プラグが門柱のボタンを押すと、どこかから金属的な声が答えた。「遅いぞ、ロープスリー君」筒形コイルの中継器のスイッチが入り、きしみながら門が開いた。

中に入ると、実験室に改造された馬車置き場のある中庭に小妖精《エルフ》のような人影があり、プラグがその男をズート博士だと紹介した。博士は作業服を着て室内用スリッパを履き、色の濃いゴーグルを着け、見慣れない電器部品がたくさん張り付いた奇妙なヘルメットをかぶっていた。

「ようこそ! さっきまでは若い女に囲まれてたってところか。教会での世間話に面白い話題を提供するために来たんだな。いい話が聞けるかもしれんぞ。何千人ものお客が満足して帰ってる。全員、立派な客ばかりだ。ロープスリー君がお連れするお客さんには間違いがないからね、なあ君」

ズート博士の黒眼鏡のレンズの奥に何か受け容れがたい不気味なものを見て取ったかのように、実験室の強烈な照明の中で顔が青く見えていたプラグが、アンジェラ・グレースの腕をしっかりとつかみ、まるで王族の前から退《さ》がるように前向きのまま、二人でドアの方へ下がった。

「ありがとう、プラグ」と少年たちが呼びかけた。「バイバイ、アンジェラ・グレース」しかし、堕落の淵《ふち》に生きる二人の子供は既に姿を消していた。

「じゃあ、こっちへ」

「夜遅くにお邪魔して申し訳ありません、博士」とチックが言った。

「夜遅い方が都合がいい」とズート博士が言った。「この時間になると列車が少ないから、電流が安定するんだ。もちろんドイツ製の発電機とは比べものにならんがな……それはともかく、君たち。ほら、ご覧あれ——さあ、感想を聞かせてくれ」

二人はタイムマシンの外見を見て、ことさら先進的という印象は受けなかった。耳障りで単調な鈍い音の中で、南北戦争以前のダイナモに取り付けられていてもおかしくないような不格好な電極の間を、青い火花が激しくにぎやかに飛び散っていた。かつては染み一つなかった外装も長い時間のうちに、電解質の廃液によって穴が開き、汚れがついていた。ほこりに覆われたダイヤル面にかろうじて読み取れる数字は、ブレゲー風の計器の針がむき出しになっているところもそうだが、前の世代に流行したデザインのものだった。もっと不安を呼び起こしたのは、ざっと見ただけでも、そこら中に応急の溶接痕やいい加減な詰め物、合っていない留め金具やペンキの下塗りがむき出しになったままの部分、その他にも間に合わせの修理の痕跡が容易に見て取れたことだった。ごく単純な維持費をどれだけケチッたらこうなるのだろうというのが圧倒的な印象だった。

「これがそう?」とダービーがまばたきをした。

「何か問題でも?」

「チックはどう思ってるか分からないけど」と辛辣《しんらつ》な少年が肩をすくめた。「タイムマシンにしてはちょっと造りが雑じゃないかな？」

「じゃあこうしよう。試しに乗ってみるっていうのはどうだい？　未来に行って戻ってくる。料金は通常の半額。もしも気に入ったら、もっと大胆な機能にも挑戦するといい」

ちょうつがいが派手にきしみ、縁材の周囲の絶縁パッキングが明らかにたるんでいるにもかかわらず、なぜか陽気に堂々とズート博士は客室のハッチを開き、二人に向かってうなずき、中に乗り込ませた。

二人はこぼれたウィスキーのにおい——慣れた鼻には安物だと分かった——に気づいた。座席は大昔のオークションで買ったものらしく、そろいではない布張り地には染みと傷がつき、木材部分の上塗りも傷だらけで、たばこの焼け焦げがあった。

「面白そうだ」とダービーが言った。

室《チェンバー》内に一つしかない汚れた石英ガラス窓越しに、ズート博士が狂ったように千鳥足で部屋の中を動き回り、自分の懐中時計を含め、見つけた時計の針をすべて先に進ませている姿が少年たちには見えた。

「ああ、勘弁してくれよ」とダービーがうなった。「これって侮辱的じゃないか。おれたちはどうやってハッチを開けて外に出たらいいんだよ」

「外には出られないってことだな」この状況ではパニックを起こしてもおかしくないが、チックは冷静に学者的な探求心で、必要な装置が内部に備えられていないことを示しながら答えた。「おれたちの〝旅〟を制御する手段もここにはなさそうだ。おれたちの運命はすべてズート博士の手の中にあるらしい。こうなったら、彼の性格が百パーセント悪魔的ではないことを祈るばかりだな」

「結構だね。〈偶然の仲間〉にも少し変わった経験が必要ってことか。だけどそのうちおれたちの運も尽きるぜ、カウンターフライ——」

「サックリング、見ろ——窓を！」

「何も見えない」

「その通りさ、何も見えないんだ！」

「ひょっとしたら電気を消したのかもな」

「いいや――違う、光は見える。おれたちが知ってるような光とは違うかもしれないが……」　二人は目を細めて石英ガラスがあった場所に目をやり、何が起こっているのか見極めようとした。何かの振動――物理的なマシンそのものの振動ではなく、彼らの神経組織内部の思いもよらない場所の振動だと思われた――が強まり始めた。


彼らは何か大きな嵐の中に巻き込まれたようだった。やがてその薄暗がりの中で、容赦なく視界を埋め尽くすように二人に見えてきたのは、雨のように斜めに平行に降り注ぐものだった。風を受けながら降ってくるその灰色のものは、間違いなく人間の姿をしていた。見渡す限り、何百万という単位の魂が馬に乗り、二人乗りをし、同じように数えきれない馬の群れとともに自分の足で歩いていた。その群れは彼らの目が届かない場所まで広がっていた――幽霊の騎兵隊だ。気味の悪いことにその顔は詳細な部分を欠いていて、目はほとんど穴が開いている程度にしか見えず、服のひだは目に見えない流れの中で変化していたが、それも単なる風のせいだったのかもしれない。明るく光る金属の尖端の列が、天地創造の衝撃波によって吹き飛ばされた星々のように、三次元かそれ以上の次元の中で静止し、動いた。外の声は苦痛の叫びだろうか？　ときにはほとんど歌のようにも聞こえた。ときには、分かりそうで分からない言語で一言二言、言葉が聞こえた。こうして陰鬱な集団は、目に見える世界の縁を越えて押し流され、自分の運命を制御することができないまま、止まることのない流れの中で前へ前へと駆けていった……。

まるでハリケーンに巻き込まれたかのように、室《チェンバー》が揺れた。自動機械《オートマトン》の求愛ダンスに伴う麝香《ムスク》のようにオゾンが室内に充満し、少年たちはますます方向感覚を失った。間もなく、彼らが乗った円筒形の乗り物という囲いさえなくなったように思われ、二人はすべての方向に無限に広がる空間に取り残された。海のような持続的なとどろきが聞こえてきた――しかし海の音ではなかった。そしてやがて、喉を鳴らす草原の獣のような凶暴で耳障りな鳴き声が頭上を通り過ぎ、ときには二人がとても落ち着いていられないほど近い場所で声が聞こえた――しかし、それは野獣の声ではなかった。排泄物と死んだ組織のにおいが至るところで立ち昇っていた。

二人はどのタイミングで助けを求めて叫べばいいのかを聞きたそうな顔で、暗闇を通して互いの顔をじっと見ていた。

「もしもあの学者さんが想像している未来がこの姿だとしたら――」とチックがしゃべりかけたとき、突然、彼らを取り囲む不気味な影の中から、演芸舞台からけしからぬ芸人を排除するときによく使われるような、端に大きな金属製の鉤《フック》の付いた長いさおが現れた。その鉤がチックの首の回りにしっかりと引っ掛かり、次の瞬間には、彼を解読不能な世界に引き抜いていた。消えたチックに向かってダービーが叫ぶ間もなく、また鉤が現れ、同様にダービーも引き抜き、気がつくと二人は、あっという間に、ズート博士の実験室に戻っていた。悪魔のような「タイムマシン」は元の姿のまま、いつもの場所で楽しそうに震えていた。

「バワリー街の劇場で働いてる友人がいるんだ」と博士が説明した。「この鉤はすごく便利でね。特に視界が悪いときなんかとても役に立つ」

「さっきおれたちが見たものは?」と、できるだけ平静な口調でチックが言った。

「人それぞれに違ったものが見える。でも君たちが見たものを私に話すには及ばない。今までにいろんな話を聞かされたんだ。正直言って、聞きすぎるほど聞いた。もう、その話をするだけでも、何か悪い影響がありそうなくらいだよ」

「で、間違いないんですか、この……機械がその……仕様通りの機能を果たしてるってことは?」

「さあ……」

「やっぱり！」とダービーが叫んだ。「みじめな精神病質者《サイコパス》。あなたのせいでおれたちは死にかけたんだぞ」

「あのねえ、君たち、じゃあ今回の旅行はただってことにしよう、な？　実を言うと、この忌ま忌ましい装置は私が設計したものじゃない。二年ほど前に、中西部で開かれてた〝会議〟みたいな場所で、結構いい値段で手に入れたんだ……。元の所有者は、今思えば、さっさと売ってしまいたそうな様子だったなあ……」

「じゃあ、使用済みの状態で買ったんですか？」とダービーが高い声で言った。

「〝前所有者あり〟という説明だった」

「ひょっとして」と、チックがいつもの温和な口調でしゃべろうと努めながら言った。「設計図とか、操縦や修理のマニュアルとか、そういうものはもらいませんでした？」

「もらってない。でもそのときの私はこう考えたんだ。私は最新のオールズモビルを分解して、目隠ししてでもそれを元に戻すことができるんだから、この機械だってどうってことはないだろうってね」

「もちろんおたくの弁護士もそれと同じ意見なんでしょうね」とダービーが嫌みを言った。

「あ、ねえ、君たち……」

「正確にはどこの誰からこの機械を買ったんです？」とチックが迫った。

「キャンドルブラウ大学って聞いたことあるかな、この国の真ん中辺りにある高等教育機関。あそこでは年に一度、夏に、時間旅行《タイムトラベル》に関する会議が開かれている。普通の武器で脅して追い払ってもとても追いつかないくらいたくさんの奇人変人、インテリ、狂人が集まる。私が強壮剤や何かを行商してたときに、たまたまそこに行ったら、川縁にある〈手の中のボール〉という酒場である男に会った。アロンゾ・ミートマンという名前だと言ってた。もう名前を変えているかもしれないけどな。ほら、これが売り渡し証。でも、もしも君たちが本当にこの男を探すんだったら……できれば私の名前は出さないでほしいんだが」

「どうしてです？」　ダービーはまだ興奮が収まっていなかった。「危険な男だってこと？　おれたちをまた危険な罠に陥れようとしてるんですか？」

「その男本人というよりも」ズート博士は落ち着かない様子で、彼らと視線を合わせることもしなかった。「彼の……仲間の連中が。とにかく油断はしない方がいい」

「犯罪者集団ですか。大したもんだ。ありがとうございました」

「あの日は、私もまた外の世界に出られたときはほっとしたよ。それでも、川の反対側にたどり着くまでは気が抜けなかった」

「へえ、その連中は川を渡るのが苦手なんですか？」とダービーがあざけるように言った。

「まあそのうち君たちにも分かるだろう。そのときには、彼を探しに行ったことを後悔しているかもしれないぞ」

〈不都号〉の乗組員たちがキャンドルブラウ大学で見つけた郷愁と健忘の混合物は、まがい物ではあるが手ごろな〈無時間性〉《イムム・コエリ》[*1]を与えてくれた。彼らがこの場所で、黄道《こうどう》十二宮に定められた運命のように無情にも彼らを天の底に引き込むことになる宿命的な発見をするのも、ある意味ではふさわしいことだったのかもしれない……。

近年この大学は、かつての卒業生の記憶の中のものとはすっかり様変わりしていた。ＯＢが久しぶりに大学に戻ってみると、記憶の中にある、欧州様式に敬意を表して石で造られた――建築に携わったのは旧大陸の大学町や教会町からの移民が多かった――初期の建物の間、あるいはそれのあった場所に、シカゴ風の鉄骨構造や現代的なバルーン構造の建物が立ち並んでいた。春分と秋分の日没が収まるように設計された西門は、粗面積みの石でできたゴシック風の塔がまだ両側に残っていて、すぐ内側に四角く不気味に姿を見せている寮のせいで奇妙に小さくなったように見えたが、なぜかひどく古びた印象を――実際には人間一世代ほどの古さでしかなかったのだが――与えていた。それは、最初のヨーロッパ人探検家が現れる以前の時代、彼らがここで見つけた平原インディアンよりも昔の時代、インディアンが伝説の中の巨人や半神として記憶している存在よりも古い時代のことを思い起こさせた。

今では有名となったキャンドルブラウ年次会議は、大学自体と同じく、イリノイ州グロスデールに住むギデオン・キャンドルブラウ氏の莫大な資産で運営されていた。氏は八〇年代のラードスキャンダル[*2]

のときに大金を稼いだのだった。その後、議会がバターにマーガリンを混ぜることを禁止し、とてつもない量の質の悪いバターがイギリスに輸出され、もともと質の悪い英国料理の質をさらに低下させ、グレートブリテン島の至る所でクリスマスプディングに混ぜ物のあるバターを使ってもいいのかどうかという議論を引き起こし、その結果、今日でもイギリスの家庭は分断され、しばしば暴力的な形で引き裂かれている。さっさと次の合法的な収益源の開発に取りかかったキャンドルブラウ氏の研究所の職員は偶然、マーガリン——多くの人はもともとマーガリンの実在を信じていなかったのだが——を含むあらゆる食用脂肪の代用となる人工油脂「スメグモ」を発明した。世界的なブタの首都シンシナティの高名なラビもこの発明品に感動し、ユダヤ教の掟に従った「適法」な食品であると宣言した上で、「ユダヤ人は四千年前からこの食品を待っていた。スメグモは台所脂肪の救世主だ」と言い添えたのだった。それは瞬く間にキャンドルブラウの事業において年間収入の大半を占めるようにまでなった。製法に関する秘密はロシア皇帝をもしのぐ非情さで守られていたため、キャンドルブラウ大学では、学生食堂のどの料理や卓上調味料にもスメグモが使われていたにもかかわらず、正確な原料についてはまちまちな噂が飛び交っていた。

スメグモ販売からの収益によって、第一回国際時間旅行会議の資金が、ほとんど有り余るほど得られた。時間旅行という問題は、一八九五年に最初に出版されたH・G・ウェルズ氏の小説『タイムマシン』の成功によって突然脚光を浴びたのだった。一八九五年は、第一回会議の開かれた下限の年として引き合いに出されることが多いが、毎年の会議にどのように順番を付けるべきかについてはまだ意見の一致が見られなかった。「だって君、いったん時間旅行が可能になれば」とヘイノ・ヴァンダージュース教授が言った。今年の会議に教授がゲスト講演者として参加していることを知って少年たちは喜んだ。

＊1　占星術で「北中点」とも呼ばれ、第四ハウス、蟹座の位置のこと。
＊2　当時、バターに安価なマーガリンを混ぜて不当な利益を得る粗悪品製造業者が横行した。

「私たちは好きなだけ昔にさかのぼることができるわけだ。ということは、恐竜とか巨大なシダとか煙を吐く山々とか、そんな世界が広がる先史時代までさかのぼって、その時点で会議を開いたら……」

「お言葉ですが、教授」と夜の定例部隊ミーティングでリンジー・ノーズワースが抗議した。「ここで行われていることというのはその程度のものなんですか？　青臭い知識でもって形而上学的な世界の果てしない沼地と格闘しているだけじゃありませんか？　率直に申し上げて、そんなものにはいつまでも付き合っていられません」

「でも、学生の中にすてきな女《スケ》もたくさんいるぞ」とダービーが横目を使って言った。

「また下品な言葉か、サックリング、でも正直に言うと、ありがたいことに私にはその言葉の意味が分からないよ」

「おそらく」とマイルズ・ブランデルが予言した。「一九二五年ごろまでずっと知らないままだろうね*」

「ほぉら！」とリンジーが必要以上に大きな声で言った。「また始まった！　私たちが命じられる、ますます危険度を増す遠征には何らかの意味がある。私は愚直にも、ここに来ればひょっとしたらその意味が見つかるのではないかと思っていた。何も考えずに遠征に参加し続ければ、私たちが自分の身を守る手段を講じない限り、私たちはいつかばらばらになるに違いないからな」

「ズート博士が私たちにこんな場所まで来させた理由は」とランドルフ・セントコズモが皆に思い起こさせた。「個人的な卑しい理由とは違うのかもしれない」

「あいつは頭がどうかしてるんだ」とダービーが顔をしかめた。

大学構内の体育館の中に巨大な共同寝室空間が造られ、通路で仕切られて番号が振られ、複雑な登録手続きと色分けされた身元確認チケットによって中に入れるようになっていた……。そこは消灯後、影の林立する判読不能な空間に変容し、ささやき声やつぶやき声に満ちていた。ベッド脇には覆いの付いた白く光るランプが置かれ、ウクレレ奏者が暗闇の中で演奏をしていた……。町の子供から引き抜かれた静かな声のボーイたちが夜の間中ずっと眠っている人々の間を回り、両親や恋人や他の町の時間旅行協会からの電信メッセージを伝えていた……。

巨大な学生食堂では昼も夜も、謎の時刻表に従って、変化をつけた献立で食事が提供されていたが、そこにたどり着くためには、正式な玄関ロビーと受付のある場所を通るのではなく、裏に回ったところにある半分秘密の階段を下りなければならなかった。柔らかいカーペットの敷かれたトンネルのような階段をずっと下りていくと、食事を出す順路があり、気の短い食堂スタッフが遅れてきた客をさっさと次の定められたドアと通路に送り出していて、結果として客は、せいぜい余ったホットケーキと底溜まりのコーヒーにしかありつけないか、あるいは、遅「すぎた」――ここではかなり柔軟性のある概念だったが――罰として、何にもありつけなかった。

少年たちは複雑な経路とスケジュールを完璧に習得し、朝食の載ったトレーを持ってカフェテリアに入った。そこには焦げ茶色の軽い木製のいすとテーブルがたくさん並べられ、床にはぴかぴかにワックスがかけられていた。

愛国的な彩色が施されたスメグモ入りの壺が、塩、こしょう、ケチャップ、マスタード、ステーキソース、砂糖、糖蜜などの間に置かれているのを見つけたマイルズは、ふたを開け、けげんな顔で中身のにおいを嗅いでいた。「ねえ君、いったいこれ何？」

「何にでも合う調味料さ！」と近くのテーブルに座っていた学生が教えてくれた。「スープに混ぜてもパンに塗っても、潰したカブに混ぜてもいい。寮の友達は髪に塗ってるよ。スメグモの使い道は百万通りあるのさ！」

「このにおいはどこかで嗅いだことがある」とマイルズが考え込んでいた。「でも……物心のつく前だな。だって……ある種のにおいを嗅ぐとたちまち昔の記憶がよみがえることがあるから……」

＊『オクスフォード英語辞典』によると、ここで「女《スケ》」と訳した“nooky”という語の初出は一九二八年。

「鼻《び》腔《こう》時間移動だね」と鋭い学生がうなずいた。「明日、それに関するセミナーがあるよ、フィニーホールで。いや、一昨日だったかな」

「うん、でもこのスメグモのにおいを嗅いでると、子供時代よりももっと昔に連れ戻される気がするんだ。実際、明らかに生まれる前、というか僕が受胎する前までね――」

「マイルズ、やめてくれ」リンジーが真っ赤な顔をして、テーブルの下でマイルズを蹴っていた。「TALP!」これは、「女性が話を聞いている《ゼア・アー・レイディーズ・プレゼント》」ということを意味する、〈偶然の仲間〉の暗号だった。実際、そばのテーブルを囲んでいた若々しい女子学生たちが興味深そうに彼らの会話に耳を傾けていた。

「すごいすごい」ダービーが昔からのいたずら仲間のチック・カウンターフライを肘でつついた。「ギブソンガール*とは違うタイプだ。あのブロンドの子の髪形を見ろよ! ヒューヒュー!」

「サックリング」とリンジーが歯ぎしりをした。「ますます浅ましさを増すおまえのことだから、間違いなくこの先にはもっととんでもない言行が待ち受けているのだろうが、道徳的な観点から言えば、今おまえが口にした病んだ思春期の兆候ほど忌まわしいものはきっとないだろう」

「いつかあんたにも思春期が来ることがあったら、おれに教えてくれ」と、突っかかるような口調でダービーが答えた。「多少はアドバイスしてやるからさ」

「何だと、このどうしようもない――」

「諸君」とランドルフが顔をしかめて腹部をつかんだ。「確かに興味深いその問題についてはまた後ほど、もっと人目のない場所で話すことにしないか。それからついでに、ノーズワース君、毎度サックリングの首を絞めようとする君の姿は、世間から見たわれわれのイメージにプラスにはならないぞ」

　この日の午前中、彼らはヴァンダージュース教授とともにぎゅうぎゅう詰めで自動車に乗り、町外れにある公共のごみ捨て場を訪れた。そこは晴れることのない煙で灰色に覆われ、境界がはっきりしなかった。「ウェルズばやりもここまで来たか!」と教授が叫んだ。「ごみ置き場が一つ、埋め尽くされてる！」急角度に削られた斜面に挟まれた谷を埋めるように、失敗したタイムマシン――〈クロノクリプス〉〈アシモフ型世紀横断機〉〈時間変性機Q98〉――が、使える部品をすべて外された状態で捨てられていた。どれも壊れ、欠陥があり、間違った部分に流れたエネルギーによって破局的な火災が生じたために焼け焦げ、設計と建造にかかった予定外のとてつもない時間の流れ――希望的には、それを乗り越えるための機械だったのだが――に浸されたことによって多くは原形をとどめないほど腐食していた……。アルミ板、硬質ゴム、ホイスラー合金、人工象牙、琥珀金、ユソウボク、プラチノイド、マグナリウム、洋銀で表現された憶測と迷信、盲信と稚拙な技術が一面にまき散らされ、長年のうちに、その大半が廃品業者によって回収されていた。これらのマシンのパイロットが〈時間〉の中に見つけた安全な港――彼らの乗り物がこんな屈辱的な運命をたどらなくてすむような場所――はどこにあるのだろうか？

チックとダービーはその場所を入念に調べたが、ズート博士が彼らを乗せ、今でも時折その幻が二人を悩ませるあの終末的な群衆の光景へと二人を送り出したのと同じ型のマシンは、組み立てられたものも分解されたものも、見つからなかった。

「博士が言ってた、ミートマンってやつを探さなきゃな」とチックが言った。「彼の行きつけの居酒屋に行ってみるのがよさそうだ」

「〈手の中のボール〉だったな」とダービーが記憶を探った。「じゃあ、さっさと行こうぜ」

年月が過ぎ、地球が太陽の周りを繰り返し自己同形的に回るにつれ、毎年のキャンドルブラウ会議自体が収束し、一種の〝永劫回帰〟を形成していた。例えば、誰も年を取っていないように見えた。会議と会議の間の一年間に、この魔法にかかったキャンパスの外において厳密な意味で「死亡」した人々は、いったん大学の門をくぐると、速やかに「よみがえった」。そんな人の中には、自分の死亡記事の切り

＊ 一八九〇～一九一〇年ごろに米国の女性の間で流行した、胸部と腰部を強調した服装の女性のこと。

抜きを持ってくる者もいて、笑いながら仲間にその記事を見せていた。これは、念のために確認しておくと、れっきとした肉体的な再生の話であって、比喩でもなければプラズマ的な存在の話でもない。別の可能性を少しでもにおわせたりしようものなら、疑った人は薄志弱行な女々しいやつという非難を受け、少なくとも一発顔面を殴られた。この愛想のいい亡霊の利点は誰の目にも明らかだった。中でも重要なのは、医学的な助言を堂々と無視できるという快楽だ。強い酒を好きなだけ飲んだり、寿命を縮めそうな脂肪の多い食べ物をたっぷり食べたり、評判の悪い連中や明らかに犯罪にかかわっている連中と一緒に夜更かしをしたり、もっと若くて元気な時間学者でも卒中を起こしそうな賭け率で長時間にわたって勝負をしたりしていた。こうした娯楽のすべてと、さらにそれ以外のさまざまな娯楽がいくらでも川沿いの地区とシムズ通りの南寄りにある小路で手に入った。自暴自棄になった男たちがそこにたむろし、硬い帽子をかぶった夜間警備員が日常的に客の頭を叩き割っていたが、その間もわずか数ヤード離れた場所では、事務所の内部のようにすっきりと整備された川が流れ、木製のボートがガスの明かりに抱かれてのんびりと揺れていた……。キャンドルブラウ会議参加者の中には、この風景を見て、世俗的な病気から隔絶された「時間の川」という異界的な流れの寓話を読み取る者もいた。

少年たちは西シムズ通りを抜け、〈手の中のボール〉に入った。そこはとりわけ下品で、みすぼらしい酒場だった。テーブルの上では背教的なお祭り娘たちが――〈セントルイス博覧会〉から逃げ出してきたピグミー族と付き合っている女もいたのだが――ペチコートをみだらに振り回しながら踊っていた。ポーランドから来たコメディアンの一団が、一人一本ずつ大きな薫製ソーセージを持ち、主に相手の頭を標的にして、飽きもせず陽気にチャンバラごっこを繰り広げた。黒人の四重唱団《カルテット》が昔のヒット曲を七つの和音のハーモニーで歌っていた。奥の部屋では銀行賭博と中国の賭博「ファンタン」をやっていた。

赤みがかった液体の入った瓶を持った、目立たない顔の若者が少年たちに声をかけた。「アロンゾ・ミートマンを探してるっていうのはあんたたちだろ?」

「さあね」とダービーが答えて、正規に支給された警棒に手を伸ばし、握った。「誰がそんなことを？」

相手は震え始め、ますます激しく首を左右に振って店の中を見回した。「やつら……やつら……」

「おい、しっかりしろ」とリンジーが言った。「君の言う〝やつら〟って誰のことだ？」

しかしその若者は今、激しく震えだし、軌道の中で小刻みに揺れる目が恐怖で狂気じみていた。彼の体の周囲では、まるで彼の背後に源があるかのように深紅色《マゼンタ》と緑のオーラが揺らめき始め、本人の姿が薄れるにつれてオーラはますます強まり、数秒後には、彼がいた場所に一種の空気の染みのようなものだけが残された。それは、古代の窓ガラスを通過してゆがんだ光のようだった。彼が手に持っていた瓶はそのまま置いていかれたので床に落ちて砕けたが、その音は奇妙に後を引くように感じられた。

「ちぇっ」瓶の中身がおがくずに吸われていくのを見ながらダービーが言った。「あれ、一杯飲んでみたかったのに」

店いっぱいのにぎやかな客の中で、〈仲間〉以外には誰もこの出来事に気づいた様子はなかった。妙に取り乱したリンジーは、ついさっきまで若者がいた空っぽの空間を手で探っていた。まるで何らかの方法で不可視の存在になることを選んだかのような消え方だった。

「できれば」とマイルズが出口に向かいながら言った。「さっさとここから出よう。僕たちもあんな目に遭う前に」

外に出ると、出来事の間ずっと黙っていたチックがランドルフに近寄った。「教授、おれは〈憲章〉で認められている科学士官裁量権、すなわちＳＯＤの条項に訴える」

「何だって、カウンターフライ君。超常現象目撃調査票の記入は済んだのかね？」

チックは念入りに文字が書き込まれた書類を手渡した。「書類の準備はできている――」

「確認するがチック、本気かね？　前回のことを覚えているか？　ハワイの火山の上空で――」

「あのときは単なる反乱そのものだった」とリンジーが口を挟んだ。「今だって同じことだ」

「おれの法律的意見ではそんなことはない」書類を精査していたダービーが言った。「チックのSODは、スメグモに劣らず適法だ」

「おまえとカウンターフライとの濃厚な親交はあまりにも明白だから、おまえがそんな宣告をしてもいささかむなしいと言わざるをえない」

「濃厚？」とダービーがうなるように言った。「濃厚がいいならこれを食らえ」

「あのときは」とチックが説明を試みた。「作戦高度とか火山性ガスの存在がおれの判断に影響を与えていたかもしれない、それはその通りだ。でも今回は、おれは地上にとどまるつもりだから、次元が問題になることはない」

「もちろん、第四の次元は除いての話だね」とマイルズ・ブランデルが警告した。彼の声は、遠いあの世から発せられたかのように厳粛だった。「第五の次元とかも」

船員仲間たちが去った後、チックは薄暗い酒場に再び戻り、ビールを一杯注文して、入り口が見えるテーブルに腰を下ろし、待った。それは何年も前に日本で禅僧に習ったやり方で（『〈偶然の仲間〉と檻《おり》に入れられた横浜の女』を参照）、「只管打坐《しかんたざ》」と呼ばれていた。それと同じ旅のとき、パグナックスが禅僧に一泡吹かせたことをチックは思い出した。「犬に仏性はあるのか？[*1]」という古典的な公案に対してパグナックスは、定番に従って「無」と答えることをせず、「はい、当然あります——質問はそれだけ？」と答えたのだった。

時間は、経過するというよりも、徐々に関与性を失っていった。やがてチックは、先ほど消えた「接触者」が何もない空間から再び現れるのを見た。今の彼はあんず色とアクアマリン色の光に包まれていた。

「また会えた」

「これも一つのやり方でね。あんたたちがどれだけ本気か、試してみたのさ」とアロンゾ・ミートマンが言った（というのも、その若者がミートマン本人だったのだ）。

「ひょっとしたら仲間のみんなよりもだらだらしてるだけかもしれないぞ。あいつらはにぎやかにやるために場所を替えて、おれ一人がここに残って静かに飲んでるのかも」

「そこのビールには全然口をつけてないじゃないか」

「飲むか？」

「そうしよう。何かおごらせてくれ――何でも好きなものを言えばホーストが作ってくれる。FICOTT以来、彼をへこませたやつは一人もいない。当時はどれほどの腕前かまだ分からなかったがな」

「何以来だって？」

「第一回国際時間旅行会議の略号だ。大変なお祭り騒ぎだったよ」そこには科学界のあらゆる人物が出席していた――ニールス・ボーア、エルンスト・マッハ、若きアインシュタイン、シュペングラー博士[*2]、そしてウェルズ氏。英国ケンブリッジ大学のJ・M・E・マクタガート教授も顔を見せて短い講演を行い、その中で、〈時間〉という現象は人々に信じられているにもかかわらず、〈時間〉の存在そのものがばかばかしくて考えるに値しないものとして完全に否定したのだった。

それはすばらしい顔ぶれだった。最高の知性が力を合わせて困難な、というか矛盾をはらんだ問題に取り組んでおり、きっと十九世紀の終わりまでには本当に使えるタイムマシンができるのではないか（それが当時のウェルズ的な楽観主義だった）と思われた……が、そううまくは事が運ばなかった。最初は、専門家以外にとってはどうでもいいようなささいなことでいさかいが始まり、驚くようなスピードで口論が激しさを増し、学術的な総力戦と化した。分派が次から次にできた。間もなく、大きな期待をかけられていた有名人が、多くは独り言をつぶやきながら、蒸気機関車や都市間電車、馬や飛行船に

＊1　「趙州無字」あるいは「狗子仏性」という公案。
＊2　ドイツの哲学者・歴史家（一八八〇―一九三六）。

乗って去っていった。決闘が提案され、舞台が準備され、ほとんどの場合は血を流すことなく解決した――例外は、マクタガート派と新アウグスティヌス主義派、そして死を招くプリンを巻き込んだ不幸な事件だった。「結果がある意味で賭けに依存しているような現実の性質に関する議論は」と郡検死官が言った。「めったに幸福な結末を迎えることはない。特にここでは、垂直方向の距離を考えれば、不幸な結末は当然だ……」 何日もの間、歩行者とプリンの不幸な遭遇は噂の的であり続け、会議の参加者らは何かの理由にかこつけてステアリン[*1]鐘楼の近くは歩かないように気をつけていた。サンマルコ広場の鐘塔《カンパニーレ》に影響を受けて建てられたその塔は、高さが三百二十二フィート[*2]あり、地球の曲面が許す限りあらゆる方向から見ることのできる最も高い構造物で、地元では、健康な心も乱れた心もともに引きつけるものとして有名だった。

「あんたたちは気づいていないが、ここへ来たときから、周りにはずっとやつらがいたんだ」とアロンゾ・ミートマンが言った。「やつらがその気にならない限り、あんたたちにはやつらが見えない」

「でも、そいつらはおたくに対しては見られる気になったわけだ――」

「そう。今もそうだし、この先もそうだ。ひょっとしてあんただって運がよければやつらが見えるかも。でもそれがどうした。文句あるか?」

チックはミートマン青年を見つめた。同毒療法士《ホメオパシー》の言葉を借りるなら、明らかに過敏な、典型的「石《せき》松子《しょうし》[*3]タイプ」だ。なぜかは分からないが、〈偶然の仲間〉はこのタイプの人間を大量に引きつけていた。彼らは体中のあらゆる細胞に恐怖が書き込まれている。夜を恐れ、幽霊を恐れ、失敗を恐れ、簡単には挙げられないその他さまざまなことを恐れる。嵐のときに最初に索具に飛びつくタイプだ。それも勇気があるからではなく、ますます小心になる心を矯正する方法をそれ以外に知らないためにやけになっているだけなのだ。このミートマンというやつは明らかに、夜の闇の非常に高い場所にまで上り、嵐の危険の中で、ほとんど誰もねたましく思わないほど危うい場所に上り詰めていた。「まあ落ち着けよ、空の同志」とチックが答えた。「おれが報告するのは、今晩、あんたを探すのにいくらかかったかってことだけさ――それ以上の記録は残さない」

ミートマン青年はそれを聞いて安心した様子だった。「おれがやってることは、言っておくけど、裏切りじゃないぜ……ていうか、単なる裏切りじゃない」

「へえ。じゃあ何だ？」

彼は少しためらったかもしれないが、それほど長くはなかったので、おそらく初めて問い詰められたわけではなかったのだろう。「おれたちに与えられた非常に特別な救済だよ――遠い昔のあの約束以来の……」

チックには一瞬、どこかの船の通路の幻が見えた。未来の巨大な飛行船の内部かもしれないその場所には、あらゆる時代のよみがえった身体とぼうっとした笑顔、そしてもつれた裸の手足がひしめいていた。過去二千年のあらゆる時代からやって来たばかりの来訪者の群れが、食料と衣服、雨風をしのげる宿と状況説明を必要としていて、それを与えない限りは収拾がつかなかった――その問題を片付けるという悪夢のような仕事の大部分は彼に任されていた。彼は新型の拡声器を手に握っていた。「これが未来なのか？」　自分の声が聞き覚えのない声に聞こえた。それ以上は何も言うことが思いつかなかった。彼らは皆、何かを期待し、彼のことを見ていた。

〈手の中のボール〉でわれに返った彼は、ただ肩をすくめた。「よし、乗った」

「ついてきてくれ」　アロンゾはチックを連れて酒場を出、夜のキャンパスを抜けて大きなゴシックア

＊1　ろうそくなどの製造に使われる脂肪。
＊2　約九十八メートル。
＊3　既出・上179頁。ヒカゲノカズラの胞子嚢から採れる可燃性の粉末で医薬・花火などに用いられる。

ーチをくぐり、坂を下って再び大学の北部敷地に入った。そこは安い学生宿舎のある場所で、その脇には照明一つない原野が広がっていた。二人が通る道は徐々に狭くなり、街灯も、一歩ごとに遠ざかる町――奇妙なことに、歩く速度とは不釣り合いな速さで遠ざかっていたのだが――の「上品」な場所の電気の明かりとは異なってガスの明かりに変わっていた。やがて二人は、既に半分自壊に向かいつつある、粗末な長屋の並ぶ通りにたどり着いた。壊れかけた建材には、わずか数年前に建てられたときの性急さと貪欲さが現れていた。アスファルト製の屋根板は地面に落ち、壊れていた。窓ガラスの破片が暗い明かりの中で光っていた。どこか近い場所では都市間連絡電車の給電線が不機嫌な音を立て、通りの先では、犬の群れが街灯の湿っぽい半影の中に出たり入ったりしていた。

アロンゾはその地域に関するコメントを期待しているようだった。「おれたちはあまり注目を集めたくないんだ、今のところは。たくさんの人がおれたちの必要性に気づいて、おれたちを探すようになったら、ひょっとしたらもっと大きな、町に近いところに引っ越すかもしれない。それまでは――」

「慎重にってことか」とチックが言った。

若者は元の不機嫌な顔に戻った。「その必要はない。彼らはこの世界で出会うものは恐れてなんかいない。あんたにも今に分かる」

後にチックは、自分で理解したいと思う範囲、あるいは理解できる範囲を超えたところで、自分は心霊的に操られていたのではないかという印象をぬぐい去ることができなかった。そのときの彼は――まるで、彼を欺くために沈黙と不在の表現がわざと用いられていたかのように――人が住んでいそうなありきたりな兆候にもかかわらず、実はそれらの部屋はすべて空っぽなのだという結論を避けることができなかった。いかにも使われていなさそうな外観を見て、彼は心が沈んだ。ほこりがすべてのものを覆っているばかりではなく、生きた声もわずかな音楽もリズムの乱れた人の足音も聞こえないその場所では、静寂が、ひょっとすると何年にもわたる長い時間、支配していた。さらに彼の中には、ひやりとする疑念が湧き始めていた。ここでランプの明かりに見えているものは違うものなのではないか。何らかの超自然的な手法によって彼の視覚が局所的に操られ、無反応な暗闇が支配する中で、体系的な幻覚を見せられているのではないか、という疑念だ。二人が玄関をくぐった瞬間にミートマン青年を襲った変化を見て、チックはさらに動揺した——チックを送り届ける任務を終えたミートマン青年はほっとした様子を隠さなかった。それはまるで使い終わった道具を静かに箱に戻すときのようだった。彼は厄介な必要に追われる日々の生活よりも、じっと何もしない方を好んでいるようにさえ思われた。

突然、アリアを披露するために登場したオペラ歌手のようにそこに姿を現したのは、自称〝ミスター・エース〟だった。光沢のある黒い瞳が、決闘に使う武器のように見えた。少し酒の入った、決定的なことを知ってしまったようなその目つきは、あの世からの来訪者を連想させた。彼がほほ笑んだり、あるいは笑みを作ろうとしたりしても、気を許せる感じではなかった。

儀礼的なあいさつは抜きにして、彼はいきなり〝仲間〟の話を始めた。

「私たちの仲間は、私たちの現在——つまり君たちの未来——からの避難民として、君たちの間で暮らしている。その時代には、世界的な飢饉《ききん》と燃料不足と末期的な貧困が蔓延しているんだ。資本主義という実験の結末さ。いったん私たちが、地球の資源は限られてる、というか、もうすぐ枯渇するっていう単純な熱力学的真実を理解したら、資本主義的な幻想はすべて砕け散ったよ。この真実を口に出した私たちみたいな人間は異端者と呼ばれ、一般的な経済的信念の敵と言われた。大西洋を渡った昔の英国国教反対者と同じように、私たちは移住を余儀なくされた。移住先には選択の余地はほとんどなくて、〈時間〉という名の暗黒の第四次元を渡ったわけさ。

〈横断〉を選んだ者たちの大半はうまく渡り切った——でも、〈横断〉に失敗した者もいた。その方法はいまだに危険をはらんでいるからだ。流れに逆らって、禁じられた距離を飛び越えるのに必要なエネルギーは、今のこの現在では手に入らない。ただし巨大な発電機の中には、必要な動力に近づき始めているものもあるがね。私たちはその危険を制御する方法を学び、そのための訓練もした。計算外だったのは、私たちがここに移住するのを君たちが断固として阻止しようとしたことだ」

「初耳ですね」ようやくチックが口を開き、できるだけ共感的に聞こえるように言った。「〈冒険同好会〉とかいう――」

「何ですって？」

奇妙な電気音がして、ミスター・エースの声が一瞬、不明瞭になった。「〈偶ジジ然の仲間〉だったかな？　君たちは気づいていないのか？　君たちの毎回の任務が、この時代に移住しようとする私たちの試みを邪魔しようとするものだったということに」

「はっきり言っておきますけど、そんなことはまったく――」

「もちろん、君たちは服従を誓っているんだからね」まるでミスター・エースが笑いをこらえているような、まるで笑いはあまりなじみのない悪徳であり、笑いだしたら止まらなくなりそうなのでそんな危険を冒すことはできないと思っているかのような、張り詰めた沈黙の苦闘の間があった。

「本当にそんな話はまったくの初耳です」とチックが言った。「それに、仮にあなたの話が本当だとして、どうしたらおれたちがあなたたちの力になれるっていうんです？」

彼の大きな目は哀れみで輝いているように見えた。「時々私たちが君らに仕事を依頼することがあるかもしれない――ただし残念ながら、君らが今〈上位階層〉から受け取っている指示と同じように、細かい説明は抜きの依頼になるけどね」

チックはしばらくの間、黙っていたに違いない。

「報酬はジジジ……」

「え。何だって？」

「私たちの感謝の気持ちがどれほどのものか、ミートマン君から聞いてないのかな？」

「はっきりは言ってませんでした。何か宗教的な言い方だったので」

「というと？」

「永遠の生命とか」

「それよりもいいものだよ。永遠の若ささ」

ミスター・エースは説明を続けた――あるいは、説明というよりも、断定的な主張を続けた。彼の時代の科学者たちは時間旅行の徹底的な研究の過程で、「棚ぼた」的に、かつて不可逆過程として知られていた熱化学的な反応を変換する方法を見いだしたらしい。その結果、不可逆過程の最たるものである人間の老化と死が、逆転可能になったというのだ。「いったんその技術を手に入れてしまえば、不可逆過程なんてささいな問題さ」

「言うはやすく行うは、でしょ」

「今ではもうただの交易品。アメリカ大陸の海岸にやって来た白人がインディアンとの物々交換に使ったビーズや鏡と同じ。値打ちは大したことはないが、しっかりと真心のこもった贈り物だ」

「つまり、スクワントとピルグリムファーザーズみたいな関係*ってことかな」と、翌朝、あわてて招集された全員出席の集会でチックが報告した。「おれたちはあの人たちが最初の冬を越す手助けをするんだ」

「じゃあ、事実が異なるとしたらどうする」とランドルフが言った。「彼らが迫害を逃れた移住者ではなく、略奪者だとしたら？　何らかの資源を使い果たした彼らが、われわれからそれを奪い取って、未来に持ち帰ろうとしているのだとしたら？」

「食料とか」とマイルズが言った。

＊　ポータクセット族のスクワントは、プリマス植民地に入植したピューリタン（ピルグリムファーザーズ）に農業を教えた。

「女とか」とダービーが言った。

「低いエントロピーとか」とチックが考えながら言った。「〈時間〉の単純な関数として見れば、彼らのエントロピーレベルはきっと現在よりも高いはずだ。どこかの鉱泉でミネラルウォーターを飲んでいる金持ち連中みたいに上流に来たのかもな」

「私たちの無垢が目的だろう」と、いつになく取り乱した声でリンジーが言った。「彼らは私たちのいる岸に上陸し、私たちを狩り立て、私たちの無垢を捕らえ、それを未来に持ち帰ろうとしているんだ」

「私が考えていたのは、もう少し触知可能なものだ」とランドルフが何かを考えながら顔をしかめた。「譲渡可能なもの」

「うんうん、そ、それにおれたちが〝無垢〟だなんて誰が言った？」とダービーが不意に声を張り上げた。

「しかし、こう考えてみろ」とリンジーが、まるで耐えがたいひらめきを目にしたかのように、苦しそうな声で言った。「彼らが非常に不道徳で堕落しているために、私たち、こんな私たちでさえ、彼らには子羊のように純粋に見えるのかもしれないだろ。そして、彼らの時代があまりにもひどいものであるために、彼らはイチかバチかで送り返されたのかもしれないだろ――私たちの時代に。私たちにはまだ少しだけ年月が残されているから……この先、得体の知れない何かが起こるまでの間は……」

「おいおい、リンジー」そう言ったのはダービーだった。集団的な記憶の中で、彼がリンジーのことを心配した様子を見せたのはこれが初めてだった。

議論が一瞬、まひ状態に陥った後、チックが言った。「彼らが単なる詐欺師だという可能性も常にある。ズート博士の共謀者かもな。あるいは、もっと手の込んだ裏があって、これは一種の芝居の練習なのかもしれない。潜在的な反逆を察知して異議を抑圧するために〈上位階層〉がおぜん立てをした道徳的訓練なのかも。やつらならやりかねない」

「じゃあ、どっちにしても」とダービーが言った。「おれたちは完全に――」

「それ以上言うな」とリンジーが警告した。

　自分一人では不気味な旅人が一方的に語る物語以上には何も情報を引き出すことはできないだろうと思ったチックは、次にミスター・エースと会うときに、マイルズを連れて行った。乗組員の中でマイルズだけが、この状況が必要とする洞察力を持ち合わせていたからだ。マイルズはミスター・エースを初めて見た途端に、人目をはばからず、わびしく泣きだした。それは、神から直接メッセージを受け取った後の高僧の涙のようだった……チックは驚いてそれをじっと見ていた。というのもこの部隊では、事実上、涙を目にすることはなかったから。

「あいつには見覚えがあったんだよ、チック」二人が船に戻ったとき、マイルズが率直にそう言った。「別の場所でね。僕には、彼が祈れば消えるタイプの幽霊なんかじゃなくて、本物だと分かった。彼の正体は自分で言っているようなものじゃない。彼が僕らの利益を第一に考えてくれてるわけじゃないことは間違いない」

「マイルズ、教えてくれ。以前あいつに会ったのはどこでだ？」

「視覚的な導管を通じて。最近の僕は、ますますそこに引き込まれている感じがするんだ。しばらく前から、僕には彼や他の侵入者の姿が見えるようになっていた。彼らが本来属する空間を窓から覗くような感じでね。最初は彼らからは僕のことは見えていなかったのかもしれないけど、事情が変わった――僕が観察しているときには彼らもそれを察知するようになったんだ……最近では、僕が見ていることに気がつくと、彼らは僕に何かを指し示すんだ――武器ってわけじゃない――それは何か謎めいた物体で……

　彼らは、そういう窓を通って、短い時間、僕らの時空間に入り込む。例の〝ミスター・エース〟はそうやって僕らのところに来たのさ」マイルズは震えた。「彼が僕を見るときの目つきを見た？　あいつも知ってたんだ。そして、僕のやったことなんてしょせんはただの覗きなんだから大したことないのに、それとは不釣り合いなほどの罪悪感を僕に感じさせようとした。僕らがこのキャンドルブラウ大学に来てから、彼らの〝機関〟の一つが特別に僕らとの交渉を任された。だから、見たことのない人間が僕らの周辺に現れたら――特に虫も殺さないように見える人に限って――直ちに怪しい人物ってことになる」チックの顔に深い警戒感が表れたのを見て、マイルズは首を横に振り、安心させるように手を伸ばした。「心配は要らない――僕らの仲間は今まで通り信頼できる。万一、仲間の中に〝裏切り者〟がいたら、パグナックスが気づいて、そいつのはらわたをかっくらうさ。とりあえずしなくちゃならないのは、さっさとここから立ち去ること。早ければ早いほどいい」

間もなく乗組員たちは、〈侵入〉の痕跡をあらゆる場所で発見するようになった。何か目に見えない物語が、日々の経過を占拠し、ときには実際、規定さえしていた。そして間もなく、地域レベルから国際的なレベルに至るまでのあらゆるレベルで、〈偶然の仲間〉の組織が神経障害に襲われていることが明らかになった。〈侵入者〉たちは標的を綿密に調査し、〈仲間〉が何の疑問もなしに、「偶発事故を除けば自分たちは普通に年を取って死ぬなどということはない」と信じていることを知っていた。そして、多くの〈仲間〉は長年そう信じていたために、いつの間にか信念を保証と取り違えるようになっていた。何年もの間、気楽に上空から見下ろしてきた他の人間と同様に自分たちも老化と死を免れていないかもしれないと知った〈偶然の仲間〉の一部はパニックを起こし、堕落した〈侵入者〉の腕に抱き込まれた。彼らは、若かったころに送り返してもらえるのなら、昔の少年物語の無垢を取り戻せるのなら、どんな大義でも、どんな人間でも裏切り、地獄そのものと取り引きをする覚悟ができていた。彼らは、恩恵をもたらしてくれると言う危険な人々のためなら、変節し、組織を裏切りそうな勢いだった。

そんな裏切り者が複数存在するということが――特定はされなかったが――間もなく広く知られるよ

うになった。そこで、あらゆるメンバーが容疑者となったので、かつてない規模の破壊的な中傷と妄想《パラノイア》と人格攻撃が始まり、それがそのまま衰えることなく現在まで続いてきた。決闘が行われ、訴訟が起こされたが、何も解決しなかった。〈侵入者〉たちは阻止されることなく怪しい信用詐欺を続けたが、犠牲者の中には、良心がとがめたのかたまたまそうしただけなのかは分からないが、だまされて署名してしまった不気味な契約を遅ればせながら破棄しようとする者も現れた――たとえその代償として死に対する免疫を失うことになったとしても。

他方、〈偶然の仲間〉の他の部隊は横方向の解決法を選び、比喩的な存在に姿を変えることで危機を回避した。法執行官の集団や地方巡業劇団に成り済ましたり、文法や用例も完備した言語をはじめ強迫的なまでに微に入り細をうがった設定を備えた国家をでっち上げ、その架空国家の亡命政府を装うことまでする部隊もあった――あるいは、キャンドルブラウで〈時間〉の謎にとらわれた〈不都号〉の乗組員の場合は、しばらくの間、〈マーチング学院ハーモニカ楽団〉という名で、彼らの歴史の中でも逸脱的な道を歩んだのだった。

まるで夢の中の出来事のように、キャンドルブラウ大学を訪れた彼らの記憶は、夏の会議の参加者としてのものではなく、音楽を学ぶ全日制学生としてのものに変わることになるだろう。彼らは鉄道の駅で、身の回りの荷物と楽器をプラットホームに積み上げ、決して来ることのない都市間列車を待っていた。ようやく滑るように彼らの脇に停車したのは、ぴかぴかに輝く、おしゃれな特別列車で、〈ハーモニカ楽団マーチング学院〉の記章がついていた。列車には、緋色と藍色の旅行用制服をまとった、彼らと同じくらいの年齢の子供たちがたくさん乗っていた。

「うん、乗りなよ。スペースはあるから」

「おれたちを連れてってくれるのかい？」

「誰でもさ。ハーモニカさえ吹いてくれれば、部屋と食事付き」

こうして彼らは何の問題もなく列車に乗り込み、ディケーター[*1]に着くころまでには「エル・カピタン」と「ホイッスリング・ルーファス」[*2]のリズム部をマスターし、線路の先で、世界的に有名な〈マーチングハーモニカ楽団学院〉の学生演奏者と合流した。彼らはすぐに制服のフィッティングを終え、宿舎を割り当てられ、「わが祖国よ、そはなんじのもの」[*3]のようにタイトに編まれた曲に即興のアレンジを加えたことで、他のメンバーと同じように注意を受けた。

この学校の起源はキャンドルブラウと同じく、当時グローバル資本主義の下で実践されていた、複雑に入り組んだ貪欲の中にあった。世界のハーモニカ製造のトップを走っていたドイツの製造業者が数年前から余剰在庫を大量にアメリカ市場に投げ売りした結果、アメリカのすべての町にハーモニカ中心のマーチング楽団ができ、メンバーの数もしばしば数百人に上った。楽団は国民的祝日のパレード、学校の卒業式、毎年恒例のピクニック、各地方の街灯や下水道などの完成式典など、あらゆる機会に顔を出した。「需要と供給の法則」が招いた思わぬ結果が〈ハーモニカマーチング楽団学院〉としてあがめられることになるのは単なる時間の問題だった。〈学院〉は、リチャードソン設計[*4]のロマネスク様式のおしゃれな建造物群から成り、広告の言葉を借りるなら「ミシシッピ流域の心臓部」に位置していた。毎年、勉強のために全国からここに若者が集まり、四年後に「ハーモニカマスター」として卒業し、しばしばその業界で名を挙げ、ときには自分で学校を開く者もあった。

最初の春学期が始まったばかりのある晩、ランドルフ、リンジー、ダービー、マイルズ、チックの五人は級友とともに寮に集まり、翌日の音階理論のための試験勉強の手を休めていた。

「こんなことになるとは思ってなかったぜ」と三年生のハーモニカ奏者《ハープマン》が言った。彼の眼鏡はガスの明かりを反射していた。「こういうお勉強よりも本当の実技がいいなあ、にぎやかな町に出て、しばらくノリで曲を演奏してみたいよ」

頭の後ろで手を組んだ級友が、寝転がったまま違法なたばこを吹かしていた。そのにおいは、必ずしも皆の好みには合っていなかったが、部屋に充満していた。「それならさあ、申請書を書いてみろよ、やらせてもらえるんじゃないか」

「今は危険な時代だぜ。楽に稼ごうなんて思うなよ。どんな場所でも使ってもらえれば――」と言いかけたところに、〈楽団〉のマスコットで、ハーモニカ奏者《マウスオルガンマン》見習いのビング・スプーニンガー青年が慌てた様子で部屋に飛び込んできて、大声で言った。「誰か、例のゾー・ミートマン見なかったか？　ベッドにいないんだ。もう門限も過ぎてるし、もうすぐ消灯の時間なのに！」

大騒動。上段のベッドからいくつもの頭が現れた。飛び上がり、飛び降り、あちこちを駆け回って互いにぶつかり合い、家具の下を覗き、押し入れの中を覗き、消えたハーモニカ奏者《ハープマン》を探してあらゆる場所を見た。〈仲間〉はもう、これが曲の「イントロ」だということを知っていて、学生たちが口火を切り、手の届く範囲にあるすべてのハーモニカを手に取って音階を演奏し始めた。すると驚いたことに、長さが六フィートもある鐘青銅のバスハーモニカ――ハーモニカの中でも特にでかいテューバだ――から、銀と真珠でできた、穴が二つしかない極小ハーモニカに至るまで、その中間の〈宇宙〉に存在するすべての音が勢ぞろいした。そしてほとんど知覚不能な何かの合図で、皆が吹き、歌い始めた――

あのゾー・ミートマンが無断外出
イッピー、ディッピー、ディッピー、ドゥー！
あっという間に雲隠れ――

＊1　イリノイ州中部にある町。
＊2　「エル・カピタン」はスーザ作曲のマーチ曲。「ホイッスリング・ルーファス」は、ケーキウォーク（米国の黒人起源の歩き方を競う競技）用のダンス曲。
＊3　米国の愛国的歌謡で、曲は英国国歌と同一。
＊4　ヘンリー・ホブソン・リチャードソンは米国の建築家（一八三八―一八八六）。

ばかをやらかした！
〔こっけいなベースの演奏〕
でも、おれだってやりたくないわけじゃない、だってできるんだから、でもやらない
そうじゃなかったらおれもやる、でもそうだからおれはやらない！
〔全員で〕そ、そ、そして
あのゾー・ミートマンは無断外出

〔ビングが高音域のソロで〕無……断……外……出……〔困難なボーカルの技にすっかり魅了されたかのように皆がビングを見つめ、見事にソロが締めくくられると、ようやく誰もが満足して緊張を解き、歌いだす〕

イッピー、ディッピー、ディッピー
フリッピー、ジッピー、ジッピー
スミッピー、グディッピー、グディッピー、トゥー！

続けてテンポのいいケーキウォークの曲が始まり、機関車の音、納屋の動物の鳴き声など、少しずつ斬新な効果音が試された。例えば、謎の失踪《しっそう》を遂げたアロンゾ・ミートマンは鼻でハーモニカを吹くのが得意で、いつも三番と四番の穴に粘液を入れ、大きな鼻くそで二番の穴を完全にふさぐことが多かったので、不注意にも彼にハーモニカを借りた人間は吸う音のときに悲惨な目に遭うことになり、被害者も一人では済まなかった。実際、その結果生まれた敵意のために、アロンゾはあらゆる異端的な行動に対して執念深い憤りと不寛容の態度を示すようになり、一度ならず、〈ハーモニカ楽団マーチング学院

指揮官〉の職に推されることになった――最初はひそかに、その後は徐々に確信を持って。

　他のメンバーについて告げ口をすることは、もっと伝統ある学校ではとんでもない行為と見なされるが、〈マーチングハーモニカ楽団学院〉では、最も損をする立場のメンバーからも奇妙な敬意を集める行為になっていた。したがって、ミートマン青年のような「密告者」が姿をくらますのは、別の学校でなら直ちに卑劣なやり方だと思われるはずだが、ここではそうは思われなかった。事実、密告者は一般にスパイ行為に対してかなりの報酬を受け取っていたので、他の少年たちからの人気も高かった――特に休暇の週末は。告げ口屋は、他の団員と比べると、正体を偽造したり維持したりする必要が少ないので、その分、本来の〈マーチングハーモニカ楽団〉の活動に精力を注ぐことができた。〈指揮官〉の気まぐれで文字通りいつ何時予告もなしに罰を与えられるか分からない被密告者とは対照的に、密告者は、脆弱《ぜいじゃく》な級友に比べ、抱えている不安も少なく、よりよく眠り、より健康な生活を送っていた。

　その日、アロンゾは姿を消す前に、毎週一回訪ねているボスのところに顔を出していた。窓の外には春の午後が息づき、日の当たる緑青色のキャンパスが見え、緩やかな坂を下ったところでは、緑色の霞の中でセイヨウハコヤナギの防風林が芽吹き始めていた。一方、窓枠の手前では、優しそうなしわの寄った〈指揮官〉の顔がひょこひょこ動いていた。白い口ひげは念入りに手入れされ、笑うと金歯が光っていた。それは一見、愛想はいいけれども反応の鈍い薬物中毒者のような笑顔に見えたが、実際は、世界で出会うあらゆるものを虚無主義的に退ける者の表情だった。その一方で、若い密告者に対しては何十回でも、麻酔にかかったようにあらゆることを説明していた。半音階ハーモニカの安全な使い方に関しては、特に鼻毛の手入れの重要性を説いていた。手入れが不十分だと、カバーとプレートの間に鼻毛が一、二本挟まって抜けてしまい、痛みと恥ずかしさを味わうばかりでなく、脳に感染症を引き起こす危険性もある、というのだ。そして彼は、部隊が眠る場所と時間、〈調律見張り番〉などのさまざまな当直を誰が担当するかについてもうるさかった。〈調律見張り番〉の役割は、夜の間中、〈怪人《ファントム》やすり魔《ファイラー》〉の手から有名な〈変ニ音反響ハーモニカ〉を守ることだった。〈怪人やすり魔〉は、プロが音色を変えるために使うハーモニカのリード用やすりをひとそろい持って忍び込み、ソリストのハーモニカを使いにくいものに変え、その結果、ときにソリストは、主和音を出すときに息を吸い、下属和音を出すときに息を吹かなければならないという、いつもと逆の演奏法に切り替えなければならなくなり、どことなく黒人的な音に変わってしまうこともあった——ただし、侵入者は〈排尿防止臨時警戒〉も念入りに避ける必要があった。この臨時警戒は、最近報告の寄せられた、深夜のトイレでの奇妙な、というか泌尿な事件に備えて設置されたものだ……。〈指揮官〉の後ろの窓の外では、〈ハーモニカ楽団〉のメンバーが広場で「体育」に取り組んでいる姿が見えたが、ラグビーやラクロスのようなよくある競技ではなく、何か恐ろしい競技をやっていた……それは何のルールもない〝直径十メートル以内での格闘〟だった。〈学院〉の金の紋章をあしらった赤いトレーナーを着た小さな人影に見える音楽家たちが、互いに首を絞め、蹴り、もしも適当な石がそばにあれば、相手が気を失うまで——それ以上ではないとしても——石で殴りつけていた。実際、倒れる人間が出始め、距離のせいで遅れた叫び声がようやく緑の広場を越え、〈指揮官〉の窓をくぐり、金めっきが施された愛用のハーモニカ製造《ムントハルフヴェルケ》利益共同体製ハーモニカ「小さな巨人」によるメロディーの引用が盛り込まれた彼の長話の伴奏となった。彼の机の上は混沌《こんとん》とした散らかりようだった。本や書類ばかりでなく、オレンジの皮、桃の種、葉巻の吸い殻などの(恥ずかしくなるような)明らかなゴミも混じり、ところによってはそれが深さ二フィート以上も積もっていたので、級友のことを「密告《チク》る」ためにここへ来ただけのミートマンもさすがに気分が悪くなった。告げ口された級友たちは、広場で負った傷を抱えたまま、オッフェンバック作曲の威勢のいい「モンテスマのホール」のメロディーに合わせて、もうすぐモクレンの並木の間を抜けて戻ってくるだろう。穏やかなボスは粘り気のあるペースで暗くなるまでのんきに脱線を続けながら、トイレでの奇妙な振る舞いに関する執拗《しつよう》なまでに事細かな申し立てを聞き、ところどころでなまめかしい形をした白い陶器製の備品のことを引き合いに出したが、それは必ずしも便器ではなく、ある意味で、いまだに謎のまま特定されていない「泌尿な出来事」の媒体であった。「泌尿な出来事」は、やがて全体像が明らかになったところによると、輪郭が湿ったように紫色にぼやけた白い固定物が並ぶトイレの中で、人の姿があっという間に堕落と死をも含んだ闇の中に消えるということだった。向かい合った鏡の列が、霞越しに——世俗的な使い方、息、霧化した歯磨き粉とシェービングクリーム、この土地特有の鉱物の痕跡を含んだ水道水の蒸気などによる曇り越しに——互いを映し出し、鏡に映った鏡の映像は、何リーグも先まで延々と続き、すべてが反射し、巨大なゆっくりしたカーブに沿って〈無限遠点〉まで向かっていた……。

奇妙なことに、この面会の後、アロンゾの消息が途絶えた。〈指揮官〉の副官は彼の外出を許可し、彼が左右対称な並木の間をぶらぶらと歩いて遠ざかるのを見届けてから、自分の机に戻り、仕事を再開したのだった……。

他方で、結局祝日ばかりなわけではない中西部の生活の合間合間に、〈不都号〉の元乗組員たちの心に疑念が湧き始めた。もしもおれたちの正体がハーモニカ奏者じゃなかったらどうだろう？　本当に。もしもそれが、自分たちで演じることを選んだ手の込んだでっち上げだったとしたら？　無差別な〈空〉の光を当てるにはあまりに恐ろしすぎる現実から目をそらすために自分たちで仕組んだことだとしたら？　ひょっとして、口に出せない裏切りが、既に名前さえ思い出せなくなり始めている〈組織〉の中枢に組み込まれているとしたら……昔からの敵と得体の知れない秘密の取り引きをしてしまったのに、記憶の頼りとなる日誌にその敵の名前が見つけられないのだとしたら……。

あるいは、おれたち自身が何かの変化を遂げて、かつての自分たちの不完全な複製になってしまったのではないか？　幽霊が運命の曲がり角となった場所に舞い戻ったり、互いが意識していた以上に愛し合っていた人の夢の中に再び現れたり——まるでそうすることでよりが戻せるかのように——すると言われているのと同じように、おれたちも未解決の紛争の現場に戻っているだけなのではないか？　おれたちは、大昔に終わって、忘れてしまった任務に必要とされた秘密の人格を捨てたくなくて、あるいは捨てられなくて、その哀れでみじめな残像になってしまったのではないか？　ひょっとしたら、「本物」の〈仲間〉が耐えがたい状況を逃れて〈空〉に旅立てるよう、おれたちは代理として地上に残されたのではないか？　ここにいるメンバーの誰一人として実際には飛行船に乗ったことがなく、異国の町を歩いたこともなく、僻遠《へきえん》の地の駐屯地で現地人に魅惑されたこともないのかもしれない。おれたちはもともと、少年向け読み物の〈偶然の仲間〉シリーズの単なる読者に過ぎず、たまたま志願して、おとりとして正式に雇われているだけなのかもしれない。かつて遠い昔、なだらかな丘、川辺の町、夏の午後には子供が涼しい床に寝そべって読書するのを許してくれる図書館などから、〈仲間〉が人材を募集した……そして彼らが集まったというわけだ。

求人　困難な任務に堪える少年。健康で従順で意欲があり、ハーモニカが吹け（すべてのキーで「アット・ア・ジョージア・キャンプ・ミーティング」が演奏できること。吹き間違いには少額の罰金あり）、積極的に楽器の練習に長時間を費やす人物……冒険は保証！

こうして、「本物」の〈仲間〉が飛び去ったとき、少年たちは〈ハーモニカマーチング楽団訓練学校〉という不確かな聖域に取り残された……。しかし、地上での生活にはそれなりのお金がかかる一方で、〈仲間〉は陽気に上空にとどまり、税金も払わずに任務で世界中を飛び回り、おそらく「代理」のこともあまり覚えていないのだ。というのも、冒険心あふれる魂にとっては他に考えるべきことがたくさんあったからだ。そして、〈仲間〉の言葉で〝地上勤務員《グラウンド・ホッグ》〟と呼ばれる者たちは、代理という役目が危険で費用のかさむものだということを知っていた。だから中には、既に遠い昔となった過去に安全な故郷を去ったときと同じように、ここを去る者もいるだろう。そして、最初は想像もしなかったような都会の煙と群衆の密度に紛れ、黒人のブルースやポーランド人のポルカやユダヤ人のクレズマーなど、新しい系統の音楽をやるアンサンブルに加わることになるだろう。しかし、過去を逃れる道筋を見つけられない者たちは、イタリアのベニスやフランスのパリ、メキシコの豪勢なリゾートなど、慣れた演奏場所に何度も戻り、いつも同じケーキウォークやラグや愛国的な曲のメドレーを演奏し、同じカフェのテーブルに腰掛け、同じ入り組んだ細い路地を訪れ、自分たちの青春はもう過ぎたのか、あるいはまだこれからなのか確信が持てないまま、土曜の夜には小さな広場をうろつき、いちゃつく地元の若者をつまらなそうに見つめることになるだろう。いつものように「本物」の〈仲間〉が戻るのを待ち、そして、

「君たち、よくやってくれた。今までに起きたことをすべて聞かせてあげられるといいのだが、まだケリがついていないし、今はとても重要な段階だから、何も話すわけにはいかないんだ。でもいつか……」と声をかけてもらうのを待ち続けるのだ。

「また旅に?」

「もう?」

「任務だからね。本当にすまない。再会のごちそうはおいしかったし、感謝もしている。ハーモニカのリサイタルのことはこれからも決して忘れない。特にクーンソング。[*] だが、もうそろそろ……」

こうしてまたしても、飛行船が小さな点になって空に消えていく見慣れた光景。

「落ち込むなって。きっと大事な任務だったんだ。どう見ても今回は、本当にここに残りたそうだったじゃないか」

「作りすぎた食事はどうする?」

「誰も飲まなかったビールも」

＊　黒人訛りの歌詞とシンコペーションを特徴とするポピュラーソング。

「ていうか、そういう問題じゃないと思うんだけど」

しかし、このことが一つのきっかけとなって、彼らは切望から解き放たれ始めた。それはまるで、幹線道路から遠く離れた辺鄙な谷間にずっと暮らしてきた彼らが、ある日ふとしたことから、ある尾根を越えてすぐの場所に昔から道路が走っていたことに気づき、そのまま道を眺めていると、荷馬車が一台現れ、それに続いて、馬に乗った人が二人、さらに馬車が一台とまた荷馬車が一台現れたかのようだった。そして昼間の光がゆっくりとその明確な等方性を失い、雲と煙突からの煙と荒れた天気が流れ込み、やがて昼も夜も途切れることのない人の往来が聞こえるようになり、たまに足を延ばして谷に顔を出す者も現れ、少年たちがその存在さえ知らなかった近くの町まで馬車に乗せてくれた。次にわれに返ったときには、彼らはまた、以前あとにしたのとほとんど変わらない世界で活動を始めていた。そしてある日、ある町外れの巨大な格納庫の陰で、離陸準備が完了し、改装が終わってペンキが塗り直され、金具をぴかぴかと光らせた懐かしの〈不都号〉が、まるでずっと彼らと一緒だったかのように、彼らを待ちかまえていた。後甲板の手すりに前足を掛けたパグナックスは喜びを隠さず、高速でしっぽを振り、激しく吠えていた。

〈侵入者〉たちはどこかで有毒な活動を続けていたが、〈不都号〉の乗員たちは彼らの存在をよりよく理解し、奇跡を起こすという彼らの能力は既に信じなくなっていたので、彼らを避けることが容易になり、他の〈仲間〉にも「だまされないように」と警告を与える余裕ができていたし、ときには直接対決を挑むことさえあった。マイルズの厨房《ちゅうぼう》から出た実験的な蒸し焼き料理《キャセロール》の失敗作は、途中でばらばらにならない程度の高さから落とした場合には、武器として有効に思われたし、道路舗装業者にいたずら電話をかけて、判明している〈侵入者〉のアジトに大量のセメントを送り届け、流し込むよう依頼することもあった。

言うまでもなく、この先どうするべきかについての小さな楽団内での意見の相違は際立っていたし、運営委員会でのやりとりも激しかった。〈ハーモニカ学院マーチング楽団〉の密告者、アロンゾ・ミートマンは何の前触れもなく再び姿を現したが、だからといって、政治的な問題が単純化されることはなかった。ミートマンはある日、まるで彼らの中ではいかなる歴史も生じなかったかのように、ケーキウォークのリズムで「アフター・ザ・ボール」を口笛で吹きながら戻ってきたのだった。

彼は、念入りに何重にも封をした一冊の謎の地図を持ち帰っていた。それはかつて彼らがベニスまで探しに行った地図であり、それのせいでサンマルコ広場の上でひどく危険な目に遭った地図であった。

「あの場には、おれたちもいたんだ」と、嫌な笑みを浮かべたミートマンが言った。「あんたたちには見えてなかっただろうけど」

「で、今度はそれを私たちに売りつけるのか」とランドルフが言った。

「今日はただであんたたちにやるよ」

「ところで、その不吉な書類を愚かにも探し求めたことによって解体の危険にまで曝された私たちが、今になってもまだ、いささかなりともその書類に興味を示すかもしれないなどといったいどうして君はそんな奇妙なことを考えるのかね」

油断のならないミートマンが肩をすくめた。「あんたたちの持ってるテスラ装置に聞いてみな」

すると実際に、まるで官僚機構の奥深くから〈仲間〉を逐一監視しているついでに今の会話も盗聴していたかのように、〈上位階層〉が再び彼らの生活にでっかいナニを突っ込んできた。

ある晩、夕方のミーティングが終わった後、テスラ装置がガーガーと音を立て始め、少年たちがその周囲に集まって聞き耳を立てていると、反響するような低い声がこう告げた。「正式に任命されたエージェントであるアロンゾ・R・ミートマンから、非公式に『スフィンチウノの旅行案内』と呼ばれている地図を受け取り次第、諸君はすべての受領証に適切な署名を行い、速やかに内陸アジアのブハラに向からべし。到着したら、暫定職務で、潜砂フリゲート艦〈サクソール号〉[*]司令官、Q・ゼーン・トードフラックス艦長に報告のこと。〈不都号〉には既に最新型の「砂中生命維持装置」が定員分支給され、搭載されているはず。よって、当該目的のための追加予算の申請は承認されないものとする」

装置が急に静かになり、十数個あるダイヤルの針がゼロに戻った。「いったい何の話だ？」訳が分からないという顔でダービーが目を細めた。

「ヴァンダージュース教授ならご存じだろう」とランドルフが言った。

「おお、大砂漠か！」と教授が叫んだ。「ちょうどいい男を知ってるよ。ロズウェル・バウンスだ。実を言うと、砂中装置を発明したのも彼なんだ。でも値段については、ヴァイブ社が独占権を主張しているからあまり融通が利かないだろうなあ」

彼らが見つけたとき、ロズウェル・バウンスは学生会館前の小さな広場で女子学生をうれしそうに色目で見ていた。教授の話では、ロズウェル・バウンスは一八九九年という早い段階で、後に標準的な砂中生命維持装置、通称〝潜砂器〟となるものの原理を考案し、砂の下に潜った状態で呼吸をしたり、歩いたりできる実用的な方法を編み出すことによって、砂漠の旅を革命的に変えたのだった。

「基本的には、分子共振振動数を制御するってだけのことさ」とロズウェルが説明した。「それに媒介変数のずれを補正するための細密調整機能を加える。そうすると、砂は相変わらず固体のように見えるけれども、分散した状態になるから、川の深みで泳ぐのと同じ程度の力で砂の中を歩くことができるんだ。くそヴァイブ社がその技術をおれから盗みやがった。だから、おれとしては喜んでやつらの定価よりもおまけしてやるよ。いくつ要るんだって？」

彼らは装置を六つ注文した。ロズウェルはそのうちの一つをパグナックス用に改造することも快く引き受けた。それでも驚くほどリーズナブルなお友達価格にしてくれたうえに、現金払い割引もつけて代金引換え急送便で送り届けてくれたのだった。

「驚異の発明だな」とチックは驚いた。科学士官である彼は特に興味をそそられていた。

「最近では、人間は海の底でも好きなように歩き回ることができるんだから」とヴァンダージュース教授が言った。「明らかに次に進むべき段階は、海のように波打つものでありながら、同時に粒子状でもあるような媒体ってことになる」

「つまり砂だ」とロズウェルが言った。「でも話を聞いてたら何だか光みたいな感じもするなあ」

「しかし、密度と慣性と表面の摩擦のことはさておくとしても」とランドルフが疑問を口にした。「砂の中を進むときに、どうやったら前が見えるんです？」

「必要な規模のエネルギーを用いて、掻き分けた砂を溶かして透明なもの――例えば水晶とかガラス――に変える方法が考えられる。しかし当然ながら」と教授が説明した。「そんな熱のただ中にいたいとは思わないだろう？　だから少し熱が冷める未来に旅行しておいて、透明な媒体の中を進む光の速度を逆算する。砂が何の障害物もなしに風で堆積しているだけなら、水の波と同じ力学が当てはまるはずだし、例えば砂に潜る乗り物なんかに乗ってさらに深く潜ろうと思えば、渦巻き形成に類似した新しい要素が波の歴史に書き込まれることになるだろう――どっちみち、それは波動関数の集合で表現可能だ」

「波動関数には必ず〈時間〉の項が入ってくる」とチックが言った。「だから、もしもその曲線を逆転させたり反転させたりする方法を探しているのなら――〈時間〉の中で一種の逆戻りをするということになるんじゃないですか？」

「そう、それが知りたくておれはこの夏ここに来てるってわけ」とロズウェルが言った。「セミナーを開いてほしいって言われて、招待されたんだ。教授と呼んでくれてもいいぞ。君たちもね、お嬢ちゃんたち！」彼はかわいらしい女子学生の集団に向かって愛想よく声をかけた。彼女らは、帽子を脱いだり、髪を下ろしたりして、そばの芝生の上でピクニックをしていた。

＊「サクソール」はアジア産アカザ科の乾生低木。

潜砂器が町の急送便オフィスに届くまでには二、三日しかかからなかった。その間、少年たちは、後悔の念にとらわれたまま出発の準備を整えていた。彼らは、講義や展示、ピクニックや懇親会の慌ただしさの中で何か重要なことを見つけそこなったのではないか、それは仮にちゃんとしたタイムマシンが手に入ったとしてももはや取り返しがつかないのではないか、という疑念を振り払うことができなかったのだ。

「要するに飛行という問題だよ」と、一時的に英語で話し始めたマイルズが議論を整理した。「次の次元への飛行ということ。僕らは、地上に住む普通の民間人と同様に、常に〈時間〉というものに束縛されてきた。僕らは二次元を飛び出した。子供が這う床から、町という空間、地図の空間へと歩みだし、〈仲間〉の新人として空に向かって運命の飛翔《ひしょう》を遂げた……そして今、何年間も空をさまよった末に、ひょっとすると僕らはまた一歩横に、次の次元に向かって——〈時間〉の方へ——踏み出す準備が整ったのかもしれない。〈時間〉は僕らの運命であり、僕らの主《しゅ》であり、僕らの破壊者でもある」

「お話ありがとう、虫の脳味噌さん」とダービーが言った。「それより昼飯の献立は何？」

「虫の脳味噌」優しそうな笑顔を浮かべてマイルズが答えた。「フリカッセにしようかな」

次にテスラ装置に入った通信は彼らの正確な出発時刻を確かめるための連絡で、任務の詳細に関する情報はまったくなかった。〈時間〉の神秘にここ何週間も付き合わされた少年たちがようやく、〈時間〉の文字通りの表現である、何の特徴もない真っ白な壁——つまり予定表——に向き合うことになった。

「快適なフライトを！」とその声は言った。「ブハラに到着したら次の指示を伝える」

ダービーはいらいらした様子で、身の回りのものを入れたズック袋を自分のロッカーに投げ込んだ。

「この先、おれたちはいつまで」と彼は装置に向かって叫んだ。「おまえの無礼な態度に我慢しなくちゃならないんだ？」

「反乱が合法化されるまで、だ」とリンジーが取り澄ましてたしなめた。

「ブタが空を飛ぶまでって言っても一緒だな」ダービーが何か言いたげな顔で副長をあざ笑った。

「何てことを。この反抗的な、知ったかぶりの――」

「やつらは度を超えて楽しんでる人間を見たら許せないんだ、それだけのことだよ」とダービーが確信を持って言った。「ああいう独裁的なやつらの目から見れば、自分たちがコントロールできないことは何でもばか騒ぎに見えるのさ」

「サックリング！」リンジーの顔からは急速に血の気が失せていた。「昔から私が恐れていた通りのことが――」

「まあ、落ち着けよ、がみがみおやじさん。おれが言ってるのは、彼らの振る舞いの中でも、専制君主的でしかも明らかに違法な側面のことだけだぜ」

「あ。ああ、うん……」少し不意を衝《つ》かれたリンジーは、急に法律家らしくなってきたダービーを唖然として見つめたが、それ以上叱責《しっせき》を続けることはしなかった。

「私が君たちなら、もうさっさと離陸を始めるがね」とテスラ装置が気取った口調で言った。「言われた通りのことを百パーセント実行してきた実績を台無しにすべきではない。結局のところ、羊だって空を飛べるんだからな。そうだろ？」

そして間もなく、アロンゾ・ミートマンが不吉な鐘塔から双眼鏡越しに見守る中、どう見ても不機嫌そうな〈不都号〉がキャンドルブラウの上空に浮かび上がった。湿度の高い、風のない日だった。そして〝時間の神秘〟という問題は、それにふさわしい研究に時間を割くことのできる人々の手に任された。

第三部　分身

〈不都号〉がニューヨークに降りたとき、リンジーは「トルコ街」についての噂を耳にしていた。そこには、必ずしも比喩的ではない意味で、「アジアへの抜け道」があると信じられていた。例えばこんな感じだ。「ついさっきまで、恐ろしくブルジョアっぽいニューヨークの店にいると思っていたのに、気がついてみたら、アジアの砂漠でフタコブラクダに乗って失われた地下都市を探してた」

「それはつまり、ちょっと中華街に立ち寄って変わった煙を吸った後ってことだろ」

「そうじゃない。そういう主観的な話じゃない」

「じゃあ、ただ単に精神的な移動じゃなくて、実際に物理的な意味で――」

「肉体的な移動だな、横方向のよみがえりと言ってもいい」

「へえ、そりゃすごい。その奇跡の隠れ家はどこなんだ？」

「どこなんだろう、まったく……明かりがついていたり暗かったりする無数の窓が何層にも重なるビルの中で、どの部屋だったんだろう？　困難な探求だったことは間違いない」

さて、この一週間かそこらはその少なくともその瞬間移動に劣らず目まぐるしく展開していた。

リンジー・ノーズワースはその夜、ラクダに乗りながら、いつもの甲板当直の混乱とはまったく違う孤独を楽しんでいた――視野は星で満たされ、今までに見たことのない無数の星が最も純粋な四次元空間に散らばっていたが、日々の雑事に追われる人間にはそれを見るだけの時間がなかった。実を言うと、最近の彼は星明かりを素直な目で見られなくなっていた。このところ歴史的な戦闘を研究していた彼は、交戦時の明かりの状態に注目するようになり、光が歴史を決定する秘密の要素なのかもしれないと考え始めていた――いかに光が戦場を照らしていたか、あるいは敵艦隊を照らしていたか、ということにとどまらず、ある重要な国家的会議の際に特定の窓からどんな屈折を経た光が入っていたかとか、ある重要な河川の対岸に沈む夕日がどう見えたかとか、始末しようと決断したはずの政治的に危険な妻の髪の毛に光が当たり、それを見たために処刑が遅れたとか――。

「あああ……」 ち××ょう！ うわ。またやってしまった。忌まわしい言葉！ 医者の指示で、声に出すことも考えることも禁じられた単語……。

〈偶然の仲間〉は、CACA、すなわち総合的年次保険保護協定《コンプリヘンシブ・アニュアル・カバレッジ・アグリーメント》の定めにより三か月に一度、正式な検査所で保険会社指定の医師による健康診断を受けることが義務づけられていた。前回リンジーがカナダのアルバータ州メディシンハットで健診を受けたとき、検査の結果、結婚狂の初期症状が認められた。「つまり、異常な結婚願望ということだ」

「異常？ それのどこが異常なんだ？ 私の人生を支配する願望は、昔から隠し立てをしたことはないが、一人じゃなくなること、二人になること、それだけではなく一つであるような二人になること――つまり可算的な二でありながら、それでいて――」

「それそれ。私たちが言ってるのはまさにそういうことだよ」 外は夏で、残照の中、町の人々が芝生の上でボウリングに興じていた。笑い声、子供の声、静かな拍手、そしてその場に漂うある種の雰囲気を見ていると、そんな穏やかな親睦から永遠に引き離されているリンジーは、少しの間、自分の心の構造的全体性が脅やかされているように感じた。彼はそれ以来、いささかぞっとするような頻度で、公的な書式に印刷された問診票を受け取ったり、かなりあからさまに体液のサンプルを要求されたりするようになった。ヨーロッパ出身らしいさまざまな訛りのある英語を話し、白衣までまとい、眼鏡をかけ、ひげを生やした紳士らが何の予告もなく現れ、彼の診察をしたいと申し出ることもあった。最終的に〈不都号〉は、一時的にチック・カウンターフライを副長に任じ、リンジーを置いて飛び立ったのだった。その間、リンジーは〈偶仲神経障害生物測定研究所〉に入院し、総合心理テストを受け、退院し次第速やかに、ある内陸アジアのオアシスに向かうことになっていた。当該地域の潜砂艦基地となっているそのオアシスで、潜砂フリゲート艦〈サクソール号〉と合流するのだ。

バラムのロバ*のように、今晩、何か様子がおかしいことに最初に気づいたのはラクダだった。ラクダは、全身の筋肉を激しく引きつらせ、ラクダらしからぬ鳴き声を出して、少なくともその声の不自然さによって乗り手に警告を与えようとしていた。

やがてリンジーの耳に左手の砂丘の向こうから、誰かが彼の名前を呼ぶのが聞こえてきた。

「そうだ。ちょっと止まってくれ、リンジー」と、道の反対側からも声がしたが、その声の出所もやはり目には見えなかった。

「言付けがある」と人数の増えた声のコーラスが言った。

「大丈夫だ、相棒」とリンジーはラクダに声をかけ、安心させた。「この辺りではよくあることだ。マルコ・ポーロの時代から報告がある。私は極北地方でも同じような経験をした、そう、何度も」ますますしつこさを増す声に応えるかのようにさらに大きな声でこう続けた。「単なる砂漠の幻さ。光がなくて、聴覚が研ぎ澄まされているから、エネルギーが五感の境界を超えて割り当てられて――」

「リンジー**リンジー**リンジーりんじー……」

ラクダはゆっくりと目を回して周囲を見渡した。その目つきは、ラクダと人間との違いを考慮して解釈すると、リンジーの言葉を疑っているようだった。

＊　旧約聖書の預言者バラムは、イスラエルの民を呪《のろ》うことを依頼されるが、乗っていたロバに戒められ、逆に彼らを祝福した。

「決して踏み外さないように指示を受けたその道を少し離れてみろ。こっちへ来い。砂丘のこっち側まで――」

「私がここで待っていてやる」と、状況が許す限り几帳面な口調で飛行士が言った。「どうしてもと言うなら、そっちがここまで来い」

「こっちには女がたくさんいるぞ」と声が言った。「しかもここは砂漠のど真ん中だ……」

「だから当然、それなりの用心も必要になる……」

「……そんな気苦労は一夫多妻制で簡単に解決するさ」

「へっへっへ……」

「花盛りの妻たちだ、幽霊だらけの原野には奥さんもたくさんいるぞ、リンジー、〈世界島〉[*1]の一大女房市場《バザール》だ」

するとそのシューシューいう声に加え、液体的な音、キス、吸引音が聞こえ、さらに移動する砂のやむことのない摩擦音も混じった。これはこの土地独特の、彼に向けられた侮辱なのか？　それとも、彼らが誘惑しようとしているのはラクダの方なのか？

こうして星々が次々に子午線まで上り、沈み、ラクダは一歩ずつ歩みを進め、すべては期待に浸されていた……。

夜明けごろ、そよ風がどこか前方から吹いてきた。リンジーは開花しかけた野生のコトカケヤナギのにおいに気づいた。オアシス――本物のオアシス――が昨晩からずっと、すぐ目と鼻の先で待っていた。朝向けに再配置された世界の中で、彼がオアシスに足を踏み入れると、そこには他の乗組員がいた。彼らは地面に寝転がって水の効能を味わっていた。水は、いささか妙な味がしたものの、毒はなく、それを知る多くの旅人にとってはアラック酒[*2]やハシシにも勝る別世界旅行促進剤だった。

リンジーは、目の前に広がる化学的道楽の情景を見て、首を振った。背筋の凍る一瞬の間、彼は理屈抜きで確信した――この男たちは本物の仲間ではなく、彼が訪れたいとは決して思わない場所からやって来た幽霊部隊なのだ、と。彼らは、彼にいたずらを仕掛けようと、苦労して念入りな変装をし、〈偶然の仲間〉に成り済ましているのだ。

ところがそのとき、ダービー・サックリングが彼を見つけ、一瞬が経過した。「おいおい、見ろよ、誰が来たと思う？　よう、頭のおかしなおにいさん！　いつ研究所を退院した？　永遠に監禁されるんだと思ってたのに」

ほっとしたリンジーは、サックリングの母親に言及することさえ忘れ、身体的な暴力をちらつかせる十七音節の万能フレーズで応じるにとどめた。

「さあ、特別砂漠任務に備えろ……艦首、艦尾、ともにハッチを閉鎖……総員潜行準備……」

潜砂フリゲート艦〈サクソール号〉の暗い明かりに照らされた艦内を乗員が慌ただしく行き来している様子からは、砂漠地下旅行独特の興奮が感じられた。刃にダイヤモンドが取り付けられた大型砂ドリルが作動速度に達し、内陸アジア砂漠の砂にほとんど摩擦なしに食い込み始め、舵取り羽根が滑らかに作動しだして潜行角度を増していった。近くの砂丘から誰かがおそらく迷信じみた恐怖におびえながらその様子を見ていたなら、艦が光のない世界にゆっくりと潜り込み、最後には砂の中に完全に姿を消し、扇形艦尾があった場所に少しの間だけ塵旋風《じんせんぷう》が残されるのを目撃することになっただろう。

標準的な潜航深度に達すると、艦は艦体を水平に戻し、巡航速度まで加速した。機関室で、〈粘性隊〉がいわゆるη《エータ》／μ《ミュー》変換器を艦のメインエンジンにつなぐスイッチを一つ一つ入れ始めると、艦橋の観測窓が太鼓の皮のように震えだし、次から次にさまざまな色がその磨かれた表面を横切ったかと思うと、

＊1　アジア・ヨーロッパ・アフリカの三大陸を一つの地塊と見る政治地理学の概念。
＊2　中東などでヤシの汁・糖蜜などを発酵させて作る蒸留酒。

窓の外の視界が一斉に開けてきた。

「巡航照明を点灯」とトードフラックス艦長が命じた。秘密の合金でできた探照灯のフィラメントが適切な温度と波長まで温まると、最初はぼやけていた砂丘の地下の視界がすぐに調整され、くっきりと浮かび上がった。

　海底が海面とは似ていないのと同じように、砂漠の底は地表から見える砂漠とは似ても似つかぬ姿をしていた。巨大な群れを作った一種の甲虫と思われるものが、光に興味があるのか、玉虫色に輝きながら探照灯の光線の中に出入りしていた。他方、細部がはっきりしない遠方では――ときにはぼんやりした視界のさらに向こう側で――黒っぽい物体が艦と同じペースで横を並走し、鞘《さや》から抜いた鋼鉄のような輝きを帯びた閃光《せんこう》を見せていた。やがて、見えるというよりも感じられる海図にしたがって、左舷にも右舷にも切り立った山脈が現れた。それは、古手の内陸アジア砂漠旅行者の間で〈深層ブラヴァツキー〉という名で知られている山並みだった。

「正気を保つための唯一の方法は」とトードフラックス艦長が陽気な口調で客に言った。「あれこれと手間のかかる艦船に配置されることだよ。ここにある窓は基本的には君たちのような新米を楽しませるためのものにすぎない。こんな言い方をしても悪く思わないでくれよ」

「とんでもない！」〈仲間〉たちはいつものように元気よく声をそろえて答えた。実際、今日の彼らはほとんど挑発的なほどご機嫌だという印象を受けた者も何人かいた。彼らが乗ってきた巨大飛行船はオアシスの野営地に停泊し、情け容赦のない命懸けの円陣防御で有名なグルカ族[*1]がその見張りにあたっていた。マイルズ・ブランデルは糧食担当者として、砂漠任務に従事する〈サクソール号〉の乗員は食事の喜びが多少なりとも損なわれているかもしれないと考え、彼らと一緒に食べられるほど大量に、食欲をそそるピクニックランチを準備していた。そして彼らの目の前に、一文の得にもならないわざとらしい演技――不適当なことも多いのだが――が得意な彼らにぴったりの、冒険心あふれるごちそうが並んだ。

「この地下で――」とトードフラックス艦長が言った。「完全に無傷な、そして勘違いしてもらっては困るが、実際に人間も住み着いている、本物のシャンバラが見つかるはずだ。普通の意味で本物ってことだ。そして次から次にやって来るドイツ人教授の先生方は」といらついた親指で地上を指さしながら言った。「マメができて掘れなくなるまで地面を掘り続けるがいい。そんなことをしても見つかるはずはない。それにふさわしい道具がなければ駄目だ。つまり、君たちが持ってきた地図と本艦の並像鏡だ。それともう一つ、チベットのラマ僧が言う正しい態度」

「じゃあ、あなた方の任務は――」

「昔から同じ任務だ――神聖なる都市を発見すること。フォレスト将軍[*2]の口癖にあったように、〝最初に見つけ、最大の収穫を得る〟こと。それくらいは君たちに教えてもかまわないだろう」

「もちろん、別に詮索《せんさく》するつもりではないのですが――」

「ああ、君たちはOKだよ。というか、君たちがOKじゃなかったら、OKなやつなんているのかな?」

「恐縮です。もしも本当の私たちの姿をお知りになったら、最低なやつらに分類なさるでしょうけど」

「ふんん。もっとカルマ的に進歩したやつの方がよかったんだが、まあいいか――わしらは、本艦に乗っている間は、地上での競争については気にかけないように努めている。わしらの探索の結果を追いかけている連中は大歓迎だ。いつかわしらが帰国したときには新聞にすべてが載るだろう。〝砂漠の英雄、失われた都市を発見!〟大臣の演説に大司教の説教。オペラ女優を両腕に抱いて、ボタン一つ押せば昼でも夜でもトン単位のかき氷、常時噴き出しているビンテージもののシャンパンの噴水。ファベルジ

＊1 ネパールの主要民族で、好戦的で勇猛として知られる。
＊2 米国の軍人で、クークラックスクランの初期の指導者だったとも噂される(一八二一―七七)。

ェがデザインした宝石入りのビクトリア十字勲章――うん……まあそうは言っても、それほど神聖な都市を実際に発見した人間は当然、そういう世俗的な快楽に耽《ふけ》ろうとは思わないだろうがね。魅力的に見えるかもしれない、というか、私には魅力的だけれども」

もしもその言葉に不気味な意味が隠されていたのだとしたら、そのときはたまたま〈仲間〉が気づかなかったか、あるいは、しっかり気づいていたけれどもそれを巧妙に隠していたか、そのどちらかだった。

近未来的なフリゲート艦が砂底世界を滑るように進み、風変わりな形をした舵取り羽根《ブレード》が横に伸び、精密に口径を定めたドリルが時計回りと反時計回りに回転を続け、人を寄せつけない小尖礁や不気味な洞窟など、探照灯の明かりでは全貌が分からない地形の中を突き進んだ。生ける者の世界は死せる者にはこんなふうに見えているのかもしれない――情報が、意味がぎっしり詰まっているのに、なぜかどうしても理解の光がその境界の向こうには届かないという感じ。粘性率変換装置のブーンという音が高まったり静まったりし、徐々に意味のあるメロディーのように聞こえ始め、古株のメンバーにヒマラヤ駐屯地での任務を思い起こさせた。その超俗的な音色は、海抜数マイル――それだけ海から遠く離れた場所では、海は地理的な存在というより伝説的な存在だったが――の高所にある吹きさらしのラマ教僧院で、遠い昔に亡くなった僧侶の大腿骨《だいたいこつ》で作られた古代の角笛で奏でられたものだった。

催眠術にかかったように観測窓からの光景に釘付けになっていたランドルフ・セントコズモが突然はっと息をのんだ――「あそこ！　あれは……一種の監視塔じゃないか？　こっちの姿を見られたかも」

「塔状の包有異質物だよ」となだめるようにトードフラックス艦長が笑って言った。「見間違うことはよくある。砂の下で重要なポイントは、人工物を自然の物と見分けることだ。それともう一つ」と彼は付け加えた。「新たな次元にも気を配る必要がある。砂漠の中の都市は地上の都市とは少し違う――町に近づくときに、上と左右ばかりでなく、下からも近づくことができるんだから。例えば、建物の基礎部分が入り口になることだってある。しかしそんなことより、君たちがわざわざ持ってきてくれた地図。君たちもあれを早く見てみたいことだろう。限りない感謝の印にせめてそれくらいのことはさせてもらおう」

航行室《ナビゲーションルーム》には——そこは極秘の空間だったため、乗員の半数はその存在さえ知らず、ましてやそこへ行く順路も知らなかったのだが——世界に残存する数少ない並像鏡の一つが設置されていた。

並像鏡を使った〈サクソール号〉での作業はすべて、文民の乗員であるスティルトン・ガスパロに任されていた。彼はスヴェン・ヘディンやオーレル・スタインのような内陸アジア探検家の伝統に連なる人物だったが、航行室での作業以外の場面では、彼の艦上での地位は不確かだった。彼は自分自身についてはあまりはっきりと語らなかったが、シャンバラと『スフィンチウノの旅行案内』については非常に多弁だった。

「歴史家の間には、十字軍は聖なる巡礼として始まったという見方がある。巡礼では目的地を定め、いくつもの経由地を通る——それを図にしたものが最初の地図だと言われているんだ。君たちの目の前にあるスフィンチウノの書類もそうだ。そして悔悟の行いと不愉快な出来事を経験した後、ようやく目的地に到着し、信仰で定められた儀式を行い、再び故郷に帰る。

しかし、そんな聖なる計画に武器という要素を持ち込んだ途端にすべてが変わってしまう。今度は目的地だけではなく、敵という存在も必要になる。サラセン人と戦うために聖地に行ったヨーロッパの十字軍は、気がついてみると、手近にサラセン人がいないときには味方同士で戦っていたんだ。

だからシャンバラを探すこの旅にも、どうしても軍事的要素が絡むことを考慮せざるをえない。すべての列強が高い関心を寄せているんだ。賭けとしては、当たればあまりにも大きいからな」

その謎めいた非戦闘員は、光学的に無傷な氷州石のシートの下に『旅行案内』を置き、さまざまなレンズを配置し、ネルンスト灯に微調整を加えた。「これだよ、諸君。見てくれ」

それを見てびっくり仰天しなかったのは、当然のことながら、マイルズだけだった。装置を目にした彼は、すぐにそれが飛行船の測距儀や航行装置に当たるものだと理解した。〈仲間〉がトードフラックス艦長に届けた書類——奇妙にゆがみ、一部しか読めない書類——を装置を通して見ることは、低空を急降下する経験に似ていた。実際、その視覚化装置をうまく調節すると、地図の中へとまっすぐに飛び込むような長くて恐ろしい感覚を味わうことも可能だった。地面に落ちる直前に目が覚める落下の夢と同じように、おそらく漸近的に、地形がますます細かいところまで見えてくるのだ。

「じゃあこれがあればシャンバラまで真っすぐ行けるんですね」とランドルフが言った。

「うむ……」ガスパロは困惑した様子だった。「うん、最初はそう思っていたんだ。しかしそれだけでは済まないらしい」

「思った通りだ！」とダービーが急に大声を出した。「例のゾー・ミートマンは最初からおれたちをだます気だったんだ！」

「妙なんだ、本当に。ベニスを起点とした距離は、地表上の距離にしても、地下の深度にしても、非常に正確に描かれている。でもなぜかこの三つの座標では足りないようなんだ。『旅行案内』にしたがって先へ進めば進むほど、段々と……何というか……焦点が合わなくなって、細部がぼやけ、しまいには」と困惑した表情で首を横に振り、「まったく見えなくなる。まるでもう一段階……何か別の暗号化が施されているみたいだ」

「ひょっとすると第四の座標が必要なのかもしれません」とチックが言った。

「問題はここにあるんじゃないかと思う」とガスパロが言って、皆の注意をディスプレーの中央に向けさせた。そこには、まばゆいほど白い山の頂上が間欠的に見えていた。山は内側から照らされているように見え、そこから光があふれ、絶え間なく爆発し、一過性の雲や何もない空を照らしていた……。

「最初はチベットのカンリンボチェ峰かと思った」とガスパロが言った。「そこはヒンズー教徒にとってはシヴァ神の楽園であり、巡礼の目的地であり、最も聖なる場所であり、それと同時に、シャンバラを探す人間にとっては伝統的な出発地でもあった。しかし私はカンリンボチェやその周辺の山にも行ったことがあるが、地図に描かれたこの山がそれだとは思えない。この山はかなり離れた場所からでも見えるが、いつでも見えるというわけではない。まるで、空間の中だけではなく時間の中でも光を偏光させることができる特殊な氷州石でできているみたいだ。

古代、この辺りにいたマニ教徒は光を崇拝し、十字軍が神を愛していると言っていたのと同じように光それ自体を愛していた。光のためならどんな罪も許された。それは彼らにとって〈反十字軍〉だった。どんな変化が起ころうと——〈時間〉を過去にさかのぼろうと、未来へ飛ぼうと、一つの場所から別の場所へ空間的に飛ぶとか、生物であれ何であれある物質の状態から他の状態へと変態するとか、彼らはあらゆるケースを想定していたのだが——そんな変化の下で不変であり続ける唯一の事実は光以外にはない、と彼らは考えた。ここで言っているのは、私たちの目に見える光だけではなく、マクスウェルが予言しヘルツが確認した、広い意味での光のことだ。それと並行して、彼らは〈闇〉と定義されるあらゆるものを拒絶した。

感覚で理解するすべてのものがそれに当たる。この世で大切だと思うもの——自分の子供の顔、夕日、雨、土のにおい、笑い、恋人の手、敵の血、母親の手料理、ワイン、音楽、体操競技での勝利、好感の持てる他人、居心地のいい自分の体、素肌に当たる海の風——こうしたものすべては、敬虔《けいけん》なマニ教徒にとって邪悪なものなんだ。それらはもともと悪魔の創造物であり、昔も今も、時間と排泄物と闇に属する幻と仮面にすぎない」

「でもそれって大事なもののすべてじゃありませんか」とチック・カウンターフライが抗議の声を上げた。

「そして本当の信者はそのすべてをあきらめなければならなかった。セックスなし、結婚もなし、子供もなし、家族の絆もなし。そういうものは〈闇〉が仕掛けた罠にすぎない。〈光〉との一体化を求める人間の邪魔をする存在でしかない」

「選択肢はそれだけ？　光かまんこか？　それってとんでもない選択ですね」

「サックリング！」

「すまない、リンジー、おれが言いたかったのはもちろん〝女性器〟ってことさ」

「話を聞いてると何だか」とチックがひげをなでながら言った。「よく分からないけど、どことなくピューリタン的じゃないですか？」

「とにかく彼らはそう信じていた」

「じゃあ、最初の世代の後、どうして信者が死に絶えなかったんです？」

「多くの信者はいわゆる普通の生活を続けたからだよ。子供を作ったりとか、そんな生活をね。不完全な信仰をどこまで容認できるかという問題だったんだ。厳格に規律に従った人々は〝完全者〟と呼ばれた。他の人たちが神秘を研究するのは自由だったし、少数の〝選ばれし者〟の集団に加わろうとすることも歓迎された。しかし、自分が望むものを知る段階にまで達すると、その時点ですべてをあきらめなければならなかったんだ」

「で、この地下にその末裔《まつえい》がいると？」

「さあ。実際にはかなりの人口だと思うがね」

やがて、〈サクソール号〉の光学的ずれ《オフセット》探知機によって明らかになったのは、さほど遠くない場所にギリシア文化と仏教文化、イタリア様式とイスラム様式が融合した遺跡がまばらに、しかし紛れもなく存在することだった。そしてその遺跡の間を動き回っている他の潜砂艦の進路が、大ざっぱな計算では前方の不明瞭な空間のどこかで〈サクソール号〉の進路と交わりそうだった。上方、下方、さらに左右から、地質学では説明のつかない複雑な構造物が迫ってきた――円蓋《ドーム》、光塔《ミナレット》、柱に支えられたアーチ、彫刻、精緻《せいち》な細工の施された欄干、窓のない塔、古代や現代の戦闘の跡が刻まれた遺跡。

「ヌオヴォリアルトに寄港する」[*1]と艦長が言った。「右舷班、左舷班、ともに上陸を許可する」この知らせを聞いた乗員の心境は複雑だった。ヌオヴォリアルトは、ある種の欲求には適した寄港地だったが、別の欲求には不向きな場所だったからだ。砂に沈んでから長い年月が経過したこの港は、一三〇〇年ごろ、飽くことを知らぬ砂に半ば埋もれていたマニ教徒の町の遺跡に人が住むようになってできた。元の町の歴史は三世紀にまでさかのぼり、伝説によると、オクスス川[*2]の遠い川岸を越えてさまよっていたマニ[*3]本人が開いた町だという。それから約千年間、町はその場にとどまり、栄えていたが、十三世紀、チンギス・ハンの軍が中央アジアのこの辺りを襲い、まっすぐに立っているものと息をしているものを可能な限り破壊していった。ベニス人がこの町を発見したときには、風と重力と信仰の耐えがたい死に屈していないものはほとんど残っていなかった。西洋人はヌオヴォリアルトを独り占めにした短い時間の間に、そこに降ったわずかな雨を集める貯水池のネットワークを作り上げ、パイプを設置し、いくつか井戸も掘った。不可解なことに、まるで町を容赦なく包囲する石英質媒体の結晶学に刻まれた古代の声に耳を傾けるかのように――まるで秘密の知恵がその物質自体に恒久的に書き込まれていたかのように――彼らは年々、その古い疑似キリスト教的な教義の影響を被り始めた。最初の砂下探検家がこの場所で見つけたマニ教寺院は十四世紀に造られたもので、明らかに、予想された年代よりも千年も新しいものだった。

そうしている間も乗組員たちは、新しい港に上陸するときには恒例となっているやり取りに忙しかった。

*1　ベニスの商業中心地区リアルトにちなんだ命名で「新しいリアルト」の意。
*2　アムダリア川の古代名。パミール高原からアラル海に注ぐ。
*3　ペルシアの預言者でマニ教の始祖（二一六―二七六?）。

「〝上のごとく、下もしかり〟*だな」

「その通り」

「とんでもないおんぼろの隊商宿だぜ！」

「洗濯物が溜まってるんだ。おれは艦に残ろうかな……」

「コニーアイランドみたいなにおいがしてきたぞ」

「え？　海水浴場の？」

「違う違う――スティープルチェイス公園にある演芸場のにおいさ」

「さあ、ドック入れ用意、右舷を接岸」と艦長が言った。非常に歴史を感じさせる、高くて荒廃した建物が近くに見えてきた。赤茶けたその色は大昔に流された血の色を思わせた。支柱は松明《たいまつ》を持った男女の立像でできていて、破風《ペディメント》の部分には、ガスパロによるとマニ自身が発明したというアルファベット――〈秘密の書〉をはじめとするマニ教の教典も同じ文字で書かれているらしい――が刻まれていた。

どうやら潜砂フリゲート艦はその建物に係留されるようだった。夕食後、チックが扇形艦尾で葉巻を楽しんでいると、甲高い悲鳴が聞こえ、それは何かの言葉のようにも思われた。彼は砂中眼鏡を探して装着し、入植地の壁の向こうに広がる暗闇の中を覗き込んだ。大きくて重量もある何かがいきなり飛びかかるように轟音《ごうおん》を立てながらすぐそばを通り、チックは血のにおいを嗅いだような気がした。「いったい全体ありゃ何だ？」

ガスパロがそちらを見た。「ああ。この辺にすんでる砂蚤《すなのみ》だな。新しい船が入港すると決まって見に来るんだ」

「何を言ってるんです？　さっき目の前を通ったものはラクダみたいな大きさだったんですよ」

ガスパロが肩をすくめた。「この辺では〝チョン・ピル〟、大きなシラミって呼ばれてる。最初のベニス人がここに来たときから、やつらはもっぱら人間の血だけを吸うようになって、何世代も経るうちにますます巨大化し、知能も高くなって、少し大げさな言い方だが、工夫に富んだ生態を持つようになった。宿主から血を吸うにはもはや単純にあごで咬み付くだけでは済まなくなり、意識的な交渉へと進化を遂げたんだ。さすがに実際に意見を交換するとまではいかないが――」

「この辺りの人間は巨大なノミと会話をするんですか？」とダービーがいつものようにストレートな質問をぶつけた。

「その通り。ただし、ノミ特有のあごの構造のせいで音韻論的な問題があるために、言葉は普通は古代ウイグル地方の方言を使う。特に有声の歯間摩擦音が苦手らしくて――」

「はあ……じゃあ何て言ったらいいんですか？〝おあずけ〟は？〝お座り〟は？〝チューチューの時間だよ〟は？」

「それはともかく、もしもノミと遭遇することがあったら、一つか二つ言葉を覚えておくと役に立つかもしれない」

　ダービーは、左の襟の下にあるホルスターを叩き、意味ありげに眉を上下させた。

「やめた方がいい」とガスパロが反対した。「それをやるとノミ殺しになる。ここでのノミ殺しは地上での殺人と同じように重罪だ」

　にもかかわらず、ダービーは期待と恐怖を抱きつつブローニング自動拳銃を肌身離さず携帯し、その夜、少年たちは潜砂器を装着し、ヌオヴォリアルトに遊びに出掛けた。砂の中での移動にはある程度の慣れが必要で、少しでも体を動かそうとするとかなりの時間がかかったが、しばらくするとあきらめてのんびりと動くようになり、粒子の粗い媒体のために、シューシューという音が耳に聞こえるばかりでなく、体にも感じられた。

　さまざまな方角から叫び声が聞こえ、酒場やその他の卑しい店の近所では、血が三次元のぎざぎざな

＊　一般には天と地の呼応を言うことわざ。ここでは、地上と地下（砂中）の呼応を指している。

染みになっているのが見えた。

よそでたまたま断片的な噂を耳にしていなかったなら、チックは潜砂フリゲート艦が持つ真の目的——シャンバラ探求は真の目的を隠すための口実にすぎない——について何も感づかなかっただろう。彼は、〈砂男酒場〉でレナードとライルという石油試掘者と話を始めていた。二人は、次の有望な採掘地に向かう途中だった。

「おうよ、おれたちはスウェーデン人がやって来るずっと前にここに来て、あちこちで試掘をしてたんだ……」

「この場所に比べりゃ、きっとソドムとゴモラは日曜学校のピクニックみたいなもんさ」

「どういうこと?」

「おれたちはこれから〝聖なる土地〟に向かうんだ」

「ていうか、聖書に書いてあることからしたら、〝不浄な土地〟だな」

ある晩、バクー[*1]の波止場にある「テケ」と呼ばれるハシシ吸飲所で、超自然的な指図のようなこんな出来事があった。携帯用の聖書以外に賭けられるものを持たずにアメリカ合衆国からやって来た流れ者がライルとの賭けに負けたとき、ライルの目の前で聖書が床に落ちて、ちょうど創世記一四の一〇のところが開き、そこに「シディムの谷には至るところに瀝青坑《れきせいこう》があった」と書かれていたのだ。[*2]

「死海地域の話だ。〝瀝青坑〟っていうのは瀝青炭の採掘場のこと」とレナードが説明した。

「それでぴかっとひらめいたってわけだ。実際、外でガス爆発でもあったかと思って店を飛び出したくらいさ。でも爆発じゃなかった。〈主〉がおれたちを、平原にあるかつての歓楽街へと招いていたんだ。そこが次のスピンドルトップ[*3]になる。全財産を賭けてもいい」

「勢いがありすぎてキャップロックを取り付けるのに苦労したグロズヌイの噴出油井よりもでかいぜ」

とレナードが断言した。

「じゃああんたたちが今そっちに行かないでここに来てるのはどういうわけ？」とぶしつけなダービー・サックリングが尋ねた。

「基本的にはまとまった金を手に入れるため。ここなら手早く現金が稼げる。七面倒な段取りや書類の記入の必要がないからな。おれたちの言ってること、分かるか？」

「この辺りに石油が？」とチックが聞いたが、わざと知らないふりをしていることがわずかに声の調子に表れていた。

二人の試掘者がしばらく大笑いをし、少年たちにまた一杯ずつアラック酒をおごった後、ライルがこう答えた。「あんたたちが乗ってきたフリゲート艦の船倉を調べてみろよ。ボーリングロッドとかパイプとかカリックスドリルとか、そういう道具がそろってるはずだ」

「ちくしょう、試掘屋の顔ならもう見分けがついてもいいはずなのにおれたちときたら。そういえば、バクーで見かけた連中も乗員に混じってた」

ダービーはそれを面白がった。これもまた、いかに大人が信頼できないかを証明する一つの出来事だったからだ。「てことは、シャンバラにまつわる話もすべてただの口実ってことか」

「ああ、その場所はおそらく実在するんだろう」とレナードは肩をすくめた。「しかし、おたくの艦長がシャンバラに直行して、そこの人間とこんにちは《アッサラムアライクム》とあいさつを交わしたとしても、彼の本当の目は次の背斜構造*4に向けられているはずだ」

「気のめいる話だな」とランドルフがぼやいた。「またまた私たちは、他人の秘密の計画のために利用

＊1　カスピ海西岸に臨むアゼルバイジャンの首都。
＊2　この後、「ソドムとゴモラの王は逃げるとき、その穴に落ちた。残りの王は山へ逃れた」と続く。
＊3　テキサス州にある岩塩ドーム油田で、一九〇一年に完成した。
＊4　地層が山型に曲がっている部分。石油や天然ガスが集積するので探査の目安とされる。

されたってわけだ」

チックは二人の放浪試掘者が視線を交換するのに気がついた。「今ふと思いついたんだが」と、ライルがいすを机に引きよせ、声を抑えて言った。「あのフリゲート艦では背斜層を発見するたびに、石油埋蔵の可能性について誰かが日誌に記録を書き残してるはずだ――場所と深さと推定埋蔵量についてな――用心深く守られているそういう情報に対しては金を惜しまない連中もいる」

「とんでもない」と軽蔑的な態度でリンジーが抗議をした。「そんなことをすればただの泥棒と一緒だ」

「しかし金額が十分に高ければ」とランドルフが言った。「ただならぬ泥棒になれる」

上陸許可を与えられたヌオヴォリアルトでの週末は奇妙な休暇だった。艦はアラック酒輸入業者が所有する埠頭《ふとう》に係留されたが、その突堤では毎朝、娯楽追求の道半ばにして半分まひ状態に陥った船乗りが数多く見つかった。彼らの潜砂器は休止モードでブーンとうなっていた。乗員の多くが砂蚤の待ち伏せを受けたと報告し、毎朝、医務室前の行列が廊下からはしごへ、そしてさらに粘性室までつながっていた。砂蚤の誘いを楽しんだと思われる人々はそもそも報告自体を行わなかった。後甲板では、ののしり合いのけんか、成功した密輪、失敗した密輸が繰り広げられていた。より大胆な乗員は、「砂中任務」において感情的な揮発性の代名詞となっているベニス系ウイグル人女性による手の込んだ誘惑に遭い、恋愛がらみのメロドラマを演じていた。ついにすべての綱をまとめる時間が訪れると、乗員の約二パーセント――この種の件ではほぼ平均的な割合だ――がその場に残って結婚するという決意を発表した。トードフラックス艦長はこの地域に長く勤務した経験から、彼らのうちの大半が次に艦がこの町に寄ったときには艦に戻ると分かっていたので、冷静な態度で彼らの願いを聞き入れた。「結婚か〝砂中任務〟か」と宇宙的な悲哀を思い描いて首を横に振り、「何という二者択一なんだ!」

潜砂フリゲート艦〈サクソール号〉が鈍い音を立てながら砂漠の下の古代ベニス的なオアシス――マ

ルコクエリーニ、テレナスコンディート、ポッツォサンヴィート——を次々に訪れ、元気に巡航している間、乗組員たちは、石油の探査など頭の片隅にもないという演技を続けていた。やがて、危険なことに、ライルとレナードが言っていた石油・地質学的な日誌のことがランドルフの頭を離れなくなった。彼が知る限りでは、その日誌は、任務に関する他の詳細な書類と一緒に艦長室の金庫にしっかりと保管されているらしかった。ますます精神のバランスを失い始めたランドルフは、ダービー・サックリングに助言を求めた。

「法務士官として言わせてもらえば」とダービーが言った。「おれたちが彼らに対してどれだけの忠誠の義務を負っているかがはっきりしない。まして、向こうがおれたちに多くの隠し事をしているこの状況ではね。おれ的には金庫破りという選択肢が正解だと思う。その金庫の構造が開けられるものかどうか、カウンターフライに聞いてみたらいい」こうして、後に当人が証言したようにランドルフは書類を盗むつもりも盗み見るつもりもなかったのだが、Q・ゼーン・トードフラックス艦長が夜半直の時間に艦長室に入ったときに何本かのダイナマイトの棒と起爆装置を持ったランドルフがじっと金庫を見つめて立っている姿を発見し、一瞬、気まずい雰囲気が漂うことになったのだった。

そのときから少年たちが旅立つまでの間、艦長室の外には二十四時間、先任衛兵長の警備がついた。〈不都号〉が係留された地区のそばでようやく艦が地面まで浮上したとき、別れのあいさつはきわめて手短に済まされた。

少年たちが〈不都号〉に戻ると、食料庫は空っぽで、デッキも散らかったまま、グルカ族の警備員は皆姿を消しており——ランドルフの船長室に残されたメモによれば「緊急事態で招集された」らしい——船の安全は完全にパグナックス一匹に任されていた。パグナックスが犬にしばしば見られるようなじゃれつく態度を見せることはまれだったが、今日のパグナックスは明らかに少年たちとの再会を異常に喜んでいた。「グルルル、グルグッルルルルルル、グルンルルルグッルルル、グルルルル」と彼が叫んだ。少年たちにはそれが「みんなが出て行ってからろくに、二時間でさえゆっくり寝てないよ」という意味だと分かった。マイルズがすぐに厨房《ちゅうぼう》に直行し、あっという間にパグナックスの目の前には、コンソメ・インペリアル、鶏肉の特製タンバル[*1]、羊脚肉のグリルのピカントソース添え、ナスのムースリーヌソース添えを含む、豪勢なごちそうが並べられた。ワイン倉庫はグルカ族によって控えめとは言いがたい程度にあさられていたが、マイルズは、パグナックスの口に合う〇〇年もののプイイ＝フュイセ[*2]と九八年もののグラーヴ[*3]を何とか探し出した。パグナックスはそれをがつがつと食べだしたかと思うと、やがて眠りに落ちた。

その晩、〈不都号〉が広くて静かな砂漠の上に浮かんだとき、チックとダービーが露天甲板を散歩しながら砂漠を見下ろすと、高度の低い夕日に照らし出された砂漠の丸い波頭がこの未知の世界の果てまで打ち寄せているのが見えた。マイルズは少しの間一緒にそれを見ていたが、彼はすぐにいつもの時間旅行に出掛けてしまった。

「これから起こることは」と、彼は戻ってきて報告をした。「ここから始まる。今生きている人間が誰も目にしたことのない、そして今までに死んだ人間でも目にしたことのない大規模な騎兵隊同士の交戦がある。洪水のような馬の群れが地平線を埋め尽くす。馬の横腹が不気味な緑に染まる。嵐に照らされ、残忍に、勢いが衰えることもなく、砂漠と大草原を形作る物質から湧いて出るかのように次々に馬が姿を現す。そしてその化身と虐殺は沈黙の中で生じる。風も鋼鉄も、地を蹴るひづめの音も、馬の群れの騒ぎも人の叫び声も吸収してしまう、この巨大な惑星規模の虐殺現場で。何百万もの人間がここにやって来て、この世を去ることになる。ひょっとすると、その出来事に関する知らせが事件の意味を理解することのできる人に伝わるのには何年もかかるかもしれない」

「ダービーもおれももうそんな光景を見たことがあるような気がするぜ」と、ズート博士の「時間室《チェンバー》」での短いけれども不愉快な経験を思い出しながら、チックが言った。しかしあの光景の意味は、仮に単純な予言だったとしても、あのときも今も二人にはよく分からなかった。

ベネデットクエリーニ・オアシスを越えたどこかで、潜砂フリゲート艦〈サクソール号〉が遭難した。生存者は数少なく、遭難の状況に関する説明もあいまいで一貫しなかった。最初の一斉射撃はどこからともなく、正確な照準で、耳をつんざくような音とともに襲ってきて、艦橋は恐怖で強硬症に陥った。オペレーターはモニターの前で物も言えないまま、目に見えぬ攻撃者を見つけるためにすべての考えられるスイッチの組み合わせで信号強化と回線濾過《ろか》を試み、画像の調整をしようとした。敵は洗練された強力な周波数偏移装置を用いているらしく、潜砂攻撃艦の姿全体をすべての既知の視覚化装置から隠していた。

〈仲間〉が何も知らずに持ち込んだ『スフィンチウノの旅行案内』のせいで、潜砂フリゲート艦〈サクソール号〉は待ち伏せに遭い、災難に見舞われたのだ。

「敵は誰だ?」

「ドイツ人かオーストリア人の可能性が高い。だがスタンダードオイル社の可能性も捨てきれない、あるいはノーベル兄弟[*4]かも。ガスパロ、わしらは絶望的だ。こんなときのためにこそおまえを乗艦させたんだ。軸路まで行け。そして、そのロッカーにある潜砂器を着けて、水筒とオアシスの地図と非常食を持って地上まで泳ぎ、何としてもイギリスまで戻るんだ。戦争が始まったと政府に伝えなければならない」

＊1 肉、魚、野菜などのみじん切りをパイ皮に包んで焼いたフランス料理。
＊2 ブルゴーニュ産の辛口白ワイン。
＊3 フランスのグラーヴ産の辛口ワイン。
＊4 ダイナマイトの発明者アルフレッド・ノーベルは二人の兄とともにノーベル兄弟石油社を設立した。

「ですが、ここにもできるだけたくさんの人手が必要では――」

「行け！　外務省の情報局の人間を見つけるんだ。それが唯一の希望の光だ」

「異議があります、艦長」

「文句があるなら海軍省に言え。わしが生きていればわしを軍法会議にかけてもいい」

〈時間〉と〈空間〉について大いなるあいまいさが存在するその場所で何日もの時間が経過し、遠からずガスパロがロンドンに戻り、伝説的なサンズ大佐、現在はサンズ調査官であり間もなく英国政府に――加えて「デイリーメール」紙の読者にも――「内陸アジアのサンズ」として知られることになる人物にコンタクトを取ろうとすることになる。


その一方で、何日にもわたり、そして場所によっては数週間にわたり、タクラマカン戦争の戦闘が吹き荒れていた。地面が震えた。時折、潜砂艦が突然何の前触れもなく地表に現れたかと思うと、それは致命的な損傷を負っていて、乗組員は既に死んでいるか、死にかけていた……地下深い場所にある埋蔵地層が攻撃を受け、大量の石油が一晩で噴き出し、大きな火柱が空に向かって伸びた。カシュガルからウルムチまで、バザールには武器や呼吸装置や船の備品があふれた。奇妙な計器とプリズムと電気配線から成る正体不明の機械も一緒に売られていたが、後にそれはすべての列強が配備していた四元数光線兵器であることが判明した。そうしたものが今、ヤギ飼いや鷹匠《たかじょう》や呪術師《じゅじゅつし》の手に渡り、空っぽな場所へと運ばれ、分解され、研究され、宗教的な目的や実用的な用途のために改造され、最後には、この時代に至ってもなお世界島を獲得するつもりで競い合っている列強の腐り切った計画をも裏切る形で世界島自体の歴史を変えることになる。

万能の暗号名である「テロ対策」という科学の創成期にあったこの時代、人々からの慎重な勧告を受けて保安組織に危機の警告を与える任にあった現実のサンズ調査官は非常に忙しく、自分の存在が伝説化しかけていることも知らず、職業的な立ち居振る舞いを明確な形で維持しようと必死だった。彼は間もなく年齢以上に老け込み、家に持ち帰った不機嫌は否応《いやおう》なく妻と子供の上に降りかかり、キャリアはいまだ半ばにもかかわらず帽子を脱ぐいとまもなく、次々に緊急事態の対応に追われていた——「あ、サンズ、君か、ちょうどよかった。容疑者を見つけたんだ——向こうの窓口のところ。見えるか？——あの男の言葉の訛りがどこのものか分からない。アイルランド訛りだって言うやつもいるし、イタリア訛りだって言うやつもいて、その上、妙な形の鞄を持っている——もちろんおれたちも何とか時間を稼いで引き延ばしてはいるが、もしも時限装置が中に入っていたらかえってまずいことになる。だろ？」

「つやつやした緑色のスーツを着て、ゴンドラの船頭みたいな帽子をかぶった男か。でもあれは……まさかリボンをつけてるわけじゃないよな——」

「あれは羽毛、というか羽根飾りかな。変わってるだろ？」

「イタリア人かもな」

「明らかにアラブ系だ。問題は、短期的に見てあいつが何を企んでるかってことさ。まさか窓口強盗に来たわけじゃないだろう？」

「鞄の中身はただの弁当かも」

「ああいうやつらの中にはよくいるんだよな、爆薬を食べるやつが。普通の人間なら思いつかないけどな」

「私が言ったのはそういう意味じゃなくて……爆薬ではなく弁当が中に入ってるんじゃないかってことだよ」

「そうだな、分かってるよ。でも、だとしたら中身は何でもおかしくない、だろ？ 例えば洗濯物かも」

「だな。けど、洗濯物を詰め込んだ鞄で何が吹き飛ばせるって言うんだ」

「おい、兄弟、見ろよ、あいつ、ポケットから何かを出したぞ。だから言っただろ」たちまち制服を着た警備員が四方から侵入者に飛びかかった。外では、セントマーチンルグランド通り一帯とエンジェル通りまで至るところに馬車や自動車でロンドン警視庁の警官が現れ、都合のよい渋滞を引き起こすために、全般的な交通まひの原因となりそうな場所にいるドライバーたちの耳に思わせぶりな情報を聞かせた。問題の窓口にいた係員は近くの机の下に飛び込んですすり泣いていた。被疑者はあっという間に鞄を手に取り、正面出口から飛び出し、通りを渡って、電報事業のすべてを請け負う中央郵便本局西館に向かった。そこは威嚇的な雰囲気を感じる者も多い広大な空間だった。中央にはフロアよりも低い場所に四機の巨大な蒸気機関が据え付けられていて、それが気送管に供給する圧力と真空の力によって、日々数千通にものぼるメッセージがシティーとストランド街*に送受信されていた。かなりの数の機関員が燃料を補給し、灰色のドリル織りの作業着と黒っぽく光るヘルメットを身に着けた技師がエントロピーの変動や真空の不全などを四六時中監視していた。

「あそこだ!」とか「手を挙げろ、無政府主義者野郎!」とかいった叫び声は蒸気機関の容赦ないポリリズムによって掻き消された。黒ずんだ鉄の構造物が油にまみれて苦悶《くもん》する姿を背景にして、目に見えない場所で仕事をする特殊な集団によって夜の間に磨かれた真鍮製の付属品や留め金が、周囲の複雑な周期的運動の中、勤勉な聖人の光輪のように輝いていた。

大フロアに並んだ何百人もの電信技手が、オンとオフの宇宙からほとんど顔を上げることなくそれぞれの機械に向かっていた——制服を着た使い走りの少年たちがニスのかかった硬材製の机と仕分け棚から成る迷路の中を行き来し、客は壁にもたれたり、歩き回ったり、受け取ったばかりの通信文やこれから送る文章をけげんな顔で読んだりしていた。この〝北の連絡寺院〟の中では、陰気なロンドンの日の光が窓から降り注ぎ、立ち上る蒸気が熱帯を思わせるような湿度を生み出していた……。

「落ち着け、ルイージ、そんなに慌ててどこへ行く?」と、大理石からいきなり飛び出してきた巡査が言って、機敏な地中海人にサッカー風のスライディングタックルを仕掛けると、男は逃げ足が鈍り、こう叫んだ。

「やめてくれ、ブロギンズ、私だ、ガスパロだ。頼むから――」

「あ。悪かったね、だんな、全然気が――」

「駄目駄目、敬礼はするな、ブロギンズ、私は変装してるんだ。分かるだろ、な。君に頼みがあるんだけど、今すぐに私を逮捕するふりをしてくれ――そして上階に連行するんだ、できればお手柔らかにな――」

「（了解、だんな。）ようし、さっさと歩け《アレグロ・ビバーチェ》、この野郎。一応、形だけ、かわいいブレスレットを着けさせてもらうぞ。こいつはおれの巡査仲間でおまえの持ってる興味深い鞄を調べる担当だ。おい、いつまでもボーッと鞄を見てるんじゃないぞ巡査、そうそう、いい子だ……」手錠をしていても異国的な身振り手振りの妨げにはなっていないらしいその容疑者を連れて通用階段を上がり、制服を着た警備員がひしめく玄関まで出ると立派なアーチをくぐり、治安局の建物に入った。

「おやおや、ガスパロじゃないか。安っぽいドーランを顔中に塗りたくってどうしたんだ？　その帽子も最低だけど」

「こうでもしなきゃあなたと話ができなかったんだ、サンズ。監視の目と耳がそこら中に張り巡らされていて――」部屋の反対側で、通信文を気送管で運ぶグッタペルカ製の円筒形容器が鈴のような音を鳴らして取り出し口に届いた。

「私宛てかな――」と書類を取り出して目を通した。「やはりな……。またしても忌ま忌ましい婦人参政権論者の問題だ。あ、すまない、ガスパー、何の話だったかな」

「サンズ、私がどんな人間か知っているだろう。私が目にしたものは、仮にそれをあなたに話しても、

＊　ロンドンのホテル・劇場・商店が多い大通り。

私にはその意味が分からない。仮に分かったとしても、私にはとても――」

「じゃあ話してくれたまえ、さあさあ、もちろんだ。君さえよければホルボーンまで歩きながら話そう――」

「ぜひ。どっちみち、この衣装はサフロンヒルに返さなきゃならないし」

「どこかいいところがあればビールを一杯やってもいい」

「ちょうどいい店を知ってる」

それは〈燻製コダラ《スモーク・ハドック》〉という名の居酒屋で、ガスパロの数多いなじみの店の一つだった。おそらくそれらの店の一つ一つでガスパロは違う人格を使い分けているのだろうとサンズは推察した。

「いらっしゃい、教授。お元気ですか?」

「元気じゃない方が幸せなくらいさ」とガスパロがにこやかに答えた。それは、サンズが以前に聞いたことのないような高い声で、小市民的な口調だった。

「サンズ、君には信じがたいことかもしれないが、どうしても君には――」

「君と私の間で前置きは要らないぞ、ガスパー、単刀直入に頼む」

「よし、じゃあ」彼は自分が逃れてきた災厄について冷静に物語り、その後、潜砂フリゲート艦〈サクソール号〉を見舞ったかもしれない運命について説明をした。「今回もまた中心にあるのはシャンバラ問題だ。誰かが、われわれの仲間かもしれないが、ついにシャンバラを発見した」

「どういうことだ?」

ガスパロは耳にした断片的な情報を伝えた。「その土地は……無傷なんだ。他の地下遺跡は当然、すべて砂に埋め尽くされているが、シャンバラではどうしたわけか砂が排除されている。巨大な泡のように、目に見えない球形の力に保護されているんだ――」

「じゃあ場所さえ分かれば誰でも――」

「中に入って占領できる。特別な装置は必要ない」

「それはすばらしい知らせだ、ガスパー」しかしガスパロの目は微動だにせず、サンズを見つめ返していた。「というか、その――英国にとっては輝かしい瞬間という意味で言ったんだが――」

「向こうにいるのは私たちだけじゃないぞ、サンズ。今この瞬間も、あの地域にいる列強はすべて軍を投入している。〈サクソール号〉のようなフリゲート艦の戦闘はまだ手始めの陽動にすぎない。あの都市の所有権をめぐる持続的な衝突の可能性は日一日と高まっている。そうなれば連隊規模の、あるいはもっと大きな戦闘になる」

「しかし、私は常に電話で政府と連絡を取っているが、そんな話は誰からも聞いていない」

「ああ、それはきっと私が狂ってるからさ。私の話なんてすべて狂人の幻想にすぎないってことなんだろう」

「まさにその通りだよ、君。どんなに狂った発言でも時間が経てばただのありきたりな歴史になる。ただ口にするのが早すぎただけのこと」彼はキャンベル＝バナマン*の頭をかたどった十シリング金貨入れを取り出した。「電話ボックスを探さなければならん。いやはやいやはや」そう言って彼は立ち去った。砂漠を横断していたときのガスパロが二度と見ることはできないだろうと覚悟していたその薄暗い店は、ゆっくりと、思いやりを示すかのように彼をありがたい無能力状態へと引き込み、間もなく、彼にはドーバー海峡よりも向こうの出来事は何もはっきりと考えられなくなった。

* 英国の政治家（一八三六―一九〇八）で、首相も務めた（一九〇五―〇八）。

ダリーがニューヨークに向けて発った日、マールは眼鏡をなくしたふりをして、思いつく限りのあらゆる場所を引っ掻き回した。いろいろな箱を開け、掛け布団の下と荷馬車の骨組みの奥を調べた揚げ句、彼は、何年も前にカンザスシティーで家族の一員となった——ダリーは好んでそんな言い方をしたのだが——古いぬいぐるみの人形、クララベラがほこりまみれになっているのを見つけ、驚いたことに自分のものではない感情に襲われたのだった。まるで寂しがっているのは、手に取って遊んでくれる少女がいなくなり、昼の光の中に投げ出されたクララベラであるかのようだった。ペンキのはがれたその顔を一目見ただけで、男の涙腺が、外れるとは言わないまでも、緩んだ。

彼は次の延べ棒鋳造日まで待ってから、リトルヘルカイトでのアマルガム技師の仕事を辞め、現像用の化学薬品と感光板と数枚の写真だけを手元に残すことで満足し、他のものはすべて処分した。残した写真の中にはダリーのものが混じっていたかもしれない。彼はいい馬を二頭見つけ、サンミゲル川をたどり、ダラス分水嶺を越え、ガニソンを抜け、東に大きく広がる長い斜面をプエブロまで下った。何年も前、コロラドへと西進していたとき、自分は何か重要なものを見逃したのではないかと彼は頭の奥で感じていた。どこかの町を見落としたのではないか。あのとき見逃した何かの機械をもう一度発見し、使ってみなければ今までの彼の人生の大半が無意味なものになるかもしれない、と感じられるほど重要な何かだった。彼は東に向かいながら、千マイル前方のどこかにダリーがいることを意識していたが、ニューヨークまで行く気があったわけではない。自分の気が済むところまで東に移動しようと考えていたのだ。

　ある土曜の晩、マールはアイオワ州オーデシティの町に着いた。夕食時が過ぎたばかりで空にはまだ少し光が残っていて、農家の荷馬車が数台町を出て、靄《もや》の中へ消えていった。靄の中ではオークの木々がぺろぺろキャンディーのように丸く平面的に見えた。マールは、カラフルなガス灯のついた平屋根を載せた、羽目板張りの建物の前にできた小さな人だかりが徐々に声を荒らげ始めていることに気づいた。街灯よりも早く点灯されたそのガス灯は、薄れゆく光の中に町の映画館の名前を浮かび上がらせていた。〈ドリームタイムムービイ〉。マールは馬車を止め、歩いて人込みに加わった。

「何だかにぎやかだね」　田舎の映画館の多くがそうだが、ここもどこかの宗派の教会――結局、小さすぎて牧師一人の生活を支えられなかった教会――を改装した建物であることにマールは気がついた。それは、映画の観衆とテント集会との間に大きな相違があるとは考えないマールにとっては納得がいく応用だった――自らすすんで話の上手な人《ストーリーテラー》のまじないを受け入れるという点では同じなのだから。

「三週間続けてこれだ」と誰かがすぐに彼に教えてくれた。「あのおんぼろ機械の故障さ。おれたちは、フィスクが表に出てきてまたいつものくだらない説明をするのを待ってるんだ」

「最悪のタイミングに故障したんだ。女が川の中の丸太にしがみついてるところで――」

「――流れの先には大きな崖を落ちる滝があって――」

「――川の流れが速くて女には泳げない。男がそれを見つけて、ぎりぎりのところに馬で駆けつけて――」

「ところがそこですべてがおじゃん！　フィスクの野郎は分かっていないみたいだが、あいつはこのままだと町を追い出されるぜ」

「間抜け野郎が出てきたぞ」

痛ましいほど落ち込んだフィスクと群衆との間に距離を取るようにマールが動いた。「やあ、レンズの同志君、どうしたんだ？　フィルムが切れたか、それとも映写用カーボンが焼き切れた？」

「画面が安定しないんだ。スプロケットとギアの不具合かな、よく分からないけど」

「私は映写機を扱ったことがあるんだ。見させてもらっていいかな？　何を使ってる？　パワー式の作動機構か？」

「普通のジュネーブ式だ」　彼は小さく怪しげな元教会の奥へマールを連れていって階段を上がり、かつては聖歌隊用のロフトだった場所へと案内した。「ちゃんとセットしようと思ったらこれしかやりようがなかった。本当なら町で時計屋をやってるウィルト・フランボがこの装置のことは表も裏も知り尽くしてるんだけど、ウィルト[*1]が飼料屋の奥さんと駆け落ちしたもんだからおれが仕事を引き継ぐことになったのさ。やつは今、デモインかどこかにいて、どれだけ愉快にやってるかを見せつけるためにみんなに絵はがきを送ってよこしてる」

マールが機械を調べた。「このジュネーブ式投影機は問題ない。フィルムをスプロケットに押しつける装置の具合が少しおかしくなってるんだ。問題はそれだけ。おそらく装置のブレーキをこうすれば……よし、ＯＫ。照らしてみよう。これは？　ガスバーナー？」

「アセチレンだ」　機械は正常に動作を始め、二人は少しの間突っ立ったまま、危険な滝の縁がどんどんと近づいてくるスクリーンに見入っていた。「リールの最初までもう一度巻き直した方がよさそうだ。本当に、おかげで助かったよ。みんなにいい知らせをもたらす名誉はあんたが受け取ってくれ」

「正直言うと」と、その後、お近づきの印にビールを酌み交わしながらフィスクが認めた。「最初からおれは映写室が苦手だったんだ。あの小さな部屋の中で大量のエネルギーが放出されてて、熱もすごいし、フィルムに含まれるニトロもあるし[*2]、何だか今にも爆発しそうな気がしてね。いろんな噂も耳にする。光だけの問題ならいいとしても、他のいろいろな力が作用してるとか……」

二人は互いに、前に座っている客を幸福な恍惚《こうこつ》に導く魔法の裏側――この場合は映写機を回すという肉体的な労働と、悪魔的なエネルギーのすぐそばに立たされるという危険――を知ってしまったプロらしい、苦々しい怒りに満ちた無言の笑顔を交わした。
一、二週間ほど、マールが映画館の仕事を引き受け、その間、フィスクは自分の荷馬車部品屋の仕事と休憩に戻った。しばらくすると、以前もそうだったのだが、マールはスクリーン上の物語から気がそれ、映写機のクランクを回しながら動画と時間との奇妙な関係について思いを巡らせていた。ひょっとすると奇妙というよりも微妙な関係なのかもしれない。というのも、すべては目を欺くことにかかっているのであり、だからこそきっと、たくさんの奇術師が映画業界に鞍替えしているのだ。しかし、もしも静止画を動かせばいいということなら、こんな手の込んだ歯車列や複合的なレンズ、速度の同期、一こまごとに一瞬止めるための時計職人の技などよりももっといい方法があるはずだ。もっと直接的な方法、光自体をどうにかする方法があるはずだ……。

ある日、どこかで見覚えがあるような気がする黄色い空の下、彼は川の土手にやって来た。川では若者たちがカヌーを漕いでいたが、元気いっぱいでもなく、のんきに戯れているわけでもなく、まるでもっと深遠な動機でこの場所に来たはずなのにその動機が思い出せないでいるかのように暗く途方に暮れた様子だった。彼はその心境がどのようなものか理解できた。まるで尾根を越えた探検家が山や湖を発見する――それは自分自身を写した地図みたいにこの上なく整然とそこに現れる――ように、その心境をはっきりと認識することができた。彼はこの日、キャンドルブラウ大学を見つけた、というか、キャンドルブラウが彼を見つけた――キャンパスの荒れ果てた門をくぐった彼はそこが探していた場所、一回目に見逃していた場所であることが分かった。通りには書店が並び、座って話せる場所や黙って座れ

＊1　アイオワ州の州都。
＊2　映画製作の初期にフィルムベースとしてニトロセルロースという可燃性物質が使われていた。

る場所があった。カフェ、木製の階段、バルコニー、ロフト、屋外のテーブルでの食事、縞模様の日除け、ごった返す人込み、夜のとばり、小さな映画館、外の薄黄色のネオン……。

　この土地は緩やかにうねっていた。運動場の声以外は話し相手に聞こえる音量を上回ることはなかった。馬が中庭で草を食《は》んでいた。野原のにおいがあらゆる場所に浸透していた――ムラサキツメクサ、スイカズラ、アメリカシモツケソウ。人々は蹄鉄やウクレレを持ち、サンドイッチと固ゆで卵、ピクルスと瓶ビールの詰まったかごを抱えて、キャンドルブラウを流れる、静かでカヌーができることで有名なセンピターン川[*1]の土手に集まり、ピクニックをしていた。一日置きに午後には、西の方に入道雲が現れ、ぐんぐんと成長し、最初の風と雨粒がやって来るころまでには、空が聖書に出てくるような不気味な黄灰色に曇った。

　この場所には世界中から会議の参加者が集まっていた――歴史の法則と可逆過程に関する奇妙な観念を持ったロシアの虚無主義者、時間旅行が〈業《カルマ》〉の法則に及ぼす影響に懸念を抱いたインドの賢者《スワーミー》、同じように敵討ちという行動指針が危うくなるのではないかと不安を抱いたシチリア人、電気機械に関する特定の問題の答えを知りたがっているマールのようなアメリカの修理屋など。彼らの精神はすべて、何らかの意味で〈時間〉の攻略法と〈時間〉の神秘に注ぎ込まれ、取り囲まれていた。

「実を言うと、いわゆる〝直線的時間〟というわれわれのシステムは円環的な、あるいはもしこう言ってよければ、周期的な現象――つまりは地球の自転――に基づいたものなのです。すべてが回転をしている。大きなところではおそらく宇宙全体もそうです。ですから大平原に目をやっても、空が暗くなって漏斗雲が生まれたとき、その渦の中に見られるのはやはり万物の基本的な構造で――」

「あの、教授――」

「――〝漏斗〟というのはもちろん少し誤解を招く表現です。なぜなら、渦の中の圧力は側面が直線になっているように単純に分布しているわけではありませんから――」

「先生、すみませんが――」

「――どちらかというと、疑似双曲面的な回転に近く――あれ。皆さんどこに行くんです?」

発表を聞いていた人々は――中には猛スピードでダッシュする者もいた――散らばり始めていた。空をちらっと見るだけでその理由は判明した。まるで教授の講義によって誕生したかのように、西の方で膨れ上がり電光を発している雲から典型的な大草原の「竜巻《ツイスター》」が現れた。その下部が尖って先端が地上に到達しそうになり、まるで意識を持っているかのように、その進路に当たるキャンパスに向かって、足の速い馬でも逃げ切れそうもない速度で近づいてきた。

「急いで――こっちだ!」 誰もが形而上学部の本部となっているマクタガート講堂に集まった。そこにある竜巻退避用地下室は、クリーブランドとデンバーの間で最も広くてよい場所にある待避所として、地元では有名な施設だった。数学者や技師たちが風防付きのランプや白熱套《ガスマントル》に火をつけ、電灯が消えるのに備えた。

退避用地下室の中では、前回の竜巻のときから置きっぱなしになっていた半液体のコーヒーと田舎風ドーナツを飲んだり食べたりしながら、周期的な関数とその一般化された形である保形関数についての話が再開された。

「まずは手始めに〝永劫回帰〟の問題を考えましょう。抽象的な次元でそのような関数を組み立てることができたなら、もっと世俗的な、もっと物理的な表現を構築することも可能になるはずです」

「タイムマシンの建造とか」

「私ならそっちの問題は考えませんが、お好みならそう思っていただいてもいいでしょう」

話を聞いていたベクトル主義者と四元数主義者は、最近彼らが考案したロバチェフスキー関数*2という

*1 「センピターン」は「永遠」の意。

*2 ニコライ・ロバチェフスキーはロシアの数学者で、双曲的非ユークリッド幾何学の創始者(一七九二―一八五六)。

名の関数を皆に教えた。関数はLob aのようにLobで略記され、それを使うと、ほとんど副産物のように、通常のユークリッド空間がロバチェフスキー空間に変換できるのだ。

「こうして私たちは渦の世界に入ります。それが新しく定義し直された生命の本質になり、それがすべてのものの座標を決める軸を与えるのです。〈時間〉はもはや直線的な速度を持って〝過ぎ去る〟ものではなく、角速度を持って〝回帰する〟ものになる。すべてを支配するのは保形関数的な摂理です。私たちは永遠に、というか無時間的に、自分に送り返されるのです」

「生まれ変わりだ！」集団の中にいた敬虔なクリスチャンが、まるで突然啓示を受けたかのように叫んだ。

地上では破壊が始まっていた。そして今ここで、この竜巻に関して奇妙なことに気がついた者がいたかもしれない。問題は単に、嫌になるほど規則的に竜巻がキャンドルブラウを襲っているというだけではなく、紛れもなくいつも同じ竜巻が襲っているということだった。それは繰り返し写真に撮影され、風速、円周、角運動量、時間ごとの形状変化を測定されたが、それらの数値は、竜巻が何度やって来ても薄気味悪いほど変化がなかった。やがてそれは「トルヴァルド」*という名前を与えられ、それに対する贖罪《しょくざい》の捧げ物が大学の門の外に山積みされるようになった。供え物は通常、トルヴァルドの大好物として知られていた板金だった。あまり多くはなかったが、人間の食べる物の代表として、さまざまな家畜——生きたものや処理されたもの——が置かれることもあった。たまには、収穫の日の祝いのごちそうがピクニック用の長机に食べられる状態で並べられることもあったが、実際にそこから食べ物をくすねるとか、ましてやつまみ食いするなどということは、運命に対して無関心な人間でなければできることではなかったので、ここののんきな学生には無理だった。

「迷信だ！」と何人かの教授が叫んだ。「こんな調子じゃあとても科学的な客観性なんて保てない」

「でもトルヴァルドと意思の疎通を図ってみたらどうでしょう——」

「ああ、〝トルヴァルド〟だな、よしよし、いい子だ」
「うん、何だかんだ言っても相手は周期的なんだから、波動の変化を使って信号を送ることができるかも――」

マールが毎日一時間かそこらうろつくようになった西シムズ通りでは、いくつか異なったタイプのトルヴァルド電信機が売られていた。ここキャンドルブラウでは、毎年夏になると、川の上流と下流から大量の仲買人や投機家が集まり、〈時間〉のバザールに店を出し、いろいろなものが売られていた。懐中時計や壁掛け時計、若返りの薬、正式に認証された偽造の出生証明書、株式市場予測システム、公示発走時刻前に判明している遠方の競馬場でのレース結果ばかりではなく、まだ走り出していないその馬たちの運命について実際に賭けをする電信装置や未来から来たと称する奇妙に輝く電気装置――「よろしいか、こちら側から生きたニワトリを入れると……」――もあり、とりわけ多く売られていたのがさまざまな種類の時間超越や時間喪失や時間逆行の手法、世界各地からやって来た人々が実践する〈時間〉からの逃避や解放に関する教えだった。誰もはっきりとは言わないが、そんな教えに対する好奇心が、夏の集会に多くの人が参加する本当の理由だと考えられていた。当然のことながらそうした精神寄りのプログラムを開いているのは、平均以上に高い確率でペテン師や詐欺師だった。彼らはターバンやローブをまとったり、「仕掛け」が隠されたつま先の長い靴を履いたり、同様の目的で改造された奇妙な帽子をかぶっていたりした。彼らの多くは、極端に度を越した貪欲な連中を除き、話をする値打ちのある人たちだという印象をマールは受けた。特に名刺を持っている者はそうだった。

本人も想像しなかったほどあっという間に、彼は夏の集会になくてはならない人物となっていた。普段の彼がずっと来る日も来る日もその日限りの仕事をこなしているのは、時間マニアの王国に入り浸り、

＊ 「雷の支配者」を意味する語。一〇〇〇年ごろにヨーロッパ人として最初に北米海岸に到達したと言われるレイフ・エリクソンの兄弟にもこの名の主がいる。

その執着を他の同類と分かち合うことができるこの夏の一か月のためであるかのようだった。どうして自分がそれほどこの問題に夢中になっているのかを改めて考えることはなかった——写真術が銀と時間と光を一つに収束させているからなのか、それとも、ダリーが家にいなくなったために有り余るほどの時間ができたので仕方なく〈時間〉に顔を近づけ、異なった角度から何度も眺め、実際の動作の仕組みを知るために分解できるかどうかを調べようとしていたのか。このときから、錬金術と修理屋と写真術は昼間の仕事に格下げになった。夜——夜にふさわしい逃避と旅——は〝時間の神秘〟に捧げられることになる。

ある日たそがれ時に、視野の隅の方から、一八九六年と九七年の有名な〝巨大飛行船〟のようなものが空を横切り、マールは〈不都号〉を見たような気がした。すると思った通り、少し後になって西シムズ通りで——

「やあ、お元気ですか。あなたのことはその後も何度も思い出しましたよ、かわいいお嬢さん、ダリアさんのこともね」

マールは目を細めてひげの奥の顔の輪郭を見なければならなかったが、それがチック・カウンターフライだということはちゃんと分かった。「あの子は東部で芸能関係の仕事を探してるよ」とマールが言った。「気にかけてくれてありがとう。君たちは最近どうしてるんだ？　私が最後に読んだ巻では、イタリアのベニス上空で鐘塔《カンパニーレ》を壊してたな。もしも鐘塔を破壊する仕事をまだ続けてるのなら、教えておいてあげるけど、そこのキャンパスの塔もあの鐘塔をお手本にしてるんだ」

「ここのところは潜砂器探しをやってました。ところでロズウェル・バウンスにお会いになったことは？　潜砂器の父と呼ばれる人なんですが」

「それはおれだ。どの潜砂器でもおれが十フィート以内に近づくと小《ち》っちゃな声で〝パパ、パパ〟っておれを呼ぶ。おや——そこにいるのはマール・ライダウトじゃないか」

「わあ、ロズウェル、クリーブランド以来、本当に久しぶりだ」とマールが言った。「あの裁判のことは興味深く新聞で読ませてもらったよ」

「ああ、裁判には行った、仕方なくね。でもおれが雇える弁護士なんて想像がつくだろ。そんなおれに対して、ヴァイブの野郎の方はウォール街の下働きをやってるソンブル、ストルール＆フレッシュウェイ法律事務所の連中をそろえやがった」

「バウンス対ヴァイブ」の裁判は、公共的な娯楽の源として格好の素材となり、ロズウェルも一種の有名人になった。当時のアメリカでは、風変わりな発明家たちは資本の搾取に対する大胆な挑戦者としてある種の人気を博していた。彼らは敗訴することが期待されていた——しかもできるだけ痛快な形で——が、時々は正規の賭け以外に、経験に基づいて付随的な賭けをしておくと大当たりをすることもあった。

「賠償が得られないまま年月ばかりが経って、おれはとうとう訴訟病になる。精神科の医者に言わせると〝好訴妄想症〟さ。その病気だってやつのせいだ、せめて精神科の医療費を弁償してもらうために裁判を起こしたいくらいだよ、でもやっぱり勝ち目なし」

「へえ、でも元気そうじゃないか」とマールは言った。「慢性好訴妄想症の人間にしては」

ロズウェルはウィンクをした。「イエスを見いだした連中の話は聞いたことがあるだろ？　実はおれもそんな体験をしたんだ。ただしおれの場合、救世主はどちらかというと古典的な半神半人だった。つまり」と、左右をこっそり確認するふりをしてから声を落として、「ヘラクレス《ハーキュリーズ》さ」

有名な爆破剤のブランド名に気づいたマールは注意深くまばたきを返した。「それは強力だな。十二人の使徒ではなく、十二の功業*ってことか……」

「これがまた元の木阿弥《もくあみ》」とロズウェルがうなずいた。「だから今度は〝好爆妄想症〟。あいつはおれの

＊　ヘラクレスは不死となるため十二の難行を遂行したと言われる。

特許を盗んだかもしれないが、おれは自分の装置の作り方を忘れてはいない。あの潜砂器を身に着けて、庭のジリスみたいにのんきに地中を動き回って、いつかあの犯罪的悪人を頭まで地中に引き込んで、そして――あ、あまり具体的な話はやめておこう……」

「ドカーンってか？」

「ああ、まあな。おれなんてどこにでもいる頭のおかしな発明家さ。あんたのばあちゃんと同じように人畜無害な人間だよ」

翌日の午後、光が深い黄色に変わり、再びあのトルヴァルドがやって来た。マールが昔避雷針販売をやっていたときの道具をあさっているとロズウェルが現れ、興味深そうにその様子を見ていた。「あんた、まさか非調和束《そく》のマニアか？」

「何だ、それ」

「その妙な装置は何に使うんだ？」と言って指さされた道具は、金属製のとげが上向きにいろいろな方向を向いていて、それが一点に集まる土台部分には電線がつながり、接合具が付いていた。

「これを納屋の屋根に取り付けて、避雷針につなぐんだ――業界では〝羽根飾り〟って呼ばれてる」とマールが言った。

「つまり雷が落ちたら――」

「すごいぞ。光るんだ。しばらく光り続ける。初めて見たら夢かと思うぞ」

「幾何学の教授ならそういうのを〝束《そく》〟と呼ぶ。そのとげとげを横断面が切り取ったらとげの長さがまちまちになるだろ？　絶縁体を入れればそれぞれの電流の量が変わってくる。その割合が調和的になるか非調和的になるかは――」

「横断面の傾き次第か。なるほど。じゃあ絶縁を可動式にすれば――」

「基本的には同調効果を持つことになる――」二人は目の前の竜巻のことは忘れて歩きだしていた。トルヴァルドは今日の自分の凶悪度を推し量ろうとするように二人の上で一瞬静止し、それから少しゆっくりと動いた後に徐々に元の速度を取り戻し――それが竜巻にとっては肩をすくめるしぐさに相当する動きだった――もっと襲いがいのある餌食を求めて去っていった。

「おれは光のことが知りたい」とロズウェルが告白していた。「おれは光の中に手を伸ばし、心臓を見つけ、魂に手を触れ、その正体がどんなものであれそれを少しこの手に握って、取り出してみたい。ゴールドラッシュみたいなもんだ。ただしこっちの方が危険は大きいかもな。だって頭がおかしくなる可能性が高いから。どちらを向いても危険だらけさ。採鉱権を横取りするやつらよりも、ヘビよりも、熱病よりも恐ろしい――」

「じゃあどんな段取りで進む予定なんだ?」とマールが尋ねた。「失われた鉱山についてわめき散らしながらこの国の不毛地帯をさまよう羽目にならないために、この先どうする?」

「カリフォルニアに行くつもりだ」とロズウェルが答えた。

「それはいい」とマールが言った。

「本気で言ってるんだ。あそこには光の未来がある。特に映画だ。大衆は映画を愛してる、いくら映画を作っても足りないくらい。それもまた新しい心の病気かもしれない。でも誰かが治療法を見つけない限り、映画中毒を蔓延させてるからといって保安官はおれに手を出せない」

「確かに映写技師の仕事ならごろごろしてる」とマールが言った。「でも機械そのものは危険だし、なぜかは分からないが必要以上に複雑に作られている気がする」

「そうなんだ、おれも昔から不思議に思ってる」とロズウェルが同意した。「ジュネーブ式映写機を不合理にあがめ奉ってるし、映写機ってものを時計みたいな仕掛けでイメージしてるんだよな――まるで他の形はありえないみたいに。時計は時計で結構、別に時計の悪口を言うつもりはないんだが、でも、それはある種の失敗を認めることになる。時計はある特殊な時間――後戻りすることなく一方通行でチクタクと進む時間――を美化し称揚する存在だ。そういう機械で見ることのできる映画は時計みたいな映画だけさ。フィルムの最初から最後まで、一度に一こまずつ時間が経過していくだけ。

昔の時計職人が直面した問題の一つは、動く部品の重さが時計の進み方に影響するってことだった。時間は重力の影響を受けやすかったってこと。そこでブレゲーがツールビロンを考案した。天府《てんぷ》と脱進機構を独立した小さな土台に収めて第三の歯車に載せて一分間で一回転するようにした。そうすれば地球の重力に対してほとんどあらゆる立姿勢を取ることになるから、誤差が出ても相殺し合って、時間が重力の影響を受けなくなる。それじゃあ今度は、それを逆にしてみたらどうだ」

「重力が時間の影響を受けないようにってこと？　何のために？」

ロズウェルは肩をすくめた。「重力もまた一方通行の代物だ。時間も重力も一方向にしか働かない。重力は第三の次元に沿って上から下へと引っ張る力だし、時間は第四の次元に沿って誕生から死へと引っ張る力だ」

「〝時間〟という一方向的なベクトルに対してあらゆる立姿勢を取るように時空間内でものを回転させるわけか」

「そうそう」

「そうしたらどうなるんだろう」

特許鉛筆*が取り出され、「時間の影響を受けない」とはどういうことかについての議論が始まった――次に二人がわれに返ったときには川沿いに何マイルも歩いていて、古いスズカケノキのそばで立ち止まった。彼らの頭上では、まるで新たな嵐が起ころうとしているかのようにすべての木の葉が一瞬にして裏返り、木の全体が明るく色を変えた――木はまるで何かのジェスチャーをしているかのようだったが、それは必ずしも、木の下で奇妙な専門用語を交えて大声でしゃべりながらぴょんぴょん跳び上がっている小さな人影に向けられたものではなく、どちらかというと空と空を飛んでいる存在へと向けられたものだった。釣り人たちは魚がかかりそうな早瀬をあきらめて立ち上がったり、騒々しさを離れた下流に移動したりした。薄手のギンガムやローンやポンジーの生地でできた花柄のロングドレスを着て、髪の毛を頭の後ろで丸く束ねたり上でくくったりした女子大生たちが散歩の途中で足を止め、二人の様子を見ていた。

いつものこと。この会議の日々の政治学を見ていると、バルカン地域の歴史の平均的な説明でさえ酒場で語られる冗談みたいに簡単な話だと思われるほどだった。どんなに博識に見える人物でも理論家同士の議論の中では、中西部にあるこのキャンパスの穏やかな陽気さの陰に潜む徒党、クーデター、分裂、裏切り、解体、意図の取り違え、伝言の喪失などを免れることはできなかった。しかし、機械技師は互いを理解し合っていた。結局、夏の終わりに、時間旅行者を集めたこのお祭り騒ぎから何らかの実際的な力を得ることになったのは、そうした現実主義的な技術屋たち——不均等に治癒した骨折や傷跡を抱え、眉を焦がし、還元不可能な〝世界〟の強情さを目の当たりにして慢性的に癇癪《かんしゃく》を起こしている連中——だった。そして教授たちが皆、ラテン語で表現される学位や称号という名声をめぐる策謀と自分の本棚がある世界、そして自分の弟子がいる世界に戻ったのと同じころ、互いにずっと連絡を取り合う方法を相談していたのもやはり技師たちだった。彼らは、あまり詮索をしない保安官の情報を交換するばかりでなく、信頼できる電信技手と急行便トラック運転手についても教え合ったり、町の人間が夜の地平線で起きている現象を怪しむようになったときに隠蔽工作を手伝ってくれるイタリア系の花火師を紹介したり、生産が中止された部品や珍しい鉱石の探し方について話したり、適切な位相と周波数を備えた電流、あるいはときにはますます不可解さを増す彼らの需要に見合う単純な純粋さを持った電流を供

＊　おそらくシャープペンシルに似た繰り出し鉛筆の一種。ただし日本の早川徳次がシャープペンシルを発明したのは一九一五年。

給してくれる、地上のどこかにある施設を教え合ったりした。

ある日、かの有名なヘルマン・ミンコフスキーが空間と時間に関する講演をするためにドイツからやって来るという噂が疾風のように舞い込んだ。そのための講演会場が何度も告知されては、さらに多くの人が噂を聞きつけて参加することを決意し、より大きな会場に変更された。

ミンコフスキーは口ひげを尖らせ、黒い巻き毛を額からなで上げた髪形をした若い男だった。黒いスーツと高い襟のシャツを着て、鼻眼鏡をかけ、何か面白いことでもないかと探している実業家のような風貌《ふうぼう》だった。彼はドイツ語で講義を行なったが、人々がある程度は話についてこられるようにたくさんの数式を黒板に書き付けた。

他の聴衆が皆会場を出て行った後、ロズウェルとマールは席に座ったまま、ミンコフスキーが使った黒板を眺めていた。

「三かける十の五乗キロメートル」とロズウェルが読んだ。「イコール、マイナス一の平方根秒[*1]。これって、あのもう一つの表現が四つの次元すべてについて対称であることを期待するならってことだよな」

「そんな目で私を見ないでくれ」とマールが抗議した。「それは彼が言ったことだろ。私にはどういう意味だかさっぱりさ」

「うん。どうやら、非常に大きな距離、例えば天文学的な距離が虚数単位の時間と等号で結ばれてるみたいなんだ。確かさっき彼は、この方程式が〝意味をはらんでいる《プレグナント》〟って言ってたような気がする[*2]」

「そうだな。〝神秘的〟とも言ってた」

二人はたばこを巻き、吸い、白墨で書かれた記号をじっと見ていた。一人の学生が部屋の後ろをうろつきながら、濡れた黒板消しを手から手に放り投げ、黒板を消すタイミングをうかがっていた。

「話の中で光速度が何度も言及されたことに気づいたか？」とロズウェルが言った。

「クリーブランドにいたときみたいだったな、エーテル主義者の連中を思い出したよ。おそらくあのとき私たちは、自分でも気づかないままに何かの真理をつかみかけてたんだ」

「思うに、おれたちとしてはここに書かれてることを機械に移し替えればいいってことだ。そうしてうまく仕上げることができればお金が向こうからやって来る」

「やって来るのはトラブルかも」

「ところで、おれたち二人のうちで、どっちが現実主義者で、どっちが狂った夢想家だったっけ？　いつも忘れちゃうんだよな」

＊1　$3\times10^5 km=\sqrt{-1} sec.$ 左辺は光速度、右辺はi秒（iは虚数単位）のこと。
＊2　実際には、ミンコフスキーが言ったドイツ語の「プレグナント」は「正確な、簡潔な」の意。

ある日、フランクはテキサス州の西部へと戻った。彼が泥水の流れる川からしぶきを散らすと、短い間それが太陽の光に姿を変えたが、彼にはもはや心の底からその美しさを味わうことができなかった。

　彼はニューメキシコを抜けてサンガブリエルに着くまでは川沿い[*1]に進み、そこからオールドスパニッシュトレイル[*2]をたどって西へ向かった。毎晩、エストレーヤ・ブリッグズが出てくる、妙に鮮明な一連の夢を見た。そうこうしているうちにある日、彼はマケルモ地区の辺りに戻っていて、まるで何年も前に陥った昏睡《こんすい》状態から今、目覚めたかのようだった。彼はノチェシータに向かっていた、というか、彼の運命の引き込み線はそこへ向かっていた。他にどこへ行けと言うのか？　雪崩に対して山頂へ向かえと言うようなものだ。

　ノチェシータには、おそらくメキシコでのごたごたのせいで、厄介な連中が流れ込んでいた。危険なやつらというわけではないが、明らかに彼らの一部は違法に入国していた——愛想はよかったが、必要以上にばかの相手をしたがる男たちではなかった。ストレイが以前住んでいた場所の隣には新しい建物が建っていて、ところどころであまりにも建物同士が近づきすぎて風の抜け道が狭くなり、風は速度を増し、その両側の圧力が低下した。そのため、容赦のない高原の風が町を抜けるとき、お粗末な筋交いしか入っていない古い方の建物の壁が実際に一晩中ぺこぺこと吸い出され、船のように揺れ、古い釘がきしみ、一秒以上見つめていると漆喰がぽろぽろと欠け落ち、部屋の壁からは白い土のような薄片がはがれるのが見え、近い将来に崩壊しそうな脅威を感じさせた。基礎は崩壊して小石と土へと変化し続け、雨水があちこちに染み込んでいた。建物の中にはほとんど、あるいはまったく熱がなく、床板は完全な水平ではなくなっていた。それでもなお、ここの家賃は毎月上がり続け、工場のお偉いさんや不動産屋、武器や医療品の訪問販売員、水道技師や道路技師など、収入がより多く、よりよいものを食べている新しい住人が次々に入居してくるのだと、人々はぼやいていた。彼らはフランクとまともに目を合わせることはなく、彼が話しかけても返事はなく、無言でこそこそと会釈をするだけだった。彼は、自分が実は幽霊になっていて、ここの部屋や廊下をうろついているのではないかと思った。まるでここで過ごしたほんのわずかな時間の人生がこの場所に残っていて、かろうじて目に見える状態で今でもそのまま進行しているかのようだった——ストレイ、クーパー、セイジ、リネット、遊び人だったかつてのリーフらが皆この世と同じように暮らしながらそこにいるかのようだった。彼らは以前の彼らとは変わり、魂をすり減らす毎日の出来事を受け入れながら年を取り、中にはもっと寒い場所に行ったり、もっと厳しい経験をした者もいて、破産したり、旅に出たり、太平洋岸の約束に引かれて西へ行ったりし、自分の誤った判断力の犠牲者になっていた……しかしフランクは、自分がそうはならないことを理解していた。

時折彼が尋ねるとストレイの居場所を教えてくれる新入りもいたが、彼らの話はフランクには理解できず、その言葉は何の意味もなさなかった。町が突然、判読不能な地図と化した。メキシコにいたときから国境の存在や越えられる線と禁じられた線、そして自分の本当の人生だと思っているもののすぐ脇にあるもう一つの生を彼は痛切に意識させられた。

＊1　おそらくニューメキシコ州中北部から南西に流れるペーコス川。かつてサンガブリエル伝道会のニューメキシコ本部はサンタフェの北（現在のサンフアンプエブロの辺り）にあった。

＊2　ニューメキシコ州サンタフェとカリフォルニア州ロサンゼルスとをつなぐ歴史的な交易路。

彼は何度も彼女を見たような気がした――赤ん坊を腕に抱え、髪を下ろしたストレイは用事で町を駆け回っていたり、馬で走っていたりしていたが、いつも彼から遠ざかるように丘の上の方へ向かっていた。しかし時間が経ち、午後三時とか四時になり、ストレイと赤ん坊、あるいは二人の影を残して皆が姿を消し、彼が一人で空っぽの部屋に戻ると、決まって間もなく彼の耳には、彼らを隔てている壁らしきものの向こう側から、彼女が「夕食の支度」をしている音が聞こえてくるのだった。ガラスに紙が張られた台所の薄いドアのそばにフランクが立つと、光が透けて見えた。彼は耳を澄まし、息を凝らし、待った。悲しみの深まるこの時間に独りぼっちで「向こう側」にいるストレイにも、家の他の場所で彼の存在が立てている音――足音や水の流れる音――が聞こえ始めたのかもしれない、と彼は思った。まるで建物の他の部分から切断され、否応なしに死者によって占拠された幻の部屋から聞こえるかのように。

フランクがそれに耐えられたのは三晩までだったが、去るときには何週間も経ったように思われた。通りに面したドアを出ようとした最後の瞬間、彼はリネット・ドーズに出会った。彼女がフランクを思い出すには少し時間が必要だった。彼女はまだこの辺りでは美人という評判で、教師の仕事も続けていたが、まるでもっと大人の領域の仕事もパートでやっているかのようにある種のつやを帯びていた。

「あなたの探してる人を当ててみましょうか」とリネットが言ったが、その口調はフランクには冷淡に思われた。

「リーフだよ」

「あら。お兄さんなの。去年、いつごろだったかここに来たわ。一昨年《おととし》だったかも。トラヴァース夫人を迎えにね」――鈍いフランクでもその皮肉には気がついた――「ジェシーちゃんも。でもここには一晩しか泊まらなかった。ニューメキシコがどうとか言ってたような気もするけど、はっきり言って、あの人たちとはあまりプライベートな話をする仲じゃなかったから」

「妙だな。町のあちこちで何度もエストレーヤの後ろ姿を見たような気がするんだけど、気のせいかな……」　あれ。変な目で見られてるぞ。「え？　おれ何か変なこと言った？」

「あの女《ひと》ねえ」と彼女は頭を横に振った。「ここでいろいろやらかしたのよ。彼女がいればオペラ劇場なんて要らないくらい。彼女って最初は東洋の賢者のように見えるの、ささいなことは気にせずに、高いところから周囲を見下ろしてるような感じ——ところがそれは大間違い。目の前にいるのがとんでもない利己主義者だって気がついたときの私たちの驚きを想像してみて。あまりにも自己中心的で、いまだに誰もすっかり理解できていないほどよ。とんでもない勘違い。ばかだったわ、私たちみんな」

「じゃあおれが見かけたのはやっぱり彼女本人ってこと？　じゃねえの——いや、じゃないの？」

「あなたももう、私の知ってる鉱山学校生のお利口さんじゃないんだ。何か人生勉強をしたみたい。じゃあ私もあまり気を遣ってしゃべらなくてもいいのね。お兄さんはこの国を出て行ったわ、というより妻子を置いて出て行った。エストレーヤは頑張って立派にジェシーちゃんを育ててる。それは公平に認めてあげなくちゃね。彼女の妹とそのだんなが彼女のいる場所から馬で一日か二日のところに住んでいるけど世話をかけたりはしてない。ニューメキシコ州のフィクルクリークの郊外にある小さな牧場よ。時々彼女もそこに顔を出すみたい」

「嫌いな人間のことにしちゃずいぶん詳しいな」

「職業的な条件反射よ。甥御《おいご》さんはかわいいわよ、楽しみね」

「そっち方面に行くことがあればね」

　彼女はほほ笑みながら片方の口角を引き上げてうなずいた。「そうね。よろしく伝えておいて」

　フィクルクリークが土曜の晩を迎えようとするちょうどそのころ、彼は峠の頂上に達した。この場所からでも銃声やどんちゃん騒ぎの音が余裕で聞こえていた。ここの料金所から、ふもとへと下りていく氷点の空気を通して、はるか下方の、中性的で冷たい緑色の光に浸されたような小さな町が広場を中心に配置されているのが見えた。フランクは赤ウィスキーをグラスで一杯飲み、ポケットいっぱいの葉巻を買い、峠道を下り始めた。

その後、彼が見つけた一ブロック四方のぼろホテル〈夢遊《ノクタンビュロ》ホテル〉には、不眠症が蔓延していた。どの部屋でも誰かが徹夜で何か不可解な深夜の仕事に打ち込んでいた――狂った発明家、得意技を持った詐欺師、部分的にしか人に伝えられない幻覚を見る説教師。ドアに鍵が掛けられることはなく、知らない者同士でもしばしば隣人のように振る舞い、誰もが互いの部屋に自由に出入りしていた。たばこが欲しくなったり会話がしたくなれば、未明の暗がりの中でもフランクは歩いて探しに行けた。中庭では一晩中にぎやかな人だかりができていた。皆、人にたばこをたかっていた。

奇妙なオートバイ――多くは手作りだった――が轟音を立てながら町に出入りしていた。カウボーイ詩人ならその音が谷間や「険しい山腹に反響する」さまを歌っただろうが、現実のその場所では、わずか二、三の意味を除いて何らかのメッセージを十分に伝えるにはあまりにも場違いな音に感じられた。とはいえ、町へ向かう途中、そしてさらには町から出る途中にある一部の酒場は既にそのバイク集団に歓迎の意向を示していた。

フランクは眠れなかったので、いちばん近い酒場に向かった。以前なら馬だけがつながれていた店の前に、今では〝沈黙のグレーの男たち〟が立ち、インディアン社製Vツイン[1]が止まっていた。バイクは、踏み分け《トレイル》道向きにするためにクラッチとベルト、チェーンとギアボックスが丈夫なものに取り替えられ、改造されていた。メインストリートのあちこちにあるバイク乗りの集まる酒場には、大平原の巡回カーニバルに出ている曲乗り芸人が気分転換にやって来ていたり、まだ幼さの残る無法者が徹底的な虚無主義的労働者のためにジョー・ヒル[2]の「パイ・イン・ザ・スカイ」を歌ったりしていた。労働者の手のひらには長年の間に、野火や石垣、早くほどけ過ぎた有刺鉄線やコーダレーン鉱山の留置場の銃剣によって、結婚線や生命線、金星帯などが白いぎざぎざとなって何重にも刻まれ、カーニバルの占い師にもそれを占う度胸はなかった……。コーテズにアジトを置いた悪名高き〝フォーコーナーズギャング〟のメンバーでバイクに乗る連中は、はるばるカンザス州からそれが目的でやって来る熱心な趣味人もいるほど地元で有名な蒸留酒「タオスの稲妻」をダブルで注文し、クラブ巡りのことも忘れて――意に反してというわけではないが――窓に太陽の光が差すまで一晩中徹夜でクラッチやクランクケースの話に夢中になっていた。

黒いケープを羽織った色の白い人物が静かに店に入り、バーのいちばん端に座った。バーテンダーが瓶とグラスを彼の前に置こうとして、いつものように客の右手に瓶を置くために腕を交差させたとたんに、突然その男が血も凍るような悲鳴を上げ、ケープで両目を覆い、激しくのけぞったためにバースツールから転がり落ち、床に倒れ、おがくずの中で足をじたばたさせていた。

「いったいどうしたってんだ?」

「ああ、またあのゾルタンさ、ウェルナー兄弟の作った原動機付き自転車に乗ってるやつだ。故郷のハンガリーではすべての山を征服したらしい。今は新たな挑戦を求めて世界を回ってるんだ。まだ名前も付いてないトロフィーをいくつも獲得してるし、どんなに大きな山でも恐れないやつなんだが、Xの字の形をしたものを目にしたとたんにこのざまさ」

「酒場の鏡もあまり好きじゃない。だから、わざわざあんな端っこに座るんだ」

「毎回こんなことやってるのか?」とフランクが聞いた。「それなら例えば……瓶を先に置いて、後でグラスを出すようにすれば――」

＊1　一九〇七年発売。

＊2　米国の労働運動指導者（一八七九?―一九一五）。彼が残した多くの労働歌の一つ「パイ・イン・ザ・スカイ」は、「死んだら空のパイがもらえる」ことを約束する既成の宗教を批判する歌。

「そういうアドバイスは何回か聞いてるよ。ありがとう。でもここはデンバーとは訳が違う。みんなが楽しめるネタもそうたくさんあるわけじゃないから、ゾリーがこれをやってくれると助かるんだ。毎晩毎晩これで間に合わせてるようなものさ」

まだ夜勤の者が働く未明の時間に、フランクが朝食を食べようと通りの先のパンケーキ市場まで行くとすぐに、彼がこの町に来たときからずっとその真上の階にストレイがいたことが分かった。彼女と一緒にいる無法者バイカーが乗る有名な青のエクセルシオー*が外に止められていた。そして二階から小さな食堂に下りてきたときの彼女の満足げな顔、その態度、その髪形には見ている人間を真っ二つにするだけの威力があった。一方の片割れは穏やかに「見ろよ、彼女を。そりゃあ男なら誰でも」とか何とか言い、もう一人は心の痛みに耐えきれず、周囲の目もお構いなしにレストランのテーブルクロスを鼻水と涙でびしょびしょにしてしまいそうだった。彼女がさらに階段を下りてくる間も、魅力的な衣装を着た若いウェイトレスたちが（店の大きさから考えても、夜更けのこの時間ということを考えても説明がつかないほどたくさんいたのだが）彼女に妙な視線を送り続けた……。

ああ、そして次に下りてきたのはその恋人ご本人、地元では有名なヴァング・フィーリーだった。あまりにも伝説的な存在になりすぎていて、フランクが見ていても現世的な側面があまり残されていないようにさえ感じられた――ツーリング用の服は黒くぴたっとしていて、傷まない材質だった。彼は一言も発することなくフランクの脇を通り過ぎた。フランクはどうやらあまりにも長い間ヴァングのズボンの股間、というか漠然とその周辺を見ていたのだが、自分でそれに気がついてもまだじっと見続けていた……。はい、ストップ。ヴァング本人はその視線に気がつかなかったとしても、店にあふれているきゃぴきゃぴのウェイトレスたちは容赦なくその様子を見ていて、仲間同士で何かをこそこそしゃべり始めたが、フランクとしては自分が笑いものになっていると考えざるをえなかった。それが収まったころには既にヴァングが外に出てから時間が経っていて、彼は、もうかなり前に発作から回復したゾルタンと一緒に、マフラーを短くする改造法などバイクの装備について話し始めていた。ヴァングは当時厄介な状況に置かれていて、夜がはらむ多様な可能性がわずか一瞬のうちに一つの可能性に絞られることも考えられたので、エンジンの性能にすべてがかかっていた。

ストレイはカップに半分入れたコーヒーを飲み終わるまで店に残り、だるそうに周囲の皆に向かってほほ笑んでいた。その中にはフランクもいたが、仮に目に入っていたとしても彼には気づいておらず、コーヒーを飲み終えると手を伸ばしてカップを洗い場行きの皿の上に載せ、ちり除けコートのポケットに片方の手をだらしなく突っ込み、格好良くドアから出て行き、バイクの後ろにまたがってヴァングに腕を回し、同じ一連の動きの中で祖母の時代の作法におとらず念入りにコートとスカートの位置を直した。そのとき、バイクの排気で火がついたりしないように彼女が大きくスカートをめくったので、見物人は大喜びだった。そして、停車場で一列に並んで列車を見物しているカウボーイのように熱心な見送り人の中に、フランクも加わって手を振っていた。

彼がデンバーに戻ったとき、そこはまだエド・チェイスの町だった。フランクはまた昔の悪い癖で時間と金の無駄遣いを始め、ある晩、アラパホー通りの〈トルトーニ〉と〈ビル・ジョーンズ〉——彼は自分がこの店で名誉黒人に認定されたという噂を耳にしていたのだが、実際に行ってみるとそれは誰かの悪質ないたずらだった——の間のどこかを歩いていたとき、馬ではなく電気で動く奇妙な外見の路面列車を運転しているモス・ガトリン牧師に出会った。電車の後方には小さな尖塔とちゃんと鳴る教会の鐘があり、フロントガラスの上の、普通なら目的地が書かれているところには〝無政府主義者の天国〟という文字が照らし出されていた。モスは忙しそうに浮浪者や子供、アヘン中毒者や落ちぶれた人や不器用な人を拾い上げていた。というか、少し足手まといになりそうな市民も含め、誰でも〝無政府天国特急〟に乗せていた。フランクにも乗車資格があったに違いない。というのも、牧師はすぐに彼に目を

＊　米国最大の自転車メーカーであるシュウィンが作っていたバイクの名。

留め、帽子の縁を軽く触ったからだ。「こんばんは、フランク」まるで二人が顔を合わせたのがつい昨日のことのような口調だった。彼がレバーを引くと、フランクが飛び乗れる程度まで電車の速度が落ちた。

「一度見た顔は絶対忘れないんですか?」とフランクは驚いて言った。

「二人いた妻の顔は忘れた」とガトリンが言った。「なあ、フランク、今まで君に直接話す機会がなかったんだが、お父さんのことは本当にお気の毒だった。手を下した人でなしの膿《うみ》野郎の姿は見たか?」

「まだ途中です」とフランクが言った。彼はコアウィラで異界を半秒間経験したとき以来、初めてその話をしていた。

「噂が広まってるとは言わないが、私もちょっとした話は聞いてるぞ」

「それなら話しますが、最近、新聞記者連中が変な目でおれを見るんです、何か言いたそうな感じで」

「まさかおまえさんは何かを考え直してるんじゃないだろうな。後悔したりすれば次の動きがとれなくなるぞ、まるでおがくずの中に倒れたのがおまえさんであるかのように」

「考えなんてありません」とフランクが肩をすくめた。「もちろん考え直すこともない。済んだことです、そうでしょう?」

「知らせを聞いてお母さんは何と?」

「はあ」

「おいおい、ウェブ・トラヴァース夫人に話さないでどうする。彼女こそ知らせを聞くべき唯一の人じゃないか。君の口からお母さんに話すべきだ」

「恥ずかしながら実は、牧師さん、おれは最近の母の居所さえ知らないんです」

「あの人は結構あちこちを転々としているようだが、最後に聞いた話ではクリプルに住んでいるということだった。ついでにフランク、偶然だが、私もそっちに向かうところなんだ。だからもし一緒に行く気があれば……」

「まさかこの電車で？」

「これ？　一晩借りたんだ。実はな――」

四輪馬車に乗った白髪の人物が、どうやらしばらく前から興奮して叫び声を上げながら、彼らの後を追ってきているようだった。「地獄の鉄槌《てっつい》か」と牧師がつぶやいた。「思った通りややこしいことになった」

「前に書いてある〝無政府主義者〟っていう言葉」と、このタイミングにフランクが思い出した。「あれって誰かの手書きみたいな字でしたね、失礼だけど雑な感じで」

「ジェフサはチェリークリークでお堅いクリスチャン相手の宿屋をやっててな、この電車で客を集めてるんだ。てっきり今夜はあいつが休みだと思ってたから、ちょっとだけ拝借して――分かったよ、ジェフ！」と言って速度を落とした。「撃つな！」

「そこの客はおれのもんだ、モス」

「誰が集めたと思ってる。一人当たり五十セントはもらうぞ」

「二十五以上はビタ一文だってやるもんか」

「四十」とモス・ガトリンが言った。乗客が興味津々でその駆け引きを見ていた。

「牧師さん」とフランクが言った。「おれの信仰の問題は――」

「その話は後にしてくれ」

彼らはその電車に乗ったままディバイドまで行き、狭軌鉄道に乗り換えた。牧師はウェブの話をした。フランクの知っていることもあったし、彼がうすうす感じていた事実もあったし、まったく初耳の情報も二、三あった。

「時々」とフランクはしぶしぶ認めて言った。「スロートのことで妙な気分になることがあるんです。

あれがもう一人の方だったらよかったって。だって親父は、スロートが一人だったら殺《や》られるはずはなかったんだから」

「スロートは自分の属していた階級を裏切ったんだ、フランク。富豪の手先としては最悪のタイプさ。だからおまえさんは私たちみんなにいいことをしてくれたってことだ。ひょっとしたらスロート自身が他の誰よりもいちばんありがたく思っているかもな。やつのことを気にしているのならこれだけは言っておくよ。あいつは〝無政府主義者の天国〟には行けないが、どこであれあいつの行き先はあいつの魂にとってはいい場所だ」

「〝金持ちの地獄〟?」

「そうだとしても私は驚かないね」

フランクは、クリプルクリークに着いたとき、最近戦場になったその町が絶望し、打ちのめされている姿を目の当たりにした。間違いなく鉱山主側の勝利だった。組合は仮に残っていたとしても目には見えなくなっていた。モス・ガトリンに言わせれば、彼らは新しい段階に進んで、尊敬すべき戦士たち全員から仕事を奪い、廃石処理夫の仕事でも何でも仕事が欲しければどんなに屈辱的な条件でものめ、それが嫌なら別の土地に行けという状態にまで追い込んだということらしい。スト破りの労働者がそこら中にいて、奇妙な南スラブ風のニット帽をかぶっていた。鉱山警備員がわが物顔で通りを歩き、英語の話せない外国人を見つけては嫌がらせをし、町の全体的な従順度を確かめていた。

「牧師としての私の仕事だ」彼は仕事を離れた労働者全員を含むようにあごで指し示した。「今はこんなに扱いやすくて礼儀正しいこのオーストリア人の少年たちは、いつか復讐《ふくしゅう》に燃える幽霊になってコロラドに戻ってくるだろう。なぜなら、今日のスト破りが明日のスト参加者になるというのは、重力の法則と同じように普遍的でかつ容赦のない法則だからだ。何も神秘的な話じゃない。ただの事実。見ていれば分かる」

「今日はどこに泊まるんです、牧師さん？」

「明日の晩とは別の場所。そう決めていればややこしいことは考えないで済む。おまえさんは、ほら——通りの向こうのあの家が結構いいっていう話だ。〈ナショナルホテル〉とかそういう場所に泊まりたいなら話は別だが」

「また会えます？」

「おまえさんが必要とするときにはな。それ以外のときは私は目に見えない。周囲には気をつけろよ、フランク。お母さんにもよろしく伝えてくれ」

フランクは部屋を確保してからぶらぶらと〈オールドイエローストーン酒場〉まで行き、酒を飲み始め、瓶を一本部屋へ持ち帰り、間もなく酔っ払い、みじめな気分になった揚げ句に知覚まひに陥り、真夜中に隣の部屋から聞こえる大きな悲鳴でその状態から目を覚ました。

「おいそこ、大丈夫か？」

十五歳ほどの少年が目を大きく見開き、壁にもたれてしゃがんでいた。「大丈夫——ちょっと眠れないだけだよ」彼は力強く眉を上下させ、馬用の鞭を振り回すふりをした。「下がれ！　下がれ！　言う通りにしろ！」

フランクはたばこ入れとたばこ巻紙を取り出した。「たばこは？」

「いつもはだいたいハバナたばこ——でもあんたが巻いてるのもよさそうだね」

二人はしばらくの間たばこを吸った。ジュリアス——それが少年の名だった——はニューヨークの出身で、国中を旅して回っている歌と踊りと喜劇の芸人一座のメンバーだった。[*] 一座がデンバーに着いたとき、看板芸人が真夜中に全員の給料を持ち逃げしたらしい。「おかみさんがアーチャーさんと友達な

＊　ジュリアス・ヘンリー・マルクス、またの名はグルーチョ・マルクス（一八九〇—一九七七）。この時期十五歳で実際にコロラド州クリプルクリークにいた。後に映画や舞台で活躍した喜劇スター、マルクス兄弟の一人である。

んで、おれはここでアーチャーさんの荷馬車の御者をやらせてもらってるわけ」

「で、馬たちがなかなか言うことを聞いてくれないってことか?」

「眠ろうとすると気になるんだ」少年は狂ったように周囲を見渡すふりをし、すごいスピードで目をくるくると回した。「芸人の呪《のろ》いだね。仕事が欲しいから何を言われても〝はい〟って答えちゃう。荷馬車が操れるってアーチャーさんに言うなんて、おれ、本当に頭がどうかしてたんだ。いまだにどうやったらいいか分からないから、本当に頭がおかしくなってきたよ」

「この辺りの馬はすぐに山道に慣れる。おまえの馬だって誰も乗ってなくてもきっとビクターくらいまでなら往復できるさ」

「すごいなあ、それなら次回はかなり楽チンだ」

「何か別の仕事をさせてもらうように聞いてみたらどうなんだ?」

「金が要るんだ。東九十三番街まで何とか戻るためのお金が」

「ずいぶん遠くまで来たもんだ」

「本当にそうだよ。あんたは?」

「おふくろを探してる。いちばん新しい噂ではクリプルクリークに住んでるって聞いたんだ。明日はその辺を調べてみるつもりだ。ていうか、もう今日になるのかな」

「その人の名前は?」

「トラヴァース夫人」

「メイヴァ? あの人ならここからつい二ブロック先にいるよ。マイヤーズ通りの裏で〈愛すコーン〉っていうアイスクリーム屋をやってる」

「からかってんのか? 身長はこのくらい、目がすごくきれいで、時々パイプを吸う人だぞ」

「うんうん! 店にも時々来るよ、岩塩とか料理用チョコレートとかそんなのを買いに。ロッキー山脈よりもこちら側でいちばんのアイスクリームソーダを出してくれる。へえ。あの人があんたのお母さん。幸せな子供時代だっただろうなあ」

「うん。おふくろはいつも台所にいた。何でも作れるって評判だった。だからアイスクリームも作るようになったって聞いても驚かないな。でももちろん、それはおれが家を出てから覚えたことなんだろうけど」

「じゃあもうすぐごちそうが食べられるよ、お兄さん」

まだあいさつのキスさえしないうちに、フランクは彼女の命令で機械を回していた。「チェリーアプリコット、本日のスペシャルアイス。変だと思うでしょ、でもトラックがフルータから来るのは一日置きだからこうしておくと具合がいいんだよ」

二人は店の横のドアから小路に出た。メイヴァはコーンパイプを取り出し、「プリンスアルバート」のたばこ葉を詰めた。「ちゃんとお祈りはしてるかい、フランキー?」

「毎晩じゃないけどね。毎回ひざまずくわけでもないし」

「思ったより優秀だわ。もちろんあたしはみんなのために祈ってるよ、いつでも」

キットは今ドイツにいて、定期的に便りをよこすということだった。リーフはもともと筆無精だったが、彼もヨーロッパのどこかにいるようだった。レイクの名前が出る前に、通りに面したドアの鈴が鳴り、八歳か十歳くらいの二人の娘を連れた裕福そうな夫人が店に入っていった。メイヴァは安全な場所にパイプを置き、客の応対に出た。

「子供たちにアイスをくださいな、トラヴァースさん」

「はい、ただいま。ロイス、すてきなギンガムのドレスね。新品かしら?」

少女はアイスクリームコーンを受け取り、それをじっと見ていた。

「それからプーティーン、これをどうぞ、本日のスペシャルよ、あたしもこれが大好物」妹は申し訳なさそうに一瞬だけほほ笑みを浮かべ、小さな声でしゃべり始めた。「私たち、おばさんとはしゃべっちゃいけないって言われてるんだけど――」

「プーティーン」大理石のカウンターの上で硬貨が音を立てた。夫人が娘たちを抱えるようにして店を出て行き、野生リンゴの花のにおいが雲となって後に残された。

「汚い言葉が口に出そうになるよ」

「ああいう客はよく来るの、母さん」

「しょっちゅう。腹を立てたりするんじゃないよ、あたしゃ別に腹は立たない」

「どうなってるんだい?」

「あんたが聞いてもしょうがない話」

ありうる最悪のシナリオを手探りするように彼が言った。「鉱山主から金をもらってるんだろ。遺族補償金。毎月小切手をもらって左うちわってわけか」

「しばらく前からもらってるわ、フランキー」

「まさかあんなやつらから――」

「ぜいたくざんまいの生活ってわけじゃないわよ、よく見てごらん」彼女が笑うと歯が二本抜けているのが見えた。「誰にとっても厳しい時代なの、あいつらだって同じ」

彼は漠然と想像していた――先ほど店を出て行った客のようなお上品な連中からの侮辱的な言動に彼女がどれほど甘んじてきたか、どれほど多くの見捨てられた町や鉱山景気の去った町を彼女が転々としたか、そして、それらの町にはいらいらのはけ口がメイヴァしかいないような不幸な妻たちがどれほどたくさんいたかを。

彼女は彼をじっと見ていた。煙のように純粋な年老いたまなざしだった。「例のスロート・フレズノを始末したって話は聞いたよ」

「噂は耳に入るだろうと思ってた。ラッキーだったんだ、母さん。あいつのことを全然探してたわけじゃなかったのに気がついたら目の前にいたのさ」

「あんたは何かに導かれてるんだ。毎日はできないって言ってるそのお祈りのおかげだよ」

彼女は「もう一人は?」と聞こうとしていたのかもしれない。しかし、視線をそらし、またしても容量八リットルの冷凍庫に落ちそうになっているネコを追い払うために脅しに行ったので、きっとレイクについて話したくないのだろうとフランクは察した。彼がどれほど用心深く切り出したとしても、その話題はメイヴァの顔に奇妙な表情と悲しみをもたらすだけだろうし、その顔はとても見ていられないだろう。

彼女がレイクのことを口に出したのは、クリプルクリークで過ごした最後の晩の一度きりだった。二人は〈ナショナルホテル〉に夕食に出掛けていた。メイヴァは花と新しい帽子を身に着けていたが、フランクはそんな新品の帽子をかぶった母の姿を今まで見たことがなかった。二人はウェブについて話していた。「ああ、あたしたちは二人とも、あたしがあの人を救うことになると思っていたの。あたしはずっとそう信じてた……あの人はあたしに救ってもらいたがってるってね。だって女ってそういう手口に弱いのよ。何でも雑用を片付けてくれる天使、それが女——飽きもせずに何でもする。だから男はしまいに何をやってもかまわないんだって思い込む。それで男は、女がどこまで我慢できるのかを見極めるためだけにますますずうずうしくなる……」

「ひょっとしたら父さんは母さんに手間を掛けさせたくないと思っていたのかもしれないよ」とフランクが言った。「父さんを救う手間をね」

「あの人はすごく腹を立ててた」とメイヴァが言った。「いつも何かに対して」

「あの町の人間はみんなそうだった」とフランクは言った。

「あんたが見てたのは些末な部分だけだよ。あの人はそれ以外の部分は子供たちには見せなかったし、あたしにもほとんど見せなかった。でもあたしたちは一緒にコンロの周りをぐるぐる回って出陣の踊りをやったことも何度かあるんだ。あたしたちを守ることに必死で、自分の身を守ることを忘れてたんだね。あれ以来そのことをよく考えたよ、一日中そればかり考えてたこともあった。あの人は何とかその怒りの使い道を探そうとしてたのかもしれない。何か役に立つところに狙いを定めようとしてたのかも。でも時々……」

「ねえ、母さんは——」

「フランキー、何？」

　二人はしばらく黙ったまま見つめ合った。気まずくはなかったが、ただ容易に壊れてしまいそうな歯がゆさがあった。それは二人とも相手が自分と同じようなことを考えていると感じるまれな瞬間だった——ウェブはずっと伝説的な〝サンフアン山脈の幻の爆弾魔〟だったのではないか、そして、長年にわたって家を空けるたびに情婦だのポーカー仲間だのと言い訳していたのはすべて作り事で、そんな架空の存在には派手なベンガル織りや琥珀織りの服を荷造りしてもらい、現金の入った鞄を持たせてさっさと次の列車でバーバリコースト[*1]にでもそれより遠い場所にでも送り出した方がいいのではないか。そして、ウェブが危害を加えたくなかった——何としてでも加えたくなかったのだろうと今のフランクには感じられた——人々の住む日常世界の中ではしゃべることができなかった言葉を、結果にかかわらず、一回ごとの爆発が語っていたのではないだろうか。

「母さん」彼は皿の上の食べ物に目をやり、声があまりか細くならないように努めて言った。「おれがこのまま今やってることを続けて、デュース・キンドレッドを探し出して……スロートと同じように片をつけようとすれば……」

　メイヴァは陰気にほほ笑んだ。「やつを見つけたときにあの娘《こ》が一緒にいたらどうするか」

「そうなれば、玄関の修理をしに来たみたいに淡々と用事を片付けるわけにはいかない――」

「あたしたち全員が安心して眠れるようになるにはどこまで片をつければいいんだろうねえ」と彼の手をなでた。「あたしはぐっすり眠ってるよ、フランキー。たまに寝付きをよくするためにレタスのアヘン[*2]を飲むこともあるけどね。でもあたしにハッピーエンドを見せなきゃいけないって思う必要はないよ。スロートだけで十分。この先もそれだけでずっと誇りに思うわ」

「最初に話を聞いたときは彼女のことが憎らしくて憎らしくて――」

「少なくともあの娘《こ》には、ちゃんとあたしの目を見てあの馬糞野郎と結婚するって言うだけの根性があった。あのときはあたしにだってチャンスがあったんだ、でも動揺してたんだろうね、何にもできなかった。だからそのままあの娘《こ》は玄関を出て行った。もう大昔の話さ、済んだことだよ」

「おれ、もうちょっとこのパイを食べるけど」とフランクが言った。「母さんは？」

「お食べ。男の子は手がかかる、でも手がかかるだけのこと。女の子は手がかからないふりをする。かわいい子がにっこり笑って、踊って、そうしながらいちばん大きなダメージを与えられる瞬間をずっと待ってる。そして、やれやれ、実際にそうなった」彼女の目の中の光は、言いたいことは――少なくとも彼に言いたいことは――それだけだと物語っていた。


狭軌鉄道に乗ってクリプルクリークを出たフランクは、しばらくしてから列車が南に向かっていることに気づいた。ありがたいことに、絶望の外套《がいとう》が踏み分け道《トレイル》でのちり除けコートのように彼の魂を覆っていた。絶望によって自分がどれだけ非情になっているか、どれだけ慈悲から遠ざかっているか、彼に

＊1　一九〇六年の地震以前、悪名の高かったサンフランシスコの暗黒街。
＊2　レタスの仲間の植物が分泌する白い乳液は鎮痛・鎮静効果を持つラクツカリウムを含み、乾燥させたものはレタスのアヘンと呼ばれる。

はまだ分かっていなかった。彼はまるで巡回中の牧師が有益な助言を持って現れるのを期待するかのように列車の中を見回した。しかし、モス・ガトリンはそこにいないか、あるいは姿を見せないことを選んでいた。

「あたしは巡回サーカスに加わって家を出るっていう夢を持ってたんだ」とある晩、ランプの明かりの下で二人でくつろいでいたとき、メイヴァがフランクに語った。「十二歳の夏にオレーセのサーカスに行ったときからさ。みんなが川の土手にテントを張ってた。あたしは馬術演技っていう馬のレースをやってる男と話をするようになったんだ。あの人はあたしにほれてたんだね、きっと。サーカスに入って一緒に仕事をしようってあたしを誘うようになったんだ。団長にはもうあたしのことは話してあるって言ってた。国中を一緒に旅しよう、ひょっとしたら世界中を回れるかもしれないって。あたしには才能があるからとか何とか言ってた……」

「僕らが小さなときからずっと」とフランクが言った。「ママは家を出てサーカスに入りたいって思ってたわけ？」

「そうよ。でもあたしが子供たちに囲まれていた場所もまさにサーカス同然だったわ。当時はそれに気づいていなかったけど」そしてそのとき彼女が上げた笑い声をいつまでも忘れたくないと彼は思った。

彼らはほとんど振り返ることもせず、山を下り、コロラド州東部の大草原の霧を抜け、古代の災いの力が再び占領しようと待ち受けているみたいに感じられる低地へと旅を続けた……デュースの犯罪者的な探知装置はすべての人の顔にほとんど痛ましいほど辛抱強い緊迫感を感じ取っていた。誰もが大きな出来事に備えてひそかに潜入している工作員のようだった。

その後しばらく、彼らがゆっくり腰を落ち着けられる場所は、定期的に方々の町を回らざるをえない人々の間で悪い評判が立っているところしかなさそうだった。農業機械の商人や酒場のミュージシャン、そして発毛剤として使える疥癬《かいせん》薬と神経強壮薬のサンプルがぎっしり詰まった鞄を抱えた薬売りが、「ああ、あの町ねえ」と言うような場所だ。そんなふうな近寄らない方がいい町――金をかけずに旅をしている人々が独特な口調で語る町、絶望としか名付けようのない絶望にすっかり慣れきった人間でない限り近寄らない方がいい町――が通り道にもあったし、どこにでもあった。そんな町の駅の近辺には、洗濯屋も入浴設備も手ごろな食堂もなかった。やあ、この田舎町へようこそ、見かけない顔だねえ、しばらくここにいるのかい？　駅のトイレにはいつもお決まりの決めぜりふが刻まれていた。

バラは赤
うんちは茶色

ここに住むのは
どあほだけ

うねる川は二つの側——富裕か欠乏か、高潔か不品行か、〈天〉のような安寧かソドムのような呪《のろ》いか、確実性のさやに収められているか、それとも天空と悲劇の運命になす術《すべ》なくさらされているか——をくっきりと分けていた。

デュースがまだ若くしてこちら側の世界を去ったとき、地理はベクトルを持たない存在に味方していた。この大平原にはどこにでも、姿を消すための場所が十分にあった。逃走用の道がどの方向にでも続いていて、まだまったく地図に描かれていない土地へと行くことができた——西部の辺境でも堕落した東部でも、北部の金鉱地でも南はメキシコでも、それらの間にあるどの方角にでも。

合衆国通貨が詰まった鞄を枕にして眠っている元銀行役員、話せば長くなる事情によって内面は既に年を取り頭がおかしくなってしまった十五歳の金探鉱者、「困ったことになった」少女とその原因を作った少年、聖職者に恋した人妻、聖職者に恋した聖職者、馬泥棒、いかさまトランプ賭博師——そうしたあらゆる罪深い逃亡者の中によそから来た子供たちも混じっていた。彼らは家出をしたというよりも、意識的に不在状態を作り出したので、それだけ早く一族の伝説と化していた。「そしてある日のこと、何の前触れもなくいきなりまた姿を現したんだ。車でわずか一時間のところから来たって言ってな。彼女とはロックフォードのドラッグストアで出会ったんだそうだ。で、その週のうちにもう二人は結婚してしまって——」「違う違う、それはクリスタルのいとこのオナイダだ。サーカスの赤ちゃんゾウみたいな子供をぞろぞろ連れてた——」「いいや、間違いない、あれはマーナだ——」

二人はさらに奥深くに入っていった。デュースは、逃れ出たいと思っていた穴に自分が再び下りつつあることを感じていた。それは二度と目にしたくないと願っていた世界であるばかりでなく、不当に見捨てられた世界でもあった。光が何度も彼に昔を思い出させた。光は黄色から赤、そして野草の花が咲く日に照らされた野原を襲うつむじ風のような苦々しい黒色へと変化した。丁寧に細工された空という窓枠の背後で、門外不出の古《いにしえ》の技によって隠された窓枠分銅ががたがたと鳴るように雷が聞こえ始め、間もなく大砲のように激しくとどろきだした。

「あの不景気なエジプトで*」と、何世代も前から変わらないレシピで作ったポテトサラダとマフィン、スイートコーンと絞めたばかりのニワトリのローストを食べながらデュースの妹のホープがレイクに話すことになる。「あたしと兄さんは暮らしてた。とらわれの子供ね。デュースみたいに町を出て行く子もいれば、あたしたちみたいに決してそこを離れない子もいる。あたしたちみたいに後に残る人間もいなくちゃならないからね」

「そうだ」と夫のリーヴァイが言った。彼らは家の裏でたばこを吸っていた。「でもデュース、いったいどうしてあっちに行こうなんて思ったんだ?」

「西を見たら山脈が見えたから……」

「ディケーターからは見えないだろ」

「ほとんどいつも雲とか雷雲に覆われてた……。でも天気がいいと見えることもあったぜ」

「お義母《かあ》さんのアヘンチンキをちょっとくすねたときだろ、な――」

「悪いけど、あの人のことは今は持ち出さないでくれ」

「気を悪くしないでくれ。ただ薬物に手を出したことのあるやつらは最後はカリフォルニアに行き着くことが多いだろ。注意しないと」

「ありうるかもな」

「また手紙をよこしてくれ」

＊　既出・上33頁。ケアロを中心とするイリノイ州の南端部一帯のこと。

そしてありがたいけどとか何とか言って、二人はやはり町に泊まることにしたのだった。彼がその家で寝るなどということは不可能だった。この先も二度と……。

デュースは結婚して一日か二日の間、おれはもう一人じゃないと何度も自分に言い聞かせていた。それは儀式的な呪文《じゅもん》となり、彼女が今、完全に合法的な手続きによって彼の腕の中にいるという信じがたい事実を確信させてくれる呪物《じゅぶつ》となった。もちろんそれ以前だってスロートがいたのだから、本当は完全に一人きりだったとは言えないかもしれない、と彼も認めざるをえなかった……。そして、その後は三人でプレーしたり、さらに何か月にもわたって慣れない家庭生活に押し込まれたりして、つぶやく呪文――必ずしも声に出さないとは限らないのだが――はいつの間にか、くそっ、いつだっておれの周りには誰かがいやがる、というものに変わっていた。

しかしそれとともに、時間が経つにつれ、気がつくと彼は彼女の許しを請うことに専念するようになっていた――まるでそれが処女性と同じように大事にされているほうびであるかのように。長く荒野をさまよいすぎた牛追いが欲望の対象となる汚れを知らない娘を求めるように、許しに飢えていた。デュースは、最近までまったく感じていなかったその欲望が徐々に自分の脳に取り憑き始めたことを知り、時折さきいだがばかげた失敗をしでかすようになった。メキシコ製の植木鉢を壊したり、次の嵐が来るまでに直そうと思っていた屋根の修理を忘れたり、彼女に許しを請うネタが不足することのないようにというだけの目的で、家賃にするはずの金を夜遊びで使い果たしたりしていた。

彼が十分に理解していなかったのは、もう今では彼女にとってその件はほとんど問題ではなかったということだ。もしもこの結婚がキッチンテーブルを舞台にしたポーカーゲームにますます似てきたとするなら、彼女は自分の許しを中くらいの金額のチップ程度にしか考えていなかった。彼女はウェブの死――ウェブの生――の直接性を煙に変え、二人の間で着実に暗さを増している空気の中にまき散らしていた。隠し事のできない彼が表に出してしまった千個ものささいな手がかりから、レイクは実際既に知っていた、あるいは、もはや知らずにいられないほどの疑念を抱いていた。しかし、すべてのカードを表にするのはデュースの役割だった。そして二人とも気がつかないうちに、雪崩のようにその日が急速に近づいていた。

　真実を知ってか知らずか、彼女は「あなたの父さんって元気なの、デュース？」というようなことを尋ねるのだった。

「どこかこの辺りにいるはずだ。最近聞いた話ではな」そして彼女が話を続けるのを待ったが、彼女は用心深い表情を浮かべただけだった。「おれのおふくろは一九〇〇年の寒波のときに死んだ」

「恋しい？」

「まあな。当たり前だろ」

「あなたのために泣いたことあった？」

「おれの前では泣いたことはなかった」

「あなたのために泣いてくれた人は誰かいた？」彼が肩をすくめるのを待ってこう続けた。「私にはあまり期待しないでね。私の涙はもう枯れたわ。パパが最後の涙を使い果たしちゃった。どう思う？　涙は枯れ果てて旱魃《かんばつ》が来たの。あなたに何があっても私はきっと泣かない。それでもかまわない？」

　彼は彼女に奇妙な表情を向けていた。

「何」と彼女は言った。

「驚いただけだ。涙とか何とか。おまえとお父さんはうまくいってなかったんだと思ってた」

「そんなこと言ったっけ？」

「え、いいや、別にはっきりそう言ってたわけじゃない」

「じゃあ私がどう思ってたかあなたは知るはずないし、私が今パパのことをどう思ってるかだってあなたには分からないわ」

そのころには彼も損失が少ないうちに黙った方がいいことを理解していたが、単なる利害よりももっと強力なものが彼を突き動かしていて、それが何なのかは分からなかったが、自分でも制御できなかったので彼はそれにおびえていた。「あの辺りがどんな土地だったか覚えてるだろ。崖っぷちに立たされるのは山道を歩いてるときだけじゃないんだ。いったん協会の連中に雇われたらこっちに選択の余地はない。おれだけが特別なわけじゃないぜ、たまたまそこにいたのがおれだっただけ。やつらにとっては雇う人間は誰でもよかったんだ」またダ。しゃべりすぎた。

しかし、どうして彼女は「反抗すればよかったのに」と落ち着いて答えられたのだろう。

「どういうことだ?」

「ヘビみたいなまねはしないで、男になればよかったのに」

それを聞いて彼は短く息をのんだかもしれないが、それ以上の動揺は見せなかった。「ああ、おまえの父さんはそうしようとした。揚げ句に連中にどんな目に遭わされた?」

「ねえちょっと。〝連中〟? それってどの〝連中〟なのよ、デュース?」

「何が言いたいんだ、レイク」

「何を隠してるのよ、あなたこそ」


幽霊が苦手なデュースは、ウェブに見つかるのを待ちかまえていた。呪《のろ》われた少年時代のような夢の中で、デュースは夜中に彼女のそばを離れ、幽霊が取り憑いた納屋の奥の計り知れぬ影に分け入った。そこにいるものが外の世界に飛び出してくることは恐れていなかったが、外の世界自体も悪意ある存在に変わっていた。彼は時計のない部屋で夜遅くまで、夜にだけ現れる何マイルもの高さの山脈を待っていた。持ち主のいない荷馬車に乗り、まっすぐに坂を上って秋めいた墓地まで行き、自分が殺した男に姿を見つけられるのを待っていた。犬の目のように表情豊かで生まれ変りを感じさせる目とウサギの体のように温かく抱きしめたくなるような体を持ち、農場の動物並みに大きな蚊がゆっくりと彼にぶつかった……。

デュースは時折、非常に小さな部屋に頭を突っ込んでしまったような感覚を覚えた。そこは実は、人間の頭が入るだけの大きさしかなくて、反響もなく、窮屈で静かだった。「ああ……きっと」彼には自分の声もほとんど聞こえなかった。「おれは他のやつらを山ほど殺したって、あの男一人を殺したことほどの罪悪感は感じないだろうよ」

遅かれ早かれすべての悪人が経験することだが、デュースもある日、気がつくと保安官代理*の星を身にまとっていた。山にいたころ、鉱山主たちが逆に彼を追いかけ始めた日までは、彼は自分が法のどち ら側で働いているかを意識するよりも、その選択自体から保護されているように感じていた。ところが今、追われる身になり、安全な道は前に進むことしかないということになると、保安官代理の職を引き受けるという決断はあまりにも容易だったので、ある眠れない真夜中に一分半ほどの間、自分は頭がおかしくなったのだとさえ確信した。

ある日、地平線に霞のかかる草原で、思いがけずデュースとレイクは緑の世界の前方に細い煙色の一角を見つけ、なぜかそちらに心を引かれて、実際にそこを見に行ってみることにした。二人が近づくと、束状の草とまぶしい空の中から建物の細かな部分が見えてきて、間もなく二人はミズーリ州〝死の壁〟の町に入っていた。それは、一昔前シカゴ万博を模した巡回サーカスが多くあった中で、その一つが残していった建物の周囲に作られた集落だった。サーカスはしばらくすると次の町へ移動し、後に残された物は地元の人々が好きなように転用していた。観覧車の部品はかなり以前から、周囲何マイルにもわ

＊「保安官助手」と訳されることもある。正式な保安官が議会や知事による選任という手続きを経るのに対して、保安官代理は保安官が直接任命する。したがって、腕のいいガンマンがこの職に選ばれることも多かった。

たって柵や支柱、荷馬車の連結器に使われ、古くなったかごは鶏小屋になり、屋根の抜けた占い師の小屋の上では星形の歯車が星図を解読されることなく回っていた。いまだにばらばらになっていない唯一の建造物が〝死の壁〟だった。円筒形に組まれた木製の骨組みはもろそうに見えて、実は最後まで長持ちをした。風雨にさらされて灰色に変色した〝死の壁〟とともに、チケット売り場と周囲をめぐる階段、そしてかつては息もつけずにいる見物人を内側の見世物から隔てていた六角形の目の金網が残っていた。

　オートバイに乗った巡礼者がまるで聖なる廃墟であるかのようにここを訪れた。この伝説的蛮勇の地を上空から目にした経験豊富な飛行士は、かつての帝国の至るところに散らばる古代ローマの円形演技場や古代要塞都市の中心にある空虚な楕円《だえん》を思い出した。郊外の不幸がやがて人間的無作為な形でその周囲に現れ、木の生えていない外辺部がバイク族やピクニック族の行き来する並木道に変わっていた。しかし他方で、暗い隅の方や新しい高架橋の下、夜という潤滑油を塗られた通路の中では、〝死の壁〟という灰色の壁が沈黙を貫き、消えゆく建造物の謎を絞り出していた……。

「きっとどこか裏の方に従業員用の入り口があるわ」とレイクが言った。二人は馬の足並みを、馬術で障害柵を越えさせるときのペースにまで落とした。

　そして、そう、奇妙なことなのだが、中にいた人々は二人の来訪を前もって知っていたかのようだった——町民は蒸し焼き料理《キャセロール》とパイ、羽根をむしったニワトリとむしっていないニワトリを手に持って現れ、メソジスト派聖歌隊の精選されたメンバーが整列して「主よあなただけが」*を歌った。午前中ずっと事務所の戸口に立って草原とひょっとしたら空にも目を凝らしていたユージーン・ボイルスター保安官が二人を出迎えるように両手を前に差し出して歩み出た。

「道に迷わなくてよかった。前回と前々回の人は、その前もそうだったかな、道に迷ったんだ」

　デュースとレイクは次の一呼吸の間に、自分たちが今日現れることになっていた保安官代理とその妻——結局姿を見せなかったが——に間違われていることを理解し、ひょっとすると二人は一瞬目配せを交わしたかもしれない。「こぢんまりした村だ」とデュースが言った。「町を狙って銃を撃ってもちょっと風の計算を間違えただけで的を外しそうだ、気づきもしないかもな」

「銃が好きなのかい？」

「理屈と説得が効かないときの最後の手段としてね、もちろん」

「それはどうかな」


しかしデュースがそこで実際に対処することになったのは日々のささいな犯罪行為や町の日常的な構造――変なことを試していたらペニスが洗濯物絞り器に挟まったとか、町に一台しかない自動車が何度も盗難に遭っているとか、自らすすんでハッピー・ジャック・ラ・フォームという薬剤師が作った新薬の実験台になった連中を電信柱や鐘塔から降ろしてやったり、禁酒集会から脱会させたり、追いかけてきた配偶者の非共感的な武器から救ってやったり――ばかりではなく、彼は四六時中、日記的事実の知覚可能な地平線の向こうから覗く予言や、彼がそれに対処するために雇われた、口に出されることのない問題というもっと抽象的な緊急事態に呼び出されていた。その正体は、別の惑星を見るためには望遠鏡が必要なのと同じように、保安官事務所の奥にある警察電信受信機を通じてしか知ることができないのではないかと彼は恐れるようになっていた。その装置は、一セントはがきに印刷された指名手配犯の顔から二十世紀に向けて踏み出した新たな一歩だった。

ある日、その装置のガラス製ドームの下から、歓迎されざる知らせがかちかちと飛び込んできた。イーグル峠経由のメキシコからの知らせだった。報告によると、町で発砲事件があったとの通報に基づきC・マリン巡査が調べたところ、〈コアウィラの花〉という酒場で二十五歳前後の北米人男性、名前は（避けることのできないその名をデュースが見ていると一文字一文字が収束していき）スロート・エデ

＊　夕べの祈りの聖歌。

ィー・フレズノの射殺遺体を発見、目撃者の証言では加害者は別の北米人男性、その他の特徴は不明、加害者はすぐに現場を去り、以来姿を見せていないとのことだった。

　デュースの目には思いがけず塩水があふれ、感情の奔流を食い止めている鼻の奥がちくちくと痛み、彼は帽子を脱ぎ頭を垂れて、風に吹きさらされた険しい墓場に詣でている自分の姿を思い描いた。「大ばか野郎、どうせいつもの調子でやってたんだろう、そりゃ見つかっちまうぜ。別にあれはおまえじゃなくてもよかったのに。おまえはたまたまあの仕事を手伝っただけ、相棒の背中を守ってただけ。重労働くらいの罰には値するかもしれないが、〝お嬢さん《セニョリータ》、ファック《チンガ》、ファック《チンガ》〟とか〝ビール、お代わり《マース・サーベイサ》〟くらいしかろくにしゃべれもしない言葉に囲まれたどこかの酒場で撃たれることはなかったのに。ばか野郎――くそ、スロート、いったい全体何やってたんだ?」　憎しみで鼓動が早まるのと同時に、誰かが自分のことも仕留めようと躍起になっているかもしれないという直腸に発する予感が彼の体を走り、他方で、彼らが過去に一緒にやってきたことの共意識的な証拠が損なわれ、死という至高の有刺鉄線が完全に二人を隔てていた。デュースは、とっととこんな事務所を放っぽり出し、外に出て馬に鞍を付け、ほこりを巻き上げながら駆けだして、相棒を殺した糞野郎を探し出し、腹に銃弾を食らわし、壁が血だらけというより糞だらけになるまで何発でも撃ち込んでやることが必要だと感じていた……そんなことを考えている最中に、太陽の光をたっぷりと浴び、世界の第一日目のにおいがする洗濯物を両腕いっぱいに抱えたレイクが入ってきて、そんなことは一切必要ないのだとわずかなりとも感じさせた……「今度は何があったの、法の番人さん?」

「スロートのやつが」　彼は震えていた。「覚えてるか?　おれの相棒。おまえの相棒でもあった、そうだろ?　国境の向こうで撃ち殺された。ひょっとしたらおまえの糞兄貴のどっちかが殺《や》ったのかもしれない」

「まあ、デュース。気の毒に」　彼の肩に手を置こうとしてやめた。知らせを聞いた彼女は、そう思ってはいけないと知りながらも、他の感情よりも喜びを覚えた。動揺しないヘビのようなまなざしに抗して、彼女は理性を保とうとした。「あの人、何もしなくてもいつもトラブルにつきまとわれてたからひょっとしたら兄さんたちとは全然関係ないかも――」

「無政府主義者の家に育ったおまえはいつまでもそんなことを言ってるがいい」とだけ言い捨てて彼は出て行った。礼儀にかなったキスも、帽子の縁に手をやるだけのしぐさも、「すぐ戻る」の一言もなく、ただ驚くほど用心深く、出て行ってからカチッと音がするまでドアを閉めたのだった。

その後、デュースからの便りがないまま、日々が〈時間〉の道に沿ってみじめな死体を引きずりながら過ぎていった。彼がどういうつもりで何をやっているのかを深く考えさえしなければ、彼がいなくなったことで彼女はほとんどほっとしていたと言ってもよかった。

後に、一人で眠りに滑り込もうとしていたとき、彼女は、覚えのある強烈な肛門的記憶による衝撃で目を覚まして真っすぐに起き上がり、腰の周りにパジャマを引き寄せながら、いつものお気に入りの体位で彼女をファックするだけのためにスロートが死者の国から戻ってきたのだとほんの少しの間確信した。愛した人――というか、時々欲望を感じた人――の死をそんなふうに思い出すというのは間が抜けていたが、途方もなく広がる虚無を超え、その気になれば、死が築くことのできる最も頑丈な障壁よりも硬くなれるペニスとともに彼女のもとにやってきたのはスロートの方だった。

テイス・ボイルスターが立ち寄り、ほとんどずっと座ってたばこを吸っていた。家でたばこを吸うと聖書を使ったお説教を延々と聞かされることになるからだ。

「あの人が向かってる場所は見当がつく」とレイクが言った。「テキサスよ。でも、もちろん違うかもしれない」

「彼、誰かに狙われてるの？　レイク」

「狙われてても不思議はないわ、でも今回は自分の方が誰かを追ってるつもりらしいけど」

「まあ。じゃあ今回が初めてじゃないってわけ?」

「あの人はきっとまた戻ってくる。新たな標的が見つかったにしても見つからなかったにしても、どっちみちこの町で葬儀の晩餐《ばんさん》をするってことにはならないわ」

「私がここにいる間は彼もおとなしくしていた方がいい」とティスが言った。しかし彼女は保安官代理が星を外すように、保安官の妻としての表情を緩めた。「いったい何がどうなってるのか、少し話してくれない?」

「自分で紙に巻くのじゃなくて、巻いた状態で売ってるたばこって知ってる?」

「うん。持ってるの?」

「あなたが今くわえてるのがそうよ、ティス」

「あら」

レイクはたばこに火を点け、悲しい物語をすべてティスに打ち明けた。すらすらと話すことができたわけではなく、時々声が沈んでささやき声に変わったり、すっかり喉が詰まって声が出なくなることもあった。途中でティスの表情に警戒感がみなぎってきたのを煙のベール越しに見て、彼女はこう言った。

「私ってほんと、どうかしてると思わない?」

「え? お父さんを撃ち殺した人間と結婚したってこと?」彼女は肩をすくめ、当惑した様子で大きく目を見開いた。

「そんなの、あまり聞いたことないでしょ?」

ティスは鼻で軽く溜め息を漏らした。「何となく分かるわ。若い色男、がみがみ言う父親、よくあるパターンよ。あなたたち親子はちょっとやり過ぎたってところかしら」

「あの人は私を家から放っぽり出したの。私を叩き出した——あのままメキシコの売春宿に行き着くことになってたかもしれないし、死んでたかもしれないのに、それさえお構いなし。きっと私が自分の手でパパを殺すべきだったんだわ」

「でも実際にはデュースが手を下した。そしてその後、あなたたち二人が出会った。で、どうだと言うの？　別に二人で共謀してやったわけじゃないでしょう？」

「でも良心がとがめる。パパはもう死んで、いないのに、今でもまだ憎らしいの。それって娘としておかしいと思わない？　女の子は父親を愛するものでしょ」

「そうね」とティスが言った。「エルシー・ディンズモアの物語*なんかだとそうなってる。私たちはみんなああいうものを読んで大きくなったからすっかり魂が毒されてるのよね」彼女はたばこを口にくわえ、空いた手を伸ばし、厳かにレイクの手の上に置いた。「教えてちょうだい。お父さんがあなたに何かしたことはあるかしら……」

「え？　あ——」

「あなたが嫌がるようなことを」

「ウェブが？　ウェブは確かに嫌なやつだったけど、でもばかじゃなかった」

「私の父はしたわ」

「あなたのパパが？　まさか——」

「父だけじゃなく兄のロイ・ミッキーも」レイクに何か言ってみろと言うかのように、煙の向こうで目を細め、奇妙な笑みを浮かべていた。

「ティス。何てことなの」

「何年も前の話。それでこの世が終わったわけじゃないわ。それに、本当のことを言うと、私は母さんの立場の方が心配だった。どのみち長くは続かなかったんだけど。やがてみんなが互いにののしり合いを始めて、気がついたときにはユージーンが現れて私を家から連れ出してくれてた。おかげさまで今じ

＊　マーサ・フィンリー（一八二八—一九〇九）が書いたエルシーを主人公とする少女読み物のシリーズ。

ゃ何もなかったみたいに元気にしてる」

「うちの家庭じゃ考えられない」

「そんなに暗くならないで。どうってことなかったわ」


彼女はメイヴァの夢を見た。

リスが柵柱の上にいる。「何見てんの、キラキラ目のリスちゃん?」首を傾けて真っすぐに立っているリスは動かなかった。「なるほど、動く気はないのね、でもお天気が変わったらどうするかな」そう言って、リスを脅かさないように注意しながらその周囲の柵に洗濯物を広げた。「あんたたちはみんな頭がどうかしてるよ」そんなふうにメイヴァはいつも動物を相手に会話に近いやりとりをしていた。何時間とも思われる長い間じっととどまっているリスや鳥を相手に、彼女は話しかけ、時折返事を待って間を取り、たまには本当に返事が返ってきたようだった。レイクは動物が独自の言葉で返事をするのを聞き、母親がそれを理解しているかのように耳を傾け、うなずくのを見た気がした。

「タカは何て言ったの、ママ?」

「サリダの近くで山火事。親類がばらばらになったって。あの子としても当然心配なんだよ」

「それからしばらくして」と、少女は七月の青いオダマキのように目を大きく見開いて言った。「誰かがやって来て、本当に向こうで火事があったって教えてくれたの」

「なるほど、レイク」また担がれたんだと言うかのように指でメキシコ風のしぐさをしながら少年たちが言った。「でもお母さんもどこかでその知らせを耳にしてたかもしれないだろ。娘は自分の言うことを何でも信じると思ってるのさ」

「郵便馬車が来るまではママにはどんな情報も届いたはずがないわ」少年たちはどっと笑った。

「あの子はただの発破工の娘」とメイヴァは夢の中で歌っていた。「でもあの子がどこを歩いても、必ず雷管が爆発した……」

「ママはあれこれ手を尽くして」と彼女は母親に向かって叫んだ。「私たちの関係を潰そうとするくせに、いざとなったら死の壁の後ろの、手が届かない場所に逃げ込むのね」

「おまえはあたしたちについてきたいんだね、あの古《いにしえ》の暗い川のそばまで。あたしたちを見つけて恨み言を並べ立てるつもりかい？　遅かれ早かれ喜んでその手伝いをしてくれる人が現れるだろうさ。レイク、あんたも年を取ったもんだねえ」

レイクは目を覚ましたが、それは非常にゆっくりだったので、しばらくはメイヴァが本当に部屋の中にいるように思われた。

「彼がまた戻ってくるのを待ってみたら？」とティスが助言した。「戻るかもしれないもの。ただし、元の幸福な家庭には戻れない覚悟はしないとね」

「まさか、またあの糞野郎に辛抱しろって言うの？　この先何度でも？　私には他に選択肢があまり残されてないってこと？」

「最近仕事が増えてユージーンが愚痴をこぼしてるのよね」

「へえ、それなら私も精いっぱい祈らなきゃ」

そしてある日、電線が風に鳴る中、馬に乗ったデュースが〝死の壁〟に戻ってきた。当然ながら、スロートを殺した犯人を突き止めてはいなかった。出掛けていたのは一週間か十日ほどのことだったが、一年分の疲れが溜まっているように見え、頭をうなだれ、ずっと屋外に出ていないような青白い顔をしていた。

もちろんそれで何かが終わったわけではなかった。何もない夜の平野から現れたスロートが窓から部屋の中を覗き、「おうおうおう、カス野郎、どうしておまえは見てなかったんだ？　おれはいつもおまえを守るばかりで守ってはもらえないってか？」と言う。それに対してデュースは、恐怖で完全にまひしてしまっていなければこう答える。「でも、うん、でも、確かそういう話になってたじゃないか、ていうか、おまえがいつも言ってたじゃないか――」そして彼がそんなしどろもどろの返答をしているうちに、望みのない新たな一日の最初の光を浴びたレイクが起きだし、こうつぶやくのだった。「まったくこの家じゃ糞ほども眠れやしない……」

「最初から何か大きな秘密を隠してるって思ってたわ。あの二人がある口調である種のことを話してるときの目つきが怪しかったから……。そしてようやく私も真相を知ったってわけ」

「まあ」とテイス・ボイルスターが言った。「もう間違いないのね」

レイクは保安官の妻を見た。二人の足元ではボイルスター家の赤ん坊たちが這い、つまずき、物を落とし、拾い、また放り投げていた。

「てことは、あなたとしては」とテイスが続けた。「もう何も考えないことね。気を楽にして成り行きに身を任せること。そうすればすべてがはっきりする。だってあなたはもうやり返す気はないんだから。あなたの表情からは怒りの雲が消えた。あなたは自分が思っていた以上に遠くまではっきりと見通すことができる……」

「うん」

「自分の置かれた立場を考えてごらんなさい、キンドレッド夫人。この先、かなり大変よ」

「あの人だって変われる」

「あなたが慈悲の天使になって彼を変える気？」

「自信がある」

「そう」彼女は少女が納得したと思えるまでうなずき、ほほ笑み、それから言った。「何に変えるの？」

レイクは従順を装って少しだけ頭を下向きに傾けたが、視線はテイスの目からそらさなかった。

「当ててみましょうか。今の彼よりもずっとずっといい人間。そうすればあなたも過去のことは考えないで済むから。あなたの気苦労が省けるから」

「それじゃいけない？」とレイクがささやいた。「それを望んだら駄目だって言うの？」

「望む？　うん、望む……私なら、そうねえ、あの人を今より悪い人間に変えるわ。もっと弱くてとろくて、判断の鈍い人間。そうすればこっちがその気になったとき、いつでもやっつけられる」

レイクは首を横に振った。「ちっ。保安官の妻のくせに。うん、そうね、それも考えたことがないわけじゃない――いつか夜中に彼の銃を探して、いびきをかいてる頭にぶち込むとかね」と手を一度たたき、「アーメン。後で血を掃除することになっても、あなたのだんなにも手数をかけることになってもいいって考えたこともある――でもやらないわ」

テイスは、自分より若いその女性の顔に、悲しみの深い起源から湧き出たある表情というか影が横切るのを見たような気がした。一瞬のことだったので、後になってみると本当に見えたという確信さえ持てなかった。そして他方でレイクは、結局のところ少し陽気すぎる口調でこう続けていた。「でも、もし……彼のやったことが……一種の間違いだったとしたら、ね、単なるミスだったとしたら、テイス、あなただって間違いの一つや二つしたことあるでしょう？」

「人に雇われてあなたのお父さんを殺した。すごい間違いよね」

そう、その大問題はずっとそこに引っ掛かったまま、彼女も尋ねようとしなかったし、デュースも持ち出すことがなかった――すなわち、デュースは手を下す前にどこまで知っていたのか、という問題だ。彼は誰でも始末する殺し屋として彼らに雇われたのか、それともウェブ個人を殺すために雇われたのか？

「あなた、あの人がいいやつだと思ってるんじゃないの？」とテイスが続けた。「単に道に迷っただけの子供だって。でしょ？　で、自分は彼を連れ戻すことができる、十分に愛を与えてあげればそれでいいんだ、敵を愛して救いの恩寵《おんちょう》に引き込もう、それが二人のためになるんだって思ってるの？　それはばかげてるわよ、お嬢さん」

「ティス、あなたも糞鉱山に行ったことがあれば分かるはずよ。とにかく厳しくて、くつろぐこともなくて、ひたすら仕事、そうして人のために働くの。彼ら——問題はそこ。彼らが自分たちの判断を信じろって言ったら、こっちに選択の余地なんてある？　もしもよくない仕事だとしても、みんなもらえる仕事をもらうだけ。デュースも喜んで引き受けた。私はその場にいなかったし、あなたもいなかったんだからはっきりしたことは分からない。ひょっとしたら彼はパパが何かを手に持っているのを見たと思ったのかもしれない。ひどい時代だった。しょっちゅう鉱夫が銃で撃たれてた。鉱夫は保安係員の顔を見れば銃を向けることも多かった」

ここは法廷ではなく、ティスが判事なわけでもなかった。レイクがこれほど熱を入れて誰かを納得させようとする必要もなかった。あの日、ウェブは武器を持っていたのか？　最初にウェブがデュースを襲い、デュースは自分の身を守ろうとしただけだったという可能性はあるのか？

ウェブがいなくなったと考えるだけで十分につらかったが、この奇妙な冷淡さはもっとひどかった。汚れのない思い出になるはずだった日々へ戻る道を見失い、暴力的に終わりを迎えさせられた子供時代への帰り道を見失い、他方で一挙手一投足まで憎らしくなってきた人間と一緒に暮らしていかなければならない。憎いけれども、彼が彼女を抱き締めるときだけは別だ。ああ、そのときだけは。

私は彼のもとを去ることはできない、と日記代わりに使っていた学校時代の小さな習字帳に彼女は書き込んだ。どんなことをされても残らなきゃならない。そういう取り決めなのだ。逃げるわけにはいかない……目を覚まそうとしているのに目が覚めないときと同じように……私は結婚するずっと前から彼の正体を、彼がやったことを知っていたのではないか、分かっていて結婚したのではないか。知らなかった、けれども知っていた……ひょっとしたら彼の視線を初めて感じたときから。彼は目を輝かせ、申し訳程度の笑顔を浮かべていた。私たちは世間の有名人のようで、二人とも互いが誰なのかを知っていることになっていて、それでも二人とも指一本動かさなかった。あのとき私たちはある取り決めをしたのだ。私が感じるべき感情と実際に今からやろうとしていることとの間に常に空っぽな空間を置いていると、また昔の、家出してシルバートンに行っていた時代のようだったが、誰もその気持ちには気づいていなかった。皆は私がパパのことを悲しんでいるだけだと思ったり、忙しくして事件を忘れようとしているのだと思ったりしていた。皆が私に言った。時間がたてば普通の生活に戻れるって……でも私は夢を見続けているみたいで、目が覚めない……。

ここがデンバーだったら……酒場で働く娘になっていたら……。彼女はこれらの言葉を抹消したもの の、けばけばしい出来事だらけの三文小説のようなものとしてその幻を白日夢に思い描き続けた。シャンデリアとシャンパン。決してはっきりとは顔が見えない男たち。細々したところまで頭に浮かぶ、気持ちよく感じられる苦痛。かわいい下着姿で部屋でごろごろしながら、長くゆっくりした冬の夜に一緒にアヘンチンキをやる仲のよい女の子。何ものも触れることのできない孤独感。始終吹き抜ける風できれいに保たれている、がらんとしたよそよそしい部屋での抱擁。太陽に照らされた高山のつましさ。絶対的な直線で囲まれた純粋性にかたどられた家が、風以外には音がない中、漂白され乾いて建っている。サンファン山脈中の百人もの役立たずたちが清潔な繊細さ——日々の生活の厳しさから守られていない繊細さ——を持った彼女の若々しい顔を記憶にとどめる。

いったん彼女が知っていることを彼が知り、彼女が知っていることを彼が知っていることを彼女が知り、二人ともが恐れていた致命的な門——目に見えない守護者がそれを開き、彼らが通った後に再び閉じた——をどうにかくぐり抜けたと分かり、それでも彼女がいつも通りの生活を続け、彼を撃ち殺そうとする様子をまったく見せないことが分かると、デュースは悪人らしい振る舞いをやめ、弱々しく臆病な嘆願をすることに抵抗がなくなったらしく、あれこれと言い訳をせずにはいられなくなった。だが、もともと彼女は彼の説明にそれほど興味があったわけではなく、時間がたつにつれてさらに興味を失っていった。「おれは連中に、あの人が組合側の爆弾魔だと聞かされたんだ。その噂が本当かどうか本人に確かめればよかったって言うのか？　連中は証拠があるって言ってた。誰も目にしたことのない秘密の活動をしてるんだって。もちろんおれは信じた。無政府主義者には良心のかけらもない。女、子供、何の罪もない鉱山労働者、誰でもお構いなし。連中の話だと――」

「私はあなたの力にはなれないわ、デュース。パパが何をやってたのか何にも知らないの。そんなことは弁護士に相談したらいいじゃない」　それは本当に彼女自身の声だったのだろうか？

　しかし彼女が黙っているときでも彼の耳に何かが聞こえた気がすることもあった。「あれは人の命を救うためだった。やつらがそういう言い方をしてたんだ。おれは連中に言われる通りに行動しただけで――」

「ああ――またいつもの泣き言ね」

「レイク……おれを許してくれ……」　彼はまた眼球の水力学を見せながらひざまずいた。男の涙は婦人雑誌の恋愛物語を読んで想像していたほどいいものではないと彼女は思った。というか、ときにはあからさまに嫌悪を覚えることさえあった。

「ひょっとするとあの運命の瞬間、頭がぼーっとしてただけなのかもしれないけど、私、あのスウェーデン人の牧師さんが〝愛し、尊敬し、許す〟って言うのを聞いた覚えがないのよ。*立って、デュース、そんなことしても何にもならない」　どのみち彼女にはしなければならない用事があった――それは避けようがなかった。

　しかし本当に奇妙だったのは、二人に永遠に別々の道を歩ませる理由がこれだけそろっていたにもかかわらず、彼が相変わらず――いや、これまでにもまして――彼女を求め続けたことだった。そして結局は彼女も、それが自分の力に変わっていることを感じ、男たちの目に見えない不可知性から湧き出てくるそのエネルギーに目を向けるようになった。それは、知らない間に作られていた彼女名義の銀行口座に貯まっていく利子のように日々膨らんでいった。部屋の反対側からこちらを見ている彼の熱い視線を無視し、彼の手をすり抜け、自分の気が向いたときを選んで夜の相手をし、ありがたがる彼にも必要以上の笑みを見せず、それでも彼が強引なまねをしたり、わめいたりすることは許さない——彼女には容易にそんな振る舞いができた。はっきり分からなかったのは、彼がこの明らかに長続きするはずのないアヘン的な夢からいつ覚めるのか、それとも覚めないのか、あるいはどの程度までならうまく覚めない状態が保てるのか、安全な距離まで逃げられないほど突然に目が覚めないようにするにはどう加減をすればよいか、という問題だった……器用な足取り、少なくとも繊細なタッチが必要だ——彼女としては気が抜けなかった。いつ何時、ふとした言葉、目の動き、日常的な嫉妬《しっと》の閃光《せんこう》などで、突然掛け金が外れ、彼が元のデュースに戻り、いきなりぶち切れて、久しぶりに血を求めることになるかもしれなかった。

結局、何年もの間、ごまかし、適当に言い繕い、大変な逃走劇を演じた揚げ句、デュースは容赦なく本来の自分の生活に、そしてどうやら陰鬱なものになりそうなその未来へと引き戻されつつあった。日々必要とされる仕事に追われているうち、特にその日付も記録に残さなかったある日のこと、彼は、ユタ人であれ何であれ、〝復讐の女神たち〟がもはや自分を追っていないことを理解した。期限を定めた法律のようなものが効力を発揮し、彼は「自由」になったのだ。まるでそんな実感はなかったが。

彼とレイクは二人とも子供を望んでいたが、そう思いながら日々が過ぎ、月日が過ぎ、季節が繰り返し、それでも子供ができなかったとき、彼らはその原因が二人の間にある有毒なもののせいではないかと思い始めた。それをどうにかしない限り新しい生命の誕生は不可能なのだ。彼らは真夜中に遠くの川縁のあばら屋に出掛け、レイクが土間に横になり、その脇で不治の憂鬱を表情に刻んだスー族の呪術師《シャーマン》が歌を歌い、羽根と骨でできた呪物《じゅぶつ》を彼女の腹の上で揺すり、デュースが何重にもはずかしめを受けな

＊　通常、結婚のときの誓いの言葉は「誰それを愛し、尊敬し、大事にすることを誓う」と言う。

がら我慢してそこに座っていた――また一人の男が、今度はインディアンが、彼の失敗の尻ぬぐいをしていると感じていたのだ。彼らは効果のないものから危険なものまで不妊治療薬にかなりの金額を費やし、その結果、レイクは一度ならずハッピー・ジャック・ラ・フォームに解毒薬を出してもらうことになった。彼らは薬草医、同毒療法士、磁気療法士のところにも行ったが、そのほとんどは結局最後には二人に祈りを勧めることになった。近所に住む熱心なキリスト教信者たちもそれぞれの宗派にしたがって正確な祈りの言葉をいつでも喜んで教えてくれた。近所で彼らの評判が固まり、しばらくするとささやき声もやみ、気がかりなのは小さな町特有の気さくさのみになった。

「よその女たちに何を言われたって気にすることないよ」とティスが言った。「別に何も借りがあるわけじゃないんだから。子供を産まなきゃならない義理もないし。あなたはあなたの人生を送ればいいし、みんなも人のことに首を突っ込んでないで自分のことをやってればいいって思っておきなさい」

「でも――」

「ああ、そうね、分かってるわ――」彼女は腕を伸ばし、幼いクロエを抱き上げた。クロエはポーチからペチュニアの花壇に転げ落ちそうになっていた。ティスは訪問販売員が試供品を点検するように、抱えた娘を調べるふりをした。「子供は確かに魅力的な存在よ、それは否定できない。そして〈主〉は計り知れない意図を持って私たちの何人かを選んで、子供の世話をさせる、少なくとも子供が自分の家庭を持てるようになるまでの間ね。でもそれは一部の人間のことよ、レイク。それ以外の人にはこの世でそれ以外の使命があるの。実は私、子供のころは列車強盗がしたかった――したかったというより、それが自分の使命だと思ってた。私とフィービー・スローパーの二人は川向こうの斜面に隠れて、大きなバンダナを顔に巻いて、一日中強盗計画を練ってたわ。二人で秘密の誓いを立てたのよ」

「それでどうしたの？」

「どうしたと思う？」

こうして最初は、めったにない時間が見つかったときに夫婦が話す、結婚後の世界に関するありがちなささいなおしゃべりとして始まっただけの問題だったのだが、レイクとデュースの間では話題がほとんどすぐに子供を産むこと――というか子供ができないこと――に収束していった。以前は二人ともそれを外的な危機やストレスのせいにしていた――隣の郡でギャングによる略奪行為が起きたり、カンザスシティー風の道徳改革集団から不法行為の告発が行われたり――が、だんだんと標的が人間に絞られ、「あなたのアソコが短すぎるのよ」とか「売春なんかしてるときに悪い病気でも感染《うつ》されたんじゃねえか」とかいうやりとりが交わされるようになると、決まって最後はどちらかが泣く羽目になり、結局これからも努力を続けようということで一段落するのだった。

今晩は彼女が不注意にも彼に、どうしてそんなに子供のことで必死になるのかと尋ねてしまい、愚かにも彼は「ただ何となく、彼に対してその責任があるような気がするんだ」と口走ってしまった。

一瞬彼女には、彼がウェブのことを言っているのだとは信じられなかった。「父さんのこと？」

「もしもおれたちが――」

「赤ちゃん。亡くなったウェブ・トラヴァースに対して、私たちが赤ちゃんを産む責任を負ってるって？ それって一人で足りるの？ それとも念のためついでに二、三人作っておく？」

デュースはゆっくりと警戒心を強めた。「おれが言いたかったのはただ――」

「単に私と結婚しただけじゃ足りなかったってこと？ あのすばらしい殺し屋としての自由を犠牲にすれば万事がうまくいくと思ってたのね。本当に頭がおかしくなったんじゃないの？ 子供を作ったら殺人が帳消しになるなんて思ってるんだとしたら、狂気に至る最終カーブを曲がっちゃってるわよ。確かに代償は払わなくちゃならない、でもそれが赤ん坊だなんてことはないわ。絶対に」

「おれだけじゃないんだ」彼の声の調子には、彼女に警告を与えるような何かがあった。

彼女は警戒しなかった。「どういうこと、デュース？」

「おまえの父さんが死ぬ前にトーピード鉱山で働いてたとき、あの人はいつもおまえのことばかり話してた。他のものは何を手放しても何ともなかったのに、おまえだけは別だった。おまえが家を出て行ったことが最後のとどめだった。手にハンマーを握っているだけのもぬけの殻みたいになってた——良質鉱をくすねたとか、おれとスロートのこととか、そんなのはただ表向きの細々した事情にすぎない。おれのことをどうこう言う前にそのことを考えた方がいいぜ」

彼女は鼻を鳴らし、ほほ笑むふりをした。まるで彼が人前で彼女に恥をかかせようとしているかのようだった。「作り話はいくらでもできるわ、何年も昔のことだし、証人がいるわけでもないし」

「あの人はしょっちゅう泣いてたよ、おまえが見たこともないくらい。〝嵐の子〟っていつも言ってた。何か意味のある言葉なんだろ、聞いたことあるか？　〝嵐の子〟」　彼は同じ言葉を繰り返しただけではなく、不気味にウェブの声をまねていた。

デュースは殴られるとは思っておらず油断をしていたので身構える間もなく、彼女に殴り倒された。あまりに見事に簡単にやられたので、立ち上がって反撃する前にさらに数発やられるだろうと彼は思った。デュースは銃を事務所に保管していたし、レイクの方も町の他の女たちと同じように自己防衛手段は家庭にある品物に限られていた——麺棒、お玉、ストーブのふたを持ち上げるための棒、そして最も人気が高いのがフライパンだった。フライパンは、その前の年に〝死の壁〟郡で暴行の告訴があったとき、何度か凶器として使用されていた。判事は通常、危害を加える意図を示す証拠として、炉用の短脚の付いた〝クモ《スパイダー》〟と呼ばれる柄の短いフライパンともっと柄の長いフライパンを区別していた。今晩のレイクは、十二インチのアクメ社製鋳鉄フライパンがちょうどいいと判断し、台所の壁から両手で下ろし、デュースに一発お見舞いしようと構えた。「おい、くそっ、レイク、やめろ」と言った彼の声は、今から何が起ころうとしているとしてもあまりにゆっくりすぎた。彼は完全に無防備だった。

だから私はあのとき躊躇《ちゅうちょ》し、振り返ってもっと情け深い武器を探したのかしら、と彼女は後に思った。デュースが立ち上がり、興味深そうに肉切り包丁に目をやっていたころ、レイクはストーブ用シャベルを使うことに決めていた。それはかなり有効で、彼女の怒りが今では冷静で効率的なものに落ち着いていたことも幸いした。デュースは再び床に伸びた。

テイスとユージーンが戸口に現れた。保安官はまだ半分寝ぼけ眼でズボン吊りを直していた。テイスは怖い顔をし、壊れておらず弾が込められたグリーナー社製ショットガンを手にしていた。

彼女は「そこまでよ」と言ったところで、柄《がら》の入ったオイルクロスの上で血を流しているのはデュースの方だということに気がついた。「あらまあ」彼女はたばこに火を点け、夫の目の前で吸い始めたが、夫は気がつかないふりをしていた。

その後、男たちが気付けのウィスキーを探して家を出て行った後、レイクが言った。「ああ、少なくとも致命傷じゃなかったのね」

「致命傷？　致命傷のどこが悪いの？　致命的なけがを負わなかったのはあのブリキのショベルでやるときに手加減したからよ。あの糞野郎が元に戻ったの？　いつ？」

テイスは大股で行ったり来たりした。

「こう考えることも可能ね」としばらく経ってから彼女が言った。彼女は気が進まないという様子ではなく、長い間我慢していたごちそうを自分に振る舞っているようだった。「あなたはあのだんなとまったく同じレベルの悪《ワル》だってね。二人ともずっと邪悪な共謀関係にあった。あなたの仕事は彼の後についていって必要な尻ぬぐいをすべてすること、そして彼が誰かに仕返しをされないように見守ること。あなたのお兄さんたちを含めてね」

レイクは何も答えなかった。そしてその後しばらくの間は、必要がなければ二人とも互いに話しかけることはなかった。

「ああ、そうだな、君にも見えたかも。でも僕が見たのは左だったぞ」とネヴィルが断言した。

「なるほどそうか」とナイジェルがにやっと笑った。「で、それは向かって左のことか、それとも本人の左ってことか？」

ナイジェルは下を向いた。「こっち」彼は一方の乳首を指さした。「合ってる？」

二人の若者は中庭《グレートコート》の風呂場でハーフコート嬢の噂をしていた。彼らのわびしい溜め息が蒸気のシューという音に溶け込んだ。

「噂じゃ彼女はケンブリッジ使徒会[*1]の胚《はい》と付き合い始めたらしい。シプリアン・レイトウッドってやつだ」

「レイトウッドの特殊壁紙とか売ってる一族の？　まさか」

「まさにそのへなちょこ御曹司」

「マホメット教の女はホモが好きなのさ」とネヴィルが持論を述べた。「ハーレム的な精神構造なんだな。去勢された男に対して優しかったり。とにかくアレができない連中が好みなんだ」

「けど、まさか彼女……マホメット教徒ってことはないだろ？」とナイジェルが反論した。

「まあアジア系の有色人種には違いないさ、ナイジェル」

「何だって？」

「ああすまんすまん」とネヴィルが言った。「彼女の悪口を言ったからって君が怒らなくてもいいだろ」「人前で泣くよりましだよ」その言葉は、一時的に正気を失ったネヴィルが相当の労力と金を費やして手に入れたかなり悪趣味な安めの装飾品をヤシュミーンが突き返した後、彼が〈ドイツの海〉などの居酒屋で涙ながらの独白をたっぷり演じたことを指していた。

彼らは互いのペニスを無気力ないら立ちをもって見つめながら、蒸しプリンのようにゆったりと風呂でくつろいでいた。二人がハーフコート嬢の裸について話していたのは前夜にそれを盗み見たからだった。大胆な女子学生たちの間では、時を忘れた数学者と用務員以外には目を覚ましている者のいないわびしい真夜中に、こっそりとバイロンの池[*2]の上流の川まで出掛け、水浴びをする伝統が生まれていた。月が明るければ明るいほど皆大胆になった。男子学生たちがどういうわけか噂を聞きつけ、しばしば欲情よりも好奇心からそれを覗きにやって来た。そして月明かりの中には侍女たちに混じってヤシュミーンもいたのだった。それを見た男たちの口からは、「すげえ！」「わお！」「おれあれ最高！」など、その日その日のキャッチフレーズが漏れ、あるいは単純に彼女、あるいは彼女かもしれないガートンカレッジの誰かを見たとたんに完全なまひ状態に陥り、友達の部屋では一晩中興奮した報告が行われ、少なくともペンが握れる程度にまで興奮が落ち着いてからはソネットに歌われた。

ヤシュミーンには周囲の注目がかなり集まっていたので、二人のN——表向きにはキングズカレッジで哲学と古典を研究しながら、TWITとクイーンアンズゲートのあるオフィスに報告するためにヤシュミーンを監視するという追加の指示を与えられていた——は妙な不便を感じていた。ニューナムカレッジとガートンカレッジの女子学生は、伝説的なフィリッパ・フォーセット[*3]並みの数学優等生になるこ

＊1　十九世紀にケンブリッジ大学で結成された学生の結社で、学部学生の入会候補者は「胚」と呼ばれる。
＊2　ケンブリッジの南西にあり、詩人バイロンが学生時代によく泳いだと言われる池。
＊3　数学の優等卒業試験で最優秀の成績を残した最初の女子学生。

とを望んだり、グレース・チザムとウィル・ヤング[1]のように個別指導教官とのロマンス――運がよければ結婚にまで発展する恋愛――を夢見たりしていたが、ヤシュミーンが体現しているような派手な外見や自信たっぷりの態度を望んでいる者はいなかった。それはかつてない規模の衝撃を、数学関係者のみならず中産階級にも与えていた。その上そこに、社会的な曲芸によってたった一代で財を築いたレイトウッド家の御曹司が現れ、しかもどうやら彼は同性愛者で、さらに謎めいたことにヤシュミーンが彼に興味を抱いているらしい。

「この前、絶対にいけそうなアヘンビールのレシピを見つけたぞ、ナイジェル。ビール酵母を使って、モルトや大麦みたいにアヘンを発酵させるんだ。もちろん砂糖は十分に加えて」

「おいおい。それってすごく堕落してないか、ネヴィル」

「実はそうなんだ、ナイジェル。発明したのはリシュリュー公爵だから」

「催淫薬で有名なあの男じゃないよな？」

「その男[2]」

お湯に浸かった無気力状態から立ち上がり、学期末まで乗り切るための薬物を手に入れるという重要な教育的作業に再び取りかかるには、それで十分だった。

「前線将校と幕僚だ」と父が子供たちに教えていたのをシプリアン・レイトウッドは思い出した。「参謀本部と戦場司令官、そして至るところに敵がいるというわけだ」

「これって戦争なの、父さん？」

「その通り」

「父さんが将軍？」

「どちらかというと大佐だな。うむ、とりあえず今のところは連隊規模だから」

「制服は？　父さんの軍の」

「いつか〝シティー〟に来い、そうすれば見せてやる」

「で、敵は――」

「残念ながら、敵もわしらと同じ制服を着ていることが多いのだ」

「じゃあ必ずしもちゃん見分けが――」

「決して見分けはつのだ。それも残酷な世界の残酷な側面の一つ。だが、将来自分で痛い目に遭って学ぶよりも、うちにわしの口から学んでおいた方がいい」

「もちろおとなしくそんな世界を受け入れたってわけか」と、十五年ほど後に、いらついてはもしているレジナルド・〝ラティ〟・マクヒューがうなずいた。

、」とシプリアンは言った。「でもそうじゃない部分もある。結局、僕としては、名誉を汚すこときる旗を新たに一つ手に入れたと感じただけのことだったから」

少年たちはラティの部屋でくつろぎながら、ビールを飲み、紙巻きたばこの〈バルカンソブラーニ〉を吸い、九〇年代の「ユリと倦怠《けんたい》」的な気分に浸ろうとしたがあまりうまくいっていなかった。

不可避の数学的な収束によってヤシュミーンの話題が持ち上がったとき、誰もが何か一言言いたがり、最後にシプリアンが出し抜けにこう言った。「僕、彼女に恋しちゃったみたいなんだ」

「目いっぱい遠慮して言わせてもらうけど、レイトウッド……。君は。くそ忌ま忌ましい。ばかたれだ。

＊1　ヤングの指導を受けながらガートンカレッジを卒業したチザムは、ケンブリッジが女性を大学院に受け入れていなかったためゲッティンゲン大学に留学して数学の研究を続け、その後ヤングと結婚、二人で数学の論文を数多く発表した。

＊2　リシュリュー公爵はフランスの政治家・枢機卿（一五八五―一六四二）。ハンミョウの仲間のゲンセイを原料とした催淫薬を愛人に飲ませたことでも知られる。

彼女は、男よりも、女のことが、好きなんだぞ」

「ちぇ、じゃあ言い方を変えよう。僕は気がついたら彼女に恋してた」

「哀れなほど絶望的だな、シプス」

「そういうことって自分で選べないだろ？　僕らみたいな人間も必ずいる、ただそれだけのことさ。定食には僕らの存在は欠かせない」

「容易な道じゃないぞ。ああいうタイプの女に関しては仮にうまくいったとしても〝限界〟があるし、その限界だって――」

「うん、そう、〝ああいうタイプ〟ね、その通り、単に〝タイプ〟の問題ならいいんだけど、イチかバチかの賭けをやることになるんだよな、確率はますます低くなるのに。それでもこのもやもやした気持ちは今よりはましになるかも」

「じゃあ、あのヤシュミーンに――」

「ハーフコート嬢じゃなきゃ駄目なんだ」

「で[illegible]イトウッド、君はホモだ。そうだろ？　ずっと演技をしてたっていうのなら別だけどな。ここ
「もちろん演技してるから」

なければならん、でも同時に……恋も、い、い、してるんだ」それはまるで旅行者用の慣用句集で何度も調べ[illegible]語の慣用句であるかのようなしゃべり方だった。「彼女に。矛盾してるかな？

それでも結構。僕は矛盾を抱えてる*」

「どうしようもなく散文的な君なんかより、世間がもっと矛盾を認めている神聖なるウォルト・ホイットマンってわけか。こりゃまた愉快だな。でも具体的には、というか肉体的には、どういうふうに欲望を表現するつもりだ？　まさか――ああ、かわいそうに――ガートンカレッジのファンクラブに加わるのか？　クリケットのユニフォームを着た黄白人種の男が恋にのぼせた？」

「心の奥底の秘密を君に話したとして、僕は君の力のこもった〝万歳〟以外にお返しに何がもらえる？」

「ああ、ほら見ろ、何てこと言うんだ。僕のハンカチを使ってくれ、もしよかったら――」

「洟《はな》をかんだハンカチだろ、やめとくよ、キャプシーフ。ありがたいけど」

「いい子だ。まあこれが最悪ってわけじゃないさ。クレイクみたいになる可能性だってあったんだから。あいつは度を超えて夢中になっちまった、しかも相手が、その、うーん、つまり……」と、出口ににじり寄りながら言った。

「相手は……？」

「その、君たちも知ってると思ってたよ、みんな知ってるぜ。ほら――少しビールでもどう？」

「キャプシーフ？」

溜め息。「シェトランドだよ……ていうかいったいどうやって……とにかくシェトランドポニー。分かった？　これで君らも最新情報を耳にしたってことさ」

「クレイクと……」

「ああ、しかもどうやらメスらしい」

「シェトランドポニーなら……かなり癖が悪いはず」

「うん、そう、君だってつらい目に遭うぞ」とラティ・マクヒューが言った。「ポニーの側はアラブ馬とかサラブレッドとかの気を引くことを夢に見てたのかもしれないが、馬の代わりにクレイクのやつが引っ掛かるとはな。まったく」

「彼はまだ……このケンブリッジに？」

「引退して北の方の田舎に帰ったよ、相棒も一緒に。何世紀も前から代々続いてる小さないい農場だ。

＊　米国の詩人ホイットマン（一八一九―九二）の詩句の引用。彼は同性愛者だった。

メインランド[*1]のメイヴィスグラインドのそばだ……あいつはポニーと一緒に整形外科用の学術雑誌で定期的に取り上げられてる……もちろん弁護士にものすごい金額がかかるからさ――合法性を認めてくれる可能性のある戸籍登録官が見つかるとすればの話だけど――ていうか、容易なことじゃないからな」

「彼は――まさか……結婚する気で……」

「変だと思うだろ……でも実際にディンプナに会ってその魅力を知れば考えが変わる。少なくとも普段は魅力的なんだ。彼女は――」

「ちょっと待ってくれ、キャプシーフ。僕がみんなの同情を買うとしたらそんな感じの同情のされ方になるのかな？」

「そうさ。聞けよ、シプス。ハーフコート嬢がここに来てからまだ間もないのに、もう十人以上も男が泣かされてる。君がここにいる短い間にすべき最善のことは、没頭できる健全な目標を見つけることだよ、例えば、あ、そうそう、勉強とか。トゥキュディデス[*2]なんかから取り掛かったらいいんじゃないか」

「無駄さ。きっと本を読んでる途中に何かのきっかけで彼女を思い出すんだから」

キャプシーフは降参とばかりに両手を挙げ、ぶつぶつ言いながら部屋を出て行った。「ところでさあ、マクヒュー、どうしてそんな趣味の悪い赤紫を着てるんだ？」


同じころ……。

「ねぇ、ちょっとぉみんなぁ、見てぇ、ピンキーよぉ！」

「こんにちはぁ、ピンキー」

「あのさぁ、今ぁハニーサックルウォークの食事会に行くところなんだけどぉ、一緒に行かない」

「行こ、行こ、ピンキー！」

「教えて、ピンキー——あなたっていい数学者？」

「それとも悪い数学者？」

ローレライ、ノエリン、フォーンの三人はもちろん皆ブロンドだった。当時のニューナムとガートンではブロンドであることが単なる色素の問題を超え、完全にイデオロギーの問題と化していた。同様に無帽であることも重要だったし、可能な限り頻繁に、あらゆるタイプの写真撮影に応じることも重要だった。「君たちは反射係数が高いんだ」と彼女らはいつも聞かされていた。「ネガでは銀色の闇の少女、印画では金色の輝き……」

この場所にはやたらにブロンドが多く、そのためヤシュミーンは気がおかしくなりそうだった。詩心のあるファンが彼女をこう呼んだ。「北の海辺の黒い岩。少女らの乱流がその滑らかな冷淡に打ちつける。白いベールをかぶったブロンドの娘たちが希望もないのに何度も何度も押し寄せる」と。

「私ってそんなに——」

「言葉が思いつかない、ピンキー？〝残酷〟っていうのはどう」

「〝自己陶酔的〟は」

「〝無慈悲〟は」

「そうやってみんなの忍耐力を試すがいいさ」とネヴィルとナイジェルが言った。彼らは別にいつも彼女を見張っていたわけではないが、たまたまそのやり取りを耳にしたのだった。

シプリアンをとりこにしたのは彼女の目だったが、無関心か積極的な嫌悪でよそを向くまなざしこそが魅力だった。彼女が彼を見つめ返すだけでは不十分だった。その後、彼女が他の問題に目を向けるこ

＊1　スコットランド北岸沖シェトランド諸島最大の島。
＊2　ギリシアの歴史家（前四六〇？—前四〇〇？）。ペロポネソス戦争をつづった『戦史』がある。

とが必要だった。それだけで彼は恍惚《こうこつ》となった。一日がそれだけで終わり、場合によっては次の日まで余韻が残ることもあった。彼女が感じていたのは魅惑と呼べるようなものではなかったが、やがて二人は大学での移動途中に話をするようになった。

「あのさあ、実はね、ピンキー――」

「私がその呼び名を嫌がってるって分からないの？　あのばかな女の子たちと同じ仲間じゃないんだからやめて」

そのとき彼が彼女に向けた顔には、希望に満ちた表情が隠しきれずに浮かんでいたかもしれない。少なくとも彼女は笑いはしなかった――もう少しにこやかにほほ笑んでくれてもよかったのではないかと、後にシプリアンは思ったが。

「あなたは香を焚《た》く祭壇を間違えてるわ」自分のささやき声が彼に及ぼす影響を知っていた彼女がそうささやいた。「ばかよ、あなたたち、みんな」

彼は、誰であれ女の子の声で――何かを言う、ただの声だけで――自分が勃起《ぼっき》するなどとは思っていなかった。しかし勃起はあらがいようのない事実だった。「あ、参ったなあ……」しかし彼女は既に向こうを向き、ガートン守衛詰め所の方へ姿を消していて、彼は自然解消の兆候をほとんど見せない非弾力性の当惑とともにその場に残された。ギリシア語の動詞を不定過去時制に活用させるという技も、他の状況なら効くのに、今は効果がないようだった。

「え。あの男《ひと》、踊れないの？」

「まったく」

「じゃあゴミ箱行きね」とローレライ、ノエリン、フォーンの三人が声をそろえて言った。

「ピンキーったらあの男のどこがいいのかしら、正直言ってさっぱり分からないわ」とフォーンが言った。「でしょ、ローレライ？」

「もしも彼女が植物的な愛[*1]で満足なら……」とローレライがかわいらしく肩をすくめてさえずるように言った。

「問題は植物の種類次第ね」と思慮深いノエリンが言った。

「ああ、シプスなら別に問題ないわ」とヤシュミーンが異議を唱えた。

「人前で衝動を抑えられない、青白い顔をしたホモにしては問題ないってことかしら」とフォーンが顔をしかめた。

「いつも日傘を持ってるのよ」とローレライが追い打ちをかけた。

「口では言えないようなことをラグビー部の連中と食堂でやってるし」

「でも私を笑わせてくれる」

「そうね、それが目的なら悪くない」とノエリンが深刻な顔で言った。「でも、そんなふうに〝私を笑わせてくれる〟っていうのを言い訳にして深く付き合う人が結構いるのよね。いつも笑っていられるとか言って」

「それにもし、笑うのが好きなら……」そう言って、自分たちが持ってきたマコン産ワインの瓶をローレライが差し出した。

「でも」とヤシュミーンが言った。「私たちはみんな、ノエリン、あなただって、いつも本とにらめっこしてるけど、誰か……分からないけど、ジョージ・グロースミス[*2]なんかにちょっとウィンクでもされ

＊1　詩人マーヴェルの詩の一節では「植物的な愛」とは、非常にゆっくり、しかし大きく育つ愛のこと（ただし人間的な時間の中では不可能なものとして歌われている）。

＊2　英国の喜劇俳優（一八四七―一九一二）で、弟ウィードンとの共著もある。息子ジョージ・ジュニア（一八七四―一九三五）も俳優。

たらメロメロになっちゃうでしょ」
「んんん。息子の方、それとも父親？」
「陽気なウィードンのことも忘れないで」とローレライが溜め息をつくふりをした。

シプリアンは、ラティ・マクヒューを通じてレンフルー教授と知り合った。「あの先生も毒を含んだ人だ」とラティは結論づけていた。「国際的な悪事を仕掛ける欲望に満ち満ちているけれど、でもその手段を持ち合わせていない。だからこそ、古代の壁に囲まれたこの狭い場所では、あの先生のような存在はとてつもなく危険なんだ」

何でもお見通しのレンフルーは、シプリアンとヤシュミーンとの関係をたちどころに察し、自分と何らかの関係を持った人間全員について書き溜めている記録に几帳面にその概要をファイルした。記録はウェイターから窓ふきの掃除人やクリケットの審判、外務省の高官や国家元首にまで及んでいた——ほとんどは歓迎の列でのぞんざいな握手の印象だったが、にもかかわらず、「公式の場で相手と直接目を合わせようとしない」とか「手が小さい。幼少時の心的外傷の証拠。ヴィルヘルム二世[*1]と比較すること」などと記載されていた。既に専用に借りた複数の部屋がそうしたデータでいっぱいになり、奇妙な棚やクロゼットや旅行用トランクがあふれ、彼はひそかにそれを「世界地図」と呼んでいた。その空白の空間は彼の中に、繊細な地理学者なら誰でも感じる洗練された恐怖を生み、それと同時に、〝未記載〟の目立つ空欄を容認できる状態に変えるために若き探検家に情報収集に当たらせるという希望も生んだ。

ラティはなぜか現在のレンフルーのお気に入りの一人になっていて、彼らは競馬の季節には時々ニューマーケット[*2]に一緒に行くこともあった。

「僕は自分の妄想だと思ってたよ」いかがわしい評判にもかかわらずラティが分厚い政府の報告書に顔を埋めているのが見つかったとき、シプリアンはからかうようにそう言ったのだった。ラティはモールスとバジレフの編纂《へんさん》した全八巻のブルガリア語＝英語辞書の助けを借りながら、ベルリン条約以来の東ルメリア[*3]の農地制度について込み入った事情を——特に共同農業が古代から続くザドルーガ[*4]の伝統に及ぼした影響について——詳しく知ろうと努力していた。

「あれって一つのパターンなんだ」とラティが説明を始めた。「トルコの昔の農場が分割されて以来のパターン。特に最近この市場園芸者組合《グラディナルスキ・ドルジニ》[*5]という制度の中で顕著になってきた社会的流動性の問題を考えに入れると——」と言ったところでシプリアンの表情に気がついて「あるいはもっと簡単にこの分厚い本を君に投げつけてもいいかもしれない、レイトウッド、か弱い君にぶつけたとしても、ミサイルにも標的にも損害は生じないだろうからね」

悪意がないことを示すように両手を広げて、「たまには僕の指導教授たちも同じように厳しくしてくれてもいいんだけどなあ。そうすればこんなに次々面倒な目に遭わないで済むのに」

「僕らはみんながみんなレンフルーの手先ってわけじゃないぜ」

「どうしてあの先生はヤシュミーンをあんな目で見る？」

「あんなってどんな？　普通の性的興味だろ、ここの大学の人間だって全員がオカマなわけじゃないさ、

*1　プロシア王およびドイツ帝国第三代皇帝（一八五九—一九四一）。

*2　競馬場で有名なイングランド東部サフォーク州の町。

*3　ベルリン条約は、オスマン帝国とロシアの間で締結され（一八七八年）、モンテネグロ、セルビア、ルーマニアの独立、ボスニア・ヘルツェゴビナのオーストリアへの併合などが決められ、ブルガリアはオスマン帝国主権下の自治国であるブルガリア自治公国と、自治州である東ルメリアに分割された。その後、一八八五年に東ルメリアはブルガリアに割譲された。

*4　スラブ人の間に見られる大家族の父系的血縁集団のことで、特定の土地を共有し、共同労働に従事しつつ大家屋で共同生活を営む。マルクスの言う家父長制的家族共同体に当たるとされる。

*5　春から秋にかけて故郷を離れ、都市部近郊で市場向けの青果を栽培し、参加者の間で収益を分配する集団。

ごめん、気を悪くするなよ、ホモって言った方がいいかな」

「いやいや、そういうのとは違う」

確かにその通りだった。ラティは既にレンフルーの「世界地図」について概略は知っていたが、それをレイトウッドに話しても仕方がないと思った。現在のレイトウッドは情報の魅力とその用途に関して絶望的に免疫がなかった。ラティはヤシュミーンのことをどちらかというとただの美人だと認識していたので彼女のことをまったくマークしていなかったが、これまでに耳に入ってきた場当たり的な発言や風の噂や流言から判断すると、ハーフコート嬢には東方との結びつきがあった。この言い回しはレンフルーの口癖で、彼が何か期待のこもった好奇心を抱いているという証拠でもあった。


クリスマス休暇から復活祭までの春学期、復活祭から聖霊降臨祭までのイースター学期と、学期があっという間に過ぎ、長い休暇が始まった。ヤシュミーンはチャンクストン・クレセントにある小さな屋根裏部屋に戻り、間もなく、TWITと自分との間の食い違いとは言わないまでも、少なくとも彼らの言う「保護」のあり方に対して自分が徐々に我慢できなくなっていることに気がついた——容赦のない監視には、植民省とクイーンアンズゲートの部隊に限らず、帝政ロシアの政治警察《オフラーナ》、オーストリア外務省、プロシア外務省まで加わっていた。定期的に英国政府を訪れていた彼女は、たいていは彼女の美貌に目がくらみ、ときには必要な書類さえ見つけられない下っ端の役人の前で、何度も同じように用心深く実りのない手続きをしなければならなかった。ルー・バズナイトも彼女の周辺に出入りしていたが、〈二十二人組《イコサダイアド》〉の活動が忙しいためにいつでも話し相手になってくれるというわけではなく、せいぜいばかばかりの長たらしい夏の夜会の席で話す程度だった。そんな中、庭の地中深くにある目に見えない球根や種から突然伸びた青い若芽のように、かつてゲッティンゲン大学に勤めていた著名人G・F・B・リーマンに対するほとんどエロチックと言ってもいいような魅惑の感情が湧き起こってきた。彼女は何冊かの数学の教科書を抱えて自分の部屋に閉じこもり、当時の多くの研究者と同じように、リーマンのゼータ関数というきわどい領域と有名なリーマン予想[*1]——与えられた大きさよりも小さい素数の個数に関する一八五九年の論文にさりげなく書き込まれたその予想によると、自明でない零点は実部が二分の一であるという——への旅を始めた。

ネヴィルとナイジェルは、中国系の人は皆例外なくアヘン製品への窓口になるという仮説を検証しながら夏を過ごした。「中国人が現れるのを待つだけさ」とナイジェルが説明した。「後は遅かれ早かれそいつが〝店〟に連れて行ってくれる。万事ＯＫ」彼らは、気がつくといつもライムハウス[*2]へ行っていたので、結局そこに部屋を借りることにした。

シプリアンは家族の住むナイツブリッジの家に慎重に迎え入れられた——必ずしも家族の抱擁に迎えられたわけではないが。彼は以前、壁紙を売るために一緒にパリに行った叔父によって同性愛の世界に導かれた。ある日、セーヌ左岸のジャコブ通りと川の間にある〈オテル・アルザス〉と大口の契約に漕ぎ着けたことを祝うため、叔父のグリズウォルドは少年をいかがわしい男娼宿に連れて行ったのだ。「アヒルを水場に連れて行くような自然な感じだったよ」とグリズウォルド叔父はシプリアンの父に報告した。父の失望は弟にではなく、シプリアンに向けられていた。「あれはテストだったんだ」と彼は息子に言った。「おまえは落第だ。まあ、結局のところ、ケンブリッジがおまえには合ってるってことかもな」

シプリアンはヤシュミーンの住所を漠然とは知っていたが、その夏、家を訪ねたりはしなかった。しばらくすると彼は臨港列車に乗って大陸に向かい、家族は皆胸をなで下ろした。彼はその後、ベルリン

*1　リーマンのゼータ関数は、$\zeta(s)=1+1/2^s+1/3^s+\cdots+1/n^s+\cdots$で表される（これは$s>1$のときに収束する）。彼は「$\zeta(s)$の自明でない零点$s$は、すべて実部が1/2の直線上に存在する」ことを一八五九年の論文で予想した。

*2　かつて中国人が多く住んだ、ロンドン・イーストエンドの港湾地区。

で数週間の著しい不行跡を働いた。

再び秋の活気の中に皆が集まった。新しい色の服、特に戴冠式に用いる赤色が流行していた。[*1] 特別扱いの女学生らは工場勤めの娘のように前髪を切り下げていた。クリケットに関してはランジートシンジーとC・B・フライ[*2]の話題で持ちきりで、もちろんオーストラリアのシーズンも最近始まったところだった。工学系の学生は正午にニューコート[*3]に集まり、決闘もどきの対決をしていた。それは当時、革のさやに収めてベルトにつけて携行するのが流行していたタヴェルニエ＝グラヴェの計算尺を素早く抜き、最初に計算を終えた方が勝ちというゲームだった。そのころのニューコートはまだ手に負えない連中の溜まり場で、計算に対する興味はあっという間にほぼ完全にビールへの興味に変わった。

シプリアンは、一家の高教会派の信仰を捨て、奇妙にも——特にトリニティカレッジやキングズカレッジから聖母マリアの賛歌やシメオンの賛歌や朝の礼拝が聞こえたときには——うぬぼれた出世主義者と階層に取り憑かれた役人が入り交じり、町の子供を集めた聖歌隊員があくびをし、もじもじし、眠気を誘う説教が繰り広げられている中、ありえないことだからこそ——人間的な欠陥がどうしようもなく絡みついているにもかかわらず、というより、絡みついているからこそ——けた違いの神秘の出現を願うことが可能なのだと思い始めていた。かつてシオンではない山の頂で死を克服し、その秘密を抱えた、難解で知の及ばないキリストという神秘を。シプリアンは夜、就寝時の祈りの時間になると、礼拝堂の窓から漏れる光の外に立ち、自分の懐疑的な精神に何が起こったのだろうと自問していた。最近では、カーキ選挙[*4]を記念するフィルサム作曲の「テ・デウム」のような本当にとんでもない事例でも耳にしない限り、彼の懐疑精神が呼び起こされることはほとんどなかった。「テ・デウム」は賛美歌としての形式が確立していて、最後の音まで指定されているために、聖歌を作曲する人々の間では「テ・デウム」をいい加減に作曲するのはほぼ不可能に近いと考えられていたのだが、それにもかかわらずフィルサムの曲は、おそらく児童労働に関する各種法令に違反することになるほど無意味に長く、リヒャルト・シュトラウスも真っ青の半音階主義を貫き、心に染み入り聖なる衝撃を与える力を持つにはあまりにも「現代的」すぎ、ステインドロップからセントポール寺院に至るまであらゆる少年聖歌隊員の間で既に〝フィルサムの退屈《テデウム》〟として有名になっていた。

一方、ヤシュミーンはますますガートンカレッジを退屈な場所だと思うようになっていた。伝染性の愚行と服装に関するありえない規則、それに加え、食事のまずさは言うまでもなかった。頭上の高いアーチ窓から食堂にたっぷり差し込むブロンドの光がおしゃべりな女の子たちの囲むテーブルとテーブルクロスを包んでいても、味はましにはならなかった。彼女はますますゼータ関数の問題に逃げ込むようになった。昼間に目が合った級友が消灯後にこっそりヤシュミーンの部屋にやって来て、狭いベッドに裸で入ってきたときでも、そのまれな、言葉にならない瞬間でも、気がつくといつもそのことを考えていた。彼女は、なぜリーマンが二分の一という数字を引き出すことを後回しにせず最初に断言したのかという問題を無視できなかった——まるでリーマンが彼女に向かってささやいているかのように……。「この点については厳密な証明が欲しいところだろうが」と彼は書き残している。「はかなくもむなしい証明を何度か試みた上で、そのような証明は脇へ置くことにした。目下の研究の対象には必要がないからである」

しかし、それが意味するところは……興味をそそるその可能性がすぐ手の届きそうな場所にあるということなのではないのか……。

＊1 一九〇二年八月九日に行われたエドワード七世の戴冠式の影響か？
＊2 ともに世紀転換期に活躍したクリケット選手。
＊3 ケンブリッジ大学のセントジョンズカレッジの建物の一つ。
＊4 一九〇〇年、ボーア戦争中に行われた英国の国会議員選挙。

……そして仮にゲッティンゲンで、彼の書類のどこか、まだ目録に収められていない自分用のメモのどこかで、実際に彼がこの問題に戻らずにはいられなかったのだとするとどうなるのか。彼がガウスの論文で見つけて「虚数」という鏡像世界にまで拡張した腹立たしいほど単純な級数に、それ以後、他の研究者と同じように取り憑かれたのだとしたら。このトリニティカレッジのラマヌジャン[*1]がハーディに指摘されるまで無視していた虚数の世界、ある意味で彼が再びそこに光を当て、リーマン予想をこの上なく厳密に証明することを可能にした世界……。

「ねえ、ピンキー、何ボーッとしてるの?」

「あなたこそ何、もっと下の方で何かしてくれてるはずじゃないの。さあ本気でやるわよ……」少女のブロンドの髪をかなり乱暴につかみ、優雅なしぐさで一気にパジャマをめくって、その生意気で小さな顔の上にまたがった……。

「じゃあ革の半ズボンの国[*2]へ行くのかい」とシプリアンができるだけいら立ちを抑えて言った。二人の間で許されている事柄の中に、傷ついた感情を表に出すことは含まれていなかった。

「私ったらどうしようもないわね、でもつい最近まで自分でも分かってなかったんだけど――」

「おいおい、謝ることはないよ。大丈夫かい?」

「シプリアン、私もこうなるとは思ってなかったの。私たちの大半がこの大学に来てるのは、実際にはみんなの邪魔にならないように、迷惑にならないようにここに送り込まれてるってことでしょ――本や研究指導や学問なんてすべて付随的なこと。何かに本当に……火が点くっていうのは……誰も信じてくれないだろうけど、私……あ、ハーディのクラスには一人か二人、できる男子学生がいるけど、チャンクストン・クレセントにはろくな人はいない。ハーディ先生はゼータ関数の零点についてずっとは知ってるけど、夢中になってるって感じじゃない。でもヒルベルトはそれ以外は頭にない。その彼はゲッティンゲンにいる。私に必要なのはその異常なまでのこだわりなの、だからゲッティンゲンに行かなくちゃならない」

「なるほど……数学的だ」と彼はまばたきをして言った。彼女はじっと彼をにらんだが、少しして彼が言いたいことを理解した。「僕はいつか自分が後悔するって分かってたんだ。もともと僕にはクリケットの打率を計算する程度のことしかできないし……」

「私のこと、頭がおかしいと思ってるでしょ」

「君にはもうどうでもいいことだろ……僕の気持ちなんて」おい、シプリアン。彼は慌てて心の中で自分を打《ぶ》った。駄目だ。今は駄目だ。

　今日の彼女は辛抱強かった。「私に対するあなたの気持ち。シプリアン。私にとってはそれが舞台照明だったわ。照明がきつすぎてやけどしそうになったこともあったけど、おかげで私が美の極致に思えた……。一瞬でもいいからそんな光り輝く存在になりたいと思わない人はいない……灰になる運命だと定まっていたとしても」彼女は彼の手の上に手を重ねた。彼は耳の下と首筋に自分では抑えられない微細な震えが走るのを感じた。

「そっか」彼はたばこを見つけて火を点け、遅ればせながら彼女に一本を差し出した。彼女はそれを受け取り、後でいただくわと言った。「ここでぶらぶらしながらみんなの崇拝を集めていても君には未来はないからね。僕はリーマンのことは何も知らないけど、夢中になる気持ちだけは理解できる。だろ？」そう言いながらも彼は、彼女のあらわなうなじの魅力的な曲線から目をそらそうとはしなかった。彼女は彼がそうするのを許した。それは間違いなく欲望だったが、かなり特殊なものだと彼にも分かっていた。

＊1　インド生まれの天才的な数学者（一八八七―一九二〇）で、トリニティカレッジのハーディ教授の指導を受けた。
＊2　ドイツ南部で着用される。

おせっかいなレンフルー教授が何も口出しをしないと思っていたとすればそれは楽観的すぎた。ヤシュミーンが間もなくゲッティンゲンに発つと知ったとたんに彼は、直接的な誘惑とまでは言わないまでも、誘導のキャンペーンを始めたのだ――ときには誘惑なのか誘導なのか区別がつかないこともあった。「暗殺計画ということではないだろう」週末に何度もケンブリッジから列車に乗りチャンクストン・クレセントまで相談に行っていた彼女に向かって、あるとき大司祭が言った。「暗殺などすれば自分の身も危うくなるからな。それよりもありそうなのは、ライバルであるヴェルフネルの精神的健康に対して何かとんでもない悪事を働こうとしてるということだろう。教授が抱くその種の空想は少なくともワイエルシュトラスとソフィア・コワレフスカヤの二人の物語*が学問的努力の伝説の仲間入りをした時代にさかのぼるものだ。年月が経ってもその卑しむべき根本的前提はあがなわれていないがね」

彼女は顔をしかめた。

「確かに君は美人だ、その事実は変えられない。次の転生で別の体に生まれ変わるときには、もっと目立たない体を選ぶことを考えてみたらどうかな。無難な選択としては何かの植物というのがいいようだが」

「植物に生まれ変わりなさいってこと?」

「ピタゴラスの教理にそれを禁じる項目はない」

「ご助言ありがとうございます、大司祭」

「というか、私が言いたいのはただ、気をつけなさいということだよ。あの二人はどうしようもないほど肉欲的なのだが、彼らが忠誠を捧げている対象はこの世のものではないのだ」

「肉欲的だけど、現世的ではない? 奇妙ね。そんなことって可能かしら。数学みたいだけど、何だか実用的な感じ」

「ところでこれは君宛てだ」 彼が彼女に手渡した小包は郵便局が相当乱暴に扱ったようだった。彼女が長い紐をほどき、既にぼろぼろになっている包装紙を破ると、安い装幀の二つ折版サイズのカタログが出てきた。表に四色石版刷りで印刷された若い女性は、海辺の絵はがきに見られるような挑発的なポーズを取り、ぽってりとして光沢のある唇に指をくわえていた。

「〝スナズベリーの消音フロックコート〟」とヤシュミーンが声に出して読んだ。「波の干渉の原理に基づいて音が音を消します。歩行は基本的に周期的現象であり、普通のフロックの特徴的な〝衣擦れ〟の音は容易に計算できる根源的な歩行周波数の複合であることから……。ごく最近になってオクスフォード大学のスナズベリー博士の研究室で発見された事実によると、各個人の衣服は仕立ての段階である種の構造的な調整をすることによって衣服そのものに周波数を合わせることが可能で——」

「それが大食堂に届いていたんだ」と言って、大司祭が肩をすくめた。「というか、そう見えるように雑な工作がされていた。レンフルーの仕業さ。あざけりの意図が鼻につくね」

「〝メモが添えられてるわ。〝女の子ならぜひこれを一着。いつ必要になるか分からないから。採寸のアポは取っておいた。かわいい友達を連れて行きなさい〟。住所と日時も書いてある」 彼女は彼にその紙切れを渡した。

「危険かもな」

しかしヤシュミーンはその問題全体に興味を持った。「音がしないという特性は屋内でしか意味がないと思うんだけど、それがコートってことは、盗みに使うのか、瞑想《めいそう》に使うのかしら。何かの目的のための手段なのか、それとも目的そのものなのかしら。女性がドレスの衣擦れの音を嫌がるっていうのはどういう状況？ それならズボンとシャツを着れば済むことじゃないですか？」

＊ 女性が大学で講義を聴けなかった当時、ロシア出身のコワレフスカヤはベルリンで私的にワイエルシュトラスの指導を受け（一八七一―七四）、その後、欧州で女性としては初の数学の博士号を得た。

「公にはちゃんと女性らしく見せなければならないけれども」と大司祭が言った。「同時に、こっそりと秘密に任務を果たさなければならない場合かな」

「スパイ活動」

「彼は君が私たちにすべて報告すると思っているんだろう」

「報告してほしい？」

「ミス・ハーフコート、私を誘惑する気かね？　おやめなさい。大司祭に誘惑は効かない。誓いに含まれているからね。確かに私も興味はあるよ、おそらく君もそうだろう。私の助言としては、できれば寸法合わせに行って様子を見てみたらどうだろう。君が話したいと思うことだけを教えてくれればいい」

実際には事はそれよりも少し不気味だった。いかにかすかであれ武器としての応用の可能性がある新しい発明を追ったり、ヨーロッパでの軍事的・政治的な出来事との関連をいささかなりとも見つけだしたりすることを仕事としている人々は当然、最近流行し始めた消音フロックコートの取り引きに警戒の目を向けていて、バルカン地域での軍の動きからベルギーでのダイヤモンドの値動きに至るまであらゆることを盛り込んだ長々とした報告書をまとめていた。

「なるほどとてもよくできている。では百着もらおう」

少しの間があった。「それでしたらいくらか前金が必要になります。お客様方は……つまりその……」

彼の目は、それらしい紋章の入った黒い革鞄から密使が取り出した巨大な札束に釘付けになった。

「これで足りるか？」

そしてその男たちが立ち去ろうとしたとき、「百人の女性が静かに動き回るということですか？　時間はどのくらいです？　私の勝手な推測ですが、緑と白と藤色の縞模様でしょうか？」。

「いいや、婦人参政権運動とは関係ない。黒のクレポン生地で裏地はイタリア生地で頼む。私たちも詳しいことは知らない。この件についてはただの代理人だからな」

にもかかわらず、彼らの声はかすかに女性恐怖に震えていた――完全に音を立てない黒いドレスをまとった沈黙の女たちが際限なく後ろに続いているように見える廊下を進むさまに対する恐れ、そしてひょっとすると反響のない廊下そのものに対する恐れ、特に暗い照明に照らされたある条件下でのその光景への恐れ……遠くからわずかでも音楽が漏れ聞こえてくることはなく、ほっとする言葉の一つもなく、手には日傘も扇も、明かりも武器もない……待つべきか、脇へ避《よ》けるべきか、あわてて踵《きびす》を返して逃げるべきか？　どんな秘密の目的があるのか？　さらに気にかかる問題としては、どれだけ公の支援を受けているのか？


スナズベリーでの採寸を言い訳に一日大学をずる休みしてロンドンに出掛けたヤシュミーン、ローレライ、ノエリン、フォーンの四人は、陰気な工場のような建物にある工房に呼ばれていた。そこはリージェント通りよりもチャリングクロスロードに近く、いつも周囲のもっと高いビルの影になっている交差点を入った場所にあった。パリの地下鉄の入口を思わせるモダンな文字で書かれた看板には、フランス語で〈ラリモーとカーリ＊婦人服仕立て〉とあった。

「基本的なモデルはこちらになりますです……マドモワゼル？　よろしく」らせんのような形をしたスロープを――スロープの正確な幾何学的構造はそれ自体が構造の一部となっているらしい人為的な影の縁取りによって分かりづらかったのだが――黒い服を着た若い女性が一列になって滑るように下りてきた。あまりに静かだったので彼女らの注意深い息遣いまで聞こえてきそうだった。女たちは無帽で口紅も塗っておらず、髪もタイトにまとめ、ピンでしっかりと留められていたので、活発な男の子のよう

＊　スラップスティックで有名な米国のコメディトリオ〈三ばか大将〉の三人の名（ラリー、モー、カーリー）をもじった命名。

にさえ見えた。目はつぶらで謎めいていて、唇は、われらが女子大生たちの目から見ると、エロチックさの混じる残酷な笑みに見える形に結ばれていた。

「まあ」とローレライが少し震えながらつぶやいた。「私あれ、結構気に入ったわ」

「服のこと？　それとも女の子？」とノエリンが尋ねた。

「どっちもそんなにいいとは思わない」とフォーンが嘲笑的に言った。

「まあ、フォーンったら、何でも簡単に決めつけるのね。それにあの子、今すぐ後ろから来た女の子はさっきからあなたに熱い視線を送ってるわよ、気がつかなかった？」

　そう、そしてその後試着室で——その高慢なモデルたちは仮縫い係も兼任していることが分かったのだった。コルセットとストッキングと下着だけの姿になったヤシュミーン、フォーン、ノエリン、ローレライは、消音スモックを着た一団のなすがままだった。娘たちがメジャーや異常に大きなカリパスを持って近づいてきて、何の前置きもなしにとてもプライベートな部分まで採寸し始めた。抗議をしても無駄だった。「あの、ちょっと。私、自分の寸法は知ってるわ。私のヒップは絶対にあなたが今そこに書いた数字ほど大きくない。仮にその単位がインチじゃなくてセンチだとしても……」「ねえ、やめてよ、どうして股や脇の内側を測る必要があるの？　外側を測れば済むんじゃないの……それに、それにくすぐったいわ、ていうか、くすぐったくはないけど……んん……」しかし、決然とした沈黙の中で拷問は続いた。拷問者たちの仲間内で意味深長な視線が交わされ、時折少女たちと目が合うと赤面したり、動揺したりしていたが、部屋の中の純真さのレベルははた目には——あるいはひそかな観察者には——判断しがたかった。

　スナズベリーのフロックの秘密は裏地、というか綾織りの顕微鏡的な微細構造にあるようにヤシュミーンには思われた。よく調べてみると、その綾織りは糸のスキップの仕方がまったく一様ではなく、同じ表面でも場所によって異なっていた——その拡張した行列《マトリックス》の一つ一つの項が織機での加工を物語る係数だった……そうした考えがすっかり彼女の頭を占領していたために、自分と友人たちが巨大な「アールズコートの観覧車」のてっぺん――ロンドンの地上三百フィートの場所――にいることに気づいた瞬間、眠りから覚めたときのような困惑を覚えた。乗合馬車ほどの大きなゴンドラに一緒に詰め込まれていた他の三、四十人の客は、休暇を楽しんでいるイギリス人らしく、バスケットに用意したソーセージロールやバイ貝やポークパイを皆あわただしく頬張っていた。

「動いてないわ」としばらくしてからフォーンが言った。

「一回転するのに二十分かかる」とヤシュミーンが言った。「それぞれのゴンドラがてっぺんで少しの間止まるようになってるから」

「うん、でも私たちのゴンドラがてっぺんに止まってから少なくとも五分は経ってるわ」

「以前、四時間止まったこともあるよ」と目立って都会的な風貌の人物が言った。「当時交際中だった私の叔父と叔母は、歌にあるみたいに迷惑のおわびとして五ポンド紙幣をそれぞれ一枚ずつもらったそうだ――それでちょっとした元手ができた二人は早速、手近な執政官を探して手続きをした。後先を考えないで中国領トルキスタン鉄道の株に投資したんだ」

「ウナギのゼリー寄せはいかが？」遊び好きの男がお気に入りのピクニックメニューをノエリンの鼻先にぷるぷると近づけて言った。

「結構です」と彼女は答え、「あったま、おかしいんじゃない？」と付け加えそうになったが、自分たちのいる場所を思い出し、固い地面に降り立つまでにまだ時間がかかりそうだと気がついた。

「ほらあそこ、ウェストハムユナイテッドよ*」

「あそこがアプトンパーク！」

「青とクラレット色のユニフォームを着た選手もいる」

＊　ロンドンのアプトンパークに本拠地を置くプロサッカーチーム（一九〇〇年結成）。

「何かを蹴ってるわ！」

一八九三年のシカゴ万博以来、巨大な垂直回転が世界中で大流行していた。その回転が可逆的に見えるのは単なる見かけにすぎない、とヤシュミーンは思った。だって、人が一度上に上がって再び下りてきたら、もうその人は「永遠に」変わってしまうだろうから。そうじゃないだろうか。そこからまた彼女の頭は剰余演算とリーマン予想との関係という問題に向かい、ついにはルーレット必勝法の端緒にまで考えが及んだ。この必勝法のおかげでいつか彼女は大家やソムリエやその他のオオカミ人間的な人々の合間を無事にくぐり抜け、ヨーロッパ大陸中のカジノの支配人を驚嘆させ、絶望させることとなる。


彼女を見送るためにリバプールストリート駅に集まった一団の中には、シプリアン、ローレライ、ノエリン、フォーン、彼女に入れ揚げた見たこともない若い男たちの集団、そして驚異的に出しゃばりなレンフルー教授がいた。教授はアジサイの花束を彼女に渡した。電報もいくつか届いていた。一通はハーディからのもので、解読不能なほど奇妙な内容だったが、彼女は一人になるとそれを荷物の中の安全な場所にしまった。アジサイは窓から放り捨てた。

彼女は八時四十分発の連絡列車に乗り、ハリッジのパークストン波止場に十時十分頃に着き、そこから黒く荒いゲルマン海[*1]を蒸気船で渡ることになる。大きな波が来るたびに目を覚まし、名もない夢の掛け合い問答の中で他人の断片的な夢を横取りし、自分の夢を見失い、容赦なく冷たい最初の一筋の曙光《しょこう》の中でそのすべてを忘れ去ったころ、船からフークファンホラント[*2]が見えてくるはずだ。

「ねえ、シプリアン、ちょっと顔色が悪いわよ」

「それに発疹が出てるし」

「大丈夫かどうか、ぎゅっと抱き締めてみちゃおうかしら」などと、同じようなつまらない冗談が交わされた。こうしてローレライとノエリンとフォーンはシプリアンのおかげで憂鬱な気分に陥ることなく、気を紛らわすことができた。そうでもなければおそらく立っていることさえできなかっただろう。しかし別れという厳然たる事実を前にして、どうにもしがたい伝統におとなしく従うかのように、ある時点で誰もが黙り込んだ。

シプリアンは、二度と彼女には会えないだろうという確信が腹部を襲う恐怖の発作を待っていた。そうなれば彼は部屋に戻るまで何とか哀れな発作をこらえ、そこで涙に屈することになる。それが永遠とは言わないまでも果てしなく続き、半径数マイル以内の人々をげんなりさせ、用務員が数人がかりでモップ絞りを繰り返すだろう。しかし、その夜は一晩中待っていたし、次の日も(彼女の乗った列車が運河を越え、森に覆われた丘を通り過ぎ、オスナブリュックの精神病院の脇を通り、ハノーファー[*3]でゲッティンゲン行きの列車に乗り換えているころ)、さらにその晩もその翌日も待ち、彼女がケンブリッジを去ってから長い間待っていたが、そんな悲しみの発作は起きなかった。やがて彼はこう考えるようになった。既に彼にはなじみのあるつむじ曲がりの〈運命〉、何かを約束するわけではないが何かを隠し持っている〈運命〉が、「この一件」——それが何であるにせよ——はまだ終わったわけではないという確信を与えているのだ、と。

＊1　北海の旧称。
＊2　オランダ南西部の岬。
＊3　オスナブリュックはドイツ北西部ニーダーザクセン州の都市。ハノーファーはニーダーザクセン州の州都。

大きな黒い船体が海難の記念碑のように彼女たちの頭上にそびえていた。その姿は船底を洗っている陽気な波とは無関係な存在に見えた。空っぽの貸し馬車が埠頭《ふとう》に四つか五つの列を作っていた。そして、群衆が「道中ご無事で」と言って手を振り、再び一人また一人と陸の方へ向き直り、短時間だけ抜け出してきた陸の日常へと戻り始めるのを、光沢のある黒いシルクハットをかぶった御者たちが待っていた。

「ちょっと旅をしてくるだけよ、ケイト、あっという間に戻ってくる」

「そう言えばこの前、あなたのお友達のR・ウィルシャー・ヴァイブがご親切に私にオーディションを紹介してくれて行ってきたんだけど、二次面接に呼ばれたから、ひょっとすると私――」

「ストップ！　それって最悪」

ケイティは少し顔を赤らめた。「でも、RWもそんなに悪い人じゃないし……」

「ケイティ・マクディボット。私たち、お互いに若いのにいろいろあるわね――」しかし船の汽笛が骨を揺さぶるうなりを上げたので、船出前の埠頭でのすべてのおしゃべりは遮られた。

ケイティは定期船が後退し、向きを変え、複雑な港の風景の中で小さくなるまでそこにとどまっていた。彼女は有人浮標《ブイ》と役人のボートと川の上にある検査所を巡る数時間のことを想像した。彼女の両親は他の多くの人々と同様にコーブ[*1]から船に乗ったのだが、彼女はそれよりも後に生まれたので、海に出たことはなかった。もしも両親がそのとき未来に向かって——不可知の来世に向かって——船出したのだったとするなら、逆方向へ向かう今回のダリーの旅はどんな意味を持つだろうか？　死と審判から解放され、子供時代へ戻ることになるのだろうか？　彼女はそんなことを考えながら、傘をくるくると回した。御者が一人か二人、見とれるような目を彼女に投げかけていた。

アーリスとダリーが互いに話しかけたり話を聞いたりすることが許されたように感じたのは、沖に出てからのことだった。まるで大洋の非人間的な広さによって許可が与えられたかのようだった。二人は腕を組み合って一緒にゆっくりと遊歩甲板を歩き、時折、羽根のついた帽子を海風になびかせている乗客に会釈をし、皿を載せたトレーを持つ給仕をよけて歩いた……。煙突が風の中にそびえ、アンテナ線が歌っていた……。

「分かるわ、きっとショックだったでしょ」

「まあ、そうとも言えるしそうじゃないとも言える。あまりショックじゃなかったかも」

「マールは今までと同じ、あなたのパパなのよ」

「うん。もちろんそれでいいこともあるし困ることもあるけど」

「ねえ、ダリア——」

「それにママ、ママのしゃべり方はパパにそっくり」

母親は一瞬黙り込んだ。「世の中って次に何が起こるか分からないものよ。ユークリッド[*2]でお墓から歩いて戻る途中だった。手持ちのお金はたった二ドル。そこに変な荷馬車に乗ったマールが現れたの。

＊1　アイルランド南西部の港町。
＊2　オハイオ州北東部、クリーブランドの北東の町。

〝乗りませんか?〟って。まるで私が通りがかるのをその横丁で待っていたかのように」

「喪に服してる女がお好み?」とそのときのアーリスは思わず声に出して尋ねた。

「もう暗くなるのに女が一人で歩いてたから。深い意味はないんだけど」

　空気の中には原油のにおいが混じっていた。明るい色のセーターと帽子をかぶり、縞の靴下を履いた夏の自転車族の最初の大群が、その年町で大流行したタンデム自転車に乗って楽しそうに大きな高架道を走り抜けた。自転車のベルが鳴りやまず、不出来な合唱のように入り交じり、日曜の教会の鐘のように大音響で——響きはより繊細だったかもしれないが——鳴っていた。乱暴者たちが酒場のドアを出入りし、ときには窓から出入りした。ニレの木が広場や通りに深い影を落としていた。当時はまだクリーブランドにニレの森があり、風が流れるのが目に見えた。鉄の柵が裕福な人々の別荘地を取り囲み、道端の溝にはシロツメクサがあふれ、日没は早い時間から始まって遅くまで続き、アーリスとマールは信じられないという顔でそれが壮麗な夕焼けに変わるのを見つめ、それから互いに顔を見合わせた。

「ちょっとあれ見てちょうだい!」彼女は黒のクレープ地の袖を引きずるように西の方角を指した。

「私が子供のころにもこんな夕焼けを見たわ」

「私も覚えてる。東インド諸島のどこかで火山が噴火したときだ。ほこりや灰が空中に舞ってすべて色が変わったんだ。何年も続いたなあ」

「クラカタウね」と、まるでそれが童話に出てくる怪物であるかのように彼女はうなずいたことが
「この船の料理人のショーティって人とちょっと話したんだけど、彼はクラカタウ火山みたいな風景
あるんだって——正確には二百マイルほど風下のところだったらしいけど、世界の終わり
だったそうよ」

「夕日って必ずそういうふうに見えるものなんだと思ってた。私の知ってる子供、みんなそうよ。子供のときはしばらくの間夕日はきれいだと思うんだけど、だんだんと普通に見え始めて、それは自分のせ

いなんだって思った。大きくなったからだって。ひょっとしたら他のすべてのことも大人になると同じように色あせてくるんじゃないかって……バートにプロポーズされたころにはもう、別にそれがうれしくも何ともない自分がいて、それに驚きもしないし、失望もしなかった。でも、亡くなった人のことをそんなふうに言うのはよくないわね」

「けど君はまだ子供じゃないか」

「その眼鏡、新調した方がいいわよ、おじさん」

「ああ、自分が大人だと思いたいのなら思えばいいさ」彼女が彼の隣の席に座り、波を打った喪服が沈んだとき、腹が少しぽっこり膨らんでいるのが分かった。彼がそれをあごで指しながら尋ねた。「その女の子、予定日はいつ？」

「年明け早々かな。でもどうして女の子って？」

「手を見せて」彼女は手のひらを上にして手を差し出した。「うん。間違いなく女の子。男の子なら手のひらを下にするはずさ」

「ジプシーみたいな言い方ね。この荷馬車の格好をよく見れば納得だわ」

「まあそのうち分かるよ。君がその気なら賭けてもいい」

「そんなに長い間この町にとどまるの？」

こうして二人とも何が何だか分からないうちに、事が決まったのだった。そんな遅い時間に彼女が一人自分の足でどこに向かっていたのか彼は一度も尋ねなかったが、にもかかわらず彼女は話し始めた――銀行賭博の借金のこと、アヘンチンキ、ウィスキーの後にやるアヘンチンキ、不良債権、柄《がら》の悪い融資者、プロスペクト通りに住むバートの家族、スナイデル一族、特に彼女の吸う息まで嫌っている義理の妹たちのこと、小さな町ならちょっとした不幸な出来事で済むことがクリーブランドほど大きな町になるとどんな大変なことになるかなど。マールも過去の旅の中で何度か同じようなことに出会っているに違いないが、思いやり深くじっと座ったまま彼女の細々した話を聞き続け、ようやく彼女は、彼の申し出を誤解せずに聞ける程度まで落ち着いた。

「ご覧の通り、ユークリッド通りのお屋敷というわけにはいかないよ。でも暖かいし、造りは丈夫なんだ。私が設計した板ばねのサスペンションを使っているから、雲の上にいるみたいな乗り心地さ」

「へえ、私も天使だから雲の上には慣れてるの」しかし、ぎらぎらと爆発している子供時代の空の最良の部分を逆光にして髪の乱れた彼女の顔が浮かび上がり、彼女は彼が目にしているに違いない自分の姿を彼のまなざしの中に見て、二人とも黙り込んだ。

彼はウェストサイドで部屋を借りていた。スタンダードオイルの灯油工場で手に入れた余剰生産油を燃料にした小さな石油ストーブの上でやかんにスープを沸かした。夕食後、二人は腰を下ろし、平原を眺め、川面に映る蒸気船の明かりやガス灯、くねくねと流れるカイヤホガ川沿いに何マイルも続いている鋳物工場の光を見つめた。

「少し眠った方がいい」とマールが言った。「君も、そこにいるお友達も」

馬車について彼が言っていたことは本当だった。彼女の後の記憶の中では、馬車では以前よりもぐっすりと——そしてそれ以後よりもぐっすりと——眠れた。気候はまだ穏やかだったので、マールは外で棒の上に防水布を張り、その下で寝袋にくるまって眠ることができたが、町に出掛けて大騒ぎをし、朝帰りをすることもあった——そんなときも彼女は詳しいことを聞かなかった……秋の気配が深まってくると、二人は南へ向かい、ケンタッキー州を抜け、テネシー州に入り、季節の変化を逃れ、彼女が名前を聞いたこともない町をたどり、常に彼の知り合いと出会い、仲のいい職人に職を紹介してもらった彼は、市街電車の架線設置工事から井戸掘りまでどんな仕事でもした。彼女は、景気が悪いとはいっても仕事はありそうなので安心し、数々の不安は受け流し、生まれてくる子供以外のことは気に病むことなく静かに構えられるようになり、ある日、はっきりとこう感じたのだった。「ただ〝女の子〟が生まれ

〝乗りませんか？〟って。まるで私が通りがかるのをその横丁で待っていたかのように」

「喪に服してる女がお好み？」とそのときのアーリスは思わず声に出して尋ねた。

「もう暗くなるのに女が一人で歩いてたから。深い意味はないんだけど」

空気の中には原油のにおいが混じっていた。明るい色のセーターと帽子をかぶり、縞の靴下を履いた夏の自転車族の最初の大群が、その年町で大流行したタンデム自転車に乗って楽しそうに大きな高架道を走り抜けた。自転車のベルが鳴りやまず、不出来な合唱のように入り交じり、日曜の教会の鐘のように大音響で――響きはより繊細だったかもしれないが――鳴っていた。乱暴者たちが酒場のドアを出入りし、ときには窓から出入りした。ニレの木が広場や通りに深い影を落としていた。当時はまだクリーブランドにニレの森があり、風が流れるのが目に見えた。鉄の柵が裕福な人々の別荘地を取り囲み、道端の溝にはシロツメクサがあふれ、日没は早い時間から始まって遅くまで続き、アーリスとマールは信じられないという顔でそれが壮麗な夕焼けに変わるのを見つめ、それから互いに顔を見合わせた。

「ちょっとあれ見てちょうだい！」彼女は黒のクレープ地の袖を引きずるように西の方角を指した。

「私が子供のころにもこんな夕焼けを見たわ」

「私も覚えてる。東インド諸島のどこかで火山が噴火したときだ。ほこりや灰が空中に舞ってすべての色が変わったんだ。何年も続いたなあ」

「クラカタウね」と、まるでそれが童話に出てくる怪物であるかのように彼女はうなずいた。

「この船の料理人のショーティって人とちょっと話したんだけど、彼はクラカタウ火山に行ったことがあるんだって――正確には二百マイルほど風下のところだったらしいけど、世界の終わりみたいな風景だったそうよ」

「夕日って必ずそういうふうに見えるものなんだと思ってた。私の知ってる子供もみんなそうよ。子供のときはしばらくの間夕日はきれいだと思うんだけど、だんだんと普通に見え始めて、それは自分のせ

は他の多くの人々と同様にコーブ[*1]から船に乗ったのだが、彼女はそれよりも後に生まれたので、海に出たことはなかった。もしも両親がそのとき未来に向かって——不可知の来世に向かって——船出したのだったとするなら、逆方向へ向かう今回のダリーの旅はどんな意味を持つだろうか？　死と審判から解放され、子供時代へ戻ることになるのだろうか？　彼女はそんなことを考えながら日傘をくるくると回した。御者が一人か二人、見とれるような目を彼女に投げかけていた。

アーリスとダリーが互いに話しかけたり話を聞いたりすることが許されたように感じたのは、かなり沖に出てからのことだった。まるで大洋の非人間的な広さによって許可が与えられたかのようだった。二人は腕を組み合って一緒にゆっくりと遊歩甲板を歩き、時折、羽根のついた帽子を海風になびかせている乗客に会釈をし、皿を載せたトレーを持つ給仕をよけて歩いた……。煙突が風の中にそびえ、アンテナ線が歌っていた……。

「分かるわ、きっとショックだったでしょ」

「まあ、そうとも言えるしそうじゃないとも言える。あまりショックじゃなかったかも」

「マールは今までと同じ、あなたのパパなのよ」

「うん。もちろんそれでいいこともあるし困ることもあるけど」

「ねえ、ダリア——」

「それにママ、ママのしゃべり方はパパにそっくり」

母親は一瞬黙り込んだ。「世の中って次に何が起こるか分からないものよ。ユークリッド[*2]でお墓から歩いて戻る途中だった。手持ちのお金はたった二ドル。そこに変な荷馬車に乗ったマールが現れたの。

＊１　アイルランド南西部の港町。

＊２　オハイオ州北東部、クリーブランドの北東の町。

てくるっていうだけじゃなくて、ダリー、あなたが生まれるんだって分かった。あなたの夢を見たの。毎晩毎晩。あなたの小さな顔、あなたの顔をはっきりと見た。だからようやくあなたがこの世に生まれてきたとき、私はあなたのことを知ってたの。夢に何度も出てきた赤ちゃんだったから……」

辛抱強さを誇張し、少し考える間を置いてから、「なるほどね、でもその次には、私を置いて逃げるチャンスをうかがってた――」

「違うわ。違うの、ダリー、すぐに迎えに戻るつもりだったのよ。そうする時間があると思ってたんだけど、マールが待っててくれなかったみたいで、あなたと一緒に引っ越してしまってたわ、引っ越し先を誰にも教えずに」

「じゃあ、すべてはマールが悪かったってこと？」

「いいえ。ルカも私が迎えに行くのにあまり乗り気じゃなかった……いつも〝そうしてもいいけど〟とか言うばかりで、〝そうしよう〟とは言わなかった。でも――」

「へえ、じゃあ、すべてはルカが悪かったってこと？」

かすかな笑みを浮かべ、首を横に振った。「容赦なし、容赦なし。厳しい子ね」

少女は偽って彼女にほほ笑みを向けたが、それ以上の悪意は抱いておらず、子供がいまだに許せないでいる出来事について事情を説明する作業をアーリスにさせてみようという態度だった。

「あなたに嘘をつく気はないわ。ルカ・ゾンビーニが私の目の前に現れたとき、それは私の人生で初めての熱愛だった――とてもノーとは言えないほど夢中だったの。マールの方は、うん、ときには欲望に襲われる瞬間もあったけど、正直言うと、あの人は身重な若き未亡人に対してあまり強引に迫ってくるタイプじゃなかった。それも紳士的っていうよりも、過去に何かあったせいみたいだった――どうやらつらい思い出が」

「じゃあママとルカは互いに目を留めた瞬間から夢中になったってわけ？」

「夢中といえば今でもそう――」

「え？　今でも二人は――」

「うーん、うーん、うーん」アーリスは、相手の警戒心を解くような深いまなざしを向けながら、短調の降下三和音で歌った。

「そういうのって、小さな赤ん坊がいたりするとブレーキがかかるんじゃないの？」

「でも、そのときもすぐに気がついたんだけど、全然ブレーキはかからなかった。一年一年、時間が過ぎるにつれて、あなたの周りにいたはずの兄弟や姉妹がどんどん増えるにしたがって、あなたのことを思うようになったわ。そして私はだんだん怖くなってきた――」

「何が？」

「ダリア、あなたのことが。耐えきれないほど怖くなったの――」

「何それ。私が何かするとでも？　ピストルを抜くとか？」

「まあ」ダリーは、そのとき耳にした喉の詰まるような高い声と、そこに秘められている自責の念と悲しみ――遅くても会わないよりはましだとダリーは思った――に対する心構えができていなかった。

「もちろんあなたが欲しいものがあれば何でもあげるわ。私の立場じゃ――」

「分かってる。でもママの弱みにつけ込んじゃ駄目だってマールに言われた。だからちょっとだけ家に訪ねていってあいさつしたら、すぐにまた姿を消すつもりだった」

「うん。あんなふうに置き去りにした仕返しをされても仕方がないわ。ああ、ダリー」

少女は肩をすくめ、頭を下に傾け、髪が両ほほをなでていた。「なぜか全然違う展開になったけど」

「思ったよりもひどい展開？」

「ていうか、予想してたのは……スヴェンガーリ*みたいなパターンだったから。催眠術師に操られてるっていうパターン。ケープをまとった男に催眠術をかけられてママが何も自分で考えられなくなってるとか――」

「ルカのこと？」ダリーは母親のくすくすという笑い声を耳にしたことはあったが、人目をはばかるような笑い方は見たことがなかった。実際、そばを通りがかった人は踵《きびす》を返し、しばらく時間をかけて事態をのみ込んでいた。ようやく息を継げるようになると、アーリスが言った。「笑いすぎちゃったわね、ごめんなさい、ダリー」

「私が言いたかったのは、あの人を見ていると妙にパパのことを思い出しちゃうってことなの。パパってマールのことだけど」

「〝パパ〟でいいのよ」まだ頬は紅潮し、目も輝いていた。「ひょっとして私のこと、ただの年のいったセクシーアシスタントだと思ってるの？　一人の奇術師の腕から別の奇術師の腕の中へと次々に渡り歩く運命《さだめ》を持った女だと？」

夕食の時間が近づいていた。食堂から派遣されたスタッフが、船の温室で摘んだカーネーションとティーローズとコスモスを束にして、急ぎ足で食堂に戻った。ビロードで覆ったハンマーを持った乗客係が小さな銅鑼《どら》を叩きながらデッキを回っていた。調理のにおいが厨房の換気扇から漏れ始めた。母娘は互いの腰に腕を回して船尾の手すりにもたれていた。「あの夕日、悪くないわね」とアーリスが言った。

「とってもきれい。またどこかの火山が爆発したのかもね」

夕食前、ダリーが髪の手入れを手伝っているとき、アーリスがさりげなく尋ねた。「食堂であなたをじろじろ見ているあの青年のことはどう思ってるの？」

「いつの話？」

「あなたって鈍いのね」

「気づくわけないじゃない。私じゃなくてブライアを見つめてたんじゃないの？」

＊　デュ・モーリエの小説『トリルビー』（一八九四）でヒロインを催眠状態に陥れて操る音楽家。

「はっきり知りたいと思わない？」

「別に。このぼろ船の旅も一週間。それですべては終わり」

「そういう考え方もあるわね」

ダリーは鋼鉄の刃のような水平線に見とれているふりをした。思った通り。もちろん母親もすぐにそれに気づいていたのだ。どうしてあの青年のことを忘れられるだろうか。いつになったら彼のことが頭から消えるというのか。そんなことは無理だ。彼女の頭はR・ウィルシャー・ヴァイブの舞踏室へと戻り、初めて熱い視線が交わされたあの瞬間へとさかのぼっていた。

アーリスは言った。「彼はイエールの学生よ。数学の勉強のためにドイツに留学するの」

「へえ。まさに私の好みのタイプ」

「あの人、あなたにばかにされてると思ってるんだって」

「ああ、イエール大生ってね、話し相手としては面白いんだけど、人をばかにすることを発明したのはあの人たちの方よ――って、ちょっと待ってよ、何でそんなこと知ってるの、ママ？　私のことを二人で話したわけ？　あの……」

「イエール大生とね」

「やっとママのことを信用し始めたところだったのに」

そこには娘をからかう以上の意図が込められていたに違いない。きっと。アーリスは何かを考えるように丸い目を光らせて少女を見つめた。

一等の食堂にはヤシの木やシダや花の咲いたマルメロの木がたくさん置かれていた。切り子ガラスのシャンデリアがあり、二十人編成のオーケストラがオペレッタの曲を演奏していた。水のグラスはすべて四百四十ヘルツのイ音に調音されていて、シャンパンのグラスはそれより一オクターブ高く調音されていた。オーケストラが音合わせをするときには、伝統に従って客に空のグラスの縁を叩くよう呼びかけたので、その結果、食事の前には、心地よいグラスの音がその空間を満たし、通路にまで漏れ聞こえることになった。

　四等の空間を露天甲板から隔てているのはぺらぺらのガラスとサッシの仕切りだけだった。その空間は列車の客車のように細長く、長いすが何列にも並び、頭上には荷物を入れる棚があった。ここにも他の等級と同じように乗客係がいて、〈特大号〉の記章の入った毛布やマグに入ったトリエステ風コーヒー、数か国語の新聞やウィーン風の菓子、二日酔いの頭を冷やすための氷嚢《ひょうのう》を持ち歩いていた。ヨーロッパ留学に向かうアメリカ人学生の集団は四等で旅をし、定期的に談話室に集まってはたばこを吸ったり、互いをののしり合ったりしていた。キットは、二、三デッキ上の煙突の風上にある自分が寝泊まりしている宮殿のような場所よりもその空間の方が気に入っていた。

　他に数学をやっている学生は、ベルリン大学に向かっているルート・タブスミスくらいのものだった。彼はそこでフックス、シュヴァルツ、そして対照群の性質にかかわる自身の名を冠した公式を考案し、ドイツで最も完璧な講義をすると評判の伝説的なフロベニウス[1]の下で研究をすることになっていた。ブラウン大学のマニング[2]の下で研究をしてきたルートは、四次元幾何学を専門にすることを決意していた。イエール大学の数学科とは異なり、ブラウン大学の数学科は四元数を教えていた。しかしそうした言語の違いにもかかわらず、少し酒好きすぎるというきらいはあったものの、実際キットが話してみるとルートは楽しい話し相手だったし、彼もキットと同じようにマルセイユで下船する予定だということだった。

＊1　ラザルス・フックス（一八三三―一九〇二）、ヘルマン・シュヴァルツ（一八四三―一九二一）、ゲオルク・フロベニウス（一八四九―一九一七）は皆ドイツの数学者。

＊2　ヘンリー・パーカー・マニング（一八五九―一九五六）はアメリカの数学者・天文学者・物理学者。

今晩はキットがルートを一等の食堂に招いていた。二人が腰を下ろし、ルートがワインリストを眺め始めたとき、またしてもキットは気がつくと、遠くに座っている赤毛の目立つ若い女性を見つめていた。彼女は大人数のイタリア系芸人一座と一緒に食堂に入ってきたのだった。既に子供たちは銀の食器でジャグリングを始めていたが、ナイフの刃やフォークの歯でけがをすることはなかった。他の子供たちはしなやかな棒の先で東インド風に皿回しを始めた。ウェイターもソムリエも他の食事係も嫌な顔をするどころか逆に応援をし、間もなくさまざまな技に喝采を送り始めた。かなり高度な本番レベルの技が演じられていることは明らかだった。液体がこぼれることも、物が落ちることも壊れることもなく、花や鳥や絹のスカーフが虚空から現れた。船長が席を立ち、自ら彼らの所まで赴いて同じテーブルに着いた。一家の長が楽しそうに船長の耳の後ろに手を伸ばし、泡の残るシャンパンがなみなみと入ったグラスを取り出したところで、夕食のオーケストラがタランテラ*の曲を演奏し始めた。問題の若い女性は今向こうにいたかと思うとまた別の場所にもいた。キットはどこかで彼女の顔に見覚えがあった。記憶の隅の方で思い出せそうで思い出せず、むずがゆさを感じた。いや、それはもっと超自然的な感覚だった。彼らは互いに知り合っていた。まるで以前夢に見たことがあるかのように……。

　夕食の後、紳士方が葉巻デッキに席を移そうとするころ、キットが衝立のように居並ぶさまざまなサイズのゾンビーニ一族をかいくぐって行くと、アーリスが簡単に彼を紹介してくれたので、ダリーは余計な雑談をしないで済んだ。唐突に会話を始める必要がなかったことも彼女にとってはありがたかった。まるで男の外見にもにおいにも関心がないかのように相手に目を向けず、もちろん相手に鼻を向けたりもしない普通の〝ギブソンガール〟とは違い、ダリーは関心度ゼロの人物——今回はそうではなかったが——であってもじっと見つめずにはいられなかった。

　彼は目を細め、訴えるように彼女を見ていた。

「以前会ったわね」と彼女が言った。「勘違いじゃなければ、グレニッチビレッジのR・ウィルシャー・ヴァイブのお屋敷で。あの妙な夕方の社交パーティーのとき」

「やっぱり。そういう場所で会った気がしてたんだ。赤いドレスの女の子と一緒だったね」

「印象に残ってたって聞くとうれしいものよね。友達の名前はケイティ。知るのが少し遅すぎたかしら。でも今でもやろうと思えば船尾から飛び降りて、ニューヨークまで泳いで帰って彼女のこと探してみたら……」

キットは踊りの曲に合わせて少し体を揺らしながら、礼儀正しくまばたきをしていた。

「そう、それからイエール大学の話だけど、こんなこと聞いてもかまわないかしら――あなたのクラスに他にトラヴァースっていう名字の人はいた？」

「僕だけだったと思うけど」

「じゃあ、ひょっとしてコロラド州の南西部にお兄さんがいたりしない？　フランクっていう人」

彼女が目にした表情は、驚きというよりも急に身構えた顔だった。「君は……あの辺りの出身なの？」

「ただの通りすがり。あそこには二か月ほど。二年にも感じたけど。別に名残惜しい思い出は何も。あなたは？」

彼は肩をすくめた。「あの土地は僕を名残惜しいと思ってないね」二人とも嘘はついていなかった。

「フランク兄さんは元気だった？」

「最後に会ったときはお兄さんがテリュライドを出るときだったの。自分から進んで町を出たってわけじゃなさそうだった」

彼は好意的に鼻を鳴らした。「だろうね」

「弟を探すように言われたわ」

＊　イタリア南部の非常に速い八分の六拍子の活発な踊り。

目に見えない帽子の縁を触りながら、「実際見つけたわけだ」と言った。それから急に黙り込み、その沈黙があまりにも長く続いた。

自分の思考に完全に没入していないときのキットは十分に好青年だったのに。「あのう、トラヴァースさん？　ねえ？　私、もっと大喜びした方がいいの？　喜べば気が済む？」

ダリーはそう言って遅ればせながら、少しは要領を心得た目で品定めするように彼を見、他のいろいろな特徴とともに、彼の目が感じのよい青色をしていることに気がついた。沢桔梗《さわぎきょう》の青だ。

彼は周囲を見た。ゾンビーニ一家はとっくに食事を終え、席を立っていた。オーケストラはビクター・ハーバートやヴォルフ＝フェラーリ*の曲に戻り、フロアでは皆が踊り始めていた。「行こう」

彼が彼女を導いて星に照らされた〈特大号〉の遊歩甲板に出ると、もくもくとした雲の輪郭が月明かりに浮かんでいた。手すりに沿って並んだカップルの頭の中にあるのは愛撫のことだけだった。舷窓から漏れる電気の明かりによって彼の顔はぼんやりと謎めいた陰影画に変わっていた。もしも彼がどこか別の場所で違う悲しみを荷物に詰めている別の若い男だったなら、この瞬間に告白の準備をするか、あるいは少なくともキスをしようともくろんでいたかもしれない。ダリーは、ボードビルの幕間に飲まれる炭酸水の瓶のような気分を味わっていた。まさかこれがいわゆる〝一目ぼれ〟ってものなのかしら。正確には二目ぼれだけど。

「ねえ。家族の近況について何かフランクから聞いてない？」

「何か人探しをしてるって聞いたわ。フランクともう一人のお兄さん、銀行賭博をやってる方のお兄さんとの二人で。そっちのお兄さんはもっと前にテリュライドに来て立ち去ってったんだけど、行き先は誰も知らなかった。フランクはすごく心配してたわ、誰かに追われてたって話だったから」

「なるほど。フランクにしてはおしゃべりだなあ。きっと君を信頼してたんだね」

彼女は偽りの笑顔を浮かべた。食後の話し相手として厄介なことに巻き込まれている人間を選ぶのは彼女の好みではなかったが、考えてみれば彼女の知り合いは皆そんな人ばかりだった。

「僕はあの二人のおばかさんが大好きなんだ」彼のささやき声には熱がこもり始めていた。「二人とも僕の兄さんで、僕のことを守ってくれてるつもりでいるんだけど、もう僕が十分に面倒に巻き込まれていることを知らずにいるんだ。この――」と、船とオーケストラと夜を指し示して、「今着ているスーツだって、これを買った金の出所は――」

「私にそのことを話しても大丈夫なの？」と彼女は大きく目を見開いた。何かの言葉を探すときに使えるその万能の表情はニューヨークで覚えたものだった。

「そうだね。この場所で若者に話す話題としてはちょっと深刻すぎるかも――」

「〝若者〟？」と儀礼的な興味を抱いたふり。「お上りさん、人を〝若者〟呼ばわりするなんて自分はいったい何歳なわけ？　そもそも一人旅をさせてもらってるってだけでも驚きだけど」

「ああ。顔で判断しないでくれよ。僕は実際の年齢以上に賢いんだから」

「そんなこと言うのは未熟な証拠よ」

「二十分前まで僕は、厄介な世界から距離を置いて、ムーンライトベイの船旅を楽しんでた。そこへ突然、君が現れてフランクとか何かの話を始めたんだ。君をゴタゴタに巻き込みたくないと思っても普通だろ」

「どちらかと言えば首を突っ込まれるのが嫌なんでしょ。男の問題だとか言って」

「分かってないなあ。一歩間違えば大変なことになるんだよ」彼は想像上の帽子の縁を触って、そのままするっと姿を消した。

「杖《つえ》を振って姿を消すルカみたいだった」と彼女はアーリスに報告した。「恋人にするタイプの男じゃ

＊　ビクター・ハーバートは米国の作曲家（一八五九―一九二四）。ヴォルフ＝フェラーリはイタリアのオペラ作曲家（一八六七―一九四八）。

ないわ、ママ」

「暗い雰囲気だからってこと？」

「あの一家の中で何が起きてるのか私にはさっぱり分からない。コロラドにいたときも謎だったし、今でも謎。分かってるのは厄介な問題だってことだけ。しかもかなり厄介だってこと」

「へえ。あなたが救ってあげたら」

「私が？　そもそもママが無理やり私をあの人に押しつけたくせに――」

しかしアーリスは笑いながら、少女の顔にかかった長い髪を何回にも分けて少しずつ、まるでその単純作業が気に入っているかのように後ろに戻していて、その作業には終わりがないように思われた。指先に感じるダリーの髪の毛、編み物のようなその反復作業……。ぼうっとなったダリーの耳には外界の音が半分聞こえ、半分聞こえていなかった。彼女はその状態が永遠に続けばいいのに、これが別の場所だったらいいのに、と考えていた……。

「あなたっていつも鋭いことを言うのね、ダリー」と、しばらくしてから彼女が言った。「とにかくマールには感謝しないといけないわ」

「どうして？」

「ここまであなたの面倒を見てくれたことに対して」ゆっくりと、何かを考えるように彼女は少女を抱擁で囲い込んだ。

「もっと飲む？」

「後にするわ」

「小さな子供がいる母親は自分を犠牲にするってこと？　どこかで聞いた話ね」

「すっかり夢中みたいね」とブライアが言った。

「顔には出してないつもりだったんだけど」

「大学生にしちゃ、ちょっと幼いと思わない？」

ダリーは自分の膝を見つめ、窓の外に目をやり、楽しそうなブライアの小さな顔をちらっと見た。

「何が起きてるか私にも分からないのよ、ブライア。彼にはニューヨークのパーティーで一度会ったことがある。実はあなたもその場にいたのよ、ナイフ投げをしてた。あれからあの人のことが頭を離れなかったの、そこに今回本人が登場したってわけ。これって何か意味のあることだと思わない？」

「うん。これで会うのは二回目だっていう意味」

「ちょっと、ブライア。これってどうにもならない気持ちなのよ」

「ねえ、いい？　彼の友達のことを聞いてみてよ。ブロンドの短髪で、夕食の間ずっと飲んでるのに気を失ったりしない男の子」

「ルート・タブスミス。ついこのあいだまでブラウンにいたんだって」

「ブラウン刑務所？　何の容疑で？」

「刑務所じゃなくて大学。彼も数学者よ」

「数字が得意ってことか。買い物に一緒に行ってもらうのに好都合ね——私のタイプよ」

「ブライア・ゾンビーニ。あきれた子ね」

「最近はそうでもないわよ。ねえ、私を彼に紹介してくれる？」

「はっはっは。分かった。あなたが私の付き添い役ってことね」

「どっちかっていうと逆じゃないかしら」

彼女とキットは別々の船に乗っているような感じがし始めていた。二つのバージョンの〈特大号〉が徐々に違う進路を取り始め、異なる運命に向かっているかのようだった。

「また私のことを無視しようとしたでしょ」とダリーが彼に声をかけた。「私たちゾンビーニ一家のことを」ではなく、既に単数形に変わっていた。

キットはしばらくの間彼女をじっと見ていた。〝空想に耽る〟船旅、特に一等での船旅が人生の喜びの上位にランクするタイプの人は多く、ほとんどの人がそうなのかもしれない。しかし、ニューヘイヴンでロングアイランド海峡の驚異を見るまで海を見たことのなかったキットは、船旅をそれほど高く評価していなかった。毎日同じ顔と出会うその閉鎖性は他の場所でなら大した問題ではないが、ここでは陸に上がれないことによって増幅されて、ちょっとしたことで悪意や陰謀や追撃を生んだ……。沖に出れば出るほど、水平線がくっきりすればするほど、キットは自分の人生から不可逆的に奪われたもののこと、ウェブの不在という単純で大きな事実を受け容れることができなくなっていた。というより、はっきり言うと、受け容れる気がなくなっていった。

彼は数々の思い出――不毛の高原や山脈の頂、カステラソウとサクラソウの草原、道からわずか二歩しか離れていないところを流れている川などの記憶――に襲われて黙り込んだり、まひしたようになったりしてどれだけ時間が経ったのか分からなくなり、まだ創造されていない世界へ向かって二十ノットの速度で進むこの場所へ戻ってきた。彼は自分が感じているものが何なのか分かっていなかった。もしもそれは絶望だと誰かに言われたなら彼は肩をすくめ、たばこを紙で巻き、首を横に振っただろう。そうじゃない。それとは少し違うんだ。

スクリュー船〈特大号〉も実は見かけ通りのものではなかった。この船には別の秘密の名があり、適切な時が来ればその名が公表されることになっていたが、現在の船体構造に隠されている正体が普通の乗客の目に触れることはなかった。実はその正体は、誰もが勃発を確実視している将来の欧州海戦に参加する予定の戦艦だった。一九一四年以後、一部の客船は軍隊輸送船に改造され、別の客船は病院船に改造されることになる。〈特大号〉の運命は、オーストリア戦艦〈皇帝マクシミリアン号〉という潜在的な正体を現すことだった——オーストリア海軍が建造を計画した数隻の二万五千トン弩級《どきゅう》戦艦は公式な記録では建造に至らなかったことになっている。現在この船を所有し運航しているスロベニアの蒸気客船会社は、不思議なことに一晩のうちにどこからともなく現れた。会社の取締役会のメンバーを調べようとしただけで、ヨーロッパ各国の政府で活発な議論が湧き起こった。船舶業界でも誰も彼らのことを知らなかった。イギリスの海軍情報部は混乱した。船のボイラーはオーストリア＝ハンガリーが好んだシュルツ＝ソーニクロフト式のように見えたが、エンジンはもっと大型の英国戦艦で最近使われているのと同じタイプのパーソンスタービンを改造したもので、必要があれば、石炭が続く限り二十五ノット以上の速度を出すことも可能だった。

ルート・タブスミスは、無断侵入すれば恐ろしい目に遭うと主要言語のすべてを用いて警告している標識を無視して船の下部空間に入り、あれこれ調べ回ることによってそれらの事実を知った。船首にも船尾にも弾薬庫になる空間や巨大な弾薬庫そのものがあり、当然、数デッキ上には非常に奇妙な円形の船室が船を巡るように対称的に設けられていて、そこが砲塔になるようだった——それは今は主甲板のすぐ下に隠されていたが、いざとなれば油圧装置によって操作位置まで上昇し、ずっと下に格納されている十二インチの砲身も巻き上げ機で持ち上げ、わずか数分で設置できるようになっていた。

波除け甲板の下には、魚雷の詰まった弾薬庫が隠されていた。上甲板は上に折り畳める構造になっていて、複雑なちょうつがいによってそれをさまざまな方向に向け、小口径の銃に対する装甲や砲郭として使える。それと同時に〈特大号〉はまた、上甲板を失った時には上部を折り畳んで古典的な戦艦の姿に変身することもできた。すると必要以上に乾舷を見せることなく、低い姿勢であらゆる方向からの攻撃に備えることができた。甲板員は、命令さえあればすぐに足場を組み、命綱を着け、曲芸師のように機敏に足場に飛び乗り、直ちに船の側面を海や空や雷雲と同じ色の迷彩に塗ることができるよう、集中的に訓練を受けていた。船の舳先《へさき》に見せかける偽の二面角を二色で描いたり、波の傾きに近い角度で色を塗り分けたりするその迷彩模様によって、白く砕ける波頭の中で船の姿が見えなくなったり急に見えたりするのだ。「あそこに何かあるぞ、ファングズリー、わしは感じる」「よく見えないのですが……」「ほお。じゃあいったい全体あれは何なんだ?」「ああ。魚雷のようです、船の中央部に向かってるようですが」「わしだってそれくらいのことは分かるわ、ばか者、魚雷の形くらい知っておる——」というところで興味深いやり取りは突然打ち切りになる。

キットとルートが〈特大号〉の機関室を目指して一段一段はしごを下りていくと、思ったよりも船の空間が縦に深く広がっていて、水平方向にはあまり広がっていなかった。人々が振り向いて彼らのことを見た。炉の中の炎のように輝く目がまばたきで開閉した。少年たちが喫水線より下にたどり着いたころには汗だくになっていた。船底では、男たちが台車で運んだ石炭をボイラーの前に山積みにしていた。焚き口が開くたびに、地獄の色をした光の鼓動が真っ黒になった火夫の体を照らした。

ルートが既に調べ上げていた情報によると、上流ブルジョアのぜいたくを穏やかに体現したこの定期客船〈特大号〉はトリエステのオーストリアロイド造船所で建造された。同時にそれと並行してオーストリア海軍が、隣接するトリエステのスタビリメントテクニコ造船所で弩級戦艦〈皇帝マクシミリアン号〉を造っていたらしい。建造スケジュールのいずれかの段階で、この二つの計画が……ルートの情報源はこの点についてどうもはっきりしなかったのだが……合流したのだった。どんなふうにして? 誰の命令で? 誰もはっきりしたことは知らなかった。ただ分かっていたのは、ある日、ただ一隻の船ができ上がっていたということだけだ。でもそれはどちらの造船所だったのか? 一方の造船所だったという証人もいれば、他方だったと証言する者もいた。また別の証言によれば、船はもはやどちらの造船所でもなく、ある朝、深夜の命名式を終えたばかりの姿で忽然《こつぜん》と半島の沖に出現したのだと言う者もいた。デッキに人の姿も見当たらないその船は、沈黙の中で高くそびえ、なぜか不完全な光の靄《もや》に包まれていたらしい。

「船乗りの得意なホラ話みたいだろ」とO・I・C・ボーディーン*1というアメリカ人の火夫が言った。シフトを終えた彼は、隔壁にもたれ、イモから作ったまずい発酵酒を寝酒に飲んでいた。「スクリューが四機だぜ。〈モーリタニア号〉でも三機で十分なのに。とても民間の客船とは思えねえ。これが巡航タービン。おっと。ゲルハルトのお出ましだ――了解《ツー・ベフェール》、火夫長殿《ヘル・ハウプトハイツァー》！」

火夫長の目を見張るような罵声《ばせい》が爆発した。「あいつ、すぐに動揺するんだ」とO・I・Cがこっそり言った。「口も汚い。今だって伝令器*2が動きそうになったのを見ただけであの騒ぎだ。本当に動いたときにはどうなるか想像してみろ。でも人間ってものは、欠点ばかりじゃなくいいところも見てやらなきゃな」

「じゃあ、心根はきちんとした人なんだね」

「とんでもない。一緒に休暇を取ってみろ。陸《おか》に上がったときなんかもっとひどいぜ」

と突然、火夫軍団全員が激しい発作を起こしたようになった。艦橋からの伝令器が、特に重要な祝日に鳴らされる地獄の礼拝堂の鐘のようにがんがんと鳴り始めた。巡航タービンが切られ、油圧と蒸気圧が上がり始め、主任火夫長がどこかからマンリヒャー社製の八連発拳銃を取り出し、かなりいらついた様子でまるで正確な数値を表示しなければ撃ってやると言わんばかりにそれを蒸気圧メーターに向かって振り回していた。「蒸気をもっと《ダンプフ・メーア》！」という叫び声が四方から聞こえた。キットは外に出られる最寄りのはしごを探したが、周囲のすべてが多言語の入り混じる混乱と化していた。気がつくと彼は頭を巨

*1 『V.』と『重力の虹』にはピッグ・ボーディーンという人物が登場し、『メイスン&ディクスン』にはフェンダー＝ベリー・ボーディーンが登場する。O・I・Cという名前のイニシャルは、「オハイオ改良チェスター種」というブタの品種の略語か、「ああ《オー》、なるほど《アイ・シー》」をもじった可能性が考えられる。

*2 船橋と機関室との間の伝達装置。

大で真っ黒な手に捕まれ、あっという間に激しい光のけいれんと邪悪な鋼鉄の騒音をくぐり抜けて、船側にある燃料庫まで連れて行かれた。男たちがそこから石炭を出し、荷台に載せ、ボイラーの炉まで運んでいた。

「ＯＫ」とキットがぼやいた。「口で言ってくれれば分かるのに」彼が同じところを行ったり来たりし始めてから数時間が経ったように思われた。シャツや下着を徐々に失い、話すことはできないが理解はできるさまざまな言語でののしられた。体のあちこちが痛んだ。聴覚も少し失ったように感じられた。

上甲板でも同様に上を下への大騒ぎになっていた。エーテルの中を伝わる同調無線のメッセージが、現在まだ知られていない何かの影響を受けたのかもしれず、ひょっとすると、現在現実と呼ばれているものが不自然なほど不安定であるために船の無線室にある受信機がこの世のものではない通信――おそらくこの世と連続してすぐ横にある世界の通信――を拾っていたのかもしれない……午後の半ばごろ、〈特大号〉は暗号のメッセージを受信していた。その内容は、イギリスとドイツの戦闘集団がモロッコ沖で交戦中であり、実質的にヨーロッパが全面戦争に突入したと考えよ、ということであった。

今まで聞かれることのなかった不安げな声がメガホンを通して総員配置を命じ始めた。油圧装置が作動し、デッキ全体が重そうにスライドし、折れ、回転し、乗客が気づいたときにはブーン、キーンと音を立てて変身する鋼鉄に挟まれそうになっていた。鐘、銅鑼《どら》、ボースン呼笛、蒸気サイレンが不協和音に拍車をかけた。乗客係は白い制服を脱ぎ捨て、下に着ていたオーストリア＝ハンガリー海軍の濃紺の軍服姿に変わり、ついさっきまで彼らに指示を与えていた民間人に向かって逆に大声で指示を与えていた。ほとんどの乗客は訳も分からず、ますます不安になりながら通路をさまよっていた。「面舵《おもかじ》いっぱい！」と艦長が叫び、舵がそれに応え、船が設計限界の九度近くにまで急に傾き始めると、巨大な船のあちこちで何百もの不都合が発生し始めた。化粧台の上に置かれた香水の瓶が滑り落ち、食堂のワイングラスが倒れてテーブルクロスを汚し、上品な距離を置いて踊っていたダンスパートナーが互いに相手の上に倒れかかって足をけがしたり服を傷めたりし、乗組員用スペースでは、上段の寝台の横にあって棚の代わりになっている溝形鋼からさまざまなものが落ちていた――パイプ、たばこ入れ、トランプ、ウィスキーの携帯用小瓶、異国的な寄港地で買った下品な土産物などがにわか雨のように高級船員の頭上に降り注いだ。「全速前進！」忘れていたコーヒーカップが現れたかと思うとあっという間に鋼鉄の甲板の上で砕け散り、忘れていたサンドイッチや焼き菓子――特にエントロピーの働きに嫌われがちな物質――が出てきたときにはさまざまな言語の「気持ち悪い」という表現が飛び交い、船のあちこちではほこりとすすの雲が頭上から降り、天変地異が起こったのだと思ったゴキブリ一族は――新生児、幼虫、白髪混じりの老虫も含め――この混乱が許す限りの最高速度で這いずり回っていた。

ダリーは寝台からデッキに転がり落ち、一秒後にブライアも同じように転がってダリーの上に落ち、こう叫んだ。「何てこと《ホルカ・ミゼーリア》！　何なの、これ？」

チチが駆け込んできた。「きっとパパよ。また何かやらかしたんだわ！」

「はいはい、何でも奇術師のせいにすればいいよ」と戸口に立っていたルカ・ゾンビーニが言った。「これは客船戦艦変身マジックだ。みんな大丈夫か？」

ダリーがそのとき気にかけていたのはなぜかキットのことだった。

船は狂ったように同じ小さな周回軌道を全速力で何度かぐるぐると回った後、まるで正気に戻ったかのようにようやく速度を落とし、船体を垂直に戻し、東南東に新しい針路を取った。乗客の娯楽のために食堂に設置された巨大な方位磁石によって、ほどなく針路の変更が皆の知るところとなった。「私たちはどこに向かっているんだろう？」携帯用の地図がポケットから取り出された。「ええと。針路の変更をしたのがこの辺りだったとするなら……」前方にあるいちばん近い陸地はどうやらモロッコのようだった。

機関室では、ゆっくりと事態が沈静化し、通常——それがこの場所でどんな意味を持つにせよ——の状態に戻った。伝令器は速度に関する要求を緩和し、ようやく皆が総員配置を解かれ、右舷組と左舷組に分かれた交代制に戻った。再び平時態勢だ。

侮辱の標的が他の場所に移り、キットが一種の不可視状態に至ったとき、彼は「結構これって勉強になりました」と言った。「僕はそろそろ特別室の方に戻ります。いろいろありがとうございました。特に主任火夫長監督さんにはお世話になりました……」

「いやいや、あんた、無理無理——こいつ、事情が分かってないんです——特別室なんかないぜ、上はもう〈特大号〉じゃないんだ。豪華客船は今ごろ自分の運命を目指して旅を続けてる。今、上甲板にあるのは弩級戦艦〈皇帝マクシミリアン号〉だ。確かにさっきまでは二つの船が同じ機関室を一緒に使っていたけどな。物事の二重性が解消される深層で共有してたってことさ。中国的な状況だろ、そうじゃないか《ニヒト・ヴァール》？」

キットは最初それが火夫仲間の間で通じる冗談だと思い、試しに急いではしごを登ってみた。ハッチの脇にはマンリヒャー銃を持った海軍の歩哨《ほしょう》が立っていた。「僕、乗船客なんですけど」とキットは抗議するように言った。「出身はアメリカ」

「アメリカのことは話に聞いたことがある。私の出身はグラーツ[*1]だ。下に戻れ」

彼は別のはしご、別のハッチも試した。彼は換気通路を上り、洗濯物の中に身を隠したが、五分と経たないうちに、民間生活の快適さをはぎ取られた陰気で灰色の軍隊世界——女性はおらず、生け花もダンスのオーケストラも高級料理もない世界——に引き戻された。とはいえ、新鮮な空気を少しの間でも胸いっぱいに吸い込めたことはありがたかった。「おいおい、船底族、おまえらの来るところじゃない。さっさと仲間のところに戻れ」

キットは船首の先端部に押し込められた乗員区画にある寝台を与えられた。彼がちゃんとやっていけているかどうかを確かめるためにO・I・C・ボーディーンが時々顔を覗きに来た。〝下甲板の怪人〟となった彼は、上甲板から誰かが来たときに隠れることができる場所を研究し、それ以外の時間には通常の火夫のシフトで働いた。

この艦の艦長はチュートン系の管理職にしては珍しく優柔不断で、数分ごとにころころと考えが変わった。戦艦〈皇帝マクシミリアン号〉は沿岸部を北に向かったかと思うと、再び南へ向かい、まるで今起こっていると艦長が信じ続けた歴史的海戦を探そうとするかのようにますますやけになりながら行ったり来たりを繰り返していた……最初の寄港地はタンジール――内部情報によると現在ムライ・アーメド・エルライスーニ将軍の支配下にあるということだった――だと発表されていたが、艦長は寄港先を〝鉄海岸の女王〟アガディールに変更したのだった。

一等食堂にあった皿や食器が空っぽの石炭庫の外に山のように積まれているのを見たとき、キットは船が寄港地を変更した理由が分かった。興味を抱いて石炭庫の中を覗いてみると、ずっとそこに隠れて暮らしていた集団を見つけた。彼らの多くはドイツ語を話した。彼らは「入植者」としてモロッコの大西洋岸に移住することになっているらしい。ドイツがこの地域に関心を抱いていた理由もおそらく彼らの存在があったからだ。[*2] 外交的な理由から彼らは機関室の一角にかくまわれ、艦長以外にはその存在を知る者はなかった。艦長が受けている秘密の命令には、指示があり次第彼らをもぐりの入植者として現地に送り届けるという条項が含まれていた――とはいっても、ヨーロッパ人を内陸に入れたがらないス

＊1　オーストリア南東部スティリア州の州都。
＊2　一九一一年七月にドイツは、スス族からドイツ人入植者を保護するという大義名分で戦艦をアガディールに派遣し、第一次大戦にもつながりかねなかった一触即発の「アガディール危機」が起こる。この一家の密航は、後の「危機」を故意に作り出すために、この時点では存在しなかったドイツ人をひそかに現地に入植させようとする工作だと思われる。

ス族からの危険に満ちた後背地に劣らず、この沿岸一帯も風が強く、定住して農業をするには不向きだったのだが。実際、フランスとスペインとイギリスの間での取り決めではモロッコの他の場所ではフランスが「平和的侵入」をしてもよいということになっていたものの、若きスルタン、アブデル・アジズの布告によって沿岸部での外国との貿易は禁じられていた。

その土地の入植者たちは、容赦なく押し寄せる灰色の大波の向こう、水平線の先に、伝説的なカナリア諸島を夢に見て、島のにおいを嗅いだようにさえ感じることになる。カナリア諸島は救済の希望をつなぐ唯一の存在だ。多くの者が発狂し、小さなボートに乗って船出し、あるいは泳いで西に向かい、そのまま消息が途絶えた。

「どうなってるんだ？　眠ったときにはリューベック[1]にいたのに、目が覚めたらこんな場所に来てた」

「僕はゲッティンゲンに行くんです」とキットが言った。「何か伝言があるなら僕が届けてあげますよ」

「私たちと同じようにここに隠れてるあなたが向こうまでたどり着く可能性はどれだけあるのかな？」

「これは一時的なつまずきですよ」とキットはぼやいた。

町の住人、スス族の商人、谷間から来たベルベル人、山を越えた砂漠の向こうから隊商を組んできた商人などが、日々のささいな商いをうっちゃって海岸沿いに立ち、危険度を測りかねるかのように沖を見つめていた。そこにいる者の多くは、はるか沖合を横切る、大きさの判別できない船を除いて、漁船よりも大きな船を目にしたことがなかった。アルガン[2]の木の枝に登ったヤギがオリーブのような果実を食べるのをやめ、近づいてくる金属の塊を見た。グナワ音楽の演奏家たちはムルーク・グナウイの霊を呼び出し、〈黒の領主〉の門番に善悪の扉を開くよう呼びかけた。船はとても遠いところから来たに違いないという点では皆の意見が一致した――船が「偉大な力」の一つから来たのだと考えたとしても、この孤立した海岸では世俗的な地理を超える可能性が出てくるだけのことで、問題をはっきりさせる助けにはならなかった。

町の白く光り輝く壁が、背の高い捕食者に自らを差し出していた。日常的な平穏の中から何の飾りもなく横柄に姿を現したその捕食者は、自分の煙突と慌てて海岸で焚かれた炎——友好の炎か恐怖の炎かは不明だったが——との両方から漂う煙の中にくっきりとした影を落とした。

そして、輪廻《りんね》の中間におけるバルドの状態[*3]から転生するかのように、月のないある夜、もともと小型潜水艦を発射するために〈皇帝マクシミリアン号〉の船側に作られていた開口部から、キットを含む民間人の乗客が一人また一人と出て、手漕ぎのボートでひそかに陸まで運ばれ、それが済むと弩級戦艦は再び陸を離れていった。ハプスブルク家の海軍に未来を託す気にはなれなかったキットは、ここで船を降りることに決めたのだった。彼はすぐに港とモガドール通りとの間に部屋を取り、波止場地区にあるバー〈タアウィールバラク〉[*4]に出掛けた。

「この町は国際色豊かだから誰も民族的偏見を持ってない」とバーテンのラーマンが言った。「でも谷の奥には行かない方がいい」 ある夜、オステンド[*5]から来て一隻だけで操業しているトロール船〈フォーマルハウト号〉[*6]の漁師が港に現れた。船員が二人、タンジールで勝手に船を降りたとのことだった。「人手が足りんのだ」と船長がキットに言った。「おまえ、採用決定」

その晩の残りの時間は訳が分からないうちに過ぎていった。キットは、現地に住むユダヤ人神秘主義

*1 ドイツ北部のバルト海に臨む都市。
*2 モロッコに分布するアカテツ科の常緑高木でオリーブに似た果実をつける。
*3 チベット仏教において、死から再生に至るまでの四十九日間に魂がたどる過程のこと。
*4 アラビア語で「落ち着け」の意。
*5 オーステンデ、オスタンドなどとも言う。ベルギー北西部の港町。
*6 「フォーマルハウト」は南魚座《みなみのうお》のα星のこと。

者のモーセを相手に、二隻の〈特大号〉の問題について議論を交わしていたことは覚えていた。「別にこの辺りでは珍しいことではないよ。ヨナ[*1]なんかそのいい例だ。ヨナはタルシシに向かっていたことを覚えているだろう？　その港に当たるのがここから五百マイル北にある、現在ではカディスと呼ばれている場所だ。別名、アガディールとも言う。しかしこっちのアガディールでの言い伝えによると、ヨナが陸に上がったのはこの南にあるマッサだ。事件を記念するモスクも建っている」

「二つのアガディールか」とキットが不思議そうに言った。「彼は大西洋に出た。そして同時に五百マイルも離れた二つの場所にたどり着いたってことですか？」

「まるでジブラルタル海峡が二つの世界の間の形而上学的な分岐点になったみたいに。その当時、狭い隙間《すきま》を抜けて広大で不確かな大海原に出ることは既知の世界を後にすることを意味していた。そしておそらくは一度に一つの場所にだけ存在するという約束事からも離れることを意味したんだ……。いったん海峡をくぐった後、船は同時に二つの針路を取ったのか？　風は二方向に吹いていたのか？　それとも分身の能力を持っていたのは巨大な魚の方だったのか？　二匹の魚、二人のヨナ、二つのアガディールが存在したのか？」

「さっきから僕の吸ってる煙」とキットが言った。「これってまさか……あの、ハシシじゃないですよね？」

「そんなものは聞いたことがない」と聖人が腹を立てた様子で言った。

　店の中は暗かった。通常の光源はあまり必要がないかのように、たった一つのランプがひどいにおいの羊の脂肪を燃やしていた。城砦に囲まれた居住地区《カスバ》では人々が歌を歌いながら恍惚状態《トランス》に陥っていた。街角のどこかではグナワ音楽の演奏家がリュートを弾き、金属のカスタネットで拍子を取っていたが、その姿は演奏を聴かせている相手にしか見えなかった。

彼らはアガディール湾を出て、太陽が山々の頂にかかるころにギル岬を回り、英仏海峡を目指して北西に針路を取って陸地から離れた。モガドールニシンやコルビーンやアミキリなどモロッコ特産の魚を除いて、もともと不振だった漁獲量は北へ進むにつれて漁をしてもしなくても同じというほどにまで落ち込み、キット以外の乗組員はこの不漁の原因をキットが船に乗っているせいにした。しかし突然ある朝のこと、ビスケー湾[*2]で、どうしたわけか〈フォーマルハウト号〉は数種の魚の混じる巨大な群れに出くわし、あまりの豊漁で引き網や巻き上げ機が故障しそうになった。「いつかはこうなると信じてたぞ」と船長が言った。「ヨナの反対だ。これを見ろ」実際、袋網の先端をほどくと、数種の魚が入り混じって生き生きと銀色に光る固まりがいけすになだれ込み、甲板にあふれ、船べりからこぼれ落ちた。キットは魚の仕分けを任された。最初は、食べられる魚と雑魚《ざこ》とを分けることしかできなかったが、目が慣れてくるとすぐにヒラメとカレイ、マダラとメルルーサ、シタビラメとツノガレイとタイの区別がつくようになった。

彼らは右舷の網を空にするとすぐに左舷に網を打った。船が遭遇した大陸規模の群れは果てしない大きさに思われた。キットには以前よりもさらに奇妙な目が向けられるようになった。

その状態が一昼夜続き、船にはもう一匹のイワシも載せる場所がなくなった。舷縁が波に洗われるほど沈み込んだ船は、もがくようにオステンドに入港し、波止場に入り、水路を進んだ。食料貯蔵室にもロープ庫にも魚が詰め込まれ、舷窓からは魚があふれ、海図台の上に海図を広げるとそこからも魚が出てきた。当然、数時間後には乗組員のポケットからも魚が見つかった――「ああ、ごめんよ、ベイビー、これは君が思ってるようなものじゃないんだ――」

＊1　ヘブライの小預言者。一度、主の命令に背いて、船で逃げるが、嵐に襲われ、悪運の原因として海に投げ込まれて大魚に飲まれる。しかし、三日後、無事に陸上に吐き出された。

＊2　フランス西岸とスペイン北岸に挟まれた大西洋の入り江。

そのころ、〈特大号〉は霞の中に分身の軍艦を残し、非軍事的な航海を続けていた。

ブライアはダリーを励まそうとした。「ねえ、船上の恋なんてしょせんはこんなものよ」

「あれってそういうことだったのかしら」

「あなたの方が私より知ってるでしょ。アバンチュールが得意みたいだから」

「あの人の友達は何て？」

「ルーティ＝トゥート？　聞いてみたわ。彼とは機関室ではぐれたんだって。それ以後、キットを見かけた人はいないみたい」

どこまでこの件で頭を悩ませなければならないのだろう？　ダリーはムーンデッキから最下甲板まで〈特大号〉の至るところを探し回り、乗客や乗客係、火夫や甲板員や高級船員にキットを見かけなかったか尋ねたが、成果はなかった。夕食のとき、彼女は船長に直接尋ねてみた。

「アガディールで降りたのかもしれないが、ともかく無線を送ってみよう」と船長は約束してくれた。

ＯＫ。この時点で彼女は、気まぐれなイエール大生が海にはまって溺れていないことだけは確かめたかった。彼女は船の中で最も人気《ひとけ》の少ない場所を選び、デッキチェアーに横たわって波を見つめた。彼女の気分に手を貸すかのように、波が黒く大きくなり、角度が急になり、白く砕け始め、空は一面雲で覆われ、やがて、右舷前方から嵐が近づいてきた。

ジブラルタル海峡では、まるで入港許可を待つために船が停止したように感じられた。彼女は少しの間乗客が上陸許可を与えられた夢を見て、嵐の吹き荒れる夜の高台から、真っ黒で冷酷な「大西洋」をじっと眺めた。あの忌ま忌ましいキットってやつはどこに消えたのかしら？　一瞬、彼女の頭にくっきりとした彼の映像が浮かんだ。彼はどこかずっと下の方の険しい岩肌に立ち、巨大な灰色に向けて頼りない小型ボートを押し、不可能な旅を始めようとしているようだった……。

〈特大号〉は地中海の海岸線に沿って旅を続け、次々と港を通り過ぎた。青白い崖からは家や木々が崩れ落ちてきそうだった。どこの町でも人々は急勾配の通りで忙しそうに暮らしていた。小さな三角帆船が沖に出て、ガのように円を描いていた。

アーリスは気を遣ってダリーをそっとしてやり、彼女の失恋についても、特に二人ともそれがどれほど重要なものか分からなかったこともあって、何も触れなかった。ダリーは自分よりも先にブライアが異性問題で母親の手を煩わせることになるだろうと思っていた。ところがなぜかブライアは、何もまともな助言を与えられていないのに、母親が見る限り何の努力も苦労もせず、簡単に男たちと付き合い始めていた。ルート・タブスミスと遊んでいるばかりでなく、庭の池にいる金魚を相手にするかのように四等の乗客の多くと遊んでいたのだ。ダリーは、まるで少しの間自分の人生から抜け出し自分の生を近い場所から眺められる平行コースをたどる能力を与えられたかのように、船よりも速く港から港へ進む別の陸路を見つけた……。彼女は地表よりも少し上と思われる場所で速度を増し、かぐわしい晩夏の薄明かりを抜け、船と平行に進んだ……ひょっとすると時折、砂丘や藪や低いコンクリートの塀が途切れた場所では、永遠に続く海岸沿いにのろのろと根気強く進む〈特大号〉の船影を横目で見ながら。船の細部や凹凸は、羽根を透かして見たハエの胴体のように灰色にぼやけていた……夜のとばりが降り、はるかに引き離していた船が徐々に追いついてくる……。彼女はまるで身の安全を脅やかす組織的脅威から何とか逃げ切ったかのように、息を切らし、汗ばみ、理由もなく高揚し、デッキチェアーでわれに返った。

船は真夜中にベニスの霧の中で、何やら怪しげな取り引きを済ませる間、停泊した。ダリーが目を覚まして舷窓の外を見ると、何隻もの黒いゴンドラが見えた。一隻に一つずつ明かりを掲げたゴンドラには外套を羽織った客が一人ずつ乗っていて、彼らは全員、彼らだけが理解しているらしい前方の何かをじっと見つめて立っていた。これがベニスなの、と思ってから――起きたときにもその記憶が残っていた——彼女はまた眠りについた。朝、船はようやく〈特大号〉の母港トリエステに入った。船の帰還を歓迎するためにたくさんの人がグランデ広場に集まっていた。巨大な帽子をかぶった貴婦人たちが、青と緋色と金色の軍服をまとったオーストリア＝ハンガリーの将校の腕に抱かれて確かな夢を見ながら、河岸《リーヴァ》沿いをゆったりと散歩していた。軍楽隊がベルディとデンツァと地元で人気のアントニオ・スマレーリャ*のメドレーを演奏した。

ダリーは船を降りる人の波に押されて岸に上がった。じっと立ち尽くしているような気分だった。彼女はこの場所のことを今まで聞いたことがなかった。とりあえず今はキットのことは忘れるとして——私のいるここはいったいどこなの？

* いずれもイタリアの作曲家。ジュゼッペ・ベルディ（一八一三—一九〇一）、ルイージ・デンツァ（一八四六—一九二二）、スマレーリャ（一八五四—一九二九）。

〈フォーマルハウト号〉の乗組員が送る微妙な視線に囲まれながら、キットはオステンドで給料を受け取り、不確かな足取りで漁師波止場に上陸し、電車に乗り、〈コンチネンタルホテル〉まで行った。なぜかそこに自分の部屋が予約してあるような気がしたのだ。しかしホテルでは彼の名は聞いたことがないということだった。そう言われて腹を立てた彼がヴァイブの名を出そうとしたところ、金縁のロビーの鏡に映った自分の姿が目に入り、正気が戻った。何てこった《ジューダス・プリースト》。彼は海岸に打ち上げられた漂着物のような姿だった。考えてみればにおいもそうだ。再び外に出て別の路面電車に乗り、ヴァンイスゲム通りを通って市街地へ行き、左へ二度曲がってまた港へ戻った。そこで会った人々は皆、彼よりもはるかにまともな格好をしていた。彼は特にどうするあてもなく、さっき船を降りた場所から程近い「皇帝波止場」で電車を降り、小酒場に入り、十二サンチームのビールを買って店の隅に座り、自分が置かれた状況について考え直した。彼は、ゲッティンゲンに行く手段を考える前に、少なくとも一晩どこかに泊まるだけの金は持っていた。

　彼の思考は店の隅で起きている激しい議論に遮られた。年齢も国籍もばらばらの、だらしないというか、はっきり言うとみすぼらしい格好をした一団が交わしていた会話の中で唯一共通の言葉は四元数主義者の語彙《ごい》だということに間もなくキットは気がついた。各方面からの攻撃にさらされた四元数主義者がこれほどたくさん同じ場所に集まってるのを彼は今までに見たことがなかった。さらに奇妙なことに、だんだんと、彼らが彼のことを知っているような気がしてきた――フリーメイソンのような合図と応答が交わされたわけではないが、それでもなお――

「おい、ウェイター！　そこの、スーツに海草をつけてるやつにランビックを半パイント*1飲ませてやってくれ」海岸で見つけてきたようなぼろぼろの麦わら帽子をかぶった、ばかに陽気な男が言った。

キットは、金がないことを示すしぐさとしてこれなら世界中で通用するだろうと思いながら、想像上のズボンのポケットをひっくり返して申し訳なさそうに肩をすくめた。

「心配無用。今週の支払いは全額トリニティカレッジの数学科持ち。あそこの連中は八元数の方程式を解く名人だが、請求書を見せられると思考停止に陥るんだ、こっちとしてはありがたいことさ」彼はダブリン大学のバリー・ネビュリーだと名乗り、席を空けてくれたので、キットは多言語の入り交じるその集団に加わった。

オステンドでは先週から今週にかけて、不定期に開かれる世界大会に四元数《しげんすう》学者が集まっていた。九〇年代に大西洋を股にかけて戦われたいわゆる四元数戦争*2――ギブズのベクトル解析の拠点たるイエール大学は主要交戦国だったことをキットは思い出した――の結果、はっきりと敗北したとは言わないまでももはや相手にされていないと思うようになった真の四元数主義者たちは、最近では放浪を始め、タスマニアの黄色い空の下、アメリカの砂漠の真ん中、スイスのアルプス山中など世界各地に散らばっていた。彼らはこっそりと国境の町のホテルで、あるいは賃貸アパートの応接間で昼食をとりながら、あるいはフランス製のビロードから原始的な石組みに至るまで豪華さの異なる内装が声の反響を強めるホテルのロビーなどに集まっては、合金製の大きすぎる鍋から料理をよそってくれるウェイターに白い目で見られた。料理には、すぐには思い出せない名前の地元の野菜が入っていたり、肉が不透明なソース――特にこのベルギーではいろいろなタイプのマヨネーズ――に隠れて入っていたりしたが、ソースの色はときには藍《あい》色やアクアマリン色をしている場合もあって、実際、鮮やかな色合いのことも多かった……そう、しかし他にどんな選択肢があったというのか。ハミルトン主義者たちは、人間生活における電磁的なものの台頭が無視できなくなるにつれて神の恩寵《おんちょう》を失い、確立した科学的宗教の目から見ると破門や追放の罰では済ませることができない破壊的な、さらには異端的な信念を体現するものに変わった。〈新堤防《ヌーベルディーグ》グランドホテル〉はヴァンイスゲム通りから入り込んだ位置にあり、名前にある堤防からはかなり離れていた。この宿に魅力を感じるのは主に財布の紐が固い人々で、季節外れの旅行者、逃亡者や年金生活者、死の前室を発見したつもりで自暴自棄になっている恋人たちなどお決まりの顔が集まっていた。実際、〝グランドホテル〟というより、〝リトルホテル〟という感じだった。部屋にはこれでもかと言うほど、竹細工に見えるように加工された松のオブジェが飾られ、それが緋色のような異国的な色に塗られていて、机の天板も安物の、おそらく人工の大理石だった。ベルギー流アールヌーボーのモダンな雰囲気を十分に伝えるために、女性と動物とを混ぜ合わせたモチーフが洗面台や浴槽、ベッドカバーやカーテン、ランプの笠などに取り入れられていた。

キットは部屋を見回した。「変わってるなあ」

「今じゃあもう」とバリー・ネビュリーが言った。「誰が正式な宿泊客で誰がそうじゃないのか、ちゃんと記録してる人間はいないんだ。金を払わずにここで寝泊まりしてるのは君だけじゃない」キットはゲッティンゲンに行く金を稼ぐためにカジノに行くつもりだったのだが、気がつくと既に妙な四元数主義者たちと一緒に部屋の隅で寝ていた。入れ替わり立ち替わり何人かの亡命者とも会ったが、彼らの

＊1　ランビックは酸味のあるベルギーの伝統的なビール。半パイントは約二五〇cc。

＊2　一八九〇～九四年ごろに、ベクトル解析の有用性を訴える英国のオリバー・ヘビサイドや米国のウィラード・ギブズらと、四元数の可能性を訴えるハミルトンの弟子らとの間で交わされた論争のこと（「戦争」と呼ぶのはこの小説独自の語法）。結局、ベクトル解析派が優位を占めることになった。もともと四元数で表記されていたマクスウェルの電磁方程式もベクトル形式に書き直され、それが広まった。

名前は、たとえ聞いたとしてもすぐに忘れてしまった。

　廊下のすぐ先にはベルギーの虚無主義者グループ——「青年コンゴ党」を自称するウジェニー、ファトウ、デニス、ポリカルプの四人——が暮らしており、定期的にブリュッセルを訪れているフランス情報部ばかりでなくベルギーの市民警備隊も彼らをマークしていた。キットがそのメンバーの誰かと顔を合わせたとき——偶然とは思えない頻度だったのだが——にはいつもはっきりと目礼が交わされた。それはまるで以前彼がこの過激派の一員だったかのようで、それがその後何か、覚えていることができないほど恐ろしいこと、少なくとも〈特大号〉の運命に劣らない由々しき事態が起き、すべての記憶がめまいとともにかなたに——下方ばかりでなく、時空間の別の軸に沿っても——消えてしまったようだった。最近の彼はそうした感覚を経験することが多くなっていた。服という物理的な重み以外には何の心理的重圧もない現在の状態は確かに気楽ではあったが——そして、自分はもうヴァイブの呪《のろ》いから逃げ切ったのだから、新たな人生を始めることができると自らに言い聞かせることもできそうではあったが——現在の身の軽さはどうも特殊すぎて、いつ危険なものに変化するか分からなかった。高さが二十五フィートあり、おしゃれなホテルが建ち並ぶ堤防と、その向こうで町より高い位置で波打っている海をじっと見ていると、いつかは意識を持った力が堤防の弱点を見つけて遊歩道を乗り越え、オステンドの町をなぎ倒す運命にあるのだと想像しないではいられなかった。

「コンゴの黒人も同じことさ」とポリカルプが言った。「北海沿岸低地帯に暮らすベルギー人の頭の中では、力と死の壁の向こうで黒人が増え続け、静かにじわじわと潮位を上げてるんだ。どんなに丈夫な壁を築いても彼らがすべてを圧倒するのは防げない……」

「何の罪もないのに苦しみを味わっているコンゴの人々」とデニスが言った。「あっちの方が道徳的には私たちより上だ」

「そんなことはない。彼らだってヨーロッパ人並みに野蛮で堕落してる。ただ単に数の問題でもない。

だってベルギーは人口密度が世界最高なんだから。そう言われても誰も驚かないだろう。そうじゃないんだ。これはおれたちが作った状況なんだ――共意識的なものの投影であり、ベルギーによるコンゴ支配という執拗《しつよう》で許し難い地獄を映し出した幻想が絶えずじわじわと染み出しているということだ。公安軍の隊員がゴム園の労働者を殴ったり、侮辱の言葉を投げつけたりするたびに、波の力が強まり、自己矛盾の堤防がますます弱まっていく」

カーニュ[*1]の学生に戻ったような気分だった。誰もが目的意識を持ってだらだらし、酒を飲み、たばこをやり取りし、自分が誰に恋しているのか、そもそも恋しているのかどうかさえ忘れていた。デニスとウジェニーはブリュッセル大学でルクリュ[*2]の下で地理を学んだ。ファトウとポリカルプは無政府主義を擁護しただけでも犯罪となるパリの町で出された逮捕状を逃れてここに来ていた。「ロシアの虚無主義者と同じように」とデニスが説明した。「おれたちは心の底では形而上的な理論家なんだ。論理にこだわりすぎる危険があるのさ。何だかんだ言っても最後は自分の胸に手を当てて結論を出すしかない」

「デニスの言うことは気にしないでくれ。シュティルナー[*3]主義者だから」

「個人主義的無政府主義さ。君みたいな低能には区別はつかないだろうけど」

そのような区別を言いだせばセクトが分裂する機会はいくらでも存在したのだが、口にすることの許されないアフリカという言葉が組織を一致団結させていた。それに加え、ベルギー王レオポルド暗殺という道徳的責務――強迫観念と呼ぶ者もいたが――も彼らを結びつけていた。

「気がつかないか?」とデニスが問いかけた。「最近相次いでヨーロッパ列強の主立った顔ぶれ――王、女王、大公、大臣――が無情な〝歴史という怪物〟の前に倒れてるだろ? 力を持った人々の死体が

＊1　フランスの高等師範学校受験準備クラス。
＊2　フランスの地理学者・無政府主義者（一八三〇―一九〇五）。
＊3　ドイツの哲学者で自我を思想の根底に置いた無政府主義者（一八〇六―五六）。

方々に転がってる。偶然とは思えない頻度で」

「あなたが〝偶然〟の神々を代弁する資格があるのかしら」とウジェニーが聞いた。「暗殺が起きる通常の頻度なんて誰にも分からないでしょ」

「そうだ」とポリカルプが口を挟んだ。「暗殺は科学的に避けられないってことを考慮に入れたら頻度はまだ低すぎるくらいかもしれないぞ」

このグループは、南アフリカのボーア人に連帯してブリュッセルの北駅で英国皇太子夫妻暗殺を試みた、十五歳の無政府主義者シピド[*1]を精神的目標に掲げていた。近距離で撃った四発の弾丸は外れ、シピド一味は逮捕されたが後に釈放され、皇太子は今では英国王となった。「そしてイギリス人は」とグループ内の現実主義者であるポリカルプが言った。「今でもボーア人をゴミ扱いさ。シピドはもっとちゃんと考えて銃を選ぶべきだったんだ。確かに隠しやすいものを選んだ気持ちも分かるけど、皇太子クラスを狙うならそれなりの口径も必要だ。もちろん弾倉も大きくないとな」

「爆弾を仕掛けるのは？　競馬場なんかどう？」とファトウが提案した。口紅は塗っているものの帽子はかぶっておらず、サーカスの娘よりも短いスカートをはいていたがキット以外は皆それに気がつかないふりをしていた。

「王室用海水浴小屋[*2]でもいい」とポリカルプが言った。「誰でも二十フラン出せば借りられるから」

「二十フラン持ってる人？」

「爆薬はピクリン酸の仲間がよさそうね」とファトウが続け、地図と小屋の図面を取り出した。「ブルジェール火薬とか」

「おれは昔からデシニョル火薬派」とデニスがつぶやいた。

「アメリカ人のガンマンを雇ってもいいかも」とウジェニーがキットを意味深な目で見た。

「とんでもないよ、お嬢さん、僕に銃なんか持たせない方がいい。自分の足を守るのに鋼鉄の靴を履かなきゃならないくらいさ」

「おい、キット、正直に言えよ。今までに何人のならず者に……風穴を開けた？」

「さあね、一ダースを超えるまではものの数には入らないんだ」

夕闇が迫ると、半可視的な力がさまよう影のように町を包囲するのに対抗して、通りのあちこちに明かりが灯された……。堤防の向こうでは、目に見えない岸に波が打ちつけていた。ポリカルプはアブサンと砂糖などの一式を準備していた。だて男の彼はサントス＝デュモン氏[*3]の格好をまねてパナマ帽をかぶり、他の青年ならひげの手入れに使うであろう時間を費やして、帽子のつばがぼろぼろのところまで本家に似せていた。彼の仲間は男も女もアブサン好きで、長い時間をかけて手の込んだ儀式をしながら飲むのだった。〝緑色の時間〟はしばしば深夜まで続いた。

「おれたちは〝めまいの時間《ルール・ヴェルティジヌス》〟って呼んでる」

真夜中近くなって、ドアの外で二つの声がイタリア語で口論するのが聞こえ、やり取りがしばらくの間続いた。最近青年コンゴ党は、ロッコとピノというイタリア海軍の脱走兵二人と手を組んでいた。二人はフィウメ[*4]のホワイトヘッド工場から、最高機密になっている低速有人魚雷の設計図を盗み出していた。彼らはそれをベルギーで組み立て、レオポルド王のヨット〈アルバータ号〉を襲うつもりだったの

＊1　ジャンバティスト・シピド（一八八四―一九五九）はボーア戦争における大量虐殺の責任は英国皇太子（翌年、王に即位し、エドワード七世となる）にあると考え、一九〇〇年に暗殺を試み、失敗に終わる。裁判では十五歳という年齢も考慮され、法的責任能力がないと判断された。

＊2　人に水着姿を見せずに海水浴をするための窓のない小屋。浜で小屋に入り、中で水着に着替え、車輪の付いた小屋ごと海水中に移動する。

＊3　サントス＝デュモント、サントス＝ドゥモントとも言う。フランスで活躍したブラジルの飛行船操縦者・建造者（一八七三―一九三二）。

＊4　クロアチア西部の港湾都市リエカのイタリア語名。

だ。真面目すぎるロッコには想像力が足りなかったのかもしれないが、南イタリア人の気性の中で極端な部分を体現するようなピノはいつも相棒の無神経さに腹を立てていた。この二人は、理論的には有人魚雷計画にうってつけの組み合わせだった。ピノの思い描く熱狂的だが利益のない空想を脇へそらす可能性のある——あるいは、ときには本当にそらす——逸脱行動は、ロッコには想像もできなかったからだ。

魚雷の歴史の中で低速有人魚雷は、短いがロマンチックな一章を占めていた。標的は停泊中の船舶など静止している物体に限られ、弾道と照準の数学は非常に単純だったが、個人的な技術が重要な要素となった。チームがなすべき仕事はまず第一に、その破壊的乗り物に乗って敵に探知されずに未知の港湾防御線を越え、予定した標的の船体に触れるところまで行くことだ——それができれば今度は、時限起爆装置を作動させた上で、爆発が起きるまでにできるだけ素早く遠くまで逃げなければならない。通常、作戦中は、冷たい海水の中で何時間にも及ぶかもしれない作業の間凍えないでいられるよう加硫ゴム製の潜水服を身に着けた。魚雷はほとんどずっと海面のすぐ下を進み、ロッコとピノも当然同じようにずっと海の中にいなければならない。

「何て夜だ!」とピノが叫んだ。「そこら中に市民警備隊がいる」

「右を向いても左を向いてもシルクハットと緑の制服さ」

「でも、まだ緑色アレルギーになってないようなら飲まないか?」とポリカルプがアブサンの瓶を差し出した。

「実際あなたたち……何隻くらい爆破したわけ、ピノ?」しばらくしてファトウが甘い声でささやいた。ロッコはおびえた視線を彼女に向け、相棒の耳に何かをつぶやいた。

「……オーストリアのスパイが聞きそうな質問だと思わないか——気をつけろ、ピノ、気をつけろ」

「ピノ、ロッコは何て言ってるの?」ファトウは、興味深いことになぜか何も装飾品を着けていない側の耳たぶをとんとんと叩いた。「ロッコが私のことスパイだって言ってるの？　本当に？」

「おれたちだって一人や二人、女スパイと関係したことがある」とピノがうそぶき、数を控えめに言っているような表情を作ろうとしていたが、誰もそれにはだまされなかった。人当たりを柔らかにしようとする今日の彼の努力も、見てくれからして台無しになっていた——頭には寝癖が残り、イタリア海軍の軍服はワインと自動車用潤滑油の染みだらけで、焦点の定まらない視線は常にあちこちを泳ぎ、決して誰かの顔にとどまることはなかった。「そういうことがあってもおれは人生の一幕だと思って受け流すことができるけど、かわいそうなロッコはどうしても忘れられないいんだ。こいつが女スパイの危険について偏執狂的な話を始めると、どんな連中でも、一晩中お祭り騒ぎをしようって気分のジプシーでも、深い昏睡《こんすい》状態に陥ってしまうのさ」

「そんなんじゃないぞ、ピノ！　女スパイには……ただ興味があるだけさ。特定の人物じゃなく、そのカテゴリーに興味があるだけ」

「ああ、そうだな、ろくでもないカテゴリーだ」

「私は大丈夫よ、大尉」とファトウが言った。「私をスパイに雇う政府があるとしたら、よっぽど頭の悪い連中に違いないわ……」

「まさにその通り！」　ロッコは愚直なまなざしを向けていた。

イタリア南部出身者らしい脳天気な相棒のピノと同じように、このロッコの振る舞いもひょっとすると狡猾《こうかつ》な誘惑なのではないかという可能性が突然頭に浮かんだ彼女は、目を凝らしてロッコを見た。

「いつものことだけど」と以前、ウジェニーが彼女に警告したことがあった。「あなたは人のことを疑い過ぎ。もっと直感を信じなきゃ」

「直感ね」とファトウが首を横に振った。「私の直感によれば彼は悪党よ。親しくなる前から分かってた。もちろん結婚相手としてはリスクが高い。でも、それがどうしたって言うの」

ウジェニーは控えめにファトウの袖に手をやった。「実は私……その……ロッコが好きになっちゃったみたい」

「あああ！」とファトウはベッドに倒れ込み、拳と足でベッドを叩いた。

ウジェニーは彼女が静まるまで待った。「真剣なの」

「一緒にダンスに行きましょ！　晩ご飯も！　お芝居にも！　カップルのデートみたいに！　真剣だってことは分かってるわ、ジェニー――だから心配なの！」

二人の若い女性は、イタリア人二人組が〝低地帯のベニス〟と呼ばれるブリュージュにしばらく行かなければならないときにはいつもやきもきした。運河で移動すればすぐのその町は中世以来、美人が多いと評判だったからだ。そんなことは真夜中にしょっちゅうやっている魚雷演習に比べれば大したことではない、とロッコとピノは何度も誓って言った。魚雷の内燃機関は、共産主義を信じるゲント出身の機械工を集めた〈ラウールの高速工房〉で改造が加えられていた。誰もが兵器の性能に満足すると、ロッコとピノは、人目に触れずに夜の幽霊水路を通って海岸まで出て王族とランデブーすることを計画した。

「ダイムラー社の六気筒エンジンを積み込んだんだ」とロッコが説明した。「気化器はオーストリアの軍用のもの、まだ極秘の品だ。それに改造した排気多岐管《マニホルド》。だからそれだけでも百馬力は出る。巡航速力でそこまで出るんだぞ」

「どうして設計図をイギリスに売らなかったんだ？」とゲントから来た機械工が尋ねたことがあった。

ロッコは困惑した。「どうして国も持たない無政府主義者の集団に与えてしまうんだ？」「どこかの政府から盗んだものを別の政府に売るって？」彼とピノは顔を見合わせた。

「こいつ、殺《や》っちまおうぜ」とピノが威勢のいい声で言った。「前回はおれが殺《や》ったから、今回はおまえの番だ、ロッコ」

「あいつ、どうして逃げ出したんだ？」とロッコ。

「戻って来い、戻って来いよ！」とピノが叫んだ。「やれやれ。ここの連中は冗談の分からないやつばかりだなあ」


　昼間ほどの厳格さはないが小ぎれいにしたホテルのスタッフは、もう何年も前に激しい生存競争を降りていた一方で、いまだに意志堅固で夜も眠ることのない四元数主義者のとんでもない軍団に対して、いらいらと当惑との間で微妙なバランスを保っていた。これが来世だとするなら、〈新堤防グランドホテル〉の制服を着た人間の一部だけが救いの天使で、他は全員が独創的な責め苦を担当する小鬼に近い存在だった。

「ここは男ばかりなんですか、それとも一人や二人は四元数主義者の女性もいるんですか？」キットは哀調に満ちていると言ってもよい声でそう尋ねた。

「女性はめったにいない」とバリー・ネビュリーが言った。「でももちろん、日本の帝国大学の釣鐘《つりがね》ウメキ嬢のような人もいる。ノット教授*の日本での教え子だ。驚くべき女性だよ。四元数主義者の中で、公表した業績の件数では彼女がトップだ——摘要や研究論文や著書がたくさんある。木村駿吉がその一部を英語に翻訳しているはずだ。あ。ほら、あそこにいるのが彼女さ」とバーの方をあごで指した。

「あの人？」

「そう。悪くないだろ？　君ならきっと話が合う。彼女もこの前までアメリカにいたんだ。来なさい、紹介してあげよう」

　黒のズボンにカウボーイハット……黒い革のズボン、というか柔らかいグローブ革のズボン姿だ。

＊　カーギル・ノットは物理学者・地震学者（一八五六—一九二二）。

「また今度にした方がよくないですか、今はちょっと――」

「もう遅い。釣鐘さん、こちらはイエール大出身のトラヴァースさん」

美貌のアジア人は首の回りにピーコックブルーと濃い灰褐色と朱色で森の模様がプリントされた風呂敷をカウガールのバンダナのように三角折りにして巻き、ビール割りのウィスキーを驚異的なペースでぐいぐい飲んでいた。あとどのくらいの時間で彼女が潰れるかをめぐって既にささやかな賭けが始まっていた。

「『非調和束《そく》と同類の形態を表現する四元数的図式』」とキットが記憶を呼び起こした。「『科学アカデミー会議週刊報告』で概要を読んだよ」

「まさか非調和束主義者じゃないでしょうね」彼女はまだ頭が冴えている様子で穏やかにあいさつをした。「かなりのカルトが生まれてるって話を聞いてるわ。いろいろと……奇妙なことを期待してるらしいわね」

「あ……」

「〈射影幾何学シンポジウム〉――あそこで研究発表を?」

「あ……」

「研究発表はするの、しないの? 近いうちにしないの?」

「ほら、同じのを私がごちそうするよ」とバリー・ネビュリーが助け船を出してくれた。彼はアルコール中毒者の天使のようにすぐに別の善行のために立ち去った。

「イエールか――あそこで勉強を? 私が通ってる海軍兵学校の木村先生には会ったことある?」

「僕が入学する少し前までいたみたいだね。でも、みんなの記憶の中ではずいぶん尊敬されてるよ」

「木村先生とアメリカ時代の級友のデ・フォレストさんの二人は同調無線通信の分野に大いに貢献し続けてるわ。木村先生のシステムは、ロシアに備える日本海軍が今晩もどこかで使ってる。二人ともかの有名なギブズ先生の下でベクトルの研究をしたのよ。これって偶然と言えるのかしら?」

「無線の核心にあるのはマクスウェル方程式だから……」

「その通り」 彼女は立ち上がり、彼を見上げた。カウガール帽のつばの下から覗くその目はなかなか魅力的だった。「あそこの人たちずいぶんにぎやかね――一緒に行ってくれる?」

「ああ、もちろん」 残念なのは、大広間に入ったとたんに彼女がはぐれ、あるいは彼の方が彼女とはぐれ、二人は数日後までまったく顔を合わせなかったということだ。彼には二つの選択肢があった――すねて部屋を出て別の場所に行くか、あるいはぶらぶらしながら別の面白そうなことを探すかだ。というか、実際には選択肢は一つしかなかった。

キットは人を掻き分けながら大広間を進んだ。壁紙はアニリンから作った青緑色と、鮮やかだが鼻につくオレンジ色で、見たところ花をモチーフにした柄のようだったが、そうだと断言する人はほとんどいなかっただろう。無数に壁から張り出して部屋を照らしている現代風の燭台《しょくだい》は、電球の光が通るよう紙のように薄く削ったコンゴ象牙の笠で覆われていた。今晩この部屋は世界中から集まった四元数学者で沸き返っていた。浮かれ騒ぐ四元数主義者の中には、転向者も含めあらゆる宗派の研究者が交じっていた。疑似ギブズ派や似非《えせ》ヘビサイド派*1や徹底したグラスマン信者*2がパーティー気分でひしめいていた。いでたちは珍妙で、身繕いも不完全かおざなりだった。誰もが普通の研究発表ではしゃべり足りず、空きポストや強制結婚やばかな同僚や不動産――異常に高い物件とその逆の物件――について息を殺して噂したり、互いの服に走り書きをしたり、たばこや紙幣を使って相手の目の前で消失や出現の手品をや

*1 オリバー・ヘビサイドは英国の物理学者・電気工学者（一八五〇―一九二五）。マクスウェルの電磁気学理論を首尾一貫した理論に整理した。

*2 ヘルマン・ギュンター・グラスマンはドイツの数学者・言語学者（一八〇九―七七）。『広延論』の中で古典幾何学を三次元以上のn次元幾何学へ一般化した。

って見せたり、〈モノポール・ドゥ・ラ・メゾン〉[*1]を飲んだり、机の上で踊ったり、奥さんの堪忍袋の緒を試したり、赤の他人のポケットに反吐《へど》を吐いたり、流暢《りゅうちょう》なエスペラントとイディオムネウトラル[*2]で激しい議論を戦わせたりしていた。専門的な議論の大部分は理解不能だったが、交感的なやり取りや社交的な会話もほとんどそれに劣らぬ問題をはらんでいた。

「……ヘビサイドはマクスウェルの電磁方程式を脱四元数化しようと必死だ——あの方程式でさえ攻撃を免れることができなかった——」

「仕方ない。〝生存競争〟は終わった。私たちは負けたんだ」

「じゃあ今のおれたちの存在は架空のものだってことか？」

「虚軸《イマジナリー・アクシス》があれば架空《イマジナリー》の存在もある」

「幽霊だ。幽霊だ」

「そうだ、〈四《Q》の同志〉、君の場合なんかは特に情けない。君はこの前の論文でポカをやらかしてるから、〝せいぜい競争〟ってところだな」

「おれたちは数学界におけるユダヤ人、離散状態《ディアスポラ》で放浪の身だ——過去に向かう者もあれば、未来に向かう者もある。中には少数だが、時間という単純な直線から未知の角度で歩みだし、誰にも予測のつかない旅を始める者さえいる……」

「確かに私たちは負けた。無政府主義者は常に負ける運命にある。ギブズ＝ヘビサイド派のボリシェビキは長期的視野で断固として目標を追求し、それが不可避の未来だという信念を守り通した。やつらは宇宙におけるすべての場所に存在し、万物を絶対的に支配しているただ一つの確立された座標系の信奉者、xyz人間だ。私たちはただのijk族。問題に必要な間だけテントを張って作業をし、用が済んだらテントを畳んでまた旅に出る。いつもその場しのぎだ。仕方ないさ」

「ていうか、四元数主義者は、ベクトル主義者が分かったつもりになっていた神の意図を故意に歪曲したからつまずいたんだよ。空間は単純で三次元で実数軸、第四の項が必要ならそれは虚軸であり時間に割り当てられるはずだというのがベクトル主義者。しかし四元数主義者が現れて、それをそっくりそのまま引っ繰り返した。空間を表す三つの軸が虚軸で、時間が実軸を取る、しかもスカラーだ。[*3] とても認められるものじゃない。当然、ベクトル主義者は戦争を起こした。彼らの知る時間はそんな単純なものではありえなかったし、空間がありえない数でできているなんて許せなかったのさ。彼らが無数の世代にわたって侵入し、占領し、守るために戦ってきたこの世の空間が虚数なんて」

こうした嘆きの背後で不相応に陽気な音楽が流れ、キットの耳にもそれが届いた。寄席のコントラルトらしき女がポール・ポワレのデザインしたガウンを羽織り、ピアノに向かってテンポのよい八分の六拍子で歌い、アコーディオンと鉄琴、バリトンサックスとドラムから成る街頭楽団が伴奏を添えた。

　ああ
　　それは
　　　〈少々不審な四元数主義者〉
ｉｊｋの怪物だ
不審な笑顔は何のため？
這い回るのは何のため？

＊1　フランス語で「当店の独占（仕入れによるシャンパン）」の意。monopole はフランス語では「独占」だが、英語では理学的な「単極」を意味するので、ここは掛け言葉になっている。
＊2　人工国際補助語の一つで、一九〇三年に英語で発表された。
＊3　大きさと方向を持つ「ベクトル」とは異なり、大きさだけで定まる数量のこと。

ウォータールーからトンブクトゥ*まで
至るところにあふれてる
噂によるとタスマニアにも
木々の上にもいるらしい！　もしも
満月の夜に
家の客間で見つけて
気まずい空気になったら
この歌を歌って……（二、三で）
昔私が出会った四元数坊やは
おかしなことばかりしてた
長くて緑色のものを
耳の中に入れてたの……
そう、あれは小さなキュウリだったかも
そうじゃなければ、ああ、ああ！　それは
〈少々不審な四元数主義者〉！

女性歌手がステージに現れてからずっと、とりこになった聴衆はその歌を飽くことなく何度も繰り返し一緒に口ずさんでいた。曲のリズムも古《いにしえ》のタランテラの魔力を働かせ、客の間には思い切り奔放に――それがこの場所でどんな意味を持つにせよ――踊らずにはいられない雰囲気が生まれていた。頻繁に衝突が起き、激しいぶつかり合いも間々あったが、キットは危うく人とぶつかりそうになった瞬間に、聞き覚えのある低い声に気づいて衝突を免れた。すると思った通り、樽《たる》がくるくる回るように人込みを掻き分けてルート・タブスミスが陽気に現れた。

「あの赤毛の女と駆け落ちしたんだと思ってたぞ」と彼がキットに声を掛けた。

「海軍に徴兵されたんだ」とキットが言った。「多分。最近は、厳密な意味での現実ってものが存在しなくてね。こんなふうにして君に再会できたということは万事が普通の状態に戻ったということなのかな？」

「もちろんさ」と名もないワインの瓶を手渡した。「次の質問は？」

「ディナージャケットを持ってたら貸してくれないか？」

「来いよ」二人はルートの部屋へ行った。彼もキットと同じように十数人のハミルトン派学者と部屋を一緒に使っているようだった。床一面に散らばった服は、色もサイズもいろいろで、形式張ったものから普段着まで幅広くそろっていた。「好きなのを選べよ。こんな無政府状態を目にすることはもう一生ないぞ」

大広間に戻ると、遠心的なお祭り騒ぎがさらに盛り上がっていた。

「おれたちはみんな熱狂家《マニア》だ！」とルートが叫んだ。「もちろん五十年前の方がもっとすごかった。今じゃ本当のマニアは群論とか基礎研究に向かったからな。極端な抽象。まるで誰が非実在の極限まで行けるか競争しているみたいに。厳密には、かつておれたちが知っていたような〝マニア〟とは違う。昔はよかった。グラスマンはドイツ人だったから自動的に狂人の仲間入り。ハミルトンは早熟の天才という重荷を抱え、どうにもならない初恋の相手を思い続けた。酒を飲んでも何の解決にもならなかった――おれがこんなこと言っても説得力ないけどな。ヘビサイドはかつて〝英国物理学界のウォルト・ホイットマン〟と呼ばれた――」

「ちょっと待って……それって……どういう意味？」

＊　アフリカ北西部マリ中部の町の名だが、「僻遠《へきえん》の地」の意で用いられる。

「考え方はいろいろさ。ヘビサイドには、当時さまざまな学派の間に広まっていた好戦的な態度を超えて、ある種の情熱というかエネルギーがあると感じる連中もいる」

「じゃあもしもヘビサイドがホイットマンなら」と、目の覚めるような黄色のアンサンブルを着たイギリス人出席者が横から口を挟んだ。「テニソンに当たるのは誰かな?」

「クラーク・マクスウェルじゃないか?」と別の人物が答え、他の者たちも話に加わった。

「するとハミルトンはスウィンバーンか」

「そうだ。じゃあワーズワースに当たるのは?」

「グラスマン!」

「ほお、面白いな、それ。じゃあギブズは? ロングフェローか?」

「ひょっとしてオスカー・ワイルドに当たる人物はいないかな?」

「みんなでカジノに行こう!」目に見えない誰かが言った。キットはこの集団がカジノの前までぞろぞろと行くわけはないし、ましてカジノに入れてもらえるわけがないと思っていた——ところが、四元数主義者は皆、娯楽場の会員特権を与えられていて、カジノにも入ることができた。

「新しい領域が生まれつつあるな」と部屋に入りながらルートが小声で言った。「四元数的確率論。バカラのゲームが進行する際には、一回一回の勝負をいわばベクトルの集合として考える——異なる長さを持ち、異なる方向を向いたベクトルというわけだ」

「君の髪の毛みたいだな、ルート」

「しかしベクトル和は単一ではない」とルートは続けた。「おれたちは、三次元かそれ以上の次元における変化率、物体の回転、偏微分、ベクトルの回転、ラプラシアンなんかを計算することになるから———」

「ルート、僕は漁船で働いて給料をもらったけど、金はそれしか持ってないんだ」

「一緒にいろ、坊主、今にフランに溺れさせてやる」

「OK。ちょっとだけ様子を見てくる」
アメリカの酒場の雰囲気に慣れているキットは、この場所のヨーロッパ的なマナーをうっとうしく感じた。はったりや中傷、いかさまや殴り合いにはあまりお目にかからない様子だった。これで何が面白いんだろう？　しかし時々は、極性のはっきりしない悲鳴が上がることもあった。感情の高揚が許されるのはもっと後か、舞台裏の別室でのことだった。そこは苦痛、集団から外れた人、取り消された未来など、表舞台で起きてはならないことのための部屋だった。なぜならこの場所は金《マネー》の神殿だからだ——たとえ金の起源が〝口にすべからざる場所〟、フリートウッド・ヴァイブのような人物、ゴムと象牙、高熱と黒いアフリカの困窮にあろうとも。そうした不幸の深淵《しんえん》はこのころようやく文明世界の別の場所で公衆の心情に衝撃を与え始めていた。

靴底にパッドを当てたウェイターがシャンパンや葉巻、アヘン入りの粉末やなりは小さくとも重い封筒に入ったカジノ同業者間の郵便を持って出入りしていた。化粧は汗と涙で徐々にぼやけ、ひげは乱れ、ハンカチも噛んだ唇から出た血などで汚れていった。紙幣がシルクハットからあふれそうになった。うとうとした頭がラシャを張った卓に当たって耳に聞こえる音を立てた。ルーレットの回転盤やカード入れ《ディーリングシューズ》*、ダンス靴《シューズ》やさいころの立てるスタッカートのような音が部屋を——音がなければ耐えがたい沈黙の世界だったかもしれない空間を——満たしていた。電気の明かりが室内をくっきりと可視化し、万事が整数の段階を踏んで進み、合間合間のあいまいさはほとんどなかった。そしてどこかに、あの海という否認できない波動関数があった。

奇妙なことに部屋には左右非対称な化粧をしている人も増えていて、しかもそれは女性とは限らなかった——あらゆる場所で対称が壊れていた。まるで誰もがうっかりした瞬間、あるいは自信過剰になった瞬間に鏡を覗き、見てはならないものを見てしまい、一気にバランスが崩れたかのようだった。よう

＊　カジノゲーム用のトランプを入れる箱で、一度に一枚だけ配れるようになっている。

やく彼が対称的な顔を見つけたのはルーレットのテーブルの前で、その辺りではクノップフのスフィンクス*として知られるタイプの顔だった。ルーレットの上にかがんだその女性は真っすぐにキットを見つめていたので、くだくだと前置きのおしゃべりをする必要もなさそうだった。その動物的で無時間的なまなざしが見据えているように思われたのは、彼が理解した気になっているもの、あるいはこの先、差し迫って対処しなければならない問題が生じなければ理解することになるものだった。それはすなわち、この時代の無政府主義者が自らに組み込まなければならないと感じていたさまざまな種類の恐怖に対する無頓着だ。問題は彼女の目の虹彩が類を見ないような薄い琥珀色をしていたことだった――目の安全を考えれば色が薄すぎるし、それ自体が一つの色というより、黄疸《おうだん》が周囲のチタンホワイトに負けたという感じだ。別の言い方をするなら、と彼は考えた――もしもこんなに色の薄い目をした犬を見つけたら、こっちを見つめているのは実は犬ではないのだとすぐに気がつく、そんな目だ。

　その美しい謎は細い葉巻の煙越しに彼を見ていた。「ここに一緒に来たお仲間から離れて、つかの間の自由を楽しんでるのかしら?」

　キットはにやりとした。「怪しい集団だろ?　四六時中部屋の中にいて数字とにらめっこしてるとああなるのさ」

「あなたも〈新堤防ホテル〉に泊まってる数学者の一人?　おやまあ」

「じゃあ君は〈コンチネンタルホテル〉?」

　彼女は眉をひそめた。

「君が〝ダイヤモンド《アイス》〟を着けてるからそうかなと思っただけさ」

「これ?　人造宝石よ。まあ、あなたに違いが分かるならの話だけど――」

「何だって?　どっちにしても君が僕をだましたわけじゃない」

「宝石泥棒みたいな言いぐさね。やっぱりあなた、信頼できないわ」

「じゃあ、こちらが何かをしてあげようと思っても無駄ってことだね」

「あなたアメリカ人ね」

「だからって都会の通りを歩いたことがないわけじゃないよ」とキットが言った。「大きな建物にだって入ったことがある」

「わざとらしいのね、いかにもアメリカ人」 彼女は宙から小さな象牙色の長方形のものを取り出した。ガラス天井から降り注ぎ、鉄製のアーケードの大梁を照らしている一条の陽光がそこに当たると、紫色の線画模様が浮かび、端には現代風のサンセリフ書体でパリの住所とともにプレイヤード・ラフリゼという名が書かれていた。「私の名刺《ビジネス・カード》よ」

「君の仕事《ビジネス》に興味はないね、それは僕の問題《ビジネス》じゃないから」

彼女は肩をすくめた。「コンサルタントなの」

「勝ったぞ！ 勝ったぞ！」と部屋の反対側から低い叫び声が聞こえた。

「行こう」キットは頭でバカラのテーブルを指し示した。「いいものを見せてあげる。おめでとう、ルート。興奮してるみたいだな」

「ああああ！ でも記録をつけ忘れた」ルート・タブスミスの目は眼窩《がんか》の中で渦を巻きそうだった。チップがあちこちにこぼれ、左右の耳にも一枚ずつチップを詰めたまま忘れられていた。「カードの値や時刻を記録しておけばよかった。すべては単なる偶然の幸運かもしれないから」 彼はポケットから、上下が逆さまになった三角形や大文字のSや小文字のqから成る公式がずらりと書かれたしわしわの紙切れを取り出し、眉間《みけん》にしわを寄せた。「この媒介変数は変更した方がよさそうだ。室温、ギャンブラーの不合理性指数、逆行列の係数も少し変えて――」

＊ ベルギー象徴派を代表する画家クノップフ（一八五八―一九二一）の『スフィンクスの愛撫』に描かれたスフィンクスのこと。

「驚いた《マ・フォワ》」

「もしよかったら、お嬢さん」とキットが申し出た。「君のために少し賭けてみてもいいよ……」

「細かいことは数学者だとかいうあなたたちにお任せするわ」

「了解」

　次に気がついたときにはプレイヤードはおよそ一万フランを稼いでいた。

「ぼちぼちカジノの警備員が金を取り返しに来るわよ」

「大丈夫」とルートが彼女を安心させた。「やつらは最新式の手法だけに目を向けているから。ニコルプリズムとか、ストロボスコープを使った片眼鏡とか、靴に忍ばせた無線装置とか。でもおれたちの魔法はもっと大昔のものだ。時代遅れのトリックが持つ最大の利点は、実際にそれを目の当たりにしても誰も気がつかないってことさ」

「じゃあ私としては——何て言ったっけ？　四元数に感謝しなくちゃね」

「それは結構難しいな——でも何だったらおれたちに感謝してくれ」

「じゃあ行きましょ。夕食をごちそうする」

　夕食をただでごちそうになるという可能性に対して〈紳士の掟〉が少しだけ抵抗したがすぐに白旗を揚げ、仲間の多くが彼女の申し出を受け入れ、皆で遊戯室の隣のレストランに向かった。

　何を企んでいるにせよこのかわい子ちゃんは、決してケチくさい振る舞いは見せなかった。〈四《Q》〉の仲間が何を注文しても、彼女は注文の数を必ず増やした。ワインのラベルには名前と醸造年が記されていた。スープを飲み終わって少ししてからプレイヤードが、特に誰にということなくこう尋ねた。「で、四元数って何なの？」

　テーブルについた皆がしばらくの間、面白がった。「四元数とは何であるか？　は、はははは！」かかとが力なくカーペットを踏み鳴らし、ワインがこぼれ、フライドポテトが宙を舞った。

「ケンブリッジのバーティー（〝狂犬〟）・ラッセルはこう言った」とバリー・ネビュリーが言った。「ヘーゲルの議論は結局のところ、存在を表す〝である〟という単語をめぐるだじゃれに尽きるってね。同じ意味で四元数的存在の問題は、私たちの目の前に現れるときにはそれがさまざまなものに姿を変えているということだ。商ベクトルとか。二つではなく三つの軸に沿って複素数をプロットする手段としてとか。あるベクトルを別のベクトルに変換する指示のリストとしてとか」

「そして主観的にとらえるなら」とカルカッタ大学のV・ガネーシュ・ラオ博士が付け加えた。「伸び縮みしながら同時に回転する動きだ。ただし座標軸の単位ベクトルは慣れ親しんだ一ではなく、どうにも落ち着きの悪いマイナス一の平方根だ。もしもお嬢さん、あなたがベクトルだとするなら、まず最初にいる場所は現実的な実数の世界、そこから長さを変えて、仮想的な虚数の座標系に入り、最大三つの異なる方向へ回転し、新しい人間――つまり新たなベクトル――になって現実世界に戻るということ」

「すごい。でも……人間はベクトルじゃない。そうでしょう？」

「それは難しい問題だ、お嬢さん。実はインドでは、四元数がヨガの現代的流派の基礎となっている。ヨガはもともと伸縮とか回転とかの操作を中心とした鍛錬だからね。例えばこの伝統的な〝三角のポーズ《アーサナ》〟では」――彼は立ち上がり、実演して見せた――「幾何学的構造はかなり単純だ。しかしもっと上級のポーズに移って、四元数の複素空間に入ると……」彼は皿を片付けてテーブルの上に上がり、「これが〝象限回転のポーズ〟だ」と言って、体勢を変え始めると、あっという間に体を自由に曲げる曲芸師のようになり、時折、非現実的としか言えないポーズが混じった。他の客の注目が集まり、ついには給仕長が異変に気づいて、激しく指を振りながらテーブルから二歩のところまで走って来たが、その瞬間、いきなりラオ博士の姿が見えなくなった。

「何てこった《ユウ・ムーデル》！」給仕長はボタン穴に差した花をいじって立ち尽くしていた。

「頑張れ、博士！」とルートが一人笑いをした。プレイヤードは葉巻に火を点けた。バリー・ネビュリーはテーブルの下を探り、隠し部屋がないかどうか調べていた。ラオ博士と同じテーブルについていた二人の仲間――彼らは今、博士の皿に残った料理を急いでつまんでいたのだが――を除けば、誰もがあっけにとられていた。やがて厨房から博士が呼ぶ声が聞こえた。「こっちだ、みんな――ほら、見てくれ！」するとお見事。彼は片足をマヨネーズの鉢に突っ込んだ状態で再び姿を現していた。ただ、不思議なことに、ポーズを取る前の博士と百パーセント同じ人物というわけではなかった。例えば一つには、身長が高くなっていた。

「それに今は髪の毛がブロンドね」とプレイヤードが不思議がった。「逆のことをして元に戻ることもできるのかしら？」

「まだ勉強不足でね。ヨガの名人にはその技を知っている人もいるという話だが、私にとっては非可換な技だ――でも、こうして瞬間移動するのは楽しいよ。これをやるたびに、違う人間に変身するんだ。安上がりな転生みたいなものさ。カルマのことを気に掛ける必要もない」

プレイヤード――キットは彼女のことは信頼しない方がいいだろうと判断を下していた――はしばらく粘ってもう一本ワインを飲んでから、ハンドバッグの中からヴァシュロン・コンスタンタンの時計を取り出し、ふたを開き、申し訳なさそうな見事な社交的笑顔を浮かべた。「そろそろ行かなくちゃ、ごめんなさいね、皆さん」

例のコンサルタントの仕事かな、とキットは思った。

ルートはウェイターに合図をし、大きなジェスチャーでプレイヤードの方を指し示した。「支払いは彼女がする――彼女の支払い《ハール・レケニング》、ね《ヤー》？」

プレイヤードと待ち合わせをしていたのはかつて公安軍に勤めたピート・ウォーブルだった。コンゴで磨きのかかった彼の嗜虐《しぎゃく》性は、本国では保安部局によってきわめて貴重な有用性を見いだされた。べルギーでの彼の標的は、新聞が書き立てているようなドイツ人ではなく、「社会主義者」、つまりはスラブ系住民やユダヤ人だった。非ユダヤ人のコートよりも丈が長く緩いフロックコートを通りで見かけただけで、彼は拳銃に手を伸ばした。彼自身は、髪はブロンドだったが、他の部分の色は一貫してはいなかった。口紅や強い香りのオーデコロンを含め、時間のかかる日々の身だしなみについてはさまざまな助言を聞いていた。しかしウォーブルは日常的な性行動の見込みや合い言葉には無関心だった。そんなものははるか昔に置いてきた。地図のない森の中に。他のやつらには何とでも思わせておけばいい――肉体的な表現が必要になったら、手足を切るか、殺すかだ。彼は今までに何人にそうしてきたかもはや覚えていなかった。ためらいも、結果に対する不安も感じなかった。

　彼は未開墾の王国とその単純さの世界――川の流れ、光と闇、血にまみれた取り引き――に属する人間だった。ヨーロッパには無数の計略と警戒が網の目のように張り巡らされていて、覚えなければならないことが多すぎた。向こうの土地では自分の名前さえ必要なかったのに。

　一見しただけでは、フランス軍の外人部隊とベルギーの公安軍*との間にはほとんど違いがないように思われるかもしれない。いずれも、本国で起こした厄介な事態を逃れるためにアフリカに行くという点では変わりがない。しかし、前者が砂漠の中で過剰な光、まばゆい赦罪に包まれて悔悛《かいしゅん》することを思い描いたのに対して、後者は悪臭のする森の薄暗がりでその正反対のあがないを求めた――ヨーロッパ人がこれまでに犯した数々の罪は、いかに破壊的なものであっても、故意に地獄行きを選んだ集団の中ではまだまだ下っ端でしかないと高らかに宣言したのだ。時間が経てば、罪人の顔も先住民の顔と同じように思い出せないものになる、と。

　たばこの粉をシャツにつけ、少額の紙幣をポケットから覗かせて町を闊歩《かっぽ》している〈四《Q》〉の連中を一目見ただけですぐに、ウォーブルは、悪の代理人の間で〝一目ぼれ〟と呼ばれる状態になった。つまり、

＊　前者は主にアルジェリアで、後者はコンゴで活動した。

他の監視活動は喜んで中断し、他の任務のファイルも棚上げして、厄介なことに町に舞い込んだ怪しい外人に全精力を傾けるということだ。

「何の罪もないただの数学者という可能性もあるぞ」とウォーブルの上司に当たるドデッカーがつぶやいた。

「〝ただの〟ですか」とウォーブルが面白がった。「いつか教えてくださいよ、どうしてただの数学者なんてありえるんです？　数学ってものは明らかに、遅かれ早かれ、何らかの人間の苦しみを生むものなんですから」

「ほお、君の得意技じゃないか、ウォーブル。同志のようだと言ってもいい」

「やつらが苦しむならともかく、私が苦しむことになるかもしれないとなれば話は別ですよ。連中はその区別さえしないんですから」

　自身は哲学的なたちではないドデッカーは、現場のエージェントがそうした傾向を見せたときにはいつも漠然とした不安を感じた。彼の興味は目の前の書類に移ったようだった。

　間抜けな男だ。ウォーブルはいつものように拳がうずくのを感じたが、話はまだ終わっていなかった。

「アントワープとブリュッセルの無線通信の件ですが」ドデッカーは顔を上げなかった。「ある団体、〝MKIV／ODC〟*、正体がよく分からないんです。ひょっとしてあなたの部下ならもう知っているかも……」

「うん、うちの秘密工作員によると何らかの兵器らしい——魚雷みたいなものかな？　今のところよく分からない。〝マークⅣ何とか〟か。よかったら君も調べてみてくれ。もちろんこういう仕事は君の担当じゃないんだが」と、ウォーブルが文句を言いそうなのを察して言い足した。「別の角度から調べてもらえると助かる」

「ものは言いようですね。仰せの通りにいたします」見返りはますます減っているという印象に後押しされながらウォーブルは部屋を出た。

「もう十分に仕事はきついのに」後でプレイヤード・ラフリゼが言った。

「同情は言葉だけか？」

「え……契約書には金額は書いてないの？　それもこっそり契約書に書き込んだ？」

「目に見えないインクで。でも今晩は、やつの部屋を調べてみたい。一時間ほどあいつを部屋から連れ出してくれないか？」

彼女の手は彼の体をまさぐっていた。彼女はためらい、考え、野蛮な仕打ちが切迫するのを感じ、また続けた。後で風呂に入ったとき、彼女はあちこちの打ち身を眺め、どれもすてきな傷だと思った。ただし手首のあざだけは、玄人目には、想像力が欠けているように見えた。

ウォーブルは彼女が部屋を出るのを見ていた。女は後ろ姿が美しい。しかし後ろ姿を見るのは用が終わって帰っていくときだけだ。それでは意味がない。どうしてこの社会では女が部屋に入るとき後ろ向きではなく前向きで歩かなければならないと決まっているのか？　そうした文明社会の複雑な決まりもまた、彼を森林生活に戻りたい気分にさせた。ベルギーに戻ってから、彼の周囲には罠か地雷のように仕掛けられたそんな決まり事がますます増えていた。国王の機嫌を損ねないこと、ライバル部局の存在と彼らの秘密の計画を常に意識すること、今日高くそびえる巨大なドイツを基準にしてすべてを考えること。

誰が誰をスパイしているかは重要な問題だろうか？　血と結婚によって結びついた、ヨーロッパを支配するいくつかの家系は、延々とののしり合いを続けながら一つの巨大な近親相姦的インチキ権力を形作っていた――官僚、軍、教会、ブルジョア、労働者らは皆、ゲームの中に閉じ込められていた……。しかしもしもヨーロッパの単一権力が虚構であることをウォーブルのように見抜いてしまえば、超水平

＊　ＯＤＣは後出（下21頁）の「抵抗ドリフト補正器」の略語か？

線的に近づきつつある恐ろしい事態をかんがみて、混乱なしに記憶できる限り多くの軸に沿った多くの主人に仕えるのは当然のことだった。
それに、ウォーブルの正確な情報探知能力がぎりぎり及ばない場所で――夜中に正体不明の物音が聞こえ、どきどきしながら飛び起きたらまた静寂に戻った、というときのもどかしさ――最近流れている例の噂話はどういうことなのか。空前の――ドデッカーなら無邪気に「wの項に隠された」と言うだろう――エネルギーを世界に解き放つという四元数兵器に関する情報。英国人エドマンド・ホイッタカーが書いた数学の論文が――その意味が理解できる人間はここにはほとんどいなかったが――枢要だと言われていた。ウォーブルは、学会参加者が互いに意味深長な目配せを交わしていることに気づいた。まるで彼らだけが秘密を知っていて、なぜか便宜上その恐ろしい力の発揮を控えているかのように――まるで入り方も出方もよく分からないもう一つの片割れの世界で会うことを約束しているかのように。海面下にあるこの土地は、四方を取り囲むヨーロッパ的野心の人質となっていて、少しの眠りも許されず、ただ上からの打撃を待っている。封印と暗号の番人が集まるのにこれ以上ふさわしい場所があるだろうか。

次の夜キットは、不注意にもプレイヤードの部屋についていき、いささか当惑する羽目になった。というのも、呪《のろ》わしい一時間のうちのどこかの時点で、彼女は不思議と姿を消してしまったからだ。ついさっきまで彼女は海側の窓のそばに立ち、ぼんやりした海の光を背景にアブサンとシャンパンを念入りに掻き混ぜ、泡の多い妙なカクテルをこしらえていたはずだった。ところが今、まったく時間が経過した気はしなかったのに、部屋は不在の反響に満ちていた。姿見の横には、ほとんどすけすけの絹モスリンの化粧着が残されていた。白い化粧着は、いすに掛けてあるわけではなく、まっすぐに立っていて、まるで誰かが羽織っているかのように時々、肌には感じぬ空気の流れで波打っていた。ひょっとするともっと得体の知れない不可視の力で揺れていたのかもしれない。不気味なことに、その動きは鏡の中にすっくと映っている像の動きと必ずしも一致しなかった。

部屋の中では何の物音もしていなかった。窓は月を細長く映した波を見下ろしていたが、海の音も聞こえなかった。月明かりの中で、重力に逆らうようにその物体はその場に固まっていた。顔も腕もなく彼の方を向き、まるで今にも話しかけてきそうだった。室内の奇妙に封印された沈黙の中で、彼らは待っていた――動揺したベクトル主義者とプレイヤード・ラフリゼの生霊《いきりょう》が。さっき口にした飲み物のせいだろうか？　化粧着相手でも何かしゃべった方がいいのかな？

遠くに聞こえる波の鼓動に合わせながら、シルクハットをかぶった警告の影の間を抜け、ホテルに戻ってみると彼の寝袋がすっかり何者かに調べられていた――とはいっても一分もかからなかっただろうが。最初に思い浮かんだのはスカーズデール・ヴァイブ、あるいは彼のよこしたスパイという可能性だった。

「やつらのこと見たわ」とウジェニーが言った。「政治警察よ。あなたのこと、私たちの仲間だと思ってるみたい。私たちのおかげであなたもアウトローの虚無主義者に仲間入りね」

「別にいいよ」とキットは言った。「どっちみち最後はそういうのになりたかったから。やつら、君たちに手出しはしなかった？」

「連中とは互いに顔見知りなんだ」とポリカルプが言った。「おれたちがやってるのは妙なゲームさ。ヨーロッパの未来という薄暗がりにぼんやりと現れているものに比べたらつまらないお遊びだ。日々の任務をひたすらこなすふりをしながらただ待ってるんだ。誰もが待ってる」

「フランスでは」とデニスが言った。「〝来るべき人〟の噂が持ち上がってる。救世主のことじゃない。キリストでもナポレオンの再来でもない。ブーランジェ将軍*はその人ではなかった。それは名付けえぬ人物だ。にもかかわらず、よほど精神的に、あるいは物理的に隔離された人でない限り、〝彼〟が近づ

＊　フランスの軍人・政治家（一八三七―九一）。

いていることを感じないではいられない。〝彼〟が何をもたらすかも分かってる。どんな死、どんな変容をもたらすかを誰もが感じ取ってるんだ」

「でも、僕たちがベルギーで待っているのは、フランスにとってのナポレオンみたいな人間のことじゃない。人質の状態のまま、参謀幕僚が認める軍事的タイミングの到来を待ってるんだ」

「ベルギーは中立じゃないのか?」

「もちろん《ゼーケル》」――肩をすくめて――「ベルギーが将来少なくとも署名国の一つから侵略されることを保証する条約さえある。中立条約っていうのはそもそもそういうものだろ? 列強はそれぞれベルギーに関する計画を練っている。例えばシュリーフェン[*1]は、ベルギーのわずか六師団に対してドイツ軍三十二師団を送り込むことを考えている。ドイツ皇帝ヴィルヘルムはある条件が整えばフランスの一部を割譲するとベルギー王レオポルドに申し出た。かつてブルゴーニュ公国だった地方をな。条件とは、その神話的な侵略が始まったときベルギーが、砲撃に耐えるかの有名な砦《とりで》と鉄道を無傷で明け渡すことだ――小国ベルギーはまたまたいつもの運命を歩むことになる。戦場に適した低地はなす術もなく軍靴とひづめと鉄の車輪に踏みつけられ、役人の演習以上の事態なんかヨーロッパの誰も想像できるような洞察力も持たずに、この国が最初の敗戦国になる未来に向かってるんだ」

「ベルギーを歩《ポーン》だと考えるといい。数々の国際的なチェス競技会がこのオステンドで開かれているのは偶然じゃない。もしもチェスがミニチュアの戦争だとしたら……ベルギーは全面衝突における最初の犠牲のコマだ……ただし反撃のためのただの捨てゴマとは少し違うかもしれない。だって普通の捨てゴマなら相手が取らない可能性もあるからな。でもベルギーを取らない相手はいない」

「じゃあ……コロラドみたいなものだね、符号は違うけど――あっちは高地でプラス、こっちは海抜がマイナスの低地だから。そういうことかな?」

ファトウは彼のそばに立ち、まつげの長い目で見上げていた。「未来を予感するって悲しいことね、キット」

彼がプレイヤード・ラフリゼに次に会ったのはダルム広場のカフェレストランでのことだった。彼はずっと後になってから、実はその再会は仕組まれたものだったのではないかと考えることになる。彼女は淡い紫のポードソア地の服をまとい、とても魅惑的な帽子をかぶっていたので、キットは自分が勃起していることに気づいても一瞬しか驚かなかった。当時そうした問題の研究はまだ始まったばかりで、帽子フェティシズムという奇妙でほの暗い領域を覗き見ていたのはクラフト＝エービング男爵[*2]のような数少ない勇気ある先駆者のみだった――とはいえ、キットは普段からそういうものに目を向けていたわけではない。帽子はふっくらとしたビロード製の灰色のトーク[*3]で、周囲に古風なギピュール[*4]が巻かれ、ドレスと同じ紫色に染めた長いダチョウの羽根飾りが付いていた……。

「これ？　お針子が通うような店でよく売ってるわ、安いのよ」

「あ。そんなにじろじろ見てた？　この前の夜はどうしたの？」

「まあまあ。ランビックでもごちそうして」

店はマヨネーズ博物館のようだった。当時はマヨネーズブームがベルギーで最高潮に達したころで、卵油性乳状液の巨大な展示品があちこちに置かれていた。七面鳥と牛タンの燻製を載せた皿に取り囲まれたマヨネーズグレナッシュ[*5]の山は内側から赤く光るように見えた。他方で、実際にかけて食べる料理

＊1　ドイツの陸軍軍人（一八八三―一九一三）。第一・二次世界大戦でドイツ戦略の基礎となったシュリーフェンプランの立案者。
＊2　性倒錯の研究などで有名なドイツの精神病学者（一八四〇―一九〇二）。
＊3　狭いつばとふっくらしたクラウンの、羽根飾りの付いたビロードの帽子。
＊4　地編みの部分がなく、模様と模様をつなぎ合わせたレース。
＊5　マヨネーズにホイップクリームやスグリのゼリーなどを加えたもの。

とはほとんど、あるいはまったく無関係に、雲のようにふわふわな泡立てマヨネーズの山が重力の影響も受けずに頂まで高くそびえていた。山盛りになった緑色のマヨネーズ、ゆでマヨネーズとマヨネーズスフレの入った鉢が至るところに置かれていた。当然、あまり成功しているとは言えないアレンジ料理もいくつかあって、私権剥奪《はくだつ》の憂き目に遭ったり、ときには正体を隠して提供されていた。

「〝ラ・マヨネーズ〟のことはどのくらい知ってる?」と彼女が尋ねた。

彼は肩をすくめた。「〝武器を取れ、市民たちよ〟のコーラス[*1]の辺りまでかな——」

しかしめったに真面目な顔をしない彼女が顔をしかめていた。「〝ラ・マヨネーズ〟の起源は」とプレイヤードが説明した。「ルイ十五世宮廷の道徳的な汚らわしさにあるの——あの世界と現在のベルギーとの親和性は驚くべきことじゃないわ。レオポルドとルイの宮廷は時代が違うだけでよく似てるし、時代は大した問題じゃない。どちらも途方もない狂人で、無辜《むこ》の民を抑圧することで権力を維持した人物よ。クレオ・ド・メロード[*2]とポンパドゥール夫人[*3]を比べてもいいわ。神経科医が診れば、自分が生きるための首尾一貫した世界を作ろうとする欲望がどちらの王にも共通していることが分かるはず。おかげで国民が暮らす世界にはいつまでも甚大な損害が及ぶってわけ。

マヨネーズは宮廷のなまった味覚に対する新たな刺激としてリシュリュー公爵が考案したものなの。最初はメノルカ島の港町[*4]マオンにちなんで〝マオンのソース《マオンネーズ》〟と呼ばれた。メノルカ島は一七五六年に公爵が不運なビング提督を相手にうさんくさい勝利を得た戦場よ。ルイのために麻薬と女を調達するのを仕事にしていたリシュリューは、いろいろな場面に応じてアヘンの吸飲法をアレンジするのが得意で、ゲンセイというハンミョウの一種を粉末にした催淫薬をフランスに紹介したのも彼なの」彼女はキットのズボンを意味ありげに見つめた。「媚薬《びやく》とマヨネーズにどう関係があるのかって? ハンミョウを集めて殺すには酢の蒸気にさらさなければならないの。てことは生きているものとか、さっきまで生きていたものとの結びつきが強いっていうこと——卵黄は意識を持った存在と考えてもいいかもしれない。

マヨネーズを作るときに料理人が泡立《ホイップ》てって言うのは鞭打《ホイップ》ちのことだし、掻き混ぜ《ビート》は殴打《ビート》、つなぎ《バインド》は緊縛《バインド》、なじませる《ペネトレーション》は挿入《ペネトレーション》、他にも、言うことを聞かせるとか、寝かせるとか。マヨネーズには間違いなくサディスト的な側面がある。見逃しようがないわ」

キットは既に少し混乱していた。「マヨネーズって一種の、よく分からないけど……ブランド名だと思ってた」

「詳しく見なきゃ。マスタードとか。例えばマスタードとゲンセイもそうよ。でしょ《ネスパ》？　両方とも血圧を上げる作用がある。肌に付着すると水ぶくれができるのも共通。マスタードが出来損ないのマヨネーズを生き返らせる材料として有名なのに対して、ゲンセイは弱った欲望を再生させる効果がある」

「マヨネーズのことをよくもそこまでいろいろ考えたものだね、お嬢さん」

「今晩私に会いに来て」と突然、熱の入ったささやき声に変わった。「マヨネーズ工場で会いましょ。そうすれば、ごく限られた人しか知らない秘密を教えてあげる。馬車を待たせておくわ」彼女は彼の手を握り、先日の晩と同じく唐突に、ベチベル[*5]の霞の中に消えた。

「絶好のチャンスじゃないか、みすみす逃すには惜しい」とルート・タブスミスが言った。「あの子はすてきだ。一人じゃ行きにくいか？」

「身の危険を感じるんだ。彼女のことは信用してない。でも問題ないようなら――」

＊1　キットは故意にフランス国歌「ラ・マルセイエーズ」と勘違いしている。

＊2　美貌で有名なオーストリア出身のバレリーナ（一八七五―一九六六）。ベルギー王レオポルド二世（一八三五―一九〇九）の愛人でもあった。

＊3　フランス王ルイ十五世の愛人（一七二一―六四）。

＊4　七年戦争（一七五六―六三）勃発に際し、メノルカ島救援に失敗した英国のジョン・ビング提督は、軍法裁判所により死刑に処せられたが、この厳刑は政府が責任を彼一人に転嫁したものとして物議を醸した。

＊5　イネ科の大きな多年草から採れる香油。

「ああ、確かに怪しい。彼女は四元数的確率論のことをおれから聞き出そうとして、あれこれうまいことを言うんだ。まあ、正確には口で言うばかりじゃないけどな。おれはいつも、まずは四元数を勉強しなきゃ駄目だって言ってる。彼女が今後も続けて個人授業に来てくれるといいんだが」

「彼女、ちゃんと勉強してるのか？」

「こっちが勉強させてもらってるよ」

「無事を祈る。ところでもしも僕が二度と戻ってこなかったら――」

「おい、心配するなって。彼女はただの気のいい、働く女さ」


西フランドル州のマヨネーズのすべてを生産し、さまざまな形態で各地のレストラン――どの店も「当店オリジナル」とうたっていた――に送り出しているユジン・レジオナール・ア・ラ・マヨネーズこと、地方マヨネーズ工場は、非常に大規模なものだったにもかかわらず、ガイドブックで言及されることは、仮にあったとしてもめったになかったので、従業員以外の訪問者が来ることはほとんどなかった。町の西にある砂丘の中、運河の脇に、昼間なら砂丘の何マイルも先に、現代的な鋼鉄のタンクが数十本立っているのが見えた。タンクに入ったオリーブ油とごま油と綿実油[*1]はさらなるパイプとバルブの迷路を通じて巨大な混合施設に届けられた。施設は、雷による分離作用で生産が妨げられることのないようにアースと絶縁がなされていた。

しかし日没後、二十世紀工学を気持ちよく体現したこの合理的建物は溶解し、より不安定な影に変わった。「誰かいますか？」借り物の背広を着、つま先の尖った粋なコングレスブーツ[*2]を履いたキットはそう呼びかけながら廊下を進み、キャットウォークをうろついた。闇の中の見えない場所で蒸気発動機がシューと音を立て、イタリア鶏の大群がガーガー、コッコッと鳴き、卵を産んでいた。卵はどうやら昼も夜もなく、グッタペルカのクッションが敷かれた滑走路《シュート》をごろごろと転がり、複雑な経路を通って卵回収エリアに集められているようだった。

それにしても不思議だった。もう少し工場らしい人の動きがあってもいいのではないだろうか？　どこにも夜勤労働者の姿は見えなかった。まるでまったく人の手を借りずに自動的に事が運んでいるように思われた——ところが今、突然、目に見えない何者かの手がスイッチを入れ、すべてが動きだした。キットは普段なら専門的な細部に目を奪われたことだろう。巨大なガスバーナーが音を立てて花開き、ベルトと滑車がゆっくりと動きだし、注入ヘッドがかくはんタンクの上に移動し、油ポンプが作動し、優美な曲線を描く掻き混ぜ器が速度を増し始めた。

しかし、人っ子一人見当たらず、足音一つ聞こえなかった。めったにパニックに陥ることのないキットがこのときばかりは度を失いそうになったが、それでもまだ相手は単なるマヨネーズに過ぎなかった。彼は駆けだしていたというわけではないが、足取りはいくぶん早まっていたかもしれない。失敗した可能性のあるマヨネーズを生き返らせるための「ソース救出緊急クリニック」に彼がたどり着いたころには、最初は足元の床がつるつる滑るように感じただけだったのが、次の瞬間、自分が転んだのだと気がついたときにはもう足を宙に投げ出してあおむけになっていた。脱げた帽子は白っぽい半液体の流れの上を滑っていた。髪の毛にどろっとした液体が付いた。マヨネーズだ！　彼が座り込んだ場所は既にマヨネーズだらけ。深さは優に六インチ、いや一フィート[*3]近くあった。しかも、ぐんぐんと水位が上がっている。キットがかつて迷い込んだ涸《か》れ谷でも水位の上がり方はこれほど早くはなかった。周囲を見回してみると、既にマヨネーズの水位は、仮に非常口までたどり着けたとしてもその扉さえ引き開けられない深さに達していた。彼は、酸っぱいにおいを放ち、ねっとりした、つるつる滑るマヨネーズにの

＊1　既出・上442頁。マヨネーズは雷によって分離するという迷信があった。

＊2　くるぶしまでの深靴。

＊3　六インチは約十五センチ、一フィートは約三十センチ。

み込まれつつあった。

彼は何度も足を滑らせながら、目に入ったマヨネーズをぬぐい、半ば泳ぎ、半ばよろけながら、記憶の中で窓のあった場所に向かい、やみくもに死に物狂いの蹴りを繰り出すと、当然またしてもずっこけて尻もちをつくことになったが、ガラスと窓枠が壊れる希望の音を感じるより先に、そして、目に見えない開口部をくぐる方法を思いつくよりも先に、とらわれの身になった獣が逃げ場を探すかのようにマヨネーズ自体の圧力が壊れた窓から彼を押し出し、彼は巨大な嘔吐《おうと》的円弧を描いて下の運河に飛び込んだ。

水面に顔を上げると、リズミカルな何かのエンジン音に混じって「ばか野郎」と誰かが叫んでいるのが聞こえた。水に濡れたぼんやりした影が近づいてきた。それは操縦可能な魚雷に乗ったロッコとピノだった。

「こっちだ！」

「あ、カウボーイだ！」硫化ゴムの潜水作業着を着たイタリア人たちは速度を落とし、キットを水中から引っ張り上げた。キットは二人が不安げに運河の後方を振り返っていることに気がついた。

「誰かに追われてるのか？」

ロッコは再び速度を上げ、ピノが説明をした。「おれたちは倉庫からこの魚雷を出して、〈アルバータ号〉の様子を見に行くところだったんだ。ベルギー海軍はいないから大丈夫だろうと思ってな。ところが開けてみると、市民警備隊がボートに乗ってた。おれたちはすっかり油断してた。やつら、運河のあちこちにいやがる」

「油断してたのはおまえ一人だろ」とロッコが言った。「でもそんなことはいい。このエンジンがあれば誰にも負けないさ」

「この男に見せてやろう」とピノが言った。二人が慌ただしくエンジンの空気調節弁や点火時調整器や加速レバーを触ると、魚雷は大きな音を立て、高い波しぶきと黒い煙を巻き上げながら四十ノット*かそれ以上の速度で運河を走りだした。誰かが後を追っていたとしてもおそらくもうこっちを見失っているだろう。

「女の子たちのところに顔を出してびっくりさせてやろう」とロッコが言った。

「こっちがびっくりするようなことが起きてなければいいけどな」とピノが言った。キットはその言葉に恋する男の不安を読み取った。「あらまあ、無政府主義者のベイビーちゃん、まずいところに来たわね、とか言われちゃったりして」

彼らはアウデンベルクを一マイルほどすぎた場所で左に曲がってブリュージュ運河に入り、オステンドに潜入してキットを倉庫埠頭《ふとう》で降ろしてから、市民警備隊の目が届かない安全な停泊位置を探しにいった。「ありがとう、少年たち《ラガッツィ》。また会おう……」キットはマヨネーズによる死から自分を救い出してくれた命の恩人たちの姿を見送っていたが、人目につかないよう早々に立ち去った。

* 時速約七十四キロメートル。

〈不都号〉の乗組員は、ブーランジェ将軍が自殺した九月三十日に毎年開かれている追悼式に参列するためブリュッセルに行くことを命じられた。〈偶然の仲間〉内部の官僚制度には傲慢なブーランジェ主義が残っていたので、その行事には政治的な意味合いがないとは言えなかった。例えば、フランス支部からの公式の通達に張られている切手には今でも、将軍の肖像が悲しげな茶色で印刷されていた――一サンチームから二十フランの額面のものまでどう見てもれっきとしたフランス政府発行の切手に見えたが、実際には偽造切手で、ブーランジェ主義者がクーデターを起こした後で売ることをもくろんでいた投機家の手によってドイツで作られたものだろうと言われていた。しかしまた、ドイツ参謀の情報部〈Ⅲb〉が関与しているという不気味な噂もあった。その背景にあったのはこんな考えだ――敵に回すなら、多少なりとも思慮の行き届いた政策よりも、いくぶん平静を失った将軍が率いる報復政治の方が与《くみ》しやすいという見方がドイツ軍内にあったというのだ。

ブリュッセル訪問によって非常に気持ちが沈んでしまった少年たちが最寄りの公認上陸許可港オステンドでの休暇を申請したところ、驚いたことにそれが許可された。オステンドに着いた彼らは程なくして、亡命中の四元数主義者らの大会が〈新堤防グランドホテル〉で開かれていることを知った。

「これほどたくさん変人が集まっているのを見るのはキャンドルブラウ大学以来だ」と遠隔視装置を覗きながらダービーが言った。

「四元数戦争の時代、追い詰められたあの教派にとっては」とチックが言った。「キャンドルブラウ大学が数少ない避難所の一つになっていた」

「おれたちの知ってる顔に会うかもな」

「ああ、でも向こうはこっちを覚えてるかな」ちょうどそのころ、風が陸風から海風に変わり始めた。地上では堤防沿いにいた人々がホテルや早めの夕食、密会や昼寝に戻っていった。

「昔なら」とランドルフがすっかり板についた憂鬱な口調で言った。「誰もがびっくりして足を止め、首を伸ばして私たちのことを珍しそうに見たものだ。最近の私たちはますます目に見えない存在になっていくばかりだな」

「えっへっへ、きっとおれが股のフランクフルトを取り出して振ってみせても誰も気がつかないな」とダービーが笑った。

「サックリング!」とリンジーが息をのんだ。「ソーセージ的隠喩を使うなら寸法を考慮に入れてもっと小型の〝ウィンナー〟と呼ぶべきだろうが、その問題はさておき、おまえが想像している行為は私たちが旅するほとんどの司法管轄区で法律によって禁じられているし、多くの場合、公海上でも認められておらず、ますます悪化するおまえの犯罪者的な精神病理の兆候として受け止められることにしかならないぞ」

「おい、ノーズワース」とダービーが答えた。「この前の晩はおれの巨根に見とれてたじゃないか」

「おい、このちびすけ――本当に〝ちび〟なやつだ――」

「諸君」と司令官が二人をなだめた。

〈不都号〉は、一般人の目からはある程度姿を隠すことに成功していたが、ドデッカーの部局には直ちにマークされていた。情報部がニューポールト*とダンケルクの間にある砂丘に設置していた原始的な電

＊　ニューポールトはオステンドの南西にあるイゼール河岸の町。ダンケルクはフランス北部の町。

磁波モニター局が最近、かつてないレベルの電界強度で謎の伝送が行われていることを記録していたからだ。伝送は〈不都号〉のテスラ装置に向けられたものだった。地球のあちこちにいる飛行船に配備された小型のテスラ装置は補助動力が必要なときに動力を受け取るためのものだった。送信機の設置場所は、あらゆる競争相手に脅威を覚える電力会社からの攻撃を受ける可能性があるため、可能な限り秘密にされていた。テスラシステムのことを知らず、電磁場の強さにおびえていたドデッカーたちは当然その現象をピート・ウォーブルが興味を抱いている四元数兵器に関する最近の噂と結びつけて考えた。

　ウォーブルにはいつでも飛行船が見えるというわけではなかった。しかし、飛行船が実在することは確信していた。砂丘を越えてくる風がちょうどいい方向から吹くときには上空のエンジン音が聞こえたし、夜には闇夜のカラスのように大きな動く物体が星を隠す様子が見えた……。彼は、飛行船の乗員が防波堤に立ち、ポケットに手を入れて周りを眺めながら、面白いことはないかと探す学生の一団のようにたむろしているのを見たような気さえした。

　季節はもう十月だった。人の多い季節は過ぎ、風は冷たくなっていた。堤防から人がいなくなるほど凍《い》てついてはいなかったが、リンジーにとっては不快だった――「わびしすぎる。潮風で顔がちくちく痛むし、ロトの妻[*1]になった気分だ」破壊と新たな建造が進むこの町では、海の明かりと光学的な幻によって、少し離れたところにあるものの正体が分からなくなることがよくあった――雲なのか、戦艦なのか、防波堤なのか、果ては、内面に抱えた心霊的難問が感受性の高い空に投影されているだけなのか。少年たちはオステンドの町の人々が屋内空間を好むことに気がついていたが、それもひょっとするとこうしたことが原因なのかもしれない。カジノや湯治場がそうだ。さまざまにアレンジされたホテルのスイートルームもそうだ――狩猟小屋風、イタリアの岩屋風、売春宿風など、資力を持った宿泊客がその晩に求めている気分を何でも味わわせてくれるのだ。

「それにだな、急におれたちの周囲を嗅ぎ回り始めた変な民間人たちは何者なんだ?」とダービーが尋ねた。

「当局さ」とチックが肩をすくめた。「どうかしたか？」

「〝当局〟！　地表の管轄だけだろ。おれたちには関係ない」

「法務士官はおまえだ」とリンジーが言った。「何か問題でも？」

「問題はな、ノーズワース、あんたの問題なんだよ、先任衛兵長だろ――船の上で、あるべき場所にあるはずのものがなくなってる。まるで見知らぬ誰かが船に忍び込んで荒らし回ってるみたいなありさまじゃないか」

「しかしどうかな」とランドルフ・セントコズモが指摘した。「パグナックスの目を盗んで誰かが何かをしているとは思えない」実際、パグナックスは年月の経過とともに単なる番犬から高度な防衛システムへと進化を遂げ、さらには人間の血に対する嗜好《しこう》を強めていた。「カルパチア山脈[*2]での作戦以来だ」と少し顔をしかめながらランドルフが記憶を呼び起こした。「テメシバル[*3]で槍騎《そう》兵の大隊を追い払ったときのパグナックスは、まるで敵の馬に催眠術をかけて上の兵士を落馬させたみたいだったな……」

「あれはお祭りみたいだった」とダービーが笑った。

しかし最近では、パグナックスの戦闘技術に対する賞賛にいささかの不安が混じるようになっていた。忠犬の目には奇妙な光が宿り、乗員の中で意思の疎通が図れるのはもはやマイルズ・ブランデルのみだった。マイルズとパグナックスは扇形船尾に並び、まるでテレパシーで会話を交わしているかのように、夜半直の遅い時間まで無言のままで座っていることがよくあった。

内陸アジアでの任務以来、マイルズはさらに精神的な探求に入れ込むようになり、その内容を他の乗

＊1　ソドム滅亡で一族が退去するとき、後ろを振り返ったロトの妻は塩の柱となった（創世記一九の二四―二八）。
＊2　スロバキア・ポーランド・ウクライナ・ルーマニアにまたがるヨーロッパ中東部の山脈。
＊3　ルーマニア西部の都市ティミショアラのハンガリー語名。

員に話すことはますます困難になっていたが、彼がその軌道を歩み続ければ二度と戻れない領域にまで踏み込むことになるという可能性は誰の目にも明らかだった。タクラマカン砂漠の地中では、チックとダービーは上陸許可港に着くたびにつまらない遊びに耽り、リンジーとランドルフはトードフラックス艦長と一緒に効率的にシャンバラを探す方法について何時間も相談していたが、マイルズは耐えられないほど鮮明な〈聖なる都市〉の予想イメージに苦しめられていた。彼は〈時間〉の薄いスライスによってその都市から隔てられていた。彼の目の前に広がるその薄い障壁がどんどん薄くなり、透き通っていく……。彼が眠ることも話すこともできず、料理の手順を見失い、軽焼き《ポップオーバー》パンの生地を混ぜるのを忘れ、飛行船コーヒーを点《た》てるのに失敗している一方で、他の乗員は静かに日常の仕事を片付けていた。どうしてみんな、あの巨大なものの接近を感じないんだろう？　こうして彼はパグナックスに慰めを求めたのだった。パグナックスの目に宿る理解の光は、何の警告もなく危険なものに変わった空における標識《ビーコン》だった。

　というのも、なぜか元の明かり、大きな明かりは既に消え、確実だったものが地上人の約束のように破られてしまったからだ——時間は再び不透明なものに変わり、ある日のこと、まるで悪の使いの手によるかのようにベルギーに派遣された少年たちは石炭の煙と季節外れの花の香りの中で地表に引き寄せられ、陸と海の配置があいまいな、周囲を囲まれた海岸へ近づいた。暗さを増す闇へと伸びる海辺の影、必ずしも実際にある建物とは対応していない影がますます影自身と折り重なり、明かりのない外縁部が一面に広がり、砂丘と小さな村々を覆っていった……。

　マイルズは霞のかかった遠方をこの高さから見ていた。彼は、大昔から呪《のろ》いとは言わないまでもある運命の下に置かれているこの低地の果てにある、ほとんど何も読み取ることのできない、ためらうような暗闇に目をやり、青ざめた広大な薄闇、その未定状態、その謎めいた意味について考えを巡らせた。地球の曲面のすぐ向こうにある夜から姿を現そうとしているのは何なのか？　運河から湧いた霧が飛行船まで上ってきた。染みのように点在するヤナギの森が現れてはすぐに消えた……。遠くにある低い雲でかすんだ太陽の光に照らされて、目に見える世界の背後に隠れた都市が茶色がかった灰色と傷んだバラの色をした影の中に浮かび上がるように見えた……それは、シャンバラのような聖なる都市でもなければ、探し求められている都市でもなく、この低地を支配し、死んだ都市と鏡のように静かな運河の上を照らすすべての光に含まれる黒色の染みがこびりついた町だった……黒い影、嵐と災禍、予言と狂気……。

「ブランデル」今日のリンジーの声にはいつものとげとげしさはなかった。「司令官が特別行動命令を出したぞ。配置につけ」

「分かった、リンジー。少しぼうっとしてたよ」

その晩マイルズは食堂を片付けた後、チック・カウンターフライを探して声をかけた。「〈侵入者〉の一人に会ったよ」と彼は言った。「地上で。遊歩道で」

「向こうはおまえに気がついた？」

「うん。会って話した。ライダー・ソーンっていう男だ。キャンドルブラウにいた男。あの夏、ウクレレの講習会で。あのときの講義では、四つの音から成る和音を無時間性と結びつけて、自分は四元数主義者だって言ってた。僕らは互いに同じ楽器が好きだと分かって親しくなった」とマイルズが回想しながら言った。「ウクレレ演奏者がしばしば軽蔑される理由についても議論したよ――ウクレレはほとんどいつも和音演奏のみに用いられるってことが原因だというのが僕らが出した結論だ。音が連続するのではなく、同時に無時間的に了解される単一の音。五線譜の上で行ったり来たりする直線的なメロディーは音の高低と時間の記録だから、メロディーを演奏するってことは時間という要素、ひいては死すべき運命という問題を音楽に導入することになる。それに対して、僕らウクレレ演奏者は弾いた和音の無時間性を手放すことを嫌がっているように見える。だから世間は僕らのことを、大人になりたがらない、無能で道化のような子供だって言うんだ」

「そんなふうに考えたことはなかったなあ」とチックが言った。「おれの感じでは、アカペラよりもウクレレの伴奏があった方が気分がいいとしか思わないけど」

「とにかくソーンと僕は前と同じように打ち解けて話をした。またあのキャンドルブラウに戻ったような気分だったよ。でも、あのときほどの危険はなかった」

「マイルズ、あのときは君のおかげでみんなが助かった。君は裏を見抜いてたからな。君がいなけりゃいったいどうなってたか――」

「良識のあるみんなのことだから大丈夫さ」とマイルズが言った。「僕がいてもいなくても」

しかしその口調には気もそぞろなところがあった。マイルズと話し慣れていたチックはそれに気がついた。「他にも何かあるんだろ」

「あの件はまだ終わっていないのかもしれない」マイルズは〈偶然の仲間〉に正規支給されたメリケンサック*をいじっていた。

「どうするつもりだ、マイルズ？」

「また会う約束をしてる」

「危険かもよ」

「どうかな」

というわけでマイルズは正式に特別許可申請を出し、ランドルフに許可をもらい、一人きりの地上班として平服で船を降りた。その姿はどう見ても、常に海によって人質に取られている王国の都市をうろつく季節的な観光客の一人にしか見えなかった。

天気のいい日だった――マイルズが水平線に目を向けると客船から出た炭素の染みが見えた。ライダー・ソーンは二台の自転車を準備して、カジノのそばの堤防が曲がっているところで彼のことを待っていた。

「ウクレレを持ってきたんだね、ソーン」

「ショパンの夜想曲《ノクターン》のおしゃれなアレンジを覚えたんだ。君にも聞かせたくて」

二人はパン屋に寄ってコーヒーとロールパンを食べ、自転車で南のディクスモイデに向かった。止まっていた風が徐々に吹き始めた。この朝には晩夏の活気があった。刈り入れの時期はもうすぐ終わろうとしていた。若い旅行者が道にも運河沿いにもたくさんいて、心労のない季節を締めくくり、学校や仕事場に戻る準備をしていた。

土地は平らで自転車が走りやすく、時速二十マイルまでスピードを出すことができた。二人は自転車に乗った他の人々――一人の者もいれば、楽しげにユニフォームを着てツーリングをしている集団もいた――を何度も追い抜いたが、止まって会話したりはしなかった。

マイルズは田舎の風景を眺め、あまり当惑していないふりをした。彼が当惑したのは、太陽の光に昨晩の湿った夕暮れと同じ内面的な暗さが含まれていたからだ。それはまるですべてが写真のネガに変わった風景の中を進むような感じだった。水音を除いてほとんど何も音がない低地、刈り入れの終わった農場、窯で乾燥しているホップのにおい、この地方の慣習では春まで水に漬けないので土から抜いて束にして積まれたままの亜麻、光る運河、水門、堤防、でこぼこ道、木陰の乳牛、くっきりした平穏な雲。光沢を失った銀。この空のどこかにマイルズの家が、彼の知る人間的美徳のすべてが、飛行船が浮いていて、この瞬間もおそらく彼を見守っているのだ。

「僕の仲間は将来ここで何が起きるかを知っている」とソーンが言った。「そして僕の任務は君らが知っているのかどうか、どこまで知っているのかを確かめることだ」

「僕は飛行船同好会の食事係だ」とマイルズが言った。「スープのレシピなら百種類くらい知ってる。

＊　格闘のときにはめる金属製の拳当て。

市場で魚の目を見れば鮮度が見分けられる。大量のプディングを作るのも得意だ。でも未来のことは分からない」

「僕の苦労を分かってくれ。僕の上の連中は君らが未来を知っていると思っている。僕は戻ってから何て報告すればいいんだ？」

マイルズは周囲を見た。「すてきな土地だ。でもどちらかというと少し動きに欠けるかな。ここで何かが起こるような感じはしないね」

「ブランデル、キャンドルブラウにいたとき君は」とソーンが言った。「仲間には見えていないものを見ることができた。定期的にこっそり僕らのことをスパイして、結局僕らに見つかっただろ」

「そんなことはないよ。スパイする理由なんかないからね」

「君は僕らの計画に協力することをかたくなに拒んだ」

「僕らはただの田舎者に見えるかもしれないけど、どこからともなく現れた見知らぬ人間が信じがたいほどおいしい申し出をしてくれたとなると……うん、常識ってものが働いたのさ、それだけのこと。だからって僕らを責めないでほしい。僕らだって今後もあれで悪いことをしたとは思わないだろうし」

マイルズが落ち着けば落ち着くほど、ソーンは興奮していった。「君らは空の上に長くいすぎたんだ。自分たちが理解していると思い込んでいる世界で本当は何が起きているのかを見失っているのさ。僕らがキャンドルブラウに恒久的な本拠地を置いたのはなぜだと思う？　すべての〈時間〉の探求には、洗練されたものであれ抽象的なものであれ、その根幹に死に対する恐怖があるからだよ。僕らがその答えを持っているからだ。君たちは自分らがそんなレベルよりも上にいると思ってるんだろう？　すべてに対して免疫がある、不死なんだって。君たちはそんなに愚かなのか？　今いる場所がどういうところか知らないのか？」

「標識によるとここはイープルとメニンを結ぶ道の途中」とマイルズが言った。

「今から十年後、この周囲数百マイル、数千マイルにわたって、しかし特にこの場所で」まるで今から秘密を打ち明けようとしているかのようにそこで間を取った。

マイルズは興味が湧いた。彼は今、鍼《はり》が刺さる場所が分かったので、それをどの方向に回転させるべきか見当がついた。「僕にしゃべりすぎないようにした方がいいよ、僕はスパイなんだから、だろ？この会話は全部総司令部に報告するよ」

「ちくしょう、ブランデル、君らはみんな畜生だ。この先自分たちがどこに向かうかまったく分かってないじゃないか。君らがこの世だと思っているこの世界は死ぬ、〈地獄〉へと落ちるんだ。そして当然、それ以後の歴史はすべて〈地獄〉の歴史になる」

「ここが」静かなメニン道路を見ながらマイルズがそう言った。

「フランドルは〈歴史〉の共同墓地になる」

「ああ」

「しかも恐ろしいのはそれだけじゃない。みんなが喜んで死を抱き締めるんだ。情熱的に」

「フランドルの人たちが？」

「世界中の人が。誰も想像したことのない規模で。どこかの寺院の宗教画じゃない、ボスでもない、ブリューゲルでもない。* 今目の前にあるこの場所、開拓され耕されたこの大平原で、下に眠っているものが地表に掘り出されるんだ。故意に水浸しにされる。海が約束を果たしに来たわけじゃなく、人間が海のように無慈悲に襲いかかる。村の塀は一つ残らず倒される。汚物が何リーグも広がり、死体の数も数えきれない。当たり前のように吸っていた息が腐食性のものになって死をもたらす」

「確かにひどいな」とマイルズが言った。

＊ ヒエロニムス・ボスは怪奇的・悪魔的幻想画を描いたオランダの画家（一四五〇？―一五一六）。ピーテル・ブリューゲルは地獄絵で有名なフランドルの画家（一五六四？―一六三八）。

「全然信じてないんだな。信じてほしいのに」

「もちろん信じてる。君は未来から来たんだろ？　これ以上確かな証人はいないさ」

「僕の言っている意味を分かってくれるね」

「僕らには技術的なノウハウがない」と実際以上に辛抱強いふりをしてマイルズが言った。「覚えてるかい？　僕らはただの飛行船乗り。三次元だけでも十分に手こずってる。四次元なんかとても手に負えない」

「僕らが好きこのんでここに来たと思っているのか？　こんなひどい場所に。災害名所巡りツアーだ、タイムマシンに飛び乗って、さあ今週末はポンペイに行こう、いや、クラカタウだ、でもやっぱり火山は退屈、爆発、溶岩、一分で飽きる。そんなものよりももっとすごいところに行こう――」

「ソーン、やめてくれよ――」

「僕らに選ぶ余地はなかったんだ」マイルズが〈侵入者〉の特徴だと考えていた落ち着いた話し方は既に放棄され、激しい口調になっていた。「幽霊が取り憑く場所を選べないのと同じことだよ……君たち子供は夢の中を漂っている。すべては滑らかで、遮るものもなく、断絶もない。でも〈時間〉という織物が引き裂かれたと考えてみてくれ。そして自分がそこから掃き出されて、二度と戻れないんだと。孤児だ、亡命者なんだ。いかに恥ずべきことでも、しなければならないことをし、腐敗した日常を一日また一日と生きていくだけさ」

悲しい事実にはっと気がついたマイルズは手を差し出した。ソーンはその意図を察し、ひるみ、後ずさりした。その瞬間、マイルズは理解した。奇跡は起きなかった、画期的な技術革新はなかった、というか、最初から「時間旅行」なんてなかったんだ、と。ソーンとその仲間たちがこの世界にいるのは、未知の〈時間〉の地形学による近道にたまたま転がり込んだだけのことだったのだ。それを可能にしたのは二人が立っている西フランドルのこの場所で起こるとされている何らかの事件だ。滑らかな〈時間〉の流れの中に生じた恐ろしい特異点が彼らをのみ込んだのだ。

「僕はこんな場所に来たくなかった」とライダー・ソーンが叫んだ。「こんな〝夜の回廊〟など見たくなかった。ここへ戻る、また戻ることになるなんて呪《のろ》いみたいなものだ。君らはだましやすかった――とにかく君以外はね――カモがネギをしょってきたみたいだった。君たちは〝科学の驚異〟に見とれながら、自分たちには〝進歩の恩恵〟に与《あずか》る権利があると信じていた。それは一種の信仰だ。飛行船乗りが思い描いた、哀れを誘う信仰だよ」

マイルズとソーンはそこでUターンし、再び海の方へ向かって自転車を漕ぎ出した。暗くなり始めたころ、ソーンは少なくともより小さな約束は守り、ウクレレを取り出してショパンの夜想曲ホ短調を演奏した。弱々しかった音が暗くなるにつれてボリュームと深みを増した。彼らは宿屋を見つけ、仲良く夕食を食べ、たそがれの中、オステンドに戻った。

「僕が手を伸ばせば彼の体を突き抜けただろう」とマイルズが報告した。「物理的な変換に不具合があったかのように……」

「心霊主義者なら〝心霊体遅延〟と呼ぶ現象だな」とチックがうなずいた。

「彼らはちっとも不死なんかじゃないんだよ、チック。僕らに嘘をついていたのさ。〈偶然の仲間〉の他の部隊には、彼らの話に乗って〝永遠の若さ〟と引き替えに働かされた者もいる。でも彼らがそんなものを与えてくれるわけがない。最初から無理な話だったんだ。

キャンドルブラウ大学でのことを覚えてるかい？　君に連れられて〝ミスター・エース〟に会いに行った後、僕がひどく落ち込んでたことを。涙が何時間も止まらなかった。だってあのとき分かったんだ――証拠はないし、筋道立てて説明することもできないけど、とにかく彼を見た途端に分かった。全部嘘だって。〝若さ〟の約束は、単なる残酷な信用詐欺だって」

「話してくれればよかったのに」とチックが言った。

「僕はすっかり絶望したけど、自分で立ち直れると分かってたんだよ、チック。でもみんなは——リンジーは本当はか弱いやつだし、ダービーは筋金入りの虚無主義者を気取ってはいるけどまだまだ子供だ。みんなにそんな残酷な事実を教えるなんてできるはずないだろ？　兄弟なのに」

「でもこうなったらおれから話さなくちゃならない」

「君ならうまくやってくれるんじゃないかと思ってた」


（下巻に続く）

AD

Thomas Pynchon Complete Collection
2006

Against the Day I
Thomas Pynchon

逆光《ぎゃっこう》［上］

著者　トマス・ピンチョン
訳者　木原善彦《きはらよしひこ》

発行　2010年 9 月 30 日

発行者　佐藤隆信
発行所　株式会社新潮社　〒162-8711 東京都新宿区矢来町 71
電話　編集部 03-3266-5411　読者係 03-3266-5111　http://www.shinchosha.co.jp
印刷所　大日本印刷株式会社
製本所　大口製本印刷株式会社

乱丁・落丁本は、ご面倒ですが小社読者係宛お送り下さい。
送料小社負担にてお取替えいたします。
価格はカバーに表示してあります。

ISBN978-4-10-537204-0 C0097

Thomas Pynchon Complete Collection

トマス・ピンチョン全小説

1963 V.

新訳『V.』［上・下］　小山太一＋佐藤良明 訳

1966 The Crying of Lot 49

新訳『競売ナンバー49の叫び』　佐藤良明 訳

1973 Gravity's Rainbow

新訳『重力の虹』［上・下］　佐藤良明 訳

1984 Slow Learner

新訳『スロー・ラーナー』　佐藤良明 ほか 訳

1990 Vineland

決定版改訳『ヴァインランド』　佐藤良明 訳

1997 Mason & Dixon

訳し下ろし『メイスン＆ディクスン』*［上・下］　柴田元幸 訳

2006 Against the Day

訳し下ろし『逆光』*［上・下］　木原善彦 訳

2009 Inherent Vice

訳し下ろし『インヒアレント・ヴァイス』　栩木玲子＋佐藤良明 訳

*は既刊です。

書名は変更になることがあります。